Jeroen Brouwers | Geheime Zimmer

Jelmer van Hoff, ein gescheiterter Geschichtslehrer, hat sich in die extravagante Sängerin Daphne verliebt, die Frau seines Studienfreundes. Daphnes Leidenschaft aber gilt weder Jelmer noch ihrem Ehemann, sondern ihrem Gesangslehrer. Dennoch läßt sie sich von Jelmer hofieren und spielt mit ihm. Er scheint für das Unglück geboren, denn auch seine eigene Frau Paula verachtet ihn nur. In seiner Ehrlichkeit, Uneitelkeit, romantischen Verliebtheit, aber auch in seiner Selbstironie zieht Jelmer die ganze Sympathie des Lesers auf sich.

Jeroen Brouwers, geboren 1941, zählt zu den wichtigsten niederländischen Autoren der Gegenwart. *Geheime Zimmer* wurde mit allen bedeutenden niederländischen und belgischen Literaturpreisen ausgezeichnet.

Jeroen Brouwers

Geheime Zimmer

Roman

Aus dem Niederländischen
von Christiane Kuby

RECLAM
LEIPZIG

Originaltitel: Geheime kamers
Originalverlag: Uitgeverij Atlas, Amsterdam/Antwerpen

Besuchen Sie uns im Internet:
www.reclam.de

Veröffentlicht im Reclam Verlag Leipzig, 2004

Reclam Bibliothek Leipzig, Band 20084
1. Auflage, 2004
Reihengestaltung: Gabriele Burde | Kurt Blank-Markard
Umschlaggestaltung: Gabriele Burde
Fotografie des Autors auf der 4. Umschlagseite: © Bert Nienhus
Gesetzt aus ITC Slimbach
Satz: Reclam Verlag Leipzig
Druck und Bindung: Reclam, Ditzingen
Printed in Germany
ISBN 3-379-20084-0

I

Der Weg zum Tode

Plötzlich war Post von Nico Sibelijn da. Ein zusammengefaltetes Blatt aus handgeschöpftem Papier mit Wasserzeichen. Darauf stand die mit pseudogotischen Lettern gedruckte Einladung zu seiner akademischen Antrittsrede. Mit Füllfeder - dünne Spitze, schwarze Tinte - hatte er dazu gekritzelt: Du kommst doch? Herzlich. Nico.

Wir hatten uns viele Jahre weder gesehen noch gesprochen, geschrieben hatten wir uns auch nicht mehr. Mit dem Abschluß unseres Studiums, kurz nacheinander im selben Jahr, hatte die Entfremdung zwischen uns begonnen und war mit der Zeit gewachsen. Wie so was eben geht. Beruf, Heirat, Kind, Hypothek, Karriere - obwohl letzteres auf mich nicht zutrifft.
Nach einer Dozentur von ein paar Semestern ließ Nico sich für lange Zeit in Florenz nieder, um Material für sein gelehrtes Thema zu sammeln. Unsere Korrespondenz von ständig kürzer werdenden Briefen schlief ein. Schließlich hörten auch die Urlaubs- und Neujahrsgrüße auf.
Ich habe ihn nie vergessen, aber im Laufe der Zeit verblaßte die Erinnerung an ihn. Manchmal las ich seinen Namen in der Zeitung. Daher wußte ich, daß er es bis zum Professor gebracht hatte. Manchmal sah man ihn kurz im Fernsehen. Irgendein Kongreß über ein prähistorisches Thema, den er leitete oder auf dem er sprach.
Allerdings blieb seine Adresse all die Jahre in meinem Adreßbuch stehen, mit mehrmaligen Änderungen. Wenn ich mir ein neues anschaffte, übertrug ich brav seine Anschrift, und sei es nur, weil ich wußte, daß er noch nicht zu den durchgestrichenen Toten ge-

hörte, die aus einem solchen Büchlein alle paar Jahre ein Friedhofsverzeichnis machen.

Die Antrittsrede handelte von Fossilien.

Ich saß hinten in der vollen Aula auf einem Platz am Mittelgang. Draußen regnete es. In dem feierlichen Raum mit den Säulen und den farbigen Glasfenstern roch es schon bald nach feuchten Kleidern.
Es war an einem Nachmittag im Oktober vor drei Jahren, das heißt vor drei Jahreszahlen, zwei Herbste ist es her.
Ich hatte eine vierstündige Autofahrt hinter mir, die Viertelstunden, die ich durch eine falsche Ausfahrt verloren hatte, mit eingerechnet. Endlich in Sterdrecht angekommen, konnte ich das Gebäude, in dem die Feierlichkeit stattfinden sollte, nicht finden. Parkte das Auto an einer verbotenen Stelle am Flußufer und ging zu Fuß weiter, während der Regen sich dann und wann zu nassem Schnee verdichtete.
Nico hatte sich verändert. Älter geworden natürlich. (Als ob man mir die ewige Jugend ansähe!)
Als der Zug der Professoren in die Aula schritt und alle Anwesenden sich erhoben, sah ich ihn wie aus der Vergangenheit auftauchen. Er ähnelte dem Bild, das ich im Gedächtnis bewahrt hatte, doch so, wie ein Dreiundvierzigjähriger seinem Porträt von vor zwanzig Jahren ähnelt.
In seiner roten Toga, Barett auf dem Kopf, ging er als letzter in der Reihe, beide Hände über dem sichtbar gewachsenen Embonpoint. Seine Brille hatte jetzt stärkere Gläser, hinter denen seine trägen, von Grübelfältchen umspielten Augen wie in Gelatine schwammen.
Anderthalb Meter von mir entfernt hob er plötzlich den Kopf und erstarrte, erschrocken wie alle anderen. Auch ich erschrak so, daß mir einen Augenblick lang blutrot, pechschwarz vor Augen wurde und mein Herz zu hämmern anfing. Im Raum neben der Aula hatte es einen fürchterlichen Schlag getan, dann folgte das Scheppern von fallenden Gegenständen und zerbrechendem Glas.
Nico schob sich die heruntergerutschte Brille wieder hoch. An diese Gebärde, die er wohl zum zigmillionsten Mal in seinem Leben benutzte, erinnerte ich mich. Mit der Spitze des linken

Zeigefingers rückte er die Brille mit einem kleinen Stoß über den Nasensattel nach oben und drückte sie einige Sekunden in den Fleischwulst, der sich dort gebildet hatte. Während die Geräuschexplosion noch nachhallte, sah er mir, mit der Fingerspitze zwischen den Augen auf seine Stirn zeigend, direkt ins Gesicht. Er erkannte mich nicht gleich. Doch dann hellte sich seine Miene auf, und er lächelte zerstreut.
Während er an mir vorbeiging und wieder vor sich sah, stieß die von seinem Barett baumelnde Troddel leicht an seine Ohrmuschel und blieb dort wie eine Spinne hängen. Während seiner Rede und beim Empfang danach wiederholte sich das endlos, wobei Nico die Troddel jedesmal mit einem jähen Ruck des Kopfes wieder zum Baumeln brachte. Wobei seine Brille abrutschte. Die er mit der stereotypen Bewegung auf ihren Platz zurückstieß. Jeder andere hätte das Barett ein paar Zentimeter verschoben, jeder andere hätte längst etwas an der Brille ändern lassen. Nicht so der hochgelehrte Sibelijn. Es wird wohl mit seiner Lebenshaltung zu tun haben.

Er trug seine Rede mit derselben Stimme vor, mit der er früher mit mir und anderen diskutiert hatte. Ruhig, bedächtig, selbstsicher, mit ängstlich verdeckter Leidenschaft. In der kirchenartigen Aula bekamen seine Sätze einen diffusen Hall, der ebensogut zum Thema seiner Vorlesung paßte wie die feuchte Luft, die den Raum füllte, während der Regen über die bunten Glasszenen rann.
Ich erwachte fröstelnd aus einem dumpfen, wirren Halbschlaf. Beifall erklang, offenbar hatte Nico seine Rede beendet.

Der Empfang fand im angrenzenden Saal statt.
Zwischen den Kästen und Vitrinen voller Handbeile aus Feuerstein und anderen vorweltlichen Relikten drängten sich die Anwesenden. Es hatte etwas von einem Treffen ehemaliger Kommilitonen, alle metamorphisiert in Männer mittleren Alters in Blazer und Rollkragenpulli. Ich fühlte mich deplaziert in meinem durchnäßten dunklen Anzug, den ich extra für diese Gelegenheit hatte reinigen lassen. Das vorletzte Mal hatte ich ihn aus dem Kleidersack genommen, als Pieter van Vollenhoven unsere Gesamtschule besuchte und ich anläßlich dieses Ereignisses eine öffent-

liche Unterrichtsstunde über den Vater des Vaterlands hielt, dessen Namen die Lehranstalt trägt.
Während ich darauf wartete, daß das Gedränge um Nico nachließ, stand ich vor einem glühenden Heizkörper – meine Hosenbeine begannen zu dampfen – und fühlte mich fiebrig. Von einem vorbeischwebenden Tablett griff ich mir ein Glas und leerte es in einem Zug, wie man es mit einem übel schmeckenden Medikament tut, wonach einen ein zwischen den Schulterblättern beginnender Schauder durchrieselt.
Der eine oder andere alte Bekannte fragte mich, wie es mir gehe. Ganz gut, sagte ich. So auch der inzwischen hochbetagte J. J. J. J. Möser, Historiker und Emeritus, Glas in der einen, gefülltes halbes Ei in der anderen Hand, einen Klacks Mayonnaise im Schnurrbart. Behauptete, es höchstpersönlich zu bedauern, daß ich nie promoviert habe, aber solange man lebt, ist es nicht zu spät, lieber Freund! Da haben Sie recht, Professor, entgegnete ich. Zu meiner Verblüffung kniff der Greis mir in den Arm und fügte hinzu: »Sag doch Joop, Junge.«
Geht es auch schon in der akademischen Welt so locker zu? Wo hatte ich inzwischen, abgeschottet von allem Fremden, gelebt, während die Zeit verstrich und die Dinge sich änderten, was ich als Geschichtswissenschaftler – nun ja, Ex-Geschichtslehrer – doch wissen müßte?
Ich sehe den ehrfurchtgebietenden J. J. J. J. noch hinter seinem Klappult an der Tafel stehen, kühl blickte er über unsere Köpfe hinweg. Wenn er sich dazu herabließ, das Wort an einen von uns zu richten, hefteten seine Augen sich langsam, wie die eines salamanderartigen Tiers, auf die zusammenzuckende Gestalt, und er schien lauernd zu berechnen, ob seine Zunge lang genug sei, um das inzwischen zur Motte geschrumpfte Gegenüber zu erreichen. Er hätte dich gefragt: »Ist, Mijnheer van Hoff, Ihrer Meinung nach eine Korrelation zwischen dem Bau der Chinesischen Mauer und den erfolgreichen Eroberungsfeldzügen Karls V. denkbar?« Und du hättest dich gelangweilt am Kopf gekratzt und erwidert: »Keine Ahnung, tut mir leid, Joop ...«

Als ich vor Nico stand, drückte er mir die Hand mit gestrecktem Arm, so daß ich ihm nicht zu nahe kommen konnte. Wieder er-

kannte er mich nicht gleich und musterte mich mit zurückgelegtem Kopf durch die heruntergerutschte Brille. Dann, als würde er mich wissenschaftlich benennen, sprach er mit feierlicher Freude meinen Namen aus.
»Jelmer van Hoff ... ach, aber nein ... Jelmer, mein Bester.«
Zeigefinger der anderen Hand über die Nase zur Stirn. Troddel in Schwingung wie das Pendel einer Uhr.
»Herzlichen Glückwunsch, Professor Doktor«, sagte ich. »Eine schöne Rede.« Während ich das sagte, hörte und spürte ich ein Knirschen unter meinen Fußsohlen.
Nico lächelte gelehrt. »Ich sehe dich gleich noch, hoffe ich, du bleibst doch noch einen Moment?« Er ließ meine Hand los und zeigte über meine Schulter hinweg auf eine bestimmte Vitrine. Der weite Ärmel seines Talars berührte meine Wange.
Neben dem frischgebackenen Professor stand sein zwölf-, dreizehnjähriger Sohn Arne (an diesen Namen erinnerte ich mich nicht). Er kehrte mir den Rücken zu, das Händeschütteln satt, und entwirrte die Schnur eines Jo-Jos.
Und auf der anderen Seite des Jungen: Daphne.
»Jelmer ...«
Strahlend kam sie ein paar Schritte auf mich zu. Unter ihren Füßen das gleiche kratzende Geräusch. Sie schlang die Arme um mich, was mich verblüffte. Die Wärme ihres Körpers, die sich mir mitteilte, ich leicht zitternd in den feuchtwarmen Hülsen meiner Hosenbeine. Beim Versuch, einander zu küssen – ihr Haar fiel mir wie ein weißblonder Vorhang vors Gesicht –, stießen unsere Nasen aneinander.
Sie, mit ihrer Singstimme: daß es schrecklich lange her sei, seit wir uns gesehen hätten. Das kann man wohl sagen, sagte ich. Ist Paula nicht da? Mit kleinen ruckartigen Kopfbewegungen sah sie sich um. Nein, Paula ist ein paar Tage in London, ein Ärztekongreß, daher konnte ich ihr Auto nehmen. Wie geht es Paula? Gut. Und dir? Auch. Und eurem Kind, ihr habt doch auch einen Sohn, ungefähr so alt wie unser Arne? Eine Tochter, sagte ich, Hanneke, ja, sie wird in etwa so alt sein. Schrecklich lange her, sagte sie nochmals. Kann man wohl sagen, erwiderte ich.
In Rot war sie, wie ihr Mann. Ein zinnoberrotes Cocktailkleid aus moirierter Seide, in dem sie wie eine Flamme aussah. Das letzte

Mal, als ich sie im Fernsehen sah, trug sie dasselbe. Sie hatte etwas von Mahler gesungen. Oder Richard Strauss. Etwas Berauschendes, zu dem das Rot gut paßte.
Daphne habe ich nie vergessen. Im Unterschied zu ihrem Professor ist sie nie in mir verblaßt, sondern immer in meinen Phantasien geblieben. Nicht »leidenschaftlich«, wie Komponisten manchmal ihre Lieder überschreiben, sondern fast unbewußt – schlummernd, träumerisch.
Immer noch genauso mager und so wachsbleich, daß ihre Haut durchsichtig schien. Große gletscherblaue Augen voll Verworrenheit, Nervosität, Geheimnis. Vergnügt und hübsch, aber gespannt wie ein Telegraphendraht. Dies kommt mir nicht jetzt, da ich dies schreibe, in den Sinn, hinterher, sondern es drängte sich mir bei unserem Wiedersehen sofort auf. Innere Unruhe hatte ihr Gesicht gezeichnet und offenbarte sich auch in ihren Bewegungen. Sie stand keine Sekunde still, drehte sich nach allen Seiten, spähte ständig um sich mit Augen, die alles sahen: Sie suchte etwas, behielt etwas im Auge.
Das Geknirsche unter unseren Füßen: Ich sah, daß wir in glitzerndem Glasstaub und Glassplittern standen. Beim Hereinschleppen und Aufstellen der Tische für die Flaschen, Gläser, Schüsseln sei eine Vitrine auf der Strecke geblieben, sagte Daphne, ich hätte den Radau zu Beginn der Zeremonie doch wohl gehört. An der Wand, vor der sich die Familie Sibelijn aufgestellt hatte, waren die Scherben zusammengefegt worden. Auf dem Haufen der Glasreste stand ein Karton, in den man den Inhalt der kaputtgegangenen Vitrine gelegt hatte: Brocken Rutilquarz, Turmalin, grüner Malachit, rosa, goldgeäderter Rhodochrosit, Hiddenit, Tigerauge, Mondstein.
»Du siehst ja so trauerfeierlich aus«, sagte Frau Sibelijn, geborene Uitwyck.
Der Junge drehte sich neugierig um und fixierte mich.
»Geht es dir wirklich gut? Ich würde mich so gern mal wieder ausführlich mit dir unterhalten. Über alles. Weißt du, daß es mehr als zehn Jahre her ist? Arne konnte kaum laufen.«
Ich schwitzte und spürte, daß ich mein Zittern nicht mehr unter Kontrolle hatte. Am liebsten hätte ich ihr den Arm um die Taille gelegt und sie aus dem verrauchten, lauten, überheizten Raum hinausgeführt. Ihr hätte ich gern mein Herz ausgeschüttet. In

einem langen, vertrauten Gespräch, das ich mir in einer blitzartigen Vision liegend mit ihr vorstellte. Ich hatte den Eindruck, ich meinte sogar mit Sicherheit zu wissen, daß sie meine Gedanken las. Ihr Blick bekam etwas Schwärmerisches, was mich an ganz, ganz früher erinnerte, an unsere Universitätsjahre: als das junge Mädchen, jetzt weit über Dreißig, schätzte ich, rechnete ich aus, allen den Kopf verdrehte. Gleichzeitig fuhr sie mit den Fingern streichelnd über meine Hand.

Auch ihrem Sohn entging das nicht. Ich sah, wie er die Stirn runzelte und das Haar mit genau der gleichen Kopfbewegung wie sein Pa zurückwarf. Das Jo-Jo fiel zwischen die Glassplitter und rollte vor der Schnur her, der Junge kroch ihm nach.

Plötzlich war ich mir sicher, daß ich nicht Nicos, sondern Daphnes wegen zu diesem Zirkus gekommen war. »Dieser Tag erschloß den Weg zum Tode, zum Unheil.« Vergil, *Äneis*.

Sie ernüchterte mich, indem sie kurz darauf plötzlich das Interesse an mir verlor. Ich seh dich später noch, sagte sie hörbar atmend.

Sie flanierte zu Nico zurück, der auf Armlänge Abstand mit einer Gestalt im Gespräch war, die ich schon vorher hatte herumstolpern sehen: auf einer Seite von einem metallenen Krückstock gestützt, auf der anderen von einer Dame im gleichen Alter, von der ich jetzt weiß, daß es seine Ehefrau war. Ein Sechziger mit ausgemergeltem Gesicht, oben kahlem, mit gelb und grau gefleckter Haut bespanntem Schädel, der an beiden Seiten und hinten mit langen Strähnen drapiert war, die ihm in spitzen Büscheln auf Rücken und Schultern herabhingen. So mager, daß man in seinen schlotternden Kleidern ein fleischloses Gerippe vermutet hätte. Daphne begrüßte ihn mit: »Johann! Lieber Johann!« Als sänge sie es. Ein Fragment aus einer Opernarie. Auch ihn umfing sie mit beiden Armen.

Er neigte sich mitsamt Krücke vornüber und ließ sich von ihr auffangen. Sein Gesicht verschwand in ihrem Haar, und er murmelte ihr etwas ins Ohr, wobei ich sah, wie seine Zungenspitze herauskam, und auch, daß er sie kurz am Hals leckte, bevor er die Lippen auf dieselbe Stelle drückte. Seine knochige Hand, die, mit der er die Krücke festgehalten hatte, bewegte sich liebkosend über ihren Rücken zu ihrem Hintern hinab, um ihn zu betasten. Hinter ihrem

Rücken schob Daphne die Hand unter die seine, ihre Finger verflochten sich. Schmeichelnd wie eine Katze, legte sie ihm den Kopf an die Schulter.
Nico, Brille auf der Nasenspitze, sah solange woandershin und konversierte mit der Begleiterin der schwankenden Gestalt, die ihrem Ehegatten und Daphne den geblümten Rücken zukehrte.
Ich wandte mich ab. Mir wurde klar, daß ich schon die ganze Zeit über traurig gewesen war, sich dies jetzt aber zur Melancholie zu steigern drohte. Unerbittliches Verlangen nach ich weiß nicht was, Heimweh, von Angst gefärbt. Es stürmte auf mich ein wie Nebelstreifen, die sich zu einer undurchdringlichen Wand zusammenballen.
Falsche Ausfahrt genommen und mich in einem Wirrwarr von Dörfern und Kaffs verfahren, nirgends ein Wegweiser, die Windschutzscheibe mit Schlamm bespritzt, mit dem sich der Regen vermischte, und diesen Dreck verschmierten die Scheibenwischer vor meinen Augen zu einem dünnschißartigen Schleier. In den verlorenen Viertelstunden auf dem Weg zu dieser Veranstaltung zu Ehren meines Jugendfreunds, der so hoch gestiegen war, während ich immer noch auf dem Boden stand und meine Tage mit nichts füllte, muß dieser Schmerz in mich gesickert sein. Ich hätte hier nicht erscheinen sollen.
Und apropos Scheiße: zirka zwei Jahre lang sollte sie ständig, immer bedrückender in meinen Träumen auftauchen.

Ich stand vor einem gläsernen Schaukasten voll prähistorischer, aus finstersten Tiefen der Erde und der Zeiten – warum eigentlich? – ans Tageslicht gehobener Gegenstände. Zwischen ihnen lagen einige Buchveröffentlichungen von Nico. Und ein Foto von ihm, einen Helm mit Lampe auf dem Kopf, bei Ausschachtungsarbeiten in den Ardennen. Auch dieser Helm lag wie eine kostbare Reliquie zwischen den Artefakten.
Durch die Vitrine betrachtete ich Daphne, wie sie sich ein paar Meter weiter an die Johann geheißene Person schmiegte, Magerkeit an Magerkeit, zwischen ihnen die halb in ihren Kleiderfalten verborgene Metallkrücke. Ich ertappte mich sogar dabei, wie ich sie anstarrte. Ihren Hinterkopf mit dem flachsartigen, glatten Haar, das ihr auf die schmalen Schultern fiel. Den Rücken. Die lan-

gen Beine. Die Innigkeit der beiden ineinander verflochtenen Hände, die auf ihrem Po ruhten. Unmerklich fast bewegte sich seine Hand, mit den Fingerspitzen streichelte er sie. Unmerklich fast - doch ich merkte es - schluckte er mit trockenem Mund. Und sie erwiderte sanft seinen Druck.
Nico merkte natürlich nichts, wahrscheinlich, weil er daran gewöhnt war, nach staubigen Gegenständen aus der millennienalten Erdkruste zu spähen, statt die Dinge im Hier und Heute mit wachem Auge zu beobachten. Er schüttelte die Troddel vom Ohr und machte sich wieder ans Händedrücken. Johanns Ehefrau verschwand im Gedränge.
Daphne: Plötzlich blickte sie sich um, als fühlte sie meine Blicke. Durch die Glaswände der Vitrine sah sie meine auf sie gezoomten Augen. Auf meinem Gesicht bildete sich ein Schweißfilm. Wer von uns beiden fühlte sich ertappt? Ich? Sie? In ihren aufmerksamen Augen verschob sich etwas, als fände ein Kulissenwechsel statt; ihr Gesichtsausdruck veränderte sich, sie sah mich eindringlich an, als würde ihr meine Anwesenheit jetzt erst richtig bewußt. Dabei dachte sie etwas. Ich hätte gern gewußt, was. Sofort ließ sie Johanns Hand los - die eilig Halt suchte bei seiner Krücke - und drehte sich mir zu, ein für mich bestimmtes Lächeln, das ihre Lippen leicht öffnete, auf dem bleichen Gesicht. Sie streckte die Hand aus, gab mir ein Zeichen; sie kam auf mich zu. In meinen Handgelenken und Kniekehlen begann es hektisch zu pochen, ein Taschentuch einzustecken hatte ich vergessen, wischte mir das Gesicht mit dem Ärmel ab.
Doch es geschah etwas anderes.
Mit blutüberströmter Hand warf Arne sich weinend an sie. Sie beugte sich über ihn, dabei fiel ihr Haar nach vorn - so sah sie aus, wenn sie sich vor dem Publikum verbeugte, um sich für den Applaus zu bedanken. In der Handfläche des Jungen war ein tiefer Schnitt, in dem die Glasscherbe noch steckte. Von seinem Zeigefinger baumelte an der knotigen Schnur, an der Blut herabsickerte, das Jo-Jo. Dicke Tropfen auf dem Fußboden und auf Daphnes Kleidern. Rot, das von der roten Seide aufgesaugt wurde und dunkle Stellen hinterließ. Der Mann mit der Krücke und noch andere kamen hinzu, Daphne und das Kind verschwanden hinter den Leuten.

Ich wollte mich unbemerkt in Richtung Ausgang schieben, als plötzlich der hochgelehrte Möser wieder vor mir stand, den Talar in Brusthöhe mit einer bleichen, eßbaren Grassorte bekleckert, in der eine Garnele hing. In dozierendem Ton fing er an, sich über ein Detail aus Nicos Rede zu verbreiten. Er drängte mich mit dem Rücken an die Vitrine und stand so nah vor mir, daß ich seine Kleider und seinen Atem roch. Mir wurde übel, und ich versuchte, an seinem Schnurrbart vorbei einen Punkt im Raum zu fixieren. Doch Möser (der übrigens – hier greife ich den Ereignissen vor – wenige Wochen später sterben sollte, letztlich überraschend und von seinen Fachkollegen einmütig betrauert) gehörte zu dem Menschenschlag, der verlangt, daß man ihm im Gespräch in die Amphibienaugen schaut, und der daher dem abschweifenden Blick des anderen ständig folgt. Während mir der Schweiß von den Augenbrauen rann, beschränkte ich mich darauf, dann und wann zu nicken, ohne auch nur das geringste von seinen Ausführungen, die allmählich nur noch aus einer auf mich einhämmernden Stimme bestanden, zu begreifen. Mit faltigem Finger zeigte er auf diese und jene Vitrine, auf den facettierten Zirkon, das verkieselte Stück Baumstamm, den fossilen, dreieinhalb Millionen Jahre alten und in der Aschenschicht unweit eines ausgebrochenen Vulkans zurückgebliebenen Fußabdruck. Die Garnele klebte jetzt an einer anderen Stelle seines Gewandes.
Allmählich versammelten sich mehr Gäste um den Historiker. Auch Nico stellte sich kopfschüttelnd dazu, die Brille in einiger Entfernung von sich weghaltend und mit fast zugekniffenen Augen nach einer eventuellen Unreinheit auf den Gläsern spähend.
Nicht wahr, Nico, sprach die betagte Autorität, ist es nicht ur-bedauerlich, daß Freund Valkman hier – er setzte mir den Finger auf die Brust – darauf verzichtet hat, nach seinen brillanten Studien summa cum laude zu promovieren mit einer Arbeit über zum Beispiel …
Welches Beispiel er vorschlug, ist mir entfallen.
Nico setzte die Brille auf, schob sie sich vor die Augen, die dadurch aussahen, als befänden sie sich auf dem Grund eines Weihers, und antwortete: Das ist nicht Willem Valkman, Joop, das ist Jelmer van Hoff. Du erinnerst dich doch noch an Jelmer? Er hat

eine Diplomarbeit über Archäologie als Mutter der Geschichte geschrieben. Aus Willem Valkman ist etwas ganz anderes geworden.
Das Tablett mit den Getränken kam wieder vorbei. Auch das Mädchen mit den Appetithäppchen, eine Schale auf jeder Hand. Möser nahm sich einen Spieß mit Schinkenröllchen und einer Essiggurke. Es entstand eine hektische Gruppendiskussion, in der ich, zerstreut abseits stehend, hin und wieder meinen Namen hörte. Meine Diplomarbeit hatte meiner Meinung nach ein anderes Thema. Mösers Blick streifte mich noch kurz, bevor er den Kopf abwandte. Da lag die Garnele auf seiner Schuhspitze.
In der Mythologie und der Literatur begegnet man ausschließlich Schicksalsgöttinnen - weiblichen Wesen, die das Los des Menschen lenken. Möser aber, dachte ich, muß ein Schicksalsgott sein. Keine Ahnung, warum ich das dachte. Und übrigens kann ich es auch bei einer anderen Gelegenheit gedacht haben.
Nico wandte sich an mich: »Wie geht es, erzähl mal, mein Bester?«
»Es gibt eigentlich nicht soviel zu erzählen.« Ich teilte ihm mit, daß ich schon geraume Zeit nicht mehr im Lehramt war. »Autoritätsprobleme. Ich konnte keine Ordnung halten. Allerlei Konflikte mit Schülern, Eltern, Schulverwaltung, dieses ganze Theater. Ach …« Nähere Auskünfte könne man einholen bei der Direktion der Gesamtschule Willem de Zwijger in Daalbergen, wo ich zuletzt gearbeitet habe. Auf ärztlichen Rat hin, unter anderem von Dr. psych. A. Weldon, Adresse: Hinter den Büschen 9 in Daalbergen, habe ich mich aus dem Schuldienst zurückgezogen. Danach habe das sinnlose Wippen begonnen.
Ich zitterte so, daß der Schnaps über den Rand des Glases schwappte und mir in eiskalten Tropfen über die Finger lief.
»Oh«, sagte Nico. »Und jetzt?«
»Erwerbsunfähigkeitsrente.«
Nico war taktvoll genug, nicht näher darauf einzugehen. Einige Zeit hiernach bekam ich einen in freundschaftlichem Ton gehaltenen Brief von ihm: ob er »etwas« für mich »tun« könne? Nett von ihm. Ein computergeschriebener Brief auf Universitätspapier mit Betreff und in Nicos Auftrag von der Tippse unterzeichnet (»i. A. Prof. Dr. N. G. W. Sibelijn«).
»Paula?«
Gut, erwiderte ich. Paula hat eine geteilte Arztpraxis in Daalber-

gen. Sehr beschäftigt. Auch abends und nachts oft nicht zu Hause. Hanneke ist …

»Hanneke?«

Unsere Tochter. Wieder kippte ich den Alkohol hinunter und stellte das Glas auf einen Schaukasten voll schwarzer, von unseren Vorfahren in irgendeinem Höhlenzeitalter als Nadel, Spange, Säge, Haarschmuck, Zeichenstift, Zahnstocher benutzten Vogelknochen und wischte die Hand an meinem feuchten Hosenbein ab.

»Ach ja«, sagte Nico, »wie dumm von mir. Ein nettes Mädel? Eine Schande, daß wir einander so aus den Augen verloren haben. Unser Arne konnte gerade laufen und Paula war hochschwanger. Ihr hattet kurz zuvor das Hausboot gekauft. Daphne und ich haben Hanneke nie gesehen, oder?«

Brieftasche ziehen, Foto von Hanneke zeigen? Nettes Mädel, liebes Kind. Anhänglich, immer fröhlich, lacht den ganzen Tag. Gesicht wie eine fußballgroße Kartoffel, auf der kräftige schwarze Haarbüschel wachsen. Weiße Haarschleife darum. Mund immer offen, nach vorn gestülpte Unterlippe, in der sich der Speichel sammelt und in Fäden vor ihrem Kinn herunterhängt. Bekommt schon kleine Brüste, kann aber nicht reden, nur wawawa sagen. Außer schallend lachen kann sie auch vor Weinen brüllen, und im Behindertenorchester darf sie mit dem Tamburin rasseln.

In dem Moment kam die Johanngestalt vorbei, noch so ein Schicksalsgott, jetzt im Rollstuhl von seiner Ehegefährtin geschoben. Einer von beiden sagte, mit unüberhörbarem Akzent: »Wir verraabschieden uns, wir mißen höim.«

Auch mir gab das Paar, von Nico »Han, mein Bester« und »Grete« genannt, die Hand. Die knochigen Finger des Invaliden, so kalt wie meine, umfaßten meine Hand mit erstaunlicher Kraft. Seine Augen, bräunlich, von der Farbe vergilbten Papiers, sahen mich durchdringend an. An diese Details erinnerte ich mich später, als ich mich auch an andere Dinge erinnern sollte, aus der Zeit, die wohl zwanzig Kalender zurücklag. An diesem Nachmittag, als die Dämmerung sich schon an die verregneten Fenster heftete, verschwand er ebenso schnell aus meinen Gedanken, wie er an den Schaukästen entlang durch die Menge weggefahren wurde. Die Frau steichelte die Haarsträhnen auf seinem Hinterkopf.

Wo war Daphne?
Dafür tauchte Arne wieder auf, die verbundene Hand dramatisch hochhaltend. Nico sank in die Hocke, um seine sich kauernde Gestalt bauschte sich der Talar, so daß es aussah, als sei er mit einem Ballon abgestürzt, Zeigefinger an der Stirn. Vater und Sohn machten gleichzeitig die gleiche Kopfbewegung, der Sohn durfte Vaters Barett aufsetzen, der Sohn hatte den milchigen Teint und die blauen Puppenaugen der Mutter, mit denen er in der gleichen ruhelosen Art alles zu beobachten schien.
»Ich gehe auch, Nico«, sagte ich.
»Jammerschade, daß wir uns nicht noch ein bißchen austauschen können.« Er richtete sich wieder auf. »Ich schreibe dir. Schön, daß du da warst. Grüßt du zu Hause?« Noch einmal der Händedruck mit gestrecktem Arm, sofort danach kehrte er sich von mir ab.
Sein Rücken spiegelte sich in dem Glas, hinter dem sein Foto und der Helm mit der Lampe ausgestellt waren. Und all die Steine, Muscheln, Fossile, Knochenreste, die die ganze Weltgeschichte hindurch in der Erde gelegen hatten und jetzt in ihrer Unansehnlichkeit unter grellen Spots vor den Augen dieser angenehm plaudernden Gesellschaft ausgebreitet waren, lauter netten, modernen Menschen, guten Menschen, die nicht hinschauten.
Sibelijn kann nichts mehr passieren, dachte ich noch. Dem geht es so gut, daß er auch sich selbst mit »mein Bester« anreden könnte.

Ich mußte mich in einer Tür oder in der Richtung geirrt haben: Statt näher zum Ausgang, war ich tiefer in das Gebäude hineingeraten, und meine Schritte hörten sich so an, als würde ich mit einem Fuß auf dem Steinboden Schlittschuh laufen. In meiner Schuhsohle steckte eine Glasscherbe, die sich nicht ohne Zange oder dergleichen entfernen ließ.
In einem beinahe dunklen Saal, breit, hoch, war ich von mich weit überragenden dünnen Säulen umgeben, zwischen denen ich schaudernd stehenblieb. Die feuchte Kälte war inzwischen in meinen Körper eingedrungen. Irgendwo hoch oben das Ticken des Regens auf einem Glasdach.
Ich befand mich, merkte ich, in Gesellschaft von Skeletten prähistorischer, auf meterhohen Beinen aufgestellter Ungetüme, deren Silhouetten sich im Halblicht langsam abzuzeichnen begannen.

Saurier mit aufgesperrten Mäulern, nach Luft aus Jahrtausenden nach ihrer Zeit schnappend, Brustkörbe wie Löwenkäfige, ihre Wirbel vom Rückgrat bis zum Schwanz die Zinnen von Forts – sie hatten so lange auf der Erdkruste herumgetrampelt, bis sie einbrachen. Manche müssen baldachinartige Flügel besessen haben, größer als die heutiger Jumbo-Jets.
Was wäre ich in den Klauen solcher Kreaturen gewesen? Weniger als ein Körnchen Dreck, ähnlich dem Schmutz unter meinen Fingernägeln. In den Tiefen verschwunden, waren sie nicht mehr als Fasern einer Erdschicht, Myriaden von Jahren lang, wie untergründige Erinnerungen im Gedächtnis unseres Planeten.
Die Konturen glitten an mir vorüber, verschwammen in der fahlen Dunkelheit, zogen andere nach sich. Am besten konnte ich sie unterscheiden, wenn ich knapp an ihnen vorbeischaute. Doch da ging überraschend außerhalb des Raums eine Reihe von Lampen an. Hartes, farbloses, grelles Licht zwängte sich durch eine offenstehende Tür. Die dadurch entstehenden Schatten verdoppelten die Zahl der Gebeine, Rippen, Wirbel, Flügelspanten. Mir verschaffte das Licht einen Orientierungspunkt, wie ich aus dem Saal herauskommen könnte; eilig ging ich auf das erleuchtete Rechteck zu. Dahinter erstreckte sich ein weißer Quergang.
Bevor ich aus dem Dunkel trat, sah ich Daphne mit großen Schritten durch den Gang laufen, das Rot flatternd um sie. Das Licht schien das Weiß ihres Haars und Gesichts zu schlucken. In der Sekunde, da sie vorüberging, blieb ihr Gesicht verschwommen, und doch sah ich in demselben Augenblick ihre Augen, als sie seitwärts auf das schwarze Türloch schaute. Wenn ich näher an der Tür gewesen wäre, hätte sie mich gesehen. Sie war schon vorbei, als mir bewußt wurde, daß ich den Atem anhielt.
Ich hörte, wie sie abrupt stehenblieb und in der Stille, in der der Regen rauschte, ein anderes Geräusch einsetzte. Mit leisem Klakken rollte etwas durch den Gang zurück, woher sie gekommen war, und flitzte an dem Türrahmen vorbei. Eine Spule oder ein Rad, das im Fortrollen jedes Mal kurz hochsprang. Bei jeder Drehung hüpfte das Ding über eine mitschleifende, sich auf- und wieder abrollende Schnur. Kurz bevor es aus meinem Blickfeld verschwand, schwenkte es mit einem Bogen in meine Richtung, rollte in den Museumssaal hinein, quer über den Teppich aus her-

einfallendem Licht ins Dunkel und stieß an meine Füße. Kam zum Stillstand. Ich bückte mich und hob es auf.
Im Aufrichten berührte ich mit der Hand aus Versehen einen Knopf. Als Daphne von neuem im Licht erschien, um nachzusehen, wo das kleine Ding geblieben war, brach eins der aus dürren Knochen zusammengesetzten Tiere in Brüllen aus. Der Lärm fiel über uns her, als stürze etwas zusammen. »Der Klang der Urgeschichte.« Als gäbe es auch »Klangfossilien«, irgendwo im Weltall konserviert wie die Knochen in der Erde.
Daphne spähte in das Höhlendunkel, aus dem der Lärm kam, und verwandelte sich in eine Statue. Quer durch das Schwarz starrte sie mich mit aufgesperrten Augen an, ohne mich zu sehen. Ich stand außerhalb des Lichtkegels, etwa fünf Meter von ihr entfernt, und rief ihren Namen, hörte aber durch das Gebrüll die eigene Stimme nicht. Der grelle Lichtschein hinter ihr verursachte einen optischen Kontrast - er machte ihre Kleider so durchsichtig, daß sich ihr Körper abzeichnete; zugleich stempelte er ihren Schlagschatten wie mit schwarzer Tusche in das Rechteck aus Licht, das sich zu ihren Füßen erstreckte. Ihr Haar strahlte, als sprühe es Funken. Sie fuhr zurück und schirmte ihr Gesicht mit erhobenen, angewinkelten Armen ab, Handflächen nach außen. So ging sie rückwärts und flüchtete.
Ich wickelte mir die Schnur des Jo-Jos fest um die Hand, war so nervös, daß mir schwindlig und dösig wurde. Ich folgte ihr in den erleuchteten Gang, in dem auf halber Strecke eine Garderobe mit roten Professorentalaren stand, doch sie war verschwunden.
Als der Knochenkoloß endlich schwieg, hörte ich links in der Ferne das Stimmengewirr des Empfangs, so daß ich rechts abbog, von allen Seiten des Gangs echote das Gekratze unter meiner Schuhsohle.
Trotz des Äskulapzeichens an der Windschutzscheibe war das Auto mit einer Parkkralle versehen.
Durchweicht setzte ich mich ans Steuer und starrte auf den Fluß. Scheibenwischer an, auch wenn sie nicht in der Lage waren, die haufenweise mit dem Regen herabstürzenden Blätter von der Scheibe zu wischen.

Wie viele Kalender ist es her?
Nico Sibelijn und ich. Studenten der Geschichte kurz vor dem Abschluß.
Ich sehe uns noch da gehen. Wie Buben auf Schatzsuche. Nico mit der selbstgezeichneten, markierten Detailkarte vor der Nase. Unsere Räder hatten wir schon vor Stunden irgendwo stehengelassen, mit Ketten und Vorhängeschlössern an Bäumen verankert. In unseren kurzen Hosen, gebeugt unter vollgepackten Rucksäcken, an denen Kochtöpfe, Seile, Werkzeug, Helme mit Scheinwerfern hingen, stolperten wir in der Hitze durch das Gras. Ausrutschen, straucheln, fallen. Der abschüssige Boden war felsig, wir hatten nicht die richtigen Schuhe an.

»Was wir tun sollen? Wir müssen rein in die Höhlen! Was wir suchen, dort in der Tiefe muß es zu finden sein«, sagten Nico und ich lachend zueinander.
Geflügelte Worte von J. J. J. J. Möser. Wer sie zitierte, mußte die dazugehörende Gebärde unseres Dozenten machen: Der rechte Zeigefinger – der von Möser glich einem Kreidestift – hatte vom aufrechten Stand in einer Zickzackkurve in den abwärts zeigenden Stand überzugehen und vor der Mitte des Rumpfs, dem Schnittpunkt der Beine, zitternd zum Stillstand zu kommen.
Irgendwann hatte Nico, des Lachens müde, die Bewegung mit dem Finger sein lassen. »Wir steigen hinab in die Tiefe, du und ich«, sagte er. »Verdammt, das tun wir.«
»Wahrlich, so ist es.« Ich, albern.
Es sei sinnvoll, meinten wir, jetzt, da wir in der offiziell niedergeschriebenen Geschichte bewandert waren, auch etwas von dem noch Unentzifferten zu erfahren. Von dem, was allem anderen voranging, in den Särgen der Zeit begraben – wenn der Begriff Zeit in diesem Zusammenhang überhaupt noch einen Sinn hat. Die Welt ist Milliarden Jahre älter, als es Geschichte gibt. Wir würden, teils zum Spaß, teils durchaus mit einer mir heute nicht mehr nachvollziehbaren wissenschaftlichen Absicht, Höhlenforschung betreiben. In der Tiefe. Wie Livingstone nach den Quellen des Nils, Schliemann nach den Trümmern von Troja und Dar-

win nach dem fehlenden Bindeglied zwischen Affe und Mensch, so hatten wir, glaube ich, vor, nach den Quellen, Trümmern und Bindegliedern der Geschichte selbst zu fahnden. Oder so ähnlich.
Nico verbrachte eine Woche in der Universitätsbibliothek. Dann erschien er mit Generalstabskarten und seiner selbstgefertigten Skizze.
»Hier«, sagte er und tippte mit dem Nagel auf die Stelle, die er für unseren Abstieg in die Unterwelt ausersehen hatte.

An diese Stelle sind wir nie gekommen. Geschweige denn, daß wir irgendwelche Höhlen, Quellen, Trümmerreste, Bindeglieder gefunden hätten.

Als wir gerade alles studierten und besprachen, Bücher neben uns, Nicos Studentenbude gesättigt von Zigarettenqualm, schreckte uns das Schrillen der Türklingel auf. Das für Nico bestimmte Signal, drei kurze Klingeltöne.
»Wer ist denn das?«
Nico: »How can I tell?« Ungehalten öffnete er das Fenster und beugte sich in den Nieselregen hinaus. Tief unten von der Straße erklang eine Mädchenstimme.
»Du störst aber schrecklich«, rief Nico. »Ich bin an der Arbeit. Es paßt wirklich ganz schlecht.«
Da das Mädchen nicht lockerließ, knüpfte er sein Taschentuch an den Hausschlüssel und warf ihn hinunter.
»Tut mir leid, alter Knabe, wir müssen eine Pause einlegen.« Er ließ sich wieder auf seinen Stuhl fallen. Zitterte er? Durch das Beben seiner Finger rutschte ihm die nervös hochgeschobene Brille sofort auf die Nasenspitze zurück. Er sah mich über das Brillengestell an und flüsterte (er *flüsterte*): »Eine Nymphe vom Konservatorium. Erstsemester, oder im dritten. Ist mir vor ein paar Tagen in die Arme gelaufen, et cetera pp.«
Hinter mir ein leises Klopfen an der Tür.
»Come in.« Er versuchte, das in dem ihm eigenen selbstsicheren Ton zu sagen, doch seine Stimme glitt in ein heiseres Falsett ab. An seinem Adamsapfel konnte ich sehen, daß er schluckte, obwohl es vermutlich nichts zu schlucken gab.

Im Spiegel mir gegenüber sah ich sie hereinkommen. Sie tauchte zwischen den schwarzbraunen Sommersprossen auf, die das Glas wie Sternzeichen bedeckten, Sagitarius, Taurus, Libra, Scorpio. Aus Rauchschleiern aufsteigend, das offene weiße Haar und das bleiche Gesicht perlend von Regentropfen. Von Nico wanderte ihr Blick neugierig zu meinem Hinterkopf, in dem sie nicht, wie in einer Kristallkugel, lesen konnte. Sie stellte sich vor mich, sah lachend auf mich herunter.

»Daphne«, sagte sie.

»Daphne Uitwyck. Jelmer van Hoff.« Nico hatte seine Stimme wieder. Er war hör- und sichtbar irritiert. Ostentativ faltete er Karten im Atlas aus und wieder ein, schob Papiere hin und her, nahm den roten Buntstift, mit dem er gerade noch Linien punktiert hatte, legte ihn mit einem leisen Knall wieder hin.

»Hast du was an den Augen?« fragte sie.

In dem Augenblick, als sie aus dem Spiegel verschwand und vor mich trat, fingen meine Augen zu brennen an. Ich kniff sie zusammen und bekam sie nicht wieder auf. Ich drückte die Handballen dagegen.

»Ihre Schönheit blendet mich«, sagte ich.

»Das kommt durch all den Rauch hier«, stellte sie fest. »Diese scheußlichen Zigaretten, die Nico raucht. Mérimée. Das war doch ein Schriftsteller? Wieso haben sie bloß eine Zigarettenmarke nach ihm benannt?«

Ich hörte, wie sie zum Fenster ging, es aufriß. Wieder zurückkam. Ihre hallenden Schritte auf dem Holzfußboden, ähnlich wie es sich in der Oper anhört, wenn das Gedudel kurz schweigt und der Held mit festem Tritt über die Bretter schreitet.

»Hier wohnst du also ...«

Als ich die Wimpern wieder befreit hatte, stand sie neben Nico und beugte sich zu ihm. Da er sie abwehrte, bewirkte ihr für seine Schläfe bestimmter Kuß, daß ihm der Brillenbügel vom Ohr sprang. Darauf hing ihm die Brille schief vorm Gesicht und fiel auf die Papiere. Als sähe ich Nico plötzlich nackt: sein eines wesentlichen Merkmals beraubtes Gesicht, die in die Haut eingedrückten Brillenspuren. Er war verlegen.

Ich nicht weniger. Verliebt bis in die Tiefen meiner Seele. Eine Empfindung, die ich bis dahin nicht gekannt hatte, und ich wunderte mich über die Melancholie, die damit einherging. Wahrscheinlich las ich die falschen Gedichte.

»Wobei störe ich euch denn so sehr?« Sie setzte sich zwischen uns an den Tisch. »Ferienvorbereitungen? Wohin? Darf ich mit?«

»Wir bereiten uns auf die Tiefe vor«, sprach ich feierlich.

Sie: »Quid non?«

Die Sommerhitze strömte herein mit dem Geruch von verklebtem Laub. Es regnete nicht mehr, und die Vögel fingen wieder an zu singen. Sie hob den Kopf und lauschte dem Getriller mit einem Lächeln, dessen Anblick ich nicht ertragen konnte. Ich senkte den Blick auf Nicos Karte. Was ich aus den Augenwinkeln von Daphne wahrnahm, war genug.

»Die Ardennen«, sagte sie. Da sei sie mit ihren Eltern und Schwestern gewesen. Die ganze Familie auf Rädern. Den kleinen Ort Creteur kenne sie. Nichts sei da los. Da sei man in einer Minute durch, und dann habe man alles gesehen, »was«, sagte sie, »so viel bedeutet wie nichts«.

Fröhlich. Eine hohe, melodische Stimme. Achtzehn, neunzehn Jahre alt? Ihre kaskadenblauen Augen aufmerksam überall zugleich.

»Wir bereiten eine Studienexpedition vor. Höhlenforschung.« Nico hatte sich wieder gefangen, Brille, wo sie hingehörte. Er schwitzte plötzlich heftig und wischte sich mit dem zerknüllten, schmuddeligen Taschentuch ab, an dem der Schlüssel noch befestigt war. »Und zwar hier. Nicht in Creteur, sondern hier.« Der gestrichelten Linie folgend, erreichte sein kleiner Finger den anderthalb Zentimeter weiter unten angekreuzten Punkt. »Hier sind die Höhlen, die ...«

Ihr Zeigefinger schnippte seinen kleinen Finger weg und landete senkrecht wie eine Schachfigur in dem dunkelgrün gefleckten Gebiet direkt unter Creteur. »Dann wird eure Tour zu den Höhlen aber doch hier anfangen müssen«, sagte sie, »diese Höhlen sind nur zu Fuß erreichbar. Das weiß ich. Und wie hattet ihr euch das Ganze vorgestellt? Ohne Führer und ohne die blasseste Ahnung? Ja? Das muß ich verbieten.«

»Ich gehe«, sagte ich und stand auf. Streckte ihr die Hand hin. »Tschüs.«

»Tschüs, äh ... Jelmer.« Ihre Hand.

Das war das erste Mal, daß ich dich berührte, und du mich.
»Warum gehst du denn jetzt?« fragte Nico.
»Noch einiges zu tun«, log ich. »Darf ich mir das Buch da ein paar Tage ausleihen?«
Auf dem Rad, an den Grachten entlang, stieg mir fauliger Gestank in die Nase. Eine sanft auf- und abwiegende Schicht von toten Fischleibern lag auf dem Wasser. Die Luft war schwül. Der Wind, den ich durch mein lustloses, aber ziemlich schnelles Treten erzeugte, haftete an meiner Haut, den Gestank wurde ich nicht los. Bei jeder Umdrehung der Pedale wiederholte sich ihr Name in meinem Kopf – meine Erregung wurde nur durch das Bewußtsein gedämpft, daß sie Nicos Freundin war. Auf jeden Fall nicht meine. In der Kneipe, in die ich häufig ging, saßen nur wenig Leute herum, die meisten Studenten waren schon in den Ferien. Ich schlug das Buch auf und versuchte zu lesen, aber da ich mich schlecht konzentrieren konnte, gelang es mir nicht, das knifflige Französisch zu kapieren.
An dem Abend bin ich mit einem Mädchen ins Bett gegangen, das, verpackt in erstickende Wolle, in die Pinte hereingestromert gekommen war, sich neben mich hingefläzt und ohne Einleitung von ihrem Liebeskummer angefangen hatte. Daher friere sie auch so trotz des drückenden Wetters. Wir trieben es in ihrem Zimmer, während sich im Rahmen des geöffneten Fensters die Dämmerung über den Stadtpark mit den Statuen senkte. Es hatte wieder angefangen zu nieseln. Der alles durchdringende Fischgeruch blieb.
»Richtig bei der Sache bist du nicht, was?« sagte sie hinterher. »Tut mir leid, ich auch nicht. Das Schwein liegt jetzt bei ihr ... Ich kann verdammt noch mal an nichts anderes denken. Woran denkst du?«
»Auch an so was Ähnliches«, sagte ich. »Wir reden über was anderes, einverstanden?«
Das Fahrrad schiebend, ging ich gegen Mitternacht durch den hier und da von grünlichem Laternenschein erhellten Park nach Hause. Die Statuen berühmter, toter, vergessener Universitätsgelehrter, unter ihnen zwei Nobelpreisträger, glänzten einsam, Regentropfen an allen Ausbuchtungen, auch wenn es gerade mal nicht regnete.
Dort sah ich sie zum zweiten Mal an jenem Tag, Daphne Uitwyck,

sie hatte sich umgezogen und ihr Haar anders frisiert. Sie schritt aus einem Seitenweg, Hand in Hand mit einer Gestalt, einer männlichen, nicht Nico, deren Gesicht im Dunkeln blieb, während das ihre aufleuchtete, wie es im selben Augenblick der Mond am Nachthimmel tat, als die Wolken aufrissen.
Abrupt blieb ich stehen.
Sah und erkannte sie mich auch, als sie mit einer trägen Kopfbewegung das zusammengebundene Haar von der Schulter gleiten ließ und in meine Richtung blickte? Daß sie es war, hörte ich am Klang ihrer Stimme, der hell durch die Stille drang, sie redete heftig auf ihren Begleiter ein. Was sie sagte, konnte ich nicht verstehen.
So überraschend, wie sie aufgetaucht war, löste sie sich auch wieder in der Dunkelheit auf, unter Schlieren von Sternen.

Einige Tage später verirrten Sibelijn und ich uns in den südbelgischen Wäldern, irgendwo auf dem dritten Viertel einer gestrichelten roten Linie. Nach stundenlangem Herumirren, müde, verschwitzt, Arme und Beine zerkratzt, ständig von Stechmücken und Fliegen drangsaliert, entschlossen wir uns zu einer »Neuorientierungsberatschlagung«.
Nicos Wort.
Obwohl er seine Brille mit einem von Ohr zu Ohr über den Hinterkopf gespannten Gummiband befestigt hatte, so daß das Ding nicht runterrutschen konnte, legte er den Finger gewohnheitsgemäß zwischen die Augen und sah mich durch die staubigen Gläser an. »Excuse me. Not the faintest idea where we are.«
An einem mit kleinen Wasserfällen verzierten Bach warfen wir unser Gepäck ab und streckten die Füße ins Wasser.
Ein Bach? Auf der Generalstabskarte waren viele Bäche eingezeichnet, wie Adern auf weißer Haut. Auf Nicos selbstgezeichneter Karte kam nur ein einziger Bach vor, der unmöglich dieser Bach sein konnte.
Hektisch begann Nico in Führern zu blättern und wackelte dabei mit dem Spielzeugkompaß, ohne zu wissen, wie er damit welche Richtung auch immer bestimmen könnte und was wir anschließend in dieser Richtung zu suchen hätten.
Am anderen Ufer ragte eine hohe Schieferfelswand aus dem Was-

ser, mit wenigen Pflanzen bewachsen, in Nischen und Spalten hatten sich Vögel eingenistet. Auf dem Rücken liegend, Hände unter dem Kopf, starrte ich schläfrig auf den Felsen.
So ein Fels, sinnierte ich, verkörpert viel eher das, was man unter Geschichte versteht, als all die Pyramiden, mittelalterlichen Kathedralen, Schlachtfelder voller Mahnmale. Hunderttausende von Jahren liegt dieser Steinklumpen schon da und schweigt, geschichtslos wie alles in der Natur, während sich um ihn herum die Tatsachen ereignen, die man als Geschichte studiert. Geschichte ist, woran man sich erinnert. Woran erinnert sich dieser Fels?
Auf einmal lief ich durch Dunkelheit, in der Hand eine Fackel, die schnell abbrannte. Es war Nicos brennende Karte, mit der Innenseite nach außen aufgerollt, um sie herum lief eine Spirale aus gestrichelten Linien.
Mit einem Ruck richtete ich mich auf und zog meine eiskalt gewordenen Füße aus dem Wasser. Der Fels sah mich an. Die Sonne war gewandert, die Schatten fielen anders.
»Meiner Meinung nach sind wir hier«, sagte Nico und zeigte auf einen Punkt auf der Generalstabskarte, »und eigentlich hätten wir dahin gemußt. Da liegen die Höhlen.«
Ich nickte bereitwillig. »Morgen. Mir reicht es für heute.«
Wir blieben an dem Bach, der schon bald vom Schatten des Felsen, hinter den sich die Sonne zurückzog, verschluckt wurde, obwohl es noch Stunden hell blieb. Mit der Helligkeit blieb auch die Hitze, in der wir trotzdem ein Feuerchen machen mußten, um uns unser Haschee aus der Büchse aufzuwärmen und Wasser für den Kaffee zu kochen. Auch in dieser Hinsicht waren wir ungeübte Amateure. Naive Studenten, die sich unbesonnen auf den Weg gemacht hatten, ohne genau zu wissen, wohin.
In irgendeine Vergangenheit. Bewaffnet mit einem Selbstauslöser, um Fotos zu schießen, weil das, Nico zufolge, »interessant« war »für später«.
Jetzt, da ich mir dies alles ins Gedächtnis zurückrufe und aufschreibe, wird mir klar, daß die Vergangenheit, die wir damals suchten, von großer Bedeutung für Nicos weiteres Leben und seine glänzende Karriere war, für mich jedoch keine besondere Rolle gespielt hat. Oder doch, wenn man daran denkt, daß alles mit allem zusammenhängt und daß der Unterschied zwischen der

gerade verstrichenen Minute und dem Zeitalter des Iguanodons nicht ins Gewicht fällt?
Zu meiner Bestürzung zog Nico einen Schlafanzug an. Hellgrün mit Marienkäfern. Mit einem Hemdzipfel putzte er mit weit aufgesperrten Augen seine Brille, wahrscheinlich ohne viel zu sehen. Als er sie wieder aufgesetzt hatte, machte er sich an die nächste erschreckende Arbeit: eine Pistole. Plötzlich hatte er das Ding in der Hand, es funkelte im Schein des Lagerfeuers.
»Correction, das heißt Revolver, nicht Pistole«, dozierte Nico. Aus seinen Händen kamen metallische Geräusche - mit einem Wolltuch und ein paar anderen Sachen, die er so selbstverständlich wie Zahnbürste und Rasierzeug mitgebracht hatte, begann er, die Waffe zu behandeln.
Wie er an das Ding gekommen sei?
»Noch aus dem Krieg. Das ist ein deutscher Revolver. Gehörte einem hohen deutschen Tier, das bei uns einquartiert war. Plötzlich war der Mann verschwunden, hatte aber das Ding in der Schublade seines Nachttischs vergessen. Seitdem lag es all die Jahre, in Zeitungspapier aus dem Jahr 1943 gewickelt, im Wäscheschrank im Schlafzimmer meiner Eltern. Noch als mein Vater starb, lag es da. Meine Mutter erzählte mir die Geschichte, drückte mir das Päckchen in die Hand und sagte: Wirf es bitte irgendwo ins Wasser, ich stehe Todesängste aus.«
»Hast du schon mal damit geschossen?«
Einmal, aus Neugier, in den Dünen, in die Luft. Und jetzt sind noch vier Kugeln in der Trommel. »Schau.« Er öffnete die Hand und zeigte sie mir. »Ist doch praktisch, so ein Ding, wenn man in der Wildnis übernachten muß?«
Wir rollten unsere Schlafsäcke aus und löschten das Feuer.
Im Schlafsack war es mir zu heiß, auf dem Schlafsack wurde ich, nur mit einer Unterhose bekleidet, von den Mücken und allen übrigen Insekten aufgefressen. Um uns die mit Geräuschen angefüllte Dunkelheit, über dem Laub hing das Firmament voll mit Astrologie. An einen Baum gelehnt, den Schlafsack so luftig wie möglich um mich, bemühte ich mich, ausschließlich dem Plätschern des Baches zuzuhören.
»Das Buch«, sagte Nico plötzlich, die Spitze seiner Zigarette glühte auf, »das kriege ich doch von dir zurück, hoffe ich?«

»Buch?«
»Das du letztes Mal mitgenommen hast. Ich hatte es selber gerade erst angefangen. Es fällt mir plötzlich ein.«
»Selbstverständlich«, sagte ich in entschiedenem Ton.
Nicht als hätte der Bach auf einmal nach gestorbenen Fischen gerochen, aber ich radelte wieder an der stinkenden Gracht entlang, das Mädchen auf dem Gepäckträger, zu ihr nach Hause. In so viel Wolle gehüllt, daß ihr Körper nach dem Abschälen triefte, außer da, wo es wünschenswert gewesen wäre. Das Buch lag wahrscheinlich immer noch bei ihr auf der Fensterbank, irgendwo am Rand des Parks.
Ich hier im Dunkeln, Nico dort. Er blinder als ich, denn die Brille hatte er doch wohl abgesetzt. Und wenn jetzt plötzlich geschossen werden mußte?
»Diese Daphne Uitdingsda«, sagte ich.
»Uitwyck«, sagte Nico.
Mit neutraler Stimme, ich: »Ist da was? Ich meine, habt ihr was?«
»Ja, da ist was.« Seufzer. »Mehr weiß ich auch nicht.« Tiefer Seufzer. »Wieso?«
»Nur so.« Ich unterdrückte den Impuls, selber auch zu seufzen, noch viel tiefer. »Hübsches Mädchen. Nettes Mädchen, scheint mir«, sagte ich feige. Tippte mit dem Zeigefinger meinen Penis an. »Ist sie noch lange geblieben, damals?«
»Wann, damals? Ach, damals. Was willst du nun eigentlich wissen? Ob wir an dem Abend noch miteinander …? Ja, haben wir. Aber sie ist nicht geblieben, plötzlich erinnerte sie sich an etwas und mußte weg.«
Dann schwiegen wir.

Im noch dünnen Morgenlicht kam ich wieder zu mir, von Kopf bis Fuß durchgeschwitzt, falls ich nicht erst dann einschlief und träumte, ich würde, an einen Baum gelehnt, in einem Wald an einem Bach und einer Felswand aus Schiefer schweißtriefend aufwachen und müßte dringend.
Nico schlief noch, er schnarchte leise.
Ich entfernte mich ein Stück, ging am Bach entlang, zog die Unterhose aus und stieg in die Strömung. Der Boden war hart, eben, glatt poliert vom Wasser, das mir nicht weiter als bis zur Hälfte der

Waden reichte, aber dennoch so reißend war, daß ich aufpassen mußte, nicht umgerissen zu werden. In der Mitte ging ich in die Hocke und fühlte sofort, wie der Haufen, den ich gemacht hatte, vom Strudel erfaßt, an meine Hoden stieß, bevor er unter mir durchschwamm, sich fröhlich im Kreis drehte und hin und her schaukelte, bis er etwas weiter von einem kleinen Wasserfall verschluckt wurde. Natürlich hätte ich mich mit dem Gesicht stromaufwärts hinhocken müssen. Ich nahm mir vor, mir das zu merken, doch in meinem ganzen weiteren Leben hat mir diese Weisheit nichts mehr genützt.

Nach Luft schnappend, legte ich mich der Länge nach in den Bach, den Kopf den heranschwappenden Wellen zugewandt, Gesicht, Bauch, Geschlecht an den Boden gedrückt. Andächtig und genußvoll pinkelte ich in das schäumende kalte Wasser, kräftig, ausgiebig, beruhigend, trostreich. Ich ließ mir das kristallene Wasser in Mund und Hals strömen.

Beim Aufwachen und danach war ich von unbestimmter Nervosität gewesen.

Stunden später.

Nur das leise Rauschen in der Waldkulisse, in der wir uns befanden. Das Vorbeischwirren einer Libelle, ein plötzlich verstummender Vogelruf, Mückengequengel, und all das unterstrichen vom brummenden Continuo des Baches, dem wir folgten.

Rascher erschöpft als gestern, hatten wir uns von neuem verirrt und schließlich das Gepäck wieder vom Rücken genommen und uns daneben gesetzt. Ich starrte vor mich hin und kratzte mich ununterbrochen, Juckreiz am ganzen Körper, Nico im Schneidersitz über seine Karte gebeugt, mit purpurrotem Gesicht, die Zähne in die Unterlippe gebohrt. Mit bebenden Zeigefingern folgte er den gestrichelten Linien und sagte regelmäßig »damned!«, und er verstehe nur noch Bahnhof.

Der Bach machte hier einen Schwenk und verschwand aus unserem Blickfeld. Die Farbe des Wassers hatte etwas Rostiges bekommen und in der Innenkurve, wo es fast stillzustehen schien, schaukelten und wiegten sich Wohlstandsreste, leere Büchsen und Flaschen, Plastikfetzen, ein vollständig ausgebreitetes Exemplar der Tageszeitung *La Meuse*, alles von stinkenden Algen

getragen und von querliegenden Ästen auf der Stelle gehalten. Vielleicht schwamm auch mein Wohlstandshaufen mit. In der Außenkurve hatte die schneller werdende Strömung einen tiefen Spalt in die Felswand genagt, die weiter oben mit hartem, zähem Moos und kriechendem Unkraut bewachsen und mit Blumen bedeckt war, was den Eindruck der Unnahbarkeit milderte, aber am Fuß, dort, wo das Wasser hinkam, eine nach Tiefrot tendierende Fieberfarbe angenommen hatte. Am anderen Ufer, da, wo der Bach in der Biegung außer Sichtweite geriet, Wald. Allerlei sich türmendes Grün, das den Berg hinaufkletterte, so hoch, daß die Wipfel im Leuchten der direkt über ihnen hängenden Sonne unsichtbar blieben. Da hinein zu blicken tat den Augen weh. Die Vegetation, die unter dem üppigen Gewirr von Baumstämmen, Sträuchern, Stauden wuchs, moderte am Ufer vor sich hin, streute verdorrte Blätter auf den Boden und ins Wasser oder war schon völlig entlaubt und bot den Anblick abgebrannter Streichhölzer.
Ich fühlte mich nicht wohl. Übelkeit stieg in mir auf, die mit Krämpfen in meinen Gedärmen einherging. Und mit nichts zu linderndem Juckreiz. Unter der Haut. Das Kratzen half nichts, Reiben, Kneifen ebensowenig – im Gegenteil, das Jucken wurde nur schlimmer und breitete sich aus wie eine schwelende Glut.
»Jetzt tu du doch auch mal was«, sagte Sibelijn, damals noch nicht der weltberühmte Höhlenforscher, Archäologe, Fossilologe, Doktor der Geschichte und noch einiger Nachbardisziplinen und mehrere Male Ehrendoktor bis nach Reykjavík und Tokio, »statt da so unbeweglich vor dich hin zu stieren.«
»Was soll ich denn tun?« entgegnete ich so munter wie möglich. »Etwa Möser anrufen, von der Telefonzelle da hinten, und ihn fragen, wo genau wir seiner Meinung nach in die Erdkruste eindringen sollen?«
Sprechen ging gerade noch, wenn ich mir dabei auch stöhnend die Fäuste in den Bauch drückte und ein nach Wermut schmeckendes Gebräu aus meiner Speiseröhre aufstieg.
»Was hast du denn?« fragte Nico.
»Ich fühle mich beschissen. Laß mich einen Moment so sitzen, es wird schon wieder weggehen.«
»Was ist denn?«
»Weiß nicht.« Ich starrte weiter vor mich hin, fröstelnd, in die

Sonne blinzelnd, die mir Tränen in die Augen trieb. Wenn ich den Kopf bewegte, müßte ich mich womöglich übergeben. In meinem Bauch zischte es, wie ein Ventil an einem Schlauch, dazu kam ein Rumoren. Und ein Gefühl, bei dem ich mich zusammenkrümmte, als würden Rasierklingen durch meine Därme gezogen. »Gib mir ein Viertelstündchen. Es hört schon auf …« Im Versuch, lustig zu sein, sagte ich noch: »Danach schreibe ich viermal J einen höflichen Brief, in dem ich ihn, auch in deinem Namen, um instruktive Ratschläge bitte.«

Dann war es auf einmal, als verlöre ich das Bewußtsein. Oder als glitte ich in ein anderes Bewußtsein hinüber, als ob man träumt, sich wegphantasiert, seiner Gedanken nicht mehr Herr ist. Mir war, als verwandelte ich mich in jemand anderes und befände mich anderswo.

Vorsichtig, mit kleinstmöglichen Bewegungen, schob ich mich rückwärts, bis ich Schultern und Kopf an einen Baum lehnen konnte. Ob ich die Augen schloß oder nicht, die Strahlen der Sonne drangen wie Scheinwerfer in mein Gehirn, durch die zugekniffenen Lider, durch die Gesichtshaut, die Schädelknochen, dieses Bewußtsein, jenes Bewußtsein. Überall gleißendes Licht, nicht nur am Himmel. Auch im Wasser, wo es sich in blendenden Spritzern wie in Milliarden brennenden Splittern spiegelte. Und in der Schieferfelswand. An sie schlug die Sonnenglut, von ihr wurde sie zurückgeworfen.

Waren das Fieberträume? Zweifellos sind das Fieberträume, dachte ich. Wie ist es möglich, daß, obwohl meine Augen verkohlt sind, Nässe aus ihnen strömt und ich die Dinge in einem feuchten, flackernden Schleier wie durch eine dünne Wasserwand wahrnehme? Hinter ihr werden mit grellen Lampen Signale gegeben.

Meines Erachtens war es ernster: Ich lag im Sterben. Nun ja, dies also ist Sterben, stellte ich fest. Hoppla, ich sterbe. Lieber Vater, liebe Mutter, o schöne Jugendzeit, ich scheide dahin. Womöglich war ich schon tot und befand mich, von Kopf bis Fuß eiskalt, obwohl mir die Sonne Löcher in die Kleider brannte, im Ofen des Krematoriums. Von Kälte geschüttelt, fühlte ich, wie an allen unbedeckten Stellen meines Körpers Risse entstanden, verursacht von der Hitze von zwanzig Sonnen. Grüne Hitze, grünes Licht, alles grün, grünes Vogelgezwitscher dazwischen. Zugleich triefte

ich von fettigem Schweiß, der langsam an mir heruntertroff. Giftgrüner Schmerz in Magen und Gedärmen. Juckreiz.
Und dann plötzlich ein Traum. Aus heiterem Himmel erschien ein Engel.
»Was sagst du?« Nicos Stimme.
Das war noch nicht der Nico, der all die so imposant mit Querschnitten, Grafiken, Skelettresten illustrierten Bücher und Artikel geschrieben hatte. Noch nicht Professor Sibelijn, Mitglied der Akademie der Wissenschaften, königlich und sonstwie dekoriert in verschiedenen Ländern für seine Taten, Vorsitzender von allerlei supergelehrten Vereinen, Gesellschaften, Verbänden und Ligen. Noch nicht der Nico Sibelijn, der ...
»Vielleicht hab ich Hoppla gesagt«, mutmaßte ich zähneklappernd.
»Du hast was gemurmelt.«
Ich wandte ihm, wieder so behutsam wie möglich, das Gesicht zu. »Habe ich etwa das Wort Neuorientierungsberatschlagung gemurmelt?«Dieses Wort fiel mir spontan ein, ich fand es passend, wollte ihm ein Lächeln entlocken.
Aber Nico und Lachen? Ich hatte ihn noch nie lachen sehen, lachen hören oder gesehen, daß er Anstalten zu einer stirnrunzelnden Überlegung gemacht hätte, ob er sich wohl einen Hauch, einen Schimmer von Amüsiertheit im Gesicht erlauben könne. Ernst geboren, zum Ernst bestimmt, immer mit dem Finger zwischen den Augen vertieft in Schriften und Papiere. Jetzt war er wieder mit Zirkel und Winkelmesser damit beschäftigt, auf einer Reliefkarte Halbkreise zu ziehen, die er anschließend auf die von ihm selbst gefertigte Streckenkarte übertrug. Sibelijn, Strichellinie. Derselbe, den die Gemeinde Creteur, auf deren Gebiet wir uns gerade befanden, Kalender später mit einer zweisprachigen Gedenktafel an der Fassade des Rathauses ehren sollte, wegen seines weltbewegenden archäologischen Funds, den er in den Höhlen, den Tiefen tätigen sollte. Armer Nico ...
Er hob den Kopf und blickte in meine Richtung. »Als ob du im Delirium gewesen wärst«, sagte er. »Hast du geschlafen? Du warst wirklich ganz schön weit weg. Wie geht es jetzt?« »Jesus!« fügte er, englisch ausgesprochen, sofort hinzu, offenbar von etwas oder von mehrerem gleichzeitig überrascht.

Was war?
Ich konnte seine Augen nicht sehen. Die Sonne hatte sich seiner Brillengläser bemächtigt und reflektierte ihre Glut in ihnen, wie sie es im Wasser und an der Schieferwand getan hatte. Der Schädel meines Reisegefährten sprühte Feuer aus den Höhlen, in denen seine Augen steckten. Dadurch nahm er das insektenhafte Aussehen von Moses an, dem Diener des Herrn, als er, die Gesetzestafeln unter dem Arm, vom Berg Sinai herabstieg, während zwei Säulen heiligen Lichtscheins seinem Kopf entsprangen.
»Dschises Kraaist, wie siehst du denn aus, mein Bester.«
Während er das sagte, sich dabei ruckartig das Haar aus der Stirn schleuderte, wanderte sein Blick von mir zur Biegung des Baches. Mit gestrecktem Hals, Mund vor Staunen offen, richtete er den Blick auf etwas, das sich dort ereignete. Als ich seinen Augen folgte, erkannte ich die Szene, deren Beginn ich gerade zu träumen gemeint hatte. Der Traum ging jetzt einfach weiter.
»Look at that ...«, sprach Sibelijn.
Mitten im Bach war eine Gestalt aufgetaucht. Sich aus der flimmernden Luft lösend, von verdampfendem Wasser umdunstet, watete das Wesen wie durch rieselndes Gold auf uns zu. Für mich blieb alles unscharf - ich glaubte, einen Geist zu erblicken, der aus lauter flammendem Licht bestand. Ich mußte die Augen zusammenkneifen, sie mit den Händen schützen, sie mir reiben.
Als ich wieder hinschaute, sah ich, daß die inzwischen ziemlich nah herangekommene Person einen Sturzhelm trug, einen schwarzen, wie sich herausstellen sollte, der jedoch aus funkelndem Edelmetall zu sein schien, so stark reflektierte er die Sonne nach allen Seiten. Dadurch war es, als besäße die Erscheinung keinen Kopf, statt dessen aber eine Menge Funken sprühender Aureolen. In dem Geflimmer war kein Gesicht zu erkennen. Stiefelchen, rote, aus geschmeidigem Leder, deren obere Ränder sich gerade noch über der Wasseroberfläche befanden. Vorsicht, da schwimmt vielleicht ein Haufen Kot. Die Möglichkeit besteht, daß Sie mich darin erkennen werden. Eine zu eng um Becken, Scham und Schenkel sitzende Jeans, die Hosenbeine in die Stiefel gesteckt. Durch Magerkeit gekennzeichneter Körperbau. Ein Henkelkorb in der Hand eines seitwärts ausgestreckten Arms.

Stimme über das Wasser, das ein tief seufzendes Geräusch machte, herüberschallend: »Natürlich störe ich mal wieder schrecklich.« Danach lösten sich Vision und Geräusche auf.

Daphne hockte neben mir und fütterte mich mit Dosensuppe. Ich lag am ganzen Körper zitternd in dem schweißfeuchten Schlafsack – jemand hatte mich ausgezogen – und beherrschte mich, um mich nicht wie verrückt zu kratzen. Ich war von oben bis unten, vorne und hinten über und über mit zellophanartigen Blasen bedeckt, die aufplatzten, sobald ich sie mit den Nägeln berührte, und eine dicke, weißliche Flüssigkeit ausschieden, die kurz darauf neue Blasen verursachte.

»Du siehst wie ein gruseliges Tier aus.«

Die Sonne war hinter der Felswand verschwunden, das viele Grün wurde dunkler, der Wald verwandelte sich in einen Höhlenkomplex. Als hätten wir das Ziel unserer Expedition doch noch erreicht.

Nico?

Der sei auf der Suche nach einem Arzt.

»Was ist mit dir passiert, Helwig?« fragte sie.

Keine Ahnung.

Es müsse, meinte sie, etwas mit diesem Bach zu tun haben, der offenbar ziemlich verschmutzt sei, wohl weil irgendeine zwielichtige Firma ihre ekligen, alles zersetzenden Abwässer hineinfließen lasse. Schau dir das nur an. Von ihren teuren Lederstiefeletten – Geschenk eines ihr lieben Menschen – löse sich das Rot in Fetzen und Schuppen, es sei zum Heulen. Wenn das Zeug schon eine solche Wirkung auf Gegenstände habe …

Ob ich mit dem Wasser in Berührung gekommen sei?

Ich schob ihre Hand mit dem Suppenlöffel von meinem Mund weg. Schlucken war zu schwierig, mein Magen vertrug die Nahrung nicht, in meinen Eingeweiden fand etwas Unerträgliches statt, an dem Pfrieme und elektrische Bohrer beteiligt waren. Doch was kümmerte mich das alles, jetzt, da die Angebetete, das Flachshaar in einem Zopf, ihre Augen, so blau wie die vornehmer Siamkatzen, auf mich richtete und mir die Hand auf die Stirn legte, kühle Hand.

»Heute morgen drin gebadet.« Meine Stimme war weg, Flüstern das einzig Mögliche.

Ob ich auch davon getrunken hätte?
Nicken. So müde, als wären schon Bewußtlosigkeit und Schlaf übermenschliche Anstrengungen. Ich schloß die Augen wieder. Die Anwesenheit der Engelgleichen war natürlich ein Traum, o Trost. Und ich war der Heldentenor. Und dies meine Arie: Daß ich sie schon liebte, bevor sie in diesem Spiegel, umgeben von den Tierkreiszeichen, erschien, daß ich sie schon liebte, bevor es das Licht gab. »Send' ihr Blumen«, dachte ich, »und Frücht' aus nie versiegender Fülle, send' ihr, freundlicher Geist, ewige Jugend herab!«
Auf ihre Frage, ob ich Schmerzen habe:
Ja, und quälendes Jucken, ständigen Brechreiz und noch so allerlei, doch ich gab ihr mit einer wiegenden Handbewegung zu verstehen, es sei halb so schlimm. Unwichtig, seit du, Göttin, da bist. Ob ich ihre Brüste berühren dürfte? Ihre Schenkel streicheln, zwischen denen ich ungehindert dort, wo sie aufeinandertrafen, den heiligen Punkt sehen konnte, der sich in der eng anliegenden Jeans abzeichnete? Die Hand auf ihr vom Abendlicht schimmerndes Haar legen? Nein, natürlich nicht, sie hätte Angst, wie ich vom Aussatz befallen zu werden. Nico besitzt eine Schußwaffe, wußtest du das? Würdest du mich bitte schnell mal damit totschießen?
»Lieber Junge, du bist wirklich schlimm dran. Du mußt ins Krankenhaus.«
»Du. Warum hier?« brachte ich heraus.
»Nur so«, antwortete sie lachend. Sie sei uns, einen Tag nach unserem Aufbruch, auf dem Moped ihres Schwagers nachgereist, so lautete ihr Bericht, den sie zu meiner Unterhaltung so vergnügt wie möglich erstattete. Es sei ein Impuls gewesen, eine plötzliche Eingebung, eine Anwandlung. Plötzlich habe sie Lust bekommen, auch auf Höhlenerkundung in diesen berauschenden Ardennen auszugehen. »Hinein in die Tiefen, wie ihr das genannt habt. Haha.« Nico mit seinen verrückten Karten – wieder ein Haha –, die wirklich hinten und vorne nicht stimmten, das habe sie an dem Abend damals gleich gesehen.
Ich hörte benommen zu, ihre Stimme kam von fern, wie aus grünlicher Dunkelheit. Sie sagte, Nico und ich seien anderthalb Tage immer nur im Kreis herumgelaufen. Eure Fahrräder, sagte sie, stehen keine hundert Meter von hier entfernt. Wahrscheinlich

zeigte sie dabei in die Richtung, wo unsere Räder standen, doch ich glaubte ihr auch so. Puffpuffpuff sei sie angetuckert gekommen, und da habe sie unsere Drahtesel, sagte sie, schon stehen sehen, na klar, sie habe uns ja selbst vor drei Abenden auf der Karte gezeigt, wo wir unsere Tour anfangen müßten, das wisse sie, haha, mit triumphierender Stimme, noch haargenau. Daß es unsere Räder seien, habe sie außerdem daran erkannt, daß...

Wird schon. Sie entglitt mir, und statt ihrer Stimme hörte ich Klaviermusik oder ähnliches. Etwas Klimperndes. Weingläser gingen in die Brüche. Dann habe etwas sie den Entschluß fassen lassen, ihr »Puffrad«, wie sie sagte, bei unseren Rädern abzustellen und genau an der Stelle in den Wald hineinzugehen. Bis dieser Bach ihr den Weg versperrte. Weißt du, fragte sie, woher ich mir so sicher war, daß ihr ganz nah sein mußtet? Durch das hier. Jetzt zeigte sie mir wahrscheinlich etwas? Ich konnte zwar die Augenbrauen hochziehen, damit aber nicht zugleich die Augenlider. Ich konnte die Hand öffnen, vielleicht bekam ich etwas zwischen die Fingerspitzen? Diese Zigarettenschachtel, sagte sie. Mérimée. Sie habe auf den Wellen geschaukelt, auf die Nico sie nur wenige Augenblicke zuvor geworfen haben mußte, mein lieber Watson, denn die Oberseite war noch trocken. Sie sei in den Bach gestiegen, habe die Schachtel herausgefischt und sei durch das Wasser hierher gewatet.

Nico werde jetzt wohl gleich wieder dasein, er sei schon zwei Stunden fort.

»Ich habe dich an dem Abend noch mal gesehen«, sagte ich plötzlich, etwas lauter als flüsternd (in meinem Hals bewegte sich eine Raspel hin und her).

Darauf folgte sekundenlange Stille. Dann: »An welchem Abend?«

»Vorvorgestern oder so? Du hast Nico besucht, ich ging fort und ein paar Stunden später gingst du durch den Park. Mit jemandem. Nicht mit Nico.«

Wieder Stille. Ich hörte, wie sie tiefer, in einem anderen Rhythmus atmete. Alles schwieg, das Wasser grummelte. Das Horchen verstärkte meinen Juckreiz. Kurz darauf nahm in meinem Bauch, nach einem kurzen, lakonischen Geräusch, als würde ein Korken aus einem Flaschenhals gezogen, ein ähnliches Gebrumm und

Gebrabbel seinen Anfang. Das in wenigen Sekunden zu einem inwendigen Orkan anschwoll.
Ich kämpfte mich aus dem Schlafsack. Noch bevor ich mich ein paar Meter hatte entfernen können, um mich vor den Augen der Angebeteten unsichtbar zu machen, rann der Dreck schon an zwei Enden aus mir heraus. Keine Kraft mehr in den Beinen, ich landete auf Knien und Ellenbogen, und in dieser Haltung strömte es aus mir, ohne daß mein Körper etwas dazu beitragen mußte. Es quoll mir einfach aus dem Mund, es spritzte mir einfach an den Schenkeln herunter. Hoppla, mein Bester. Übrigens, Sie da mit der Klimperstimme, mein Name lautet Jelmer, aber was macht das jetzt noch aus? Als es vorbei war, fiel ich auf die Seite und fing an, mich zu kratzen, ohne mich auch nur im geringsten zu beherrschen.
Weiter entsinne ich mich nur noch, daß im Krankenwagen Daphne neben der Trage saß, auf der man mich aufgebahrt hatte. Auf dem Kopf wieder der Helm. Daß sie geheimnisvoll flüsterte, obwohl niemand anderes in dem holpernden Raum war. Daß sie mir, als sie sah, daß ich kurz zu mir kam, mit dem Finger durchs Haar strich, den Mund an mein Ohr brachte und ganz leise fragte: »Hast du Nico erzählt, daß du mich nachts noch mal im Park gesehen hast?« Und daß ich ihr zu verstehen gab: Nein.

Mein Glas verrinnt

Der Historiker und emeritierte Professor Joachim Jaromir Jozephus Januarius Möser starb an einem Donnerstag. Die Spätnachrichten brachten die Meldung. Ich sah aus dem langweiligen Roman auf, auf den ich mich ohnehin nicht konzentrieren konnte, als plötzlich sein Name fiel. Auf dem Bildschirm erschien ein Foto von ihm aus einer längst vergangenen Zeit. Sein Schnurrbart markierte wie ein mit Holzkohle gezogener dünner Strich die Linie seiner Oberlippe, in der Clark-Gable-Mode aus *Vom Winde ver-*

weht. Ich hätte ihn nicht erkannt. War das mein strenger Ex-Professor mit den Reptilienaugen, oder hatte man im Nachrichtenarchiv irgendwann einmal aus Versehen das Gesicht eines Charmeurs in die Mösermappe gelegt? Die Nachrichtensprecherin zählte auf, was der eminente Gelehrte, in Zürich geboren, im übrigen aber »Vollblut-Niederländer«, Studium in Kapstadt und so weiter, Wichtiges geleistet und zustande gebracht hatte. Eine Minute später war er verschwunden und von einer Massenkarambolage mit vielen Verletzten und Toten irgendwo weit weg ersetzt worden, die genausowenig Eindruck auf mich machte wie das Hinscheiden meines ehemaligen Lehrers. »Sag doch Joop, Mensch.«
Am nächsten Tag standen Nachrufe in allen Zeitungen. Im *NRC Handelsblad* ein pietätvolles In memoriam von Prof. Dr. N. G. W. Sibelijn, der dafür wohl die Nacht hatte durcharbeiten müssen. Daneben war ein Foto abgedruckt: Nico und Möser, beide in Universitätstracht neben der Vitrine in dem Museumsraum, in dem Nicos Empfang stattgefunden hatte. Bildunterschrift: »Was wir suchen, dort in der Tiefe muß es zu finden sein.« Ich konnte mir ein Grinsen nicht verkneifen. Nicos Name wurde auch in mehreren spaltenlangen Todesanzeigen erwähnt, die ich alle genau durchlas und augenblicklich wieder vergaß.
Als abends das Telefon klingelte, nahm Paula natürlich den Hörer ab, Anrufe waren sowieso immer ausschließlich für sie. »Doktor Doorenbos.« Immer hatte irgendwer Migräne, Menstruationsschmerzen, eine Depression oder war mit der Hand zwischen die rotierenden Messer des Rasenmähers gekommen. Paulas Arzttasche stand griffbereit bei der Haustür, unter dem Nagel mit den Schlüsseln ... Sie brauchte nur um das Boot herumzugehen, dort stand der Wagen mit dem Äskulapstab.
»Wie war doch Ihr Name?« hörte ich sie fragen. »Na, so was!« sagte sie darauf überrascht. »Das ist ja wirklich Ewigkeiten her ... Wie geht es? Ja, schade, aber ich war die Tage in London. Ein schlauchender Kongreß. Ich habe die ganze Geschichte natürlich von Jelmer gehört. Herzlichen Glückwunsch. Dein Nico hat es weit gebracht.«
Ich fragte mich, ob darin eine Doppeldeutigkeit steckte. Ob sie nicht insgeheim hinzufügte »im Gegensatz zu meinem Jelmer?«

»Du selbst hast es übrigens mit deiner Karriere als Sängerin nicht weniger weit gebracht.«

»Ihr« Jelmer?

Ich betrachtete die Silhouette meiner Frau, die sich vor dem Fenster abhob, hinter dem schon früh die Dunkelheit hereingebrochen war. Sie hatte das Gesicht der Scheibe zugewandt, malte mit dem Finger Hieroglyphen aufs Glas.

Wie lange schon mit ihr verheiratet, wie lange schon mit einer Silhouettenfrau zusammen in diesem Hausboot, dessen Basaltunterbau sich schon vor langer Zeit unverrückbar im Schlamm festgesaugt hatte?

Mit wem sie sprach, war mir natürlich klar, ich merkte, daß ich den Atem anhielt und das Herz mir bis zum Hals schlug. Warum rief sie an und warum beunruhigte mich das so, als hätte ein Blitz plötzlich in mein Leben eingeschlagen, in dem alles stillstand, außer dem Schaukelstuhl?

»Das wäre nett, ja, mußt du unbedingt mal machen«, sagte Paula in dem herzlichen, Klienten vorbehaltenen Ton. »Natürlich. Nett nach all den Jahren, in denen ich dich nie mehr live gesehen habe. Nur ab und zu im Fernsehen. Aber ruf vorher an, ja?«

Wenn der Blitz am Himmel aufleuchtet, soll man die Sekunden bis zum Grollen des Donners zählen – dann weiß man, wie nah oder wie weit das Gewitter ist. Im nachhinein kann man sagen: In diesem Moment lag schon ein Ausläufer des Sturms auf unserem Flachdach, das ich erst wenige Tage zuvor zur Vorbereitung auf den Winter frisch geteert hatte.

»Aber ja, der ist zu Hause. Ich gebe ihn dir. Also dann vielleicht bis bald?«

Ich zog den Zeigefinger aus dem zugeklappten Roman, stellte das Buch endgültig in den Bücherschrank zurück und übernahm den Hörer von Paula. Mit der anderen Hand die Sprechmuschel abdekkend, murmelte sie mit ihrer üblichen Hausstimme: »Das Trällerkehlchen von Nico Sibelijn. Was will die denn auf einmal von dir?«

Auch ich sah mit dem Hörer am Ohr in die Dunkelheit jenseits des Fensters hinaus. Bei Tageslicht bietet es den Blick auf das gleichförmige Panorama von Weide- und Marschland bis zum Horizont. Darüber Wolkengebirge und Geschwader von Möwen, die vom Meer, das man hier manchmal riechen kann, heransegeln. Links

in der Ferne ein kleiner Bauernhof, von einem jungen Paar, das den ganzen Tag weg ist, instand gesetzt und bewohnt. Auf der anderen Seite eine Mühle, der Müller und ich, wir grüßen einander, sonst braucht keiner mich zu grüßen.
Wenn man die Dinge nicht sieht, weil die Nacht oder der Nebel sie verschluckt haben, existieren sie dann trotzdem? Existieren Dinge nur, wenn man sie sieht?
Für mich hörte die Welt, die kleine Welt, an dem schwarzen Fenster auf. Ein im Schilf eines Wassergrabens verstecktes Hausboot, auf dem sich mein ganzes Eheleben abgespielt hat, auf dem unsere Tochter geboren wurde und wo eines Tages der Brief mit meiner Kündigung eintraf. Seitdem nur noch das Schaukeln, vor, zurück, begleitet vom leichten Knarren der halben Kufen unter dem Stuhl. Doch von außen war dieses schwarze Fenster ein erleuchtetes Rechteck, dessen Schein man von weitem sehen konnte.
Von dort irgendwo drang Daphnes Stimme zu mir, und wer meine unterdrückte Unruhe bemerkte, das war meine betagte Hündin von niederem Adel, die ihre nassen Knopfaugen wachsam auf mich gerichtet hielt. Wahrscheinlich betrachtete Paula jetzt ihrerseits meine Silhouette.
... einander nicht mehr gesehen, hörte ich Frau Sibelijn sagen, deren Sopran durch das Telefon schriller klang. Wo warst du bloß auf einmal geblieben, auf einmal warst du weg. Natürlich hast du es gehört, das von Möser?
Ja, sagte ich so locker wie möglich, nie gewußt, daß er so eine Litanei von hübschen Vornamen mit sich trug. Und früher so ein keckes Menjoubärtchen hatte.
Er wird am Montag beerdigt. In Olteren. Um zwei Uhr. Kommst du auch?
Ich dachte: Was soll ich auf der Beerdigung?
Dann sehen wir uns mal wieder. Nico fände es auch nett. Hinterher können wir vielleicht eine Kleinigkeit essen?
Ich weiß es noch nicht, brachte ich vorsichtig vor, obschon ich im selben Sekundenbruchteil hinzugehen beschloß. Ich müsse nur kurz in meinen Terminkalender schauen, ob ich Montag nichts anderes vorhabe, improvisierte ich.
Sieh mal zu, Jelmer, sagte Daphne. Damit war das Gespräch zu Ende.

»In welchen Terminkalender?« Paula auf dem Sofa unter der elektrischen Uhr, die die Jahre geräuschlos durchdrehte, als wären sie Blumenkohl von gestern auf einer Gemüseversteigerung. Die Abendzeitung auf dem Schoß, aufgeschlagen bei dem In memoriam für Möser.
Ich ließ mich in den Wackelstuhl fallen, wohin der Hund, der plötzlich aufgesprungen war, mir folgte, um mir – mit schiefem Kopf, gespitzten Ohren – in die Augen zu schauen.
»Was hast du, du bist ja auf einmal so blaß? Was wollte sie?«
»Blaß?« Und es gleich überspielend, deutete ich auf die Zeitung und sagte: »Ob ich zu seiner Beerdigung gehe.«
Mit heruntergezogenen Mundwinkeln Paula wieder: »Du hast doch gar keinen Terminkalender mehr?«
»Ich mußte doch irgend etwas sagen!«
Sie wollte wissen, warum. Ich hätte doch ohne viel Umschweife gleich nein sagen können, fand sie, da ich mich doch nie irgendwo zeige, meine Anwesenheit auf Sibelijns Empfang sei die einzige Ausnahme seit Jahren gewesen und habe sie schon höchlichst erstaunt. Alles, was du noch machst, ist den Hund ausführen, so schilderte sie mich, und du wirst schon so weiß wie Joghurt, wenn man dich auch nur irgendwohin einlädt.
»Vielleicht gehe ich ja hin.« Ich hörte, daß ich plötzlich heiser klang.
Ihre Reaktion: »Wozu? Was hast du mit diesem toten Schiffsbohrwurm zu tun, der sein Leben lang Dinge aus der Erde gebuddelt hat, an deren Stelle er jetzt gelegt wird? Oder steckt was anderes dahinter?«
Was sollte dahinterstecken?
»Diese Person zum Beispiel?« sagte sie mit einer Kopfbewegung zum Telefon. »Was will Bianca Castafiore auf einmal von uns? Auf einmal will sie uns sogar besuchen ... Hast du ihr das vorgeschlagen?«
Nein. Die Mitteilung erschreckte mich. Der einzige, der noch ab und zu über den Landungssteg kam, nicht allzu oft, war Dr. psych. A. Weldon, Paulas Kollege, mit dem sie die Praxis teilte. Dann mußte immer Rommé oder Trivial Pursuit gespielt werden, was an sich schon schrecklich genug war.
Der Hund leckte mir die Hände, ließ aber dabei kein Auge von mir.

»Was ist nur, Nonja?« Ich wandte mich zu dem alten Tier und streichelte das immer dünner werdende Fell, in dem sich hier und da Stücke grauer, schuppender Haut zeigten.
»Keine Ahnung, was du meinst«, entgegnete ich Paula. »Ich weiß nicht, was Frau Sibelijn will. Noch nicht einmal, ob sie überhaupt etwas will. Alles, was sie mich fragt, ist, ob ich zur Beerdigung eines ehemaligen Professors gehe, mit dem ich auf Sibelijns Empfang ein paar Worte gewechselt habe. Ist das so seltsam oder beunruhigend ... Ich würde in der Tat ganz gern öfter weggehen«, fügte ich hinzu. »Ich ...«
»Ach? Durch Sibelijns Fest bist du aber nicht gerade aufgeblüht, kommt mir vor. Und eine Beerdigung ist nun auch nicht gerade das, was man sich unter einer netten Zerstreuung vorstellt.«
Ich war aufgestanden, der Stuhl schaukelte noch eine Weile weiter. »Komm, Hund, es wird Zeit, daß wir unseren Spaziergang machen, nicht?«
Meine Frau sagte: »Mach, was du willst.« Und in einem völlig anderen, weniger unwirschen Ton: »Wer weiß, vielleicht ist es ja heilsam.«

An jenem Montag brauchte Paula ihr Auto. Daher fuhr ich mit dem Fahrrad zum Bahnhof. Zweimal umsteigen, dann ein Stück mit dem Bus, und dann immer noch eine ziemliche Strecke zu Fuß. Ende November, die Bäume kahl, die Straße zum Friedhof mit einem lockeren, raschelnden Blätterteppich bedeckt.
Etwas Schwüles hing in der Luft. Es schien keine Sonne, und doch war es so warm, daß ich meinen Wintermantel ebensogut hätte zu Hause lassen können. Zugleich wehte eine stete sanfte Brise, die nah am Boden blieb und in den Blättern wühlte. Wenn ein Auto vorbeifuhr, wurde das dürre Laub um mich aufgewirbelt, wie ein aus komatösem Schlummer geweckter Schmetterlingsschwarm. Immer mehr Autos fuhren vorbei, alle auf dem Weg zu Mösers Grube. Schließlich wurde ich, noch bevor ich die Begräbnisstätte erreicht hatte, auch noch von Möser selbst in einem schwarzen, wie für einen Blumenkorso geschmückten Auto eingeholt. »Solange man lebt, ist es nicht zu spät, mein Freund.« Zahlreiche Begleitwagen folgten ihm über die knisternde Blätterdecke. Ich beschloß, ihnen nicht hinterherzurennen – normal ausschreitend,

würde ich die Friedhofskapelle auch so erreichen, und es machte wenig aus, ob ich rechtzeitig zur Feier kam oder nicht. Im übrigen kam ich ja nicht wegen Mösers Leiche.
Mein Kopf war voller Daphneträume.
Ich war verliebt. In meinem fortgeschrittenen Alter plötzlich wieder. In Frau Sibelijn, Sängerin, auch nicht mehr so jugendlich und bildhübsch, wie ich sie aus lang vergangenen Zeiten in Erinnerung hatte, als ich mich schon einmal in sie verliebt hatte.
Wahrscheinlich habe ich mir das alles eingebildet. Es ist sogar möglich, daß ich mir bereits an diesem frühen Herbstnachmittag alles mögliche einbildete, als ich mit jedem Schritt tote Herbstblätter verschob, was so klang, als schritte ich durch eine dicke Schicht Papierschnipsel.
Doch auch Einbildung kann zur Gewißheit werden, so daß einer, der sich einbildet, verliebt zu sein, auch tatsächlich verliebt ist, und wenn er sich dann auch noch einbildet, das Objekt seiner Verliebtheit sei ebenfalls verliebt, ist sie demnach ebenfalls verliebt. In ihn. In mich. Selbstverständlich war Daphne in mich verliebt, wie hätte daran ein Zweifel bestehen können, auch wenn sich alles vorläufig noch ausschließlich in meiner Phantasie abspielte? Auf Sibelijns Empfang geweckt, war mein Verlangen nach ihr geschürt worden, als ich mit dem Hörer am Ohr am Fenster stand, ihre etwas knirschende Stimme mir wie ein Strom duftender Öle in Gehörgang und Hirnwindungen floß und ich auf Dinge in der Dunkelheit starrte, »die nicht existieren, wenn man sie nicht sieht«. Daphne jedoch mit ihrem Feennamen existierte sehr wohl, auch wenn ich sie nicht leibhaftig sah - während sie mit mir sprach, sah ich sie wie auf einem Dia in meinem Kopf. Fast durchsichtig weiß in ihrer Zerbrechlichkeit. Nackt auf einem Stuhl, ein Knie angezogen, Fuß auf dem Sitz. Als ich kurz darauf mit dem Hund durch die schwarze Poldernacht lief, das Tier also unsichtbar war, dachte ich wie in Hypnose, daß das Inexistente exisitiert, wenn man es sich nur stark genug vorstellt. Unsinn natürlich, und als Gedanke höchstens brauchbar im Falle von Verliebtheit und der damit einhergehenden leidenschaftlich eingebildeten Gewißheit, daß die Angebetete, obwohl ahnungslos, diese Verliebtheit erwidert. Ich phantasierte: Noch mit Wassertropfen bedeckt, war sie soeben aus der Dusche gekommen. Auf dem Stuhl sitzend,

lackierte sie sich die Fußnägel vor dem Spiegel und dachte an mich, während das Haar ihr wie weißer Tüll vors Gesicht fiel. Sie machte sich zurecht für eine Begegnung mit dem Geliebten, nämlich mir. So könnte Courbet sie gemalt haben, natürlich so realistisch, daß man bei aufmerksamerem Hinschauen festgestellt hätte, daß sie eine Gänsehaut hatte ...
Ich betrat den überfüllten Saal der Friedhofskapelle, wo Möser in seiner glänzenden beigen Holzhülle auf einem Tisch zur Schau gestellt wurde. Ich erkannte Gesichter von vor einigen Wochen, so als sei Nicos Party, nur an einen anderen Ort verlegt, immer noch im Gange. Wieder empfand ich Abscheu und Widerwillen, doch meine Erregung darüber, daß ich auch sie wiedersehen würde, breitete einen glitzernden Schleier über alles. Ganz gut, antwortete ich jedem Gesicht, das mich fragte, wie es mir gehe. Schlimm für Joop, nicht, er hatte noch soviel vor. Ja, schlimm. Schließlich war ich zwischen all den in Mäntel gehüllten Körpern eingeklemmt und sah nirgends mehr eine Fluchtmöglichkeit. Ich mußte stehenbleiben, wo ich stand, als die von einem Pfarrer und einem Rabbi zelebrierte Feierlichkeit begann. Der muffige Geruch von Herbstblumen erfüllte den Raum, als habe irgendwo eine Flasche Aftershave wochenlang offen herumgestanden. Wie sehr ich mir auch den Hals verrenkte, meine Aussicht blieb beschränkt. Nico Sibelijn - ihn sah ich nicht. Frauen - keine von ihnen war Daphne, von der ich in meiner Überspanntheit sogar erwartet hatte, sie würde mich, wenn nicht schon am Tor des Gräberfelds, so doch an der Tür der Kapelle erwarten.
Rede. Noch eine Rede. Gesang. Wieder ein Redner. Der einzige, den das nicht aufsässig macht, ist der Entschlafene, dachte ich, während ich fühlte, wie deplaziert ich auch hier wieder war und wie grenzenlos enttäuscht. Sollte in der Totenkiste des Joachim Jaromir Jozephus Januarius noch Platz für mich sein? Um mit ihm endgültig in der Tiefe zu versinken? Beim soundsovielten Redner ertönte hinter den Kulissen das Klappern von Geschirr und Besteck.
Schon begann ich mir auszurechnen, wie lange ich in etwa bis zum Ausgang bräuchte und wie viele Körper ich dezent dazu bewegen müßte, mir Platz zu machen, damit ich mich auf franzö-

sisch empfehlen und zur Bushaltestelle aufmachen könnte - als sie sich doch noch materialisierte.
Daphne.
Aus den schwarzen Gardinen im Hintergrund heranschreitend wie Eurydike aus dem Hades, näherte sie sich dem Sarg, während brausend die Musik einsetzte. Orgel. Orchester. Ganz in Schwarz in einem bis an die Knie reichenden Kleid, darunter Netzstrümpfe. Hut mit Schleier, der ihre Augen abschirmte, die ich dennoch durch die Gaze glänzen sah. Diese Klageweibertracht betonte die fast überirdische Blässe ihres Gesichts und die fromm vor dem Bauch gefalteten Hände. Ihr Haar war straff zurückgekämmt und im Nacken zu einer Art Blume gebunden, so daß ich ihre Ohren sehen konnte, oh, ihre Ohren konnte ich sehen.
Ob sie mich sah? Später behauptete sie, mich schon gesehen zu haben, als ich mich in die Kapelle schob. Auf meinem Mantelaufschlag habe ein verwehtes Herbstblatt geklebt, so daß sie einen Augenblick lang geglaubt hätte, ich trüge einen Ritterorden. Einen was? Ich war doch nicht ihr Ehemann, der solche Dinge in Hülle und Fülle besaß!
Ihre Stimme ertönte. Wo nahm sie so viel Stimme her, in diesem doch sehr mageren und zerbrechlichen Körper? Zart und voll zugleich verband ihr Sopran sich mit der Musik zu einer so traurigen Arie, daß ich darüber zu atmen vergaß. Als wolle sie Möser ins Leben zurücksingen. Sie begann ein Duett mit der Orgel, die ihren gleichmäßig fließenden Gesang mit einer Gegenmelodie umrankte. Als das Orchester wieder einsetzte, war es, als würde ihre Stimme von den Klangwirbeln überflutet, wie ein Ertrinkender von den Wellen, aber sofort übertönte sie es wieder glockenrein, und ihre Stimme schwang sich auf zu den allerhöchsten Tönen und zu dem, was wahrscheinlich die Apotheose der Komposition und ihrer Interpretation hätte werden sollen.
Leider ging in dem Moment etwas schief in der technischen Abteilung des Bestattungsunternehmens, das Tonband mit dem Instrumentalpart drehte sich auf einmal schneller und schneller, bis alle Töne zu einem einzigen hohen, lauten, quietschenden Knirschen verschmolzen, das wie eine dissonante Luftschlange durch den Raum wogte, sekundenlang. Dann ein Knacks. Dann Stille.
Man sah sich entgeistert an. Daphne, den Mund noch offen, Fin-

ger in den Ohren, war zusammengezuckt und wurde von dem jüdischen Seelenhirten väterlich hinausgeführt – in einer Weise, die ich sofort gern von ihm übernommen hätte. Er legte den Arm um sie und beugte sich so tief zu ihr herab, daß sein Bart ihre Wange berührte.
Darauf blieb uns nichts anderes übrig, als Möser zu beerdigen.

In einer langen Schlange über dürres Laub, unter dem man den Kies hörte, als würde jemand Erdnüsse essen. Kein Nico Sibelijn. Ebensowenig lief Daphne in dem Zug mit, und neue Wehmut sammelte sich in mir an. Warum hatte sie mich herbestellt zwischen Grabplatten und -säulen, wie in das Dekor einer Oper? Was tat ich hier in diesem Gedränge und Geschiebe zwischen all den sich im Murmelton unterhaltenden Grabgängern? Mußte ich dafür heute morgen Paulas Sarkasmus ertragen, hatte ich dafür diese komplizierte, zeitraubende Pilgerfahrt unternommen? Was ging mich Mösers Leiche an? Daphne, Geliebte, wo bist du, fühlst du nicht, daß ich an dich denke?
War ich wirklich schon fast Ende Vierzig? Warum benahm ich mich wie ein exaltierter Jugendlicher, dessen zugekifftes Hirn ihm blauen Dunst vormacht und in dessen von romantischen Gedichten übersättigter, überspannter Phantasie alles durcheinandergeht und Liebe und Tod auswechselbar sind? »In deiner Liebe, die du mir wie Brillanten schickst, nistet Trübnis sich und Tod.« Ob ich das genau zitiere, kann ich im Moment nicht überprüfen.
Am Grab lasen Pfarrer und Rabbi abwechselnd etwas vor, wobei letzterer unablässig Verbeugungen machte, als treibe er liturgische Heilgymnastik. Etwas weiter blies ein Mann mit einem elektrischen Rohr Blätter an den Wegrand; das verursachte ein tiefes, gleichmäßiges Geräusch, als begleiteten Tausende Käfer die Feierlichkeit mit mystischem Summen. Alle paar Meter häufte sich ein Berg Abfall aus gelben, roten, schwarzen Blättern zwischen den Gräbern – und ganz kurz war ich wieder in der Volksschule, an jenem Mittag, als ich aus der Klasse geschickt wurde. »Geh und melde dich bei Herrn van Rossum.« Statt mich zu dem gefürchteten Schulleiter zu begeben, schlich ich mich auf den Schulhof, wo die Kastanienbäume schon ihre Früchte verloren

und jemand die heruntergetrudelten Blätter zusammengefegt hatte. Ich vergrub mich in einen Haufen und verharrte stundenlang in Fötushaltung auf den Steinplatten, unsichtbar, unauffindbar. »Es gibt mich nicht, denn keiner kann mich sehen.« Die Blätter ähnelten Händen mit gespreizten Fingern.
Endlich war alles vorbei. Auch ich warf eine Schaufel Erde in die Grube, hörte den dumpfen Aufprall auf dem Sarg und das Rascheln des Windes in den Gestecken.

Haben Sie auch bei Professor Möser studiert? Ja, sagte ich. Bestimmt viele schöne Erinnerungen an diese markante Persönlichkeit? Ja, sagte ich, obwohl mir in dem Moment keine einzige einfiel. Wann haben Sie bei ihm studiert? Ich nannte Jahreszahlen. Aber dann sind wir ja mehr oder weniger Kommilitonen, sagte der Mensch, der unermüdlich auf mich einredete und dabei mit einem Plastikruder in seinem Kaffee herumpaddelte. Selbstgefällig trug er den meterlangen Schal, den wir alle damals als Clan-Symbol getragen hatten, das uns als Mitglieder desselben Vereins auswies. Schwungvoll um Hals und Schultern drapiert. Dadurch fiel er in anachronistischer Weise zwischen all dem steifen Mantelvolk aus dem Rahmen. Teils unter dem Schal versteckt, trug er zwei Kameras an langen Lederriemen. Wie wurde ich ihn nur wieder los?
Ich stand am Fenster, der Eingang des Friedhofs lag etwa fünfzig Meter weiter am Ende einer Allee, die von Weiden mit tief herabhängenden Zweigen gesäumt war. Gerade wollte ich mich mit einer höflichen Phrase von dem Mann befreien, als ich Daphne sah, draußen auf der Auffahrt, wo ein weißes Taxi vorgefahren war. Sie trug einen flammend geblümten Mantel, der ihr bis auf die Füße fiel und, da er nicht geschlossen war, hinter ihr her flatterte, als sie zu dem Auto rannte. Ein seltsames Gewand in dieser Umgebung, es verlieh ihr, vor allem in Kombination mit dem Totenhut, etwas Tragisches, das mir die Kehle zuschnürte. Diesen Hut drückte sie sich mit einer Hand auf den Kopf, und durch das Laufen löste sich ihr Haar.
Ich stand da und hämmerte sogar an die Scheibe, so daß ich die Aufmerksamkeit aller auf mich zog, außer die der Geliebten. Ich sah sie im Blätterwirbel und in weißen Abgaswolken durch das

Tor hinausgleiten. Bevor sie die Wagentür zuzog – Komplikationen beim Einziehen und Arrangieren der Mantelschöße um ihre Beine, Hut schief, Stöbern in der Handtasche, alles verstärkte meine Traurigkeit –, bekam ich weniger als eine Sekunde lang ihr Gesicht zu sehen, das heißt einen bleichen Fleck, und davon nur einen Teil. Die Brille mit den schwarzen Gläsern vermummte sie von den Augenbrauen bis zur Hälfte der Wangen. Wie ich jetzt weiß, nennt sie das Ding ihre »Divenbrille«, sie setzt sie auf, um in der Öffentlichkeit nicht erkannt zu werden.
»Daphne Uitwyck«, sagte der Mann mit dem Schal. »Peinlich war das vorhin, als sie dieses wunderschöne Lied sang. Kennen Sie sie? Ist sie immer noch Frau Sibelijn? Kennen Sie Ihren Mann auch? Haben Sie gelesen, was er in der Zeitung über Möser geschrieben hat? Ich frage mich, wieso er nicht zur Beerdigung gekommen ist.«
Plötzlich fast außer Atem, konnte ich gerade noch herausbringen: »Seien Sie mir nicht böse, aber ich muß raus, ich kriege keine Luft.«
»Das sehe ich«, sagte der Schal.
In dem Gewirr vor meinen Augen tauchte ein anthrazitfarbener Herr auf.
Aus meinen Versuchen, Daphne auf mich aufmerksam zu machen, sprach er abgeklärt, habe er gefolgert, daß ich »wahrscheinlich Herr J. van Hoff« sein müsse. Er übergab mir einen Umschlag mit dem Logo des Bestattungsunternehmens, dessen Direktor er sei. »Mevrouw Uitwyck bat mich, Ihnen dies auszuhändigen.«
Auf den Umschlag war mit schwarzem Kugelschreiber in sichtlicher Eile mein Name geschrieben worden. In ihm steckte ein Bogen Briefpapier mit dem gleichen Firmenzeichen: einer geflügelten Sanduhr, über der in einem halben Bogen stand: *Mein Glas verrinnt.*
Daphnes erster Brief an mich – ihm sollten in der kommenden Zeit noch hundert, hundertfünfzig weitere folgen – hob an mit: »Jelmer, mein Bester, verzeih, verzeih, verzeih!«
Ich fühlte mich zu sehr beobachtet und hätte mich am liebsten ins Dunkel verkrochen, mich in Dunkelheit verwandelt. Ich faltete das Blatt sofort wieder zusammen, stopfte es in den Umschlag zurück und ließ es in meiner Manteltasche verschwinden.

»Mevrouw Uitwyck mußte nach einem Anruf plötzlich in aller Eile aufbrechen«, berichtete der Direktor. »Sie verstehen, daß wir die Feier nicht noch mehr stören wollten, als zu unserem Leidwesen bereits geschehen war, indem wir Sie über das Mikrofon ausgerufen hätten. Mevrouw Uitwyck sah keine andere Möglichkeit, als Ihnen in aller Eile diese kleine Nachricht ...«
Als ob seine Worte doch noch über einen Lautsprecher kämen. In einer fürchterlichen Stille, in der alle Anwesenden sich nach dem Boten und mir umdrehten, schien seine Stimme weithin zu schallen und mindestens zwei oder drei Echos zu haben. Ich sah den Rabbi, der eine diagonal durchgeschnittene belegte Schnitte aß. Beim Kauen bewegte sich sein in zwei entgegengesetzte Richtungen wachsender Bart mit. Daß ich sogar noch auf diesen Bart eifersüchtig war, nur weil seine rechte Spitze Daphnes Wange wie ein Pinsel hatte berühren dürfen.

Als ich auf dem Weg zur Bushaltestelle war, stoppte ein Auto neben mir, am Steuer der Typ mit dem Schal, einen Koffer voll Fotoapparatur auf dem Rücksitz. Durchs Fenster fragte er, wo ich hinmüsse, ob ich zum Bahnhof mitfahren wolle?
Als ich neben ihm saß, streckte er die Hand aus. »Valkman.«
Auch ich stellte mich vor. »Willem Valkman?« erkundigte ich mich.
»Derselbe. Woher wissen Sie das?«
Obschon ich immer noch mit Atemnot kämpfte – es war zu allem Überfluß auch noch schwül geworden –, kam mir der lange Satz dennoch flüssig über die Lippen: »Der soeben von uns zu Grabe getragene Herr Möser hat es besonders bedauert, daß Sie Ihren Doktor nicht gemacht haben.«
Valkman lachte, sein Schal bewimpelte das Fenster, das er die ganze Fahrt über nicht schließen sollte, so daß wir ständig in einem Wirbelwind saßen, nicht unangenehm. »Hast du an seinem Sterbebett gestanden oder so, und das waren seine letzten Worte?«
»Es waren die letzten Worte, die ich ihn sagen hörte«, entgegnete ich. »Auf dem Empfang nach Nico Sibelijns Antrittsvorlesung verwechselte Möser mich mit dir, jedenfalls nannte er mich Willem Valkman.«

Erstaunt sah mein Chauffeur zur Seite, mir ins Gesicht, bemüht, irgendwelche Ähnlichkeiten zwischen uns zu entdecken, die es nicht gab.
»Ach, dieser alte Schwätzer«, sagte er schließlich. »Du hast deinen Doktor also auch nicht gemacht?« Und ohne eine Reaktion auf diese kluge Schlußfolgerung abzuwarten: »Genaugenommen ist dieser Nico Sibelijn doch auch nur ein armes Schwein. Wie gut kennst du ihn eigentlich?«
Das Elend beim Mitfahren - ich kannte das aus geldlosen, abenteuerlicheren Jahren - liegt in der Verpflichtung, sich mit dem Fahrer zu unterhalten. Ich berichtete Valkman in groben Zügen von meiner, wie sehr inzwischen auch eingeschlafenen Freundschaft mit Nico. »Wir sind verschiedene Wege gegangen und haben einander aus den Augen verloren«, schloß ich. »Er ist inzwischen ziemlich berühmt ...«
»Berühmt, haha, daß ich nicht lache. Durch diese komische Entdeckung, die er gemacht hat?«
»Entdeckung?«
»Ein Stein, eine Platte, eine Tontafel oder so was, angeblich aus der finstersten Vorgeschichte«, sagte Valkman. »Ausgegraben in irgendwelchen Höhlenlabyrinthen wo weiß ich, irgendwo in Belgien. Zwischen allerlei unverständlichen Logogryphen und -grammen ist verrückterweise ein Hakenkreuz aus den Hitlerjahren eingeritzt und das sogenannte Friedenszeichen der Hippies aus den Siebzigerjahren, haha. Der Stein von Sibelijn heißt das Ding. Auf Latein Lapis sibelini. Nie gehört?«
»Doch, doch, ich erinnere mich dunkel«, sagte ich, »aber ich hatte es vergessen.« (Später erst fiel mir der Name des Örtchens in den Ardennen wieder ein: Creteur. Dort wurde eine Straße nach Nico benannt, oder ähnliches. Ein paar Dörfer weiter habe ich im Krankenhaus gelegen, in dem nur Bergarbeiter behandelt wurden, alle mit Lungenproblemen, Italiener, Griechen, kein einziger Belgier.)
Valkman sah die Bodenschwelle zu spät. Er polterte viel zu schnell darüber, und wir stießen beide mit dem Kopf an die Decke.
»Und seine Frau?« fragte er.
»Wieso, seine Frau?«
»Wie gut kennst du die?«

»Die kenne ich eigentlich überhaupt nicht.« Ich hörte es mich sagen. Wirbelnde Wollflocken im Hirn. »Sie fing ein Verhältnis mit Nico an in ihrer, seiner, meiner Studienzeit, seitdem weiß ich, daß es sie gibt, mehr läßt sich kaum darüber sagen. Natürlich kenne ich sie als Sängerin. Liederabende, Oratorien, Opern.«
Valkman: »Von damals kenne ich sie auch. Damals hatte sie etwas mit diesem, komm, wie heißt er noch, dieser äh ... ein Pole, ein Deutscher ...«
Auch darüber konnte ich nicht mitreden.
»Habe ich mir das eingebildet, oder warst du wirklich so aufgeregt, vorhin, als sie in dem Taxi verschwand? Die Enttäuschung war dir anzusehen. Habt ihr was miteinander? Verbotene Heimlichkeiten?«
Als ich nicht reagierte:
»Nicht, daß es mich was angeht, aber sollten da Heimlichkeiten im Gange sein, dann verhaltet ihr euch, die renommierte Sängerin und du, ziemlich leichtfertig. Was war das für ein Brief, den dieser als Leichenbitter verkleidete Kämmerling des Todes dir coram publico überreichte? Ich sah, wie deine Hände zitterten.«
Ein Geheimnis ist etwas im Dunkeln, mit Blättern Bedecktes. Nicht ein Blatt darf sich von der Stelle bewegen.
»Verbotene Heimlichkeiten?« Es gelang mir tatsächlich, ihn verwundert anzuschauen. »Wie kommst du darauf?«
»Riecher«, antwortete er und tippte sich grinsend an den schnabelförmigen Gesichtserker. »Irgendwas in der Luft, das meine Nasenhaare reizt. Und Auge«, fügte er hinzu und zog mit demselben Finger sein Augenlid herunter.
Er setzte mich vorm Bahnhof ab, gab mir noch mal die Hand.
Riecher, Auge, Grinsen. Die Unruhe, die während der Fahrt in mir aufgekommen war, begann jetzt stürmische Formen anzunehmen. Die Erkenntnis, daß etwas geschehen würde oder vielleicht schon geschah, etwas Gefährliches, Schicksalhaftes.
»See you«, sagte er noch, bevor er mit seinen Kameras und seinem aus dem Wagenfenster flatternden Schal verschwand.
Ich fragte mich, warum diese Worte mir so bedrohlich im Ohr klangen.
Elf Jahre war ich, und im Flur, der zum Zimmer des Schulleiters führte, hing das Bild. In einem zenitblauen Dreieck befand sich

das allzeit allsehende gestrenge Auge Gottes, das jeden sah und jedem nachsah, der in seine Nähe kam.

In ihrem Brief, den ich auf dem Bahnsteig unter einer Uhr las, deren Zifferblatt kreuzweise mit rot-weiß schraffierten Papierstreifen zugeklebt war, schrieb sie nach dreimaligem »verzeih«:
Nico sei Knall auf Fall nach einem fernen Ort auf der Weltkugel abgereist (wo ein fünfhundert Millionen Jahre altes Fragment eines menschlichen Oberkiefers mit Schneidezahn ausgegraben worden war – das stand einige Tage später in der Zeitung) und habe deshalb nicht zu der Beerdigung kommen können, doch er lasse mich herzlich grüßen. Sie selber habe während der Feier für Möser einen Anruf von ihrem Impresario bekommen, im Auftrag der Operndirektion von Waldwilder in Deutschland. Die Tosca-Darstellerin habe sich das Bein gebrochen (dadurch, daß sie – auch das erfuhr ich hinterher – beim Aufhängen neuer Übergardinen von der Trittleiter gestürzt war. Also nicht beim Sprung von der Festungsmauer im letzten Akt der Oper), und ob sie, Daphne, heute abend einspringen könne. »Ich hätte so gern noch ein bißchen mit Dir geredet«, endete ihre mit Großbuchstaben geschriebene Nachricht, bei der sich alle Zeilen am Ende abwärts bogen. »Adieu.«
Das Stundenglas im Briefkopf war auf der einen Seite mit dem Flügel einer Fledermaus versehen, auf der anderen Seite mit dem eines Vogels. Das Unheil kündigt sich bei Tag und bei Nacht an. Der Teil oberhalb der engen Taille war mit ebenso viel durch Pünktchen angedeutetem Sand gefüllt wie der Teil darunter, doch das bedeutete nicht etwa, daß man sich nicht zu beeilen brauchte: Mein Glas verrinnt.
Diesen Spruch kannte ich nicht. Ich hätte ihn eher an einer Kneipenwand erwartet.

Im Zug starrte ich aus dem Fenster, den Kopf voller Gedanken, ohne jedoch wirklich an etwas zu denken.
Unter dem Mantel trug ich denselben Anzug, den ich bei Sibelijns Fest getragen hatte. In einer der Seitentaschen stieß ich auf Arnes Jo-Jo, das ich seinen Eltern hatte zurückgeben wollen.
Unterwegs begann es orkanhaft zu stürmen. Manche Bäume wur-

den fast umgeblasen und fegten die Erde mit ihren Zweigen. Der Himmel bezog sich mit schwarzbraunen Streifen, die sich wie Gedärme krümmten.
Am ersten Bahnhof, an dem ich umsteigen mußte, stellte sich heraus, daß der Sturm für Verspätungen gesorgt hatte.
Die Windrichtung war so, daß ich auf der letzten Strecke, die ich mit dem Rad zurücklegen würde, Rückenwind hätte, so dass ich schnell und sozusagen schwebend nach Hause kommen würde.
Doch mein Fahrrad war, wie sich zeigte, trotz dreier Schlösser gestohlen worden.

Geheime Zimmer

Sie begann, mir zu schreiben. »Jelmer, mein Bester.«
Durch diese Anrede hatten ihre Nachrichten etwas so Distanziertes und Unverbindliches, daß ich manchmal dachte, sie seien gar nicht an mich gerichtet, sondern sie schreibe sie, wie manche Menschen ein Tagebuch in Form von Briefen an eine fiktive Person führen. Ihre Briefe hatten etwas Unwirkliches, als träumte ich sie.
Große, hellblaue Buchstaben. Nirgends war etwas durchgestrichen, Schreibfehler machte sie unsichtbar, indem sie eine weiße, vogeldreckartige Substanz darüber schmierte. Wenn diese getrocknet war, ritzte sie ihre Korrekturen ein, wie verschwundene Völker ihre Mitteilungen mit einem Tierknochen in Mergel kerben. Alle Zeilen fielen nach unten ab, als suchten sie wie Wasser die tiefste Stelle, als hätte jemand rechts unten einen Stöpsel herausgezogen.
Nervöse Briefe, häufig vom Hölzchen aufs Stöckchen (»vom re zum si« in ihrer Fachsprache). Eigentlich erzählte sie nichts. Gemäß der Auffassung gewisser Schriftsteller, daß in Romanen und dergleichen nichts zu geschehen brauche – all das Nichts zusammen sei eben das, was geschehe. Das hatte ich einmal in einer Literaturbeilage gelesen.

»Vielleicht wundert es Dich, daß ich Dir schreibe ...« Sie teilte mir mit, das brauche es nicht, sie habe einfach Lust, den Kontakt aufzufrischen. Nach all der Zeit. Sie müsse auf einmal so oft an früher denken. Schade, daß wir uns bei Nicos Feier nur so kurz gesprochen hätten. Wo ich denn plötzlich geblieben sei, fragte sie, enttäuscht, daß ich so heimlich, still und leise verschwand. »Ich habe Dich noch gesucht.« Und bei Mösers Beerdigung sei es auch schiefgegangen. Ihr Garten sei in einem desolaten Zustand. Die Katze sei ihr weggelaufen, und das habe ihr Sorgen und Kummer bereitet, aber ein Glück, nach ein paar Tagen ...
»Liebe Daphne.« Als du mich suchtest, stand ich zwischen den Dinosauriern mit dem von dir verlorenen Jo-Jo in der Hand. »Ich rief dir noch nach.« Wegen einer Parkkralle habe ich die Nacht in Sterdrecht verbracht. Hotel Ambassador gegenüber dem Bahnhof. Auch ich muß auf einmal so oft an früher denken.
Wenn sie gewußt hätte, schrieb sie mir zurück, daß ich da im Dunkel stand, zwischen den brüllenden Skeletten, hätte sie nicht so panisch die Flucht ergriffen. Schade, daß sie mich nicht habe rufen hören. Ambassador, wirklich? Dann hätte ich fast neben ihr geschlafen! Das Hotel sei hundertfünfzig, zweihundert Meter von ihrem Haus entfernt. Mit dem Jo-Jo solle ich ordentlich üben. Alle glauben, Jo-Jo-Spielen sei so einfach, aber es sei im Gegenteil sehr schwierig und erfordere Übung und Köpfchen. Sie hasse Weihnachten und vor allem einen Weihnachtsbaum im Wohnzimmer, dadurch bekomme sie Atembeklemmungen, was nicht förderlich sei für ihre Stimme, aber Nico und Arne bestünden immer auf einem Weihnachtsbaum. Es komme daher, weil ihre Mutter vor ein paar Jahren Weihnachten gestorben sei.
Ich antwortete ihr, obwohl ich eigentlich nichts zu antworten hatte, unsere Plauderei aber auch nicht einschlafen lassen wollte. Ob sie mich bitte nicht länger mit »Jelmer, mein Bester« anschreiben wolle, bat ich, da ich diese Betitelung mit Redensarten verbände, die mich bedrückten. Welche Jahre habe ich hinter mir: meine besten. Von welcher Seite zeige ich mich trotzdem immer noch: meiner besten. Nach welchem Wissen und Gewissen: bestem. Und was für einen Anzug habe ich auf Nicos Beerdigung und Mösers Fest getragen: meinen besten. (Ich benutzte kein Tipp Ex, um meine Irrtümer zu übertünchen; das hätte ich unecht, un-

spontan und in gewissem Sinn auch scheinheilig gefunden. Ich strich sie einfach durch und verbesserte sie, doch diese Verwechslung muß ich aus Versehen stehengelassen haben.) Sie machte mich auf meinen ominösen Irrtum in einer folgenden Nachricht aufmerksam, die sie begann mit »Mein lieber Jelmer«.
Auf dem Weg nach Deutschland, wo sie eine Gastrolle übernehmen sollte, habe ihr Flugzeug wegen eines plötzlich aufkommenden Sturms eine Zwischenlandung machen müssen. Windstöße hätten die Maschine gebeutelt, und es sei so finster geworden, daß man meinte, das Firmament verwandle sich in Bohnensuppe. Wenn ich wüßte, was sie dachte, als sie in der Wartehalle des Flughafens lauwarmen Orangensaft aus einem Pappbecher trank! Ob ihr Kärtchen aus Waldwilder angekommen sei? Diesem Brief legte sie einige jubelnde Artikel aus deutschen Zeitungen bei.

Es entstand ein briefliches Hin und Her, das mein stillstehendes Leben in kürzester Zeit mit Unruhe füllte, so, als sähe man zu dem gerade noch leeren Himmel auf, und plötzlich wäre er übersät von Fallschirmen, an denen bewaffnete Kerle hängen. Diese Briefe füllten meine Tage, ihre an mich, die ich zehnmal las, auf der Suche nach geheimen Botschaften zwischen den Zeilen, und meine an sie, die immer länger wurden. Plötzlich hatte ich durch das Briefschreiben eine, wie ich glaubte, nützliche Beschäftigung. Sie war von höherer Ordnung als mein Beitrag zum Haushalt, der darin bestand, daß ich in regelmäßigen Abständen im Schneckentempo staubsaugte, hin und wieder spülte, einkaufen ging und an Tagen, wenn Paula nicht in ihrer Praxis übernachtete – Paula hatte häufig Nachtdienst –, die Iglo-Mahlzeit für zwei Personen aufwärmte. Dadurch, daß ich etwas zu tun hatte, war es, als gingen in der Trübnis und Dunkelheit meines Kopfes Lichter an. Eine undurchlässige Finsternis, wie sie auch in der Tiefe des Wassers herrscht. Ich brauchte nur auf die Brühe zu blicken, die unser Hausboot umgab, obwohl ich mir nicht – oder nur zu bildhaft – vorstellen konnte, was man zu sehen bekäme, wenn man dort Lichter anzündete. Ich träumte viel. Fata Morganas von Liebesglück, Befreiung, Belcanto. »... Und ewig, ewig wäre sie dann mein.« Halluzinationen von Daphne mit dieser Brille im kreideweißen Gesicht, als wären die schwarzen Gläser ihre ausgefres-

senen Augenhöhlen. Breite Gewässer, und auf ihnen nähern sich mit vom Wind geblähten Segeln Schiffe. Weiße Rümpfe. Weiße Segel.
Sie ihrerseits, obwohl ihre Tage gefüllt genug waren, leistete mit ihren Briefen auch ganze Arbeit; zwar stand immer noch »nichts« drin, doch sie waren eben von ihr. Sie dufteten, und obwohl nicht nach ihr, so roch ich doch wollüstig an ihnen, schon zufrieden mit dem vulgären Gestank des zu Kalk eingedickten Korrektur-Spermas, von dem sie starrten und das ich verliebt untersuchte, ob sich nicht vielleicht eine Wimper darin verfangen hatte wie ein Grashalm zwischen Erdschichten. Schon bald ließ sie dieses Übertünchen übrigens bleiben und strich ihre Schreibfehler einfach durch. Dadurch erweckten ihre Briefe noch stärkere Assoziationen mit etwas Flüssigem: Sie glichen immer mehr Karten von wasserreichen Gebieten, Bächen und Moortümpeln aus hellblauen Strichen und zwischen die Zeilen gekritzelten Hinzufügungen.
Beiläufig, in einem PS, fragte sie: Wenn Du von früher sprichst, woran denkst Du dann?
Ich antwortete: An Dich, wie Du in dem Bach auf mich zugeschritten kamst, vom Ballett der Libellen und Bienen umwirbelt, die in der Sonne Funken sprühten, kleine Wellenkämme um Deine Füße. Botticelli, zweite Hälfte des zwanzigsten Jahrhunderts. Ebenfalls in einem PS fügte ich hinzu, ich habe keine Karte aus Waldwilder bekommen. Und: Jetzt schreib mir doch endlich mal, was Du da in der Wartehalle des Flughafens gedacht hast, einen Becher mit lauwarmem Orangensaft in der Hand?
Ich traue es mich eigentlich nicht zu sagen, und Du darfst Dir auch absolut nichts dabei denken. Ich dachte: Wenn Jelmer jetzt hier wäre …
Es wurden zwei Briefe pro Woche. Inzwischen nannte sie mich »Liebster Jelmer«.
Drei Briefe.
Schließlich einer am Tag. Ich an sie, sie an mich. Bis zur Erschöpfung.
Aber wiederum greife ich den Ereignissen vor, und ganz so, wie ich es hier wiedergebe, ist es nicht gewesen. Manchmal trat eine plötzliche Stille in unserer Korrespondenz ein. Dann passierten andere Dinge.

Aus welchem Stoff sind Träume? Bilder und Szenen, die in den Bereich der Dunkelheit gehören – mit ihnen geschieht das gleiche wie mit der Fotorolle und den wunderbaren Aufnahmen, die man am hellichten Tag aus dem Gerät zieht. Sie schrieb ihre flüchtigen Zettel zwischen ihren vielen Beschäftigungen. Unterwegs zu oder auf dem Rückweg von einem Konzert oder einem anderen Auftritt. Den Schreibblock auf den Knien. In ihrem Ankleideraum. Wenn sie bei Proben oder Fernsehaufnahmen warten mußte. In ihrem Unterrichtsraum im Konservatorium, wenn ein Schüler zu spät kam oder gar nicht erschien. Manchmal auch zu Hause. »Wundert sich Nico nicht darüber, nimmt Nico Dir das nicht übel?« fragte ich. Immer wieder antwortete sie: »Nico kommt nicht zu kurz.« Das klang wie eine Lebensdevise, so oft und so nachdrücklich sagte sie es.

Ich berichtete ihr: »Wenn es Dich wirklich interessiert, mein Tag sieht so aus:

Wenn Paula die Nacht zu Hause verbracht hat, fährt sie morgens um Viertel nach acht mit dem Auto in ihre Praxis, dann stehe ich am Saum einer Zeitebene, aus der mir die Stille entgegendröhnt. Ich schließe die Tür meines Zimmers, immer noch ›Arbeitszimmer‹ genannt, obwohl es auch mein Schlafzimmer ist, hinter mir, setze mich an meinen Schreibtisch am Fenster, durch das ich sehe, wie die Blätter fallen, die Vögel über den Wiesen Spiralen fliegen, wie es stürmt, schneit, taut, alles wieder grün wird, so weit das Auge reicht, und Wolkenformationen mal einem Schiff gleichen, mal einer Frau, mal ... Meine Aussicht ist die Leere, eine Vitrine mit nichts darin: mein Leben. Ich nehme den Füller, das leere linierte Papier vor mir, ebenso wie ein Dutzend aufgeschlagener dicker Bücher. Beginne zu blättern. Beginne zu kritzeln. Es gelingt nicht. Lege Patiencen. Auf die rote Dame kommt der schwarze Bube, die schwarze Sieben auf die rote Acht, auf Pikas Pikzwei, der König nimmt den freigewordenen Platz ein. Immer wieder, Stunde um Stunde, dieses Kartenspiel. Ungefähr alle zehn, elf Mal geht es auf. Nie geht es am selben Tag zweimal auf.«

Daphne: »Was versuchst Du denn zu schreiben, wenn es kein Brief an mich ist? Gedichte? Früher hast Du immer Gedichte gelesen.«

Völlig wahrheitsgemäß, auch wenn es auf dem Papier allzu selbstbewußt aussah, gestand ich ihr – »geliebte rote Dame« –, daß ich

an meiner Dissertation arbeite. Seit Jahren. In aller Heimlichkeit. Im Dämmerlicht. Nicht einmal Paula wisse etwas davon, da ich mich vor ihrem Sarkasmus schützen wolle.
Zu meinem Schrecken schlug sie vor, ihren Mann zu fragen, ob er mein Doktorvater sein wolle, und wenig später empfing ich Prof. Dr. N. G. W. Sibelijns Schreiben auf Universitätspapier, von der Tippse unterzeichnet.
Ich habe nicht darauf reagiert.

Etwa sechs Wochen nach Mösers Beerdigung, nachts, riß mich das Telefon aus dem Schlaf. Ich ging gerade nackt durch eine Kongreßhalle, gerammelt voll mit Menschen, vor denen ich von dem noch mindestens fünfzig Meter entfernten Podium eine Rede halten sollte.
Paula übernachtete in der Praxis. Das erwähne ich nur, um anzudeuten, daß ich allein zu Hause war. Nicht, daß ich allein im Bett lag, denn das tat ich ja schon viele Jahre lang.
Ich lasse nachts immer die Nachttischlampe an.
Zwar bekam ich von Dr. psych. A. Weldon regelmäßig Rezepte für Tabletten, die die Angst nehmen oder sie zumindest dämpfen sollen, Tabletten, die bewirken, daß man im Dunkeln allein in seinem Bett schlafen kann, und Tabletten, die keine Alpträume verursachen. Die Benzodiazepinen »Benzos« holte ich mir zwar in der Apotheke, aber ich schluckte sie nicht, obwohl ich A. (er heißt Arie, doch ich vermied es, diesen Namen auszusprechen) gegenüber behauptete, sie würden mir »helfen«. Ich besaß eine Sammlung von Hunderten, vielleicht von über tausend Tabletten. Eine hohe, viereckige Blechbüchse voll. Wie Freud trug Dr. psych. A. Weldon einen pinselartigen Spitzbart, darüber eine Brille mit so stark gewölbten Gläsern, daß das Ding einem durchsichtigen, in ein rosafarbenes Gestell gefaßten Büstenhalter glich.
Beim ersten Klingeln saß ich aufrecht im Bett und starrte auf das am Kopfende hängende Foto von Hanneke im Spiegel hinter dem Fußende. Sofort kam auch Nonja herein, die Schnauze wie zu einer Trompete gespitzt, mit der sie Heultöne produzierte, von Fiepsgeräuschen aus den weit aufgesperrten Nasenlöchern begleitet. Das war ihre übliche Art, Schlechtes zu melden. Wenn beispielsweise wieder eine Ratte in unser Schiff eingedrungen war.

Es mußte irgend etwas mit Hanneke passiert sein. Ich war mir sicher, daß es die Oberin des Heims war, die da anrief, mit ihrem stechenden Blick, ihren Lippen wie Pfirsichscheiben, Brüsten wie Basteien, die mir mit ihrer Raspelstimme mitteilen würde, daß Hanneke …

Der Hund sprang zu mir aufs Bett, mit seiner Waschlappenzunge leckte er mir die Wange und stieß sie mir tief ins Ohr. Hatte ich das quengelige Geräusch denn nicht gehört? Doch, Hund, ich habe es gehört. Ich überwand meine Unlust aufzustehen. Der Wecker zeigte halb eins. Es würde wohl wieder einer von Paulas Klienten sein. Vielleicht war es ja Paula selber.

Schlaftrunken und dennoch hellwach, schwindelig und dennoch nicht auf schwachen Beinen, betrat ich das dunkle Wohnzimmer. Nackt, als ginge der Traum weiter. Nahm den Hörer ab, knipste eine Stehlampe an, zog mir schnaufend den dreibeinigen Hocker heran, der immer, nur diesmal nicht mit noch ungelesenen Zeitungen und Zeitschriften bedeckt war, und hörte das gepeinigte Knacken, als ich mich hinsetzte.

Eine Frau, nicht die Direktorin, nicht ein schlafloser Kranker, nicht Paula, artikulierte in mein nasses Ohr: »Bist du es, Jelmer?«

»Ja, liebe Daphne«, seufzte ich, wobei in meinem Hals etwas zu hämmern begann und ich so viel schlucken konnte, wie ich wollte, und doch den bitteren Schlafgeschmack nicht aus dem Mund bekam.

»Störe ich nicht?«

»Nicht im geringsten«, brachte ich heraus. »Im Gegenteil. Du hast mich aus einer mißlichen Lage befreit.«

In meiner Erläuterung unterließ ich es sittsam, zu erwähnen, daß ich während meiner Ansprache an die Menschen unbekleidet gewesen war. Es hätte in einer Kirche oder etwas Ähnlichem stattgefunden, oder im Turnsaal der Willem-de-Zwijger-Gesamtschule, und kein Geringerer als Herr Pieter van Vollenhoven hätte sich unter den Zuhörern befunden. Angst zu versagen, sagte ich, dieselbe Angst, die mir auch das Unterrichten unmöglich gemacht hat.

Daphnes Reaktion: »Du solltest ein wenig arroganter sein. Du darfst dich nicht immer so als Opfer fühlen.« Angst zu haben sei unsinnig, fuhr sie fort. Ihren Schülern am Konservatorium halte sie immer folgendes vor: Kann man Angst anfassen und festhal-

ten, wie ein Buch oder eine Zahnbürste? Kann man sich Angst aufs Brot schmieren, kann man sie schmecken, essen? Hat Angst eine Farbe? Kann man Angst wie einen Gegenstand auf den Tisch stellen oder an die Wand hängen, kann man sie betrachten, ihr zuhören oder an ihr riechen? Nein. Also: Angst existiert nicht. Was keinen Schatten wirft, existiert nicht.
Hierauf schwieg sie und ich vor lauter Verdutztheit auch. Das schien mir didaktische Nullachtfünfzehn-Philosophie. Mein ganzes Leben schon beschäftigte mich die Frage, ob sinnlich nicht wahrnehmbare Dinge »existieren« oder nicht. Existieren Träume? Existiert Geschichte? Existiert Charakter?
Doch ich wollte dir nicht widersprechen, Geliebte mit der Nachtigallenstimme, die nur für mich erklang. Ich war glücklich, dich reden zu hören, mit mir, auch wenn ich dich nicht sah.
Sie fragte, ob ich ihren Brief bekommen hätte.
»Welchen?«
»Wenn du ›welchen‹ fragst, hast du ihn noch nicht bekommen«, schloß sie. »Ich singe in fünf Tagen, am Sonntag, in der Matthäuspassion. Die Schauerwoche vor Ostern kommt näher, und Christus muß wieder zu den Melodien der alten Allongeperücke an die Balken genagelt werden. Die Aufführung ist in Boelstede, of all places. In meinem Brief frage ich dich, ob du nicht Lust hast zu kommen? Wenn ja, dann muß ich jetzt, das heißt vor heute mittag, eine Freikarte für dich beiseite legen lassen, denn der Kartenverkauf beginnt, und es wird viel Publikum erwartet. Boelstede liegt eine halbe Stunde Autofahrt von Daalbergen entfernt. Hinterher könnten wir ... Ich sehne mich wirklich danach, aber dabei darfst du dir nichts denken.«
»Kann man sich Sehnsucht aufs Brot schmieren, kann man sie an die Wand hängen, fotografieren, riechen?« fragte ich.
Zur Belohnung lachte sie.
Die ganze Zeit über war Nonja mit wachsam erhobenem Kopf, unablässig fiepend, um mich herum scharwenzelt. Sie legte den Kopf zwischen meine Oberschenkel und drückte ihre Triefnase an mein Geschlecht. Ich schob sie weg, worauf sie niesend ihr Umherzotteln wieder aufnahm, ihre Zehennägel klickten auf dem Holzboden. Nach ihrem Schatten zu urteilen war sie kein Hund, sondern ein auf anderthalb Meter hohen, nadelfeinen Beinen trip-

pelndes Insekt. Ihre Erregung teilte sich mir mit, während ich sowieso schon fast erstickte. Obwohl es im Zimmer höhlenhaft kalt war, strahlte ich Hitze aus und fühlte jetzt meinen Herzschlag hinter dem Ohr, in das hinein Daphne sagte:

»Heute abend mußte ich mit Nico antanzen. Ein Diner in einem Restaurant mit sechs akademischen Kotzbrocken, von denen einer Geburtstag hatte und das mit einem Essen feierte. Sie hatten alle ihre Ehefrau oder Freundin mit, aber die hatten gefälligst den Mund zu halten, die Männer waren ausschließlich mit sich selbst beschäftigt und redeten über Uni-Angelegenheiten. Daß man heutzutage mehr Zeit in Konferenzen steckt als in Vorlesungen und so. Zu allem Überfluß bekamen wir Tiefkühlspargel. Hast du so was mal gegessen?«

Ich hörte verblüfft zu. Die Art, wie sie redete, war genauso wie ihr mäandrischer Briefstil. »Wie Rotz um einen Streichholzkern. Noch vor dem Nachtisch bin ich aufgestanden und nach Hause gegangen. Noch einiges zu tun, habe ich gesagt. Nico sauer. Eins der Dinge, die ich zu tun hatte, war, dich kurz mal anzurufen. Das braucht er nicht zu wissen.«

Weiß, dachte ich. Wenn Angst eine Farbe hat, ist meine weiß. Wie Mondlicht auf dem Wasser, in dessen Tiefe die Schlammterrassen liegen mit den stinkenden Giften.

»Warum darf er das nicht wissen?«

»Er braucht nicht alles zu wissen. Er kommt nicht zu kurz und sollte zufrieden sein. Es gibt geheime Zimmer, in denen er nichts zu suchen hat.«

Darauf hatte ich so lange keine Antwort, daß sie schließlich nach einer rauschenden Stille fragte: »Bist du noch da?«

Eine angemessene Frage.

Im Halblicht, das nicht nur den Schatten des Hundes bedrohlich verzerrte, wiederholte ich: »Geheime Zimmer?«

»Hast du etwa keine?«

»Es sei denn«, erwiderte ich, »sie sind so geheim, daß nicht einmal ich selber sie kenne. Vielleicht in den metaphysischen Gefilden, in denen ich mich aufhalte, wenn ich schlafe? So geheim jedenfalls, daß ich mich nach dem Aufwachen nicht mehr an sie erinnere. Ich weiß nicht genau, was du meinst. Befinde ich mich in einem dieser geheimen Zimmer von dir?«

»Das erkläre ich dir ein andermal.«
Ich fragte: »Weiß Nico Bescheid über uns, ich meine über unseren Briefwechsel?«
»Nico hebt morgens die Post von der Türmatte auf und findet dabei regelmäßig auch einen Brief von dir an mich. Er hat sich mal erkundigt, was wir denn auf einmal so Dringendes zu besprechen hätten. Ich antwortete: Wir schreiben uns einfach nette Briefe.«
»Liest er sie?«
»Wo denkst du hin!? Ich gebe sie ihm doch nicht zu lesen! Im übrigen interessiert es ihn auch nicht. Solange du Jelmer nichts über mich schreibst, sagte er. Nein, ich schreibe Jelmer nichts über dich. Ich bewahre deine Briefe in der untersten Schublade links auf, in meinem Schreibtisch im Wohnzimmer.«
»Schnüffelt er nicht herum, wenn du nicht zu Hause bist, und liest sie dann doch?«
»Ach wo!« rief sie aus. »Das tut Nico nicht, dazu kenne ich ihn zu gut.«
Ich hatte da eigene Vorstellungen. Was tut ein Ehemann, wenn mit immer größerer Regelmäßigkeit Briefe an seine Frau ankommen, von immer demselben Mann?
»Und Paula?«
»Paula«, antwortete ich, »ist nie zu Hause, wenn die Post kommt. Die weiß nicht mal, daß wir miteinander korrespondieren. Deine Briefe landen in einer alten Dose, wie ich den Pappkarton unter meinem Tisch nenne.«
Allmorgendlich Punkt halb zehn sah ich den Postboten über die Horizontlinie radeln, die Schöße seines altmodischen schwarzen Mantels wehten wie Schwingen in der windigen Ebene hinter ihm her. »Diese Kluft trage ich schon fünfunddreißig Jahre, und sie ist bequem, was soll ich mit der neuen Uniform.« Jetzt, da er öfter über den Steg stapfte, wobei das ganze Boot von seinem dröhnenden Tritt widerhallte und jedesmal das wütende Gebell des Hunds erklang, brummte er manchmal schon mit einem komplizenhaften Grinsen auf dem vom Wetter gezeichneten Gesicht: »Brief von der Dame mit der hellblauen Schrift. Ihr Tag ist sonnig, Mijnheer van Hoff. Und der Frau Doktor meinen herzlichen Gruß.«
»Wirklich?«
»Wirklich. Geheimnisse teilt man mit Gott. Vorzugsweise nie mit

einem Menschen, wenn man zumindest will, daß Geheimnisse geheim bleiben. Nur der Postbote weiß sowieso immer alles.«
»Deine Briefe bei mir in der Lade«, sinnierte Daphne. Das letzte Wort zog sie in die Länge und sang es ein paarmal in einer bestimmten Tonhöhe - »lalalalala-de«. Ich hörte es hallen in dem Raum, in dem sie sich befand. »Das ist das La«, sagte sie, »die sechste Note im Notensystem. Und meine Briefe bei dir in der ›Do-os‹, das klingt so: …« Jetzt sang sie zwei Töne. Wie sie mir erklärte, ein tiefes Do, und denselben Ton noch einmal, eine Oktave höher. »Zwei Dos«, sagte sie. »Macht Dose.«
Worauf sie plötzlich die Stimme dämpfte, ihr Atem stockte, ich hörte sie sogar schlucken. Im Hintergrund erklangen Geräusche, wie in einem Hörspiel. Eine Tür wurde geöffnet, offenbar die Haustür, denn draußen donnerte gerade ein Motorrad vorbei. Das dumpfe Scharren von Schuhen, die abgetreten werden. Das Klirren eines Schlüsselbunds. All diese Geräusche wurden von kurzen Echos begleitet.
Ich wußte noch: Hinter der Haustür der Sibelijns verläuft ein langer Gang, und in diesem Gang hängt das Telefon. Daran erinnerte ich mich von einem Besuch bei dem damals noch jugendlichen Paar, vor mehr als einem Jahrzehnt, als der kleine Arne wie ein Haustierchen durch die frisch gestrichenen Räume kroch. In der Mitte des Gangs führt rechts eine Treppe in den ersten Stock, wo Nico sein Arbeitszimmer hat, dahinter befindet sich das Klo, der Gang mündet in die Küche im Hinterhaus, dessen Fenster auf einen ummauerten Garten mit Kapuzinerkresse und Wäscheleinen hinausgehen. Links zwei Türen zu dem aus einem Doppelraum bestehenden Wohnzimmer. Wie ein dreibeiniges schwarzes Breitmaulungeheuer steht dort, die weißen Zähne fletschend, Daphnes Flügel, an dem sie ihre Gesangsstücke einstudiert. Im selben Raum ihr Schubladenschreibtisch.
Das Hörspiel: Haustür mit einem Knall zu. Ein Kleiderbügel aus Kunststoff fiel klappernd auf die Steinfliesen. Eine Männerstimme, Nicos Stimme, knurrte etwas - einen Kraftausdruck, wie ich eindeutig aufzufangen meinte.
Jetzt erblickten die Eheleute einander. Er sie durch die Brille, kurz bevor die Gläser sich beschlugen, weil er von der kalten Straße in die behagliche Wärme trat. Sie ihn aus den Augenwinkeln, wäh-

rend sie, mit dem Rücken an die Wand gelehnt, weiter in den Hörer sprach, wenngleich jetzt in einem völlig anderen Ton. Über völlig andere Dinge. Möglicherweise hob sie flüchtig die Hand zum Gruß oder als Reaktion auf sein Gemurmel, was er wiederum durch den Dunst vor seinen Augen nicht sah. Danach entschlüpfte sie in eins ihrer geheimen Zimmer, in denen er nichts zu suchen hatte. Nico, mein Bester, du kommst nicht zu kurz, dachte ich.
Über die Vögel in ihrem Garten. Wenn sie sehe, daß Vögel ein Nest im Efeu bauen, störe sie sie dabei, erklärte sie, und wenn das Nest schon fast fertig sei, zerstöre sie es, denn das sei weniger schlimm für die Spatzen und Amseln, als wenn ihre Katze oder die der Nachbarn die jungen, hilflosen Dinger ein paar Wochen später auffräßen. Oder? »Merkst du bei dir schon etwas vom Frühling?«
Das Gefühl, als wäre ich gar nicht durch Klingeln aus dem Schlaf gerissen worden. Ich sah einen hohen, weißen Gang vor mir, wie es sie in Schulen, Krankenhäusern, Anstalten für geistig Behinderte gibt. In dem Universitätsgebäude, in dem ich Herrn und Frau Sibelijn wiederbegegnet war, die Wände wie emailliert und schimmernd wie die Innenseite eines Schneckenhauses. Durch diesen Gang stiefelte ich, der Wind fing sich in den Papierstößen, die meine Hände umklammerten. »Hochverehrter Herr van Vollenhoven, sehr geehrte Anwesende ...«
Ich winkte die Hündin zu mir, die die ganze Zeit über unruhig geblieben war. Drückte ihr Hinterteil auf den Fußboden. Flüsterte: »Leg dich hin, Liebling.«
»Wie meinst du das?« Daphne, in der Luftröhre wieder ein winziges Stocken.
»Ich rede mit dem Hund.«
»Hast du einen Hund?«
Es war fast wie modernes Theater, wo es auch um nichts zu gehen braucht, wenn nur die Depersonalisation und Desorientierung des modernen Menschen durch endloses Aneinandervorbeireden zum Ausdruck kommt. Das hatte in demselben aufschlußreichen Feuilletonartikel gestanden.
»Ich werde versuchen, zu deiner Aufführung zu kommen«, sagte ich. »Obwohl es Sonntag ziemlich schwierig ist. Sonntags kann ich fast nie.«
»Was hast du für einen Hund?«

Jetzt redete ich auch schon ganz gedämpft: »Jetzt, wo du es sagst, ich habe übrigens beim Zeitungsladen ein lila Poster mit der Matthäuspassion hängen sehen. Nicht genau angeschaut. Dein Name steht sicher drauf.«
»Männchen? Weibchen?«
Ich seufzte.
»Wir eine Katze«, fuhr sie fort. »Bartje. Ein dicker, wohlgenährter orangefarbener Kater mit weißen und schwarzen Inselchen im Fell.«
»Daphne ...«
Indessen war hinter der Stimme der geheimen Geliebten immer weiter alles mögliche zu hören. Nach kräftigem Hin- und Hergelaufe, Türen auf, Türen zu, hörte man das Geräusch von Werkzeugen, mit dem unter hallenden Schlägen etwas ausgeführt wurde, wobei auch Scherben klirrten, vermischt mit laut ausgestoßenen Verwünschungen des Professors.
»Was ist denn da los?«
»Das ist Nico«, sagte die plötzlich wieder melodische Stimme. »Er versucht, eine lockere Fliese in der Fußleiste an der Haustür zu reparieren, nicht wahr, Schatz? Mit viel Fachkenntnis, einem Tischlerhammer, einem Brecheisen und einer Tube Alleskleber. Kannst du es dir vorstellen?«
Das konnte ich. Nico in der Hocke oder auf den Knien, konzentriert auf Erdarbeiten. Die über seine feuchte Stirn fallenden Haarsträhnen, die auf seine Nasenspitze heruntergerutschte Brille. Hantierte allerdings nicht wie in der Negevwüste bei der Freilegung unvorstellbar alter Fossilien von Wasserorganismen – das feine Schippchen, den Pinsel aus Dachshaar und das Instrumentarium, das man eher im OP eines Krankenhauses erwarten würde. Man hörte ihn wütend hauen und rütteln, etwas ging in die Brüche.
»Um ein Uhr nachts?« fragte ich treuherzig.
Hierauf gab Daphne zwar noch eine Antwort, sie wurde jedoch von Worten übertönt, von Satzfetzen, die ihr Ehepartner brüllte und die ich genausowenig verstand. Wieder Scherbengeklirre.
Nicolaas G. W. Sibelijn war böse.
Früher hatte ich ihn gelegentlich in dieser Gemütsverfassung erlebt: Gesicht auberginefarben, schlotternde Wangen. Wenn ihm

etwas gegen den Strich ging, dauerte es eine Weile, bis Risse in seiner Elefantenhaut entstanden, dann aber schoß die Wut mit der Kraft eines Geysirs aus ihm heraus. Dabei konnte er wie ein angriffslustiges Tier die Zähne blecken und sich auf die Unterlippe beißen, die weiß wie Birkenrinde wurde, bis Blutstropfen heraustraten.
Sein Wutgeschrei näherte sich, es verursachte einen Juckreiz auf meinem Trommelfell. Obwohl ich mir den Hörer einen halben Meter weit vom Kopf hielt, blieb alles peinlich hörbar. Daphnes hohe, geübte Stimme, die sich mit seinem Gebrüll vermischte. Desdemona ermahnt den argwöhnischen Othello zur Ruhe. Sopran, Tenor. Do la do.
Was hatte ich mit alldem zu tun, was sich dort abspielte? Ich war nur ein zufälliger Zeuge, schien mir, doch schon regte sich der Zweifel. Ich hörte die Sängerin meinen Vornamen nennen. Wütend wiederholte ihn mein ehemaliger Kommilitone und ergänzte: »van Hoff?« Kannte er mehrere Jelmers? Klar, daß ich in dem ausgebrochenen Streit eine Rolle spielte, auch wenn es ohne meinen Willen geschah oder es jedenfalls nicht meine Absicht gewesen war. Vielleicht hatte ich ihn gar, ohne es zu wissen, ausgelöst.
Stand er ihr jetzt mit einem Brecheisen in der erhobenen Hand gegenüber? In der Viertelsekunde, in der ich mir dies vorstellte, trug er seine roten Professorenklamotten, inklusive Kopfbedekkung mit Troddel. Sie mußte den Hörer losgelassen haben, ich hörte ihn gegen die Wand schlagen, an der er kreiselnd und an der elastischen Spiralschnur auf und ab federnd entlangscheuerte.
Von dem Lärm schreckte die Hündin auf, der Schein der Stehlampe zauberte eine grünrote, phosphoreszierende Glut in ihre Augen.
Ich beendete das Hördrama, indem ich die Verbindung abbrach. Plötzliche Übelkeit – das bekannte Symptom.
Hektisch begann ich den Hund zu streicheln, das Fell war trocken, struppig, wie die Borsten eines Handbesens. Na, alte Dame? Mit Haustieren spricht man meistens in einem Ton, als suche man Bestätigung. Egal wofür. Nonja war ebenso alt wie Hanneke, fast so alt wie meine Ehe. Sie leckte mir die Hand, drehte sich auf den Rücken, Beine gespreizt: Das einzige Wesen feminini generis, das

sich mir noch so zur Schau stellte. Ihr Bauch mit den im Lauf ihres langen Daseins von geflecktem Rosa zu Holzkohlenschwarz verwitterten Zitzenknospen war über und über mit dicken Geschwülsten bedeckt. Kein Mittel, das dagegen half, während zugleich nichts darauf hinwies, daß das noch springlebendige Tier auch nur im geringsten darunter litt.

Irgendwann damals begannen die Träume, die ich bereits erwähnte.
Ich befand mich in einem dunklen Gang, um mich ein Rascheln, Träufeln, Tröpfeln, Platschen. In der Ferne das Ende der Kloake, eine Öffnung nicht größer als das kleine Rund, das entsteht, wenn man die Spitzen von Daumen und Zeigefinger aneinanderlegt. Übrigens war es keine Kloake, eher so etwas wie ein Hosenbein, die feuchten Wände gaben nach. Obwohl ich es aus irgendeinem Grund sehr eilig hatte - mein Glas verrann -, war ich nicht imstande, mich zu bewegen, sondern atmete nur keuchend. Ich wurde in Richtung Ausgang befördert, der zugleich der Eingang zu etwas war, wohinein ich ebensowenig wollte. Je näher ich der Öffnung kam, desto größer und weiter wurde sie, ich wurde triefnaß, ich dünstete einen solchen Gestank aus, daß ich würgen mußte, als hätte ich in die Hosen gemacht, und der Dünnschiß rann mir an den Beinen entlang in die Schuhe. Kopfüber, kurz das Gefühl zu ersticken, dann das Gefühl, Saltos zu schlagen, verschwand ich durch den Spalt. Daphne hielt sich mit abgewandtem Gesicht die Nase zu. Sie war in einen Haufen getreten und wischte sich die Schuhsohle am Rand des Stegs ab. Unser Boot lag schief im Wasser und war unbewohnt. Ich konnte nicht auf meine Adresse kommen. Da ich immer noch in Eile war, begann ich zu rennen, rutschte aber ständig aus in Scheiße, Scheiße …

Paula kam am nächsten Tag gegen Mittag kurz nach Hause. Um sich mit fliegender Hast das Haar zu waschen und zu fönen, sich umzuziehen, an der Anrichte ein Toastbrot zu essen, bevor sie sich zu ihren Hausbesuchen aufmachte. Also war es Mittwoch. Kaum war sie drinnen und hatte - Halloho! - ihren Gruß gerufen, besser gesagt: den Ruf, mit dem sie ihre Anwesenheit kenntlich machte, als ich sie stolpern hörte. Karovier auf Pikfünf. Schnell sammelte ich die Karten ein. Gerade rechtzeitig konnte ich auch Daphnes Matthäuspassionsbrief, der noch aufgefaltet, ständig mit den Augen gestreichelt vor mir lag, zwischen den Seiten des *Archeological Atlas of the World* verschwinden lassen. Diesen Brief hatte nicht der vertraute Postbote mit seinem Drakulamantel auf dem Fahrrad gebracht. Er wurde mir von einem freundlichen Jungen überreicht, Wangen voll Akne, der eine Ente mit Riß im Stoffdach fuhr. Da er »nicht von hier« sei, stotterte er, habe er drei Tage gebraucht, um meinen Wohnsitz zwischen dem Schilf und den Entennestern zu finden. Sonntag. Nachmittagsvorstellung. Anfang 14.30 Uhr. Zwischen den Namen der teilnehmenden Musiker und Solisten der ihre, der lieblichste Name auf Erden. Daphne Uitwyck, Sopran.

Paula blieb auf der Schwelle zu meinem Zimmer stehen, der Hund umschnüffelte ihre Beine in den durchbrochenen Strümpfen mit eingewebtem Blumenmuster.

»Ich breche mir beinahe den Hals«, sagte sie. »Was macht der Hocker da?«

Hocker. Spontan erklärte ich, ich hätte mich darauf gestellt, um einen Band des *Archeological Atlas of the World* vom obersten Brett des Büchergestells herunterzunehmen. Danach vergessen, das Ding wieder an seinen Platz zu stellen. Tut mir leid.

Die Phase des Lügens hatte also angefangen. Es sollte sich zeigen, daß ich kein besonderes Talent dafür hatte.

Sie, mit gerunzelter Stirn: »Du kannst doch auch so an das oberste Brett?«

Später, im Morgenrock, Handtuch um den Kopf, fragte sie: »Hat jemand angerufen?«

»Nein. Wieso?«

»Die Schnur liegt in Hoffscher Manier um den Apparat. Total verknotet.«

Rote Blinkzeichen. Alarmklingeln. Aufgepaßt! Gefahr! Wer sich der Heimlichtuerei in seiner Ehe hingibt, achte auf die Details. Die geringste, durch Unachtsamkeit übersehene Kleinigkeit kann verborgene Sprengsätze zünden. Im Verlauf unserer absurden Beziehung sollte Daphne mir noch alle Kniffe des Fachs beibringen. In Masterclass-Kursen für Ehebrecher, eigens für mich. »Was auch geschieht, *alles* muß *immer* an seinem Platz bleiben« – noch so

eine ihrer Devisen. Ein brillanter Schüler war ich allerdings nicht.
»Ich habe die Bibliothek angerufen«, sagte ich ohne zu zögern. »Und ja, dabei saß ich auf dem Hocker, nachdem ich mich erst darauf gestellt hatte, um mir dort oben« – ich zeigte wie ein Schauspieler, Handfläche nach oben, auf das höchste Brett im Gestell – »das Buch herauszunehmen. Was für eine Erklärung für so eine Lappalie.«
Vornübergebeugt begann sie ihr triefendes Haar auszuwringen und mit dem Handtuch abzutupfen. Währenddessen ließ ich den Telefonhörer an der Schnur so lange kreiselnd herunterhängen, bis diese sich entknotet hatte, und legte ihn in Doorenbosscher Manier wieder auf.
Betrog ich meine Frau?
Natürlich tat ich das. Monatelang schon. Mit meiner heimlich gehegten Verliebtheit, die meine Gedanken und meine Konzentration völlig absorbierte, obwohl an sich noch immer nichts Irreversibles geschehen war und die Geliebte in spe noch nicht einmal darüber im Bilde war, wie ich glaubte. Natürlich ging ich die ganze Zeit schon seelisch fremd. Die ganze Geheimniskrämerei, die verschwiegenen Tatsachen, heimlichen Briefe, kleinen Lügen … Diese Betrügerei ist für den ahnungslosen Ehepartner demütigender als das ohne Umschweife gebeichtete »ich habe eine andere«.
Fast im gleichen Moment, als ich den Hörer auflegte, klingelte das Telefon.
»Doorenbos und van Hoff«, sagte ich und spürte, wie mir übel wurde. In meiner Luft- oder Speiseröhre blieb ein aus Schleim bestehendes, pulsierendes Ei stecken. Ein unkontrollierbares, in den Kniekehlen beginnendes Beben breitete sich elektrisch in meinem Körper aus.
»Bist du es, Jelmer?« Die süße Stimme aus dem Traumnirwana, aber unruhig und gehetzt. »Ich muß dir schnell was sagen, bevor Nico kommt …«
»Hier spricht Doorenbos und van Hoff«, wiederholte ich. »Sie müssen sich verwählt haben.«
Daphne: »Rufst du mich so bald wie möglich zurück?«
Ich hörte mich sagen: »Überhaupt nicht schlimm … Wiedersehen, Mijnheer.«
Sorgfältig den Hörer auflegen, ohne daß sich die Schnur ver-

wurschtelt. Mit einem Plumps sank ich auf den Hocker. Brechreiz, auf einmal von oben bis unten durchgeschwitzt.
»Nimmst du deine Tabletten eigentlich noch?«
Paula, Haarnadeln zwischen den Lippen, beide Hände im Nacken am Haarknoten, den sie sich gerade hochgesteckt hatte. Der Morgenrock war aufgegangen, ich sah ihren nackten Körper. Als wären die Teile des Kleidungsstücks die ganz ausnahmsweise aufgeklappten Seitenflügel eines Triptychons, dessen mittleres Bild nahezu permanent bedeckt blieb. Besser also sollte ich sagen, daß ich ihren nackten Körper wiedersah, zum ersten Mal seit einer langen Reihe von Jahren. Seitdem wir Hanneke in der Anstalt unterbringen mußten. Der Anblick war wie eine vergessene Erinnerung, plötzlich wie im Blitz einer Kamera in mein Bewußtsein zurückgekehrt. Länger dauerte es auch nicht: Sie wandte sich sofort ab, schlug den Stoff wieder um und band den Gürtel zu. Ich selbst hatte den Blick schon abgewandt, meine Augen hatten jedoch vorher noch eine scharfe Aufnahme gemacht:
Meine fast vierzigjährige Frau war noch immer das Gemälde vollendeter Schöpfung von damals. Als wir uns während des Studiums auf einem Jubiläumsball kennenlernten. »Allegorische Frauengestalt« von Hans Baldung Grien, gemalt auf Lindenholz. Sie war viel schöner als Nicos halbfeste Freundin Daphne gewesen, die ihn, wie er sagte, mit ihrer Launenhaftigkeit völlig meschugge mache.
Bei dieser kurzen Wiederbegegnung mit Paulas Nacktheit konnte ich mich allerdings nicht entsinnen, sie je so gebräunt gesehen zu haben. Sie schien wie mit einem honigfarbenen, dunkel glänzenden Firnis bestrichen zu sein, und nur unten am Bauch war ein Stück weißer Haut in der Form eines freilich sehr kleingeratenen Slips ausgespart. Dort hatte sich vormals, meinte ich, statt der weißen Haut dichtes, dunkles Kraushaar befunden, das zu dem tiefliegenden Nabel hinaufreichte und sich seitlich bis in die Leistenfalten ausfächerte. Ein Bauchschürzchen – meine Großmutter nannte es noch eine »Tändelschürze« – aus lockerem, vollem Haar. Der streichelnden Hand schmiegte es sich an wie Angorakatzenhaar. Diese flauschige Fülle war bis auf einen schmalen, die Schamspalte bedeckenden Streifen verschwunden.

Ein kurzer Blick in Paulas geheimes Zimmer. Genierte sie sich, wie ich mich auch genierte?
Konnte ich sie überhaupt noch »meine Frau« nennen? Sie war meine Ehefrau, Hausgenossin, Bootsmitbewohnerin, die wie ich in einem separaten Zimmer schlief, wo sie auch ihre Sachen hatte, so gut wie nie von mir betreten, wie auch sie so gut wie nie in meine Enklave eindrang. »Meine Frau« beziehungsweise »mein Mann« ist der Mensch, mit dem man in Liebe und hingebungsvoller Vertrautheit verkehrt. Paula und ich hätten uns genausogut scheiden lassen können.
Sie baute sich vor mir auf und sah mit Kennerblick auf mich herab: »Was fehlt dir, solltest du nicht Arie kurz mal anrufen? Hast du noch genug Benzos? Ich finde, du bist in letzter Zeit sowieso irgendwie anders. Wenn irgendwas ist, besprich es mal mit Arie.«
Anfassen tat sie mich nie. Die Ärztin, mit der ich auf diesem Hausboot zumindest die gemeinsamen Räumlichkeiten und den Hund teilte, legte mir auch von Berufs wegen nie die Hand auf die Stirn oder in den Nacken, etwa um meine Temperatur oder meinen Puls zu prüfen. »Ich bin mit dir verheiratet, du bist nicht auch noch mein Patient«, sagte sie, als sich die Liebe verwölkt hatte. Eines schönen Tages verbot sie mir, sie noch jemals zu berühren. Den Tag weiß ich noch und auch den Ort. Sie stieß mich von sich, als würde ich nach Abfall stinken. »Ich will dich nicht mehr fühlen ...« Ihre Stimme völlig emotionslos, wie jetzt.
Sie betrügen, machte das eigentlich noch viel aus? Warum durfte ich mich nicht vibrierend vor Verliebtheit nach einer anderen Frau sehnen, wieso sollte es Paula, wenn sie es wüßte, kränken können?
Als sie gegangen war – »Tschöö« – und ich ihr Auto in der grünen Ebene voller Schafe hatte verschwinden sehen, stellte ich mir das Telefon auf die Knie und wählte Daphnes Nummer, immer noch mit bebenden Händen, immer noch mit klopfendem Herzen.
»Sibelijn«, hörte ich Nico sagen, ohne den Widerhall des hohen, gekachelten Gangs. Er klang, als befände er sich in einem ausgepolsterten Raum – sein Arbeitszimmer im ersten Stock natürlich, dessen Wände mit zehntausend gelehrten Werken bedeckt waren. »Hallo? ...«, sagte der Professor, als er nichts hörte. Dann noch mal »Hallo? ...« Dann trennte er die Verbindung, die weniger

als eine Minute gedauert hatte. Dann Stille, in der ich wieder zu atmen wagte. Was wäre passiert, wenn ich mich zu erkennen gegeben und nach der Sängerin gefragt hätte?
Ich legte mich aufs Sofa, schwindlig, und sah mich gerade noch am Ende eines Eisenbahntunnels mit der Geschwindigkeit eines Projektils durch einen Fluchtpunkt schießen. So schläfrig, als hätte ich eine Handvoll Benzos mit einem Wasserglas Jenever hinuntergespült. Doch ein Schlafzustand war das nicht: Ich lag tot in einer Schublade, die krachend zugeschoben wurde, mein Name auf einem Kärtchen, mit einem Gummi an meinem großen Zeh befestigt.

Plötzlich durchstießen Lichtlanzen die Marmorschwärze, in der ich mich befand – ohne Landkarte, ohne Kompaß –, obwohl sie mir in diesen unwegsamen Finsternissen doch nichts genützt hätten. Das Vorbeiflitzen der Lichtstreifen war mit pfeifendem Summen verbunden, das in dem Maße, wie es sich wiederholte, höher und deutlicher klang. Schließlich begriff ich, daß es eine elektrische Klingel war.
Ich hatte derart intensiv geschlafen, daß nicht nur meine Augenlider, sondern auch meine Lippen verklebt waren. Als wäre, bevor die Schublade in das Totenarchiv geschoben wurde, eine Leichenfrau mit mir zugange gewesen und hätte mit etwas Leim dafür gesorgt, daß Augen und Mundhöhle geschlossen blieben.
Der Hund hatte auf meinen Beinen gelegen, die von dem Gewicht so gefühllos geworden waren, daß ich nicht auf ihnen stehen konnte und mich vorläufig sitzend fortbewegen mußte. Für das Tier war das ein drolliges Spiel, das es begeistert mit Tanzschritten und Schwanzschlenkern begleitete.
Das Dreibein stand immer noch nicht da, wo es hingehörte, und – doppelte Unachtsamkeit – darauf stand, mit erneut verwurschtelter Schnur, das ununterbrochen schrillende Telefon. Wie sollte ich das Paula erklären, wenn sie jetzt hereinkäme?
»Kannst du in Ruhe reden, bist du allein?« Daphne. Gequetschte Stimme. Merkwürdige Akustik. Ob ich das gewesen sei, der vorhin angerufen und Nico an die Strippe bekommen habe? »Wenn Nico zu Hause ist, geht er ans Telefon. Mittwoch nachmittag ist er immer zu Hause.« Sie stehe im Moment in einer Telefonzelle vor

dem Bahnhof, gegenüber dem Hotel Ambassador, wo Polizei vor der Tür Wache schiebe, denn dort sei ein Staatsoberhaupt abgestiegen.
Wieder gefiel der Hündin dieser Frauenton nicht, der ihr leise und doch schrill aus dem Bakelit entgegenkam. Ohren gespitzt, die schmale Schnauze dem Hörer zugewandt, saß sie neben mir auf dem Boden, wo ich mir mit der freien Hand das Bitzeln aus den Beinen massierte. Seufzend sank sie nieder, das weise Haupt auf den ausgestreckten Vorderbeinen, und ließ einen Furz. Das austretende Gas schob sich wie Orakeldunst zwischen mich und die ferne Geliebte, die pausenlos weiterplapperte.
Von mir wurde keine aktive Teilnahme an der Unterhaltung erwartet. Sie teilte mit, ich hörte zu, starrte ein Loch in die Luft.
»Gut, daß du nicht gesagt hast, daß du es warst, er wäre wieder explodiert. Er ist sehr gestreßt. Ärger im Beruf, von wissenschaftlicher Seite wird ihm auf einmal mächtig am Zeug geflickt, bei dem Diner gestern war er schon ziemlich am Durchdrehen. Als er nach Hause kam und sah und hörte, wie ich im Gang mit dir telefonierte, da steigerte er sich in eine solche Wut hinein, daß es ganz danach aussah, als wolle er mich schlagen. Das hat er sich in all den Jahren nur ein einziges Mal geleistet. Damals bin ich einen ganzen Monat nicht nach Hause gekommen.«
Warum brachte dieses Telefonieren den Professor dermaßen durcheinander?
»Er unterstellte mir und warf mir vor, ich hätte mich vorsätzlich von diesem Essen davongemacht, um hier zu Hause in aller Ruhe, ungestört, klammheimlich mit dir zu telefonieren ... Klammheimlich!« wiederholte sie con furioso.
Vorsichtig brachte ich vor: »So war es doch auch?«
Worauf Frau Sibelijn behauptete, sie habe wirklich alles mögliche dringend erledigen müssen, Wichtigeres jedenfalls, als auf den Nachtisch zu warten und ihn abzusitzen, und dann natürlich Kaffee mit Schnäpschen, und dabei endloses Gerede über Gesteinsarten, Fossilien, Inschriften auf Felsbrocken. Erst als sie zu Hause gewesen sei und mit ihren wichtigen Angelegenheiten beschäftigt, da sei ihr eingefallen, daß sie mich anrufen könne.
Ich registrierte, daß ich dachte: »Sie lügt.« Dachte: »Sie bescheißt Nico, der versucht hat, durchs Schlüsselloch in ihr geheimes Bou-

doir zu schielen, und sie auf frischer Tat ...« Registrierte: ein trichterförmiges, strudelndes Etwas, bestehend aus allen Elementen zusammen, in dem ich, vom Strudel erfaßt, herumwirbelte.
»Warum tun wir eigentlich so hinterhältig?« fragte ich.
»Wer, ›wir‹?«
»Du und ich. Du Nico gegenüber, ich Paula, während es doch eigentlich gar keinen Grund dazu gibt?«
»Eigentlich ...«, wiederholte sie. »Was ist eigentlich?«
Auf der anderen Seite des Fensters der faltenlose, wolkenlose Himmel, mattblau, nicht sonnig, aber strahlend. Zwei Reiher kamen vorbei.
Daphne wies mich zurecht, bissig – Worte wie »hinterhältig« und »klammheimlich« gefielen ihr nicht. Aus ihnen höre sie voreingenommene Interpretationen ihres Lebensstils heraus, den nur sie vor sich und nach strikt eigenen Auffassungen zu verantworten habe. Und diese ihre Auffassungen, sagte sie apodiktisch, gingen keinen Menschen etwas an. Ein jeder habe das Recht auf ein Privatleben, auch innerhalb der Ehe. Mir nehme sie es nicht übel, doch der Herr Sibelijn, der sie schon so lange kennt und dem sie niemals Anlaß zu irgendeinem Vorwurf gegeben hat, habe sich ganz gewiß solcher Kritik zu enthalten. Immer, aber auch wirklich immer, nehme sie so viel Rücksicht wie nur irgend möglich auf ihn.
»Der Herr Sibelijn« nannte sie ihn, wie ich Paula »die Frau Doktor« nannte. Was für eine Ehe die beiden wohl hatten? Nach welchen strikt persönlichen Auffassungen Daphnes, denen Nico sich offenbar willig fügen mußte, wenn er vermeiden wollte, daß der Haussegen schiefhing?
Der Kreislauf in meinen Beinen war wieder in Ordnung, ich hätte jetzt aufstehen können, blieb aber im Schneidersitz auf dem Boden sitzen, immer tiefer in mich zusammengesunken, schweigend Aug in Aug mit Nonja, die unablässig furzte. Es war Zeit für ihren langen Spaziergang.
»Jelmer van Hoff?« habe Nico heute nacht gewettert und dabei seiner Gattin den Telefonhörer aus der Hand gerissen. »Was will der bloß von dir? Was hast du so dringend mit diesem Trottel zu beratschlagen?«
Dies alles, inklusive Echo, hätte ich mitgekriegt, wenn ich die Verbindung nicht getrennt hätte, als der Hörer, der Nico in seiner Wut

aus der Hand gefallen war, unter dem Apparat baumelte. Anschließend habe der Historiker, so Daphne, sich mit solch vulgären Worten über mich ausgelassen, daß es ihr wie mit Glas ins Herz geschnitten habe. So derb kenne sie ihn gar nicht. Ein erhebendes Beispiel für Arne, der plärrend die Treppe heruntergekommen sei. Der Kleine könne absolut keinen Streit und kein Geschrei ertragen.
»Er rief, er wisse, was wir für Briefe wechseln.«
»Natürlich weiß er das. Unterste Schublade links.«
»Er schimpfte dich auf einmal ein Arschloch und einen Versager. Und du würdest dir beim Lesen meiner Briefe sabbernd einen runterholen.«
»Ja, ja, Freud läßt grüßen«, probierte ich ironisch.
Auch in Nico gibt es paläolithische Schichten, in denen steinerne Streitäxte, Abdeckermesser, Pfeile, Keulen in Magma auf den Erdstoß warten, der sie an die Oberfläche katapultiert. Ob ich das sagte oder nur dachte, weiß ich nicht mehr.
Hierauf habe sie, Daphne, sich ihren ihr bis auf die Füße fallenden Mantel übergezogen und habe das Haus verlassen, trotz des aufgelösten Zustands, in dem sich ihr Mann und Sohn befanden.
»Den Mantel mit den leidenschaftlichen Blumen?«
»Genau den.«
Den Rest der Nacht in Kaschemmen verbracht. Von Kerlen angemacht. Auch eine Zeitlang auf einer Treppe in der Bahnhofshalle gesessen. Durch die Straßen und am Fluß entlang gestreunt. Wenn sie sich ins Wasser werfen würde, habe sie gedacht, würde der schwere Mantel wie geschmeidiges Blei werden und sie innerhalb einer Minute hinabziehen, und die Strömung würde sie mitreißen.
»Aber ...« Vergeblich versuchte ich, etwas vorzubringen, hatte ich doch das Bild der ertrunkenen Ophelia vor Augen, von John Everett Millais gemalt. Das alabasterbleiche Mädchen, treibend zwischen Blumen verschiedenster Arten und Farben, mit offenem Mund, als töne aus ihm noch ein Lied.
Heute morgen erst sei sie nach Hause gekommen. Arne schon zur Schule. Ohne Brotbüchse. Nico habe sie weinend und stockbetrunken im Wohnzimmer angetroffen, auch er die ganze Nacht nicht im Bett gewesen, jetzt noch fassungsloser und ...

In dem Moment wurde ihr Bericht wieder unterbrochen: Ihre Stimme brach abrupt ab, mitten im Satz, als hätte sich eine Geisterwolke über die Telefonzelle gelegt, um den Kasten mit ihr in eine Lichtjahre entfernte Galaxie zu entführen. Nie mehr etwas von dem renommierten Sopran gehört. Solche Geschichten waren derzeit sehr beliebt in Fernsehserien und Modezeitschriften, und irgendeinem Soziologen zufolge hatte das mit einem Fin-de-siècle-Gefühl zu tun.
Hörer in der von Paula verordneten Art und Weise zurückgelegt, Apparat an seinen Platz, Hocker dito. Spuren verwischt.
In einem Roman von Dostojewski würde sich das psychische Wrack jetzt Kopf- und Barthaare ausreißen, zum Wahnsinn getrieben durch die Vorstellung, daß es einen Zeugen seiner verstohlenen Taten gab: die herumbrummende Fliege, die alles gesehen hatte. In meinem Fall war die Hündin dieser Zeuge. Sie war aufgesprungen und stand, weil sie dringend mußte, auf den Hinterbeinen an der Tür. Als das Telefon zum soundsovielten Mal klingelte, begann sie sich ratlos knurrend im Kreis zu drehen und ihrem Schwanz nachzujagen.
»Jelmer?«
»Ja, liebe Daphne ...«
Ihre Telefonkarte sei zu Ende gewesen.
»Komm lieber nicht zur Aufführung«, sagte sie, auffällig resolut auf einmal. »Und zwischen uns muß alles aus sein.«
Als sei sie, nach einer kurzen Pause hinter den Kulissen, jetzt in einem anderen Kostüm wieder auf die Bühne getreten, um eine neue Oper zu beginnen.
Ich entgegnete ihr, ich würde nicht verstehen. »Was ist denn zwischen uns, das aus sein muß?«
»Du weißt schon.«
»Heimliche Anrufe? Anrufe in verschlüsselter Sprache, mit denen wir, du Nico, ich Paula, hinters Licht führen? Einladung zu einem heimlichen Treffen, nach dem du dich so sehnst, obwohl ich mir nichts dabei denken darf?«
»... jedenfalls vorläufig.« Sie redete einfach weiter. »Keine Briefe mehr, ich rufe dich auch nicht mehr an. Es ist zu riskant geworden, und ich will nicht, ich will nicht ...«
»Daphne ...« Ich versuchte, sie zu unterbrechen. In dem ruhigen,

vernünftigen, geduldigen Ton, den ich mir früher zu eigen gemacht hatte, um bei störrischen Schülern etwas zu erreichen. So redete ich auch manchmal mit Hanneke.

Aber Daphne ließ sich nicht aus dem Konzept bringen, schließlich brach sie in Schluchzen aus. Weinte sie wirklich, während sie gleichzeitig tadellos artikulierte und ihren Atem beherrschte, oder spielte sie Lucia di Lammermoor? Ihre frühere vorwurfsvolle Keckheit Nico gegenüber hatte sich in ihr Gegenteil verkehrt. »Nico, der Schatz«, hieß es jetzt. Und wenn es einen Menschen gebe, der sie in allen Lebenslagen aufrecht halte und ihr ihre Kadenz gewährleiste, dann sei es der immer ruhige, gleichmütige Nico, dafür werde sie ihm ewig dankbar sein.

»Wenn er es erführe, das von uns, seine Welt würde zusammenbrechen.«

Registrierte: Sie ist verrückt. Es ist ihre Absicht, auch mich verrückt zu machen.

»Wovon sprichst du, liebe Daphne? Du tust, als ob du und ich und dein Mann in eine Schicksalstragödie verstrickt wären, in der bald noch Blut spritzt. Was könnte Nico erfahren, was er nicht schon längst weiß? Mit dem Briefeschreiben hast du doch angefangen, meine Beste? Was ist daran jetzt so riskant geworden, wie du behauptest? Wovor hast du jetzt solche Angst – Angst gibt es doch gar nicht ...«

Während ich das alles sagte, begannen bei ihr Polizeisirenen zu heulen, doppeltönig und vermischt mit dem Knattern von Motorrädern. Jetzt trat wohl das Staatsoberhaupt gerade aus dem Hotel und wurde von seiner Eskorte begrüßt.

Immer noch weinend, schrie Daphne mir etwas zu, das ich durch den Lärm nicht verstand. Wahrscheinlich schrie sie, sie könne mich durch den Lärm nicht verstehen. Jäh brach sie die Verbindung ab.

In meine Stille zurückgekehrt, sah ich wieder die beiden Reiher, die jetzt in die entgegengesetzte Richtung segelten, näher am Boden.

Weiß, dachte ich. Angstfarbe. Die Leere von Geheimnissen, verborgen in einer Herzkammer. Die in ihrem Teint und ihren Haaren selbst so angstfarbene Daphne wünschte mich aus ihrem Leben zu weißeln, wie sie es in ihren Briefen mit Schreibfehlern gemacht

hatte. Jedenfalls vorläufig. Was suggerierte sie damit, wie sollte ich das verstehen?
Sie, die mir Dinge, die man sich so wenig aufs Butterbrot schmieren kann wie Hoffnung, Erwartung, Illusionen, gönnte, diese weiße Hexe, war plötzlich vor mir aufgetaucht wie eine Leiche aus einem Grab, das besser geschlossen geblieben wäre.

Obwohl sich nichts bewegte, draußen, wehte doch ein scharfer, kalter, aus allen Richtungen zugleich kommender Wind. Ich hätte umkehren und mir etwas Wärmeres anziehen sollen, lief jedoch weiter, mit immer größeren Schritten, als müßte ich irgendwohin, als wäre ich in Eile, dürfte auf keinen Fall zu spät kommen, obwohl davon doch absolut keine Rede sein konnte. Ich brauchte nirgends mehr hinzueilen, zum Beispiel von einer Klasse zur nächsten, ich hatte alle Zeit der Welt.
Mein Pfeifen nach dem Hund, der sich sofort, am ganzen Körper zitternd, hingehockt hatte, um sich zu erleichtern, wurde vom Wind zu einem schwachen, hohen Geblase verformt, als käme es aus einem Wasserkessel, dessen Wasser am Verkochen war. Tränen. Die steife Brise preßte sie mir aus den Augen und trieb sie übers Gesicht. Keine Kummertränen, vor Reue, Trauer, Liebesleid, auch wenn das sicher romantisch ausgesehen hätte. Ich alter Knacker als hellblauer Werther, Tränen vergießend um die Unerfüllbarkeit von so vielem? Ehrlich gesagt fühlte ich mich erleichtert, aus einer Situation befreit zu sein, die, wie mir erst jetzt klar wurde, wie ein Menhir auf mir gelastet hatte. Und der Nachmittagsaufführung am Sonntag hätte ich im übrigen sowieso nicht beiwohnen können. Jedenfalls wäre es Hanneke gegenüber nicht anständig gewesen, und wenn ich trotzdem hingegangen wäre, dann nicht ohne quälende Gewissensbisse. Ich verhehle nicht, daß ich es durchaus vorgehabt hatte, wenn die Phantasiegeliebte ihre Einladung nicht so überaus beunruhigt wieder zurückgenommen hätte – »zu riskant«.
Hinter dem Boot, auf der schmalen, von Bäumen gesäumten Asphaltstraße näherte sich Paula mit dem Auto. Ich wartete an der Stelle, wo wir das Auto immer abstellten. In einer Anwandlung von Freundlichkeit, von der ich nicht wußte, woher sie kam. Vielleicht weil ich ihre nackten Honigbrüste mit den Morellenknos-

pen wiedergesehen hatte, an denen Hanneke als Säugling nicht hatte nuckeln wollen. Ihren Honigbauch, ihre langen Honigschenkel.

Höflich öffnete ich ihr die Wagentür, worauf sich ein heftiger Windstoß in den Wagen stürzte und sich ihrer Frisur bemächtigte. Die peinlich genau modellierte Locke auf ihrem Hinterkopf geriet in Unordnung, das Haar wurde senkrecht hochgepustet, wie flackernde Flammen. Ich nahm ihr die Arzttasche ab und wollte ihr beim Aussteigen helfen, zumindest ihr meine diesbezügliche Absicht zu erkennen geben, doch sie schlug nach meiner Hand:

»Was fehlt dir denn auf einmal?«

Als sie vor mir stand, sah ich hinter ihrem Kopf die sich drehende Mühle, die Flügel hackten wie Messer durch die Luft, in einem solchen Tempo, wie ich es all die Jahre nicht gesehen hatte. Es vollzog sich im Sprühnebel vor meinen Augen, in dem auch ihr Gesicht mit dem peitschenden Haar unscharf blieb.

Was ich da in dem beißenden Wind tue, so dünn bekleidet, ob ich mir etwa eine Lungenentzündung holen wolle, fragte sie. Der Hund sprang fröhlich an ihr hoch, dem Hund war es gestattet, ihr die Hände zu küssen, der Hund wurde gehätschelt und getätschelt. »Oder« – sie erhob die Stimme, um sich im Wind verständlich zu machen – »wartest du etwa auf Post?«

»Wieso?«

»Ich habe Coolenbrander gerade einen Hausbesuch abgestattet«, sagte Paula und riß mir die Tasche aus der Hand.

»Wer ist Coolenbrander?«

»Der Postbote. Zwischen zwei Hustenanfällen erzählte er mir, daß du neuerdings so oft Briefe bekommst. Sicher drei, vier die Woche.«

Der Wind, der auch an meinem schütteren Haar zerrte, trieb jetzt wahrscheinlich alle Farbe aus meinem Gesicht. »Stimmt«, sagte ich gleichgültig und sah die Dose unter meinem Tisch vor mir. Die mußte so schnell wie möglich verschwinden. Wie lernt man innerhalb kürzester Zeit lügen, ohne mit der Wimper zu zucken?

»Ich korrespondiere mit der Gesellschaft für Geschichtswissenschaft über eine Forschungsarbeit.«

Paula machte einen Schritt zur Seite, ging an mir vorbei. Sagte: »Mach, was du willst.«

Effata

Die Anstalt heißt Effata. Ein Hokuspokuswort aus der biblischen Geschichte. Christus sprach es zu einem Taubstummen, der daraufhin hören und sprechen konnte. Es kommt aus dem Aramäischen. »Öffne dich«, soll heißen – wenn man es mit einem Exegese-Etikett versehen möchte –: Der von der Macht des Bösen gefesselte Mensch kann befreit werden, wenn er sich der göttlichen Gnade öffnet. Oder so ähnlich.

In Effata lebt meine von der Macht des Bösen gefesselte Tochter, zwölf, fast dreizehn Jahre alt, körperlich gesund, doch geistig kaum entwickelter als ein Schimpanse.

Da stand sie, die Nase ans Fenster gedrückt, und hielt schon seit Stunden Ausschau nach mir. Man hatte ihr das schöne Kleid angezogen und die dazugehörige Schleife ins Haar gebunden, also wußte sie, daß es Sonntag war. Besuchszeit ab elf Uhr. Natürlich kam ich genau in diesem Augenblick durch das Eingangstor, wie immer, wie jeden Sonntag, ob ich nun mit dem Zug gereist war oder mit dem Auto wie heute. Wenn ich mit dem Auto kam, war es für sie ein doppeltes Fest, dann konnten wir ein wenig in der Gegend herumfahren, »Poffertjes« essen, in den Zoo gehen. Und vor allem hatte ich dann Nonja bei mir, die schon Kilometer vorher beim Wiedererkennen der Strecke Freudenlaute von sich gab. Hanneke und der Hund, sagte die Leiterin manchmal, die sind wie Schwestern, nicht, Hanneke? Nicht, Hund? Bei solchen Bemerkungen gingen mir schon lange keine bitteren Gedanken mehr durch den Kopf.

Paula brauchte ihr Auto an diesem milden Frühlingstag nicht, da ihr Kollege Dr. psych. A. Weldon sie in seinem Mercedes CDI Turbodiesel zu einem entspannenden »Betriebsausflug« in die Hauptstadt abholen würde, wo mittags etwas Medizinisch-Pharmazeutisches stattfand oder in einem Museum anzuschauen war, danach würden sie ein Jazzkonzert besuchen. Perfekt gekleidet und geschminkt, nach Obsession, the fragrance that speaks to a man's soul, duftend, hatte Paula mir das sachlich mitgeteilt.

Die Mutter unserer Tochter ging höchst selten, genau genommen: nie mehr mit nach Effata. Sie mußte sich im Rätselraum von Hannekes Kopf allmählich vollkommen aufgelöst haben wie eine

Brausetablette in einem Wasserglas. Nie fragte Hanneke nach Mama, offenbar hatte sie keine, wie sie so vieles nicht hatte, was sie anscheinend nicht vermißte, und Paula erkundigte sich nie nach ihrem Kind. Die letzten Male, als die Ehefrau mich in die Anstalt begleitete – vor fünf, sechs Jahren? –, trat dem Kind, sobald es die Mutter erblickte, grauer Schaum aus allen Gesichtsöffnungen und ließ es sich panisch brüllend zu Boden fallen. Obwohl Paula Ärztin ist, rührte sie keinen Finger; sie erstarrte, ihr Teint nahm die Farbe des Todes an, in ihren Augen zerbrach ein Spiegel, und ich wußte nicht, wem mein herzzerreißendes Mitleid mehr galt, der Mutter oder unserem Produkt.
Ich parkte unter den andeutungsweise blühenden Bäumen, und noch bevor ich ausgestiegen war, standen die Geschwister schon Bauch an Bauch in inniger Umarmung. Sie begannen einen Walzer aufzuführen, wobei die eine wawawa krähte, die andere leckte, bellte, jaulte, fiepte und mit dem Schwanz wedelte. Andere Kinder kamen dazu, sowohl normale, die ihre Eltern begleiteten, als auch Heimbewohner. Ich winkte meiner Tochter mit beiden Händen, sie schenkte mir ihr breitestes, freundlichstes, fröhlichstes Grinsen, doch da sie vorläufig zu beschäftigt war, überließ ich sie sich selbst und betrat das Gebäude, mein »zweites Zuhause«.
Im Aufenthaltsraum bekam ich den Pappbecher mit diesmal nach Fischsuppe schmeckendem Kaffee und den Leibnizkeks. Das ist das Schlimmste: dieses Sitzen an dem Tisch mit Resopalplatte, in einer Ecke an dem mit bunten Häuschen, Sternchen, Blümchen beklebten Fenster. Um mich herum in geduldiger Schicksalsgemeinschaft die anderen Eltern, von denen manche noch ein Paar bilden, die meisten aber allein da sind, Väter, Mütter, im Raum verteilt wie in einer mit Kinderzeichnungen vollgehängten Bahnhofswartehalle. Hier kann man warten, bis man schwarz wird: Es kommt kein Zug, und wenn einer kommt, fährt er nirgendwo hin. Bei keinem der Kinder kommt die Zauberformel »Effata« in irgendeiner Weise zum Tragen; sobald sie vierzehn geworden sind, müssen sie hier weg und verschwinden in anderen psychiatrischen Kliniken. Man trifft sich schon jahrelang in diesem Warteraum, wo alle Kinder eine eigene Pflanze haben, die sie mit einem eigenen Gießkännchen versorgen dürfen; man wechselt ein paar Worte, man kennt die Mongölchen der anderen, und

im Hinblick auf unvorhersehbare Überraschungen bevorzugt man es, Jeans und Schlabberpullover zu tragen. Wenn es regnet, singt der Besuch Lieder mit den Kindern, die dazu auf Flöten blasen, auf Bretter schlagen, auf Tamburine hämmern. Oder spielt mit ihnen ein vereinfachtes Halma oder baut mit Klötzen Türme. Wenn es das Wetter auch nur einigermaßen zuläßt, machen Besucher und Kinder einen Spaziergang im Garten, am Hirschpark entlang, vorbei an den Weihern mit den Fischen und Fröschen, um die die Direktorin einen kräftigen Zaun hat anbringen lassen, damit so leicht keiner hineinfällt. Der Besuch kann an der warmen Mahlzeit teilnehmen, die um dreizehn Uhr serviert wird. Um die Wartezeit zu verkürzen, habe ich immer die Freitags- und Samstagsausgabe von drei Tageszeitungen dabei, ihrer Bildungs- und Ablenkungsbeilagen wegen.
Im Zeitungsladen hing das Matthäuspassionplakat neben den Regalen mit den Pornoheften. Der Fideliochor mit dem Orchester der Neuen Philharmonie unter der Leitung von Markus Vantuyl. Daphne Uitwyck, Sopran. Daphne Uitwyck, Sopran. Daphne Uitwyck. Daphne ... Keine dreißig Kilometer, keine halbe Stunde von hier, dachte ich. Wahrscheinlich sitzt sie gerade im Zug und hat keine Ahnung von meiner verzehrenden Sehnsucht nach ihr. Statt in Freizeitkleidung hatte ich mich heute in den Anzug für feierliche Anlässe gehüllt – den Gedanken im Hinterkopf, es würde auf dem Rückweg vielleicht doch noch gelingen, die Aufführung zu besuchen, um die Geliebte wenigstens kurz zu sehen, sei es nur aus der Ferne, sei es nur ihren Schatten.

Hochrot, verschwitzt, mit verrutschter Haarschleife und verknautschtem Kleid voller Grasflecken kam Hanneke hereingehopst, den Arm um die Schulter einer kleinen Artgenossin, von der ich wußte, daß sie Gonneke hieß. Die beiden schweren, motorisch ungelenken Körper kuschelten sich johlend auf meine Knie zum Begrüßungsschmusezeremoniell, das darin bestand, daß ich sie an mich drückte, ihnen übers Haar strich, ihnen Küsse auf die Wangen drückte, selber Küsse auf Wangen und Mund empfing, wobei mir ihre klebrige Spucke übers Gesicht lief und auf meinen piekfeinen Anzug tropfte.
An meiner Tochter fiel mir eine Veränderung auf: In dem gewohn-

ten Sonderbaren ihres Verhaltens war etwas Ungewohntes, das mich verlegen machte und mich ein paar Sekunden neben mich stellte, wie vor Jahren im Unterricht, wenn ich von einer Situation überrumpelt wurde.

Mit gespreizten Beinen, das Gesicht mir zugewandt, preßte sie ihre Schenkel und Knie krampfhaft an mein Bein. Rieb ihre Scheide mit heftigen Stößen über der Bügelfalte meiner Hose, wie es die Hündin früher, wenn sie läufig war, an einem Menschenbein oder der Sitzfläche des Sofas getan hatte. »Hoppa, hoppa«, rief sie, zu unschuldig und zu unbeleckt, um zu merken, daß dies eine unpassende Variante des normalen Hoppe-hoppe-Reiter-Spiels war. Schlang ihre Arme um meinen Hals. Ihre Tischtennisballtitten preßte sie an mich, und ich fühlte ihren kalten Speichel an meinen Lippen. Sie drückte mir keuchend die Zunge in den Mund. Vor Verwirrung wandte ich brüsk das Gesicht ab.

Das Gonneke heißende Kind hatte sich von meinem anderen Knie herabgleiten lassen und sah mit starren Augen aus kindlichem Konfuziusgesicht zu, bis seine Mutter, die auch Gonneke hieß, es schweigend hochhob und mitnahm. In den Augen der Mutter und der anderen Erwachsenen der Blick unerschütterlicher Gelassenheit, der auch meinen Gesichtsausdruck kennzeichnete, wenn einem von ihnen etwas Unberechenbares mit den Kindern zustieß. Man kann ihnen einfach nichts übelnehmen, nicht wahr? Man versuche mal, ihnen etwas übelzunehmen. Genausogut könnte man es einem Baum übelnehmen, daß er einem einen Zweig ins Gesicht peitscht oder eine Eichel auf den Kopf fallen läßt. Als hätte man sich in einem im Erdboden wurzelnden Baumstumpf mit Zweigen fortgepflanzt, so sagte man diese Dinge zueinander.

Eine Effata-Mitarbeiterin erlöste mich von meiner Tochter, die mich in einer erstickenden Umklammerung hielt, dabei mit nassem Gesicht an meinem atmend und wie in Trance dem Rütteln und Schütteln ihres Unterleibs hingegeben. Sie zog sie von meinem Schoß herunter und stellte sie vor sich auf den Boden, während sie selbst in die Hocke ging. »Hoho, Hanneketanneke«, sagte sie. »Weißt du noch, was wir heute Schönes vorhaben?«

Hanneke taumelte zu Boden, als würde sie aus tiefer Benebelung geweckt. Sie landete mit einem Plumps auf dem Hintern und verzog unentschlossen das Gesicht – in Gebrüll ausbrechen oder nicht? Sie entschied sich für letzteres, musterte jedoch die Betreuerin noch eine Zeitlang in sichtbarer Verwirrung – die wassergrauen Glupschaugen ebensoweit aufgesperrt wie der Mund, steile Falte zwischen den Augenbrauen, stumpfe, breite Nase gerümpft. Mit beiden Händen machte sie sich in ihrer Unterhose zu schaffen, deren Beine bis auf die Hälfte ihrer Oberschenkel reichten. Kräftiger weißer Stoff mit einem Muster aus Flecken, die ich für nette rote Röschen hielt. Zornig vor Erregung fummelte, zupfte, drückte, zog sie.

»Und wo ist euer lieber Hund?« fragte die Kinderpflegerin. »Geht er auch mit in der Prozession am Palmsonntag? Du mußt doch schön sein für die Prozession am Palmsonntag, nicht wahr?« Sie band das Haarband wieder neu.

Hanneke lachte schon wieder und begann hauptsächlich aus Vokalen bestehende Wortfragmente auszustoßen, was die noch sehr junge, goldblonde Pflegerin, feengleich nickend, beantwortete mit: »Ja, tüürlich, na und ob, aber klar ...«

Mutter und Tochter Gonneke waren zurückgekehrt und saßen mir am Tisch gegenüber, die Tochter strickte eine lange Wurst mit der Strickmaus, die Mutter schaltete sich ein: »Diese Hose ist dem Kind viel zu eng. Diese Wollhose ist viel zu warm, um an so einem sonnigen Tag wie heute darin herumzutollen. Muß das Kind nicht mal auf den Topf, Schwester?«

»Ich glaube, ich weiß, was los ist«, sagt die Fee. »Komm mal mit, Hanneke.«

Die Frau mir gegenüber war eine alleinstehende Mutter, Witwe, geschieden oder vage liiert mit einem sich während langer Zeiträume auf einer saudiarabischen Bohrinsel aufhaltenden Typ – wie es sich genau verhielt, hatte sie mir irgendwann einmal anvertraut. Auch sie war so gut wie jeden Sonntag hier. Anfang Dreißig, nicht hübsch, nicht häßlich, bißchen mollig, nett. Manchmal spielten wir im Aufenthaltsraum eine Runde Patience zu zweit. Sie hatte ein elegantes Etui, das einmal, wie sie sagte, im Besitz von einer Geliebten Ludwigs XV. gewesen war, in dem sich zwei Sätze winziger Spielkarten befanden, kaum größer als Briefmarken.

»Sie sehen heute so stattlich aus in Ihrem Hochzeitsanzug«, bemerkte sie. Sie holte eine Papiertüte aus einer teuren Konditorei

hervor und teilte in Glanzpapier gewickelte kleine Ostereier aus. Sie selbst nahm sich keins, dafür genehmigte sie sich einen Schluck aus einem Flachmann, den sie mir anschließend herüberreichte.
»Danke«, sagte ich. Für das Ei und um in einem Aufwasch den angebotenen Schnaps abzulehnen.

Der Umzug der Kinder am Palmsonntag - wie jedes Jahr assoziierte ich ihn mit Szenen von Bosch und Breughel.
Neben Frau Gonneke stand ich am Rand eines der Gartenwege, auf denen die Prozession sich fortbewegte, Nonja kurz angeleint, um zu verhindern, daß sie zwischen den Kindern herumtoben und ein noch verrückteres Chaos auslösen würde. Beifall zu klatschen, wie es die anderen Eltern taten, war mir daher unmöglich, dafür aber sang ich schlecht und recht das Lied mit, das wogend über den Kinderköpfen mitzog. Irgendwas mit »ruckediguck« darin, und am Schluß »kikeriki«.
Ich dachte an Daphne und an die Arie *Ich will dir mein Herze schenken, Senke dich, mein Heil hinein!*, die sie singen würde. Sintflutartig raste mir das Verlangen nach ihr durch Hirn, Herzgegend, Gedärme. Ich mußte zu ihr, ich wollte sie sehen, jetzt, da sie räumlich und zeitlich so nahe war, und ich wußte, daß sie in diesem Augenblick mit gleicher Intensität an mich dachte und daß sie die Arie für mich singen würde. *Ei, so sollst du mir allein mehr als Welt und Himmel sein.* Diese Gedanken machten mir angst und mir wurde schwindlig, ich fühlte, wie etwas mich mitriß, und war einer Ohnmacht nahe - ein Ertrinkender, der sich an ein Rasiermesser klammert.
So energisch wie möglich rief ich also: »Kikeriki!« Die Hündin versuchte sich loszureißen, und als ihr das nicht gelang, stellte sie sich auf die Hinterpfoten, lachend, mit heraushängender Zunge, denn da tauchte Hanneke im Zug auf. Heldenmütig grinsend schleppte sie ihren mit Tannengrün, Luftschlangen und Girlanden verzierten Palmstock, ganz oben den Hahn aus Brot, doch wieder fiel mir auf, daß das Kind einen schlechten Tag hatte: Ihr Grinsen konnte genausogut eine Heulgrimasse sein, ihr Gang ließ sie noch hilfloser erscheinen. Sie bewegte sich mit gespreizten Beinen stolpernd fort und mußte den Stock regelmäßig mit einer

Hand loslassen und stehenbleiben, um etwas in ihrer Scheidengegend zu regeln. Der Stock fiel mit den Schnüren, ungeschälten Erdnüssen, Eierchen, Perlen, den Schnipseln und den Zeichnungen zu Boden, hinter ihr gehende Kinder prallten auf sie auf, einige stürzten, und noch mehr Stöcke kenterten und gingen unter. Ein Kreischen brach los, das sich geradezu apokalyptisch mit dem heiteren Lenzlied aus den übrigen Kinderkehlen vermischte. Dennoch wollte meine Tochter den Umzug um keinen Preis verlassen, sie wollte, mußte und würde lauthals singend weiterlaufen mit ihrem immer ramponierteren Zierat, was immer sie auch da zwischen den Beinen so unablässig störte – sie muß Paulas Beharrlichkeitsgen geerbt haben. Schließlich humpelte sie einsam, aber unverdrossen hinter den anderen Kindern her. Als diese um eine Ecke des Gartenwegs verschwanden, blieben Hanneke, ich und der Hund allein zurück – und sofort hatte sie die ganze Veranstaltung vergessen. Wir setzten uns in das gemähte, warme Gras, ich mit dem Rücken an einen Obstbaum gelehnt, Tochter und Hund balgten sich wieder.

Das Gefühl der Gehetztheit, das mich schon den ganzen Tag durchwölkt hatte, benebelte mein Denkvermögen, alles, was ich denken konnte, war: Ich will weg, ich will zu ihr. In meinem Kopf tauchten Rechenaufgaben auf, und ein böser Geist befahl mir, auf der Stelle Lösungen zu finden, sie würden mir Einsicht in mich selbst und mein Leben verschaffen, doch ich war zu verwirrt und zu nervös, um die algebraischen Formeln sofort zu enträtseln, sie waren schon von der Schultafel gewischt, bevor ich sie verstand, und heraus kamen nur Nullen.

Hanneke hatte den Hund bestiegen und ritt auf dem betagten Tier mit derselben Leidenschaft, mit der sie ihren Galopp auf meinem Knie vollführt hatte. In Sphinxhaltung zwischen Hannekes Schenkeln, den Kopf an beiden Ohren rückwärts gezogen, duldete Nonja das unkoordinierte Stoßen und Schlagen, das wieder von reichlichem Speichelfluß und einem Geschrei wie von einem Vogel in Todesnot begleitet wurde. Offenbar klang es so realistisch, daß die echten Vögel, die gerade noch fröhlich im zarten Grün getrillert hatten, vor Schreck verstummten.

Vorbeischießende Rechenaufgaben, doch wie ich auch addierte, multiplizierte, Wurzeln zu ziehen versuchte, es wollte mir einfach nicht gelingen. Mit der Verklumpung meiner Gehirnzellen stieg mir etwas unsagbar Ekliges in den Mund, das Geschmacksecho von Schokolade, auch wenn es eher nach Scheiße schmeckte, schien mir, obwohl ich, soviel ich wußte, noch nie Scheiße im Mund gehabt hatte. Nichts als Nullen, nirgends eine Aussicht, null Erwartungen, null Hoffnung. In einer unendlichen Leere sah ich Daphne - die Bitterkeit auf meiner Zunge verschwand dadurch nicht. Ich hätte jetzt aufstehen, dem Hund pfeifen, zum Auto rennen, wegfahren und mich einen Dreck um das Kind scheren können, das mir einen Augenblick lang breitbeinig, am Unterleib herumfummelnd nachgestarrt hätte, um dann ihren Palmbesenstiel wieder aufzuheben und ruckediguck-kikeriki singend zwischen den Frühlingsbäumen zu verschwinden. Allein schon dieser feige Einfall, wie flüchtig er auch war und das Gegenteil von dem, was ich jemals täte, machte mich noch fassungsloser. *Und ging heraus und weinete bitterlich.* Dennoch kehrte der Gedanke an eine Flucht in dem Maße zurück, wie Daphnes Geisteserscheinung an Helligkeit und Schärfe gewann, sie sah mich aus Augen an, die wie silbrige Juwelen waren, Hannekes Gekreisch übertönend, rief sie mich mit winkenden Gebärden beider Arme.

Ich schlenderte zu Kind und Hund, unschlüssig, wie ich mich ihrem Treiben gegenüber verhalten sollte.

Tatsache ist, daß ich so gut wie nie weiß, wie ich mich zu den Dingen verhalten soll.

Dr. psych. A. Weldon bezeichnet dies wissenschaftlich als Schareigenschaft meines Charakters. Sein gelehrtes Werk über quietschende Charakterscharniere steht mit einer liebenswürdigen Widmung zu Hause im Bücherschrank, wie so vieles, das genausogut zum Altpapier könnte.

Plötzlich stand Mevrouw Grosfeld van Suzante, die mit Oberin anzusprechende Leiterin des Instituts, mannhaft vor mir, heute in kariertem Knickerbockerkostüm mit passender Krawatte. Es fehlte nur noch die Peitsche, dann hätte man sie für eine Reitlehrerin halten können.

»Gut, daß ich Sie treffe, Mijnheer van Hoff.«

Rauher Baß, violettgrauer Herrenschnitt. Dafür aber viel Busen und ein sinnliches, peinlich genau angemaltes Gesicht: das gleiche Violettgrau auf den Lidern, die gierigen Lippen in einer Glanzfarbe zwischen Lila und Rosa, harmonierend mit Farbe und Glanz des seidenen Einstecktuchs. Relikt uralter Aristokratie, hörbar auch an ihrer leicht affektierten Artikulation. Ich fürchtete mich immer ein wenig vor ihr, obwohl sie nie anders als zuvorkommend war.

»Guten Tag, Frau Oberin«, sagte ich.

»Geht es Ihnen und Mevrouw van Hoff gut?«

»Danke, ja.« In Gedanken fügte ich hinzu: Die Dottoressa macht sich einen Schabbes mit ihrem Sozius, einem psychiatrischen Sterndeuter mit Mercedes, und ich bin hoffnungslos verliebt in eine verheiratete Opern- und Oratoriumssopranistin, die in geheimen Zimmern lebt. Wenn ich mich anstrenge, höre ich sie in genau diesem Augenblick singen …

Die Leiterin war in Gesellschaft der jugendlichen Betreuerin, deren Goldhaar schimmerte wie Bienenbäuche in der Sonne. Durch ihren weißen Krankenschwesternkittel, der das Licht durchließ, konnte man ihre Unterwäsche sehen.

»Kommst du mit, Hanneketanneke?« Sie hob den noch immer ekstatisch zuckenden, Schreie von sich gebenden, sabbernden Körper vom Hund herunter.

Mevrouw Grosfeld van Suzante unterrichtete mich inzwischen über die Tatsache, daß meine Tochter ihre erste Menstruation hatte. Da dabei extrem viel Blut austrete, trage das Kind, wenn ich die Oberin richtig verstand, mehrere Schichten jener saugfähigen Baumwollbinden, die wie kleine Hängematten geformt sind und mit Hilfe einer elastischen Bauchbinde und einer sich gummiartig um den Unterleib schließenden Hose gehalten werden. Kein Wunder, daß es da juckte, brütete, scheuerte, und meine Tochter zu einer Gangart gezwungen wurde, als trüge sie einen Haufen zwischen den Beinen.

»Hannekes Hormonhaushalt verändert sich«, sagte die Leiterin. »Wir geben ihr jetzt eine Pille und stecken sie zu einem Heilschlaf ins Bett. Und dann müssen wir miteinander beratschlagen, ob wir ihr nicht ein Verhütungsmittel geben sollten, zum Beispiel eine monatliche Spritze, um Malheurs mit männlichen Mitpatienten …«

»Effata«, dachte ich.

Hinter ihr sah man zwischen knospenden Sträuchern das weiße Mahnmal für die schwachsinnigen Kinder, die im Hitlerkrieg zu Dutzenden von hier abtransportiert und wie untaugliches Vieh geschlachtet worden waren. Zwei mongoloide Knirpse einer weißen Gesteinsart, ein Junge und ein Mädchen, beide mit einem kleinen Koffer, der Arm des Mädchens lag um die Schulter des Jungen.

»Hanneke kommt dem Papa jetzt tschüs sagen.« Die Betreuerin, an ihrer Hand das keuchende, fügsame Kind, der Hund träge hinterher.

Ich ging in die Hocke und schloß meine Tochter, die sich mit ihrem vollen Gewicht gegen mich fallen ließ, in die Arme. Sie sah mich aus ihren trüben Klicker-Augen an, offener Mund, dicke Zunge auf der Unterlippe, grauer Rotz bis ins Haar. »Uckerüche?« krähte sie, während ihre Hände schon in den Seitentaschen meiner schon sehr fleckig gewordenen Jacke wühlten.

»Nein«, sagte ich, »heute habe ich keine Zuckertütchen dabei. Aber nächste Woche ...«

Blinzelnd betrachtete sie das rote Ding, das sie statt der Zuckertütchen hervorholte.

»Ein Jo-Jo ...«, sagten Oberin, Betreuerin und ich wie aus einem Munde.

»Schau, Hanneke.« Das Mädchen im durchscheinenden Weiß demonstrierte das Funktionieren des Gegenstands und verwandelte sich auf der Stelle in das Kind, das sie noch vor kurzem gewesen war. Den Finger durch die Schlaufe der Schnur gesteckt, ließ sie das Jo-Jo bis zu ihrem weißen Schuh hinunterrollen und wieder zu ihrer Hand zurückklettern, sie warf es horizontal von sich und fing es wieder auf, schleuderte es sogar direkt über ihrem Kopf in die Höhe. Dazu trippelte sie im Kreis herum, ihr Kleid flog, wie ich sah die Frau Oberin mit einem zärtlichen Lächeln zu und gab dabei knurrende, turtelnde Kehllaute von sich.

Durch das Jo-Jo landeten meine Gedanken wieder bei Daphne, wie war es nur möglich, daß sie ein paar Minuten lang von ihr abschweifen konnten.

»Ich, ich ...«, rief Hanneke.

Mit dem für sie viel zu komplizierten Spielzeug kämpfend, verschwand sie an der Hand der Schwester in Richtung der Pavillons.

Mit energischem Tritt, Abstand haltend aus affektierter Furcht vor Ansteckung, marschierte die Leiterin hinterher. Ich sah die drei an dem kleinen weißen Standbild vorbeigehen, vor dem ich, als Paula zum letzten Mal hier war und Hanneke einen ihrer Anfälle von Haß und Abscheu gegen ihre Mutter bekommen hatte, den Arm um meine Frau gelegt hatte, in der Absicht, ihr Mut zu machen und sie zu trösten, wie das steinerne Mädchen den steinernen Jungen. Vater, Mutter und Kind zu dritt in einem Bett, in freundlichem Glück im friedlichen Dunkel schlafend, so hatte ich es mir einmal vorgestellt, so war es nie geworden, das Schiff war im Schlamm versunken. Paula hatte meine Hand und meinen Arm abgeschüttelt und mich weggestoßen. »Das ist nicht nötig«, sagte sie mit abgewandtem Gesicht, als röche sie etwas Ekelhaftes. »Faß mich nicht an. Faß mich nie mehr an. Ich will dich nicht mehr fühlen …« Hiernach begann das Sich-Wiegen im Schaukelstuhl auf den Wohnzimmerdielen – *knack*, wenn der weiteste Rückwärtsstand erreicht war, wieder *knack* auf dem toten Punkt vorne, und bei jedem *knack* erklang auch ein leises Ächzen aus dem Fußboden, und so stundenlang, gedankenlos, immer weiter, Jahre, Jahre.

Vorzeitig vom wöchentlichen Besuchsdienst befreit, stellte ich fest, daß die Aufführung der Matthäuspassion gerade erst angefangen hatte, und schon schlug die Hast wieder zu: Ich könnte immer noch hingehen.
Natürlich, Geliebteste, werde ich, berauscht von deiner Stimme und deiner Gestalt, herbeieilen, um dich zu bewundern, ich werde schon sehen, wie ich in den Musiktempel komme. Wenn sie mich nicht hineinlassen, werde ich mich auf die Stufen vor der Eingangstür setzen oder beim Künstlerausgang auf und ab gehen und wie ein Drogenabhängiger auf dich warten. Genug ist, daß ich dich sehen darf, nur einen Augenblick, nur einen Schimmer deines hochheiligen weißblonden Haars, und sei es nur aus der Ferne.
Noch auf einen Sprung zurück in den Aufenthaltsraum, um mich vom Personal und von den anderen Eltern, meinen Schicksalsgenossen, zu verabschieden, sah ich, daß sich die Kinder über meine Zeitungen hergemacht hatten. Die flatternden Seiten über Stühle und Tische drapiert, hatten sie sich Zelte gebaut, in denen sie

schreiend ein und aus krochen. Einige hatten sich ein Ballkleid oder einen Umhängemantel aus Papier gefaltet und begannen den Umzug noch einmal von vorne. Diese Woche für mich also keine tiefschürfenden Beilagenabhandlungen, durch die ich immer so viel klüger wurde.
Frau Gonneke hatte aus einem der Traktate einen Napoleonhut gefaltet und ihn sich über das kurze, glatte schwarze Haar gestülpt. So herausstaffiert, gesellte sie sich zu mir. Sagte, indem sie das Gewicht schwankend von den Zehen auf die Fersen und wieder zurück verlagerte: »Gehen Sie schon? Darf ich Sie dann um etwas bitten? Mein Auto hat seinen Geist aufgegeben. Ich bin mit dem Bus gekommen. Sehr umständlich, zeitraubend, ärgerlich. Darf ich Gerben sagen? Du mußt doch nach Daalbergen? Könntest du mich unterwegs nicht bei mir absetzen, ein paar Kilometer vor Boelstede? Für dich ist es ein Umweg von zehn Minuten und mir würde es viel Ärger ersparen.«
Sie drückte mir noch so ein Schokoladenei in die Hand, während der obszöne Geschmack des vorherigen mir noch am Gaumen klebte. Das Ei fühlte sich wie seimiger Lehm an, aus Frau Gonnekes Mund wehte mir eine Whiskyfahne entgegen. Die Rechenaufgaben, für deren Lösung ich nur wenige Sekunden bekam, die mir nicht reichten, rollten wieder mit der Geschwindigkeit einer Lichtzeitung an mir vorbei. In funkelndem Licht sah ich Daphne in einem Festgewand auf dem Podium stehen und ruhelos über ihre Partitur in den Saal spähen, ob sie mich nicht etwa doch im Publikum entdeckte. *Ich habe heute viel gelitten im Traum von seinetwegen …*

Neben mir im Auto leerte meine Mitfahrerin ihren Flachmann in einem langen Zug, wobei sie den Kopf weit zurücklegte und ihr Generalszweispitz knisterte, unmittelbar darauf brach sie in krampfhaftes Schluchzen aus.
»Entschuldige … Entschuldige …«
Der Hund, der erschöpft auf dem Rücksitz lag, richtete sich auf und beschnüffelte sie mitfühlend. Mir aber wollte nichts zur Milderung ihres Kummers einfallen, da mir diese mir aufgedrängte Expedition sowieso schon zu schaffen machte, ich hätte ihre Bitte schwerlich abschlagen können. Ich hätte ihr ja wohl

kaum sagen können, es täte mir schrecklich leid, aber der Lockruf einer Sirene dulde keinen Aufschub, keinen Umweg, keine Zeitverschwendung.

Dezent legte ich einen Augenblick die Hand auf die papierene Kopfbedeckung, die auf Gonnekes Knie geglitten war. Der Verzweiflung nahe, brachte ich heraus: »Na, na, na ...«

Stockend, von Schluchzern unterbrochen, während sie sich mit den Händen übers Gesicht wischte, so daß sich der bis auf die Augen fallende Pony vor Nässe verklebte, brach es aus ihr heraus: »Ich halte es verdammt noch mal nicht mehr aus. Es macht mich völlig depressiv, dieses Theater jeden Sonntag, in diesem Affenkäfig, in dem auch mein eigener Affe herumspringt. Dieses Mistweib mit ihrer karierten Knickerbockern, die ich mit Ober anreden soll, hat mich vorhin auch noch abgekanzelt. Sie müsse mich doch sehr bitten, während meines Besuchs keinen Alkohol zu trinken. Und daß sie mich sonst – diese Großschnauze mit ihren Sperenzchen – auffordern müsse zu gehen. Ich weiß nicht, warum ich jeden Sonntag doch wieder hingehe, ich mache mich selbst kaputt damit. Mittwochs schon steigt der Sonntag wie ein Himalaya aus schwarzem Gallert vor mir auf, und nach dem Sonntag brauche ich bis zum Dienstag, um wieder zu mir zu kommen. Deine Frau sehe ich auch schon lange nicht mehr. Seid ihr auseinander?«

Mir brauchte sie das alles nicht zu erzählen. Die Szenen, die sie schilderte, hingen gerahmt an den weißen Wänden meiner inneren Galerie, wo sie mir – neben zahlreichen anderen – tagtäglich entgegenblickten.

Den Kopf an mich geschmiegt, tupfte sie ihren Tränenfluß an meinem Schulterpolster ab. Zu Anfang ihres nassen, träge und lallend vorgebrachten Monologs hatte sie meine besänftigende Hand ergriffen, sie mit beiden Händen umklammert und ließ sie nicht mehr los. Als sie schwieg und auch ihr Schluchzen verstummte, fürchtete ich, sie würde einschlafen.

»Vergißt du nicht, mir zu sagen, wie ich fahren soll?« sagte ich. Die Straße machte Kurven, so daß ich ihr meine Hand entziehen mußte.

Sie machte eine Handbewegung: Hier nach links. »Nächstes Mal schütte ich ihr einen Schwall Whisky in die Visage.« Und als Exposé, und zugleich Zusammenfassung ihres momentanen Lebensgefühls, fügte sie mit stetig anschwellendem Volumen hinzu: »Mist, Mist, Mist, Mist, Mist, verdammte Scheiße, verdammt und zugenäht!«

Sie wohnte in einer kleinen Villa mit abblätternder Farbe am Ende eines Schotterwegs durch Wiesen voller übermütiger, ausschließlich schwarzer Lämmer.

Ihr Flachmann blieb vor der Windschutzscheibe liegen, der aus einem später noch gähnend von mir gelesenen Artikel über Heideggers Traktat »Der Ursprung des Kunstwerks« gefaltete Papierhut auf ihrem Sitz.

Die Munterkeit, mit der sie ausstieg und auf die Haustür zutrippelte, Jeans eng um die Pobacken wie die Schale um einen Apfel, sank nach wenigen Metern jämmerlich in sich zusammen. Sie fiel. Blieb liegen. Bewegte den Mund im vergeblichen Versuch, einen Ton herauszubringen. Statt dessen strömte Erbrochenes heraus, in dem ich die Farbe der Rübchen wiedererkannte, die wir beim Mittagessen in der Anstalt serviert bekommen hatten.

Auch ich verließ das Auto, was, geliebte Daphne, ich schwöre es dir, nicht meine Absicht gewesen war. Beugte mich über sie. »Kannst du aufstehen?« Seit meiner Studienzeit niemanden mehr so sternhagelvoll aus der Nähe gesehen. Sie streckte mir einen Arm entgegen, worauf es mir gelang, sie hochzuziehen. Sie begann schreiend zu lachen, glaubte ich zumindest, obwohl es auch sein konnte, daß sie lachend wieder in Tränen ausbrach. Medea oder eine ähnliche Gestalt aus einer griechischen Tragödie, nachdem ihr klar geworden ist, daß sie das eigene Kind aufgegessen hat. »Scheiße, Scheiße, Scheiße!« Zwischendurch erbrach sie sich über meine Hosenbeine und Schuhe, und der Hund fing an, die Delikatessen mit der Zunge aufzuschlabbern.

»Gib mir mal den Schlüssel«, sagte ich.

Ausschließlich um einem Mitmenschen in Not zu helfen, das schwöre ich dir, öffnete ich die Haustür und führte die mit ihrem ganzen Gewicht an mir hängende Gonneke, deren Arm wie eine Boa constrictor um meinen Hals lag, ins Haus.

Vorderzimmer.

Ich glaubte, in ein Gewächshaus zu kommen, in eine Kakteenzucht geraten zu sein. In dem überheizten Raum standen Stachelpflanzen in vielen Variationen, Formen, Größen, Farben, manche behängt mit angemalten oder nicht angemalten Eiern, flaumigen Küken, Häschen, Vogelnestern. Es war so heiß in dem dämmrigen, fensterlosen Raum, daß mir der Schweiß wie in einer Sauna aus allen Poren gesaugt wurde, mein ganzer Körper war innerhalb weniger Sekunden naß.

Schwankend, schnaufend zog Gonneke den Kittel mit den Glasperlen aus, den sie während der ganzen Fahrt, bis zum Hals geschlossen, anbehalten hatte.

Ob ich nicht auch mein Jackett ...?

Nein, ich müsse sofort weiter, sofort wieder weg, sagte ich.

Innere Hektik, nervöse Angst auf einmal wieder, wegen etwas, das in dem Moment nicht zu benennen war. Benennen konnte ich es erst später.

Sie trug, sah ich jetzt, einen kurzen, grobmaschig gehäkelten Pulli, der zwei kleine, sich mit jeder Bewegung verschiebende Globusse bedeckte.

»Geht es jetzt wieder ein bißchen?« Ich war an der Zimmertür stehengeblieben, die Hand um die Klinke. »Kann ich noch etwas für dich tun?«

»Du bist ein Schatz«, entgegnete sie inmitten von dornigen Totempfählen. »Vielen Dank, daß du mich heil nach Hause gebracht hast. Entschuldige das Geflenne und Gekotze. Das kommt alles durch dieses Biest in ihrem Clownskostüm, das diesen abscheulichen Kinderzoo leitet. Es geht wieder.«

Ich war schon ein paar Schritte aus dem Zimmer heraus, auf der Flucht vor der intensiv nach Kakteen duftenden Hitze und meiner Verlegenheit. Sie mußte gesehen haben, daß mein Blick etwas zu lange an Details ihres Körpers hängengeblieben war. Auch Schülerinnen an der Willem-de-Zwijger-Gesamtschule hatten solche Blicke, wie zufällig, unbewußt, unbeabsichtigt sie auch waren, immer sofort durchschaut. Ich hatte sie beherrschen gelernt, glaubte ich. »Dann gehe ich jetzt, ich habe es ziemlich eilig, ich komme schon zu spät.«

»Hast du deshalb dieses Botschafter-Outfit an?« kicherte sie. »Du siehst ja aus, als hätte dich jemand durchs Klo gespült! Die Hosenbeine und die Schuhe, Menschenskind, verzeih mir, was habe ich bloß gemacht. Und die Jacke voller Rotz- und Speichelfäden und voller Schokoladenbrei. Laß mich jetzt mal rasch etwas für dich tun …«

Sie nahm mich an die Hand, und während sich unweit von hier dein Loreleisopran in einem Duett mit dem Alt verflocht, ließ ich mich widerstandslos durch einen schmalen Gang, wo sie, nicht ganz fest auf den Beinen, ab und zu gegen die Wand prallte, in den hinteren Teil der Wohnung lotsen.

Kleine Küche mit zu Wehrgängen aufgetürmtem schmutzigem Geschirr. Zwischen den Kakteen, auch hier auf den Fensterbänken, sah ich wie bei mir Weideland voll Butterblumen bis dorthin, wo der zinngraue Himmel die Erde berührte.

Sie fing an, mit feuchten Papiertüchern über die Revers meines Jacketts zu reiben. Ein preziös aufgesetztes Lächeln um den Mund, der, sobald sie ihn öffnete, ein nicht dazu passendes Aroma verströmte.

»Brav stehenbleiben«, sagte sie wie eine Betreuerin von Effata, die freie Hand in meinem Nacken. »Es müßte sich mal jemand ein wenig um dich kümmern. Seid ihr noch zusammen, du und deine Frau?«

Ich sagte: »So ist es schon gut. Sehr lieb von dir. Vielen Dank. Aber jetzt muß ich wirklich …«

»Du bist noch lange nicht sauber.« Dabei schlug sie einen strengen Ton an. »Wo mußt du denn eigentlich so dringend hin?«

Hierauf zog sie mich plötzlich an ihren Busen, hob mir das Jackett von den Schultern, streifte es mir über die Arme und sagte: »Zieh es einfach mal aus, das ist leichter.« Und da sie doch schon dabei war, hockte sie sich vor mich hin, öffnete mir die Hose und schob auch die energisch herunter. »Ich wasche die Sachen lieber mit der Hand«, erklärte sie. »Geht leichter und schneller, als wenn noch ein Körper drin ist.«

Sie überrumpelte mich, das Jackett hing noch hinter meinem Rücken an meinen Handgelenken, während meine Hose schon auf den Schuhen lag, deren Schnürsenkel sie aufzog. Ich stieg – glaub mir – ganz automatisch hinaus.

»Du hast ein Loch in der Socke«, sagte sie. »Sorgt deine Frau eigentlich gut für dich, oder ist sie nicht mehr bei dir?«

Die Matthäuspassion wird in dem Moment eine halbe Stunde im Gange gewesen sein.

»Gonneke, ich muß wirklich weg. Ich bin eh schon zu spät ...«
Ich habe mich noch gebückt, um meine Hose wieder hochzuziehen, auch das mußt du mir glauben, Liebste. Nicht das Loch in der Socke, durch das mein großer Zeh wie eine Kartoffel herausguckte, war das Schlimme, peinlicher war mein durchgewetzter Slip, auf den sich ihr Blick heftete. Der Stoff war ausgefranst und hinten an der Sitzfläche löchrig geworden.
»He, he, he ...« Wieder der gespielte strenge Ton. Sie gab mir Klapse auf die Hände, so daß ich die Hose wieder losließ. Verwirrt. Angstwogen. Rechenaufgaben. Sorgen um Hanneke. Und o Daphne, Daphne. Tief innen im Ohr hörte ich sie singen.
Ich solle mich solange mal ins Vorderzimmer setzen, schlug meine Gastherrin vor, da sei es warm. Sie benötige höchstens zehn Minuten, um beide Kleidungsstücke mit Whip Express zu reinigen, sagte sie. Und, Gerbentje, sei so lieb und bring mir einen Schwenker Whisky. Im Vorderzimmer links auf dem Schränkchen, da stehen die Flaschen und Gläser. Schenk dir selber auch einen ein.
Willst du das jetzt wirklich machen? Dies hörte ich jemanden sagen, der offenbar Gerbentje hieß, ein weißes T-Shirt und eine Unterhose trug, durch die ein Teil seines Hinterns sichtbar war, und jämmerliche Socken an den Füßen hatte. In seinem Kopf sprang ein grelles Licht an. Und sofort wieder aus. In diesem Blitz lief er atemlos, gehetzt, schluckend, erstickend, durch einen Gang oder Tunnel, dessen Gänge voller Dreiecke hingen, in jedem ein ihn an- und ihm nachblickendes Auge.
An der angegebenen Stelle im überheizten Zimmer fand ich die Flaschen, die ich nacheinander hochhob, um auf den Etiketten zu lesen, was darin war, doch ich hatte vergessen, was diese Person in der Küche zu wünschen geruhte. Zwischen all dem Glasgeschirr stand das gerahmte Porträt eines Mannes mit einer Uniformmütze, der mich mit einem etwas fragwürdigen Blick ansah. Ich ignorierte ihn. Völlig ratlos schenkte ich ein Wasserglas halbvoll mit beigefarbener Flüssigkeit und wollte damit gerade in die Küche zurückgehen, als Gonneke selbst hereinkam. Durch eine andere Tür, umrahmt von baseballschlägerförmigen Kakteen. Das sehr kurze, Klein-Mädchen-Faltenröckchen, das sie jetzt trug, grasgrün mit gelben Noppen, als hätte sie es draußen aus der Landschaft ausgeschnitten, blieb an den Stacheln hängen, die ihr

obendrein in die nackten Oberschenkel ritzten. Noch immer schwankte sie ein wenig, auch ihr Gesicht war jetzt mit einem Schweißschleier bedeckt, doch ihre Ponyfrisur war locker gebürstet, sie hatte sich etwas Farbe auf die Lippen gestrichen. Als sie das Glas von mir entgegennahm, verkündete sie abermals, ich sei ein Schatz. Vom gleichen Magnolienrot wie ihr Mund waren die Blütenblätter, die sie um ihren Nabel herum gemalt hatte, wie ich jetzt sehen konnte. Den Schwall Alkohol, den sie sich hinter die Binde goß, spuckte sie mit verzerrtem Gesicht sofort wieder ins Glas zurück, das sie anschließend in einen der Kaktustöpfe leerte. Es sei kein Whisky, sondern Sherry, und den, meinte sie, habe sie für den Pfarrer im Haus.
Ich versuchte, mich so würdig wie möglich aus dem Zimmer zu schieben.
»Was hat der Herr vor, wenn man fragen darf?« Mit wackeliger Diktion, die Flasche Wild Turkey am Mund. »Willst du etwa so in deiner kaputten Unterhose auf die Straße.« Das hatte sie also durchaus gesehen. »Wollen wir nicht noch ein bißchen was entre nous?«
»Wenn du es nicht schlimm findest, zieh ich mich wieder an.« Mit pädagogischer Ruhe sagte ich das, ohne zu stottern. Obwohl ich in den Knien weich wurde. Wenn ich in der Klasse einen solch unterkühlten Ton anschlug, um drohendes Sturmwetter zu bändigen, tickte ich gleichzeitig mit einem Stück Kreide auf das Pult. Nicht als ob das etwas bewirkt hätte. »Ich muß jetzt wirklich los, ich muß einen Vortrag halten.«
»Den hältst du dann eben hier«, sagte sie. »Ich werde dir aufmerksam zuhören. Dein Beerdigungsanzug ist übrigens noch naß.«
Sie schob zwei Bleiglastüren auseinander, dahinter befand sich ein Erker. Dorthin hätte ich ihr nicht folgen dürfen, doch auf einmal stand ich da im hereinströmenden hellen Tageslicht und sah mein Auto durchs Fenster, Nonja in Todeshaltung neben dem Vorderrad, alle viere von sich gestreckt.
Inmitten von pfahl-, kugel- und fittichförmigen Wüstengewächsen, deren süßlicher Mief in Nase und Kehle kleben blieb, stand in dem Anbau ein Sofa. Wie sich schon bald herausstellte, konnte die Sitzfläche ausgezogen und so in ein Bett umgewandelt werden. Ich hätte mich nicht darauf setzen sollen, hatte dies jedoch schon unversehens getan.

So einen Minirock aus dehnbarem Stoff, wie ihn Gonneke trug, tragen auch Tennisspielerinnen. Absolut nicht an Sport interessiert, schaue ich mir dennoch manchmal die Ballette der Tennismädels im Fernsehen an – beim Anblick ihrer hochwehenden Röckchen verspüre ich Rührung, etwas Trost, einen Anflug von Freude. Es wird wohl mit den schlecht geölten Scharnieren meines Charakters zu tun haben. Ebensolche langen, muskulösen Sportbeine besaß Gonneke auch.
Mit der Flasche und zwei hohen Gläsern, die sie dreiviertel voll schenkte, setzte sie sich neben mich, ihre warme, noch nach Seifenpulver duftende Hand auf meinem Knie, die andere mit dem Glas zu mir erhoben. »Cheerio und frohe Ostern«, sagte sie. »Zur Hölle mit dieser Lesbe in ihrem Schottenkaro. Auf unsere Nachkommenschaft.«
Diesen Toast hätte ich nicht erwidern sollen, doch geradezu automatisch, wie computergesteuert, hob auch ich mein Glas. Sah sie an. Sah sie zwinkern. Trank. Nicht wie sie, die das Naß wie Wasser hinunterstürzte, ich beschränkte mich auf bescheidenes Nippen, gerade genug, um den in meinem Mund zurückgebliebenen Kotgeschmack hinunterzuspülen. Aber diesen Schluck hätte ich nicht nehmen sollen, auch wenn es ohne Vorbedacht geschah. Alles lief ab, als geschähe es ohne mein Zutun, wie der menschliche Körper ja größtenteils funktioniert, ohne daß der Kopf sich daran beteiligt, wie es auch Körperteile gibt, die sich selbständig machen, ohne daß ihr Besitzer ein Mitspracherecht hat.
Alles ohne mein Mitwissen, außer den Schuldgefühlen, die wie Sumpfblasen aufstiegen, noch bevor eingetreten war, worauf diese Situation schließlich hinausgelaufen ist. Meine Gewissensbisse bezogen sich nicht auf meine Ehefrau, sondern auf die imaginäre Geliebte: als würde ich Daphne betrügen. Wenige Kilometer von hier saß sie sittsam auf einem Stuhl vor dem Orchester und wartete, bis sie wieder an der Reihe war. In der Matthäuspassion spielt der Sopran keine allzu große Rolle, kann die Perioden des Nichtstuns aber auch nicht zum Stricken oder zum Lesen eines Comic-Hefts nutzen. Ihre Gedanken schwebten daher auf den Flügeln der Bachschen Musik – *Seht. Wohin? Auf unsre Schuld* –, und sie schaute jetzt durch das Erkerfenster in Gonnekes Haus hinein, wo meine Gastgeberin gerade wieder unsere Gläser füllte, mit in-

zwischen so unsicher gewordener Hand, daß der Whisky überschwappte und zwischen meinen Schenkeln versickerte, was Gonneke dazu anregte, das vergeudete Naß mit den Lippen aufzuschlürfen, mit der Zunge abzulecken, mit der Hand trocken zu massieren, mit dem Pony aufzutupfen. Als ich zum Erkerfenster herüberschielte, sah ich zwar den Himmelsbogen wie einen grauen Putzlumpen. Aber keine Daphne. Wenn sie in diesem Augenblick wirklich so intensiv, liebevoll und sehnsüchtig an mich dachte, wie ich es mir einbildete, betrog sie dann nicht ihrerseits Herrn Sibelijn?

Daß auch das, was folgte, noch gänzlich ohne mein Zutun stattfand, will ich nicht behaupten, obwohl die gehörige Portion Whisky meine Gedanken in eine angenehme Trägheit versetzt hatte. Wie ein leichter Schleier breitete sich eine geistige Apathie über meine gesammelten Grübeleien. Ein heimwehartiges Verlangen nach Hingabe, Befreiung, Vergessen bemächtigte sich meiner. Plötzliche Gleichgültigkeit gegen alles, außer gegen das, wozu Gonneke und ich jetzt übergingen. Mir war diese Beschäftigung schon seit Jahren nicht mehr vergönnt gewesen, und auch sie schien danach zu hungern, wie es einen nach Kaviar gelüstet, wenn man lange nur Wasser und Brot bekommen hat. Zum Glück verlernt man die dabei auszuführenden Bewegungen nicht, so wie beim Schwimmen, Radfahren und Klavierspielen.

»Sag nichts«, flüsterte Gonneke. »Wenn du nichts sagst, ist es hinterher, als wäre nichts passiert.«

Diesen Ausspruch habe ich mir später notiert. Das Heft, in das ich ihn schrieb, liegt jetzt vor mir und erinnert mich daran, daß ich in keiner Weise das Bedürfnis verspürte, während des Liebesakts eine Unterhaltung mit Gonneke anzuknüpfen. Wir kommunizierten stöhnend, schnaufend, mit geschlossenen Augen, konzentriert. Im Rhythmus meiner Bewegungen ging mir ununterbrochen ein einziges Wort durch den Kopf: Effata, Effata. *Alsdenn will ich dich fassen in meinen Arm und Schoß.* Umgeben von Kakteen voller Ostereier und von dem dämmrigen Zimmer aus beobachtet von diesem Kerl in seinem blitzenden Rahmen, mit der beankerten Mütze auf dem Kopf.

Auch Gonneke hatte das Haar auf der Scham zu einem vertikalen Strich reduziert, der wie ein kohlrabenschwarzes Ausrufungszeichen über der Eingangskerbe lag. Ich beschloß, daß dies eine neue Mode für die moderne Frau sein müsse, über die ich jedoch in den Zeitungsbeilagen noch nichts gelesen hatte. Die Farben der Blütenblätter um ihren Nabel fand ich abends um den meinen wieder. Ich ließ sie dort als sentimentales Andenken, genauso süß wie ihr Geruch, der mich noch umgab, und der Geschmack von all dem, was ich von ihr geschmeckt hatte, und der auf meiner Zunge zurückgeblieben war.

Schließlich sank sie erschöpft in einen klaftertiefen Schlaf, in den sie auch der Alkoholgenuß mit hineingezogen haben mußte – zwischendurch hatte sie ihren inneren Menschen weiter großzügig mit Whisky versorgt. Ihrem Schmatzen, Schnarchen, Traumbrabbeln lauschend, lag ich still bei ihr, das Gesicht zwischen ihren vanillepuddingartigen, mit einer knallroten Erdbeere verzierten Brüsten. Mir war unverhofft ein Geschenk in den Schoß gefallen. Wie ein desolater Häftling, dachte ich, der im Besuchsraum der Strafanstalt plötzlich die Hand der Bewährungshelferin auf der seinen spürt, aus dem Blau ihres mitfühlenden Blicks prompt mehr herausliest und später noch hinzuphantasiert, sie habe melancholisch geseufzt.

War ich ein solcher Gefangener? So einsam, so froh über einen zufälligen Glückstreffer im Bett einer betrunkenen Frau? So verstrickt in Hirngespinsten und Träumereien, die sich alle als unerfüllbar und aussichtslos herausstellten? »Wenn du nichts sagst, ist es, als wäre nichts passiert.« Daphnes Variante davon waren die immer verschlossenen Privaträume, in denen kein anderer etwas zu suchen hat.

Auf derselben Seite, unter Gonnekes Axiom, steht folgende Notiz: »Wenn im tiefsten Regenwald ein Baum umfällt, ohne einen Menschen weit und breit, der es miterlebt, hat der Sturz dann doch den Lärm gemacht, den man erwartet?«

Ich deckte meine Gastgeberin zu, sammelte meine Kleider ein, zog mich an und verließ das Treibhaus mit den Kakteen. Leicht schwankend, denn auch mich hatten die Atemstöße des Flaschengeists nicht unberührt gelassen, und in einer Hose, noch klamm vor kaum verdampfter Feuchtigkeit, in der überdies weiße Seifenstreifen zurückgeblieben waren.

Die Hündin erhob sich mit gequälter Miene aus ihrem Scheintod

und zog den Unterleib so mühsam nach, daß ich ihr ins Auto helfen mußte. Auf dem Rücksitz sank sie sofort wieder wie bewußtlos in sich zusammen, nicht zu mehr in der Lage, als mein Streicheln mit einem schwachen Wedeln der Schwanzspitze zu beantworten.
Ende des Mittags. Der tiefhängende Himmel so grau wie eine Kneipe voller Tabakqualm.
Verwirrt saß ich da, Gonnekes Heideggerhut in den Händen.

Als ich mich Boelstede näherte, begann der Regen aufs Auto zu prasseln. Wie passend. Die Matthäus-Aufführung würde ungefähr in diesem Moment zu Ende gehen, dachte ich, so daß der an die Scheiben trommelnde Guß wunderbar zum Schlußchor paßte. *Wir setzen uns mit Tränen nieder.*
Daphne hatte ich in der letzten Stunde keineswegs vergessen, manchmal trat sie etwas in den Hintergrund, manchmal jedoch war sie mir so gegenwärtig, daß ich mir einbildete, ich sei mit ihr statt mit der Kakteenzüchterin zugange, so daß ich mir deswegen wieder Vorwürfe machte. In horizontlosem Grübeln, zu dem sich Whisky-Kopfschmerzen gesellten, fragte ich mich, wen ich nun eigentlich betrogen hatte: Daphne, die ferne Geliebte, weil ich mich mit Gonneke eingelassen hatte, oder Gonneke, weil ich mir vorgestellt hatte, die Wonnen ihres Körpers seien die von Daphnes? ... Ich sollte etwas arroganter, auch etwas gelassener werden. Entspannter, befreiter, so daß ich mir selber weniger auf die Nerven ginge.
Links der kleine Bahnhof, rechts die Hauptstraße von Boelstede, aus der eine kompakte Menschenmenge quoll. Regenschirme, Regenmäntel und -hüte. Einige hatten das Programmheft auf dem Kopf. Ein Polizist regelte den Verkehr, da die Leute, die Klänge der Passion noch im Ohr, offenbar alle zum Bahnhof mußten. Mit seinem kurzen schwarzen Knüppel, den er geschickt in der erhobenen Hand kreisen ließ, mahnte er mich, vor dem Zebrastreifen zu stoppen, der direkt zum Haupteingang des Bahnhofs führte.
So hatte ich hinter den hin und her schwingenden Scheibenwischern gute Sicht auf alle Passanten, doch daß ich Daphne zwischen Hunderten entdecken, einen Blick, einen Schimmer von ihr

auffangen würde – und sei es nur ihre Aura –, das konnte ich mir wohl aus dem Kopf schlagen. Unbewußt hielt ich die Luft an vor Spannung, vor Erwartung, vor Hoffnung auf ein zweites Wunder, das mir an diesem Mittag vielleicht noch von einem gutgelaunten Zauberer gegönnt würde. In Gedanken wurde sie, meine Traumgeliebte, zu einer mythischen Erscheinung, die sich ihre irisierenden Flügel, die größer waren als sie selbst, wie einen Mantel aus wasserdichten Schwanendaunen umschlagen konnte, jetzt, da es so regnete.

Ich bekam sie schließlich doch noch zu Gesicht.

Sie befand sich nicht in der hastenden, flüchtenden Menschenmenge, sondern ein Stück weiter hinter dem größten Gedränge. Sie dachte nicht daran, wie ihr Publikum zu rennen, sie ging mit ausgreifenden Schritten, ein wenig stolpernd, und schützte sich vor dem Regen, indem sie eine sehr große, flache Ledertasche auf dem Kopf balancierte. Um Kopf und Hals hatte sie ein dunkles Umhängetuch geschlagen, durch dessen Umrahmung die Blässe ihres Gesichts, insofern dem Blick nicht entzogen, aufzuleuchten schien. Divenbrille. Ich erkannte eher den langen Mantel mit den Blumen als sie selbst und bedauerte, einen Schluck Whisky zuviel intus zu haben, so daß ich einen Moment lang tatsächlich glaubte, sie sei – durchnäßt, wie sie war – nur ein durch Trunkenheit hervorgerufenes Traumbild. Ein brennender Schleier schob sich vor meine Augen, Blinzeln half nichts, ließ nur Tränen über die Wangen rollen. Eine ähnliche Glut breitete sich über meine ganze Gesichtshaut aus.

Wenige Meter von mir entfernt ging sie durch eine Regenkulisse an mir vorbei, den Blick eine Sekunde lang auf meine Windschutzscheibe geheftet, wie immer die Augen überall zugleich, doch hinter den wie Metronomzeiger hin und her schlagenden Scheibenwischern wird sie mein Gesicht nicht gesehen haben. Hupen? Statt dessen hatte ich die Wagentür schon geöffnet, um hinauszuspringen, ihren Namen zu rufen, ihr nachzulaufen, sie in mein Auto zu ziehen und sie – selbstverständlich mit ihrem begeisterten Einverständnis – zu entführen. Wohin? Do do la. Wir würden schon sehen.

Als ich den Kopf aus dem Auto steckte, sprühte mir der Regen ins Gesicht und löschte das Fieber meiner Wangen. Ich zuckte zurück

und zog das Bein hastig wieder ein, denn mit Schauder und Schrecken hatte ich Nico erkannt.
Er schlurfte ein paar Schritte hinter seiner Ehefrau her, kurzsichtig den Wasserschleiern trotzend, die bei diesen Verhältnissen nutzlose Brille in der Hand, Regenmantel völlig durchweicht, tropfender, schlapp gewordener, brauner Filzhut auf dem Kopf, in der anderen Hand eine Aktentasche und ein Beautycase. Als er an der vorderen Stoßstange vorbeikam, rief er ihr etwas zu, was sie durch das laute Prasseln wahrscheinlich nicht hörte; sie marschierte ohne innezuhalten weiter, bis sie den Bahnhof erreicht hatte.
Mit klopfendem Herzen und so starken Kopfschmerzen, daß mir war, als würden in meinem Hirn Abbrucharbeiten verrichtet, rutschte ich so weit wie möglich nach unten, Knie an das Armaturenbrett, Kopf auf halber Höhe der Rückenlehne wie ein unter die Wasseroberfläche gezogener Schwimmer einer Angel. Über dem unteren Rand des Seitenfensters sah ich, wie das Ehepaar Sibelijn das von Neonröhren erleuchtete Bahnhofsrestaurant betrat.
In diesem frostigen Eislicht nahm Nico Daphne gegenüber an einem kleinen Tisch Platz, sichtlich in Verlegenheit gebracht durch das Verhalten, das sie jetzt an den Tag legte: Sie warf den Oberkörper über die Tischplatte, Kopf auf die Arme, dabei fiel eine kleine Vase mit einer Narzisse um. Der Professor beugte sich über sie, so daß sich das Wasser, das sich im Falz und in der Krempe seines Huts gesammelt hatte, über sie ergoß.
Was fehlte ihr nur? War sie nach vollbrachter Gesangsleistung der Erschöpfung nahe oder gar einer Ohnmacht, wie Damen in Romanen des neunzehnten Jahrhunderts? War es eine akute Unpäßlichkeit, ein hysterischer Anfall? Ihre Schultern schüttelten sich in einem offensichtlich heftigen Weinkrampf, Nico, dessen Gesicht vom Regen naß war, klopfte ihr beruhigend auf den Rücken.
Eine Serviererin näherte sich. Mit Papiertüchern, die sie von einer Rolle abriß, bekämpfte sie die Überschwemmung auf der Tischplatte. Die kräftig gebaute, resolute Frau versetzte der Gesangskünstlerin zwischendurch ein paar Puffe, wobei sie, nach ihrer Mimik zu schließen, barsche Worte sprach. (»Schlafen tun Sie besser woanders, meine Gnädigste.«)
Daphne richtete sich auf, das Umschlagtuch glitt ihr vom milchweißen Haar, die dunkle Brille blieb auf der Tischplatte liegen.

Entgeistert blickte sie um sich, als sei sie aus weiter Ferne zurückgekehrt. Ein paar Sekunden spähte sie hinaus, wo sie mich, wenn es nicht so geregnet hätte, vielleicht entdeckt hätte, wie ich, hinter das Steuer geduckt, atemlos vor Anbetung, aber auch vor Verwirrung, Spannung, Nervosität, mit brennenden Augen zu ihr hinstarrte. Ich müßte ein wenig selbstbewußter werden, nicht so, daß man mir ansieht, daß ich Angst einatme, Angst ausatme, vor Angst tausend Tode sterbe. Wäre ich nur wie ihr unerschrockener Ehemann.

Der stand mit ruhiger Überlegenheit vor der Serviererin und redete mit erhobenem Finger, dem Kreidefinger unseres geschätzten Lehrmeisters Möser selig, zurechtweisend auf sie ein; er sprang in die Bresche für seine Lebenspartnerin. Möglicherweise sprach er: *Was bekümmert ihr das Weib? Sie hat ein gutes Werk getan.*

Wenn er nicht aufpaßte, würde sie ihm als Antwort die durchweichte Papierkugel ins Gesicht drücken, zu dem Zweck hob sie schon die große rote Hand mit dem triefenden Inhalt auf Schulterhöhe.

Das alles sah ich durch Regenstreifen auf einer erleuchteten Scheibe wie auf einem Projektionsschirm, über den ein fleckiger Stummfilm läuft. Ich dämpfte die Hitze in meinen Augen, indem ich die Wimpern aufeinanderpreßte, danach bekam ich sie nicht mehr auseinander – todmüde auf einmal, als hätte der Alkohol, den ich getrunken hatte, mir kleine Gewichte an die Augenlider gehängt.

Rechenaufgaben. Jetzt mit Maßen, Gewichten, Abständen, Zeiten.

Ich wachte durch das wütende Bellen des Hundes auf, der sich auf den Beifahrersitz gezwängt hatte, alarmiert von dem Ticken des Rechenlehrers an die Schultafel. Hinter den hin und her klappenden Scheibenwischern tauchte das verschwommene Gesicht des Verkehrspolizisten auf, der mit seinem kurzen Knüppel Morsezeichen auf die Windschutzscheibe trommelte, den Blick auf das Äskulapsignet geheftet. Ich fuhr aus der Verkrampfung auf und schüttelte so wach wie möglich den Kopf auf seine Frage – er hatte die Tür auf meiner Seite geöffnet: »Ist etwas nicht in Ordnung, Doktor?« Ich hielt den Hund im Genick fest.

»Entschuldigen Sie bitte«, brachte ich heraus, »ich habe einen anstrengenden, aufregenden Tag hinter mir.« Ich merkte, daß ich einen aus einer Zeitung gefalteten Hut aufhatte.
»Dabei ist auch Alkohol geflossen«, stellte der Gesetzeshüter, der an meinen Worten roch, fachmännisch fest. Der Schein einer Taschenlampe, der wie ein Leuchtkäfer durchs Auto wanderte, landete auf Gonnekes Flachmann, der auf dem Armaturenbrett liegengeblieben war. Vom Schirm seiner Mütze glitten Regentropfen auf mein Bein.
»Platz!« rief ich, worauf der Hund, der mit gebleckten Zähnen nach dem Beamten schnappte, noch wütender zu bellen anfing.
»Sie halten den Verkehr auf«, sprach der Polizist. »Darf ich Sie bitten, den Wagen dort zu parken« - er zeigte auf eine Stelle -, »ich hätte Ihre Papiere gern mal gesehen, und ich fürchte, daß auch Vertreter des Ärztestandes nicht von der Alkoholkontrolle dispensiert sind.«
Im Fenster des Bahnhofsrestaurants stand die Vase mit der Narzisse wieder aufrecht, der Professor aß eine Königinpastete, die Sängerin trank Tee, was ich in den Sekunden, in denen mich Panik erfaßte und ich alles, das Sichtbare und das Unsichtbare außer mir, in mir und um mich mit einem Blick wahrnahm, an dem Teebeutel erkannte, den sie an einem Faden über ihrer dampfenden Bestellung hin und her schwingen ließ, wie eine Wahrsagerin ihr Pendel. Beiden fuhr der Schreck in die Glieder, wobei sie den Kopf nach draußen wandten - Daphnes Gesicht durchscheinend weiß wie ein auf Golgatha aufgelesener Schädel -, als meinem Auspuff, nachdem ich den abgesoffenen Motor endlich mit hektischen Fuß- und Handbewegungen wieder in Gang bekommen hatte, eine Reihe von knatternden Explosionen entfuhr, wie Fürze eines Robotertiers, die sich wie Revolverschüsse anhörten.
Als sich das Auto endlich in Bewegung setzte, jagte ich den Motor hoch und raste mit Vollgas - *nichts wie weg!* - durch die ebenso heftig herabstürzenden wie aufspritzenden Wassermassen, als führe ich durch zerspringendes, weißes Glas.

II

Fünf, sechs Blätter des Monatskalenders (»Mühlen in holländischer Landschaft«) weiter. Nachsommer, doch alle Bäume fröstelten schon entlaubt im zigsten vom Meer heranrollenden Sturm. Solche Stürme hatten überall in Europa das ganze Jahr hindurch periodisch gewütet, waren plötzlich irgendwo aufgetaucht und hatten tage-, ja wochenlang angehalten. Chaotische Zustände im Verkehr und in anderen Bereichen waren die Folge. Die Orkane nahmen Autos auf die Schulter und schleuderten sie wie Spielzeug ein Stück weiter. Fußgänger, Radfahrer, Tiere, Dächer, ganze Stadtparks schwebten durch die Luft, aus der Flugzeuge stürzten. Vögel in Not - Ruder nicht funktionsfähig, Navigationssystem ausgefallen, kreiselnde Kompaßnadel - wurden wie Papierschnipsel durch den Äther geblasen und trafen dort auf Fischschwärme. Obwohl es nicht ununterbrochen regnete, wehten große Wasserlachen übers Land, als würden sie wannenweise aus dem Meer und anderen Gewässern geschöpft und mitsamt ihrem lebenden Inventar durch die Luft gejagt. In diesem Küstengebiet legte sich die salzige Feuchtigkeit wie ein silbriger schleimiger Film über Häuser und Bäume, auf das Straßenpflaster, die flachen Wiesen vor meinen Fenstern, so daß man in einer so düsteren wie stinkenden Traumkulisse zu leben meinte.

Alles hatte sich schon einmal ereignet, war schon beschrieben oder sonstwie dargestellt worden. Man konnte nichts mehr erfinden, was sich nicht bereits ereignet hatte und in Beziehung zu Hunderten anderer Ereignisse stand, die eingetreten waren oder noch eintreten würden.

So hatte beispielsweise mein alter Studienfreund Professor Sibelijn in einem aufsehenerregenden, mit Farbfotos reich illustrierten Artikel im *National Geographic* den Beweis erbracht, daß auf unterirdisch angetroffenen, unvorstellbare Zeitmassen alten Felszeichnungen fliegende Untertassen und mit Antennenfühlern ausgestattete Ufonauten abgebildet sind. Seither schien sein Ruf als großer Wissenschaftler in den Annalen seines Fachs ein für allemal zementiert. Erst der weithin berühmte Stein, den er in seiner Jugend ans Licht gehoben hatte, und jetzt Marsmenschen in prähistorischen Höhlen. Der Haken bei Nico: Seine Brille rutschte ihm so oft von der Nase, daß er die Dinge nicht immer deutlich wahrnahm. Erbarmenswerter Nico.

Neben den Nachrichten über die immerfort umhergeisternden Stürme mit den von ihnen verursachten Katastrophen, Erdbeben, Deichbrüchen, Überschwemmungen, apokalyptischen Unwettern las ich in der Zeitung eine aus dem Französischen übersetzte Reflexion eines anderen Gelehrten – eines sozusagen theologischen Physikers aus der Schule Teilhard de Chardins. Anhand von Statistiken über Mondstände und Springfluten wies der Autor nach, daß derartiges Sturmwetter immer um die Jahrhundertwende eintrete und daß es, Gottes Absicht gemäß, das Angesicht der Erde periodisch erneuere, ähnlich wie die Hausfrau im Frühling mit Flederwisch und Seifenwasser wie ein Wirbelwind loslege.

Ich staunte Bauklötze.

Bei dem derzeit herrschenden Naturereignis, so der Essayist, ein ausgetretenes Mitglied der Gesellschaft Jesu, erfülle das Wetter die Aufgabe des Schwamms, der die Schiefertafeln des verflossenen Jahrhunderts abwische, damit das anbrechende Jahrhundert, als ginge es um ein neues Schuljahr, wieder von vorne anfangen könne, reingewaschen, gelaugt, geläutert, und so weiter. Beispiele von Orkanen, Sintfluten, Himmelsbränden aus den Jahren 1897, 1780, 1692 und noch weiter zurück. Jetzt, da wir uns nicht nur von einem Jahrhundert, sondern von einem Jahrtausend verabschiedeten, manifestierten sich die Stürme, so der an der Universität von Lille lehrende Nostradamus, mit zehnfach stärkerer Gewalt, wie es auch in den Jahren 999 und 1089 der Fall gewesen sei.

Außerordentlich wissenswert.

Gelangweilt faltete ich die Zeitung zusammen und dachte eine Viertelsekunde lang an J. J. J. J. Möser:

Der Zusammenhang zwischen dem Antritt von Papst Silvester II.,

dem Prototypen des Doktor Faustus, im letzten Jahr des ersten Millenniums, und der Ausdünnung der Ozonschicht am Ende des zweiten, erörtert im Verhältnis zur St.-Elisabeths-Flut.
Solche Fragen stellte er. Vorzugsweise mir.
Nach Dr. psych. A. Weldon wurde damals der Betonboden unter meinen Unsicherheiten und Ängsten gegossen. Er verschrieb mir wieder ein Pfund Tabletten, die ich nicht einnahm. Es wird was dahergeschwafelt!
Mich selbst störten die Stürme nicht, das Hausboot lag unverrückbar fest im Grund des Grabens, durch den das Wasser allerdings reißender als sonst floß, Enten und andere Schwimmvögel mit großer Geschwindigkeit wie Gegenstände auf einem Fließband mit sich nehmend. Auf dem Dach, auf das die Regenfälle und das kübelweise angewehte Naß prasselten, ließ die fachmännisch vertäute Fernsehantenne sich willig von den Windstößen biegen. Alles blieb standhaft an seinem Platz, wie auch das Boot selbst; die straff gespannten Drahtseile, mit denen es, unnötig zwar, an beiden Ufern befestigt war, sangen wie Äolsharfen. Auch die unteren Außenwände aus Holz, die ich im Frühling noch grün angestrichen hatte, um mich durch Handarbeit von meinem Kummer über den verflüchtigten Liebestraum abzulenken, wiesen die emailartig glänzenden Salzstellen auf, die immer mehr wurden, je mehr der Wind das Seewasser schaluppenweise durch die Luft heranbrachte. Allmählich bot unsere Behausung den Anblick einer Muschel.
Draußen behüteten der Hund und ich uns gegenseitig davor, weggeweht zu werden, indem wir durch die Hundeleine miteinander verbunden blieben. Man konnte sich an den Wind lehnen, wie man sich in Zeiten von Flaute und Depression an Hoffnungen und Illusionen lehnt. Wenn es nicht zu kräftig wehte und keine Gefahr bestand, daß die Hündin wie ein Drachen in den Kosmos gehoben würde, lief sie frei herum, wie sie es ihr ganzes Leben gewöhnt gewesen war. Einmal kam sie aus den wie mit Sperma überzogenen Wiesen mit einer noch zappelnden Scholle im Maul zurück.
Weiter ereignete sich nichts. Schwarze Vier auf rote Fünf, rote Zehn auf schwarzen Buben, die Karosieben, die sich lang versteckt hielt, kann auf die Kreuzacht, so daß die Kreuzsechs endlich den Platz wechseln konnte und nicht länger den Fortgang

blockierte. Es gibt Tage, an denen kein einziges Spiel aufgeht. Was diese Tage in keiner Weise von denen unterscheidet, an denen das Gegenteil der Fall ist.
Ich war wieder in das Vakuum zurückgekehrt, in dem ich mich vor Nico Sibelijns Antrittsrede befunden hatte – um mich herum wie in mir nichts als windige Leere.

Bis eines schönen Tages das Telefon läutete und es war, als bekäme die Glasglocke, unter der ich wie ein vergessenes Käsestück verschimmelte, einen Sprung. Das Klingeln nach Jahrhunderten der Stille löste einen befreienden Schock aus, wie es die Schulglocke nach der letzten Stunde immer getan hatte. Ich erinnere mich, daß ich mir, noch vor dem Verklingen des ersten Tons, völlig sicher war, daß das Klingelzeichen etwas einläutete, ankündigte, prophezeite, versprach. Augenblicklich dachte ich an Daphne, an die ich zwar all die Monate mit dumpfer Gelassenheit und trauriger Sehnsucht gedacht hatte, doch nicht mit dieser Intensität, wie jetzt, als das Telefon sich regte, ich Kreuzsechs mit der dazugehörigen Reihe achtlos hinwarf, aufsprang und dahin rannte, woher der Ton kam. Ich rannte! Aber als ich bei dem Apparat angelangt war, schwieg er ebenso unvermittelt, wie er begonnen hatte zu klingeln. Drei Klingelzeichen hatte er von sich gegeben. Sie tönten mir noch im Ohr, als ich, die Hand nach dem Hörer ausgestreckt, zum Fenster starrte – von außen schlugen bräunliche Wasserlachen gegen die Scheibe. Auditive Halluzination, Traum, Einbildung? Verblödete ich schon dermaßen, daß es nur noch eine Frage der Zeit war, bis ich – im Kopf ein Rauschen von Stimmen und Tönen – in eine ähnliche Anstalt aufgenommen würde wie die, in der meine Tochter hauste?
Daphne? Auf die paar Briefe, die ich ihr noch geschrieben hatte, war keine Antwort gekommen. Die wenigen Male, da ich bei Sibelijns noch angerufen hatte, meldete sich dort entweder niemand oder der Hochgelehrte oder der Sohn, niemals sie. Nico und dem Kind gab ich mich natürlich nicht zu erkennen. Daphne war wie von der Erdkruste verschwunden, als habe der Sturmwind sie entführt.
Das letzte Mal, als ich sie gesehen hatte, war im Fernsehen gewesen. Ein Sonntagvormittagsprogramm über Musik, das ich zu spät

eingeschaltet hatte, nämlich mitten in etwas kunstvoll Liedhaftem, das sie, begleitet von einer Tuba, zu Gehör brachte. Es schnitt mir geradezu ins Trommelfell, offenbar hatte der Komponist bestimmt, daß die Sängerin seine Schöpfung so zu interpretieren hat, als erleide sie heftige, durch Folter ihr angetane Qualen. Sie trug etwas Grünes, Japanisches, Kimonohaftes. Das Haar fiel ihr offen über die Schultern, so daß ihr im Profil gefilmtes Gesicht meist unsichtbar blieb - und wenn dies nicht der Fall war, konnte ich feststellen, daß sie schlecht aussah, ihre Blässe war aschfahl geworden. Als sie einen Moment zur Seite blickte, in die Kamera, mir direkt ins Gesicht, verschleierten sich ihre Augen. Ich ertappte mich beim Wort: Ziege. Daß ich das dachte. Dumme Ziege. Und daß ich es sofort bereute, nicht bereute, doch bereute. Kurz darauf sperrte sie den Mund bei einer sehr hohen Note so weit auf, daß ich ihre Plomben sah und dachte: Was hast du doch eigentlich für ein Pferdemaul. Dazwischen stieg auch allerlei Lyrisches in mir auf, gerührt, wie ich trotz allem von ihrer Erscheinung war.
Bestimmt eine Viertelstunde blieb ich vor dem Telefon stehen, in der leidenschaftlichen Hoffnung, es möge wieder klingeln, und sogar bereit, ein Stoßgebet, egal zu welcher Gottheit zu senden, nur um mit *ihr* verbunden zu sein, auch wenn sie sich auf dem fernsten Stern befinde.

Paula an ihrem Stammplatz auf dem Sofa unter der Uhr. Saß da und stickte. Mit dieser Handarbeit beschäftigte sie sich ausschließlich, wenn etwas sie enorm wurmte. Deckung suchen also. In möglichst neutralem Ton begrüßte ich sie, keinerlei Reaktion. Mit verbissenem Gesicht trieb sie die Nadel mit aggressiven Stößen durch den Stoff und riß so fest am Faden, daß sich der Stoff kräuselte. Als ob sie eine offene Wunde nähte.
Ich war von einem neuerlichen Kampf mit dem Sturm zurückgekehrt, hängte meinen Mantel auf und redete der Hündin gut zu, sie solle sich nicht drinnen, sondern draußen unter dem Regendach ausschütteln. Nahm vorsichtig im Schaukelstuhl Platz. Tat, als läse ich: ein weiteres Meisterwerk eines jungen Debütanten, von allen Rezensenten feurig empfohlen, von mir nach sieben Seiten schon für ungenießbar befunden. Gerade wollte ich wieder aufstehen und mich in mein Zimmer zurückziehen, Tür zu, abge-

schirmt gegen die griesgrämige Stimmung, die die Ehegattin ausdünstete – als sie doch das Wort an mich richtete.
Ihre Mitteilung lautete, es habe jemand für mich angerufen. »Du warst gerade zur Tür raus. Dreimal darfst du raten.«
»Oslo«, sagte ich. »Sie haben mir den Friedensnobelpreis verliehen.«
Keine Antwort, ihr Blick blieb auf das Stück Stoff mit den Kreuzstichen geheftet.
»Der Papst? Die Königin? Herr Pieter van Vollenhoven?«
»Diese Person aus Sterdrecht«, brachte sie heraus, mit einer Stimme, so metallisch, so kalt, so spitz wie die Nadel in ihrer Hand.
Eine Vision, weit weg, in meinem Innern. Tauchte auf, verschwand wieder: Ein engelgleiches, von funkelnden Lichtstrahlen umgebenes Wesen schritt über eine leicht bewegte, von Exkrementen bedeckte Wasserfläche auf mich zu.
»Nicos Frau?« Es gelang mir nicht, den ungezwungenen Ton beizubehalten, und ich fühlte, wie mir das Blut in den Adern stockte. Es juckte mich am ganzen Körper. »Was wollte sie?«
»Sie will zu Besuch kommen.«
Paula sah von ihrer Stickerei auf, sie quittierte meine Reaktion mit einem kurzen Hochziehen der Augenbrauen.
Als schwärmten Legionen von Insekten durch meine Adern. Vor lauter Jucken wußte ich nicht, wo ich mich zuerst kratzen sollte. Auch der Hund begann sich mit den Nägeln des Hinterlaufs an den Hals zu schlagen.
Mein Juckreiz interessierte die Ärztin nicht sonderlich, sie erkundigte sich nur, ob ich den Hund noch regelmäßig, wie es die Tierärztin vorgeschrieben hatte, mit Flohpulver behandele. Ich sagte: Ja.
Sie habe nicht die geringste Lust, sagte Paula erregt, auf »dieses albinöse Gesangskarnickel«.
»Was hast du bloß?« fragte ich.
»Was ich habe? Ich finde diese Bohnenstange mit dem Gesicht eines sterbenskranken Gespensts und ihrem Christbaumhaar einfach zum Kotzen.«
Diese Charakterisierungen mit all ihren Varianten hatte ich schon öfter von Paula gehört. Sie beruhten auf einem Foto auf dem Text-

buch zu der CD von Verdis Traviata, Daphne in der Titelrolle auf dem Sterbebett, so mager und vor allem so waschpulverbleich, daß man die Augen zusammenkneifen mußte, um ihre Gestalt zwischen dem weißen Bettzeug zu erkennen.
Bis zu diesem Zeitpunkt war Paulas Aversion gegen Frau Sibelijn ironisch, witzig, nicht boshaft gewesen, dies aber sah auf einmal nach echter Abneigung aus. In unseren Universitätsjahren bezeichnete sie »diese Konservatoriumspuppe Uitwyck«, von der Nico sich so hinhalten lasse, als Schlampe – sie benutzte dafür das Wort »Flitterfalter«, aus einem Gedicht von Guido Gezelle, das ich ihr einmal vorgelesen hatte. Ein Flirt, dem sie besonders mißtraute, seit ich zugegeben hatte, daß auch ich Anwandlungen von Verliebtheit in die Musikstudentin gehabt hatte.
»Wo kommt nur auf einmal dieser Haß her?« Ellenbogen am Ohr, rechte Hand zwischen den Schulterblättern, genau dort, wo es am stärksten juckte und wo ich nicht hinkam – die Frage klang daher etwas gepreßt.
Ohne zu zögern, schoß sie ihre Antwort auf mich ab. Die gleiche, die sie mir vor langer Zeit schon einmal gegeben hatte und die jetzt wie durch zugelötete Eisentüren hindurch in mein Gedächtnis einbrach:

Ein einziges Mal waren Paula und ich bei den Sibelijns zu Besuch gewesen, Paula mit der wütend boxenden und tretenden Hanneke in ihrem zu einem Hügel angewachsenen Bauch – das Kind kam wenige Tage später, wenige Tage davor hatte sie beim Notar ihren Namen unter den Kaufbrief des Hausboots gesetzt. Paula und ich waren damals noch schrecklich verliebt ineinander, Paula noch strahlend vor Glück, den kleinen Arne Sibelijn auf den Knien, die Arme um ihn geschlungen, ich war damals noch lebensfroh, optimistisch, im Gleichgewicht. Erinnerungen wurden ausgekramt: Unsere Expedition zu dem kleinen Ort in den Ardennen, die für mich so verheerend ausgegangen war. Ich sehe dich noch vor mir, sagte Daphne. Wie du aussahst! Dein ganzer Körper über und über mit Schuppen und Pusteln und Bläschen bedeckt, wie man sie von dem Verpackungsmaterial aus Plastik mit diesen Luftbläschen kennt, die man zwischen Daumen und Zeigefinger zerdrücken kann, zusch, zusch, zusch. Anekdoten über Möser, ha-

haha, hör auf! Lebt der denn noch? Na, und ob, der ruft immer noch unentwegt, wir müßten in die Tiefe! »Was wir suchen, dort muß es zu finden sein!« Nico machte die charakteristische Gebärde unseres alten Mentors nach: der erst beschwörend zur Decke gerichtete Zeigefinger, der nach einer abschüssigen Doppelkurve wie ein weißer Wurm unter seinem Bauch hing. Dort muß es zu finden sein, haha! Nico zeigte auf sein Geschlecht, haha. Auf dem Kaminsims eine Replik des bekannten »Sibelijnsteins« mit den geheimnisvollen Einkerbungen, die möglicherweise einen Text bildeten, der möglicherweise zur Wiederentdeckung einer unbekannten Sprache führen konnte.
Es ereignete sich Folgendes:
Daphne, in eine Art metallic Fliegeroverall gekleidet, das Haar in zwei Rattenschwänzchen, wodurch sie eine gewisse Ähnlichkeit mit einem Schlappohrkaninchen bekam, zeigte auf den Flügel: Spiel doch mal was, Jelmer. Yes, please do, old chap. Nico, kettenrauchend, immer noch Mérimée. Auf dem Salontischchen lag zwischen den Gläsern und Flaschen seine erste Publikation. »Meinem Freund Jelmer van Hoff«, mit einem nadelspitzen Füller, schwarzer Tinte, aufs Titelblatt hieroglyphiert. Ich: Was soll ich denn spielen? Alle Augen auf mich gerichtet, durch die Rauchfahnen Paulas Blick auf mich geheftet, ernst, obwohl ihr Mund noch lachte. Die Sängerin, hinter dem Instrument bis auf den Kopf unsichtbar geworden, sagte: Spiel doch das hier, komm, Jelmertje, dann übernehme ich die Singstimme. Auch ich wurde, neben Daphne auf dem Schemel, hinter dem hochgestellten Deckel des Flügels bis auf den Kopf unsichtbar. Schuberts »Wollust des Schmerzes«, das weiß ich noch. Und auch, daß sie, während ich spielte und sie sang, ihren Schenkel an meinen drückte und mir unter dem Jackett den Rücken streichelte, von den Schulterblättern zum Steiß, ihr Atem roch nach dem pfefferminzartigen Getränk, von dem sie mehrere Gläser nippend geleert hatte. Beim Spielen der letzten Akkorde bekam ich eine Erektion und schämte mich. In dem Augenblick, als Daphne aufstand und mit nach vorn schwingenden Zotteln drollige kleine Verbeugungen machte, um ihrem Ehemann für sein Klatschen zu danken, stand auch Paula auf. Arne, ebenfalls patsch, patsch mit den Händchen, setzte sie auf den altmodischen Eichenschreibtisch neben dem Sessel, aus

dem sie sich erhoben hatte. Mit der gleichen nougatsüßen Intonation wie Daphne sagte sie: Komm, Jelmertje. Sie bestand darauf aufzubrechen, wir hätten noch eine lange Fahrt vor uns, sie fühle sich müde, das Kind in ihrem Bauch sei so schwer wie ein Felsbrocken. Ach, zu schade, sagte Daphne. Als sie mich zum Abschied auf die Mundwinkel küßte, stießen unsere Nasen aneinander. Sie drückte meine Fingerspitzen und flüsterte: Tschau, mein Bester. Ich schämte mich immer noch. Im Auto – ich am Steuer, Paula hatte damals noch keinen Führerschein – fragte ich meine Geliebte, warum sie es auf einmal so eilig gehabt habe, sich von der fröhlichen Kleinfamilie zu verabschieden. Die Hände schützend über dem boxenden Kind unter ihrer Haut, antwortete sie:
»Bad vibrations.«

Der Länge nach ausgestreckt, scheuerte Nonja sich den Rücken am Bretterfußboden, die Geschwülste auf ihrem schwarzen Bauch sahen allmählich aus wie verkohlte Pizzas. Ob ich die Salbe noch benutze, mit der sie eingeschmiert werden müsse, fragte die Ärztin. Worauf ich, selber den Rücken an der Lehne des Schaukelstuhls reibend, ja sagte.
»Wie meinst du das, bad vibrations?«
»Du hast was mit der Person«, sagte Paula, »oder sie hat was mit dir oder will was von dir.«
»Wie kommst du nur darauf!«
»Intuition, Symptome, allerlei anderes.« Sie stieß die Nadel so kräftig durch die Stickarbeit, daß sie sich, meinte ich, ins Knie stach. Natürlich verzog sie keine Miene.
»Ich weiß wirklich nicht, wovon du redest.«
Einen Fernkurs machen im Heucheln und Lügen. Obwohl es der Wahrheit entsprach, daß ich keine Ahnung hatte, was Daphne, die jetzt auf einmal wieder in mein Leben eindrang, von mir wollte. Daphnes Hand, vor dreizehn Jahren, von meiner Sitzfläche zurück zur Grenze meines Nackenhaars und von dort über meine Rippen wieder hinunter. Wie hätte ich das, beide Hände auf den Tasten, verhindern können, ohne daß es die anderen gemerkt hätten?
»Du hörst doch, wovon ich rede?« Mit erhobener Stimme. Ebenso selten und alarmierend wie das Sticken.

Ja, ich hörte es. »Selbst wenn irgendwas von dem zutrifft, was du vermutest«, sagte ich dumm, »so what?«
»Also stimmt es.«
Die Logik von Frauen ist wie gepanzerter Stahl. Und ihre Ehemänner sind durchsichtig und auswringbar.
»Was stimmt also?«
Und so weiter.
Mit Panik dachte ich an den Karton mit Daphnes Briefen, den ich tief im Boot in Sicherheit gebracht hatte – im basaltenen Unterbau, zu dem ich durch eine Luke in meinem Zimmer Zugang hatte. Dieser durch brusthohe Wände in mehrere Verschläge unterteilte Abstellraum – Farbtöpfe, ein kaputtes Dreirad, ein Rolle Dachpappe, Weckgläser, dämmrig, zugig, feucht – war das Unbewußte unserer Wasserwohnung. In den Außenwänden waren alle paar Meter Luftlöcher angebracht, durch die sich der Wind mit unheimlichen Pfeiftönen, zusammen mit dem Gestank von faulendem Wasser, hereinpreßte. Sollte Paula etwa, zu einem Zeitpunkt, als ich nicht zu Hause war, hinabgestiegen sein und, neugierig nach dem Inhalt des Kartons, in dem sich ursprünglich Unoxwürste befanden, die hellblauen Briefe entdeckt und gelesen haben? Vielleicht war der Karton aufgegangen, hatte der Wind ein paar Briefe herausgeweht, waren sie zwischen dem Schilf, auf der Wiese, im Wassergraben gelandet, wo Paula sie gefunden hatte? Was meinte sie mit »Symptomen« und vor allem mit »allerlei anderem«?
Lieber nicht nachfragen.
Unser Wortwechsel hatte im übrigen bereits eine andere Wendung genommen.
Ich fragte sie, warum sie, bei so viel Widerwillen, Daphne nicht sofort, mit einer spontan improvisierten Ausrede, zu verstehen gegeben habe, daß ihr Besuch im Augenblick nicht passe? Abenddienst oder wir sind an dem Datum verreist, das tun Ehepaare nämlich manchmal, oder du mußt wegen deiner Eierstöcke ins Krankenhaus. So etwas.
Darauf gab sie, achselzuckend, keine Antwort. Sie betrachtete geraume Zeit ihre gestickten Waldveilchen. »Ich war zu perplex«, sagte sie dann. »Mir fiel absolut nichts ein, so überrumpelt war ich. Wer ist denn darauf gefaßt, daß Sterdrechts Maria Callas an der Strippe hängt? Sie kann so einen leisen, süßen, schmeicheln-

den, lieben Ton anschlagen, der wie Honig an einem klebenbleibt.«

»Doch jetzt kommt sie zu Besuch, obwohl du keine Lust darauf hast.«

»Du natürlich schon.«

An eine eheliche Unterredung von diesen Ausmaßen konnte ich mich nicht erinnern. Unsere Unterhaltung beschränkte sich seit Jahren auf Wortklaubereien, wobei meine Teilnahme sich hauptsächlich auf Schlucken beschränkte. Speichel sammeln und schlucken. Dabei müssen die Lippen geschlossen bleiben, so daß man nicht sprechen kann. Eine durch Unterrichtserfahrung erworbene Erkenntnis. Ich bin ein geübter Schlucker. Doch dieser Dialog hatte durchaus eine entfernte Ähnlichkeit mit einem Austausch von Gedanken, ja von Gefühlen.

Ich entgegnete: »Wieso sollte ich besondere Lust auf ihren Besuch hier haben, wo ich weiß, daß es dir schlechte Laune macht und dich auf allerlei absurde Gedanken bringt? Ich kann mir dabei wenig Gemütlichkeit vorstellen.«

Hätte nicht meine Ehefrau, sondern ich selbst Daphne ans Telefon bekommen, als ich allein zu Hause war, hätte ich ihr vor Begeisterung zitternd vorgeschlagen, mich irgendwo zu treffen, nur nicht auf diesem Schiff auf dem Grund eines Wassergrabens am Ende der Welt, mich allein zu treffen, ohne Paula. Warum hatte Maria Callas die Verbindung nicht sofort getrennt, als sie Paula an die Strippe bekam, wie ich es machte, wenn »ihr« Nico den Hörer abnahm.

»Sie kommt ganz bestimmt nicht meinetwegen«, sagte Paula. »Ich mag keine Opern.«

»Wieso, warum, aus welchem Anlaß kommt sie eigentlich?«

Die Ehegattin hob die Hände zur Decke. »Wenn ich es einigermaßen richtig verstanden habe, muß sie sich drei oder vier Tage in Eggelte aufhalten, um bei der Abschlußprüfung Gesang am dortigen Konservatorium zu jurieren, oder so was Ähnliches. Sie wohnt im Hotel Memphis an der Strandpromenade - ob einer von uns so liebenswürdig sein, sie dort abholen und auch wieder dorthin zurückbringen wolle.«

»Wann?«

»Donnerstag, am späten Nachmittag.«

Das ist also schon in zwei Tagen, dachte ich nervös, indes Paula in unerbittlichem Ton fortfuhr: »Glaub nur nicht, van Hoff, daß ich diese liebenswürdige Person bin, die für La Uitwyck Taxichauffeur spielt. Und schlag dir auch gleich aus dem Kopf, daß ich mich stundenlang in die Küche stelle und für den Star koche. Sie kommt deinetwegen, sie ist deine Freundin oder Bekannte oder was weiß ich, also hältst du auch deinen Kopf hin.«
Ich spürte, daß sie mich ansah – ich tat, als konzentrierte ich mich wieder auf das Romandebüt, dessen Unlesbarkeit sich zu allem Überfluß darin manifestierte, daß Buchstaben, Wörter, Sätze, Absätze zu Teerklumpen gerannen.
Paula und ich standen gleichzeitig auf, sie mit ihrer Handarbeit in dem dafür bestimmten Körbchen – ein Relikt unserer unbeschwerten Hochzeitsreise nach Marokko, vor zehntausend Kalendern – und ich, um dieses beknackte Buch endgültig in den Schrank zu stellen und doch noch in mein Zimmer zu gehen; gleichzeitig, in derselben unteilbaren Sekunde, erstarrten wir zu Schaufensterpuppen und sahen einander erschrocken an. So hatten wir uns angeschaut, als Hanneke zur Welt kam und uns sofort, wie allen anderen Anwesenden im Entbindungsraum, deutlich war, daß das Kind ...
Aus dem gleichmäßigen Rauschen des Windes und des herabprasselnden Wassers erklang plötzlich, durchdringend, ein tiefes, grölendes Gurgeln, das an ein mehrfach verstärktes Gewürge erinnerte. Sein Ursprung: der Schlamm, in dem sich unser Boot festgesaugt hatte. In kurzen Abständen wiederkehrende, dunkel tönende Rülpser, in denen mal ein hoher Pfeifton mitschwang, mal ein kollerndes Blubbern, als ob Knochen auf großer Flamme kochten. Dabei erbebte das Hausboot von heftigen Vibrationen, das Geschirr klirrte, die Lampe schwang hin und her, Bücher fielen aus den Regalen, Gegenstände stürzten um. Einen Augenblick neigte sich das Schiff so sehr, daß Möbel ins Rutschen kamen und wir uns an den Türpfosten festhalten mußten, doch gleich darauf sackte der nach oben gekommene Teil wieder zurück, zurück in den Schlamm, aus dem langgezogenes Schlürfen aufstieg. Als es, ebenso wie die anderen beunruhigenden Unterwassergeräusche, verklungen war, sahen Paula und ich einander immer noch mit weit aufgerissenen Augen an.

»Was war das um Gottes willen?« Sie hatte Angst, das sah und hörte ich, es erstaunte mich. Paula aus der Fassung? Eher würde sich der Petersdom in eine mit einer Kuppel versehene Aufschichtung von Speiseeis verwandeln.
Der Hund stand wie ausgestopft steif und reglos da und starrte auf den Fußboden, Vorderzähne gebleckt, Ohren gespitzt, alle Haare des stumpfen Fells gesträubt.
»Bad vibrations«, sagte ich trocken.
Draußen war bei einer raschen Inspektion am Boot selbst nichts zu entdecken, doch das Wasser im Graben, das für gewöhnlich ruhig war, sich für gewöhnlich friedlich kräuselte und leise vor sich hin plätscherte, all die Jahre auf dem gleichen Stand, war jetzt in tosender Bewegung und so weit gestiegen, daß es bereits über die Ufer sickerte. Vom Boden hatte sich faulender Schlamm losgerissen und war an die Oberfläche gespült – Konsummüll und Küchenabfälle, all die Jahre auf den Boden gesunken, wo es allerhand Grabenleben genährt hatte, brodelte wie eine braune, furzende Brühe um den Bauch der Arche, zwischen den tellergroßen Blättern und den zerfetzten Blüten der Seerosen, und verhakte sich zwischen den gerade noch sichtbaren Büscheln des ersoffenen Schilfrohrs. Die Mühle, die jetzt Tag und Nacht mahlte, um das Wasser aus den Poldern zu pumpen und über alle verfügbaren Kanäle abzuleiten, stand in der nebelnden Landschaft wie ein die Umgebung ratlos mit den Vorderpfoten und den Fühlern abtastendes Insekt. Besorgt betrachtete ich die Lüftungsklappen im Unterbau des Boots, da sickerten schon Wasser und Brei herein – diese Öffnungen hätte ich längst dichten müssen, ich würde das jetzt sofort nachholen. Paula, neben mir auf dem schmalen Deich, die nackten Füße in Strohsandalen in dem erbrochenen Dreck, schlug die Hand vor den Mund:
Das Schiff, jahrelang reglos, wie in Zement gemauert an seinem Platz, bewegte sich langsam wie ein wacklig gewordener Zahn in entzündetem Zahnfleisch, wie ein aus dem Koma erwachendes Ungeheuer, das an seinen Ketten rüttelt. Eine der Ankertrossen war gerissen – daher die kurze Kippbewegung. Die Strömung stemmte das Schiff langsam aus dem Schlamm los und schob es hinauf auf den Wasserspiegel, wo ein Schiff ja letztlich hingehört. Daß unsere Arche Noah einmal *auf* dem Wasser gelegen hatte,

in schwimmendem Gleichgewicht, in den trägen Wellen leise schwingend wie eine Wiege - auch das war fast nicht mehr erinnerlich. Hannekes Klicker, die aus eigenem Antrieb beim geringsten Wellengang wegrollten und dabei auf dem Holzboden leises Trappeln wie von Rattenpfötchen verursachten. Die damals noch junge Hündin, die sich darauf stürzte. Unsere Honigflittermonde, im süß schaukelnden Bett verbracht. Als alles noch im Fluß war, alles noch schmeckte, wie es schmecken sollte, alles in goldenem Licht, nie würde es vorbeigehen, als alles noch ... Hanfpflanzen auf dem sumpfigen Flecken Erde, dort, wo der Laufsteg begann, Vögel pickten die Samen und flatterten stoned wieder auf, freudig erstaunt über das nie gehörte Fastnachtslied, das sie plötzlich tirilierten.
Der Kahn sollte jetzt aber fest in der Aaltiefe liegen bleiben, fand ich, auf daß nicht ein aus der Versenkung aufgetauchtes Einst, von dem nicht einmal mehr der Duft der Melancholie übriggeblieben war, uns noch trauriger stimme.

Im Bauch des Schiffes stellte ich fest, daß von Überschwemmung kaum die Rede sein konnte. Der Boden in den verschiedenen Abteilen glänzte nur, als sei er gerade gewischt worden, die Wände unter den Lüftungsklappen tränten ein wenig und wiesen Schlammspuren auf - es war schon mal schlimmer gewesen, es brauchte nicht mit Eimern und Kochtöpfen geschöpft zu werden.
Bevor ich anfing, die Öffnungen mit den für Notfälle bereitstehenden Brettern und Isolationsmitteln zu dichten, schaute ich zu dem Pappkarton mit Daphnes Briefen hin: nicht direkt, sondern aus den Augenwinkeln, wie um mich heimlich auf das vorzubereiten, was ich möglicherweise an Schrecklichem zu sehen bekäme.
Er stand in der hintersten Ecke, versteckt zwischen Gerümpel und feuchtem Spinnengewebe, wie die Erinnerung an etwas, das man lieber aus dem Bewußtsein tilgt.
Er war zwar geöffnet, doch nicht von Paula, denn sie hätte die Verschlußklappen, die ich peinlich ineinander verschränkt hatte, aller Wahrscheinlichkeit nach einfach aufgerissen. Die immer noch genauso verschlossenen Klappen waren jedoch in den Karton hineingedrückt: Ein relativ schwerer Gegenstand mußte darauf gefallen sein.

Im Schummerlicht der Fahrrad- und Christbaumlämpchen, aus denen in diesem Untergeschoß die Beleuchtung bestand, entdeckte ich, daß fünf Eier in dem Karton lagen, drei waren kaputt und stanken wie aufgeplatzte Geschwüre. Neben dem Karton mit den mir teuren Episteln lag die tote Ente, die sich durch einen der Lüftungsschlitze hereingezwängt hatte und der es offenbar nicht gelungen war, auf dem gleichen Weg zu entkommen. Zwischen Federn und Daunen lag die angenagte Vogelleiche auf dem schwankenden Schiffsboden, und der noch unversehrte Kopf, Schnabel in die Höh, bewegte sich mit.

Mittwoch vormittag.
Angehaltener Atem, Benommenheit, zitternde Hände, so kalt, als durchströme sie Polarwasser.
»Hier Arne Sibelijn. Mit wem spreche ich?« Im Hintergrund Klaviergeklimper.
»Ist deine Mutter da?« fragte ich tapfer.
»Mit wem spreche ich?«
»Mit Markus Vantuyl.« Der Name fiel mir zufällig ein.
In dem hohen, weißen Gang, den ich jetzt vor mir sah, hörte ich nach all den leeren Monaten ihre Stimme zum ersten Mal wieder, begleitet vom Vibrato des Echos: »Daphne Uitwyck.«
Mit gepreßter Stimme brachte ich heraus: »Ich bin's.«
Sie: »Grüß dich, geliebter Mann.« Als deklamiere sie ein Rezitativ.
»Hier spricht Jelmer.« Um Mißverständnisse und womöglich Enttäuschung ihrerseits auszuschließen, glaubte ich, gut daran zu tun, dies zu verdeutlichen.
Von einem Irrtum konnte keine Rede sein. »Aber das höre ich doch. Ich habe darauf gewartet, daß du anrufst.« Beiseite: »Gehst du solang mal in dein Zimmer, Arne, Liebling?«
Ob sie das gewesen sei, fragte ich, die neulich mein Telefon dreimal habe läuten lassen?
Ja, das sei sie gewesen, gestand sie.
Ich: Warum?
Sie: Weil sie sicher gewesen sei, daß ich sofort begreifen werde, daß es als Gruß gemeint sei, den sie mir schicke. Ob ich das etwa nicht verstanden hätte?
»Ich habe gehofft, es so auffassen zu dürfen«, sagte ich. »Wie man

auch ins Blaue hinein wider besseres Wissen hoffte den Millionengewinn der Staatslotterie im Haus zu haben, obwohl sich die grausame Wahrheit, daß man einen wertlosen Wisch gekauft hat, doch nach der Ziehung aufdrängt.«

»Ins Blaue hinein? Wider besseres Wissen?« Wiederholung meiner Worte, wie im Kanon.

Ich: »Du hast doch gewünscht, daß ich verschwinde. Es sollte doch alles aus sein, hast du gesagt, als drücktest du dabei, den letzten Rauch ausblasend, eine Zigarette aus. Denn Nico hier, lieber Nico da, und auf einmal war alles zu riskant geworden, was ich nicht wirklich begriff. Hast du das vergessen?«

»Du bist doch nicht etwa böse, lieber Jelmer?«

Böse? Ich? Nicht mehr seit der Kindergartenzeit, als Treesje Nierman absichtlich meine Sandburg mit ihren zierlichen Lackschühchen zertrat. »Ich bin nie böse«, antwortete ich, »so ist mein Charakter nicht programmiert. Natürlich bin ich etwas verwundert. Wieso nach all den Monaten des grimmigen Schweigens und Ignorierens auf einmal dieser Gruß per Klingelkode? Warum hast du mich nicht abnehmen lassen und dich zu erkennen gegeben?«

Keine Antwort.

»Und das Gespräch mit Paula gestern?«

»Lieber Jelmer, hör mal zu.« Jetzt setzte sie zur großen Arie an. »Ich will dich sehen. Seit unserem letzten Telefongespräch ist kein Tag vergangen, an dem ich nicht an dich gedacht habe. Es war fast physisch, so wie auch kein Tag vergeht, ohne daß man an Essen denkt. Wenn man eine Woche lang nichts gegessen hat, wird das Hungergefühl und das Schmachten nach Nahrung allmählich zwanghaft. In Hotelzimmern im Ausland – ich hatte in der Zwischenzeit Auftritte in New York und Peking – saß ich mit meinen Sträußen allein herum. Und weinte. Und dachte an dich. Und bildete mir ein, du würdest im selben Augenblick an mich denken.«

»Was?« Vor Verwirrung war ich nicht imstande, mehr herauszubringen. Der letzte Erdbewohner, so kreuzunglücklich, daß er von einem zweihundert Stockwerke hohen Wolkenkratzer springt, und dann auf der Höhe des siebenundfünfzigsten Stocks aus einem offenen Fenster heraus das Telefon klingeln hört. So fühlte ich mich. In freiem Fall aus unermeßlicher Höhe stürzend, den

Tod schon in den Knochen, denke ich plötzlich, daß ich unten auf einem Trampolin, so groß wie ein Fußballplatz, aufkommen werde. Warum hat sie mich erst fallen lassen, die Hexe, die Teufelin, diese gußeiserne Polyhymnia, Geliebte meines Herzens, Traumprinzessin?

»So oft hatte ich den Hörer schon in der Hand, war kurz davor, dich anzurufen, und ließ es dann doch wieder sein.«

Ich hörte es sie sagen, das schon, aber meinte sie mich, Jelmer van Hoff, oder war nur das Echo all dieser Worte für mich bestimmt? Aufs neue, jetzt lauter, wie einen Klangpfropfen, stieß ich »Was?« aus. Sollte ich die Verbindung trennen?

»Hör mir zu, nun laß mich doch mal«, tönte es beschwörend aus der Muschel.

Ich: »Wenn ich dich anrief, nahmst du nicht ab. Briefe, die ich dir noch schrieb, hast du wahrscheinlich nicht einmal mehr gelesen, sondern gleich zerrissen, in den Dreckeimer geworfen und mit dem Endivienmatsch von gestern bedeckt, damit dein Ehemann die Schnipsel nicht entdeckt. Ja, auch ich habe regelmäßig an dich gedacht, doch das wurde allmählich weniger, und schließlich dachte ich auch nicht mehr nur verliebt an dich.«

»Du bist doch böse.«

Widerwillen gegen diese Unterhaltung. Als bestünde sie aus einer von Anfang an nicht aufgehenden Patience. Ich fragte: »Was willst du nun eigentlich von mir, warum mußtest du Paula mit hineinziehen, warum willst du ostentativ eine scheinheilige Oper bei uns zu Hause aufführen, findet dein Professor das gut oder hast du ihn wieder aus deinen geheimen Zimmern verbannt?«

Etwas unwohl auf einmal, legte ich auf und ging hinaus. Der Sturm hatte sich gelegt. Atemnot, ich brauchte Luft. Die Mühle drehte sich nicht, ich sah den Müller in einen der Flügel klettern, auf halber Höhe winkte er mir zu. Um das Hausboot hatte sich Abfall gesammelt, Treibholz, eine halbe Matratze, auf der sich eine Ratte den Schnurrbart putzte, Plastikflaschen, in keiner von ihnen der Liebesbrief, den Daphne – an mich adressiert, mit vor Sehnsucht schmerzenden Brustwarzen – in Peking ins Meer geworfen hatte. Obwohl ich die wie aus dem Nichts wieder aufgetauchte Geliebte offensiv, gestreng, einigermaßen unwirsch abgewimmelt hatte – weswegen ich mir Gewissensbisse machte, wiewohl nicht

in übertriebenem Maße –, war sie mir innerlich wieder nah. Ich fühlte, daß sie in mir war, mit mir verschmolzen, ihr Kopf in meinem Kopf, so daß wir mit denselben Augen schauten, mit derselben Zunge sprachen und schmeckten, ihre Arme waren in meinen Armen, ihre Beine in meinen Beinen, ihre Seele war eins mit meiner. Dies dauerte nicht länger als einen Gedanken lang.
Zurück im Boot, klingelte das Telefon wieder.
Daphne, schüchtern, flehend fast, flüsternd. Ob ich ihr bitte, bitte zuhören wolle. Ich solle mich solange hinsetzen, sagte sie. Sie sitze auch. Auf einem Küchenstuhl, den sie in den Gang unter das Telefon gestellt habe.

Daphnes Geschichte.
Sie habe sie noch nie jemandem erzählt, nur vor ganz langer Zeit einer ihrer Schwestern, die sie aber inzwischen bestimmt vergessen habe. Es gehe um ein intimes Geheimnis.
»Wenn ich nichts damit zu tun habe, erzähl es mir bitte nicht«, sagte ich. »Du weißt, was mit Geheimnissen geschieht: einmal weitererzählt, faulen sie wie Fische in der prallen Sonne.«
Diese Bemerkung ignorierte sie: Sie müsse es mir erzählen, das habe sie beschlossen. Warum sie dieses Bedürfnis habe, nach all den Jahren, ausgerechnet mir gegenüber, wisse sie nicht, wie lange und intensiv sie auch darüber nachgedacht habe. Die Überzeugung, daß sie es erzählen müsse, und zwar mir, sei wie ein Funke in sie gefahren, am Tag von Nicos Antrittsvorlesung, als sie mich plötzlich unverhofft wiedergesehen habe, »wie vom Schicksal gesandt«.
Immer schon habe sie mich nett gefunden, sagte sie, während ich mit geschlossenen Augen im Stuhl vor, zurück schaukelte. In unseren Studienjahren schon, erklärte sie, seien ihr mein Gleichmut und meine Ruhe aufgefallen, die lakonische Art und Weise, wie ich wahrgenommen, reagiert, relativiert hätte, auch meine Zuverlässigkeit, und daß ich hin und wieder sehr witzig gewesen sei.
Johann fand dich auch sehr sympathisch, fuhr Daphne fort.
Ich, laut im Schlaf redend: Wer?
Du hast ihn bei Nicos Empfang kennengelernt, vor einem Jahr. Ein älterer Mann im Rollstuhl.
Den sehe ich in der Tat wieder vor mir. Dieser Kerl, der dir am Hin-

tern rumfummelte, als Nico gerade nicht hinschaute? Diese Frage schluckte ich hinunter.

Johann ist der liebste Freund meines Lebens, sagte sie. Der älteste auch. Damit meine ich nicht sein Alter – er ist jetzt über sechzig –, sondern daß ich ihn von allen meinen Freunden und Freundinnen am längsten kenne. Ich kannte ihn schon, bevor ich Nico kennenlernte. Und dich. Er heißt Johann, mit zwei n. Wie Bach. Johann Fahrenfurth. Deutscher Herkunft. Als junger Mann vor den Hitlerhorden aus seiner Heimat geflohen und nach allerlei Irrfahrten in die Niederlande gekommen, wo er seitdem geblieben ist. Ich lernte ihn mit siebzehn am Konservatorium kennen, wo er mein Lehrer und Mentor war. Er war Professor für Gesang und ein vortrefflicher Pianist. Liebe auf den ersten Blick, meine erste Liebe, und sie ist die einzige Liebe meines Lebens geblieben …

Auch der Gesangslehrer hatte in der weißblonden, azuräugigen Schülerin seine allergrößte, einzige, ewige Liebe erkannt. Doch er, damals fünfunddreißig, war verheiratet mit Gertrud in dem Blümchenkleid, an die ich mich bestimmt auch noch erinnerte von dem Empfang? Er hatte einen Sohn und eine Tochter im Schulalter.

So vielversprechend ihr musikalisches Talent sich auch entfaltet habe, so aussichtslos sei die Liebe gewesen, und, das dürfe ich nicht vergessen, sagte Daphne, Ehescheidung gab es damals noch nicht, außerdem habe sie nicht der Grund für das Scheitern seiner Ehe sein wollen, denn das wäre schlimm für Grete und die Kinder gewesen.

Sie sahen einander täglich, wenn nicht am Konservatorium, dann in ihrer engen Studentenbude, wo der Flügel so viel Platz einnahm, daß sie unter dem Instrument schlafen mußte, auf einer Matratze am Boden. Auf dieser Matratze mit Johann zugange, sei es nicht selten passiert, daß er sich den damals noch üppig von schwarzen Locken bedeckten Kopf am Boden des Resonanzkörpers stieß, was einen dezenten Klang auslöste, beinahe so feierlich wie die Osterglocken des Kölner Doms.

Solche Details wollte ich nicht hören, sie machten mich rückwirkend eifersüchtig. Ich wußte noch genau, wo sie damals wohnte, zwei Grachten von meiner Bude entfernt; wenn ich in die Vorlesung radelte, kam ich an ihrem Haus vorbei und schaute zu ihrem

Fenster hinauf. Was hätte ich dafür gegeben, wenn ich mir, mit ihr auf dieser Matratze, den Kopf an der Unterseite ihres Flügels hätte stoßen dürfen ...
Dies alles konnte eine Zeitlang im verborgenen stattfinden, doch dann wurde es zu riskant, sagte sie. Die beiden letzten Wörter sah ich in grellen Lettern aufleuchten.
In der kleinen Universitätsstadt wurde schon bald über sie gemunkelt, Lehrer und Studentin wurden zusammen in Stadtparks, Restaurants und anderen Lokalitäten gesehen, denn natürlich wollten sie so oft wie möglich zusammensein und wurden dabei unvorsichtig. Erste Verliebtheit, sagte Daphne, darüber gebe es ergreifende Lieder, Erzählungen, Dramen, Filme, doch die ihre habe vornehmlich darin bestanden, daß sie sich unglücklich fühlte und geheult habe, immer nur geheult, sie habe sich die Farbe aus den Augen geheult. Bis auf den heutigen Tag gelinge ihr bei Opernaufführungen das Heulen mit spielender Leichtigkeit.
Johann machte Schluß, aus Angst, Grete könnten Gerüchte zu Ohren kommen. Er wohnte am Stadtrand. Eines Abends sei sie, Daphne, zu seinem Haus geradelt und habe sich weinend auf die Stufen gesetzt, die Dämmerung sei erfüllt gewesen vom Duft der Blumen, der den großen, verwilderten Garten durchzog. Stunden später sei er in der Dunkelheit aufgetaucht, um vor dem Schlafengehen einen Abendspaziergang ums Haus zu machen, und da habe er das beinahe phosphoreszierende Weiß ihres Kopfs und Taschentuchs bemerkt.
Auch davon wollte ich die Fortsetzung nicht hören. Sie hätte an dem Abend ja auch zu mir radeln und zwischen den sechzehn Klingelknöpfen zu beiden Seiten der Eingangstür nach dem neben meinem Namen suchen können.
Ich hielt den Hörer etwas weg vom Ohr und öffnete die Augen, die auf das silbrige Tageslicht reagierten wie auf das plötzliche Anspringen von Lichtern im Kinosaal mitten im Film. Mit gespitzter Schnauze, gestrecktem Nacken sah die Hündin mich an. Sie erfaßte sofort, daß ich aus meiner Schlafpose im Schaukelstuhl wieder ins Hic et Nunc zurückgekehrt war, legte die Ohren in Freudenfalten und wedelte mit dem Schwanz.
Abermals die Verbindung trennen?
Ich hörte weiter zu. Bevor ich wieder die Augen schloß, sah ich,

daß die Uhr über dem Sofa schief hing, wie auch das Foto von Hanneke über meinem Bett infolge der kurzzeitigen Neigung des Hausboots verrutscht war.
Viele Stunden hätten sie so dagesessen, bis es wieder hell geworden sei und alles, außer ihrem, Daphnes Gesicht, wieder Farbe bekommen habe. All die Stunden in flüsternder Beratung, Hand in Hand – sie habe das silberne Armband mit den Musiknoten getragen, ein Geschenk von ihm, unter dem Schmuckstück habe er mit dem Zeigefinger ihre Pulsader gestreichelt. O Mädchen, mein Mädchen. Und sie habe die roten Stiefeletten dabei angehabt, mit denen sie später dummerweise durch einen mit Chemikalien verunreinigten Bach watete, wonach …
Ja, das weiß ich noch, sagte ich.
Sie hätten sich ausgedacht, daß Daphne in aller Öffentlichkeit eine Beziehung zu einem zweiten Anbeter eingehen werde. So daß die Aufmerksamkeit vom Singmeister Fahrenfurth abgelenkt werde, mit dem sie jedoch den heimlichen Umgang, noch heimlicher als bisher, weiter pflegen könne.
Dieser zweite Verlobte sei Nico Sibelijn geworden, ein Student der Geschichte von nicht allzu abstoßendem Äußeren und Charakter. Daphne sei ihm kurz zuvor in der Universitätsbibliothek begegnet, sie über Partituren gebeugt, er mit Landkarten und Querschnitten von Erdschichten beschäftigt, sie habe eindeutige Symptome von Frühlingsgefühlen an ihm bemerkt.
So wurde Nico geködert und dann jahrelang hintergangen. Und Daphne begann das Doppelleben, das aus dem fröhlichen Mädchen mit der Zeit das hysterische Nervenbündel gemacht hatte, schreckhaft, ständig unruhig und auf der Hut, erfinderisch im Lügen. So richtete sie sich ihr geheimes Zimmer ein, zu dem Nico keinen Zugang hatte. Nico landete auf derselben Matratze unter dem Flügel, von der Johann manchmal nur eine Viertelstunde vorher, sich den Kopf reibend, aufgestanden war. Die Verhütungspille gehörte damals noch nicht zu den Annehmlichkeiten des Lebens, bei den feierlichen Verrichtungen wurden Kondome benutzt, die Daphne neben dem Rädchen unter einem der Beine des Tasteninstruments in einer kleinen Schachtel bereithielt. Dieses Schächtelchen in der Hand, bemerkte Nico eines Tages: »Gestern waren noch zwei drin, da bin ich mir sicher, und jetzt nur noch

eins.« Daphne: Ach, Nico, der Süße, er gab sich solche Mühe zu glauben, was ich Knall auf Fall improvisierte, um das Fehlen des zweiten Exemplars zu erklären: Das habe sie beim Singen bei einer Atemübung aufgeblasen, und da sei es geplatzt. In Wirklichkeit befand es sich in einer Papierkugel mit dem noch warmen flüssigen Elfenbein des deutschen Jodlers im Papierkorb neben den Pedalen.

Sie schwieg einen Moment, lauschte. Bist du noch da?

»Insofern man das von jemandem sagen kann, der gerade aus großer Höhe herunterstürzt, bin ich noch da«, antwortete ich und fragte gleich hinterher: »Was hast du eigentlich für Nico empfunden?«

Ein netter, zerstreuter Junge war er, nicht anspruchsvoll, sagte Daphne. Voll beschäftigt mit seinem Studium, seinen ehrgeizigen Plänen. Ich zeigte mich so oft wie möglich mit ihm in der Öffentlichkeit, damit alle dächten, daß wir was miteinander hätten. Ich fand ihn nicht unangenehm, er war ein guter Freund und Kamerad, man nennt so jemanden einen Spezi, wie das Erfrischungsgetränk. Ich konnte gut mit ihm reden, empfand Sympathie für ihn, bin aber nie in ihn verliebt gewesen. Er wohl in mich sehr heftig.

Er diente also nur als Alibi, folgerte ich. War er wirklich so naiv, daß er nie etwas von diesem Doppelspiel gemerkt hat?

Er hat nie etwas davon gewußt, beteuerte Daphne, und er weiß es bis auf den heutigen Tag nicht. Naiv möchte ich ihn nicht nennen, aber er verfügt über die Eigenschaft, bestimmte Dinge nicht sehen zu müssen oder zu wollen, er übersieht sie oder sieht durch sie hindurch, besorgt, wie er ist, seine Sicherheit könne ihm abhanden kommen. Sein Leben steht und fällt mit dem Gefühl der Geborgenheit, und instinktiv verschließt er sich allem, was diese Geborgenheit bedrohen könnte. Sollte ich es ihm noch jemals sagen, eine Welt würde für ihn zusammenbrechen.

Auch dies hatte ich sie schon einmal verkünden hören, nicht in bezug auf den Gesangslehrer, sondern in bezug auf mich. Was müßte Nico über mich vernehmen, damit seine Welt in Scherben ginge, wo doch dieser Herr Fahrenfurth immer noch der eigentlich zu fürchtende Mann mit dem Vorschlaghammer war, der dem Haus Sibelijn mit einem einzigen Schlag Risse und Löcher beibringen konnte?

Sie huldige dem Standpunkt, sagte sie, der durch das Sprichwort zum Ausdruck komme: Was ich nicht weiß, macht mich nicht heiß. Sie lebe mit einem Geheimnis, das Nico nicht zu erfahren brauche, denn es machte ihn nur unglücklich, während es sie daran hinderte, ihr Dasein in ihren privaten, verborgenen Winkeln mit den für Nico zugemauerten Zugängen fortzusetzen. Solange Nico ihr Geheimnis nicht kenne, gebe es sozusagen keines. Was man nicht kennt, gibt es nicht.
Ihr philosophischer Lehrsatz.
Und das nennst du nicht hinterhältig und klammheimlich? fragte ich. Du belügst, betrügst, kränkst Nico doch damit.
Aber er weiß doch von nichts, entgegnete sie mit der Logik eines Nilpferds.
Plötzlich, ganz kurz, aus den Tiefen meines Gedächtnisses, hörte ich einen grünen, hohen Pfiff. Ein Park, nachts, der Mond, vor sehr langer Zeit, weiße Statuen zwischen tropfenden Bäumen. Dort hatte ich Daphne Hand in Hand mit jemandem gesehen. An dem Tag, an dem ich mich in sie verliebt hatte.
Und dann?
Jahrelang sei es ihr gelungen, das Theaterstück zu verlängern. Nach ihren Konservatoriumsjahren perfektionierte sie ihre Stimme einige Zeit in Mailand, auch Nico verschwand in verschiedene ausländische Regionen, wo er sich hauptsächlich in Grotten und Höhlen unter der Erde aufhielt, den berühmten, nunmehr im Museum zu besichtigenden Helm mit Lampe auf dem Kopf. Bald fand er einen aus Atlantis stammenden Haizahn, bald ein hundertzehn Millionen Jahre altes Stück Dinosaurierkot mit noch vollständig intakten Nahrungsresten.
Danach habe Nico um ihre Hand angehalten, und sie habe ihm ihr Jawort gegeben. Denn inzwischen war ihr zu Ohren gekommen, daß der Gesangspädagoge zu Hause nicht müßig gewesen war, sondern sich mit jugendlichen Gesang- und Schauspielschülerinnen umringt habe, die er wie zerbrechliche Porzellangegenstände sammelte. All diese musisch veranlagten Mädchen trugen ein silbernes Armband mit Noten. Und mit seiner Frau, der Margarethe, habe Herr Fahrenfurth ein drittes Kindchen komponiert, ein Mädchen, das Daphne hieß, von Grete jedoch Toetie genannt wurde. Zu all dem habe Johann sich aus »Not« gedrängt gefühlt, wie er

sagte, da er vor Sehnsucht nach ihr fast verrückt geworden sei. Später sollte er »Not« durch »Eifersucht« ersetzen – als sie mit Nico verheiratet war und er, im Gegensatz zu früher, an zweiter Stelle kam.

Wieso, fragte ich, habe sie Nico denn dann eigentlich geheiratet?

Das habe sie getan, um Johann für seine Hurereien zu bestrafen. Und weil Nico, den sie sieben Jahre hingehalten hatte, es nun einmal so gerne wollte.

Ohne daß du jemals so etwas wie Liebe für ihn empfunden hast?

Ich bin nie in ihn verliebt gewesen, korrigierte sie. Aber die unverbrüchliche Kameradschaft, die mittlerweile, nach weiteren zweimal sieben Jahren, zwischen ihr und Nico gewachsen sei, komme der Liebe doch sehr nah. Sie empfinde ja schließlich auch keinen Widerwillen gegen ihn. Und außerdem sei es piepegal.

Wie sie das meine, fragte ich und erinnerte mich an ihre Hochzeit. Sie hatte ein dunkellila Ding getragen, als handle es sich um eine Gedenkfeier für einen Verstorbenen, und das passende Gesicht dazu gemacht.

Statt in ihrer Geschichte fortzufahren, hielt sie plötzlich den Atem an. Sotto voce sagte sie: »Jetzt mußt du weiterreden. Ist egal, was du sagst, ich antworte schon.«

Ich fragte, wo und wie spät ich sie am nächsten Tag in Eggelte abholen solle.

Um vier Uhr vor Hotel Memphis. Sie freue sich wirklich darauf. Hoffentlich sei das Wetter an der Küste besser. Was für Stürme, in letzter Zeit. Vorige Woche beim Fahrradfahren, sie fuhr über die Brücke in Richtung Konservatorium, sei sie doch mitsamt Rad vom Wind hochgehoben und gegen das Brückengeländer geschleudert worden. Fast ins Wasser, fünfzehn Meter in die Tiefe. Da wäre sie wahrscheinlich ertrunken, denn auch das Wasser habe getobt, als sei es linea recta aus dem Rachen der Hölle gekommen. Auch ihre Katze sei aus der Dachrinne geblasen worden und habe wie ein orangefarbenes Knäuel bei den Nachbarn im Baum gehangen, dessen Zweige zur Hälfte in den Garten der Sibelijns ragten und ihnen alles Sonnenlicht nähmen. Deswegen hätten sie sich letztlich einen Rechtsanwalt …

Daphne …, sagte ich.

Sie flüsterte, Arne sei die Treppe heruntergekommen, um aufs Klo

zu gehen. Deshalb habe sie ihren intimen Bericht kurz unterbrochen. Jetzt sei der Bub wieder oben in seinem Zimmer. Wo waren wir?
Mittlerweile mit Nico verheiratet, sagte ich mit einem Blick auf die Uhr, Paula konnte jeden Augenblick nach Hause kommen. Und diese Ehe, sagtest du, änderte irgendwie nichts.
Daphne: Sie habe ihren Umgang mit Johann, also ihr Doppelleben, nicht dafür aufgegeben, auch wenn sie sich mit dem Porzellanharem - jedes neue akademische Jahr frischer Nachschub - habe abfinden müssen. Sie sei Johanns große Liebe und damit sein Hauptgericht geblieben, wiewohl er sich zugleich den Gaumen mit blutjungen Blondinenpralinen kitzele, die er während des Unterrichts in der Solmisation unterweise.
Seine Frau Grete? Die habe so ihre Gewißheiten und Ahnungen, doch ohne zu wissen, daß Daphne der Liebling ihres Mannes sei. Ansonsten lasse sie alles wohlweislich auf sich beruhen: Ihr Johann sei der Sonnenschein im Haus, lieb, fröhlich, gleichmütig, aufmerksam, und lieber sei er ihr als angenehmer Lichtblick denn als sich verzehrendes, schlecht gelauntes Stück Holz.
Und Nico? Idem natürlich. Ohne je etwas zu fragen, je eine Bemerkung zu machen, lasse er seine Frau machen, was sie wolle, zugunsten von Ruhe, Regelmäßigkeit, häuslicher Harmonie. Wozu sollte er die Senkgrube unter seiner redlich verlaufenden Ehe aufdecken, wozu Streit und Spannungen provozieren, den häuslichen Einklang stören, da er doch, behauptete Daphne, in keiner Weise zu kurz komme?
Nico hantiere zufrieden mit Pinzetten an dem von ihm entdeckten Tyrannosaurierkoprolith herum, in dem er auf sorgfältig zermahlene Knochenreste stieß, so daß er zu der wissenschaftlichen Schlußfolgerung kam, das Ungetüm habe Fleisch gefressen und geduldig gekaut. Bei solcher Forschungsarbeit trage er zwei Brillen, seine normale und eine mit teefarbenen Gläsern, mit der er quer durch allerlei Materie sehen könne - außer durch seine Ehefrau. Etwas anderes als Fossilien sehe der kurzsichtige Nico nicht, weder höre er etwas außer dem Rauschen der Prähistorie in seinem Stethoskop, mit dem er die Bruchstücke abtastet, noch wisse er über etwas anderes Bescheid. Unter Kollegen heiße er Flintstone. Der Typ, der immer irgendwo seinen Regenschirm stehen-

läßt, oder, wenn es regnet, vergißt, das Ding über seinem Kopf aufzuspannen. Jedenfalls sei dies eine Karikatur seines Charakters, wie sie durch viele Anekdoten entstanden war, von der ich aber bestimmt wisse, daß sie nur eine vage Ähnlichkeit mit Nicos wahrer Natur aufweise. Tief in seinem Innern befänden sich Lavaspeicher, die manchmal, nicht oft, explodierten, wobei der brennende Eiter hoch aus dem Vulkantrichter spritzt.
Und er soll mehr als zwanzig Jahre lang keine Ahnung vom zweiten Mann in deinem Leben gehabt haben? Mach das deinem orangefarbenen Kater weis! Glaubst du wirklich, er ist blöd? Ich glaube, so wie ich ihn – immerhin ein bißchen – kenne, daß er bis auf den heutigen Tag über die Frage nachdenkt, wo das eine Kondom geblieben ist ...
Wenn er es jetzt noch erfährt, das von Johann und mir, so Daphne, würde er wie eine Rakete auf dem Weg zum Planet Venus, an der sich plötzlich ein Drähtchen oder eine Schraube lockert, aus der Bahn geworfen und im Kosmos, im Nichts, verlorengehen. Das möchte ich auf keinen Fall, auf meine Art liebe ich ihn, in seiner Nähe bin ich ruhig und ausgeglichen, er ist gut zu mir, an unserer Ehe ist nichts auszusetzen.
Darauf sagte ich: Nur hintergehst du ihn, seit du ihn kennst. Ein Vierteljahrhundert fast, so daß die Hunderten, Tausenden Hörner, die du ihm all die Zeit aufgesetzt hast, inzwischen zu einem weitverzweigten, zentnerschweren Geweih geworden sind. Vielleicht geht er deshalb so gebückt und vornübergebeugt, als suche er den Boden mutlos nach Zigarettenstummeln ab.
Nico geht nicht gebückt, reagierte Daphne, rauchen tut er schon lange nicht mehr, und ich hintergehe ihn nicht.
Du bist eine scheinheilige Hexe, sagte ich, die sich in ihrer versteckten Höhle mit blubbernden, qualmenden Retorten voller Heuchelei zu schaffen macht. Ich verstehe nicht, wieso du nach all den Monaten, in denen du nichts von dir hast hören lassen, jetzt ausgerechnet mir einfach so dein Geheimnis preisgibst.
Du erzählst es doch niemandem weiter, oder? fragte sie beunruhigt.
Ich versicherte ihr: Nein.
Sie: Wir reden morgen weiter. Und in den Tönen la-do-do sang sie: Tschö, tschö, tschö.

Hinterher stellte sich heraus, daß durch die Tür zu ihrem geheimen Gemach, die sie mir einen Spalt weit geöffnet hatte, noch jemand hereingeschlüpft war:
Sohn Arne hatte die ganze Zeit, für seine Mutter unsichtbar, auf der obersten Stufe der Treppe gesessen. Reglos, atemlos, lauschend.
»Mit wem hast du da geredet, Mama?«
»Das geht dich nix an. Du hast gar nichts gehört, verstehst du? Und wer nichts gehört hat, kann auch nichts weitererzählen. Wer es doch weitererzählt, dem wird sein Mund mit einer Heftmaschine zugeheftet.«

Das erzählte sie, Daphne, mir am folgenden Tag sofort, nachdem sie zu mir ins Auto gestiegen war.
Auf die Minute genau – der Klang einer Kirchenglocke, die viermal einen vollen Ton von sich gegeben hatte, war noch nicht verklungen – strudelte sie aus der Drehtür des Memphishotels.
In dem Moment regnete es zwar noch nicht, nur vom Meer her kam ein heulender Wind, der sich wie ein wilder Liebhaber auf sie stürzte, sie an den Haaren packte, ihr in die Kleider fuhr. Die Plastiktüte wurde ihr aus der Hand gerissen und fiel die Stufen hinunter, sie selbst mußte sich die Brille mit den schwarzen Gläsern, in denen sich die Brandung spiegelte, fest ins Gesicht drücken.
Kein Blumenmantel: Sie trug eine schwarze Lederjacke, die ihrer mageren Gestalt eine gewisse Fülle verlieh und in der ihr Oberkörper stämmig aussah. Darunter schaute ein schwarzes Kleid mit weißen Figuren hervor, der Wind machte damit, was er wollte, wodurch mir einen Augenblick lang – leider so schnell vorbei wie der Blitz – von ihren schwarzen Nylons der elastische Rand des linken Exemplars gezeigt wurde, hoch oben um ihren weißen Schenkel. Dafür habe ich dem Wind gedankt.
In der Tüte, die sie, sobald sie auf den Sitz neben mir gesunken war, an ihre Füße stellte, erklang leises Geschepper. Sie schob sich die Brille ins glänzende, duftende Haar und sah mich aus ihren mich schwach machenden Augen an, so blau und so unruhig wie das Meer, ein Lächeln um den bleichen Mund, mit dem sie so schön singen konnte.
Dies war das erste Mal in all den Jahren, daß ich sie länger als ein paar Minuten aus so großer Nähe sah. In meinen verliebten

Phantasien hatte ihre Schönheit die aller anderen übertroffen, und noch nie war es einem Maler gelungen, solche Schönheit zu verewigen. Jetzt, da ihr Gesicht dem meinen so nah war, sah ich mit vor Verlegenheit brennenden Augen, daß sie eine etwas komische Nase hatte. Sie mußte sich das Nasenbein einmal gebrochen haben, und der Bruch war schlecht verheilt, so daß eine Querrinne zurückgeblieben war und die Nasenspitze etwas schief stand. Und wenn sie lachte, entblößte sie wirklich etwas viel Zahnfleisch, grellrosa wie Kaugummi. Was machte sie möglicherweise im gleichen Augenblick an meinem Äußeren stutzig, weil sie es anders in Erinnerung hatte? Er hat einen schwarzen Schneidezahn, sein Haar wird schütter und gräulich?
Daß ihr Haar duftete, merkte ich, als sie mich umarmte, Kopf auf meiner Schulter, Gesicht an meinem Hals, Arme um mich. Nach irgendeinem bitteren Kraut, dessen betörendes Aroma mir noch Tage danach in den Nasengängen, ich glaube sogar in der Stirnhöhle hing.
Als ich den Wagen startete, sah ich im Rückspiegel einen Mann mit einem Fotoapparat vor dem Gesicht aus der Drehtür kommen, eilig, zornig gegen die Türflügel tretend. Mit der herausgeschobenen Linse seiner Kamera – ein aus seinem Auge wachsendes Horn – machte er Aufnahmen von der Brandung, von der der Wind Schlieren schwarzen Schaums abriß und durch die Luft schmiß. Wirbelnder Sand wurde an die Wolkendecke geschleudert, die aus grauen, sackförmigen Gedärmen zu bestehen schien. Als der Fotograf den Apparat von seinem Gesicht entfernte und meinem Auto nachblickte, glaubte ich eine Sekunde lang, ich hätte ihn schon mal irgendwo gesehen, beachtete ihn aber nicht weiter, aufgeregt, betäubt, verwirrt, wie ich war. Nachdem ich Daphnes Küsse mit einer aus Liebesgedichten abgeguckten Leidenschaftlichkeit beantwortet hatte, wobei wir uns wie in einer japanischen Ringkampfumarmung umschlangen, als wollten wir nie mehr voneinander lassen, hatte ich vergessen, daß der Motor bereits lief. Als ich den Zündschlüssel völlig unnötigerweise noch einmal umdrehte, entstieg dem Fahrzeug ein so durchdringendes Kreischen, daß es das Getöse des Winds übertönte. Mit offenem Mund und erschrockenem Blick preßte Daphne gequält die Hände an die Ohren. Gerade davor hatte sie mir »Engel« ins Ohr geflüstert –

»mein Engel« –, was noch nie jemand zu mir gesagt hatte und zu deren metaphysischem Volk ich mich keineswegs zähle. Engel sind ruhige Geschöpfe und daher nie aus dem Gleichgewicht, Engel besitzen Flügel, wie die Möwen, die jetzt vom Wind wie Federbälle durch das Himmelszelt geschlagen wurden; außerdem steht seit dem Konzil von Konstantinopel fest, daß Engel sich auf Autos verstehen, demnach nie einen Zündschlüssel anrühren, um einen bereits laufenden Motor zu starten. Vermutlich läßt sich ihr Zustand der Glückseligkeit mit einer immerwährenden Verliebtheit erklären. Nur in diesem Sinn fühlte ich mich wie von Flügeln getragen und begeistert dahinschweben auf der Thermik von Gefühlsregungen sowohl seelischer als auch hormonaler Art. Verliebt wie ein Cherub, erfüllt von reiner Noblesse, Großmut und edlen Gedanken, war ich doch zugleich wie ein Arbeitsengel niederen Rangs, der irdische Triebe kennt, versessen auf sie. Aus Nervosität fuhr ich mit angezogener Handbremse los. Kein Wunder, daß sich die Aufmerksamkeit des Mannes mit dem Fotoapparat auf mein Auto richtete. Er hatte die Kamera wieder ans Auge gehoben und machte Fotos, wie ich glaubte, von den weißen, vom Wind zerfetzten Wolken, die röchelnd den Auspuff verließen.

Jetzt, wo Arne dein großes Geheimnis kennt, ist es da nicht sehr wahrscheinlich, daß er es Nico erzählt, oder sonst jemandem?

Das tut er nicht, sagte Daphne dezidiert.

Ich erinnerte sie daran, dies schon mal von ihr gehört zu haben. Auch Nico tue bestimmte Dinge garantiert nicht, die er dann aber prompt tat.

Deine Briefe liegen nicht mehr bei mir zu Hause in der Schublade, antwortete sie, sondern in meinem Zimmer im Konservatorium, in dem Schränkchen, auf dem meine Kaffeemaschine steht. Ich habe selbst ein kleines Vorhängeschloß daran angebracht.

Das hat Nico natürlich doch auch längst gemerkt, reagierte ich. Und er fragt sich, welchen Grund du dafür haben kannst, deine Korrespondenz jetzt zu verstecken.

Sie schüttelte heftig den Kopf. Das weiß er doch nicht. Er fragt sich nie etwas, solange seine Ruhe und die Ruhe im Haus nicht in Gefahr sind.

Und Arne?

Der schlägt ihm nach, sagte Daphne mit ihrer Glockenstimme, die

ich plötzlich mit den bernsteinfarbenen Honigkügelchen im Glas assoziierte, zwei für einen Cent im Süßwarenladen, früher. Süßholz, süßer Speck, Oblaten. Arne hält den Mund, denn er hat eine Heidenangst vor Konflikten, vor Bedrohung, vor Situationen, die die Dinge ins Wanken bringen, genau wie sein Vater. Nico und ich vermeiden jeden Streit, wenn der Junge dabei ist. Wenn wir uns in seiner Anwesenheit doch mal streiten, ist er noch tagelang verängstigt. Ihr laßt euch doch nicht scheiden, oder? Nein, Liebling, Papa und Mama lassen sich nicht scheiden. Und außerdem, wenn du mich fragst, hat er von meinen vertraulichen Mitteilungen die Hälfte nicht mitgekriegt.
Ich schwieg. Sie ging mir zu leichtgläubig davon aus, daß ihre Familie nie an den Türen ihrer geheimen Boudoirs rüttelte. Als ahnten ihr Mann und Sohn nicht einmal, daß es, wie in Blaubarts Schloß, irgendwo in ihrem Leben eine Geheimtür gab. Ich fragte sie, wie sie es angestellt habe, ihr kompliziertes, riskantes Doppelleben all die Zeit so zu arrangieren, daß angeblich nie etwas herausgekommen war.
Während der Wind dem Auto Stöße versetzte und ich das Steuer kräftig festhalten mußte, damit wir nicht von der Straße gedrückt wurden, erzählte Daphne mir von der zweiten Natur, die sie sich nach und nach zu eigen gemacht habe:
»Auf die geringsten Details bedacht sein, beim kleinsten Irrtum sofort eine glaubwürdige Erklärung parat haben, alles so viel wie möglich vorher sorgfältig planen, damit das Risiko verfänglicher Situationen fast auf Null reduziert wird, und wenn man mal nicht umhinkann zu lügen, sich so nah wie möglich an die kontrollierbare Wahrheit halten.«
Ihre zweite Natur. Die äußerte sich wahrscheinlich auch in ihrer ungelenken Magerkeit und an den Tod gemahnenden Blässe – durch die anhaltende Spannung konnte sie kaum essen und nie richtig schlafen, aus Angst, sie würde beim Träumen sprechen und so ihr Geheimnis preisgeben. Eine zweite Natur, die darin bestand, daß sie übertünchte, zuklebte, vertuschte, ihren Mund hielt, wie auf Eiern ging und wie auf glühenden Kohlen saß. Und sich etwas vorgaukelte, indem sie, natürlich wider besseres Wissen, davon überzeugt war, niemand könne hinter ihre verstohlenen Geschichten kommen.

Aber selbst Arne weiß doch jetzt Bescheid, sagte ich.
Darauf reagierte sie, als hätte ich ihr Brennesseln ins Gesicht gehalten. Und ihre Schwester, der sie die Affäre mit dem Gesangslehrer anvertraut hatte? Und Johanns Ehefrau, die über die Extravaganzen ihres Minnesängers im Bilde war? Ob sie wirklich glaube, daß alle all die Jahre das große Geheimnis für sich behalten hätten? Selbstverständlich habe die eine Schwester es der anderen zugeflüstert, die habe es ihrem Mann erzählt, und der wiederum ... Sollte Frau Margarethe niemals einer Nachbarin, Freundin, Therapeutin, Bekannten aus dem Makrameekränzchen ihr Herz ausgeschüttet haben?
Nein, sagte Daphne. Auf all meine Unterstellungen. Nein, und schüttelte dazu den Kopf immer heftiger, immer ängstlicher, die aufgesperrten Augen abwechselnd auf mich und auf die stürmische See gerichtet.
Glaubst du wirklich, fuhr ich sadistisch fort, diese deine außereheliche Beziehung, die schon so lange dauert, sei nicht schon Dutzenden von Leuten bekannt? So etwas breitet sich nun einmal aus wie flüssiges Kerzenwachs. Und niemals sei Nico in welcher Absicht auch immer darüber informiert worden? Natürlich ist Nico längst im Bilde ...
Nein! Nico weiß, glaubt jedenfalls, daß Johann und ich als Kollegen befreundet sind. Er weiß, daß Johann und ich manchmal zusammen in ein Konzert gehen, daß Johann manchmal mitkommt, wenn ich eine Aufführung habe. In den Augen eines Außenstehenden gehen Johann und ich wie Geschwister miteinander um. Unsere Freundschaft findet in aller Öffentlichkeit statt, als ob es sich um nichts anderes handle als um eine unschuldige Freundschaft.
Ich wiederholte die Worte »als ob«, »unschuldige Freundschaft«, »in den Augen«. Hörst du nicht, wie falsch das alles klingt?
Johann kommt zu uns nach Hause, berichtete sie. Als Hausfreund. Nico mag ihn besonders gern, die beiden können abendelang diskutieren. Was ist daran falsch?
Wieder schwieg ich, obwohl ich hätte einwerfen können: Und wenn Nico das Zimmer kurz verläßt, darf dir Johann in die Brüste kneifen.
Wir lauschten dem Wind, der uns pfeifend umsauste; dem

Meer entstieg die Dämmerung wie Theseus' schwarz beflaggte Flotte.
Zu Nicos und meinem Geburtstag, wenn alle meine Schwestern und ihre Männer da sind, kommt Johann auch, manchmal mit Grete. Nie hat irgend jemand etwas von der stillen Beziehung zwischen Johann und mir gemerkt. Bei solchen Gelegenheiten verhalten wir uns äußerst neutral …
Gleichwohl, sagte ich, weiß die ganze fröhliche Gesellschaft über euer Liebesverhältnis Bescheid. Außer Nico, wie du meinst. Diese ganze Gesellschaft, und du an erster Stelle, ihr führt Nico also hinters Licht. Was für eine widerliche Situation. Stoff für ein bitteres, zynisches Theaterstück. Du mußt wirklich eine großartige Schauspielerin sein.
Darauf erzählte Daphne:
Einmal stand Nico im Wohnzimmer am Fenster zur Straße hin, als er Fahrenfurth auf der gegenüberliegenden Seite vom Rad steigen und ein Haus betreten sah, dessen Tür er mit dem Schlüssel öffnete. Was hat Johann denn da zu tun, habe er Daphne gefragt. Auch sie sei ans Fenster getreten und sofort von Eifersucht ergriffen gewesen, denn in dem Haus gegenüber besuchte ihr Johann, wie sie wußte, eine neue Errungenschaft auf seiner Leporelloliste. Da wohnt eins seiner Eintagshäppchen, habe sie erwidert. Was sie meine, fragte Nico, und warum sie denn auf einmal so zittere? Du kennst doch seinen Ruf, sagte sie heiser, er reiht sie alle wie Glasperlen auf seine Nadel auf, vorausgesetzt, sie sind blaß, blond, blauäugig und am liebsten unter fünfundzwanzig. Mit einem etwas starren Blick schaute er seine Frau plötzlich durch die Brillengläser an, als sei er lange auf Reisen gewesen und habe mittlerweile die Details ihres Äußeren vergessen. Dann entsprichst du aber auch seiner Vorliebe, außer daß du keine fünfundzwanzig mehr bist, bemerkte er scharfsinnig. Sie, Daphne, sei wohl rot vor Schrecken geworden. Ich will dieses Schwein nie mehr sehen, habe sie ausgerufen. Ehrlich erstaunt fragte Nico: Was regst du dich denn so auf und was nimmst du ihm eigentlich übel? Um versöhnlich fortzufahren: Du kannst Johann doch nicht mir nichts, dir nichts die Freundschaft kündigen, Johann braucht deine Freundschaft doch einfach …
Armer Nico, dachte ich, wie ich es auch in unseren Studienjahren

regelmäßig gedacht hatte, wenn Daphne ihn mit ihrer Launenhaftigkeit mal wieder wütend oder niedergeschlagen gemacht hatte. Doch wenn ich ihn fragte: »Warum sagst du der Person nicht, sie soll dir den Buckel runterrutschen?!«, antwortete er: »Die Liebe, die Liebe.«

Ich reagierte nicht auf ihre Geschichte, fragte mich aber zum wiederholten Male bestürzt, wie es nur möglich sei, daß ihr gelehrter Ehepartner nie etwas von den trüben Zuständen gemerkt hatte. Ich glaubte es immer weniger und mußte daher wohl oder übel annehmen, daß er den Kopf in den Sand steckte – Archäologen sind wie der Vogel Strauß –, um die oberirdischen Bewegungen nicht bemerken zu müssen und sich seine Gemütsruhe nicht einzubeulen. Sich vor allem keine Fragen stellen und nicht zu oft die Brillengläser putzen. Warum aber hatte ihn dann der Briefwechsel zwischen Daphne und mir derart mißtrauisch gemacht, warum war er derart in Wut geraten, als er seine Frau beim Telefonieren mit mir überraschte? Er macht sich demnach, sagte ich, sie von der Seite musternd, sehr wohl Sorgen über etwas, was er als Dampf durch die Ritzen deiner Geheimtür entweichen sieht. Als hättest du dafür gesorgt, daß er erfuhr, daß zwischen dir und mir angeblich etwas im Gange ist, um seine Aufmerksamkeit von deiner Affäre mit diesem sexuellen Vielfraß, eurem geschätzten Hausfreund, abzulenken.

Wie ich da bloß drauf komme, fragte sie, wobei jedoch, schien mir, kleine Risse in ihrem Augenblau entstanden. Wie ich so etwas auch nur zu denken wage. Sie zog den Saum ihres Kleids über die Knie, die wie kleine Monde durch das Schwarz der Nylons schimmerten. Dabei berührte ihr Fuß die Plastiktüte und wieder erklang Glasgeklirre.

Später sollte sie behaupten, ihr Schattenverhältnis mit dem Deutschen käme ihrer Ehe mit Nico nur zugute. Es halte sie selbst wach, ihre Ehe lebendig und bewahre ihr häusliches Leben somit vor trostloser Langeweile. Ob ich mir darunter etwas vorstellen könne?

Ich antwortete, das könne ich. Aber um mich gehe es doch nicht. Sie solle, sagte ich, Nico einmal fragen, ob er sich etwas dabei vorstellen könne.

Und natürlich sei mir klar, daß sie Nico nicht mehr jetzt, hinterher, über ihr Treiben mit Johann aufklären könne. Was würde ihn vor allem schockieren? Wahrscheinlich weniger das, was sie ihm schließlich alles erzählen würde, als vielmehr die Tatsache, daß sie es ihm all die Jahre, ein ganzes Eheleben lang, verschwiegen hatte. Ich frage mich weiterhin, welche Folgen es hätte, wenn ihm doch noch irgendwann die Augen aufgingen über das, was zwischen seiner Frau und dem Konservatoriumslehrer vor sich ging, der, wie er sagte, die Freundschaft seiner Frau so sehr brauche? Jedenfalls, sagte Daphne, würde sie dann vor Scham das Haus auf der Stelle verlassen und ihre Ehe als aufgelöst betrachten …

Sieben pausbäckige Engel, Posaune blasend, dachte ich. Und dazu Pauken, die dröhnen, als würden Schüsse abgefeuert.

In dem Moment, als ich dieses sixtinische Bild vor mir sah, war es, als würde das Firmament wie von einem Pflug aufgerissen. Unmittelbar darauf stürzten Wasserfälle herab, mit solcher Kraft, daß die Aussicht sich in trübe Diesigkeit verwandelte wie um ein Unterseeboot. Weiterfahren war ein Ding der Unmöglichkeit geworden. Wir steckten in der undurchsichtigen Glocke eines sich donnernd auf das Auto ergießenden Himmelsozeans.

Daphne schlang ihre Arme um mich und drückte ihr Gesicht an meine Brust, wie auch Hanneke es manchmal tat, wenn sie Angst hatte und Schutz suchte. Was wünschte, wollte, erwartete sie von mir, außer daß ich ihr jetzt über Kopf, Schultern, Rücken strich? Ich konnte nicht darauf kommen, warum sie mir ihre Geheimnisse anvertraut hatte und mich so, in gewissem Sinn wie einen Beichtvater, mitschuldig machte an Dingen, mit denen ich nichts zu schaffen hatte und die mich im Grunde auch nicht wirklich interessierten. Was gingen mich ihr Johann mit zwei n und ihr in keiner Weise zu kurz kommender Ehemann an, jetzt, da ich sie in meinen Armen hielt, durch die Lederjacke ihre kleinen Brüste spürte und den Duft ihres schweren Parfums so tief einatmete, daß ich ihn sogar auf der Zunge schmeckte.

Solange die Sintflut andauerte, hielt ich sie mit geschlossenen Augen umklammert wie in einen alten, seit meinen Studienjahren nie verwischten Traum versunken:

Mit ihr im Bett. Liebevoll kräftig umfasse ich sie und führe sie im liegenden Tango.

Auf überschwemmten Straßen, deren Abflußsysteme die Fluten nicht mehr aufnehmen konnten, während der Regen unausgesetzt mit gleicher Kraft herniederprasselte. Die Scheibenwischer waren den wie Bajonette herunterstürzenden Wasserstrahlen nicht gewachsen, so daß ich in Ermangelung klarer Sichtverhältnisse Schritt fahren mußte. Als hätte ich ein Augenleiden, das alles zu einer zinnfarbenen Brühe panschte, und als sei das Auto ein Blindenstock, mit dem ich mich behutsam vorwärtstastete. Auf diese Weise dauerte die Fahrt, für die man normalerweise zwanzig Minuten brauchte, fast anderthalb Stunden. Verkehrsstaus, Umleitungen, Unfälle. An vielen Stellen das Blinken verschiedenfarbener Lichter: Feuerwehr, Polizei, Rettungswagen.
Ich hatte es mir anders vorgestellt. Endlich in Gesellschaft der Geliebten, hing ich mit völlig verspanntem Körper über dem Steuer, durch Überkonzentration außerstande, das Gespräch mit ihr fortzusetzen, geschweige denn, mir meiner Verzückung über ihre Nähe voll bewußt zu werden. Eine entspannte Autofahrt, Ellenbogen aus dem geöffneten Fenster, wehendes Haar im verspielt kitzelnden Wind, Sonne im Gesicht, einander zulächeln, eine Liebkosung, eine Berührung, unbekümmertes Plaudern voller Girlanden und anderem Anbändelzierat. Statt mit der zu dieser Vision passenden beschwingten Musik versorgte uns das Radio mit Katastrophenmeldungen: fortgespülter Campingplatz, Kühe in Seenot im Deichvorland, geflutete Keller und Parterrewohnungen. Und statt vor Entzücken zu schaudern, wenn Daphnes Hand manchmal meinen Nacken oder meinen Rücken streichelnd berührte, erschreckte mich das in meiner Angespanntheit so sehr, daß ich jedesmal hochfuhr, als sei es keine Liebkosung, sondern der Kontakt mit einem glühenden Bügeleisen.
Auf der schmalen Straße hinter unserem Hausboot tauchte ein Lieferwagen aus dem Sprühnebel auf, der sich blinkend und hupend näherte. Der Firmenwagen unseres Mitbürgers aus dem Dorf, Herrn G. Brussee vom Partyservice. Wir fuhren langsam aneinander vobei, Wagenfenster heruntergekurbelt, so daß der Regen uns naß spritzte. Daß er soeben alles bei der Frau Doktor abgeliefert habe, nämlich ein Dreigänge-Diner für drei Personen, teilte er von einem beträchtlich höheren Sitzplatz aus mit. Auch den Bestellschein habe ich bei der Frau Doktor hinterlassen, Mijn-

heer Hofs. Was für ein Wetter! Feyenoord-Benfica ist abgesagt worden, das ist eigentlich das Schlimmste. Ich wünsche Ihnen eine vergnügliche Mahlzeit, ich hoffe, alles ist nach Wunsch, guten Abend, Mijnheer Hofs.

Einige Meter weiter, dort, wo Paula und ich das Auto normalerweise parken, fuhr ich um ein Haar auf die hintere Stoßstange des fischig glänzenden, silbernen Mercedes von Dr. psych. A. Weldon auf. Offenbar hatte Paula ihn von ihrem Kollegen geliehen. Diesem Gedanken ging jener andere voran, der mir immer durch den Kopf flitzt, wenn ich die Protzkarre sehe: In so einem Ding ist Hitler auch rumgefahren.

Das Wasser im Graben war noch weiter gestiegen und überspülte die Ufer. Die Backsteine, die ich alle dreiviertel Meter auf den schmalen Deich gelegt hatte, damit man die Eingangstür trockenen Fußes erreichen konnte, waren unter Wasser. Keuchend vom Laufen, wobei ich mich kraulend gegen den prasselnden Regen zu wehren suchte, mit triefenden Köpfen, nassen Schuhen, Hosenbeinen, Nylonstrümpfen stürmten wir in die Arche, ich vorneweg, Daphne mit ihrer klirrenden Plastiktüte an der Hand, damit sie nicht auf dem moosglatten Steg ausrutschte. Nonja sprang an mir hinauf, beschnüffelte die Besucherin, bleckte niesend die Zähne, schlich, Schwanz zwischen den Beinen, sofort wieder davon.

Paula, beim Tischdecken: Da seid ihr ja endlich. Ich fing schon an, mir Sorgen zu machen.

Jedenfalls klang es freundlich. Paula und sich Sorgen machen? Um mich, gar um La Uitwyck? Eher hätte die Venus von Milo plötzlich drei Arme.

Die Frauen taten so, als küßten sie sich auf die Wangen. Daphne sagte, daß sie Paula fast nicht mehr erkannt hätte, so lange sei es her. Das letzte Mal, als wir uns sahen, warst du kurz vor der Geburt, hattest sooo einen dicken Bauch. Zieh diesen triefenden Mantel aus, sagte Paula. Zeig Daphne doch mal das Badezimmer, Jelmer, da kann sie sich abtrocknen und ein bißchen frischmachen, und ich richte den Tisch weiter. Zu meinem Befremden bemerkte ich, daß sie für vier Personen gedeckt hatte.

Die vierte war, so stellte sich heraus, Dr. psych. A. Weldon. Ich traf ihn – obwohl ich zweimal hingucken mußte, um mich davon zu

überzeugen, daß er es war – auf dem Sofa unter der Uhr an, CNN-Nachrichten schauend. Arie Weldon, sagte er. Stand auf, reichte Daphne die Hand. Kollege und Geschäftspartner von Paula, die ich rasch mit dem Auto durch dieses Unwetter nach Hause gebracht habe. Welch eine Ehre, die Bekanntschaft einer so berühmten Dame zu machen.
Daphne schenkte ihm ein Kopfnicken. Vor wenigen Monaten hatte sie die Hand des Präsidenten der chinesischen Volksrepublik geschüttelt.
Zu mir sagte er, etwas zu jovial nach meinem Geschmack: Na, Jelmer, alles in Ordnung, Junge, wir haben uns ja Monate nicht mehr gesehen! Daß er auch mir die Hand hinhielt, übersah ich geflissentlich und fragte: Was fällt mir bloß an dir auf, ich habe dich nicht gleich erkannt.
Er zeigte auf seine Augen. Brille weg. Er trage jetzt Linsen.
Es macht dich um Jahre jünger, sagte Paula. Über einer gallenfarbenen Hose trug sie eine geblümte, durchsichtige Bluse, im Ausschnitt war ein Streifen Spitzensaum und ein Schleifchen ihres grauen BHs sichtbar. Und wie findest du das hier? Sie faßte ihren Kollegen an den Schultern und drehte ihn herum. Trara!
Vergnügter, als ich sie seit Jahren erlebt hatte. Im Zeitraum einiger weniger rinnender Sandkörner erkannte ich das fröhliche, ansteckend lebenslustige Mädchen, das sie gewesen war. Doch der Anflug von Wehmut verwehte augenblicklich und machte einem tiefen Widerwillen Platz, als mir die Metamorphose an A. Weldons Kehrseite ins Auge sprang. Der Psychennager hatte das Haar zu einem flaumigen, mageren Schwanz zusammengebunden. Altgewordenes Blond. Mit einem Bändel aus geflochtenem Leder.
Ich habe Arie zum Essen dazu eingeladen. Paulas Augen waren auf mich gerichtet, sahen aber genau an mir vorbei. Du hast doch nichts dagegen? Oder sei ich etwa der Meinung, daß wir ihren Kollegen durch dieses Hundewetter nach Hause schicken sollten? Natürlich nicht, sagte ich. Es ist doch bestimmt genug für vier da. Das bestätigte sie: Brussee habe sich wirklich angestrengt. Magst du gebratenes Geflügel, Arie?
Ich esse alles. Mit der Faust umklammerte Weldon seinen Spitzbart, als sei er die Schlaufe in der Straßenbahn, an der man sich festhält, um nicht hinzufallen. Während der Mahlzeit sollte Paula

sagen: Wenn du dir jetzt auch noch dieses Fusselnest vom Kinn schabst, siehst du Robert de Niro zum Verwechseln ähnlich.
Daphne kam aus dem Badezimmer, kerzengerade, kerzenweiße Beine ohne Nylons. Weldon kümmerte sich um den Aperitif, den er Nippes nannte. Aus dem Musikmöbel ertönte ruhiger, warmer Jazz aus den Zwanzigern, und der Regen auf dem Dach steuerte die Percussion dazu bei.
Weldon hatte ein Buch gelesen über die geheimnisvollen Kreise und andere Muster, die Wesen außerirdischer Kulturen in Kornfelder stempeln. Man weiß es nicht, sagte er, aber sicher ist, daß uns vieles von oben verheimlicht wird. Dossiers verschwinden einfach, Laborbefunde werden manipuliert ...
Paula hatte eine Fernsehsendung über einen Kometen gesehen, von dem eine lunatische Sekte behauptete, es wäre ein Gefährt aus einem anderen Sonnensystem, was zu unserer Erde geschickt worden sei, um die letzten Gerechten zu holen, bevor Armageddon ausbreche.
Es gibt mehr Ding' im Himmel und auf Erden, als eure Schulweisheit sich träumt, Horatio. Weldon kippte sich seine Nippsache in den Unterkiefer, schenkte sich nach, schloß sinnierend: The truth is out there.
Ich, im Schaukelstuhl, jedoch ohne zu schaukeln, enthielt mich des Alkohols, nahm nicht an dieser Konversation teil, versuchte zu verhindern, daß es den beiden Ärzten auffiel, daß ich die Augen kaum von Daphne abwenden konnte. Die beiden saßen zusammen auf dem Sofa, mal berührten sich ihre Schultern, mal ihre Oberschenkel.
Hübsche Hose, sagte Daphne.
Paula stand auf. Das Kleidungsstück, vorn mit fünf glänzenden Knöpfen geschlossen, saß ihr wie angegossen, die schlanke, kräftige Pracht ihres Bauchs, ihres Pos, ihrer Beine fest umspannend. Dr. psych. A. Weldon hob die Hand, wie um ihr einen verspielten Klaps auf den Hintern zu geben. Dadurch, daß sein Blazer aufging, sah man, daß er Hosenträger trug, auf dem rechten Mickey, auf dem linken Minnie Maus. Paula produzierte ein balzendes Lachgeräusch, an das ich mich ebenfalls von viel früher her erinnerte, obwohl ich nicht einmal mehr gewußt hatte, daß sie überhaupt lachen konnte. Mit einem leichten Schlag auf Weldons fre-

che Hand ließ sie sich wieder neben ihn fallen, die Glut der hier und da im Zimmer brennenden Kerzen warf Funken in ihre Augen und ihr mädchenhaft offenes Haar.
Daphne blickte erstaunt von dem Gespann zu mir, nicht länger als eine Sekunde. Die Klarinette setzte gerade zu einem Solo an, als sie sagte: So eine Hose habe ich auch. Nicht in der Farbe, sondern schwarz. Aus dem gleichen Leder wie die Jacke, die jetzt in eurer Garderobe hängt. Hose und Jacke maßgeschneidert von einem Kostümbildner der Brüsseler Muntschouwburg.
Ich dachte: Was gäbe ich darum, dir einmal in schwarzem Leder zu begegnen, Angebetete. Statt in diesem zickigen Omakleid, das du jetzt trägst, nachtblau mit weißem Flockenmuster, in dem du aussiehst wie eine Trauer tragende Stopfnadel im Schnee.
Brüssel. Weldon stieß Paula an. Nette Stadt. Mit dem Thalys sind wir über den Daumen gepeilt in anderthalb Stunden da.
Daphne erzählte:
Daß sie vor nicht allzu langer Zeit in einem Studio italienische Lieder für eine CD-Aufnahme gesungen und dabei ihr Lederensemble getragen habe. Der Toningenieur habe dauernd verzweifelt die Hände an die Kopfhörer geschlagen, schließlich habe er sich das Ding vom Kopf gerissen und es von sich geschleudert. Ob sie so erbärmlich singe? Ob dem Mann das von ihr dargebotene Genre nicht gefalle? Wütend habe er geschrien: Irgendwas knackt, irgendwas knackt verdammt noch mal, ich weiß nicht, was es ist, und ich kriege es auch nicht weg! Ein Assistent begann die Apparatur, die Verdrahtung, die Steckdosen zu überprüfen. Nach intensivem Suchen schloß er, daß sie, die Sängerin, knacke, das heißt, ihr Lederoutfit. Sie werden diese Motorradkluft ausziehen müssen, habe der Regisseur gesagt, worauf Daphne gefragt habe: Wollen Sie etwa, daß ich Luigi Rossi und Giacomo Carissimi in meiner Unterwäsche singe? Worauf der Regisseur: Machen Sie, was Sie wollen.
Paula schmunzelte wohlwollend, doch Weldon lachte aus vollem Halse, umschlang dabei sogar seine Knie und zog sie hoch an die Brust. Ha, ha, ha, nicht zu glauben! Und was hast du gemacht?
Hinten im Studio war eine Besenkammer, sagte Daphne. Dort habe sie den Arbeitskittel der Putzfrau vorgefunden. In dieser Kammer habe sie das Lederzeug abgelegt und sich in das fremde

Gewand gehüllt. Daraufhin habe sie nicht mehr geknackt, dafür aber nach Bohnerwachs gerochen.
Köstlich! rief Weldon.
Unmittelbar darauf wiederholte sich das gleiche Phänomen wie zwei Tage zuvor: Eine heftige Erschütterung ging durch das Schiff, die alles zum Klirren und Klappern brachte, aus dem Raum unter dem Wohnzimmerboden ertönte ein gefährliches Scheuern, Wummern, Klappern, Klopfen. Die Hündin schoß hervor, sprang mir auf die Knie, was sie seit ihren Welpenjahren nicht mehr getan hatte, und rollte sich fiepend zusammen, Vorderpfoten über der Schnauze. Daphne - sie hatte sich gerade vorgebeugt und die Hand nach dem Glas ausgestreckt - erstarrte. Wieder schaute sie mich mit großen Augen an, in denen ich durch das flackernde Kerzenlicht keine Pupillen sah. Ein Kopf wie aus der Antike, aus sandweißer Materie gehauen, blind gelassene Augen - in meiner Erinnerung sollte dies ihr endgültiges Porträt werden.
Das alles dauerte nur wenige Sekunden, das Schiff legte sich nicht wie beim letzten Mal schräg, sondern wurde, nachdem das Beben vorbei war, ab und zu wie in kurzen Krämpfen gerüttelt, nicht beunruhigend, ohne Lärm.
Was ist los? Weldon. Er klammerte sich an Paulas Knie, und Paula, die sogar kurz ihre Finger mit den seinen verschränkte, tätschelte ihm mütterlich beruhigend die Hand. Paula mütterlich? Das überraschte mich mehr, als wenn ich Tinte aus einem Stein hätte fließen sehen.
Der viele Regen löst das Schiff aus dem Schlamm, erklärte sie. Vorgestern hingen wir auf einmal ganz schief, und ich sah uns schon umschlagen und untergehen. Sollen wir jetzt essen?
Titanic im Polder, das Orchester spielt weiter, zum Tode, näher zu dir, o Gott, scherzte der Psychiater noch, während er Paula in die Kochecke folgte. Kann ich Ihnen irgendwie behilflich sein, Frau Kollegin?
Ich habe keine Schale, um dieses Brathähnchen anzurichten, sagte Paula.
Daphne stand auf. Darf ich dich mit etwas überraschen, Paula? Aus der Plastiktüte holte sie einen flachen, runden Gegenstand, einen halben Meter im Durchmesser, in buntes Festpapier mit Drachen und explodierendem Feuerwerk verpackt.

Eine orientalische Schale, handbemaltes Steingut.
Alle riefen: Wie schön!
Aus Peking mitgebracht? fragte ich.
Peking? Wieso Peking? Daphne, die kaum sichtbaren Augenbrauen steil hochgezogen. Ich bin nie in Peking gewesen. Das ist übrigens nicht chinesisch, sondern japanisch. Einfach aus dem japanischen Laden bei mir um die Ecke.
Als würde in meinem Kopf ein Vorhang heruntergelassen, schwarz, wie beim Einschlafen. Manchmal frage ich mich, ob es mich wirklich gibt. Ob ich nicht meine eigene Erfindung bin.
Und das ist für dich. Sie überreichte mir einen eingedrückten Karton, man hörte das Klirren von Glas. Ich fürchte nur, wenn ich das so höre, daß es nur noch die Überbleibsel meiner guten Absichten sind. Schon ein Wunder, daß die Schale es überlebt hat, als mir die Tüte aus der Hand geblasen wurde.
Zwei kristallene Champagnergläser. Die Reste. Feine Scherben, in Glasgeröll gebettet, das dem glitzernden Sand in Sanduhren ähnelte. Später vertraute sie mir an, daß es ihr doppelt leid tue, daß die Gläser entzweigegangen waren: der verlorengegangenen Schönheit wegen und wegen der unmöglich gewordenen Erfüllung des Wunschtraums, gemeinsam mit mir an einem schönen Abend Nektar daraus zu trinken. Aber vielleicht habe ich das nur geträumt.
Noch ein Geschenk kam zum Vorschein. Das ist für euren Sohn. Sie legte es zwischen die Teller auf den Tisch. Ißt er nicht mit? Wo ist er?
Wir haben eine Tochter, sagte ich.
Paula hastig: Sie ist mit ihrer Klasse ins Herbstlager gefahren.
Wie dumm von mir, sagte Daphne. Natürlich habt ihr eine Tochter. Weiß ich. Sanne, nicht?
Hanneke. Paula sprach diese Korrektur wie ein Todesurteil aus. Weldon legte kurz den Arm um sie, er durfte.
Nett von dir, daß du auch an Hanneke gedacht hast, sagte ich.
Perlhuhn, tranchiert geliefert, in salziger, süßlicher Soße schwimmend. Daphne nahm sich eine Kleinigkeit, die sie in Mäusehäppchen mit langsam mahlenden Kiefern verzehrte. Hinter ihr und dem Ponyschwanz des Doktors rauschte der Regen gleichmäßig herab.

Ich saß ihr gegenüber, neben der Ehefrau, die sich förmlich erkundigte: Wie geht es Nico?
Gut, antwortete Daphne. Jedenfalls privat zu Hause. Ihr Blick verhakte sich einen Augenblick in meinem. Wodurch mir die Assoziation kam, weiß ich nicht mehr, jedenfalls sah ich Nico plötzlich privat in einem Pyjama mit Marienkäfern vor mir. Wie er wohl im Bett war? Beruflich gebe es etwas Ärger, fuhr sie fort, er bekomme beißenden, bösartigen Kommentar von Kollegen zu hören, vor allem aus dem Ausland. Unter anderem sei sein berühmter Stein, der Sibelijnstein, auf einmal sehr umstritten und der Gegenstand immer schärfer werdender Polemiken, in die sich immer mehr gelehrtes Gesindel einmische. Zwar reagiere er auf diese Angriffe ziemlich gelassen, doch sie kenne ihren Nico gut genug.
Wie unangenehm, sagte Paula.
Es wird wohl mit Futterneid zu tun haben, ich kenne das aus meinem Fach. Weldon tat sich aus allen Schüsseln eine ordentliche Portion auf den Teller, machte eine kleine Vertiefung und füllte sie mit Soße. Mit beiden Händen umfaßte er ein Stück Vogelgerippe und riß das Fleisch herunter.
Die Geliebte stand auf. Übrigens, da fällt mir gerade ein, sagte sie und ging zu der Plastiktüte, ich habe Fotos von Nicos Antrittsrede dabei. Möcht ich euch gerne zeigen.
Ein kleines, rotes Album mit Zellophanhüllen, in denen sich jeweils ein Farbfoto befand, das eine zu hell, das andere zu dunkel, unscharf, verschwommen (zwei Aufnahmen übereinander), von zu nah, zu weit aufgenommen, manchmal Körper ohne Köpfe. Als handle es sich um eine Reportage über eine ausschließlich von ektoplasmatischen Gestalten besuchte Tagung. Fotos, die auf dem Dachboden meines Gedächtnisses gemacht zu sein schienen, in dem die Erinnerungen an Nicos Fest inzwischen geisterhaft verblaßt waren, wenn sie sich nicht schon verflüchtigt hatten. War ich wirklich bei dieser Feier und diesem Empfang gewesen? Offenbar, denn auf manchen Fotos erkannte ich in einer bestimmten Geistergestalt mich selbst. Hier im Gespräch mit meinem alten Kommilitonen Nico Sibelijn in seiner roten Kasel, mit der von seinem Barett herunterhängenden Troddel vor den Brillengläsern, in denen sich die Blitzlichter des Fotoapparats spiegelten. Daß er

mich als Trottel, Arschloch, Flasche charakterisieren würde, das war erst später, auf dem Foto belächelte er mich noch gönnerhaft. »Mein Bester.« Auf einer anderen Aufnahme stand ich durchsichtig, nur Kontur, von hinten gesehen, einer anderen Person im Professorenkleid gegenüber, deren Kopf über dem Schnauzer aufhörte. Ich erkannte ihn am dozierenden Finger, in seinem Knebelbart klebte ein weißer Essensrest. »Solange man lebt, ist es nicht zu spät, mein Freund.« Plötzlich wußte ich wieder, daß er mich mit jemand anderem verwechselt hatte. Keine Aufnahme von Daphne und mir, wohl von Daphne, ihrem Mann und Sohn, wahrscheinlich mit künstlerischer Absicht durch eine Museumsvitrine aufgenommen, so daß es aussah, als sei die Familie in einen Plastikquader eingefaßt.

Ist das Arne? Paula, spähend. An den erinnere ich mich noch so ... Sie deutete das Format einer Zigarrenkiste an.

Ein bis zur Hälfte der Schnur abgerolltes Jo-Jo am Finger des Kerlchens.

Nochmals Paula, Fingerspitze auf dem nächsten Foto: Wer ist das noch mal? Dieser Typ hat sich mir seit meinen frühen Universitätsjahren ins Gedächtnis tätowiert. Auch wenn er inzwischen offenbar hoch in den Achtzigern ist und mit Stützen und Stecken aufrecht gehalten werden muß – dieses Gesicht vergesse ich nie.

Unter ihrem Finger befand sich Fahrenfurth, Daphne in ihrem flammenden Modell an seinem Arm, auf der anderen Seite hielt ihn eine unter die Achsel geklemmte Krücke aufrecht. Beim Schießen dieser Szene muß der Fotograf gezittert haben, die zwei schwammen in buntem Dunst, in dem sich einzig die Gesichter mehr oder weniger deutlich abzeichneten.

Das ist mein Lehrer, erläuterte Daphne. Er gab mir Gesangsunterricht am Konservatorium. Während sie das sagte und keinen Blick von Paula wandte, fühlte ich ihren Fuß an meinem Knie.

Wie hieß er noch mal? Es war der Name einer deutschen Stadt oder so was, sinnierte Paula. Düsseldorf, Drachenfels, Klagenfurt. Ein Mof.

Dieser Brussee kennt sich aus, sprach Weldon hinter seiner Serviette. Er hob sich noch etwas Soße über sein Gericht. Es schmeckt alles ganz hervorragend.

Das Schiff schaukelte einen Moment.

Fahrenfurth. Johann Fahrenfurth, sagte Daphne.
Ja, verdammt, fahr durch die Furt. Der furtenfahrende Jodler wurde er genannt, sagte Paula lachend. Mager wie eine Vogelscheuche, wallendes, dunkles Haar, unheimliche, kleine Augen, mit denen er einen mit einem einzigen Blick bis aufs Schambein auszog, im Ohr einen glänzenden Knopf. Unter Studentinnen fragten wir uns: Bist du schon fahrengefurtet?
Ich klemmte Daphnes unbeschuhten Fuß kräftig zwischen meine Schenkel, während ich den Rest des Albums durchblätterte, und in meiner Erinnerung ein Brontosaurusskelett auftauchte, irgendwo in einem Museumssaal voller Schatten. Sie versuchte, ihren Fuß zu befreien, doch ich ließ ihn nicht los. Er trug keinen Knopf im Ohr, er hat nie einen Knopf im Ohr gehabt, sagte sie.
Hast du dich etwa auch fahrenfurten lassen? fragte Paula. In ihrer Stimme ein Klang, als ob in einem Kasten mit Drahtnägeln herumgekramt würde.
Im Kerzenschein war der Gesichtsausdruck der Geliebten nicht auszumachen. Mit dem Wiegen des Zimmers, des Eßtischs, des Weins in den Gläsern bewegten sich die Kerzenflammen mit, von den Leuchtern fiel das Wachs in Tropfen und Schlieren auf das Tischtuch und bildete Stalagmitenklümpchen.
Die Musik hatte aufgehört, auch das Gespräch verstummte eine Zeitlang. Plötzlich fragte Daphne: Und wie steht es mit deiner Dissertation, Jelmer?
Sofort ließ meine Erektion nach, meine Schenkel lockerten sich, sie zog den Fuß zurück, ich räusperte mich, nahm ein Löffelchen Kompott. Du ißt so wenig, sagte ich, doch ihre Frage war nicht mehr wegzuwischen.
Paula und Weldon, der dafür sogar sein Besteck hinlegte, wiederholten unisono: Dissertation?
Mit diesem Thema betritt man mein strikt persönliches, mit elektrischem Zaun und breitem Wassergraben umschlossenes Gebiet, sagte ich so lässig wie möglich, doch ich merkte, daß das Blut aus meinem Gesicht wich.
Die Ehefrau, völlig platt: Du eine Dissertation?
Der Psychiater legte die Fingerspitzen beider Hände aneinander und setzte zu einer Vorlesung über die Heilsamkeit eines erstrebenswerten Zieles im Leben deprimierter Menschen an, die den

Sinn ihrer Existenz verloren zu haben meinen. So habe er einmal einen Klienten gehabt …
Und was ist der Gegenstand dieser Dissertation, fragte Paula, und warum weiß ich nichts davon?
Das ist nun gerade das, was ein Geheimnis ausmacht, sagte ich.
Daphne, blinzelnd, wandte die Augen ab.
Es war fast, als säßen wir in einer Viererschaukel, so sehr wiegte sich das Schiff. Wenn Daphne und ihr Nachbar aus der Tiefe hochkamen, sanken Paula und ich hinunter. Ri-ra-rusch, ir fahre mitte kusch. Hanneke früher.
Siehst du, daß die Tabletten helfen, sagte Weldon. Ich finde übrigens, du machst irgendwie sowieso einen viel besseren Eindruck, nicht mehr so, wie soll ich sagen, du blickst auch viel wacher drein, findest du nicht, Paula?
Was kann man nun vor mir schon geheimhalten, sagte letztere. Soll ich mal raten, wovon deine Doktorarbeit handelt? Von Willem de Zwijger natürlich. Hab ich recht oder stimmt's, van Hoff?
Du hast recht, Doorenbos, antwortete ich einfach und dachte: So ist das halt mit Geheimnissen.
Weldon fragte: Gibt es denn über diesen Schweiger noch was Neues zu sagen?
Ich zuckte mit den Schultern. Ehrlich gesagt hatte ich längst vergessen, wo ich meine Aufzeichnungen und den vorsichtigen Anlauf zu dem Projekt hingelegt hatte. Wozu sollte ich meinen Doktor machen? In Angstträumen sah ich mich schon meine Doktorarbeit und die dazu verfaßten Thesen vor einem Saal voll kritischer Leute verteidigen. Die Leute lärmten und lachten, lasen die Zeitung, verzehrten aus der Kantine mitgebrachte Brötchen mit Knackwurst.
Aus dem Stegreif erfand ich: Über unseren Vater des Vaterlands selbst nicht so viel mehr. Aber ich habe die Absicht, seine Gestalt neben einige seiner Zeitgenossen zu stellen. Um so die ganze europäische Geschichte seiner Epoche in korrelativem Zusammenhang nach den Bedeutungen und Einflüssen von Willems Zeitgenossen auf seine Taten und Entscheidungen abzutasten, und umgekehrt. Ich schwafelte nur so daher, wenn auch jedenfalls in guter Möserscher Tradition.
Donnerwetter, sagte Paula.

Interessant, urteilte Weldon. Gibst du mal ein Beispiel?
Eine Schwade von Daphnes schwerem Parfum umwölkte mich plötzlich, drang mir in die Nase, legte sich mir auf die Zunge, so daß ich weiter Sätze formulierte, ohne sie erst gedacht zu haben. Viele Lehrer schwadronieren so, getreu dem Spruch: Fang einfach an, es fällt dir schon was ein, laß vor allem niemanden merken, daß du nicht weißt, was du sagen sollst. Auch in dieser Beziehung bin ich nie ein As gewesen. Trotzdem, als sei ich auf ungewöhnliche Weise inspiriert, dozierte ich ohne weiteres, daß man die Gestalt des Schweigers in seiner Zeit noch deutlicher sehen könne, wenn man etwa Iwan den Schrecklichen neben ihn stelle. Zwei größere Gegensätze seien kaum denkbar. Der Zufall will, daß sowohl der Schweiger als auch der Schreckliche 1533 geboren wurden und daß beide 1584 starben. Konnten sie ja nichts dazu.
Alle schwiegen. Imponiert, hoffte ich.
Weldon fing wieder von den Benzos an, die er mir schon seit Jahren verschrieb und die ich mittlerweile pfundweise besaß. Lieber lebte ich mit meinen Ängsten, Frustrationen, Neurosen und quietschenden Charakterscharnieren, hatte ich beschlossen, als daß ich, betäubt von chemischem, pharmazeutischem Mist, meiner selbst nicht mehr bewußt wäre. Ich wollte weiterhin wissen, wer ich in der nüchternen Wirklichkeit war, nicht in einer von künstlichen Mitteln erzeugten Unwirklichkeit. Eine meiner Fragen war, ob es zwischen diesen beiden Welten eine Trennungslinie gab. Ich bin stolz auf mich selbst, prahlte Weldon, daß es mir schließlich und endlich doch gelungen ist, die richtige Medikation für dich gefunden zu haben, Junge. Bist du mit mir einverstanden, Kollegin?
Paula enthielt sich der Antwort. Sich mir wieder zuwendend, erkundigte er sich: Keine Probleme mit Nebenwirkungen?
Völlig wahrheitsgemäß antwortete ich: Nein. Was für Nebenwirkungen?
Zu hoher oder zu niedriger Blutdruck, verminderte Eßlust, Konzentrationsstörungen, Impotenz …
Den Mund süß vom Kompott, schüttelte ich den Kopf. Keine Probleme, schon gar nicht mit letzterem. Vielleicht sagte ich es etwas zu selbstbewußt.
Eine Braue ein wenig hochgezogen, warf Paula erst mir, dann

Daphne einen Blick zu. Weldon, Daumen hinter seinen Micky-Maus-Strapsen, sagte: Um so besser, um so besser.
Vernünftiger wäre gewesen, wenn ich einfach geschluckt hätte, statt so zu reagieren. Wie auf einem ultrakurz projizierten Dia tauchte Gonneke in meinem Kopf auf. Das heißt, das schwarz glänzende, gekräuselte Bermudadreieck, das direkt unter ihrem Nabel anfing. In der erotischen Sonntagsbeziehung, die seit jenem ersten Mal zwischen ihr und mir entstanden war, hatte sie auf meine Bitte ihr Schamhaar wieder zu einem Lustgarten wachsen lassen. Durch unser wöchentliches Treffen in ihrem Bett war die Qual der Effata-Besuche weniger drückend, ja sogar etwas geworden, worauf ich mich freute. So hatte auch ich ein schwüles Geheimnis - und der Grund, warum ich ganz und gar nicht an meiner Dissertation arbeitete, lag darin, daß ich mich mit dem Redigieren von Gonnekes neuem, soundsovieltem Buch über Kakteen befaßte, eine Materie, in der ich mich inzwischen ziemlich bewandert nennen durfte.
Im selben Bruchteil einer Sekunde, in dem sich Gonnekes Pracht vor meinem inneren Auge entfaltete, verschwamm sie auch wieder, und eine zweite Vision schob sich über sie: beschneit, gezuckert, eine wie mit schwarzem Stift gezogene Spaltlinie teilte die weiße Landschaft in zwei sanfte Hügel, bedeckt mit krausem Engelshaar. Daphne, zwischen den Schenkeln, auch wenn ich das Arkadien dort nie geschaut hatte, von Träumereien abgesehen.
Fast unmittelbar, nachdem ich dem Tablettentherapeuten geantwortet hatte, brach abrupte Stille ein. Als würde irgendwo ein Wasserhahn zugedreht, nahmen die Wolkenbrüche, das Prasseln, das Wirbeln ein Ende. Eine ohrensausende Stille, in der jeder plötzlich merkte, daß er lauter als gewöhnlich gesprochen hatte, um sich verständlich zu machen. In gewissem Sinn war das plötzliche Ende des Lärms beunruhigender als das anhaltende Wüten des Regensturms.
Erstarrt sahen wir einander an - irgendwo in der Tiefe tat es einen dröhnenden Schlag, der den Boden unter unseren Füßen erbeben ließ. Darauf folgte ein Gemisch aus Geräuschen, wie das Murmeln aus hundert Mündern, und zugleich kam der Stoß, mit dem das Schiff sich vom Grabengrund abhob. Zugleich fielen Kerzen aus Leuchtern, ergoß sich Wein über die Tischdecke, Weldon spürte,

wie Soße in seine Unterhose sickerte. Daphne – hinter ihr rannen die Regentropfen in Blitzkurven über die Fensterfläche – griff nach meiner Hand. In diesen Augenblicken der Angst und Not machte mich das noch verliebter. Warum mußte diese Hysterikerin deine Hand halten? sollte Paula später höhnen. Wie ungehörig! Einmal aus den Schlammschichten gelöst, drückte sich das Schiff träge, geräuschlos an die Oberfläche. Durch das Wiegen schwang meine Zimmertür auf und wieder zu, danach ebenso Paulas Zimmertür. Krachend fiel die Uhr von der Wand. Ein Hochzeitsgeschenk – vergessen, von wem.
Hurra, das Seemannsleben, witzelte Weldon und hielt sich die Nase zu, denn mit der Befreiung des Schiffs kam ein alles durchdringender Gestank, so intensiv, daß man meinte, den ekelhaften Geruch greifen, sich Stücke abreißen, Kugeln daraus kneten und einander damit bewerfen zu können. Eine pestilenzialische Tortur für den Geruchssinn, wie sie Dante im Höllenbuch beschreibt, verursacht durch aus der Tiefe aufsteigende Fäulnis, Leichengeruch, Scheiße.

Milliarden funkelnder Sterne am purpurnen, wolkenlosen Himmel. Mit dem Regen hatte auch der Wind nachgelassen, und auf einmal war die Temperatur auf hochsommerliche Werte angestiegen, drückend, schwül. Die Flüsse auf den Straßen hatten sich ein wenig zurückgezogen, doch gemäßigtes Tempo sei weiterhin ratsam, teilte das Radio mit. Die Überflüssigkeit dieser Meldung war jedem deutlich, der mit dem Auto unterwegs war: Zu höherer Geschwindigkeit als der eines Joggers konnte man sein Fahrzeug nicht steigern, die Räder fanden auf der überfluteten Fahrbahn keine Haftung und drehten durch. Das trübe Wasser wurde in weiten Bögen emporgeschleudert und hüllte sowohl das eigene als auch jedes entgegenkommende Auto in einen dichten Sprühnebel. Alle fuhren mit Fernlicht, die auf vollen Touren arbeitenden Scheibenwischer waren kaum in der Lage, den Schlamm wegzulecken, und ließen romanische Linien entstehen, braun, darin festgebacken Tierleichen, Blätter, kleine Schlammkonzentrationen. In diesen Rorschachfresken sah ich manchmal Gesichter, einmal das meiner Mutter, die schon vor so vielen Jahren im Feuer verschwunden war.

Deine Tochter hat aber kein Glück mit dem Wetter in ihrem Herbstlager, sagte Daphne.

Meine Tochter schläft den glückseligen Schlaf der Einfältigen im Geiste, so einfältig wie eine Fliege. Nicht mehr im gemeinsamen Schlafsaal der Kleinen, Jungen und Mädchen zusammen, sondern in einem eigenen Zimmer, das sie mir stolz brabbelnd zeigte. Sie hatte ein eigenes Fleißiges Lieschen, eine eigene Gießkanne auf der Fensterbank, das gerahmte Foto von Nonja an der Wand, und von der Oberin hatte sie ein Album geschenkt bekommen, in das sie ihre Zuckertütchen kleben konnte. Nicht mehr lange, und sie würde zu alt sein und woanders untergebracht werden müssen.

All das sprach ich nicht aus. Daß das Wetter tatsächlich merkwürdig, beängstigend sei, sagte ich, die extremsten Erscheinungsformen aller vier Jahreszeiten in vierundzwanzig Stunden ...

Emsig am Radioknopf drehend, stieß ich auf das Plätschern von Erik Saties Gymnopédies. Ich glaubte, meiner Musikfreundin mit dem wie Glasperlen rieselnden Klaviergeklimper einen Gefallen zu tun, sie aber sagte, sie möge die sterilen, modischen Rechenaufgaben des Herrn Satie mit seinem überschätzten Zwergentalent nicht. Etwas anderes, das vielleicht geeignet gewesen wäre, das Ambiente in unserem fahrenden Magnetron zu vergolden – die Heizung ließ sich nicht niedriger stellen, die Fenster konnte man nicht herunterkurbeln, ohne von Wasserfontänen durchweicht zu werden –, war dem Radio nicht zu entlocken. Mach es doch aus, sagte Daphne. Danach war nur noch das Brummen des Motors, das Scheuern der Scheibenwischer zu hören. Und vielleicht, für jemanden mit einem so geschärften Gehör wie Daphne, das Rinnen des Schweißes, den die stickige Luft der Autoheizung aus mir herauspreßte, Nervenschweiß, Angstschweiß. Verliebt, unsicher, von meinem ewigen Versagen überzeugt. Ich hörte regelmäßig Satie.

In welche Klasse geht sie denn jetzt? Daphne nahm sicher an, daß ein Kind von so intelligenten Eltern ins Gymnasium geht. Unser Arne ist grade in die zweite gekommen.

Ich lehnte mich spähenderweise über das Steuer, drückte den Zeigefinger an die Windschutzscheibe. Schau dir das an! Froh, wieder etwas gefunden zu haben, womit ich ihre Aufmerksamkeit

von meiner Tochter ablenken konnte, meinem Augapfel, meinem anhänglichen Äffchen, dem einzigen Grund, der mich daran hinderte, geistig und physisch völlig zu verlottern.
Nach Hannekes Geburt hatte sich meine Mutter über das eiserne Gitterbettchen gebeugt und mich dann mit ihren hellgrünen Augen, an die ich mich im Unterschied zu ihrer Stimme deutlich erinnere, angesehen und gesagt: Ein liebes Kind. Und außerhalb von Paulas Hörweite: Einen Trost gibt es für alle, an erster Stelle für die Kleine selbst - das unendliche Leid des Menschengewimmels wird ihr größtenteils erspart bleiben, versuch es so zu sehen, Jelmie, und hör jetzt auf zu flennen.
Auch Daphne brachte ihr Gesicht an die Windschutzscheibe. Vor Sprachlosigkeit summte sie - einen einzigen langgezogenen Ton -, starrte durch das verschmierte Glas, wie ich vor einem dreiviertel Jahr auf sie und ihre Show in dem Bahnhofsrestaurant von Boelstede gestarrt hatte. Als ich ihr übrigens später einmal davon erzählte und sie mit großen Augen, offenem Mund zuhörte, behauptete sie, sie könne sich in keiner Weise daran erinnern.
Vor uns, von den Scheinwerfern der Autos makaber angestrahlt, erstreckte sich ein überfluteter Straßenabschnitt, dessen Wasseroberfläche eine silberne Glut zu sein schien. Da trieben Hunderte, Tausende toter Fische in einem Überfluß an Arten und Größen, ein wogender, phosphoreszierender Läufer aus glänzenden Leibern, von denen hier und da noch einer zappelte, hier und da noch einer die Lippen bewegte. Da, wo die Autos sich einen Weg durch das Wasser bahnten, wich die Fischmasse auseinander; wenn sie sich wieder schloß, floß der rote Schein der Rücklichter über die Schuppen, Kiemen, toten Augen. Mir war, als trüge ich dieses Bild so vieler auf der Wasserfläche treibender Fische seit jeher in mir. Das Wasser reichte bis über die Stoßstange, und inmitten der verendenden Wasserpopulation trieb noch alles mögliche, das gegen die Karosserie stieß, ein Korb, Bretter, ein Schlauchboot, ein Hund mit einer zappelnden Delikatesse im Maul, zahlreiche undefinierbare Gegenstände. Außer von dem aufspritzenden Wasser wurde die Sicht durch Wolken von Möwen behindert, die sich trotz des biblischen Überflusses kreischend die Beute wegschnappten.
Tod, so viel Tod, eine Straße voll toter Fische, seufzte Daphne. Wer hat je so etwas gesehen?

Du, ich und noch ein paar Leute, antwortete ich.
Es ist wie eine absurde optische Täuschung.
Vielleicht ist es das ja auch, vielleicht befinden wir uns in einem parallelen Bewußtsein oder ähnlichem.
Was ist denn um Gottes willen ein paralleles Bewußtsein, fragte sie. Muß ich mir dabei etwas vorstellen in der Kategorie schwebender Labors von anderen Galaxien, mit gruseligen geilen Kerlen bevölkert, die auf die Erde kommen, um Frauen zu vergewaltigen, oder so?
Ich lachte. Dein geschätzter Ehemann hat Abbildungen von fliegenden Suppentellern und unheimlichen Typen in wohlgemerkt vorhistorischen Höhlen entdeckt.
Hör auf damit, mir wird schlecht von all dem Herummäkeln an Nico. Was ist ein paralleles Bewußtsein?
Wenn man hier ist, gleichzeitig aber fest davon überzeugt, woanders zu sein. Wenn ich es richtig behalten und richtig verstanden habe. Ich habe es aus einem Zeitungsartikel.
Meint man mit diesem Woanders Träume, Phantasien, Wahnvorstellungen, Visionen oder daß man sich so intensiv in ein Buch oder einen Film einlebt, daß man das Gefühl hat, ein Teil der Geschichte zu sein?
Es scheint auch vorzukommen, daß zum Beispiel jemand entspannt zu Hause sitzt und ein Bier trinkt und sich zugleich tatsächlich dessen bewußt ist, daß er als Soldat an irgendeinem Wüstenkrieg teilnimmt und fast verdurstet. Manchmal glaube ich, mir passiert das auch ab und zu, an zwei Orten in zwei Zeiträumen zugleich zu leben.
Daphne nickte. Das kenne ich, sagte sie. Sie mit ihrem Doppelleben, natürlich kannte sie dieses Phänomen. Ich hätte auch ein anderes Beispiel anführen können: Den Geschlechtsakt mit der einen vollziehend, vollzieht man ihn gleichzeitig parallel dazu mit einer anderen, die man mehr begehrt – der warme, keuchende, sich windende Körper der einen transponiert in den der anderen, ebenso wie die eigene Leidenschaft in dem Maße wächst, wie diese Vorstellung sich zur Wirklichkeit zu verdichten scheint.
Kurz darauf hörte ich sie sagen: The truth is out there. Und etwas später: Was für ein komischer Kauz, dieser Doktor Arie. Haben Paula und er was miteinander?

Sie sind eine GmbH, sagte ich. Sie haben eine gutgehende gemeinsame Praxis. Sie kommen gut miteinander aus, glaube ich.
Bist du nicht irgendwie ein bißchen naiv? Mit dem kleinen Finger tippte sie auf mein Knie. Die beiden fressen sich geradezu auf, können kaum die Finger voneinander lassen, das sieht man doch, das sieht doch ein Blinder mit dem Krückstock. Sie könnten etwas zurückhaltender sein.
So wie du mit deinem Beniamino Gigli? Diese Frage sprach ich nicht aus. Wir schwiegen eine Weile.
Die Straße mit den toten Fischen lag hinter uns. Auf der leicht ansteigenden Fahrbahn, auf der wir jetzt fuhren, war von Wasser nichts mehr zu sehen, als hätte es nie geregnet; der Asphalt dampfte sogar in der seltsamen nächtlichen Hitze.
Daphne: In einem meiner parallelen Bewußtseine bläst mich immer ein Sturm von einer Brücke. Oder ich springe von der Brücke, manchmal kann ich nur so einem Schurken entkommen, der mich mit einer Waffe verfolgt, manchmal hat es auch einen anderen Grund, es ist nicht immer deutlich. In dem reißenden Wasser bin ich von phosphoreszierenden Fischschwärmen umgeben, das Wasser ist wie ein Festsaal erleuchtet, Musik erklingt, so schön, wie ich sie noch nie gehört habe, und ich muß weinen. Natürlich nicht von Erik Satie. Denkst du manchmal daran, dich umzubringen?
Bestürzt schüttelte ich den Kopf. Nein, nie erwogen, nie darüber nachgedacht, in keinem einzigen Bewußtsein je erlebt. Ich habe keine Gründe dafür, und es wäre in meinem Leben die sinnloseste aller sinnlosen Taten, die ich je vollbracht hätte.
Ob ich denn glücklich sei, fragte sie.
Ich antwortete, ich sei nicht gerade glücklich. Ich halte mich aufrecht und lebe in der Annahme, der Hoffnung, der Erwartung, daß das Glück, wie ich es zeitweise sehr wohl erlebt hätte, irgendwann wiederkommen und mich dann nicht mehr verlassen würde. Außerdem müsse ich weiterleben, ich hätte gewisse Verantwortungen.
Zum Beispiel?
Zum Beispiel meine Tochter.
Sie nickte. Sie hatte angefangen, mein Bein zu streicheln, vom Knie aufwärts, wo ihre Hand jedesmal kurz innehielt, bevor sie

wieder kniewärts wanderte. Irgendwann würde ich in höchstem Glück baden, ein für allemal, ewig, und vielleicht war dies der erste Ansatz dazu. Sollte ich ihre Initiative nicht beantworten? Doch, ich sollte, aber ich traute mich noch nicht. Ich kannte sie nicht, nicht wirklich und würde sie auch nie kennen. Zu welchem ihrer Leben - wenn überhaupt - gehörte ich, und welchen reellen Platz nahm sie eigentlich in meinem Dasein ein? Auf alle Ereignisse zurückblickend, erscheinen mir viele von ihnen unwirklich, während ich mir doch sicher bin, daß sie stattgefunden haben: Sie haben mich irgendwie beschäftigt, gerührt und verwirrt, mit feuriger Hoffnung und mit grundloser Verzweiflung erfüllt, ohne daß es mir möglich gewesen wäre, einen Zusammenhang zwischen den aufeinanderfolgenden Stationen herzustellen, wie etwa in einem Roman oder einem Film. Oder in Polizeiberichten.
Auf ihre Weise ihren Gedanken eine andere Richtung gebend - von re nach si -, fragte sie plötzlich: Leben Sie eigentlich keusch in ehelicher Treue, Magister van Hoff? Viel Zuneigung scheint Paula ja nicht mehr für dich zu hegen, habe ich den Eindruck.
Ihre alles registrierenden Augen, ihr Kennerblick, ihre Wünschelruten und Antennen für verborgene Falltüren, drehbare Stellwände, zugegipste Mauernischen, hinter Wandteppichen versteckte Türen.
Sofort tauchte Gonneke wieder auf - zu einer Zeremonie der Lust, der Lieblichkeit, des Vergessens aufgelegt, einem Zweier von anderthalb bis zwei Stunden, von dem man den Rest der Woche über getrost zehren konnte.
Eheliche Treue und Untreue waren Begriffe ohne jegliche Bedeutung geworden in der Kühle, in die meine Frau und ich uns hineinmanövriert hatten - innerhalb des Hausboots schon dadurch voneinander geschieden, daß wir getrennte Zimmer hatten und jede Berührung ängstlich vermieden. Beklemmungen etwa wegen Untreue einer Phantasiegeliebten gegenüber, die ich durch meinen Umgang mit Gonneke sozusagen betrog und verriet, waren in dem Maße verschwunden, wie die Zeit verstrich, in der das Objekt dieser Einbildung nichts von sich hören ließ. Dennoch beschloß ich, Daphne von meinem sonntäglichen Divertissement zwischen den Kakteen nicht zu unterrichten - vielleicht zöge sie sofort ihre Hand zurück. Also antwortete ich mit einem bekann-

ten Zitat aus unseren Unterhaltungen: Ich komme nicht zu kurz, Mevrouw.
Sie bemerkte: Wir kommen wirklich sehr langsam voran.
Mir konnte es nicht langsam genug gehen. Dann bin ich um so länger bei dir, sagte ich.
Sie, erstaunt: Aber du fährst doch nicht gleich wieder weg, wenn du mich vor dem Hotel abgesetzt hast? Wir können doch an der Bar noch etwas trinken oder uns eine Flasche aufs Zimmer bringen lassen?
In letzterem Fall überwältige ich dich vielleicht, dachte ich. Und wenn ich dazu übergehe, dachte ich sofort anschließend - nie frei von der Frage nach allen Warums dieser Welt -, bereite ich dann nicht Gonneke wieder Kummer damit, angenommen, ich würde es ihr erzählen? Angenommen, ich würde es ihr nicht erzählen, was natürlich am vernünftigsten wäre, bin ich dann genauso ein Heuchler wie Daphne? Das übliche Gegrübel. Noch nie eine Initiative ergriffen, eine Entscheidung getroffen ohne Zweifel welcher Art auch immer, vorher oder nachher. Noch nie selber etwas gewagt, da immer gehemmt von moralischen Einsichten, Auffassungen, Fragen, und immer ängstlich darauf bedacht, selber so unbescholten wie möglich zu bleiben. Ich lebe ein Schaukelstuhlleben, das nur in alternativen Bewußtseinslagen groß und berauschend ist, und noch nicht einmal das immer.
»Du solltest etwas arroganter werden.«
Daphne schien meine Überwältigungsphantasie telepathisch aufgenommen zu haben. Wir bleiben brav, sagte sie, wir lassen die Kondome in den Geheimfächern unserer Brieftaschen.
Die mir augenblicklich einfallende Frage, ob Nico die Menge, die sie anscheinend bei sich trage, gezählt habe und ob er sie nach ihrer Rückkehr kontrollieren werde, behielt ich natürlich auch für mich. Ich sagte, ich hätte keine Kondome dabei, besäße auch keine und hätte in meinem ganzen Leben vielleicht dreimal ein solches Futteral benutzt. Wieso sie die Pille nicht nehme?
Von der Pille werde ihr schlecht, sie werde an unschicklichen Stellen von Juckreiz befallen, ihr Menstruationszyklus gerate durcheinander, und sie werde dick, erklärte sie. Ihre Tage kämen so pünktlich, daß sie bereits im Januar die Daten für das ganze Jahr blindlings in ihren Kalender eintragen und sie beim Eingehen von

Engagements berücksichtigen könne. Als sie mal eine Zeitlang die Pille genommen habe, sei ihr biologischer Haushalt dermaßen in Unordnung geraten, daß sie manchmal zu wirklich sehr ungelegenen Zeitpunkten zu bluten begonnen habe …

Wer verliebt ist, dürstet nach allem das Objekt seiner Anbetung betreffenden Wissen und schlürft es unersättlich mit gierigen Zügen, doch bei diesen Geständnissen ertappte ich mich zu meiner Verwunderung bei einer gewissen Verlegenheit. Wenn ich auch von Natur aus alles schwernahm und, mir selbst zur Last, fast ununterbrochen aussichtslosen trüben Gedanken über Schuld und Moral nachhing – Prüderie ist mir immer fremd gewesen. Woher also mein Unbehagen? Daher, daß ihre Mitteilungen mir zu trivial vorkamen und die Aureolen, die ich ihr andichtete, ihren Glanz verloren? Sie war also auch nur ein Mensch. Aus Fleisch und Menstruationsblut.

Sie erzählte folgende Geschichte:

Sie sei in Wien in *Dido und Aeneas* aufgetreten, zwei Tage, bevor sie, ihrem Kalender nach, ihre Tage bekommen sollte. Als Experiment sei sie kurz zuvor auf die Pille übergegangen, da Kolleginnen und Freundinnen meinten, dieses Prophylaktikum sei so viel angenehmer und verursache so viel weniger Kopfzerbrechen, außerdem mache es das Gestümpere mit Gummis überflüssig, was doch immer für eine ärgerliche Unterbrechung sorge, wenn die Triebe um Entladung flehten. Der letzte Akt hatte gerade begonnen, da brach unter ihrem griechischen Gewand unerwartet das Fest der roten Lampions aus. Es tropfte an ihren Beinen herunter und hinterließ eine Spur auf dem Bretterboden, was von den Balkons aus bestimmt bemerkt wurde. Noch schlimmer war der feuchte Fleck, der sich vorne in ihrem Kleid abzuzeichnen begann. Zinnoberrot, das durch den beigen Stoff drang und den Blicken des Publikums unmöglich verborgen bleiben konnte, so daß sie ihre Partie so viel wie möglich vom Saal abgewandt gesungen habe. Zwischen den Kulissen, wo die Soldaten mit ihren Speeren, Schwertern und gefiederten Helmen herumhingen, sah sie das Grinsen, das Zeigen, das unterdrückte Flüstern des Figurantengesindels. Noch nie in ihrer Karriere habe sie sich so aufgeschmissen gefühlt.

Am Schluß erklang ein so stürmischer Beifall, daß es war, als

würde die Decke des Theaters einstürzen, sie aber, blind vor Scham und Ratlosigkeit, sei von der Bühne gerannt und hinter den Kulissen, naß, wie sie war, auf einen Klappstuhl gesunken. Die ganze Gesellschaft habe sich minutenlang vor den Rampenlichtern verbeugt und mit Kußhänden für das Klatschen und Bravorufen gedankt, während sie, die Primadonna assoluta, immer noch da saß. Das Publikum skandierte ihren Namen, was kaum zu ihr durchdrang, bis auf einmal der Herr Schauspieldirektor persönlich vor ihr stand.
Frau Eutwüük, sprach er, Sie machen den Beifall kaputt.
Da sei sie, den Stoff ihres Opernkostüms so gut und so schlecht es eben ging vorne zusammenraffend, doch noch, in Trance fast, auf die Bühne geschritten, umgeben wie von einem Fort aus Beifall, Jubel, Pfeifen, Stampfen. Beim Bücken - dies sei, verdeutlichte sie, Theaterjargon für das Vornüberbeugen des Rumpfs, um dem Publikum zu danken - sei es in warmen Fäden herabgesikkert.
Mit Schnee, mit Zucker, mit krausem Engelshaar bedeckt. Wieder schoß mir dieses Bild durch den Kopf, als meine Hand ihr im Dunkeln zwischen die Schenkel glitt, wo sie sie mit beiden Händen umklammerte und in Schach hielt. Das rief mir eine Verszeile ins Gedächtnis: »Wart, o warte, und nimm ihre Lippen nicht zur Stund.« Eine Zeile weiter reimt sich das auf »Schmerzensmund«, was mir nach ihrer Geschichte sehr passend vorkam, wie doppeldeutig auch immer und keineswegs der Absicht des Dichters gemäß: denn aus solch einem Mund plätschert Blut. Und heute füge ich hinzu: schwarzes Blut, Bitterkeit, Eiter von angefressenem Zahnfleisch und einer vom Lügen fauligen Zunge, schleimige Schlangen und falsche Arien auskotzende Kröten. Daphnes schmerzliches Lügenmäulchen, waagerecht in ihrem Gesicht, senkrecht zwischen ihren Beinen.
Die Innenseiten ihrer Schenkel waren klamm, ebenso wie ihre Handflächen, mit denen sie meine Hand abwehrte.
Brav, brav, sagte sie, wie zu einem Haustier, so daß ich die Hand wieder ans Steuer zurücklegte. Da bin ich endlich einmal mehr oder weniger arrogant, indem ich glaube, Initiativen ihrerseits beantworten zu dürfen, und schon ertönt die Schulglocke: Ende der Pause. Daphne hatte die Regie, und ich gehörte offenbar nur

zum Figurantengesindel, zuständig für die Triangel im Opernorchester.
So war es, wenn es auch noch geraume Zeit dauern sollte, bis sich mir diese Erkenntnis klar wie ein Zenit voller Sterne aufdrängte.
Wir hatten die Dünen, wo nichts mehr darauf hinwies, daß es geregnet hatte, hinter uns gelassen. Auf der Strandpromenade flanierten Spaziergänger, die Terrassen waren voll, vom Meer, auf dem Lichter von fernen Schiffen blinkten, kam windlose Sommerabendschwüle herüber, als würde sie vom schwenkenden Lichtarm eines Leuchtturms an Land geschoben.

In der von einer Sphinx aus pistaziengrünem Stahl beherrschten Bar des Memphis-Hotels, wo die erhältlichen Speisen und Getränke in Pseudohieroglyphen angepriesen wurden, drängte sich eine solche Menge von Leuten in so ohrenbetäubendem Lärm, daß Daphne, die schwarze Brille auf der Nase, die Hände an die Ohrmuscheln gepreßt, mit aufgesperrtem Mund, wie die schreiende Gestalt auf dem Gemälde von Edvard Munch, unverzüglich kehrtmachte und die Flucht ergriff.
Beim Empfang verlangte sie ihren Zimmerschlüssel, bestellte eine Flasche Veuve Clicquot und zwei Gläser, und ob man auch Kaviar im Haus habe, echten wohlgemerkt? Nein? Die Sektmarke der Witwe auch nicht? Was man denn dann wohl im Haus habe?
Ich betrachtete sie aus einiger Entfernung, ihre Waden, ihren Hintern, die Art, wie sich ihr weißes Haar bei jeder ihrer ungeduldigen, ruckartigen Kopfbewegungen auffächerte. Ihre kräftige Stimme keineswegs ungenutzt lassend, führte sie sich wie eine VIP auf, was mir einerseits imponierte und andererseits so weh tat, daß ich den Kopf abwandte. In der Bar ging jetzt im dröhnenden Rhythmus neumodischer Unterhaltungsklänge ein grelles Licht an und aus, an und aus, so daß ihre Gestalt in der Lederjacke und dem braven Kleid das Irreale und etwas Gespenstische bildhübscher junger Mädchen und Frauen auf den flimmernden Bildstreifen aus dem Anfang der Filmgeschichte annahm.
Sie würde sich bei der Organisation beschweren, auf deren Einladung hin sie sich in dieses rückständige Fischerdorf begeben habe. Ob diese Nissenhütte wirklich die beste Unterkunft in dem Kaff hier sei? Würden Sie zumindest dafür sorgen, daß dieses

Radio – flatternde Finger in Richtung der Schallquelle – etwas leiser gestellt wird, damit ich mich ungestört noch etwas auf meine Partituren konzentrieren kann?
Sie wandte dem Hotelangestellten den Hinterkopf und ihren kerzengeraden Rücken zu; der noch junge Mann blickte ihr zitternd nach, wie sie, die Brille in die Stirn geschoben, zum Aufzug schritt, ohne daß die an ihrer Hand baumelnde, ziemlich mitgenommene Tüte ihrem Imponiergehabe auch nur im geringsten Abbruch tat. Der Eindruck, daß er zitterte, konnte von dem blitzenden Blinklicht herrühren, das Personen und Gegenstände nur halbe Sekunden lang aufscheinen ließ. Den Schlüssel an einem Ring um den Zeigefinger, den sie gestreckt, auf den Aufzugsknopf gerichtet, vor sich hielt, kam sie auf mich zu – und in einer solchen halben Sekunde der Helligkeit sah ich, wie sie mir hämisch lächelnd zublinzelte.
Im Aufzug, der uns über die Erde erhob, warf sie sich laut lachend an mich und verschränkte die Hände in meinem Nacken. Ein Scherz, sagte sie. Als die Treppe hinaufgefallene Tochter eines Dorflehrers habe sie manchmal ihr Vergnügen daran, wie eine Schachdame einem Bauern oder Läufer einen Tritt zu versetzen, sie könne dem einfach nicht widerstehen. Aber morgen kriegt der Junge fünfundzwanzig Gulden Trinkgeld von mir, versicherte sie. Du gehst mit Menschen um, als wären sie Jo-Jos, wollte ich sagen. Abstoßen, anziehen und umgekehrt. Auch ich fühlte mich wie ein Spielzeug, von ihr weggestoßen und dann wieder herangeholt. Doch ich hielt lieber den Mund. Der Aufzug war zum Stillstand gekommen, die Stahltüren schoben sich auseinander, das wartende Ehepaar muß gerade noch gesehen haben, wie Daphne sich von mir löste. Während ihrer Umarmung hatte ich mich nicht getraut, meine Hände auf ihren Po zu legen, um sie fester an mich zu ziehen. Quod licet Daphne, non licet Jelmer, was Daphne darf, darf Jelmer noch lange nicht.
Zimmer 47. Ein riesiger Raum mit einem Bett wie eine ausgedehnte, trockengefallene weiße Sandbank in der überwiegend marineblau gehaltenen Ausstattung. Auf beiden Kissen eine Praline. Sitzecke. Schreibtisch. Radio, Fernseher, Telefon, Kühlschrank. Blaues Badezimmer, Seifen, Shampoos. Alles in gedämpftem Licht, das sich in dem übertrieben oft auf Möbeln und

Gegenständen angebrachten, wie Gold glänzenden Hotelmonogramm spiegelte: einer Sphinx und einem Zierbuchstaben M, umrankt von Lorbeerzweigen - sehr häßlich und außerdem historisch fragwürdig. Luxus, der Duft dekadent anmutender Verweichlichung und gleichwohl unter jedem Möbelstück das lauernde Phantom Langeweile, in jedem Spiegel der lepröse Spuk Einsamkeit.

Ich blieb verdutzt an der Tür dieses Palastsaals stehen, in dem Daphne sich mit der Affektiertheit derer bewegte, die Besseres gewohnt sind. Auf dem Salontischchen im Zentrum der plüschenen Couchgarnitur stand ein pfauenhafter Strauß, auf dem Kärtchen, das sie vorlas, stand »Willkommen. Ihre Anwesenheit ist uns eine große Ehre. Sozietät der Gesangskunst Polymnia«. Das ist der Klub, bei dem ich morgen und übermorgen die Vokalleistungen beurteilen muß, erläuterte sie. Und auf dem Schreibtisch stand eine ebenso überschwengliche Blumenkreation, das dazugehörende Kärtchen streichelte sie mit den Augen, es sorgte für ein Lächeln und sogar eine flüchtige Röte auf ihren Wangen.

Sie öffnete eine Doppeltür, die auf eine kleine Terrasse mit Korbstühlen führte, sie streckte die Hand nach mir aus, zum Zeichen, daß ich ihr nach draußen folgen sollte. Auf dem Weg dorthin warf ich, von ihr unbemerkt, einen Blick auf die Karte, die sie mir nicht vorgelesen hatte: »Herzlichen Glückwunsch. Alles Liebe. J.«

Gab es was zum Gratulieren?

J.?

Ich wähnte mich im Dekor und der Atmosphäre der Seifenopern, nach denen Paula so süchtig war, weil sie ihr erlaubten, sich ihren Träumereien hinzugeben und dabei ihrem täglichen Unbehagen, zu dem unter anderem ihr Ehemann gehörte, den Rücken zuzukehren.

Wir lehnten uns an die Brüstung und blickten über das Gewimmel auf der Strandpromenade zu dem in der Ferne beginnenden Schwarz, das das Meer sein mußte, hörbar atmend. Alle paar Sekunden schwenkte der Lichtstreif des Leuchtturms über uns hinweg und ließ das Weiß von Daphnes Gesicht, Haar, Händen kurz aufscheinen; irgendwo in der Nähe war eine Kirche, deren Turmglocke die Zeit mit Bronzeschlägen verkündete, ärgerlich laut und

unüberhörbar; sie gingen uns jede Viertelstunde durch Mark und Bein und machten uns immer melancholischer.
Sollen wir wieder runtergehen, Engel, schlug Daphne vor, und in das Dunkel hineinlaufen, immer geradeaus, über die Brandung hinaus und dann Schritt für Schritt nach unten, in die Tiefe hinab, um nie mehr zurückzukommen? Mit ihrer schönsten Sängerinnenstimme, Sirenenstimme, Seejungfrauenstimme.
Warum nennst du mich Engel?
Weil sie sich in meiner Nähe so unbedroht, so geborgen fühle, sagte sie genau in dem Moment, als uns die Zirkellinie des Leuchtturms streifte und das Licht ihre Augen traf.
Nirgendwo in den heiligen Büchern werden welchen Wassersport auch immer treibende Engel erwähnt, sagte ich humorvoll, obwohl ich durch ihren Vorschlag von Ängsten angesprungen wurde, plötzlichen, blitzenden weißen Ängsten. So wie das sich vor uns ausdehnende, leise rauschende Schwarz von dem unaufhörlich kreisenden Glühfinger durchblitzt wurde. Darüber das kabbalistische Sternengeflimmer. Und dort, wo das Schwarz am tiefsten war, die vorbeigleitenden, mal sichtbaren, mal unsichtbaren Lichter der Schiffe. Jeder Stern, jedes Licht: Angst. Wovor? Nicht benennbar.
Außerdem bin ich ein geübter Schwimmer, fügte ich hinzu. Im Besitz aller Schwimmabzeichen, ich würde nicht nur mich selbst, sondern auch Sie, Gnädigste, über Wasser halten.
Darum fühle ich mich ja auch so geborgen bei Ihnen, Herr Schutzengel, seufzte Daphne, den Handrücken à la Sarah Bernhardt an der Stirn, mit der anderen Hand umfaßte sie die meine und drückte so fest zu, daß Knochen und Fingerglieder knackten.
Hanneke, als sie ungefähr drei Jahre alt war: In einem unbewachten Augenblick mitten im Winter mußte sie auf dem vereisten Laufsteg ausgerutscht und geräuschlos in den Graben geglitten sein, wo sie mit dem Kopf unter Wasser geriet. Nonjas alarmierendem Bellen schenkte ich anfänglich keine Beachtung, das noch verspielte Tier kläffte alles an, was sich bewegte, ob Frosch oder Feldmaus, Käfer oder Herbstblatt. Erst als ich den Hund durch die glasdünne Eisschicht plumpsen sah, begriff ich, daß etwas nicht stimmte. Reglos, mit ausgestreckten Armen und Beinen lag Hanneke bäuchlings im Wasser, das rote Mäntelchen aufgebauscht,

sie sank, kam wieder hoch, sank von neuem und drohte zwischen Schiff und Ufer zu geraten. Wie ein Mensch wimmernd, bewegte sich der Hund hilflos zappelnd um sie herum. Von meinen Schwimmabzeichen hatte ich nichts, als ich bis zur Brust im Wasser stand, die Kälte wie eine drückende Eishose um Bauch und Beine, und der Schlamm, in dem meine Schuhe schließlich zurückbleiben sollten, sich an mir festsaugte. Als ich meine Tochter endlich am Wickel hatte, biß sie mir kreischend in die Hand, schlug mir mit den Fäusten ins Gesicht, trat mich zwischen die Beine, wodurch auch ich, Kind in den Armen, unter Wasser verschwand. Frostkaltes, stehendes, stinkendes, saugendes, schmutziges Wasser - das ist der Tod, weiß ich seitdem. Es gelang mir, mich an Schilfwurzeln ans Ufer zu hieven, das Kind hatte sich so fest in meine Hand verbissen, daß ich alle Knochen und Fingerglieder knacken hörte.
Ich mag das Ertrinken nicht, sagte ich. Auch nicht zwischen leuchtenden Fischen und umrauscht von süßen Klängen. Wenn ich schon sterben muß und diesbezüglich eine Wahl habe, dann lieber anders. Im Schlaf, mitten in einem trostreichen Traum.
Daphne suggerierte: Du schluckst eine Handvoll Tabletten und leerst dazu eine Flasche Wodka oder eine ähnliche Spirituose. Da schläfst du garantiert ein und wachst nicht mehr auf.
Ich, lachend: Tabletten? Ich besitze einen ganzen Lagervorrat an Benzodiazepinen. Hunderte, ein Kapital an Tabletten. Alle auf Rezept von Professor Sickbock, der sich bei Tisch noch so damit gebrüstet hat, wie gut sie mir täten. Ich habe nie eine einzige davon gekostet. Statt sie aufzuheben, hätte ich sie genausogut in den Wassergraben werfen können.
Heb sie noch ein wenig auf, sagte Daphne.
In dem Moment klopfte es, sie zog ihre Hand mit einem verwunderten Gluckser zurück, schritt auf ihren hohen Beinen durchs Zimmer, im Gegenlicht sah ich durch das Kleid ihren Körper.
In der Tür ein neunzehn-, zwanzigjähriger Bursche mit viel Gel im nach hinten geharkten Haar. Gehüllt in eine protzige Livree, schwarz-gelb gestreifte Weste. Silbernes Tablett auf der auf Schulterhöhe gehobenen Hand, darauf ein silberner Eiskübel, darin eine Flasche Champagner der von der Diva gewünschten Witwenmarke. Drei Gläser, in einem eine rote Rose.

Von einem Herrn, in dessen Namen ich ausrichten soll, er sei einer Ihrer Bewunderer, Mevrouw, sprach der Junge verhalten.
Einer meiner Bewunderer, girrte Daphne. Hat er kein Kärtchen hinterlassen? Wie interessant. Wer ist denn dieser freundliche Schenker?
Ich habe den Herrn nicht persönlich gesprochen, Mevrouw.
In ihrer Plastiktüte wühlend, fand die Sängerin eine Lederbrieftasche, aus der der Page eine Banknote empfing, die sie ihm in das Bauchtäschchen seiner Bienenweste schob. Der Junge stellte das Tablett hin, entkorkte die Flasche, natürlich geräuschlos, und begab sich rückwärts wieder zur Tür.
Mit respektvollen Verbeugungen sagte er: Guten Abend, Mevrouw Uitwyck, und zu meinem Schrecken auch: Guten Abend, Mijnheer van Hoff.
Ich fragte ihn, woher er mich kenne. Er kenne mich vom Willem-de-Zwijger-Gymnasium, erklärte er. Geschichte. Sie konnten spannend erzählen.
Doch noch Nektar in Kristall für uns beide. Sie füllte die hohen Gläser.
Wir landeten auf dem Bett. Erst sitzend am Fußende, das Glas in der Hand. Dann auf dem Ellenbogen ruhend, einander zugewandt, auf der strandweißen Decke liegend, das Tablett, die Flasche, die Rose zwischen uns. Sahen einander in die Augen. Dann gab es nichts mehr zwischen uns, und das Versinken, Ertrinken, Ersticken, das schwelgende Sterben hätte beginnen können. Jede Minute oder mehrmals pro Minute das Leuchtturmlicht durch das Zimmer. Alle Viertelstunde das Glockensignal. Dann flogen plötzlich mit donnerndem Lärm, der alles, was nicht niet- und nagelfest in unserem Zimmer war, inklusive uns selbst, erschütterte, Flugzeuge über uns hinweg, was mich gleichermaßen ablenkte. Vielleicht kreisten die Flieger ja über dem Meer, um auf das Ende des Sturms und die Landeerlaubnis zu warten? Auch die in A. Weldons Linsen starrende Paula hörte jetzt diesen Lärm. Auch die Kinder von Effata hörten ihn, sprangen aus ihren Betten, rannten wie Spukschimpansen durch die Gänge und stießen aneinander. Was Gonneke wohl tat? Zu den Lichtstreifen am Himmel aufschauen, während sie die Kakteensorten hereinholte, die, im Gegensatz zu anderen, nach einem kräftigen Regenguß frisch und

grün aussahen? »Wenn du nicht dabei redest, ist es danach, als sei nichts gewesen.«

Jetzt konzentrier dich doch, beruhige dich doch, jetzt, wo ein alter Traum in Erfüllung zu gehen verspricht, versuche im Rhythmus der Geliebten zu atmen, das Gebrumm am Firmament nimmt übrigens schon wieder ab.

Auf dem Etikett ihres Kleids, Stoffknöpfe auf dem Rücken, stand Giorgio Armani. Unter diesem Gewand die schneeige Weiße wie michelangelesker Marmor - ein Mädchenkörper, auch wenn er einem vierzigjährigen Vamp gehörte. Dem Anschein nach so junge Brüste, daß es war, als hätten die Brustwarzen sich noch nicht entfaltet, in einer abweichenden Nuance Weiß lagen sie tief in den Rundungen. Ich durfte sie nicht mit dem Mund berühren, Daphne schob meinen Kopf weg. Bei einer späteren Gelegenheit sollte sie mir erzählen, daß sie ihrem Sohn nicht die Brust habe geben wollen, da »so eine Bindung« ihr zu weit gegangen sei. Ihn monatelang herumzuschleppen habe gereicht, sie habe nicht auch noch monatelang ausgesaugt werden wollen. Nicos Aufgabe sei es dann gewesen, die Fläschchen vorzubereiten und dem Säugling Milch und Brei zu verabreichen. Von demselben Nico hatte ich in unseren Studienjahren erfahren, daß, wenn eine Frau oder ein Mädchen einem erlaube, daß man ihre Brüste berührt, sie einem alles weitere auch erlaube, believe me, alter Wichser. Ich glaubte ihm, habe seinen Vortrag nie vergessen und wurde jetzt blitzartig daran erinnert, jetzt, da ich mit seiner nackten Gattin auf einem Hotelbett lag. Nicht mit dem Mund, schon gar nicht mit den Händen, nur mit den Augen durfte ich ihre kleinen Brüste streicheln, bevor sie die Hände wie Schilde über sie legte. In ihrer fast durchsichtigen Haut zeichnete sich ihr Skelett ab.

Findest du mich häßlich? fragte sie flüsternd.

Häßlich? Wie kommst du denn darauf? fragte ich ebenfalls flüsternd.

Findest du mich nicht zu mager?

Ich finde dich wunderbar, ich liebe dich und liebe Magerkeit.

Ich, Scheherezades Bruder, erzählte der Liebsten mit gedämpfter Liebesstimme eine Geschichte:

Ein Mann, dessen ideale Geliebte so flach, dünn, platt, gerade wie ein Brett sein mußte. Sie durfte weder ausgeprägte Brüste noch ei-

nen sich wölbenden Hintern haben, am liebsten gar keine Brüste und gar keinen Hintern, und auch keine auffallende Nase. Auf einer seiner Weltreisen begegnete er einer solchen Schönheit, die zudem völlig unbehaart war, abgesehen davon, daß sie oben nicht einmal die Andeutung von Brustwarzen besaß, und hinten auch keine Pobacken – daselbst zeigte sich nicht einmal die Spalte, die bei gängigen menschlichen Wesen die Sitzflächen voneinander trennt. Bei Lampenlicht wurde dieser kreidebleiche Sukkubus durchsichtig und verwandelte sich in eine Knochengestalt wie die auf Holbeins Totentanz. Lag sie in des Mannes Garten nackt auf dem Rücken in der prallen Sonne, dann verschwand sie völlig in der Glut des Himmelskörpers und war nur, wenn sie las, durch ein frei im Raum schwebendes, geöffnetes Buch zu lokalisieren, das sich in den nach oben gerichteten Gläsern einer sich gleichfalls im Nichts materialisierenden Sonnenbrille sowohl spiegelte als auch einen Schatten auf sie warf. So mager war sie, daß der Mann, wenn er mit ihr den Geschlechtsakt vollzog, fühlte, wie sein Ding durch sie hindurch an die Matratze stieß.
Ich konnte spannend erzählen. Das war immerhin etwas.
Im Laufe meiner mythologischen Träumerei breitete sich ein Lächeln auf ihrem Gesicht aus, und ich sah, wie sich die Iris unter den geschlossenen Lidern bewegte, als befände sie sich in der REM-Phase und nähme angenehme Dinge wahr. Daß sie gleichwohl hellwach war und sogar mit geschlossenen Augen alles scharf registrierte und inszenierte, zeigte sich, als ich den Mund auf ihren flachen Bauch lenkte, die Lippen gespitzt nach dem Knopf ihres Nabels. Dort fand ich ihre wie eine Lotosblume geöffneten Hände, in denen mein Gesicht verschwand, von ihren sich zusammenziehenden Fingern umschlossen. Sie ließ mich im warmen, weichen, duftenden Dunkel ihrer Handflächen von Liebkosungen träumen, die ich nicht schenken durfte, obwohl sie sich doch zu diesem Zweck bereitgelegt zu haben schien. Unterhalb ihres Halses, aus dem sie ihren Belcanto, ihre hinreißende Gesangskunst wie eine Fontäne aufsteigen ließ, einen Gesang, der Seeleute, andere Vagabunden, Verirrte und Einsame mit Heimweh und hitzigem Verlangen erfüllen konnte, durfte mein Mund sie offensichtlich nicht berühren. In dem Halbdunkel hörte ich sie sagen: Weißt du, Jelmertje, daß ich schon mal mit dir ins Bett ge-

gangen bin? Ich merkte, wie ich vor Schreck erstarrte. Nein, das wußte ich nicht, und ich hielt es auch für unmöglich, daß ich mich solch eines hohen Festes nicht erinnert hätte.
Am Morgen nach jener Nacht, als Nico so böse geworden war, weil ich im Gang stand und mit dir telefonierte, sagte sie.
Nachdem sie damals den Rest der Nacht verwirrt, in tragischer Gemütsverfassung durch die Stadt gestreunt sei und in ihrem schweren Mantel lange von der Brücke auf den Fluß gestarrt habe, habe sie, wieder zu Hause angelangt, den stockbesoffenen Nico die Treppe hinauf und ins Bett gehievt. Selber auch erschöpft, habe sie sich neben ihn gelegt, obwohl sie an dem bewußten Vormittag Probe für eine Oper von Janáček hatte. Nico schlang seine Arme und Beine um sie, sie umklammernd wie ein Ertrinkender einen Baumstamm, wohingegen sie nicht die geringste Lust auf seine Zunge in ihrem Mund hatte, auf den Alkoholgestank und den Schweiß, den sein Körper ausdünstete, sein grobes Grapschen, Kneten, Kneifen. Doch da ihr die Kräfte fehlten, sich von ihm loszumachen, duldete sie schließlich, daß er sie übermannte und in sie eindrang. Ich schloß die Augen, erzählte sie, wandte den Kopf ab und ließ ihn gewähren, um es wiedergutzumachen, doch heimlich träumte ich mich weg aus dem Zimmer, aus dem Bett und von diesem schnaufenden Mann, dessen Penis im übrigen bald erschlaffte, wonach er mit seinem vollen Gewicht auf mir liegenblieb und schnarchend einschlief. Ich stellte mir vor, ich sei in einem Saal, in irgendeinem romantischen und doch ein wenig unheimlichen Ludwig-von-Bayern-Schloß, wie es Walt Disney später noch in seinem Cinderellafilm zeichnen sollte. Dort lag ich in einem Wolkenbett. Mit dir. Und wir gaben uns der Liebe hin. Ich stellte mir vor, ich würde nicht Nico auf und in mir spüren, sondern dich …
Diese betörende Vorstellung ließ mein Herz wie verrückt schlagen, und durch mein Gehirn zogen Pastellfarben. Doch was brachte mir das? Ich selbst war noch völlig angezogen, und weder unternahm sie etwas noch lenkte sie auf etwas hin, das daran etwas geändert hätte. Sie blieb reglos wie eine Scheintote in ihrer spargeldünnen und -weißen Nacktheit hörbar atmend liegen, und ich wagte nicht einen einzigen Knopf meines Hemds zu öffnen – erzogen und schließlich gebrochen, wie ich war, von früheren

Freundinnen der zweiten feministischen Bewegung, die mir klargemacht hatten, allzu dreist demonstrierte Gier sei egoistische Macho-Aufdringlichkeit, mit der der modernen, emanzipierten Frau nicht gedient sei. Es gibt vieles, was sich nie wieder einrenkt. Da ich sie außerdem nicht dort küssen durfte, wo ich wollte, und sie auch noch, durch ihre Ankündigung, die Kondome blieben in ihrer Verpackung, auf das Eigentliche zu verzichten wünschte, fühlte und verhielt ich mich doppelt so zurückhaltend. Sie war nicht Gonneke, die es vorzog (»ich ficke wie ein Kerl«), die Dinge adäquat und resolut ihrem Höhepunkt zuzutreiben, als handle es sich um eine Arbeit, die zwar Zeit und Konzentration erfordert, aber auch wieder nicht wie eine langatmige Feier zelebriert zu werden braucht. »Wir machen einander eine Freude damit, trösten uns ein wenig, es durchbricht den Grauschleier.« Das konnte sie sagen, als läse sie ein notarielles Schriftstück vor. Doch sie war nicht Gonneke, eine Freundin aus warmem Fleisch und Blut, sondern Daphne, von einer anderen Ordnung, einer andersartigen Rasse angehörend; in ihrer Nähe fühlte ich mich eher schüchtern, verlegen, leicht nervös, nicht frei von der Angst, die schon mein Leben zum großen Teil beherrscht und die man mit Tabletten bekämpft.

Was für ein schönes Traumgemälde, du und ich in Liebe umschlungen, sagte ich. Auch ich habe mir das manchmal vorgestellt. In dich verliebt, seit ich mich erinnern kann.

Sie öffnete die Augen, lächelte. Dachtest du, ich hätte das nicht immer schon gewußt? Du hast es mir zum ersten Mal in Nicos Gegenwart gesagt, am Tag unserer Hochzeit. Nico und ich saßen Hand in Hand auf niedrigen Stühlen vor dem brandneuen, tomatenroten Ölofen in unserem Vorderzimmer, das voll von herumstehenden lachenden, trinkenden, essenden Leuten war. Du tauchtest von irgendwoher auf, knietest dich sentimental vor uns hin, streicheltest meine Hand und sagtest mir ein Gedicht auf, dessen Refrain lautete, wie sehr du trauertest um eine unerreichbar gewordene Geliebte, von der du fortan nur noch träumen dürftest.

Warum vergißt man manche Dinge, und andere nicht? Und woher kommt es, daß man sich an gemeinsame Erlebnisse verschieden erinnert? Ich hatte von diesem Vorfall ein völlig anderes, unscharf gewordenes Bild im Gedächtnis: Ich deklamierte dieses Gedicht, eigenes Fabrikat, mit zugeschnürter Kehle, in dem langen, hohen, weißen Flur mit den Bodenfliesen, deren Arabesken ich noch bis ins Detail beschreiben kann. Ich stand abseits vom Festgewühl mit ihr allein, die ich mit dem Rücken zur Wand neben dem Telefon eingeklemmt hatte, ihre Lapislazuliaugen waren auf meine Lippen gerichtet, denen der Weihrauch meiner Dichtung entsprang, und nicht ich streichelte ihre Hand, sondern sie meine. Dann küßte sie mich naß und innig auf den Mund, worauf plötzlich Nico in der Küchentür erschien und uns augenblicklich den Rücken zukehrte, nachdem er gesehen hatte, was er gesehen hatte. Ende meiner Erinnerung, aber natürlich widersprach ich ihr nicht, ihre Version war ja auch ganz hübsch.

Ich schlug vor: Soll ich mich auch ausziehen?

Nein. Mit dem gleichen Lächeln wie vorher bewegte ihr Kopf sich hin und her auf dem Kissen. Die Praline war ihr ins Haar gerutscht und blieb darin hängen.

Ein andermal, entschied sie. Morgen haben wir eventuell auch noch Zeit, der Wettbewerb fängt erst am Spätnachmittag an.

Die Turmglocke produzierte einen dröhnenden Schlag, es mußte jetzt Viertel vor ganz sein. Gleichzeitig sagte sie: Ich habe dich übrigens schon mal nackt gesehen. Jetzt, da ich mich dir so zeige, sind wir quitt.

Wenn mein Kopf ein Computer ist, kann darin ein Virus ausbrechen, der die angehäuften Informationen innerhalb weniger Sekunden auffrißt, wie ich es einmal in einem Spionagefilm gesehen habe. Der Film interessierte mich nicht weiter, doch das Phänomen selber schockierte mich und brachte mich auf den Gedanken, daß die Talente, das Wissen, die philosophischen Erkenntnisse und Einsichten eines Menschen mit seinem Tod genauso der Vernichtung, der Vergessenheit, der Vergeblichkeit anheimfallen – ohne daß all dieser geistige Besitz auf den Computer im Kopf eines noch lebenden Menschen übertragen werden kann, der die Errungenschaften des Verstorbenen dann zu noch größerem Reichtum mehren könnte. Der Virus in meinem Hirncomputer war offenbar schon aktiv, besonders in der Abteilung des Gedächtnisses, wo sich die Erinnerungen anscheinend verformten, abbröckelten, in Luft auflösten.

Weißt du das nicht mehr?

Sie erinnerte mich an Nicos und meine Expedition in den Ardennen vor einem Vierteljahrhundert oder vor noch längerer Zeit. Du lagst zähneklappernd in deinem völlig durchweichten Schlafsack, sagte sie. Du hattest ein Bad in diesem ekligen kleinen Fluß genommen. Du sahst aus wie ein ausgegrabenes Fossil. Ein Klumpen grauer Lehm, bedeckt mit tausenden Viskose-Eiern, die du aufgekratzt hast, wonach sie sofort wieder anschwollen. Brennender Schmerz. Wie toll vor Juckreiz. Deine Gedärme völlig durcheinander.

Die Geschichte machte mich wieder genauso verlegen wie damals, vor all den Jahren. Ich, in diesem Zustand, nackt, kriechend und knurrend wie der wahnsinnig gewordene Nebukadnezar, wie ich mich vor ihren Augen entleerte, Erbrochenes und flüssige Scheiße aus mir rann.

Vergessen? Ich mußte es wohl aus meinem Bewußtsein gekratzt haben – Dr. psych. A. Weldon würde in diesem Fall von Verdrängung sprechen –, und auch das war natürlich eine Folge des Virus. Jetzt das Licht ausmachen, damit sie mich in der Dunkelheit nicht sehen, mich nicht so anschauen konnte? Müßte sie jetzt nicht tatsächlich durchsichtig werden und also völlig verschwinden, sich in parfümierten Dunst auflösen und sich in diesem Zustand über der nächtlichen See verflüchtigen, wo ab und zu, aus weiter Ferne, das Heulen einer Schiffssirene ertönte? Das Schicksal der dahinsiechenden Nymphe Echo, von der nur die Stimme übrigblieb.

Noch bevor ich mich wieder in meinem damaligen elenden Zustand sah, mußte ich an den Haufen Scheiße denken. Wie ich in dem an meinen Hintern klatschenden Wasser hockte und spürte, wie er meine Hoden streifend unter mir durchschoß, vor meinen Augen dahinschaukelte und an einer Stelle unterging, wo kurz darauf Daphne, oder ihr Geist, erscheinen sollte. Durch das damals in flüssiges Sonnenglitzern verwandelte Flüßchen schritt sie heran als reine Lichtgestalt – durchsichtig wie die Holbeinfrau aus meinem Märchen von vorhin, das ich halb und halb erfunden hatte. Aus funkelndem, verschmutztem Wasser kam sie näher, wie um sich nach dem Fortgang meiner Auflösung zu erkundigen.

Ich weiß es wieder, sagte ich. Du hättest es besser im Grab meines Gedächtnisses ruhen lassen sollen. Du mußt damals einen physischen Widerwillen gegen mich bekommen haben.

Zugleich dachte ich: Sollte sie mich so vor sich gesehen haben, als sie phantasierte, daß sie nicht Nico, sondern mich in den Armen und zwischen den Schenkeln hielt? Als Schreckensvision, um sich vor Augen zu führen, daß es noch viel ekelhaftere Männerleiber gibt als den ihres verschwitzten, hemmungslosen, zentnerschweren Ehemanns, dessen Bumsen sie sich gefallen ließ. Sie durfte gar nicht daran denken, unter Jelmer van Hoff mit seiner ekzematösen Schleimhaut wie unter einer Leiche im Zustand der Verwesung zu liegen.

Und ich dachte: Natürlich findet sie es aus diesem Grund nicht nötig, daß ich mich ausziehe, natürlich rührt sie mich darum nicht an und wehrt sich mit beiden Händen gegen jegliche Annäherung, ja sogar gegen meine Blicke. Warum liegt sie hier eigentlich wie ein weißer, dünner Akt von Giacometti?

Freundliche Korrektur ihrerseits: Ich habe niemals einen physischen Widerwillen gegen dich gehegt, geschweige denn bekommen. Mir ist nur das Bild in Erinnerung geblieben, das damals auf meiner Netzhaut war, und eigentlich kaum du selbst. Und von dem Bild auch nur noch Bruchstücke.

Zwei Geliebte, beide besorgt, ob sie der andere häßlich, unattraktiv, abstoßend findet?

Daß ich Daphne liebte und begehrte, steht außer allem Zweifel. Ob sie mich je geliebt hat, wie sie mir doch etliche Male versicherte, weiß ich bis auf den heutigen Tag nicht, weiß ich nicht bis zu diesem Moment, da ich »nicht« schreibe.

Daß - wie ich später zu glauben geneigt war - die ganze Geschichte sich ausschließlich in meinem Kopf wie eine phantasmagorische Oper, ein Hirngespinst aus Illusionen, Hoffnung, Verlangen, abgespielt haben sollte, ist ausgeschlossen, denn es hat ja sehr wohl Fakten gegeben, von denen es wiederum Artefakte gibt, greifbare wie ungreifbare, die greifbaren kommen ins Museum. Und es gibt Zeugen. Fotos.

Ins Reich der Phantasie gehört möglicherweise, daß die Diva ihrerseits echtes Liebesinteresse an mir gehabt hat. Aber auch wenn dies nur Einbildung ist, verdanke ich ihr doch einige, wenn auch nicht allzu viele Erlebnisse, die mir manchmal, nicht sehr oft, Illusionen schenkten, aus denen ich seelische Kraft schöpfte. Wiedergefundener Glaube zumindest an die Möglichkeit, daß so etwas

wie Glück besteht und daß mir davon irgendwann, vielleicht, durch Daphne, ein paar Gramm zuteil würden. Dies gehört zu den ungreifbaren Artefakten.
Zu dieser Kategorie auch:
Das Nachbild der nackten Daphne auf dem Hotelbett. Sie ließ nicht zu, daß ich ihre Hände, mit denen sie sich ständig zudeckte, von ihrem Körper entfernte, um sie verliebt betrachten zu können. Venus Kallipygos im archäologischen Museum von Neapel. Sie schauen und dann sterben.
Unmittelbar nachdem ich ihre Hände neben sie gelegt hatte, rechts und links von ihrem knochig vorstehenden Becken, ließ sie sie schon wieder aufflattern, um sie wie Schmetterlingsflügel über ihre Scham zu breiten, das Heiligtum, das ich natürlich längst gesehen hatte. Von meiner Vision stimmte wenig mit der Wirklichkeit überein. Die Linie zwischen beiden weißen Ufern war nicht wie von einem tiefschwarzen, sondern von einem blaßrosa Stift gezogen. Nicht gerade, nicht straff verlaufend, sondern leicht kurvig: Die Hand des Künstlers muß vor Ehrfurcht gezittert haben. Die Schlucht aus Milch und Honig zeichnete sich in aller Deutlichkeit ab: Kein Hälmchen Haarwuchs, der sie dem Blick entzogen hätte. Nicht daß es mit Schere, Rasiermesser, Enthaarungscreme entfernt worden wäre. Sie besaß, wie die klassischen Frauengestalten, gemeißelt oder auf Malerleinwand, kein Schamhaar, abgesehen von ein paar losen bleichen Flöckchen auf der Grenze zwischen Bauch und Venushügel.
Nie zuvor ein von Natur haarloses weibliches Geschlecht gesehen, es sei denn vorhin in der Vorstellung, als ich mir das Märchen von dem flachen, jeglichen Körperflaums entbehrenden Mädchen aus den Fingern saugte. Oder hatte ich die Besonderheit in dem Augenblick bereits flüchtig aus den Augenwinkeln wahrgenommen?
Mit sanftem Druck versuchte ich, ihre Hände wegzuschieben, doch es gelang nicht, sie ließ es nicht zu. Ich durfte dasjenige nicht sehen, in das sie mich in ihrem Halbschlaf eingelassen hatte, während ihrem Hochgelehrten mit seiner erschlaffenden Kompaßnadel der Norden abhanden gekommen war. Mich also, wohlgemerkt, hatte sie eingelassen, und nicht den heimlichen festen Stellvertreter ihres Ehemanns, den Gesangslehrer im Ruhestand,

mit Doppel-n. Sollte dieser zwischen Krücken hängende Papageno mit dem Johannistrieb noch etwas davon fertigbringen, und wenn nicht, sollte sie mich deswegen schon als möglichen Ersatzmann vorgesehen haben?
Ich will dich nur anschauen, sagte ich, obwohl ich bereits die Rose in der Hand hielt, mit der ich ihre wunderliche Stelle streicheln wollte.
Ein andermal vielleicht, sagte sie wieder, jetzt haben wir keine Zeit dafür. Du mußt nach Hause, wir dürfen Paulas Argwohn nicht erregen. Komm, wir müssen uns beherrschen, Nico vertraut mir.
Zynisch dachte ich: Warum sollte er?
Geisteskrank, sie ist geisteskrank, sie versucht, mich auch geisteskrank zu machen.
Sie sagte noch mehr, wie auch ich, die Rose an die Nase gedrückt, noch mehr dachte - der süße Duft der Blume blieb weit hinter ihrem berauschenden Parfum zurück. Doch ich verstand sie nicht.
Denn wieder donnerten Flugzeuge über uns hinweg, jetzt in die entgegengesetzte Richtung, seewärts, und mit höher klingendem Gebrumm.
Eine Viertelstunde später, auf dem Heimweg, sollte ich sie nochmals hören - und sehen. Eingeschlossen von einem überfluteten Wiesengebiet, in dem das Wasser schwappte und schäumte, brannte ein Wohnviertel lichterloh, unerreichbar für die Feuerwehr. Flugzeug nach Flugzeug kam aus dem schwarzen Himmel herunter, in dem orangefarbene Fahnen wehten, schüttete Tausende Liter Wasser auf die brennenden Häuser, stieg wieder auf, kehrte zur See zurück. Wasserbombardierungen in einem Wasserkatastrophengebiet. Vom Himmel fallende Fische.
Im Dröhnen der Flugzeuge ertönte jetzt aus der Nähe das Schlagen der Turmuhr. Die Stundenschläge klangen wie Taktzeichen in einem milliardenfach verstärkten, aggressiven Insektengesumm: zwölf Schläge.
Daphnes Mund bewegte sich nicht mehr, der Lärm hatte ihr Gesicht wie zu einer Schmerzmaske verzerrt, doch es entspannte sich und heiterte sich auf, als exakt mit dem letzten Stundenschlag das Telefon zu läuten begann. Sie federte halb hoch, stützte sich auf den Ellenbogen, so daß mir doch noch der unbehinderte Totalblick auf ihre Nacktheit vergönnt wurde, während sie mit hin

und her schießenden Augen die Herkunft des Telefongeräuschs festzustellen suchte.
Der Apparat stand in der Sitzecke vor einem Plastikständer mit Prospekten über örtliche Sehenswürdigkeiten und Veranstaltungen, daneben Notizblock und Kugelschreiber. Mir war in diesem windigen Strandkaff keine einzige Sehenswürdigkeit bekannt.
Mit anmutiger Natürlichkeit ging sie wiegend über die Bläue, als sei sie allein im Zimmer, sich meiner Blicke nicht bewußt. Wie sie auf das Geklingel zuschritt, sah ich ihren schmalen Rücken und ihre Pobacken – ein rosa Wärzchen wie eine Brailleletter im Kreuz, genau über dem schwachen Gummiabdruck ihres Slips, und zugleich zeigte der Spiegel über dem Sofa die Vorderseite ihres Körpers. Nachdem sie den Hörer an Ohr und Mund gebracht hatte – Mevrouw Uitwyck am Apparat, sagte sie förmlich –, wechselte die Szene: Sie drehte sich zum Zimmer um und exponierte ihren Rücken im Spiegelrahmen.
Ich hatte mich ans Fußende des Bettes gesetzt, die Rose hing kopfüber zwischen meinen Schuhen. So unbefangen wie sie, Daphne, wagte ich mich nicht zu zeigen – auch wenn ich völlig angezogen war, hätte sie, wenn ich aufgestanden wäre, meine Erektion gesehen, und aus irgendeinem Grund schämte ich mich dafür, ich schämte mich schon für die Tatsache, daß sich in meinem Mund fettiger, warmer Speichel gesammelt hatte, den es mir nur mit außerordentlicher Anstrengung wegzuschleusen gelang.
Daphne ließ sich auf dem blauen Sofa nieder, in den Kissen wie in wolligen Wogen versinkend, den oberen Teil des Hörers im Haar versteckt, aus dem sie etwas erstaunt die Praline geklaubt hatte. Gänzlich ungezwungen zog sie ein Knie an, stellte den Fuß auf den Sitz, Ferse am Schenkel, und begann sich mit der freien Hand zwischen den Zehen zu massieren. Einen Augenblick lang glaubte ich mich an sie in dieser Haltung zu erinnern, obwohl das natürlich unmöglich war – außerdem hätte ich die Details dann genauer behalten.
Die etwas auseinandergefalteten Labia mit dem wassermelonenfarbigen Einblick. Das vage Netz von Narbenspuren an der Innenseite ihrer Schenkel.
Mit kühler Freundlichkeit, als spräche sie mit einem Geschäfts-

partner statt mit Nico, dessen akademische Stimme ich von Zeit zu Zeit deutlich im Raum hören konnte, sagte sie:
O hallo, du bist es. Daß du daran gedacht hast. Wie lieb von dir. Nein, nein, ich schlief schon. Muß morgen ein bißchen fit sein. Macht nichts. Ein Geht-so-Hotel, Aussicht auf Strand und Meer, viel Lärm. Wolkenbrüche, Donner, Blitz? Hier auch, aber das ist jetzt vorbei, die Balkontüren stehen offen, angenehme Brise durchs Nachthemd. Bei Jelmer und Paula, bis ungefähr zehn Uhr. Gemütlich, ja, Paula hatte herrlich gekocht. Sie lassen dich beide grüßen. Ich bin mit einem Taxi ins Hotel zurückgefahren. Ein riesiger Blumenstrauß in meinem Zimmer. Vom hiesigen Gesangsverein. Erst bei Paula und Jelmer angerufen, keiner da?, wie komisch, die liegen wohl schon im Bett und hören das Telefon nicht, oder sie lassen es klingeln. Ich mache morgen früh einen Strandspaziergang mit Jelmer, habe ich verabredet. Wieder ein Mistartikel über dich in einem Fachblatt? Wie gemein! Nur ruhig bleiben, sei arrogant, gib deinem Gefühl, das Opferlamm zu sein, nicht so nach, keiner kann dir was anhaben. Ich bin übermorgen wieder zu Hause, aber abends habe ich Hugo Wolf in Voorhaven. Das ist das Heulen einer Schiffshupe. Gib Arne einen Schmatz von mir. Tschötschö. Ja. Ja. Ja. Tschöö. Ich auch.
Genau so, wie sie es mir einmal gesagt hatte: Wenn du lügst, bleib so nah wie möglich an der kontrollierbaren Wahrheit. Nico brauchte sich nicht alarmiert zu fühlen, Nicos Gemütsruhe war wieder weich gebettet worden – ich befand mich nicht mit seiner rechtmäßigen Ehehälfte in ihrem Hotelzimmer, und was war gegen einen unschuldigen Strandspaziergang zwischen Hunderten anderen Strandspaziergängern am hellichten Tage einzuwenden? –, er konnte sich weiterhin unbesorgt dem Determinieren der fossilen Organe des hundertzehn Millionen Jahre alten Scipionyx samniticus widmen.
Nach ihrem Dialog, als habe sie ihn nicht mit ihrem Ehemann, sondern mit dem Klang von raschelndem Papier geführt, blickte sie wieder auf, zu mir hin. Sie setzte sich anders hin, Fuß zurück auf den Boden, Oberschenkel aneinander, als würde sie sich plötzlich ihrer Haltung bewußt. Gesehen? Schluß der Vorstellung! Mit der Andeutung eines Lächelns, dem ich die Befangenheit nicht abnahm.

War sie ein Rätsel oder ein Mensch voll unberechenbarer Widersprüche? Ein Quäldämon? Habe ich wirklich gesehen und erlebt, was ich beschreibe?

Ellenbogen auf den Knien, Brüste wieder hinter den Händen und darüber das Haar, von dem ich eigentlich nur den Glanz sah, sagte sie: Tschuldigung. Das war Nico.

Dieses »Tschuldigung« bezog sich auf die Tatsache, daß sie das Telefon wichtiger gefunden hatte als unser Treiben auf dem Bett, und garantiert nicht auf den so arglos offenbarten Blick auf ihr Allerheiligstes. Glaubte ich. »Arglos« muß ich jedoch durchstreichen: Wenn sie etwas nicht war, dann das.

Er rief an, um mir zu gratulieren, sagte sie. Seit ein paar Minuten habe ich nämlich Geburtstag.

Ich ließ mich vom Bett auf die Knie gleiten, den Rosenstiel zwischen den Zähnen, und kroch zu ihr hin. So blieb die Erektion verborgen. Mit einer tiefen Verbeugung legte ich ihr die Blume auf die Füße, sie ließ es zu, daß ich ihren Mund mit all dem Zahnfleisch küßte, sie leckte mir einen Blutstropfen von der Unterlippe, da ich mich an einem Dorn gestochen hatte. Weiter ließ sie nichts zu. Sie wollte nicht, daß ich versuchte, ihre Knie zu öffnen, um mich dazwischenzumanövrieren, auch nicht, daß ich einen Versuch machte, ihre Hände wegzuschieben, sie an den Schultern nach hinten zu drücken, sie der Länge nach auf das Sofa zu legen, all das liebkosend, verführend, ohne die Kraft des Zwangs, obwohl ich dabei schon Blut kostete, das nach Eisen schmeckte. Dabei gratulierte ich und beglückwünschte Nicos Ehefrau mit geflüsterten Gedichtzeilen, Shakespeare, d'Annunzio, Achterberg. Auf den Fersen hockend auf dem hochflorigen Boden, ihr versteinertes, glasiertes Lächeln unablässig ergründend, die Rose wieder in der Hand, sie damit antippend, die vom Dornenstiel befreite Rose von mir ihr ins Haar gesteckt, am perlmutternen Ohr. Dieses Parfum, das sie hatte, bei näherem Riechen stank es eigentlich, jedenfalls in Kombination mit Champagner und salziger Seeluft. Ich sah, daß sie fror: Ihre weiße Blöße war mit Gänsehaut bedeckt, als hätte jemand sie mit einem haardünnen Pinsel blaßblau betupft.

Warum sie mir nicht gesagt habe, daß sie Geburtstag hatte, fragte ich. Dann hätte ich etwas unternommen, um ihn festlich zu feiern, mit vielen Geschenken natürlich und …

Das sagte ich zwar, aber ich hatte keine Ahnung, was ich mir an Festlichem und an Geschenken hätte ausdenken sollen. Ich fand mich lächerlich und stellte mir vor, der ehemalige Schüler vom Willem-de-Zwijger-Gymnasium, jetzt Roomservice-Lakai, stünde in Winkelhaltung hinter der Tür und spähte durchs Schlüsselloch. So kamen Geschichten in die Welt. Und zugleich verspürte ich in noch stärkerem Maße die Müdigkeit, ich hatte das Jo-Jo-Spiel der Sängerin allmählich satt.

Hierbei hätte ich es bewenden lassen sollen - darüber habe ich später oft nachgedacht. Was mir alles durch den Kopf ging, sah ich in Lettern von fünfunddreißig Punkt. Hauptsächlich dachte ich: Ich bilde mir nur ein, verliebt zu sein. In ein Miststück. Und ich weiß nicht einmal, warum ich es mir partout einbilden will. Arrogant werden, aufstehen, aus diesem verblendenden Traumwirrsal herausfinden, sie endgültig vergessen.

Das hätte ich tun sollen.

Jetzt weiß ich, daß ich sie nie mehr vergessen werde.

Mit einer flüchtigen Streichelgebärde berührte sie meine Wange und gab zur Antwort: Morgen, lieber Mann. Das heißt, gleich. Kommst du zum Frühstück zu mir? Danach haben wir noch einen ganzen Vormittag und einen großen Teil des Mittags. Wenn du jetzt nicht nach Hause fährst, denkt Paula sich etwas dabei, das müssen wir vermeiden.

Wahrscheinlich habe ich genickt. Wohin ich sah, drängte sich mir Bläue auf. So erinnere ich mich an die Vorhänge, die der hereinschleichende Nachtwind zu dicken Bäuchen aufgebauscht hatte. Blaue Vorhänge, blaue Bäuche. Der schon von der Todesbläue berührte, an Land geschwemmte nackte Leichnam einer Gesangsnixe, von Fischen und anderen Wasserwesen bis auf die Knochen abgenagt. Narben zwischen den Schenkeln.

Ich stand auf wie der Junge, der, ohne daß man ihm den Grund erklärt, aus der Klasse geschickt wird. Verwirrt, gedemütigt, entrüstet, ohnmächtig, böse. Warum, Herr Lehrer? Darüber wünsche ich nicht zu diskutieren, van Hoff, du hängst mir zum Hals raus, das ist doch Grund genug.

Paula, was die sich dabei denken würde? Faß mich nicht an, faß mich nie mehr an, du nimmst doch deine Tabletten noch?

Auch als Lehrer schließlich aus der Klasse geschickt und von der

Schule entfernt, obwohl ich spannend erzählen konnte. Nie geahnt, daß diese desinteressierten, verschwitzten Halbwüchsigen diese Meinung von mir hatten.
Noch schnell ins Badezimmer, pinkeln - etwas, das man unter den gegebenen Umständen freudianisch interpretieren dürfte -, da hörte ich wieder das Telefon. Daphnes Stimme wanderte durchs Zimmer, auf einmal klang sie, als sei sie wieder die jugendliche, fröhliche Konservatoriumsschülerin. Schätzchen! Elephäntchen! Von woher rufst du an? O ja? Von hier? Wo von hier? Ich dachte, du seist in Minchen. Was fir eine hibsche Iberraschung. Grete und die Kinder? Danke. Danke dir. Selbstverständlich, danke, danke, sie duften nach deiner Liebe, ein wunderscheener Blumenstrauß, so liebenswirdig. Neben meinem Bett …
Dies alles vermischt mit meinem Geplätscher in die Kloschüssel, in die die Direktion eine Kunstfliege geklebt hatte, um männlichen Pinklern einen Richtpunkt zu verschaffen, und schließlich, nachdem ich gezogen hatte, unhörbar im niederrauschenden Wasser, das genauso blau war wie die sanitäre Urne, wie das Waschbecken, der Badesarkophag, die Handtücher, die Wände, der Boden, der Inhalt meines Kopfes. Elephäntchen nannte sie dieses Skelett im Laufgerüst, diesen abgetakelten Herzog von Mantua im Invalidenwägelchen. Daß er anrufen würde, wußte oder erwartete sie natürlich, daher hatte sie sich mir auch nur als Amuse-gueule präsentiert - sie hätte schließlich von »des Johanns« Anruf überrascht werden können, während sie und ich miteinander verknotet waren.
Seifenoper. Wie sie es sich in dem meterbreiten Bett gemütlich machte. Von einer Kissenbastion gestützt, Schultern nackt, das Bettuch um die Busenhügelchen gespannt, so daß man sie schon noch sah, nur getarnt. Das silberne Tablett, der silberne Champagnerkühler, das nachgefüllte Glas, in dem der zischende Schaum in sich zusammensank und flüssig wurde. Wie sie da strahlend saß, nippte, lachte, zuhörte, schwatzte wie ein Täubchen, Flecken am Hals. Die verwöhnte Konkubine des unendlich vermögenden Ölbarons, der ihr ein Schwimmbad voller Juwelen geschenkt hat, während sie mit dem korrupten, unrasierten Chauffeur ihres Krösus anbändelt. Kerzenlicht, Seide, Kolliergefunkel, unablässig berieselt von einem unsichtbaren Pomadenorchester fürs Stim-

mungskolorit. Schön auch: Alle paar Sekunden ein Lichtspeer durch diese Szene, über die Rose in ihrem Haar.
Ich winkte ihr und warf ihr eine Kußhand zu. Sie winkte ebenfalls, ebenfalls Kußhand mir. Drückte den Hörer ins Bettzeug, flüsterte: Neun Uhr. Gemeinsames Frühstück. Ja? Nein, Pudelurchen, wie kommst du darauf, nahm sie ihre Unterhaltung mit dem Gesangspädagogen wieder auf, der also offenbar »hier« war. Irgendwo in der Nähe, oder bedeutete das nur irgendwo hier im Lande? Ich weiß nicht, was du hörst. Natürlich bin ich allein ...
Lange weiße Gänge mit Türen, von einem identischen weißen Gang mit identischen Türen gekreuzt. In meiner Zerstreutheit konnte ich den Aufzug nicht finden, auch nirgends eine Treppe.

Sie wurde zweiundvierzig in jener Nacht, wie ich fünf, sechs Wochen später erfuhr – und mit mir die ganze Nation.
Aus einer Zeitschrift mit ihrem Bildnis auf dem Titelblatt, die mir der Zeitungsverkäufer mit verstohlenem Grinsen über die Theke zuschob mit den Worten: Ganze Seiten voll über eine gute Bekannte von Ihnen.
Daphne in einem altrosa Haremsgewand, einen Turban mit Pfauenfeder auf dem Kopf, die Füße in glitzernden Pantöffelchen mit aufwärts gebogenen Spitzen. Hinter ihr ein mit osmanischen Minaretten bemaltes Dekor. Sie steht mit ausgebreiteten Armen in hartem, grellgelbem Licht, das quer durch ihre Kleider geht – ihre Gestalt zeichnet sich darin ab wie auf einem Röntgenfoto. »Ooo«, singt sie mit rundem Mund, die geschminkten Lippen gespitzt, wodurch ihr Gesicht eine schwesterliche Ähnlichkeit mit dem einer aufblasbaren Gummidame hat. La do lala dooo.
Die Illustrierte liegt jetzt hier vor mir.
Ich schreibe und schreibe, ohne zu wissen warum, wozu. Ich werde mit diesem Schriftstück nicht promovieren können. Die Arbeit daran macht mich nicht ruhig, im Gegenteil. Manchmal zittert meine Hand dermaßen, daß sich der Tatterich der Tischplatte und allem, was sich darauf befindet, mitteilt – so etwa dem kaum noch roten Jo-Jo, das auf einer Seite steht und ruckweise hin und her rollt.
Ich brauche diese Zeitschrift nur zu sehen, und es ist, als würde mein Hirn umkippen, Gegenstände nehmen eine andere Form an

(so ist das Jo-Jo dreieckig) oder ändern die Substanz (der Kugelschreiber in meiner Hand ist aus weichem Gummi). Alles, was ich denke, denke ich falsch herum, von oben nach unten, von hinten nach vorn, und meine Erinnerungen sind wie Bilder und Szenen im Gedächtnis eines anderen, nicht in meinem.

Und doch ist die Zeitschrift die Zeitschrift. Darin steht, was darin steht, über sieben Seiten ausgewalzt, überreich illustriert.

Auch ich bin abgebildet. Und Hanneke. Und das Schiff.

Sie stehen schon wieder drin, sagte der Zeitungsverkäufer und legte seinen unsittlichen Finger auf mein Foto, Farbfoto, in dem sabbernd von ihm aufgeschlagenen, mir hingehaltenen Schundblatt. Ich wußte gar nicht, daß Sie eine Tochter mit Down-Syndrom haben. Schönes Foto auch von Ihrem Hausboot. Schön, diese Wolken und diese Reiher auf dem Dach. Wie zwei Schildwachen. Durch Sie wird unser gutes Daalbergen noch mal berühmt.

Der Kerl hatte die Zeitschrift sogar in sein Schaufenster gelegt, aufgeschlagen auf der Seite, auf der unser Hausboot zu sehen war, und, auf einem anderen Foto, Paulas Arztwagen, ich am Steuer, die Sängerin neben mir. Ausgebreitet zwischen Rauchwaren, Schreibwaren, Pornoheften, Plakaten für das Spiel F. C. Daalbergen gegen einen anderen F. C. und für die Aufführung einer Posse der örtlichen Amateurtheatergesellschaft Het Belletje, Regie G. Brussee.

Die schauerliche Reportage blieb dort wochenlang liegen. Meine Wochenendzeitungen mit den Beilagen bezog ich seitdem in einem Nachbardorf, wo man mich nicht kannte und nicht ansprach. Augenblicklich, als ich die Katastrophe aus dem Mund des Mannes vernahm und unter seinem Fingernagel erblickte, zitterten nicht nur meine Hände - mein ganzer Körper geriet in einen Schockzustand. Dieses Beben hat sich inzwischen auf mein Inneres übertragen, es geht nicht vorbei, obwohl ich Tabletten dagegen nehmen könnte, die ich ja en gros besitze, und ...

Doch ich will den Ereignissen nicht in diesem Galopp vorgreifen.

Alles dreht sich, der Inhalt meines Gehirns wird wie von der Trommel einer Waschmaschine herumgeschleudert. Gibt es irgendwo einen Knopf, mit dem ich dem Treiben ein Ende setzen kann? Alles zittert, und ich muß mich anstrengen, damit meine Handschrift lesbar bleibt. Unleserliche Mitteilungen könnte man ge-

nausogut auch ungeschrieben lassen. (Ist das so?) Zwar schreibe ich schwarze Buchstaben hin, dessen bin ich mir sicher, doch was ich sehe, sind rote, schwitzend tropfen sie aus meinem Füller, auch dessen bin ich mir sicher. Blut. Nico Sibelijn, Schweinehund, Freund meiner Jugend, gelehrter Gräber, nicht zu filmendes Rindviech. Wir steigen hinab in die Tiefe, verdammt, das tun wir, ich höre es dich noch sagen. Auch ein Foto von Nico - kantiges Gesicht unter braunem Hut, verschleierte Augen hinter gelben Brillengläsern - war in dem Blatt abgedruckt, selbstverständlich. In Gedanken frage ich ihn: Wie geht es dir, alter Knabe, mein Bester? Wie füllst du jetzt deine Tage? Er wird mich wohl nicht hören. Ich hatte diese Nummer des *Skick* hervorgeholt und die anderen früheren und späteren Datums an ihrem Platz gelassen, weil ich das Foto vom Boot sehen wollte. Nur dieses eine Foto, nur das Boot. Die anderen Fotos versuche ich zu übersehen, doch am Rand meines Blickfelds drängen sie sich mir trotzdem auf, ebenso wie manche fettgedruckten Spaltenüberschriften. Eine von ihnen lautet: Mohn. Ich betrachte das Schiff aus »selbstquälerischem Heimweh« heraus, wie ich es nennen würde - genau der masochistische Kummer, den ich mir abgewöhnen muß, der mich manchmal beim Beschreiben dieser Ereignisse überwältigt, so daß ich Stift und Papier weglege, ins Starren verfalle, vor, zurück, mehrfache Trauer tragend. Für Hanneke bleib ich am Leben, der Schaukelstuhl ächzt wie ein Asthmapatient. Andere Leute wohnen jetzt in dieser schwimmenden Blockhütte.
Die Aufnahme wurde gemacht, nachdem das Schiff dem Schlamm entstiegen war - man kann es an der stärkeren Steigung des Laufstegs erkennen.

Es ging auf ein Uhr zu, als ich in jener Nacht nach Hause kam, Daphnes Geruch noch in den Kleidern, im Haar. Mit einer jetlagähnlichen Verwirrung stellte ich fest, daß die Uhr neben dem Handschuhfach halb zwölf zeigte, obwohl ich doch vor einigen Viertelstunden Mitternacht läuten gehört hatte. Sie stand noch auf Sommerzeit, außerdem ging sie nach. Sollte die Apokalypse über uns hereinbrechen, war mir noch ein winziger Aufschub gewährt.
Weldons Schlitten war verschwunden. Ich freute mich in keinster

Weise auf Paula, die mich, falls sie nicht schon im Bett lag, mit übellaunigen Bemerkungen und Anzüglichkeiten begrüßen, herabsetzen, piesacken würde. Als sei sie mißtrauisch und eifersüchtig. Hatte sie einen Grund dazu? Ich hatte im voraus beschlossen, alles schweigend einzustecken und es wie ein Schwan an mir abtropfen zu lassen. Nicht hinhören, an andere Dinge denken, sofort in mein Zimmer gehen, die Tür hinter mir zumachen, mich ins Bett legen. Es hatte eine Zeit gegeben, da deklamierte ich für Paula: »Du bist für mich das Leben und der Tod.«

Das Außenlicht brannte nicht, in der von schauerlichem Gestank erfüllten Dunkelheit stolperte ich über die Steinfliesen, die ich selbst auf den Deichweg gelegt hatte, fiel vornüber auf die Kiesplatten, mit denen der Deich hier gepflastert war, und dann der Länge nach in die Pfützen. Das Knie tat mir so weh, daß ich nicht gleich wieder hochkam und mir nichts anderes übrigblieb, als vor Schmerz fast kotzend eine Zeitlang im Matsch sitzen zu bleiben, zu stolz zu schreien, um so meine Schiffsgenossin, die Dottoressa, auf mich aufmerksam zu machen - höchstwahrscheinlich hätte sie sowieso keine Hand gerührt.

Kurz darauf fiel ich noch einmal hin, auf dem Laufsteg, der, jetzt, da das Schiff gestiegen war, nicht mehr horizontal lag, sondern sich in einer Neigung von fünfundvierzig oder mehr Grad zur Eingangstür aufgerichtet hatte.

In diesem Stand hatte das Brett vor langer Zeit gelegen, als wir den verlassenen, märchenhaft verträumt zwischen Schilfrohr, Seerosen, Karpfen, Froschchören liegenden Kahn entdeckt hatten. Als wir einzogen, befestigten wir ein dickes Tau mit Knoten neben der Eingangstür, an dem wir uns beim Auf- und Abstieg des Steilhangs festhalten konnten. Wir gewöhnten uns daran - keine Unbequemlichkeit war uns zu viel, so glücklich, wie wir waren! Je mehr das Schiff im Wasser und im Schlick versank, das Laufbrett sich der Horizontale näherte, kippte unsere Ehe, und was blieb, war nichts als Elend.

Polternd schlug ich auf die glatten Teakholzbretter auf, wieder auf das Knie, und zugleich so gemein aufs Kinn, daß meine Zähne aufeinanderkrachten.

Nonja war schon innen an der Tür hochgesprungen, fast keine Nägel, fast keine Zähne mehr, Bellwerkzeuge ernsthaft durchgerostet, aber immer noch wachsam, und nie das geringste Zaudern. Kaum hatte ich die Tür geöffnet, sprang sie mir mit wedelndem Schwanz, wackelndem Hinterteil entgegen und purzelte mit einem Aufjaulen den Hang hinunter, worauf Herr und Hund triefend im Regenwasser standen, das sich unten angesammelt hatte. Paula hatte wieder Nachtdienst, jedenfalls war sie nicht zu Hause. Robert de Niro hatte sie wahrscheinlich mit seiner Luxuskiste zur Praxis gefahren, was mir eigentlich gut in den Kram paßte: So stand mir Paulas Auto später zur Verfügung, und ich konnte zum Strandhotel zurück, um mit der Gesangsgöttin zu frühstücken, nachdem ich sie zuvor in ihrem blauen Zimmer überwältigt hatte. Von letzterem, dachte ich mit einer durch Selbsthypnose erzeugten Unerschrockenheit und Verbissenheit, würde ich mich durch nichts mehr abhalten lassen. Obwohl das natürlich mit meinem stechend schmerzenden Knie ein mit Bedacht und Umsicht anzugehendes Unterfangen sein würde.

Ich machte Licht an. Auf dem Tisch stand noch das ganze Chaos vom Essen, schmutzige Teller, Schüsseln, Gläser, das Tischtuch voller Saucen-, Wein-, Wachs- und anderen Flecken, der Stuhl, auf dem Weldon gesessen hatte, lag umgekippt auf dem Boden. Es sah aus, als hätte hier etwas Schreckliches stattgefunden, das die Tafelrunde Hals über Kopf in die Flucht getrieben hatte. Im sanften Schaukeln des Schiffes schaukelte auf der Platte mit dem Käse das beilförmige Messerchen mit und verursachte bei jeder Bewegung ein trockenes, makaberes Ticken.

Ich legte die abgenagten Knochen auf die japanische Schale und setzte sie Nonja vor, aber die Hündin, sonst immer wild auf solche Leckerbissen, hatte keinen Appetit. Sie legte die Vorderpfoten um das zum Teil noch saftige Gerippe, bettete das Kinn lustlos auf einen blühenden Kirschzweig, der den Rand der Schale schmückte, atmete aus, versank in Schlaf. Auch dies trug zu meinem Gefühl der Unwirklichkeit bei.

Das vertraute Interieur umgab mich wie ein seltsames Dekor. Sonderbar war, daß alle Zimmertüren aufstanden und mit im Auf und Ab des Raumes hin und her schwangen. Ich fühlte mich wie betrunken. Die Türen hatten immer geschlossen zu sein. Ebenso wie die Bücher in den Gestellen reglos an ihrem Platz stehenzubleiben hatten, statt sich, von niemandem angefaßt, vorwärts, rückwärts, seitwärts zu verschieben. Das gleiche galt für die Gemälde an den Wänden, für die Lampe, das Käsebeilchen, die Flamme des Durchlauferhitzers, den Wasserstrahl, den ich in die Badewanne laufen ließ, während ich die Essensreste wegräumte. Alles bewegte sich auf einmal, wie aus jahrelanger Vereisung zum Leben erweckt.

Seit Jahren Paulas Zimmer nicht mehr von innen gesehen. An den Raum selbst erinnerte ich mich zwar, aber nicht an die Einrichtung, die mir jetzt durch die mal weiter, mal weniger weit geöffnete Tür gezeigt wurde. Auf der Schwelle blickte ich in ihren privaten Bereich, alles andere als neugierig, eher bedrückt durch meine unfreiwillige Indiskretion. Wir betraten die Enklave des anderen nicht, warfen nicht einmal einen heimlichen Blick hinein, wir betrachteten die Zimmerschwelle als unüberschreitbare Grenze, obwohl wir ja wußten, daß die Türen nicht abgesperrt waren – so viel Respekt hatten wir noch voreinander. Als wir das Hausboot bezogen, gab es nirgends Schlüssel, und wir beließen es so – erst hatten wir nicht das Bedürfnis, uns abzusondern, dann kam Hanneke, und ich hielt es für sicherer, damit sie sich nicht einschließen konnte, ich entfernte sogar den Haken an der Innenseite der Klotür.

Paula hatte sich umgezogen. Der graue BH wie eine zerknitterte, sterbende Fledermaus auf der Fußmatte vor ihrem französischen Bett, auf dem die Lederhose mit den schimmernden Knöpfen lag. Einer dieser Knöpfe war wohl abgegangen und hatte sich in die Falten des zerwühlten Federbetts verirrt, der Schein der Lampe ließ einen silbernen Funken aufblitzen. Das sah ich flüchtig im gedankenlosen Vorbeigehen. Auch daß das Fenster neben dem Bett einen Spalt offenstand, weit genug, um, wie mir schien, die penetrante, alles durchdringende Abwasserluft einzulassen. Ich schloß die Tür. Aber sie blieb nicht im Schloß, die Klinke wurde mir von dem Luftzug aus der Hand genommen.

Zaghaft – ich verletzte damit ja eine Vereinbarung – betrat ich Paulas Zimmer, einzig und allein, um das Fenster zu schließen und den Luftstrom zu stoppen, durch den die dünnen Vorhänge aufflogen und Papiere von ihrem Schreibtisch flatterten. Erstmals seit Jahren hielt ich mich zwischen den früher mit Kindertapete beklebten Gipsplatten auf – dort hatte Hannekes Bett gestanden,

dort der Korb mit dem kaputten Spielzeug, dort die Kommode, auf der ich das noch nach seinem vierten Lebensjahr nicht saubere Kind mehrmals am Tag wickelte. Das Fenster, das ich jetzt schloß, konnte in den Trippeljahren unserer Tochter nicht geöffnet werden, weil ich es zugenagelt hatte – sie hätte ja sonst herauspurzeln können, ins Wasser! Nur die Deckenleuchte war noch dieselbe, in ihrem gelben Licht bewegte sich meine Silhouette genauso wie damals durch den Raum. Früher, bevor ich »das große Licht« ausknipste und das Kind einschlief, zauberte die Silhouette erst noch mit den Händen das kläffende Hündchen an die Wand, wauwau, das schnatternde Entchen, die fliegende Taube, das Männlein mit dem scheppen Hut. Von ungefähr fiel mein Blick nochmals auf das Glitzern zwischen den Knautschfalten von Paulas Deckbett, es war, als läge da ein zwinkernder Diamant. Jedenfalls kein abgegangener Knopf, auch keine Paillette, Glasperle, Reißzwecke. Es ging mich nichts an, und doch bückte ich mich nach dem Gefunkel, streckte sogar die Hand danach aus, ohne es jedoch zu berühren. Ein rundes, glasartiges, durchsichtiges Etwas, auf einer Seite gewölbt, im Umriß kleiner als der Nagel meines kleinen Fingers, es saugte Licht an und sandte Licht aus.
Zwei, drei Tage später:
Paula auf allen vieren, tastete mit der flachen Hand den Fußboden ab, stocherte mit einer Haarnadel in den Ritzen zwischen den Brettern. Sagte: Arie hat eine Kontaktlinse verloren.
Oh, entgegnete ich unbewegt, und begriff, daß der Gegenstand in ihrem Bett die gesuchte Augenprothese war. Wie war sie dorthin gekommen? Sah Weldon jetzt die Hälfte der Welt hinter Nebelschwaden, oder hatte er sich das Nasenfahrrad mit den Marmeladengläsern wieder aufs Gesicht gepflanzt?
Sie fragte, auffällig freundlich: Ist dir nicht zufällig so was untergekommen? Sie deutete das Format mit einem minimalen Abstand von Daumen und Zeigefinger an. Es sieht aus wie ein Wassertropfen.
Ich schüttelte verneinend den Kopf. Jetzt zu bemerken, ich hätte in den vergangenen 24 Stunden Milliarden Wassertropfen gesehen, und einen von ihnen in geronnener Form auf ihrer Lagerstätte, kam mir, was den ersten Teil betraf, albern vor, der zweite wäre untaktisch gewesen. Sie würde sofort erraten, zu Recht, daß

ich, über ihr Bett gebeugt, ebenfalls das Pillenbriefchen gesehen hatte. Neben dem Kissen die rote Drückfolie aus geschmeidigem Plastik, in dem sich die kreisförmig angeordneten weißen Pillen abzeichneten wie die Noppen auf einem Glücksrad. Paula und Verhütungsmittel? Da ich nur noch zu den Figuranten in ihrem Dasein gehörte, ging mich das nichts mehr an, es interessierte mich auch nicht, ich fühlte mich irgendwie durch das zufällig entdeckte geheime, intime Detail besudelt – die Frage stellte ich mir nur, weil ich davon überzeugt gewesen war, daß Paula sich kurz nach Hannekes Geburt hatte sterilisieren lassen. Und zwar völlig aus eigener Initiative, ohne sich mit mir zu beraten. Sie wolle nicht noch so ein Monstrum, hatte sie nur gesagt, und das Monstrum, das sie zur Welt gebracht habe, dürfe, was sie betreffe ... dürfe, was sie betreffe ... Das im Halbdunkel dämmernde Herzeleid, von dem ich gehofft hatte, es werde sich nach und nach mit viel Geduld, gutem Willen und Einsatz verflüchtigen, hatte sich damals zu tiefschwarzer Finsternis verdichtet. Es würde nie wieder gut werden.

Kontaktlinse? fragte ich mitfühlend. Warum glaubst du, die müsse hier irgendwo liegen? Ich verhehle nicht, daß ich eine gewisse Schadenfreude über die Situation und den Anblick meiner Ehehälfte empfand. Die stolze Paula auf Händen und Knien, das Gesicht im Staub, den Fußboden wie einen Grippekranken befühlend. So ein Ding kann doch überall liegen, bemerkte ich noch hilfsbereit.

Zugleich behielt ich selbstverständlich für mich, daß ich in ihrem Zimmer noch etwas anderes angetroffen hatte, das Weldon gehörte.

Als ich mich aus meiner gebückten Haltung von Paulas Bett aufrichtete, eine Hand auf dem schmerzenden Knie, gegen das ich das Hosenbein als lindernde Schlammkompresse drückte, mit der anderen Hand mein Kinn massierend, spürte ich, wie ich auf etwas Weiches trat. Ein halb unter dem Bett verstecktes Stück Stoff, das an meinem Fuß hängenblieb. Erst nachdem ich den verbotenen Raum verlassen hatte und die Tür durch eine erneute Schwankung des Schiffes hinter mir zuschlug, sah ich im Wohnzimmerlicht, welche Konterbande ich unbeabsichtigt mit herausgeschmuggelt hatte.

Um meinen Knöchel hing das eine Bein einer Boxershorts, sonnengelb, bedruckt mit knalligen Valutasymbolen, Dollar, Pfund, Gulden, Euro und so weiter. Sie waren beschmiert mit einer fettigen Substanz, die offenbar nach etwas roch, das die Hündin trotz der Abwasserluft wahrnahm, sie öffnete ein Nasenloch und ein Auge, spitzte ein Ohr, es reichte dann aber doch nicht, sie aus ihrer Lethargie zu reißen.
Wegen letzterer machte ich mir übrigens damals noch keine Sorgen. Mögen Sie keine Perlhuhnknochen und -düfte, Verehrteste, erkundigte ich mich mit befreitem Fuß, das Kleidungsstück vor der Nase.
Die saucendurchtränkte Unterhose des Seelenkundlers und Ufologen A. Weldon.
Dorthin zurücklegen, wo sie gelegen hatte, nicht weit von Paulas BH? Ich humpelte mit dem Ding zur Eingangstür, oben auf dem Laufbrett schwenkte ich den Herrenschlüpfer am Zeigefinger im Kreis herum und ließ ihn los. Er segelte in die stinkende Dunkelheit. Auf keinen Fall würde meine Frau mich jemals fragen, ob ich die frivole Interlockware ihres Kollegen zufällig irgendwo gesehen hätte. Es war eine blöde, pubertäre Schikane, heute schäme ich mich ein wenig dafür.
Naiv, ich?
Paulas verborgenes Leben nahm mich keine Sekunde in Anspruch, trotzdem frage ich mich, warum sie so bissig auf meines reagierte, sofern sie intuitiv etwas davon ahnte.
Ich hatte mich schon ausgezogen. Saß auf dem Rand der Badewanne. Überlegte mir, ob ich nachher, nachdem ich geschlafen hatte, wirklich zu Daphne zurückfahren sollte, um mit ihr zu frühstücken. Warum sollte ich?
Durch den Dampf sah ich ihre Strümpfe wie träge wehende Trauerfahnen an der Handtuchstange hängen. Ich griff nach ihnen. Als ich sie in den Händen hielt, drückte ich das Gesicht hinein, sie hatten noch den unergründlichen Duft ihres Parfums.
Ich zog sie an. Weil sich in den Strümpfen noch Moleküle ihrer Haut befinden konnten, die nunmehr mit meiner in Berührung kamen? Wie ich auch gelegentlich, wenn ich einen Brief von ihr bekommen hatte, den Klebstreifen, mit dem der Umschlag geschlossen worden war, unbeschädigt zu lösen versuchte, um mit

der Zunge darüberzufahren und mir einzubilden, ich schmeckte ihre süße Spucke?
Bestrumpft ging ich, ohne ein Bad genommen zu haben, in mein Zimmer, mit dem Schiff mitschwankend. Der Hund war Zeuge. Und wenn nun Paula plötzlich nach Hause käme und mich so sähe? Was würde sie tun, was sagen? Nackter Mann von fast fünfzig mit schwarzen Nylons bekleidet, und seht euch bloß den Pimmel an, daneben ist dem Däumling seiner ein Kanonenrohr. Wahrscheinlich würde sie mich kurz mit ihren stechenden Augen mustern und schnaufend und wortlos an mir vorbeigehen.
Ich schloß die Zimmertür hinter mir. Wähnte mich einen Augenblick zwischen meinen Privatwänden vor Bespitzelung sicher. Bis die Tür von selbst aus dem Schloß sprang und aufwehte. Auf der anderen Seite des Schiffs schlug im gleichen Moment die Tür zu Paulas Zimmer mit einem Knall zu. Ich werde mit diesen auf- und zuschlagenden Türen leben müssen, dachte ich – jedenfalls für den Rest dieser Nacht.
Im Wohnzimmer verlagerte die Hündin ihr Gewicht, ließ den Kopf mit einem dumpfen Schlag auf den Fußboden fallen und stieß, wie der Auftakt zu einem traurigen Lied, einen hohen Seufzer aus.

Zu spät aufgewacht, es war schon nach halb neun, und die Sängerin hatte mich um neun Uhr zum Frühstück bestellt. Durch das Schaukeln des Schiffs mußte der Wecker vom Nachttisch gerutscht sein, ich fand ihn mit dem Zifferblatt nach unten auf dem Boden, weit weg von seinem Platz.
Ich lebte noch, wenn ich auch mit der festen Überzeugung aus dem Schlaf aufgetaucht war, unsere Arche, auf hoher See umhertreibend, sei umgeschlagen und mit Mann und Hund untergegangen. Ich sei demnach tot. Und ich fände das in keiner Weise bedauerlich.
Jetzt aber, da ich noch atmete, mich bewegte und denken und mich erinnern konnte, fühlte ich mich erleichtert, erfreut, energisch, durch festliche Erwartungen emporgehoben. Was für ein vielversprechender Tag, erblühend wie eine üppige Blume: Daphne harrte meiner, all ihren Liebreiz wie eine Göttertafel vor mir ausbreitend. Ausgerechnet jetzt zu sterben, mit der Aussicht auf Erfüllung von Jahrzehnte alten Sehnsüchten, o Geliebte,

würde von allzu schlampiger Planung zeugen. An mir wäre natürlich nichts verlorengegangen, und den Tod werde ich begrüßen und als Erlösung von meinen Bedrängnissen erfahren, aber nicht jetzt, nicht heute, nicht an diesem strahlenden, duftenden heutigen Tag.
Strahlend? An der Außenseite der Fenster klebte ein lichtloses Grau. Duftend? Vielleicht war der Gestank wie nach verwesenden Kadavern noch einigermaßen mit Waldveilchen- und Tannenduft aus Spraydosen zu mildern, die ich nachher nicht zu kaufen vergessen durfte – oder mit dem Wohlgeruch von Daphnes Parfum …
Der wölkte mir eine Sekunde lang zart in die Nase, als es mir hinkend und das Gleichgewicht auf dem schwankenden Boden fast verlierend gelungen war, meine Beine in die Hose zu zwängen und den Hosenschlitz zuzumachen.
In aller Eile versäumt, die schwarzen Nylons auszuziehen, bevor ich nach der Hose griff. Derselben Eile wegen war es auch dieselbe Hose, mit der ich vor wenigen Stunden in die Regenpfützen gefallen war, die Beine waren noch schlammig und klamm, die Heizung, über die ich sie zum Trocknen gehängt hatte, hatte durch die Nachtabsenkung kaum etwas bewirkt.
Weder Zeit noch Ruhe, meinen Kleiderschrank in aller Ruhe durchzugehen und eine andere Hose auszusuchen, ich sah mich schon zur Liebesaudienz zu spät kommen.
Wie man die Vorratsbüchse mit dem Kaffee fest schließt, damit das Aroma nicht verfliegt, so pingelig schloß ich meine Hose mit dem Hauch von Daphnes Duftwasser, ich konservierte ihn hinter meinem Reißverschluß.
So trivial dieses Bild auch scheinen mag – mich rührte es, und selbstverständlich war diese romantische Sentimentalität nicht frei von Nebengefühlen, zugegeben. Vor Hektik außer Atem, gönnte ich mir trotzdem ein kurzes Streicheln meines Glieds durch den Stoff hindurch: Es war noch da, ich spürte seine Bereitschaft, auf der Stelle aus seinem Schlummer zu erwachen. Wieder sah ich mich als der Heranwachsende, der ich vor langer Zeit gewesen war, der über die eigenen Füße stolperte, sich am eigenen Speichel verschluckte, verliebt bis über alle Horizonte und weit über den Zodiakus hinaus.
In ein Mädchen, das beträchtlich näher wohnte, als diese kosmi-

schen Maßangaben vermuten lassen: nur zwei Straßen weiter, ohne daß ich auch nur je mit Sicherheit erfahren habe, wie sie hieß. Über dieses Lebensstadium bin ich nie hinausgewachsen, fürchte ich, und wenn, dann verwachsen. Daß mein Vater meine schmachtende Anbetung des Mädchens mit dem scheußlichen, wegwerfenden Wort »Schwärmerei« abtat. Und noch hinzufügte: »Hör zu, du Milchgesicht, du leidest unter Testosteronüberschuß. Du kannst ihn mit der Hand abzapfen.« Dazu machte er eine anschauliche rhythmische Handbewegung, die Finger zu einem Köcher gekrümmt. Worauf ich, doch schon fünfzehn, sechzehn Jahre alt, zu weinen begann und die Treppe zu meinem Zimmer hinaufstürmte. Meine Liebe von diesem Schuft profaniert! Meine Liebe war anders als die von Krethi und Plethi, als alle Liebe durch die Jahrtausende, meine Liebe war einmalig, und nur ich begriff, wie erhaben, wie mystisch sie war. Mein Vater, das vulgäre Schwein, sollte er doch auf dem Weg ins Büro unter die Straßenbahn kommen, worauf man ihn als Gehacktes von den Gleisen kratzen könnte! Meine Mutter setzte sich zu mir aufs Bett und sagte: »Na, na, na … Du kennst ihn doch. Hör auf zu flennen, Jelmi, du mußt ein bißchen mutiger werden. Warum gehst du nicht zu dem Mädchen hin, sie macht einen vernünftigen Eindruck, und sagst ihr einfach, was du für sie empfindest?« Ich traute mich nicht, alles, was ich unternehmen würde, mußte zum Scheitern verurteilt sein.

Dies alles durchfuhr mich mit der Geschwindigkeit eines vorbeizischenden und im Vorbeizischen schon wieder erlöschenden Funken. Eine Assoziation, die nicht einmal eine Viertelsekunde dauerte.

Meine Auffassung von der Liebe hatte im Lauf der Jahre eine drastische Profanierung durchgemacht, sich jedenfalls dem realistischeren Niveau der üblichen menschlichen Stümperei angenähert. Liebe gibt es wohl gar nicht, denn man kann sie weder anfassen noch fotografieren, ebensowenig wie Angst oder Gott. Liebe ist nur eine kleine Ansammlung von sinnlichen Trieben, die erst verschwinden, nachdem sie befriedigt worden sind.

Das Mädchen aus meiner Pubertät hat einen Skandinavier geheiratet, einen Fabrikanten von Saunen, Schwimmbädern und verwandten Installationen, wie ich später durch Zufall erfuhr. Mein

Erzeuger starb keines gewaltsamen Todes, sondern eines Nachts in seinem Bett im Schlaf. Nun, den sind wir los, lautete der Kommentar meiner Mutter, die ich niemals, worum auch immer, eine Träne habe vergießen sehen.

Beim hastigen Rasieren und Zähneputzen sah ich nicht mich selbst, sondern ein Gespenst in dem beschlagenen Spiegel, dessen Beschlag sich nicht entfernen ließ. Der Hahn erbrach rost- und blutrotes Wasser, was ich erst merkte, als ich mich hinunterbeugte, um mir den Mund zu spülen. Was hatte das zu bedeuten? Und wer war dieses Gespenst, dieser Geist? Wie durch eine angelaufene Fensterscheibe spähend, jeder auf seiner Seite, so versuchte er mich, ich ihn ins Visier zu bekommen. Drückte auch er das Geschlecht mit wollüstigen Stößen an den Rand des Waschtischs, halb und halb erregt durch die Damenstrümpfe, die sich mit der Kneifkraft von Kondomen um seine Beine spannten? War er mein Vater? Wie alle behaupteten, die meinen alten Herrn näher gekannt hatten, war ich ihm im Lauf der Zeit so täuschend ähnlich geworden, daß ich als sein Klon gelten konnte. Auch das noch. Sofern es mir gelang, sein Gesicht aufmerksamer zu betrachten, fiel mir sein Mund auf, die abwärts gerichtete Linie, die sich unterhalb der Mundwinkel fortsetzte, die prononcierte, verbissene Unterlippe. Ein enttäuschter, zu relativierender Skepsis neigender Mann, würde man denken, doch er war einfach ein Sauertopf, der sich und seine Umgebung mit seiner Gefühllosigkeit und seinem dummen Zynismus verbittert hatte. Schlage ich ihm nach? Sollte ich auch charakterologisch sein Ebenbild geworden sein? Nimm diese düstere Maske jetzt mal ab, sagte Gonneke manchmal. Das mußt du grad sagen, dachte ich dann.

Auf zu Daphne, auch wenn ich kein Geburtstagsgeschenk für sie hatte. Später am Tag könnte ich etwas kaufen, zum Beispiel zwei Kristallsektgläser aus dem achtzehnten Jahrhundert, und sie ihr ins Hotel schicken.

Ich mußte mich jetzt wirklich beeilen. Ist ein Schulmeister kraft seines Amtes schon ein Mann der Uhr, nie zu spät in der Klasse, die Kreide schon munter in der Hand, wenn die lernbegierige Jugend lahmärschig hereingeschlurft kommt – ein Liebhaber hat natürlich doppelt so pünktlich zu sein. Mir blieben noch zwanzig Minuten, um genau um neun an ihre Tür zu klopfen, hinter der sie

mich im frivolen Negligé zum Frühstück empfangen würde, das vielleicht, falls die Temperatur es zuließ, auf dem Balkon gerichtet wäre. Und dann, Musikdame, will ich durchaus gerne mit Ihnen, wie in einer wagnerischen Unterwasseroper, in inniger Umschlingung weit über die Hoheitsgewässer hinaus dem Tod entgegengaloppieren, wie Sie ihn mir in der vergangenen Nacht beim Läuten aller Kirchenglocken Westeuropas vor Augen führten.
Mit geschlossenen Augen, zugekniffener Nase, wandte ich mich vom Waschbecken ab, um im Kühlschrank nach etwas Flüssigem zu suchen, mit dem ich meine Mundhöhle erfrischen könnte. Vergnügt begrüßte ich den Hund. Ohne daß er nennenswert reagiert, geschweige denn begeistert getänzelt, gesprungen, den Schwanz geschwenkt, vor Freude geschnauft hätte, wie ich das sonst von ihm gewohnt war.
Das Tier lag auf der Seite, Vorder- und Hinterpfoten sowie Schwanz stocksteif von sich gestreckt, und aus dieser Haltung kam es, als liege es in Narkose, auch nicht hoch. Wedelversuche beschränkten sich auf Schwachstromvibrationen der Schwanzspitze. Es hielt den Blick starr auf die Schüssel mit den unangerührten Knochen gerichtet, auf denen sich sogar Fliegen niederlassen und herumwandern durften, wo es sonst nichts so sehr haßte wie Fliegen und einen Großteil seines Arbeitslebens der mit zuschnappenden Kiefern ausgeübten Jagd und der Eliminierung dieser Plebs gewidmet hatte.
Es ging Nonja demnach nicht gut. Sie hatte die Macht über ihren Körper, über ihre Energie, über alles verloren – schmerzlich unterstrichen durch das einzige, das sich noch, unabhängig von ihrem Willen, bewegte. Im Takt des schaukelnden Schiffes und des wie vom Rühren gedämpfter Trommeln begleiteten Auf- und Zuschlagens der Türen bewegte sich ihr schlaff herabhängendes Ohr. Zurück, in Richtung Halsband, wobei sich die rosa Fütterung des Schalltrichters nach oben drehte und Einblick in den Gehörgang bot, in den offenbar keine Geräusche mehr drangen – und anschließend wieder in den natürlichen Stand zurück, ihr Auge wie eine zerknautschte mattschwarze Seeräuberklappe bedekkend.
Voller Besorgnis, die meine innere Aufregung überwog, kniete ich mich trotz der Schmerzen hin und legte Nonja die Hand auf den

verwitterten Kopf. Was sollte ich sagen? Na, alte Dame, seekrank vom Schaukeln des Schiffes? Na, na, na!
Krampfhaft zuckend versuchte sie, ein Bein zu heben und sich auf den Rücken zu drehen, doch nichts mehr wollte gelingen. In dem kurz vom Tageslicht berührten Schattengebiet ihres Bauches sah ich die Landschaft der roten, blauen, braunen Schwellungen, gegen die keine Salben, Puder, Pillen, Spritzen, Massagen mehr geholfen hatten. Die Tierärztin hatte ein wenig mit der Hand gewedelt, das Gesicht in besorgte Falten gelegt. Ein paar Wochen? Ein paar Tage? Das Tier ist verbraucht, Mijnheer van Hoff.
Trostworte. Es ist nicht schlimm, Liebes. Sterben kann nicht schlimm sein, du merkst nichts davon. Das im großen und ganzen lustige Leben, das du gehabt hast, geht ohne Zäsur in einen nie mehr endenden fröhlichen Traum über. Träum was Schönes für mich. Sanft streichelte und klopfte ich das stumpfe Fell mit den verschlissenen Stellen. Aber, fügte ich hinzu, heute sterben wir doch noch nicht, was? Heute verspricht ein so schöner Tag zu werden, es stürmt nicht, nur in den Herzen der Verliebten, zum Beispiel in meinem.
Die Hündin schloß kurz die Augen und öffnete sie wieder, auf ihrer Schnauze erschien ein Lächeln, das Flattern ihres Ohrs ähnelte mehr einem langsamen, vornehmen Winken, wie dem der Burggräfin, die noch einmal in ihrer Kutsche bei den Pächtern vorbeifährt, um huldvoll Abschied zu nehmen. Gleichzeitig rann eine Pfütze aus ihr, sie seufzte. Jetzt, da ihr Leben an ihr vorüberzog, erinnerte ihre Inkontinenz sie schläfrig an ihre Babywochen, hier in diesem selben schwimmenden Wohnraum. Wie sie sich ratlos, hilflos auf diesen selben Bretterboden hingehockt hatte, hier und da waren die Flecken noch zu sehen, die ihre Urinsäure in die damals noch frische Beize gebrannt hatte, und wie sie dann doch noch eher stubenrein gewesen war als das hier ebenfalls herumkriechende, krähende Menschenkind, das sie andauernd an den Brustwarzen, dem Schwanz, den Ohren zog.
Ich reinigte den Boden, stellte die Schale mit den Perlhuhnresten auf die Anrichte, breitete eine Decke über die Hündin. In ein paar Stunden bin ich wieder da, sagte ich. Schlaf noch ein bißchen. Nicht verschwinden, ohne daß ich dabei bin, um deine Hand zu halten, und bevor ich mit der Duftspraydose eine Runde durch die

Stinkhöhle gemacht habe, man hat ein Recht auf einen wohlriechenden Tod.
Ich dachte an Hanneke. Was sollte ich ihr sagen, wenn ihr Schwesterchen nicht mehr war? Sollte ich einen anderen Hund für sie anschaffen, zugleich auch für mich, um meine sich wie Äther über diesem gottverlassenen Wassergraben verflüchtigenden Tage zu füllen, die ich in würgender Langeweile und Einsamkeit verbrachte, auch wenn die Ehefrau zu Hause war, ja gerade dann?
Blick auf die Wanduhr, das heißt: auf die weißere Stelle an der weißen Wand, wo die Uhr gehangen hatte.
Als ich im Auto saß und den Zündschlüssel umdrehte, schlug ich mir durch meine niemals, nirgends endende Dummheit so gedankenlos fest auf das verletzte Knie, daß ich vor Schmerz fluchend aufschrie. Nach Luft schnappend - Atemnot war allerdings schon zuvor eingetreten -, starrte ich mit Tränen in den Augen durch die vom Regen blitzend sauber gewaschene Windschutzscheibe. Die Trostlosigkeit der Landschaft, in der ich lebte, drang tief in meine Seele ein, zugleich mit der wohlbekannten Angst. Ein einziges Handumdrehen - ich hielt den Schlüssel noch fest -, und schon verwandelte ich mich in einen Sack, du Sack!, in einen mit Kilolitern Mutlosigkeit gefüllten Sack.
Heute nacht versäumt, die Scheinwerfer auszuschalten. Batterie leer. Auto zu einem leblosen Ding reduziert.
Zwischen der Entengrütze auf dem gestiegenen Grabenwasser schaukelte die Unterhose von Dr. psych. A. Weldon, schwankend zwischen Obenbleiben und Untergehen.

Ich bestellte ein Taxi, erklärte dem Fahrer den Weg zum Hausboot. In Daalbergen gebe es keine Taxis, er komme aus einer Nachbargemeinde, ich müsse mit einer guten halben Stunde rechnen, sagte die lustlose Stimme an meinem Ohr.
Eilig? Ach, Mijnheer, was ist Eile, in hundert Jahren kräht kein Hahn mehr nach uns. Ich hatte einen Philosophen am Apparat. Er werde sein möglichstes tun, aber eine Dreiviertelstunde bis eine Stunde werde es doch wohl dauern, es hänge davon ab, ob es Staus gebe oder Straßenarbeiten, man wisse ja nie, was einem unterwegs alles begegnet.
Dann wählte ich Eggelte, Hotel Memphis.

Dort ließ man das Telefon maßlos lang klingeln, bis der Rezeptionist sich meldete, vielleicht derselbe, den die Diva gestern abend so zusammengestaucht hatte. Bereitwillig schaltete er mich durch zu Zimmer 47, um mir, nach erneutem ewigem Klingeln, mitzuteilen, Mevrouw Uitwyck nehme den Hörer nicht ab. Und er habe inzwischen von einem Kollegen gehört, daß Mevrouw Uitwyck vor einer halben Stunde, ohne zu frühstücken, das Hotel verlassen habe. Ob mein Name J. van Hoff laute? Mevrouw Uitwyck habe eine Nachricht für mich hinterlassen.

Nachdem ich den Hörer wieder sorgfältig aufgelegt hatte, wandte ich mich ab von der farblosen Landschaft ohne Wolken, ohne in V-Formation fliegende Zugvögel, und sah zu der Hündin hin.

Neben dem hin- und herknarrenden Stuhl lag sie mit glasigen Augen und offenem Maul, lachend, fast zahnlos, mit heraushängender Zunge. Das steifgewordene Ohr bewegte sich nicht mehr, das ganze mir ans Herz gewachsene Tier rührte sich nicht mehr, zwischen all dem, was sich wohl bewegte und sich klappernd und klirrend verschob.

Ich ging in die Hocke, kniete mich neben die Leiche. Und wer soll jetzt die Ratten vom Schiff jagen, hochwohlgeborene, hochwohlgestorbene Hundedame und liebste Freundin? Meine Albernheit war sogar in dem leisen Knistern um meine Knie zu hören, von den Nylons herrührend, in denen meine Beine schwitzend steckten. Weinen? Auch das hatte ich schon Jahre nicht mehr getan. Ebenso wie das einfache Aussprechen meiner Gedanken hatte ich es verlernt, ohne es zu vermissen – ich konnte doch alles schlukken, hinunterschlucken.

Wir sind nur die Schale und das Blatt, guter, toter Hund. Mir gingen die Gedichtzeilen durch den Sinn: »Der große Tod, den jeder in sich hat, das ist die Frucht, um die sich alles dreht.«

Frucht, schreibt der Dichter, er spricht von der Frucht in jedem von uns, und diese Frucht ist der Tod. Nicht also, Hund, schrieb der Dichter Furcht, wie ich lange, schlampig lesend, gedacht hatte. Nicht also ist der große Tod, den jeder in sich hat, die »Angst«, um die sich alles dreht. Wenn das vielleicht auch in Wirklichkeit der Fall ist, jedenfalls bei Menschen – womöglich bei Hunden nicht? –, aber der Dichter spricht von Frucht. Halte dir das beim Abitur gut vor Augen. Denk an Melonen, Quitten, Kirschen, nie von dir ver-

speist, wie ich konsequent Tabletten gegen meine Ängste verschmäht habe.
Ich legte dem Tier die Hand auf die Augen und drückte sie ihm zu. Tschau. Dann zog ich ihm die Decke über den Kopf. Tschau!
Darauf schoß mir die Übelkeit in die Kehle, und ich sputete mich zurück ins Bad. Brille hoch, das sowieso schon schmerzende Knie stieß unsanft an den Rand der Kloschüssel, Kopf über der Öffnung des Porzellanthrons, in dem das gleiche geschah wie in meinem Gedärm. So wie ich schreiend würgte und mir nach Galle schmeckendes Zeug in den Mund gepumpt wurde, ohne daß ich mich übergeben konnte, so stieg aus der Tiefe der Schüssel ein ungestümes Röcheln auf zugleich mit schwarzem Wasser, das bis zum Rand anschwoll, um dann wieder, ringförmige Spuren hinterlassend, langsam in dem Trichter zu verschwinden. Ich klappte die Klobrille herunter und machte den Deckel zu. Dies verminderte zwar nicht den Gestank, doch so brauchte ich die in die Schüssel gespuckte und wieder verschlungene Todesbrühe nicht mehr zu sehen.
Ich setzte mich auf den Deckel, beugte mich vor, um mir die Schuhe auszuziehen. Durch die Bewegung stiegen wieder Wellen brackigen, bitteren Speichels in mir auf, Geifer und Geschmack gräßlicher Angst. Immer noch im Sitzen streifte ich mir erst die noch feuchte Hose, dann Daphnes Strümpfe von den Beinen und begann, mich vom Nabel bis zu den Zehen mit einem frischen Handtuch trocken und warm zu reiben.
Wo Frau Uitwyck wohl hingegangen war, warum sie wohl so eilig das Hotel verlassen hatte?
War ich darauf wirklich neugierig, war ich neugierig auf ihre hinterlassene Nachricht? Ich registrierte Lustlosigkeit, Ernüchterung, Ungläubigkeit, sogar eine aufkeimende Abneigung. Probleme mit meiner Testosteronproduktion. Ich könnte die Hand aktivieren und dabei an alle möglichen nackten weiblichen Körperteile denken. Die haarlose Vagina von Mevrouw Uitwyck? Den nicht zu rundem Wachstum gelangten Busen von Mevrouw Uitwyck, in dem die Rippen sich wie die Wellen auf einem Waschbrett abzeichneten? Den Mund voller Zahnfleisch, das flachsartige Hexenhaar. Findest du mich häßlich? Ich hätte antworten sollen: Da lobe ich mir doch den gierigen, gastfreundlichen Kör-

per von Gonneke, der Säuferin, mit ihren üppigen Wollteppichen und -gobelins zwischen den Schenkeln und unter den Armen, ihrer Muschi, in der man wie in einem Buch blättern kann, ehe man sich hineinvertieft und -verliert. Da lobe ich mir auch Paulas malerisch gebliebenen Körper, abgesehen von der Tatsache, daß ich ihn nicht einmal mehr ansehen darf, geschweige denn anfassen, um völlig zu schweigen von ... Warum sollte ich, bleiche Daphne, arglistiges Gespenst, einen betagten Beaujolais primeur einem gereiften, vollen Burgunder vorziehen?
Mit nacktem Unterkörper verließ ich das Badezimmer und ging, das Schiff in Längsrichtung durchquerend, in mein Privatquartier hinüber.
Wußte ich noch, was in mir vorging? Wehrt man sich mit Zynismus gegen die Angst? Wenn dem so ist, dann bevorzuge ich die Angst, gegen die es, wie man hört, bewährte, Linderung verschaffende Wundertabletten für denjenigen gibt, der so schwer daran zu tragen hat, daß er sich nicht mehr aufrichten kann. Gegen Zynismus jedoch ist kein Apothekerkraut gewachsen, Zynismus ist geistiges Aids und tötet schließlich die letzten Blüten, die Denken, Lesen, Poesie noch im Hirn gezeitigt haben.
So in Gedanken, wäre ich fast über die Hündin gestolpert, konnte aber gerade noch über den zugedeckten Körper springen. Eine Glasscherbe bohrte sich in meine Fußsohle; während ich sie entfernte, im Schneidersitz auf dem Boden neben dem Sterbelager sitzend, polterte jemand über den Laufsteg. Coolenbrander? Den herausgezogenen Glasdorn zwischen Daumen und Zeigefinger, öffnete ich die Tür, hinter der ich mich selber bis auf den Kopf verborgen hielt.
Ein kraftstrotzender Hüne hatte ohne Knochenbruch, Prellung oder Schürfung die Steigung erklommen. Auf dem Kopf eine Wollmütze mit einer Wollkugel an einer Kordel.
Taxi.
Während er dieses Wort ausstieß, drückte er mich mit der Tür an die Wand, stieg, sich die Schuhe abtretend, an Bord, zog die Tür hinter sich zu. Einen Augenblick musterte er mich. Ich registrierte noch, daß ich die Scherbe fallen ließ, daß ich nicht noch einmal hineintreten durfte, daß ich mich von ihm ertappt fühlte und verlegen wurde, daß es war, als hätte ich dies schon einmal erlebt:

In der Aula brach eine brummende, schon bald johlende Heiterkeit aus, als ich hereinkam und mehrere hundert Augenpaare, unter denen die des Herrn Pieter van Vollenhoven, feststellten, daß ich, zu meinem eigenen Schock, nackt war. Ich versteckte meine Blöße hinter den Papieren, aus denen ich vorlesen wollte, so wie ich jetzt mein Hemd so weit wie möglich herunterzog.
Der Taxichauffeur hatte sich jedoch sofort abgewandt. Ich bin zu früh, merke ich. Ich warte, Mijnheer, ich habe Zeit, lassen Sie es ruhig angehen, der Zähler tickt.
Sie wohnen hier gemütlich und ruhig, setzte er die Unterhaltung fort, nachdem ich mich schüchtern in mein Schlafzimmer geflüchtet hatte.
Ich könnte ihn bezahlen und wegschicken, dachte ich. Was sollte ich noch in Eggelte, wenn ich die Sängerin dort doch nicht antreffen würde? Es gab jetzt Dringenderes zu erledigen: Die Garage mußte angerufen werden, um die Batterie wieder zum Leben zu erwecken, der Hund mußte ein Seemannsbegräbnis bekommen, die Außentaue mußten neu gespannt werden, um das Schaukeln des Schiffes in Grenzen zu halten und zu verhindern, daß es von seinem Platz weggetrieben würde. Alle Wasser-, Gas-, Elektrizitäts- und Telefon- und so weiter -leitungen würden reißen.
Während ich das alles noch überlegte, war ich schon angezogen. Und welchen Anzug nahm ich in der Eile? Meinen besten. Den Daphne-Anzug, wie ich ihn inzwischen nannte.
Schöne Aussicht, sagte der Chauffeur. Und Sie brauchen die Angel bloß aus dem Fenster zu hängen, um einen Fisch zu fangen, machen Sie das manchmal? Ich schluckte. Hinter ihm lag die aufgebauschte Decke, die den Anblick eines im Haus entstandenen Maulwurfshügels bot. Tschau, liebes Tier! Man lebt hier wohl sehr gesund, will mir scheinen. Ich antwortete gedämpft, Taschentuch an der Nase: Ja. Erkältet, Mijnheer? Mir sei übel von dem Gestank, keuchte ich. Gestank? Er rieche nichts. Was für ein Gestank? Das an der Kordel baumelnde Kügelchen, das gegen seinen Schädel schlenkerte, ließ mich aus irgendeinem unerfindlichen Grund an Nico Sibelijn denken.
Von Staus oder sonstigem Verkehrschaos keine Spur, von irgendwelchen Katastrophen in der Landschaft nichts zu sehen, der

Chauffeur brachte mich in einer ununterbrochenen, gleitenden Fahrt, wie in einer Gondel, innerhalb von einer Viertelstunde an mein Ziel. Auf dem Armaturenbrett, aus dem regelmäßig eine Frauenstimme ertönte, die geheime Nachrichten und Instruktionen übermittelte, zeigte die Uhr eine unmögliche Zeit an, als wir vor der Freitreppe des Hotels hielten.
Als ob ich nicht ich wäre, sondern jemand anderes - ich sah mich aus dem Auto steigen, die Stufen hinaufgehen, in den Glasflügeln der Drehtür verschwinden.

Im Halbdunkel der jetzt stillen Bar lag die Sphinx und grinste, den unergründlichen Kopf voller für mich bestimmter Unheilsprophezeiungen. Ein Mann saß am Schanktisch, die einzige überhaupt anwesende Person, reglos, wie in einem Fluidum des Ausgestoßenseins. Starrte vor sich hin. Wartete. Er hätte in ein Gemälde von Edward Hopper gepaßt. Um den Hals einen Schal, dessen eines Ende ihm über den Rücken herabhing. Diesen Schal kannte ich. Irgendwann einmal hatte ich genauso einen umgehabt. Vor dem Mann stand ein halbvolles Glas schal gewordenes Bier. Daneben eine Batterie von Kameras.
Hinter der Rezeption niemand. Ich sah mich den mädchenbrustförmigen Klingelknopf streicheln, der einzudrückende Nippel verursachte ein *klingling!*. Es war so mäuschenstill, daß sich der dünne Laut in der Stille verlor wie ein Schmetterling in der Unendlichkeit des Weltraums.
Kein Angestellter zeigte sich, dafür aber löste sich die Gestalt an der Bar aus ihrer Starre. Sie ist nicht da, rief er, ohne daß ich begriff, daß er mit mir redete. Nachdem ich die Klingel von neuem betätigt hatte, stand der Mann plötzlich hinter mir, schlug mir auf die Schulter. Ich sage dir doch, daß sie nicht da ist, Mann. Du bist ja wie ein Hund, der weiß, daß er irgendwo einen Knochen vergraben hat, sich aber nicht mehr erinnert, wo. Sie ist nicht da, sage ich dir jetzt zum dritten Mal.
Bestürzt. Drehte ich mich. Zu ihm um. Wen meinte er mit »sie« – eine Hotelangestellte, die an der Rezeption hätte stehen müssen, im Moment aber abwesend war? Was sollte seine Hand so zudringlich auf meiner Schulter? Ich sah auf eine Nase, die einem Habicht als Schnabel nicht übel gestanden hätte. Kühle, farblose,

bohrend aufmerksame Augen. Aus den Falten des Schals lugten einige herausgeschobene Teleobjektive wie exhibitionistisch herausgestreckte, erigierte Penisse hervor. In der Seitentasche seines Jacketts hatte dieser Schicksalsgott die jüngste, noch frische, gerade erschienene Ausgabe der Zeitschrift *Skick*, der Länge nach doppelt gefaltet, der Titel grell sichtbar.
La Uitwyck ist vor ein paar Stunden abgereist, hörte ich ihn sagen. Außer daß ich seine Worte hörte, roch ich sie auch, in Bier eingelegt. In aller Gemütsruhe. Mit einem Taxi. Koffer, Taschen, Blumen von Hotellakaien hinter ihr hergetragen. Schwarze Gläser vor den Augen. Ein paar Leuten auf der Straße zuwinkend, die sie erkannt hatten und zu klatschen begannen. Ich hab mir die Nummer des Taxis notiert.
Wer war dieser Mann bloß? Allmählich erinnerte ich mich, ihm schon einmal begegnet zu sein, aufdringlich, wie jetzt, bis mir ganz blümerant wurde, auch wie jetzt. Tippte sich an die Nase und sagte »Riecher«. Zog seinen Tränensack herunter, sagte »Auge«. Sagte auch noch: »See you«, so wie Gott, der den Menschen bis in die Milz und seine verborgensten Gedanken durchschaut. Sein Name, sein Name? Etwas mit einem Vogel, also absolut in Übereinstimmung mit dem Bau und dem Umfang seines Riechorgans. Ob zwischen Daphne und mir etwas Heimliches sei – auch damals sei die Rede von einem Brief gewesen, den die Vokalistin für mich hinterlassen hatte.
Brief?
Derselbe frühere Schüler, der gestern das spritzelnde Witwennaß, die Gläser, die Rose auf einem Silbertablett gebracht hatte, befand sich jetzt hinter der Empfangsbalustrade. Mir ist nichts von einem Brief bekannt, Herr van Hoff, sagte er, wobei mir auffiel, daß er seine Bienenweste falsch zugebosselt hatte. Der oberste Knopf steckte im vorletzten Knopfloch von oben, so daß das ganze Ding schief an seiner schmächtigen Leiste klebte. Das konnte mit seiner Erklärung übereinstimmen, er sei erst seit wenigen Minuten im Hotel, um einen Kollegen abzulösen, und habe sich beeilt, auf mein Bimmeln zu reagieren. Guten Tag, Herr Valkman, tönte es gleich darauf aus seinem Mund. Dazu produzierte er ein übertrieben höfliches Schleimergrinsen, wodurch sich mir der Eindruck von Kriecherei und zugleich von etwas Verschwörerischem auf-

drängte. Dies füge ich heute hinzu, jetzt, da alle Dominosteine zusammenpassen.
Während der Fotograf interessiert zuschaute, stöberte der Junge im Gästebuch herum - kein Brief. Warf einen Blick auf den aus offenen Kästchen bestehenden Schrank hinter ihm und schob zu allem Überfluß die Hand in Fach 47, als wolle er ein bisher unsichtbares Kaninchen daraus hervorziehen. Nichts, kein Brief, tue ihm leid.
Aber einer deiner Kollegen sagte mir heute früh am Telefon, Mevrouw Uitwyck hätte einen Brief für mich beim Empfang hinterlassen. Fing fast an zu schnaufen. Ich sah mich jetzt, als würde ich von oben und von hinten gefilmt. Aus dem Bauch heraus atmen, die Luft langsam, in kleinen Stößen, entweichen lassen. Nicht solche langen Sätze aussprechen. Mach es so, wie du es früher gelernt und vor der Klasse getan hast, wo diese Rotznase mit ihrem schwarz-gelb gestreiften Kamisol links an der Fensterseite saß, ganz hinten, in der Ecke mit dem Waschbecken, ewig grinsend.
Was unser Freund van Hoff behauptet, kann ich bestätigen. Das sagte der Fotograf, auch wenn es wie in einem Traum klang und eine zufällig meinen Namen führende Person betraf, offensichtlich den Freund des Sprechers und des Rezeptionisten mit dem vielen Gel im Haar. Genau in dem Augenblick, als dein Kollege es in den Hörer sagte, kam ich nämlich gerade durch das Glaskarussell - er deutete mit dem Kinn auf die Drehtür - nach einem erquickenden Morgenspaziergang am Strand.
Und doch kann ich nirgends einen Brief entdecken, tam ta tam, sagte der Junge nervös. Wieder blätterte er in dem Gästebuch. Als ich Daphnes Signatur darin vorbeiziehen sah, verspürte ich einen kleinen Stich: Da stand ihr Name. In der mir so wohlbekannten Handschrift in dem aus tausenderlei Blau zu erkennenden Libellenblau. Es war ein Beweis, selbst wenn ich mir alles übrige in bezug auf sie in diesem Hotel eingebildet hätte.
Brief, Brief-Brief-Brief tam tam. Wo kann dieser Brief bloß geblieben sein?
Tja, murmelte Valkman.
Ich erinnere mich genau, daß er in dem Moment Hand und Nase in die Innentasche seines Jacketts steckte. Um sowohl zu fühlen als auch zu riechen, daß der Brief dort in Sicherheit war. Allein in

der Bar, von wo er die ständig unbemannte Rezeption ungestört beobachten konnte, mußte er die für mich bestimmte Nachricht aus dem Fächerschrank entfremdet haben.
Daphnes Brief roch nach ihrem Parfum, sollte ich später in *Skick* lesen. Mich all die Zeit mit der Frage herumgeschlagen, wonach die göttliche Sängerin nun eigentlich roch. Bis ich es aus dem Boulevardblatt erfuhr: Der Schmierfink identifizierte das Odeur als Mohn.
Opium also.
Über dem mit überwiegend entkleideten Körpern bevölkerten Strand schwebten geflügelte Drachen, Schlangen, andere mythische Gestalten. Um Drachen steigen zu lassen, braucht man inzwischen keinen Wind mehr – die Flugkörper sind mit kleinen Motoren ausgerüstet, die ein ganzes Universum an Feuerwerk um sich schleudern. Diese Wesen in ihren Halos aus bunten Funken füllten den Luftraum, der mich an ein riesiges Stück verschwenderisch dekoriertes japanisches Geschenkpapier erinnerte, mit Summen, Puffen, Knallen. Die Luft voller wogender, sich windender Tiere mit ihren Bändern, Zungen, Schwänzen, Kiemen, Schwingen, Fangarmen, finstere Schatten auf all die Nacktheit da unten werfend – ein Bild von Gustave Doré zu einem Gesang der *Göttlichen Komödie*.
Auch ich bin auf diesem Bild, feierlich gekleidet zwischen der vielen Blöße, Sand in den Schuhen, Hand am Gesicht, in Gedanken, in Zweifel. In Sehnsucht.
Daphne? Daphne?

Frau Grosfeld van Suzante hatte mich in ihr Büro bestellt, wo ich all die Jahre nur einmal gewesen war – zusammen mit Paula, als wir uns über die von dieser Dame geleitete Anstalt Effata orientierten, in der wir unsere geistig deformierte Tochter vielleicht unterbringen könnten.
Wie damals saß sie an ihrem bumerangförmigen Schreibtisch mit der Glasplatte, an deren einem Ende im Lauf der Zeit ein Netz aus Sprüngen entstanden war, zu groß, als daß der Sockel einer Statue, ebenfalls aus Glas, es den Blicken zur Gänze entzogen hätte. Zwei barfuß im Wasser watende, einander zärtlich umschlingende nackte Mädchen mit Elfenflügeln. An der anderen Seite der

funkelnden Oberfläche saß ich, wahrscheinlich auf demselben Stuhl wie bei meiner ersten Anwesenheit in diesem Raum.
Mit ihrer tiefen Stimme erkundigte sich die Oberin nach meinem Ergehen. Und Mevrouw van Hoff? Ihr Blick streifte den Stuhl neben dem meinen, wo Paula ihrer Meinung nach wohl hingehörte. An jenem bewußten Tag hatte Paula darauf Platz genommen, verbissen wegsehend, Taschentuch in der Hand - jetzt stand meine Schultasche auf dem Sitz. Die Wochenendzeitungen, das längliche, flache Päckchen, das Daphne für Hanneke dagelassen hatte, ein Bändchen frivoler Verse eines römischen Dichters, die ich Gonneke vorlesen wollte, wenn wir nachher ...
Danke, gut, antwortete ich. Auf der Hut.
Wenn ich recht verstanden hatte, saß ich ihr und ihren sich umgekehrt in der Glasoberfläche spiegelnden Busenkugeln - Krokodilseier in einem überquellenden Fangnetz, dachte ich - gegenüber, weil sie mir etwas Ernstes mitzuteilen hatte.
Um nicht gleich in Angst zu versinken, die in einer Serie abscheulicher Visionen von Hanneke in mir aufschäumte, um ihre Mitteilung noch etwas vor mir herzuschieben, sagte ich gleich darauf: Wir haben allerdings einen Sterbefall hinter uns.
Das hatte ich lässig erwähnen wollen, als Vermischtes, traurig zwar, aber nun auch wieder nicht so, daß man deswegen dauerhaft geknickt zu sein brauchte. Ich hörte mich noch hinzufügen: Auch Hanneke wird es Kummer bereiten. Es wird schwierig sein, es ihr zu sagen. Damit bekam die Mitteilung die Schwere einer Hiobsbotschaft.
Oh? Die Direktorin legte den Zeigefinger an die Wange. Schwarzlackierter langer Nagel, der sich wie eine Träne auf einem Pierrotgesicht abzeichnete, alle anderen Nägel waren zinnoberrot. In der Tiefe des Gebäudes erklang Kindergeschrei, eine zuschlagende Tür schnitt es ab. Durch das Fenster hinter ihrem Kopf hatte ich Aussicht auf die Auffahrt, Gonnekes verbeulte, rote Klapperkiste stand nicht zwischen den geparkten Autos. Vielleicht kam sie mit dem Bus. Kenne ich den Verstorbenen? Und, als würde sie plötzlich von einem elektrischen Schlag getroffen - ihre Augen weiteten sich und wurden von einem Schleier überzogen -, sprach sie selbst die Antwort auf ihre Frage aus: der Hund. Nicht? Nein! Ach Gott, Hanneke, das liebe Kind.

Ich nickte. Sie, von ihrem Platz aus, sah mich wahrscheinlich ebenfalls falschherum gespiegelt, als wären wir Patiencekarten. Dame und Bube. Oder Dame und König. Wenn sie rot, ich schwarz, oder umgekehrt, dann würden sie und ich aufeinander ... Erschöpft, am Ende, hat sich vor Altersschwäche endgültig hingelegt, sagte ich.
Als ich nach meiner vergeblichen Suche nach der immer metaphysischer werdenden Geliebten nach Hause zurückgekommen war, mit neuen Seilen, um das Schiff wieder fest zu vertäuen, hatte ich mich zum letzten Mal neben Nonja gehockt. Die Flug- und Kriechtierchen, die über ihr Fell und in die kahlen Stellen krabbelten und wie Möbelpacker in ihren Nasenlöchern, Augenwinkeln, Ohren und noch intimeren Öffnungen ein- und ausgingen, ließ ich gewähren, denn das große Singen kehrt nicht wieder, wie es bei Yeats heißt. Ich wickelte sie ein paar Mal fest in die Decke ein, die noch nicht gänzlich steif gewordene Hundeform, die Leiche, das Vergangene – was ich da einpackte, wußte ich nicht mehr so recht zu benennen. Das Bündel dann mit einem alten Seil umwickelt. Mit Steinen beschwert, gab ich diese Roulade dem Schilf preis, etwa zwanzig Meter vom Schiff entfernt, und benutzte einen Stock, um alles so weit wie möglich vom Rand weg in die Tiefe zu stoßen. Ein paar Luftblasen stiegen noch auf. Nun, zum allerletzten Mal denn, tschau! Dein Tod hinterläßt eine Lücke. Wir werden dich niemals vergessen. Bitte keine Blumen. Lieber kein Besuch.
So etwa hatte ich es Paula berichtet, als sie auf allen vieren den Fußboden absuchte, wenngleich nach der Haftschale ihres Liebhabers, doch da sie zwischendurch fragte: »Wo ist Nonja eigentlich?«, war es, als suchte sie den Hund in den Holzritzen. Sie war vom Verscheiden unserer Hausgenossin weniger angeschlagen als die Oberin.
Letztere starrte mich weiterhin mit aufgerissenen Augen an. Nach einer lange anhaltenden Stille: Wir sollten es Hanneke noch nicht erzählen, das scheint mir besser angesichts der derzeitigen Situation.
Welche Situation?
Ich weiß nicht recht, ich meine, ich weiß nicht, wie ...
Sagen Sie nur, was Sie sagen müssen, schlug ich vor. Das ist für uns beide das Beste.

Ihre Würde war hin, sie wußte auf einmal nicht mehr, was sie mit ihren Händen anfangen sollte. Legte sie vor sich auf die Glasplatte, die dadurch beschlug. Legte sie an ihr Haar, Beatrix-Frisur. Ließ eine Hand seitwärts auf der Formation mit den Sprüngen ruhen, an der sie mit einer Nagelspitze, nicht der schwarzen, zu kratzen begann.

Ich habe Ihnen zweierlei mitzuteilen. Ich muß Sie auf zwei leidige Angelegenheiten vorbereiten. Welche zuerst? Nun, sehen Sie.

Hanneke, sagte sie, ich solle sie aber bitte richtig verstehen, komme jetzt allmählich in ein Alter, es sei ihr sehr unangenehm, das sagen zu müssen, denn ich hätte den Kopf ja schon voll genug, jetzt wieder das mit dem Hund und so, in dem sie, Hanneke, zu alt sei, um noch länger in Effata bleiben zu können, was für ein liebes Kind Hanneke auch sei, so daß ich, Herr van Hoff, es tue ihr wirklich, wirklich leid, mir so allmählich Gedanken über eine neue Betreuung meiner Tochter machen müsse, wobei unser Institut mir natürlich gerne mit Rat und Informationen ... Ihr an der Schadstelle fummelnder Nagel brach ab.

Hinter ihrem Kopf begab sich eine Gruppe mongoloider Knirpse, umringt von Eltern und Pflegerinnen, singend auf den Weg irgendwohin, jedes Kind trug einen Stab mit einem Windrädchen aus Papier in der Hand. Juchhe, juchhe, juchhe. Weh, weh, Windchen. Gonnekes Auto: nirgends zu sehen.

Natürlich schon geraume Zeit auf diese Ankündigung vorbereitet, war ich jetzt trotzdem von einer Sekunde auf die andere ratlos. Ich befand mich in einem Sarg oder etwas Ähnlichem, in dem ich mich nicht bewegen konnte. Am Schaukeln spürte ich, daß der Sarg aus der Höhe herunterstürzte. Das war die leidige Mitteilung Nummer eins, dachte ich und fragte, weißen Rauch im Hirn: Und das zweite ist?

Ein Unglück kommt selten allein, raunte sie mit Kontrabaßstimme.

Unglück, wiederholte ich.

Vorgestern beim Basteln, einfach so mitten am Tag, habe Hanneke plötzlich zu kreischen angefangen. Sie schob sich selbst so heftig vom Tisch weg, daß sie mitsamt Stuhl hintenüberkippte. Auf dem Boden habe sie so wild um sich geschlagen und getreten, daß keiner vom Personal sich ihr zu nähern gewagt habe. Als ob sie einen

epileptischen Anfall bekommen habe. Schaum auf den Lippen, rollende Augen und ein Geschrei, ein Geschrei, so unbändig, daß die anderen Kinder auch die Fassung verloren und einen Schreigesang angestimmt hätten. Sie werden sich die Situation vorstellen können.
Vorgestern mitten am Tag starb Nonja, dachte ich. Ich trug Trauernylons. Wie sollte ich Hanneke bloß den Tod ihres Schwesterchens mitteilen?
Außer sich durch irgendeine plötzliche panische Angst, irgendeinen plötzlichen Kummer – bei diesen Kindern muß man immer raten, sagte Frau Grosfeld –, aus irgendeiner Schreckreaktion heraus, man weiß es nicht, habe Hanneke begonnen, sämtliche Tische und Stühle umzuwerfen. Und dann habe sie auf einmal eine Schere in der Hand gehabt. Ehe irgend jemand eingreifen konnte, alle Kinder polterten weinend herum, stolperten in dem wüsten Durcheinander, stießen mit den Köpfen aneinander, Sie werden sich die Situation vorstellen können. Am Abend zuvor, als es so schrecklich regnete und stürmte, sei in Effata ein ähnliches Pandämonium ausgebrochen. Noch ehe also jemand Hanneke die Schere habe entreißen können, habe sie, habe Hanneke, habe Hanneke plötzlich, habe sie sich ohne weiteres die Wimpern abgeschnitten. Dabei schnappte die Schere auch ein paarmal in ihre Lider. Blut in den Augen, das ganze Gesichtchen rot, Blut auf der heraushängenden Zunge.
Der mich umschließende Sarg, fiel er durch die Luft oder schaukelte er sich im Wasser in die Tiefe? Die Antwort darauf war von keinerlei Bedeutung. Mit dem Sarg zusammen würde ich auf der Erde zerschellen oder mit ihm zusammen am Grund zerdrückt werden. Blieb die Frage, wann dieser Augenblick anbräche.
Hätte mir die Unglücksbotschaft der Oberin nur wie Eskimoisch, Kauderwelsch, Sanskrit in den Ohren geklungen. Spräche sie nur in chinesischen oder kyrillischen Lauten. Zu keiner einzigen Reaktion imstande, starrte ich auf ihr Alter ego in der Glasfläche zwischen uns: ein Mannweib mit dem Kopf nach unten. König, Dame, Bube? Sagte Dinge, die sich mir wie mit einer Radiernadel ins Hirn ritzten.
Furchtbar, furchtbar erschrocken, alle.
Warum haben Sie mich nicht sofort angerufen?

Daran haben wir natürlich gleich gedacht. Aber nachdem wir festgestellt hatten, daß Hanneke sich keine Verletzung an den Augen zugefügt hatte – es hätte ja viel schlimmer ausgehen können, daran wollen wir lieber gar nicht denken –, beschlossen wir, Ihnen und Frau van Hoff nicht auch noch einen Schrecken einzujagen. Wir hielten es für das Beste, alles zunächst im Haus ... Doktor Maesland gab ihr eine Spritze, zur Erleichterung aller brauchte nicht genäht zu werden, der Arzt meinte, Salbe würde genügen, und er brachte einen festen Verband um Hannekes Kopf an.
Wie ist ihr Zustand jetzt?
Der Arzt ist gerade wieder gegangen. Wir haben Hanneke bis heute morgen schlafen lassen. Als Doktor Maesland heute morgen den Verband abnahm, war von den Wunden kaum mehr etwas zu sehen. Ihre Wimpern werden nachwachsen, meint Doktor Maesland. Wir meinten, es sei das Beste, Hanneke noch ein paar Tage von den anderen Kindern fernzuhalten. Die Kinder vergessen rasch, aber sie verfügen doch über so etwas wie ein Gedächtnis, und es besteht durchaus die Gefahr, daß sie beim Anblick von Hannekes Augen sofort wieder außer Rand und Band geraten.
Selbstverstümmelung kommt nicht oft vor bei den Kindern, es sei denn aus Versehen, dozierte Frau Grosfeld, man könne aber bei Down-Kindern nichts mit Sicherheit sagen, aber was, wenn so ein Versuch einmal gelänge? Sie werden es sich vorstellen können.
Das konnte ich. Meine Tochter, die sich wie ein kindlicher Ödipus die Augen aussticht, während ihr Vater Illusionen in Liebesdingen nachjagt, die ihn auf seine Art blind machen, und ihre Mutter nach Hundemanier – ihre Lieblingsstellung im Geschlechtsverkehr – den Fußboden nach dem Auge ihres kurzsichtigen Freundes absucht.
Wir lassen Hanneke noch ein paar Tage in ihrem Zimmer. Wir halten sie ruhig mit einem Pillchen, heute morgen war sie schon wieder fröhlich wie immer. Wir müssen uns demnächst einmal in aller Ruhe über ein anderes Heim für Hanneke beraten, Mijnheer van Hoff. Nicht daß mir das ein Problem zu sein scheint. Nun ... Ich bin erleichtert, daß ich meine leidigen Mitteilungen an Sie los bin.
Hastig drehte sie sich auf ihrem Bürostuhl von mir weg, drückte eine Taste auf dem Telefon. Den Hörer am Ohr – dort erlitt ihre

Frisur eine kleine kubistische Verschiebung –, schielte sie auf den Finger mit dem beschädigten Nagel. Wo die abgebrochene Spitze geblieben war, schien sie, im Gegensatz zu mir, nicht zu wissen – die steckte immer noch in der Formation mit den Sprüngen, wie ein rotes Surfsegel in zu Glas erstarrten Wellen.
Kommst du mal, schnauzte sie.
Die schon etwas ältere, mütterliche Pflegerin, die Geertruida hieß, kam freundlich nickend herein, Schlüsselbund am Gürtel.
Schwester Geertruida würde mich zu Hanneke bringen, sagte die Oberin, und während meines Besuchs im Zimmer bleiben. Für den Fall, daß.
Für den Fall, daß was?
Als ich Mevrouw Grosfelds Büro schon verlassen hatte und auf die Frau mit den Schlüsseln wartete, sah und hörte ich, daß sich beide flüsternd unterhielten. Dabei hielt die Direktorin die Pflegerin am Ärmel fest und begleitete ihre Anweisungen mit kurzen, kräftigen Rucken.
Ein Kind kam angerannt, es klang wie das Klappern von kleinen Hufen. Gonneke Gonneketochter. Tschilpend ließ sie sich mit ihrem ganzen Gewicht an mich fallen. Da ich meine Effata-Kleider trug, kümmerte es mich nicht, daß sie ihre Speichel- und Rotzfäden an ihnen abwischte. Ich legte die Hände auf ihr weiches Haar. Tag, Liebling, hallo, sagte ich.
Gonneke wartet auf ihre Mama, nicht, Gonneke? sagte Geertruida, die sich zu uns gesellte.
Ich auch, dachte ich leidenschaftlich.
Mit einem Blick auf die große Uhr: Sie wird wohl nicht mehr kommen, wie ich Gonnekes Mama kenne. Entweder sie ist pünktlich, oder sie kommt gar nicht.
Die Richtigkeit dieser Feststellung war mir nur allzu bekannt.
Kam sie nicht, dann begab ich mich nach der Besuchszeit in ihren Kakteenpalast, wo sie wie die schöne Schläferin, Schnapsflasche in Reichweite, im Bett auf mich wartete.
Erschien sie, verhielten wir uns in Gegenwart der anderen neutral, so, wie wir immer mit den anderen Eltern und Familienangehörigen auf dem Affenfelsen umgingen – wie Bekannte, wie Schicksalsgenossen, die nun einmal jeden Sonntag zueinander verurteilt sind und sich darum bemühen müssen, so liebenswürdig wie

möglich zu sein und das Beste daraus zu machen. Zwar hatten Mama Gonneke und ich unsere Geheimzeichen, um uns zu verständigen. Ich strich mir mit der Hand durchs Haar – von der Stirn in den Nacken bedeutete etwas anderes als von Ohr zu Ohr. Sie gab Zeichen mit der Zunge – Oberlippe lecken, ein Mal, von Mundwinkel zu Mundwinkel, bedeutete nicht das gleiche wie zwei Mal, von einer Seite sofort zurück zur anderen, während das Befeuchten der Unterlippe wieder etwas anderes zum Ausdruck brachte. Beim Austauschen dieser und noch zahlreicher anderer Körpersignale mußte man nur sicher sein, daß der andere einen sah, man brauchte sich dabei nicht anzuschauen, der, der das Signal gab, konnte das vor allen Anwesenden sozusagen gedankenlos tun, sich dabei angeblich auf das Dominospiel oder auf das Ausschneiden von Figuren konzentrierend. Sie, Unterlippe: »Lust?« Ich, Stirn: »Und ob.« Trost zu zweien. Weil wir uns hatten, empfanden Gonneke und ich unsere sonntäglichen Besuche dieser dantesken Örtlichkeit als weniger stockfinster-betrübt.
Unsere verabredeten Gesten waren wie mit Taschenlampen ausgetauschte Morsesignale, mit denen wir uns schon mal in Stimmung brachten, denn schon bald würde dieses deprimierende Schauspiel, in dem wir unauffällige Figuranten waren, bei ihr zu Hause in ein festliches Finale mit Feuerwerk münden, wir beide in derselben Glanzrolle. Die Besuchstage, an denen sie nicht erschien, kamen mir daher doppelt so lang vor und doppelt so mühsam.
Unter der Woche telefonierten wir nicht miteinander, wir dachten auch nicht zwischendurch schmachtend aneinander, unsere Beziehung war ohne Ansprüche und ohne Verpflichtung (»Nur fürs Bett, okay?« – »Okay.«), aber darum doch nicht so unverbindlich, daß wir achtlos miteinander umgegangen wären. Unser wöchentliches Bett-Treffen war ein Trostgeschenk, das wir einander machten und zugleich voneinander in Empfang nahmen, weitergehende Konsequenzen wollten wir nicht damit verbinden. Sollte nach all diesen Monaten auf beiden Seiten doch etwas entstanden sein, das den Namen Liebe verdiente, so sprachen wir das nicht aus. »Sag nichts«, beschwor sie mich. Besser alles im ungewissen lassen: »Wenn man es ausspricht, glaubt man es irgendwann auch, aber darum braucht es noch lange nicht zu stimmen.« Bes-

ser nichts benennen, nichts sei sicher, auf nichts könne man zählen.
Wenn sie sich in Effata nicht blicken ließ, fehlte sie mir, dann fehlte die den angenehmen Ereignissen selbst vorausgehende Spannung. Das Austauschen unserer Geheimzeichen nannten wir »das Stimmen des Orchesters«, bevor die Musik selbst zum Klingen käme, nachher, zwischen den Kakteen.
Heute mittag fehlte sie mir noch mehr, die Lücke spürte ich noch stärker als andere Male, wenn sie von einem Besuch absah. Ich brauchte vor allem seelischen Trost, so sehr, daß ich das Bettritual ohne weiteres dafür geopfert hätte.
Gonneke geht jetzt mit den anderen Kinderchen spielen, ne, Gonneke, sagte Schwester Geertruida. Brav mit den anderen Kinderchen spielen.
Tanzend begab sich das Kind außer Sichtweite. Weh, weh, Windchen. Die Arme seitwärts, drehten sich wie Windrädchen.
Ich folgte der Frau und ihrem Gerassel, der Schlüsselbund stieß abwechselnd an ihr eines, dann an ihr anderes Knie.
Ein Teil des Gebäudes, wo ich nicht so oft hinkam. Ein kurviger Gang, in dem das Schlüsselgeräusch wunderlich widerhallte und die ehemals prächtig weißen Wände mit kunterbunten Zeichnungen, Strichen, Kratzern, Flecken bedeckt waren. Die Leitung wird schließlich aufgegeben haben, diese Graffiti der unschuldigen Kinder unter immer neuen Schichten weißer Tünche verschwinden zu lassen. Wie flüchtig diese Beobachtungen und Überlegungen auch waren, ich dachte dabei an Daphne, gegen meinen Willen. Von der Korrekturtünche in ihren Briefen bis hin zu meiner Vision, in der sie selbst sich völlig in Weiß auflöste und durchsichtig wurde, nicht mehr wahrnehmbar, bis auf die Stimme, die allerdings ebenfalls immer schwächer wurde, als käme sie aus einem sich immer weiter ausdehnenden nebligen Fluidum. In dem Gang roch es stark nach Lysol oder einem ähnlichen Desinfektions- oder Keimtötungsmittel, schlimmer als die Gerüche, die damit bekämpft werden sollten. Hier befanden sich die Räume mit den nebeneinander und einander gegenüberstehenden Klos, wo die Kinder gemeinsam ihre Häufchen machen und aufs Töpfchen gehen, wie ich die Direktorin noch sagen hörte, als sie Paula und mich zum ersten Mal herumführte. Die Effata-Epoche im Leben

meiner Tochter und in meinem eigenen wird auch bald hinter Kalk verschwinden, dachte ich. Ob Hanneke sich später daran erinnert, ist unsicher. Dagegen ist es so gut wie sicher, daß meine Erinnerungen daran sich mir so scharf wie Lysol ins Gedächtnis einprägen werden. Alte Kalender. Reihen von durch unterschiedlichen Kummer angefressenen Daten.

Geertruida: Erwähnen Sie den Hund lieber nicht.

Als sie Hannekes Zimmertür aufschloß, saß mein Gibbonmädchen, mein Kuschelkind, meine kleine Herzensbrecherin auf dem Bettrand und weinte geräuschlos vor sich hin. Bei meinem Anblick begann ihr nasses Gesichtchen zu strahlen, als streife die Sonne einen verregneten Steingarten. Manchmal – auch jetzt war das eine Viertelsekunde lang wieder der Fall – sah ich in ihren karikaturistisch verzeichneten Zügen doch noch gewisse Ähnlichkeiten mit Paula (die hohen Backenknochen, der Haaransatz) und mir (die Augen, die ich wiederum von meiner Mutter geerbt habe). Trotz aller Melancholie und Deprimiertheit rührte mich das jedesmal. Tag, Hannekehöfchen, sagte ich. Vor sie in die Hocke gesunken, stellte ich fest, daß ihre Augen fast keine Wimpern mehr hatten und dadurch noch größer wirkten. Noch wehrloser, argloser, weltfremder. Wachsen Wimpern nach? Wohl durch den Einfluß der Schlafpräparate waren die Pupillen glanzlos und trübe. Augen eines noch erstaunten, noch verwirrten Tierchens, das gerade aus der Vivisektionsnarkose erwacht ist. Die Augenränder wiesen die Beschädigungen auf, die die Schere hineingeschnitten und -gestochen hatte, Gott sei Dank ohne ernsthafte Verletzungen; die Wunden schienen tatsächlich schon fast wieder geheilt.

Mein Töchterchen umarmte mich mit gewohnter Begeisterung, jauchzend, obwohl sie sich noch nicht ausgeschluchzt hatte. Sie tat es mit hilflosen, steifen Bewegungen: Ihre Armgelenke hatte man in Köcher gesteckt.

So kann sich Hanneke nicht mit den Händchen ins Gesicht fassen, erklärte Schwester Geertruida, und kann sich Hanneke nicht die Äugelchen reiben, ne, Hanneke? Der Arzt sagt – diese Mitteilung war für mich bestimmt –, daß Hanneke keine Schmerzen hat, daß aber die abheilenden Wunden jucken. Wenn Hanneke sich da kratzt …

Das Gesicht des Kindes legte sich wieder in Heulfalten, doch ich konnte das Gewitter abwenden, indem ich ihr meinen Handteller wie ein Tablett hinhielt: Schau mal!
Was ich an Zuckertüten in der letzten Zeit gehamstert hatte. Natürlich fand sie die grausamsten am schönsten, nämlich die aus dem Memphis-Hotel: das verschnörkelt kalligraphierte M, mit der Sphinx in einen Kranz aus Lorbeerzweigen eingefaßt, alles in Gold auf einem Blau, das einen zum Schielen brachte.
O wie schön! Schwester Geertruida, an der eine Sesamstraßen-Schauspielerin verlorengegangen war, setzte sich neben das Kind aufs Bett. Wie schön Hanneke das findet! Für dein Zuckerbuch, gell, Hanneke? Hanneke hat doch so ein schönes Zuckerbuch, Papa, wandte sie sich an mich, meine schon wieder strahlende Tochter im Arm. Hast du Papa dein Zuckerbuch schon mal gezeigt?
Natürlich hatte diese Zeremonie bereits viele Male stattgefunden. Ein dickleibiges, quadratisches Album vom Effata-Speicher – es waren Ansichtskarten von Städten aus den zwanziger Jahren drin gewesen, die man leider zum Altpapier geworfen hatte –, in das Hanneke mit Unmengen Leim ihre Zuckertütchen hineinklebte, selten gerade, oft schief auf der Seite, falsch herum und noch mit Zucker gefüllt. Oft rissen die Tüten, der Inhalt rieselte heraus, und wenn er sich nicht auf Tisch und Fußboden ausbreitete, klumpte er an den sehr langsam trocknenden Klebepfützen im Buch fest. Es roch daher nach verdorbener Tortenglasur, die dicken Seiten waren nur mit größter Mühe auseinanderzubekommen, und wenn, dann marschierte mal eine Kohorte Ameisen heraus, mal hatten Mäuse daran genascht, und ihre Kötel steckten im Leim wie Insekten in Kunststoff. Man ließ es so, man ließ dem Kind seinen Bücherschatz, man bewahrte ihn in einem Müllsack auf, in den er fest eingewickelt war.
Als Hanneke forttrabte, um das Album aus dem Schrank zu holen, ergriff Schwester Geertruida die Gelegenheit, hob das gerahmte Foto von Nonja vom Nagel über dem Kopfkissen und ließ es in Busenhöhe in ihren Kleidern verschwinden. Mich machte sie mitschuldig, indem sie mir dabei zuzwinkerte, den gestreckten Zeigefinger am Mund. Ich begriff, daß diese Handlung auf jenen zischend erteilten Befehl der Direktorin zurückging. Das verschwundene Porträt ließ unter dem Nagel ein helles Rechteck auf

der Tapete zurück – wie eine Erinnerung an etwas, von dem man so tun sollte, als habe man es vergessen. Hanneke, den Folianten auf den horizontal ausgestreckten Roboterarmen, sah es sofort, ließ den Blick darauf ruhen, runzelte die Stirn, ging zum Glück gleich wieder zur Tagesordnung über. Alles mögliche plappernd in dem hintermongolischen Dialekt, den Mutter Geertruida und ich zu verstehen imstande waren, machte sie sich unternehmungslustig an die Arbeit.

Weil sie dauernd vergaß, daß sie die Arme nicht so bewegen konnte, wie sie es gewohnt war, wurde sie wütend. Die Spritzdüse der Tube mit dem Klebstoff war verstopft, dem half Hanneke ab, indem sie mit beiden Daumen so fest in die Tube kniff, daß der Leim vorne und hinten puffend herausspritzte, in solchen Mengen, daß sich alles, was sie später anfaßte, unlösbar an ihren zusammengeklebten Fingern festsaugte. Aufstampfen. Plärren. Unter Geertruidas beschwichtigender Regie Händchen waschen über dem Waschtisch.

Können wir diese Hülsen nicht abmachen, Schwester, ich passe schon auf.

Ich glaube nicht, daß das so gut wäre, Herr van Hoff.

Wieder blickte das Kind auf die leere Stelle an der Wand. Marionettenhaft zeigte sie darauf und fragte – ich gebe ihre Worte in Rohübersetzung wieder: Wo ist denn das Bildchen auf einmal? Gerade hing es noch da.

Sie begann es zu suchen, unter dem Bett, unter dem Kopfkissen, in dem Schränkchen neben dem Bett, aus dem das Jo-Jo hervorrollte. Nonja?

Ich hatte Mitleid mit meinem Teeniekind, wie es da mit seinem plumpen Körper in einem jetzt wirklich zu eng und zu kurz werdenden Kleidchen auf dem Bauch lag und den Fußboden absuchte.

Sie sucht weiter, sagte ich überflüssigerweise.

Ja, entgegnete Geertruida, sie ist nicht blöd, unsere Hanneke, ne, Hanneke? Wahrscheinlich erschrak sie selbst auch über das, was sie sagte. Sie hüstelte verlegen, und kurz kam etwas Starres in ihre Augen, mit denen sie ihr Leben lang geistig verquere Down-Kinder beobachtet hatte. Schau mal, wie die Sonne auf einmal so schön scheint, fügte sie sofort mit schriller Stimme hinzu.

Das Kind, das sich humpelnd aufrichtete, wärmte sich in der aufglühenden Sonne – im grellen Licht, das eine Aura um sie spann, waren die Wunden in ihren Augenlidern so scharf sichtbar, daß ich erschrak.
Während Geertruida die Tischplatte, auf der das Album lag, mit Papiertüchern reinigte, sagte sie: Sollen wir mit den Zuckermarken weitermachen? In der Sonne nahmen die verstreuten Kleisterkleckse, ungefähr in der Anordnung der West- und Ostfriesischen Inseln, eine orangegelbe Farbe an, als sei das Buch eine von Honig triefende Waffel.
Die steifen Arme schlenkernd wie ein Zinnsoldat, korrigierte Hanneke in strengem Ton: It it Akke. Ütche!
Ja, Kinnche, sagte die Frau mit der Schlüsselrassel, Schwester Geertruida ist eine doofe Nuß, Schwester Geertruida sagt heute alles falsch. Ihre freundlichen Augen wanderten zu mir, und natürlich war mir klar, daß sie sich so für ihren vorherigen Fauxpas entschuldigte. Es sind keine Zuckermarken, sondern -tütchen. Weiß ich doch, weiß ich natürlich …
Hanneke schaute und zeigte auf den leeren Nagel, der einen langen Schatten auf die Wand warf, Nagel und Schatten bildeten einen Galgen. Sie vergessen rasch, verfügen aber doch über so etwas wie ein Gedächtnis … Da erschien, gebildet aus dem Schatten meiner Hand, das quakende Entchen an der Wand. Natürlich nicht – wau, wau – das verspielte Hündchen, das ebenfalls zu meinem reichen Wajangrepertoire gehörte. Quak! Ein Nägelchen? Sollte ich dieses Nägelchen fressen können? Nein! rief das Kind. Mampf, mampf, was für ein gutes Nägelchen … Meine Tochter sah mit offenem Mund zu, Zunge auf der Unterlippe, Hände zwischen den Knien, Unschuld, Staunen. Wau, wau! lachte sie und begann, sich mit laut hallenden Sprüngen um die eigene Achse zu drehen.
Was für ein komisches Entchen, wer frißt denn schon Nägel. Sagte Geertruida, bückte sich nach dem Jo-Jo, bevor das Kind darauf treten, darüber stolpern, ausrutschen, fallen konnte, und warf das Ding aufs Bett, das mir als Sitzplatz diente. Das Spielzeug rollte in die Kuhle, die durch mein Gewicht in dem Bettzeug entstanden war. Kam an meinem Oberschenkel zum Stillstand.
So drängte Daphne sich mir wieder auf, ich stellte es mit Widerwillen fest:

Hier durfte sie keinen Zugang haben, dieses Zimmer in diesem Idiotenasyl war geheim.
Ich warf das Jo-Jo achtlos weg, es landete in meiner Aktentasche, wo es mit einem dumpfen Geräusch mit etwas anderem in Berührung kam. Hanneke horchte auf.
Geertruida flüsternd: Wenn jetzt auch noch ihr Kletterkreisel verbummelt wird, ist das ein bißchen viel auf einmal.
Kletterkreisel? Verbummelt? Ich hatte das Spielzeug mit der hoffnungslos verhedderten Schnur nur aus meinem Blickfeld entfernt, einfach um nicht schon wieder an Daphne denken zu müssen, wobei es zufällig in der Aktentasche gelandet war. Nicht im geringsten mit der Absicht, es hinterhältig verschwinden zu lassen, wie es Geertruida mit dem Hundeporträt getan hatte.
Hanneke, Klebe im Haar, beugte sich neugierig über die Tasche. Kein Interesse für das Jo-Jo. Mit ihren geschienten Armen zwischen den Zeitungen und den erotischen Versen von Marcus Valerius Martialis herumkramend, fischte sie den in unauffälliges Papier gewickelten Gegenstand heraus, den Daphne bei ihrem Besuch als Geschenk für unseren Sohn, Entschuldigung, unsere Tochter auf dem Eßtisch liegengelassen hatte. Ihr das Päckchen wegnehmen, zurück in die Tasche, Tasche zu? Hinterher betrachtet: Vielleicht hätte ich das tun sollen. Doch mein beklopptes, zerschnippeltes Kind freute sich so darüber.
Die Nachtigall mit ihren perlenden Tönen, die blasse, weiße Diva mit den haarlosen Schamlippen, den Brandwundenspuren an der Innenseite der Oberschenkel – jetzt war sie schon gar nicht mehr aus diesem verschlossenen Zimmer wegzudenken. Jetzt war es ihr auch noch gelungen, durch ein Geschenk, das für immer mit ihr verbunden blieb, ihre Netze über mein geheimes Kind zu werfen. Mir war, als sähe ich sie lachen, all die Zähne, all das Zahnfleisch entblößt, während ich dieses Beißwerkzeug nicht in ihrem Mund, sondern in ihrer Vagina blitzen sah. Übrigens wußte ich zu diesem Zeitpunkt noch nicht, daß es sich bei den Narben der Uitwyck um Brandwunden handelte. Die Geschichte hörte ich erst später. Zu diesem Zeitpunkt ging ich davon aus, daß ich ihr nie mehr begegnen und daher nie erfahren oder auch nur ahnen würde, welche Opera buffa sie mit mir aufgeführt hatte.
Was ich dagegen wohl in Erfahrung gebracht hatte, war folgendes:

Ins Memphis war sie nicht zurückgekehrt, wie mehrmalige Telefonate mit der Hotelrezeption gezeigt hatten. In Eggelte hatte kein Gesangsturnier stattgefunden, und in dieser Gemeinde gebe es auch keinen Gesangsverein Polymnia, sagte die Person des Touristeninformationsbüros vor Ort, bei dem ich ebenfalls telefonisch Erkundigungen eingezogen hatte. Wie ist das möglich, ich bin doch nicht verrückt, stöhnte ich. Worauf meine Informantin konterte: Ich kenne Sie ja nicht persönlich, Mijnheer ...

Es war nur eine Frage der Zeit, und auch ich war völlig depersonalisiert, reif für die Klapsmühle, wo ich meine Wahnvorstellungen an die Wände projiziert sehen könnte. »Aber es sind keine Wahnvorstellungen, glauben Sie mir doch!« »Ruhig, nur ruhig, Mijnheer van Hoff.«

Wie können Sie so einem Kind so etwas schenken ... Geertruida, noch leiser flüsternd.

Istas, istas? Hanneke hatte das Papier in Fetzen gerissen und betrachtete den zum Vorschein gekommenen Apparat, handgroß, flach, grau, mit Drucktasten und einem Schirm ausgerüstet; sie mußte das Ding einen Meter vor sich halten. Mit einem Schiebeknopf an der oberen Seite hatte sie etwas in Betrieb gesetzt, wodurch der kleine Schirm aufleuchtete und eine quengelnde, sich ständig wiederholende Melodie erklang.

Das ist viel zu schwierig für dich, mein Äffchen, sagte die Pflegerin mit wiegendem Kopf. So schwierig, daß du doch nur böse wirst und wieder weinst. Gib es Papa zurück, Papa hat doch nicht gesagt, daß du es auspacken darfst, ne, Papa? Und daß es ein Mitbringsel für dich ist. Auch sie hielt den kleinen Kasten jetzt fest und versuchte, ihn dem Kind aus den Händen zu ziehen, doch was das Äffchen einmal festhielt, ließ es sich nicht so leicht wieder abnehmen.

Ich sah, wie meine Tochter die Beine anspannte und sich stemmte, wie ihre Hals- und Kiefermuskeln sich spannten, die Arme, die Fäuste – sie wurde ein aus Unbeugsamkeit und Kraft bossierter kleiner Golem, der das passende Gebrüll dazu anhob.

Das wird gleich mit Glasgeklirr und zersplittertem Holz enden, sagte Geertruida.

Daphne hatte einen Nintendo Game Boy für unseren Augapfel gekauft. Was wußte sie schon vom Geisteszustand unseres Kindes,

das mit dem Computerspiel Tetris niemals würde umgehen können?
Ich kannte die Spielzeugkiste aus meiner Lehrerzeit: Während ich spannend erzählte, war immer irgendwo eine Reblaus heimlich damit zugange. Aus der Luft herabschwebende Balken, Blöcke, Zikkurats, Winkelhaken und andere Formen, mit denen auf der Grundfläche des Schirms Linien ineinandergefügt, Mauern lükkenlos gebaut werden mußten. Ein Puzzlespiel des Ineinanderpassens und Zusammenfügens, wobei es auf rasches Handeln ankam und man mit wachem Schreinerauge reagieren mußte, denn die Teile erschienen und purzelten unaufhaltsam in fixem Rhythmus herunter, für Pausen war keine Zeit, man hatte stramm weiterzumauern. Das die Nerven drangsalierende Quengeln, das das Ding produzierte, konnte man allerdings abstellen.
Das war denn auch das erste, was ich tat, als mein Kind mir auf den Schoß geklettert war und mich fragte, was sie denn da nun eigentlich in Händen halte, einen Fernseher?
Einen Fernseher und einen Baukasten, gib mal her, dann zeig ich es dir. Doch als seien ihre Handteller und Finger immer noch voll Kleister – der Computer war unverrückbar zwischen ihnen eingeklemmt, es konnte gar nicht die Rede davon sein, daß sie ihn loslassen würde. Also legte ich meine Hände um ihre und steuerte ihre an den Knöpfen klebenden Daumen. So macht man es, begann ich didaktisch, aber viele Worte waren für meine stümperhafte Demonstration nun auch wieder nicht erforderlich.
Auf dem Schirm trudelten die Balken, Bahnschwellen, Bodenfliesen, Packkisten aus dem Himmel herab, Drahtnägel, Metallklammern, Leitern, Schwellen. Diese Elemente kann man im Herabschweben wie ein Kranführer durch die Luft steuern und dahin dirigieren, wo man sie hinhaben will, und kann sie zugleich in den gewünschten Stand bringen, horizontal, vertikal. In dem Maße, wie die Daumen die Drucktasten beherrschen. Läßt das zu wünschen übrig, dann entsteht unten, statt eines fugenlos hochgezogenen Bauwerks, eine Ruine voller Löcher. Vor allem Proben dieser letzteren Architektur konnte ich meiner Tochter vorführen. Immer ungeduldiger zappelnd und auf meinem immer noch schmerzenden Knie reitend, schlug sie schließlich meine Hände weg. Ich! Ich! …

Sie sprang herunter, das fesselnde Ding weit von sich gestreckt, als neues Kuscheltier hätschelnd. Streichelte es. Sagte ihm zärtliche Worte. Wußte vor allem die Dudelei wieder in Gang zu setzen: Dinge, die Lärm machen, sind nun einmal interessanter als stille Dinge wie zum Beispiel Jo-Jos und solche, die man nur anschauen kann, wie etwa ein Hund in einem Rahmen an einem Nagel an der Wand.
Es ist nicht wahrscheinlich, daß sie das dachte. Plausibler ist, daß sie alles vergessen hatte, inklusive den Zores mit ihren Armen, wodurch sie ihren elektronisch quengelnden Liebling nicht küssen und nicht ans Herz drücken konnte. Selten hatte ich mein Kind so glücklich gesehen. Und, das sage ich mit vornehmlich aus Staunen entspringendem Stolz: Nie zuvor ein Mongolenkind so behende auf einem Game Boy spielen sehen wie das meine.
Schwester Geertruida, die über Hannekes Schulter gebeugt zusah, schlug die Hände vor den Mund, der nicht mehr zugehen wollte. Aber Hanneke, aber Hanneke!
Meine Wundertochter hatte den Minicomputer neben mich aufs Bett gelegt, und trotz ihrer steifen Arme schlug sie mit spitzen Zeigefingern die Tasten an, wie ein Anfänger im Maschineschreiben auf die Schreibmaschine eindrischt, die Daumen fest in die Fäuste geklemmt. Mit herausgestreckter Zunge. Augen dermaßen aus ihren übel zugerichteten Umrandungen hervortretend, daß sie aus dem Gesichtchen gefallen wären, wenn man ihr ermutigend auf den Rücken geklopft hätte. Wie sehr es auch mit der Art und der Motorik von Schwachsinnigen kontrastiert, meine Tochter legte, wie es aussah, eine gewisse Entschlossenheit an den Tag, ihr Vorgehen durfte, wie unglaublich auch immer, ohne Vorbehalt, ohne väterliche Angeberei, sowohl ruhig als auch resolut genannt werden. Ihre Fingerkuppen hämmerten nicht auf gut Glück auf die Knöpfe ein, das Hämmern geschah vielmehr nach rätselhafter, schneller Überlegung und unerklärlicher Einsicht: Hanneke wußte die Baumaterialien genau rechtzeitig in genau den richtigen Stand oder die richtige Lage auf genau den richtigen Platz zu fügen. Wenn ein Element auf seinen Platz fiel, wurden die ständig wiederholten Noten von einem leisen Knall- oder Explosionsgeräusch übertönt, *bumm!*, echote meine Tochter jedesmal und machte so ein Antiphongebet ohne Ende daraus.

Von nichts eine Ahnung, zu nichts fähig, und auf einmal war ein kleiner Riß in dem Panzer entstanden. Ist noch Hoffnung? Und wenn ja: Was, worauf wäre zu hoffen? Wenn das Kind, wie sich zeigte, zu einer Leistung wie dieser imstande war, warum dann nicht auch zu anderen?
Wenn man mich fragt: Das Nintendo-Tetris-Spiel erfordert vor allem Behendigkeit. Intelligenz braucht man dafür nicht – für letzteres war meine Tochter der eklatante Beweis. Obwohl es natürlich höchst ungewöhnlich blieb, daß sie mit ihren Schweinshändchen, im Hausorchester nur fürs Tamburinschlagen geeignet und nicht für Verrichtungen auf einem Instrument mit Saiten oder Löchern, solch ein Reaktionsvermögen in den Fingern hatte.
Nicht, daß mich jemand etwas gefragt hätte, das will ich gleich hinzufügen.
Behendigkeit soll durch Intelligenz geweckt und stimuliert werden, egal wie wenig davon vorhanden ist. Ohne einen Anflug von Intelligenz, wie primitiv auch immer, keine Behendigkeit. So hat man es mich glauben machen wollen.
Aber Hanneke, Hanneke, wie ist es möglich!
Schwester Geertruida sputete sich aus dem Zimmer, um, wie kurz darauf deutlich wurde, die Oberin zu holen. Weil sie in ihrer Aufregung versäumte, die Tür hinter sich abzuschließen, ja, sie sogar offenstehen ließ, konnte auch ich kurz weg: schnell hin und zurück durch den Gang, schauen, ob Gonneke nicht doch gekommen war. Gonneke war nicht gekommen.
Wieder bei meiner hochbegabten Tochter, hörte ich, daß sie dem Gerät sogar eine andere Melodie entlockt hatte: Bach auf einer elektronischen Zupfdrehorgel, ein Fragment aus dem *Wohltemperierten Klavier*.
Auch Frau Grosfeld war perplex.
Und nach ihr die ganze Prozession von Neuroprofessoren und sonstiger Gelehrtenbrut, die »den Fall Hanneke van Hoff« so lange und so drastisch gemessen, durchleuchtet, schädelgescannt, gespritzt und wie einen Mixbecher geschüttelt haben, daß mein physisch kerngesundes, sanftmütiges, fröhliches Mongölchen dadurch geraume Zeit krank, bissig und depressiv und danach noch schwachsinniger wurde, als sie gewesen war.
Ich habe mich gegen all diesen unnötigen, von vorneherein ver-

geblichen und natürlich zu nichts führenden Unsinn gewehrt, so viel und so kräftig ich irgend konnte. Man kann sich wider besseres Wissen auch gegen Wolkenbrüche, Sturmböen und sonstige Naturgewalt wehren. Das Ärztegesindel lebt und handelt unbeirrbar nach eigenen Gesetzen und verfolgt sein Ziel so unbeirrbar wie ein Fluß seinen Lauf. Es hat dazu geführt, daß ich mein Down-Kind früher aus der Anstalt genommen habe, als vernünftig und vertretbar war.
Unter anderem, um zu verhindern, daß das Kind auch noch im Fernsehen, in einer monatlichen Sendung am späten Abend, die »Anders« hieß, vorgeführt würde. Ein Unglück kommt selten allein. Eine perfide Idee der Oberin, die möglicherweise hoffte, damit Reklame für ihr Tollhaus zu machen.
Ich habe mir, das will ich nicht leugnen, die Sendung manchmal angesehen, weil Dr. psych. A. Weldon sie so toll fand und unbedingt sehen wollte, wenn er, Gott behüte, mal wieder auf einen Nippes und eine Partie Rommé vorbeikam:
Der völlig gelähmte, taubstumme Krüppel, der, bäuchlings vegetierend auf einer Art fliegendem Teppich, seinen Buchstabencomputer mit den Augen bedient und so an einem Roman arbeitet. Die achtzehnjährigen siamesischen Zwillinge, ein Er und eine Sie, an den Schläfen in entgegengesetzter Richtung miteinander verwachsen – wir beobachten diesen Vierfüßler, wie er »genauso wie alle anderen« im Supermarkt Einkäufe tätigt. Und jetzt, meine Damen und Herren, live im Studio, das schwachsinnige Mädchen Hanneke, das trotz des nebligen Dämmerlichts in ihrem Gehirn etwas kann, wozu sogar manch einer mit einem höheren IQ nicht imstande ist, bist du soweit, Hanneke?
In der langen Reihe der Besuchsmittage bei meiner Tochter gehört dieser zu den schlechtesten. Dieser Game Boy hätte nicht in Hannekes Leben kommen dürfen. Durch ihn entstand einer der Risse, die mein Dasein durch Daphne bekam.

Gonnekes tomatenroter, verbeulter, zerknautschter Wagen stand wie immer neben ihrem Haus. Platten am Hinterreifen.
Da vor dem Haus noch ein Auto stand, ging ich nicht wie sonst hintenherum durch die Küchentür. Offenbar hatte sie Besuch. Ich dachte noch: Vom sherrytrinkenden Pfarrer? Vom Verleger ihrer

Kakteenbücher? Es erschien mir nicht taktvoll, einfach so in ihren Zimmern aufzutauchen, während sie in Gesellschaft war, daher klingelte ich an der Haustür, was ich noch nie zuvor getan hatte und was im übrigen auch nicht das gewünschte Resultat zeitigte: Die Klingel war defekt. Erst, nachdem ich einige Male kräftig an die schon lange nicht mehr gestrichene Tür geklopft hatte, wobei ich auch Gonnekes Namen rief, wurde geöffnet.
Von einem nur mit einem Slip bekleideten Herrn mit dicht behaartem und verschwitztem Torso. Mit voller Hand seine Männlichkeiten kratzend, die sich wie Kartoffeln in dem Kleidungsstück abzeichneten, blickte er mich ungnädig an.
Auch wenn ich ihm noch nie begegnet war, so wußte ich doch, wer er war - ich erkannte ihn, obwohl er bei dieser Gelegenheit nicht die Mütze mit den gekreuzten Ankern trug. Er war das gerahmte Fotogesicht, das all die Male von der Schnapskommode herunter zwischen den Kakteen durch zuschaute, wenn Gonneke und ich einander ins Nirwana beförderten.
Ja?
Was sollte ich sagen? Wie auf dem Schirm eines Game Boys sah ich auf einmal Balken, Rammpfähle, viereckige Särge aus dem Himmel stürzen. In einem der Särge war ich. Guten Tag, Mijnheer ...
Er, indem er meine Tasche fixierte: Was willst du? Kommst du von den Jehovas oder der Hallelujabrigade oder so was? Dann verpiß dich, aber schnell.
Ein Bekannter, ich, der Dame, die hier wohnt, vermochte ich vorzubringen. Wir haben beide ein Töchterchen im Effata-Heim. Und weil sie heute nicht zum Sonntagsbesuch ins Heim gekommen ist, wollte ich nur mal fragen, ob ihr etwa irgendwas ...
Aus den Augenwinkeln bemerkte ich im Erker neben der Haustür Gonneke hinter den Stachelpflanzen. Sie trug ihren wiesengrünen Morgenrock mit den gelben Noppen. Mit flatternden Fingern, nach oben geöffneten Händen, bedeutete sie mir, was ich längst begriffen und was mir überdies das Ekelpaket in der Tür bereits zu verstehen gegeben hatte: Verschwinde! Als wären ihre Hände naß und müßte sie die Tropfen von den Fingern schnicken. Diese imaginären, wegspritzenden Tropfen, das war ich, sie schüttelte mich ab.

O ja? sagte der von seinen fernen Reisen heimgekehrte Odysseus. Nee, der fehlt nix, der Dame. Sich nach drinnen umkehrend, mit erhobener Stimme: Gon, hier ist einer, der fragt, warum du heute nicht bei deinem Kind gewesen bist.

Während Gonneke an derselben für ihn unsichtbaren Stelle zwischen den Kakteen stand, meines Erachtens rief sie nichts zurück, und ich mir durchs Haar strich, von der Stirn zum Nacken, wandte er sich schon wieder an mich: Du hörst es, sie konnte nicht weg mit ihrem Auto, sie hatte keine Lust, sie ist viel zu froh, daß ich da bin. Ne, Gon? Das letzte, abermals in Ruflautstärke ausgestoßen, ließ er über seine Schulter in den mir wohlbekannten Raum hineinhallen und drehte mir dabei seinen Rücken zu, der ebenso behaart und schweißbedeckt war wie die Vorderseite. Noch was zu Ihren Diensten? Unausgesetzt mit den Kartoffeln zugange, wartete er meine Antwort nicht ab. Ich habe zu tun. Tschöö, mach's gut.

Gonneke war verschwunden, ich habe sie nie mehr wiedergesehen.

Der Mann schlug die Tür mit solcher Gewalt zu, daß das verwahrloste Holz Risse bekam, Sekunden nach dem Knall hörte ich es noch krachen – wie ein mit dem Lärm einer Explosion, *bumm!*, auf der Erde in tausend Stücke zerspringender Sarg.

III

Bericht für die Kommission

Die verehrte Kommission bittet mich, über das, was zwischen mir und Frau Sibelijn vorgefallen ist, Bericht zu erstatten.
Gnädige Frau, sehr geehrte Herren, da sind Sie ehrlich gesagt an der falschen Adresse.
Für eine solche Aufgabe müßte ich Psychologe, Journalist oder Schriftsteller sein, und das bin ich nicht. Ich bin ein gescheiterter Geschichtslehrer.
Meine psychologische Ahnungslosigkeit ist der Hauptgrund für den Schiffbruch, den ich im Unterricht erlitten habe.
Ich konnte zwar spannend erzählen, das schon, aber Schreiben ist etwas anderes.

Zwar ist zwischen Frau Sibelijn und mir das eine oder andere »vorgefallen«, ich weiß jedoch selber nicht, was. Und wie kann ich »genau« sein in der Beschreibung einer undeutlichen Angelegenheit?
Möglicherweise folgern Sie am Ende dieses Berichts, daß zwischen Frau Sibelijn und mir rein gar nichts vorgefallen ist, was eine korrekte, zugleich aber falsche Schlußfolgerung wäre.
Ich halte es für nicht unwahrscheinlich, daß Sie meinen Bericht letztlich als völlig irrelevant für Ihre Untersuchung beiseite legen werden, obwohl das keineswegs bedeuten würde, daß tatsächlich nichts geschehen ist.
Was konkret oder semikonkret vorgefallen ist, hat auf jeden Fall auch mein Leben zerstört.

Mich zeichnet eine gewisse Einfältigkeit aus: eine extremere Form argloser Naivität. Zu gutgläubig, zu vertrauensselig, wie die Gestalten in Kinder- und Jugendbüchern, häufig Tiere.
Für zusätzliche Informationen über meine Charakterstruktur

könnten Sie sich an den Liebhaber meiner Ex-Frau wenden: Dr. psych. A. Weldon, Hinter den Büschen 9, Daalbergen. Dieser eminente Gelehrte kann Ihnen zweifelsohne eine Detailkarte meiner Psyche anfertigen.
Was jedoch läßt sich über das Innenleben von Daphne Sibelijn-Uitwyck sagen? Deren Seelenzustand ist so rätselhaft, so bizarr, daß verglichen damit des Daedalus Labyrinth auf Kreta ein einfaches Puppenhaus ist.
Ich besaß ziemlich viele Briefe und Nachrichten von ihr, andere noch als die, die unter Deck meines Hausbootes in der Pappschachtel im Enteneierschleim vor sich hin moderten und dann von Ratten angefressen wurden, die unmittelbar nach dem Tod der Hundes die Herrschaft über das schwimmende Haus übernommen hatten. Bevor ich das Schiff verließ und an meine heutige Adresse übersiedelte, habe ich sie alle noch einmal gelesen, bis das Hellblau ihrer Worte und der abwärts verlaufenden Zeilen wie Sirup an meiner Netzhaut klebte. Ich habe sie zu Schnipseln zerrissen und das Konfetti dem Wind anvertraut. Ich erinnere mich nicht, auf irgend etwas gestoßen zu sein, das eine größere Einsicht in ihr Verhalten oder die Triebfeder ihres Handelns gewährt hätte. »Von re nach si.« Genauso, wie sie ihr Leben führte.
Unsere Korrespondenz war wieder aufgelebt, nachdem ich nach ihrem Geburtstag mehr als anderthalb Monate lang nichts mehr von ihr gehört hatte. Sie war unerreichbar. Unsere Begegnung hatte angeblich nicht stattgefunden, sie hatte mir angeblich keine vertraulichen Mitteilungen gemacht, sie mußte mich vollständig aus ihren Gedanken getilgt haben. Manchmal sah ich ihren Namen, manchmal ein Foto von ihr in der Zeitung, und erfuhr so, daß sie jedenfalls noch existierte.

Plötzlich rief sie an. Aus einem Theater irgendwo an der Südgrenze des Landes, in einer Pause während der Generalprobe der *Entführung aus dem Serail*. In allen Tages- und Wochenzeitungen sollte ihre Interpretation in diesem Singspiel hoch gelobt werden, in den Kommentaren, die ich mir ausgeschnitten habe, ist die Rede von der »Glanzrolle«, ja der »Rolle ihres Lebens«.
»Jelmertje«, sagte sie und knüpfte den Faden einfach wieder da an, wo sie ihn abgerissen hatte. Es war, als würde dieser Faden mir

wie eine Schlaufe um den Hals geworfen und zugezogen: ein paar Sekunden lang blieb mir die Luft weg, das bekannte Weiß der Angst manifestierte sich, ich erschrak bei ihrer unverhofften Wiederkehr.

Je mehr ich an sie gedacht hatte, desto frostiger waren meine Gefühle ihr gegenüber geworden. Es ging mir inzwischen mit ihr wie mit dem mit billigem Anthrazit geheizten Kanonenofen meiner Studienzeit: die Außenseite konnte einigermaßen warm sein, doch sobald man das Türchen öffnete, schlug einem die Kälte der toten Schlacke entgegen. In-die-Asche-Blasen konnte die fast erloschene Glut wieder zum Schwelen bringen, und mit Papier und Holzspänen konnte sie zu kläglichen Flämmchen angefacht werden, doch mehr als ein paar Zuckungen kamen dabei nicht heraus, wenn man nicht substantielleren Brennstoff nachlegte.

Daphne blies mir mit ihrer hinreißenden Stimme und diesem mich wehrlos machenden Diminutiv meines Vornamens in die Seele. Ich fühlte mich gestreichelt wie eine alte, unnütze Hauskatze, die sich auf einmal wieder daran erinnert, daß sie früher schnurren konnte.

Sie legte sofort los: »Hör zu. Hast du meinen Brief bekommen?«

Ein Gespräch, in dem es um die Frage ging, ob ich wohl oder nicht einen Brief von ihr empfangen habe, meinte ich schon einmal mit der Sängerin geführt zu haben, doch eine deutliche Erinnerung blieb aus.

»Nichts habe ich bekommen«, stotterte ich, nicht einmal in der Lage, sie zu begrüßen. Als ich wieder Luft bekam: »Hast du denn meine Briefe wenigstens bekommen? In den vergangenen Wochen habe ich dir ungefähr zehn geschrieben.«

Hierauf reagierte sie nicht. Als hätte ich die Frage gar nicht gestellt, als wäre es nicht einmal sicher, daß ich mit ihr sprach. Wie sich zeigte, meinte sie den Brief, den sie am Vormittag unserer Frühstücksverabredung bei der Hotelrezeption für mich hinterlassen hatte.

»Du weißt doch, daß ich den nicht bekommen habe«, sagte ich. »Das habe ich dir nämlich geschrieben. Wie auch über andere Rätsel, vor die mich dein Aufenthalt in Eggelte stellte. Hast du meine Briefe nun bekommen oder nicht?«

»Ich bewahre sie nicht mehr zu Hause in der Schubla-la-la-de auf«, sagte sie, sang sie hysterisch, »sondern in meinem Unterrichtsraum im Konservatorium. In dem Schränkchen, auf dem meine Kaffeemaschine steht. Ich habe selber ein Schloß dafür fabriziert, mein ganzer Stolz. Der eine Schlüssel liegt unter dem Deckel des Flügels, der andere … Hier ist der Schlüssel zu meinem geheimen Tabernakel, sagte ich, sollte mir etwas passieren, sorg dafür, daß alles daraus verschwindet, bevor jemand anderes … Das hat sie mir versprochen.«

»Wer?«

»Meine älteste Schwester, die Physiotherapeutin.«

»Daphne.« Ich unterbrach sie geduldig, wie ich es schon öfter getan hatte. Sie konnte sich, müssen Sie wissen, manchmal im eigenen Gedankenwirrwarr verirren, in der Regel, wenn sie sehr nervös war oder Gründe hatte, es gleich zu werden. Mich durchzuckte die Ahnung, daß sie die Briefe, die ich ihr nach unserer Begegnung schrieb, eben nicht bekommen, daß vielmehr jemand sie vor ihr versteckt hatte. Zu dieser Ahnung gesellte sich eine zweite: daß im gleichen Augenblick auch Daphne von einer identischen Annahme wie von einem Blitzstrahl getroffen wurde. Ich hörte, wie sie, erschrocken, kräftig Luft einsog und in den Lungen festhielt.

»Zehn Briefe«, sagte sie dann. »Bist du sicher? Ich habe keinen einzigen zu Gesicht bekommen. Ich dachte schon, warum höre ich denn gar nichts mehr von dir. Ich dachte, vielleicht bist du so böse auf mich, daß du nichts mehr mit mir zu tun haben willst. Ich dachte …« Worauf sie zusammenfassend hinzufügte: »Das ist eine Katastrophe!«

Noch eine. »Ein Katastrophenkranz« – Worte aus irgendeinem Gedicht.

Daphne: Sie sei in den vergangenen Wochen manchmal mehrere Tage hintereinander nicht zu Hause gewesen. Normalerweise, sagte sie, sei es so, daß, wenn sie von einer Tournee zurückkomme, Nico ihre Post gewissenhaft auf die Truhe im Flur lege. Auf einmal tue er das nicht mehr. Wenn sie sich nach Post erkundige, versinke er in tiefes Nachdenken, als hätte sie ihn nach der Lösung des Welträtsels gefragt; er mustere sie zerstreut, ohne ihr eine Antwort zu geben, und fange an, auf der Tischplatte Streichhölzer zu Motiven zu ordnen. Er lege kleine Vierecke nebeneinander, auf jedes ein Dach, bis eine Straße aus lauter identischen

Häuschen entstanden sei – um gleich darauf alles mit der Hand wegzuwischen und wieder von vorne anzufangen.
»Jetzt bleib doch mal beim Thema«, sagte ich. »Was stand in dem Brief, den du im Memphis-Hotel für mich hinterlassen hast?«
»Daß ich stante pede wegmüsse, statt mit dir zu frühstücken.«
»Wo mußtest du denn hin?«
»Es ging nicht darum, daß ich irgendwohin mußte, sondern daß ich machen mußte, daß ich aus diesem Hotel und diesem Strandkaff wegkam.«
Dramatische Ausdrucksweise, leises Schnaufen zwischen den Worten. Das Rascheln ihrer schweren Bühnengewänder – zweifellos die Haremsaufmachung. Trug sie einen Turban, während sie mit mir redete, Pfauenfeder obendrauf, wie eine Antenne?
»Dieses Ekel, dieses Arschloch ...«, fuhr sie fort. »Er ist schon seit Jahren hinter mir her. Überall, wo ich bin, taucht auch er mit seinen Kameras auf ...«
Ich wußte sofort, von wem sie sprach. Für mich ein vager Bekannter, der mir ein paarmal nur so kurz begegnet war, daß er kein deutliches Bild auf meiner Netzhaut hinterlassen hatte. Dies allerdings geschah jetzt: überdeutlich.
»Willem Valkman.« Als sei der Name ein Schleimpfropfen, so spuckte sie ihn aus. So voller Verachtung, Haß, Angst, daß ihre Stimme sich überschlug. Sie könne keinen Schritt mehr tun, sagte sie heiser, und schon sei er da, wie Kaugummi unter den Schuhsohlen. Verunglückter Schreiberling, gerade noch gut genug für das Stinkblatt *Skunk* oder so ähnlich.
Sie stand an jenem Morgen, erzählte sie, auf dem Balkon ihres Hotelzimmers und wärmte sich an der schüchternen Sonne, das gemütliche Frühstück für uns beide, das sie bestellt hatte, war schon unterwegs ins Zimmer 47, als sie plötzlich, unten auf der Straße, einen Typ Fotos von ihr machen sah. Sie erkannte ihn sofort; auch wenn das nicht der Fall gewesen wäre, hätte sie doch gewußt, wer er war. Ein nicht auszurottender Aaskäfer, der sich tags zuvor wahrscheinlich auch schon im Hotel herumgetrieben hatte.
Auf Situationen lauernd, sagte sie, von denen er Bilder schießen kann, die er anschließend in seinem ordinären Blatt zwischen Sandbänken von Tratsch, Lügenmärchen und suggestiven Anzüglichkeiten veröffentlicht.

»*Gggg-klick!*« Erst ein leises, doch für ihr geübtes Ohr deutlich wahrnehmbares Surren, wodurch sie manchmal den Kopf noch abwenden oder ihr Gesicht bedecken konnte, und dann dieses verabscheuenswürdige *klick!*, mit dem sie unversehens und gegen ihren Willen von diesem Flegel fotografiert werde. Diese gefürchtete Kombination von Geräuschen höre sie sogar schon im Schlaf.
Sie fragte: »Kennst du diesen Valkman?«
»Er muß zu unserer Zeit ein vielversprechender Famulus von Möser gewesen sein. Ich traf ihn bei dessen Beerdigung. Ich habe mich noch zu ihm ins Auto gesetzt, er brachte mich zum Bahnhof. Was wußte ich!«
»Auch da bin ich vor ihm weggerannt«, bekannte sie plötzlich. Sie erzählte: »Paar Tage später Foto von Valkman in diesem Heft: Ich, völlig zerknautscht, versuche mich in ein Taxi zu drücken, äußerst unelegant, Beine auseinander, so daß der Heftchenvoyeur mir zwischen die Beine fast in die Scham gucken konnte ...«
Das sah ich scharf vor mir. Auf der Beerdigung trug sie Netzstrümpfe.
»Er hat bestimmt versucht, dich auszuhorchen? Hat er nicht alles mögliche über uns wissen wollen? Was hast du ihm gesagt?«
Wen meinte sie mit uns? Doch nicht sich und mich? Was gab es von uns zu erzählen? Meine Mitfahrunterhaltung mit Valkman – wie lang schon wieder her? – war mir nicht mehr erinnerlich. Nur noch, daß er gesagt hatte: »See you«. Daß mich das in der altbekannten Art und Weise geängstigt hatte.
Ich, arglos: »Was wäre dagegen einzuwenden gewesen, wenn er uns zusammen beim Frühstück gesehen hätte?«
»Du bist wirklich goldig, mein Gott, was bist du süß. Hast du wirklich ein so simples Gemüt?« Dies schien sie zu singen. Wie eine Phrase in einer Koloratur. Ich dachte an die Pfauenfeder, das blaugrüne Auge obendrin, das sich zitternd mit all ihren Bewegungen mitbewegte, ruhelos, paranoid die Umgebung sondierend, wie sie selbst es tun konnte.
»Ich verstehe dich wirklich nicht«, stotterte ich.
»Er sucht Skandale, Dummerjan! Stoff für Gerüchte, Diva empfängt Liebhaber im Hotel am Meer. Kapito?«
»Aber ich bin doch gar nicht dein Liebhaber!«

Jetzt blieb ihr die Spucke weg. »Soll ich es dir schriftlich geben? Lebst du eigentlich in dieser Zeit, oder bist du ein per Raumschiff gelandetes weltfremdes Lebewesen aus dem All?«
Hierüber könnte ich mir bei Dr. psych. A. Weldon, einer Autorität auf diesem Gebiet, Aufschluß verschaffen. Seit kurzem trägt er eine Armbanduhr, auf der man sowohl die reale Zeit ablesen kann als auch die Zahl der Tage und Nächte, die die Menschheit noch hinter sich bringen muß, bis das magische Jahr 2000 erreicht ist. Er kann zum Beispiel sagen: Es ist jetzt halb acht und noch vierhundertsiebzehn Tage und soviel Stunden, bis wir ins dritte Millennium eintreten.
In der beim Empfang hinterlassenen Notiz, sagte Daphne, habe sie geschrieben, daß sie schleunigst geflohen sei, um Valkman nicht die Gelegenheit zu bieten, uns zusammen zu fotografieren. Vor diesem Valkman solle ich mich hüten, dieser Valkman ...
»Aber wo bist du denn hingegangen?« Ich erinnerte sie daran, daß sie das Hotel nicht eilig verlassen und ihre Abreise alles andere als den Charakter einer Flucht gehabt hatte.
»Von wem weißt du das?«
»Von demselben Valkman. Als ich mich an der Rezeption meldete, um deinen Brief in Empfang zu nehmen, war er der Bote, der mir berichtete, du seist mit viel Tamtam, Chichi und Gehabe abgereist. Hättest du mich nicht kurz anrufen können, um mir zu sagen, daß du keine Lust auf mich hattest?«
»Das habe ich getan, Jelmertje. Wem glaubst du nun eigentlich, mir oder diesem Moskito?«
»Ich habe das Telefon nicht klingeln hören. Mein Tageslauf wäre übersichtlicher gewesen, wenn du mich tatsächlich und rechtzeitig angerufen hättest.« Wie eisig ich das sagte, sogar den Atem hatte ich unter Kontrolle. »Du hast mich gar nicht angerufen. Und ich habe dich inzwischen auch im Verdacht, daß du gar keinen Brief für mich hinterlassen hast.«
Sie, mich mit lauter Stimme unterbrechend: »Hallo! Was ist, was ist?« Kurz glaubte ich, sie rufe »Wasser, Wasser!«
Als würde sie unter Wasser gedrückt, eine Hand noch über den Wellen. Ich ertappte mich dabei, daß ich daran zweifelte, ob ich diese Hand ergreifen würde.
»Was willst du eigentlich von mir, Daphne? Ich eigne mich nicht

dafür, in deinem geheimen Leben eine Rolle zu spielen, egal zu welchem Zweck. Du lügst mich an, wie du Nico anlügst, du versuchst, mich verrückt zu machen ...« Weiter wollte ich noch sagen: In Eggelte fand kein Belcanto-Wettbewerb statt. Und: In dem Ort gibt es keinen Gesangsverein mit dem Namen einer Gesangsgöttin. Und auch: Meines Erachtens hattest du an dem Vormittag eine völlig andere Verabredung. Nämlich mit deinem auf Eisenkrücken herumhinkenden Pudelurchen. Mich und deinen scheinheiligen Besuch bei uns brauchtest du einzig und allein als Alibi deinem Ehemann gegenüber. Denn wenn du lügst, bleib so nah wie möglich bei der kontrollierbaren Wahrheit, so war's doch?

Sie rief immer weiter »Hallo! Was ist«, obwohl ich nicht glaubte, daß die Leitung auf einmal verstopft war, wie sie schauspielerte. »Kannst du mich noch hören, Jelmer? Ich muß jetzt aufhängen, es geht wieder los ...«

Daphnes Ehemann, meinem alten Studienfreund Nico Sibelijn, der Streichhölzer zu Häuschen zusammenlegte, die Häuschen wegwischte, wieder von vorne anfing, und so Stunden, Tage, Nächte hintereinander, ging es außerordentlich beschissen.

Ein knappes Jahr nach seiner Antrittsvorlesung schon zum Rektor der Universität Sterdrecht ernannt, kurz darauf auch zum Hauptkonservator des dortigen Museums für Vorgeschichte, stürzte er jählings, innerhalb weniger Monate, vom glorreichen Zenit hinab in die Tiefe.

Was in kleinem Kreis, dem seines wissenschaftlichen Fachbereichs, begonnen hatte, breitete sich rasch, wie der Geruch von Rattenpisse, in weitere Regionen aus:

In einem von irgendeiner hinterkarpatischen Zwerguniversität verbreiteten Historikerperiodikum muß plötzlich beiläufig, vielleicht sogar nur in einer Fußnote, eine von einem wenig prominenten Wissenschaftler formulierte höflich-kritische Bemerkung über Nico gestanden haben. Nicht auffälliger als der Funke eines Feuerzeugs im flammenden Sonnenlicht – obwohl so ein Funke im Prinzip natürlich die Welt in ein einziges Flammenmeer verwandeln kann, neben dem die Glut der Sonne verblaßt.

Worum es ging: mir unbekannt. Auch wenn die Affäre des langen und breiten in den Feuilletons stand und noch wochenlang kommentiert wurde – den unbedeutenden Anlaß habe ich vergessen.

Vielleicht hat Nico den auf Madagaskar gefundenen Backenzahn eines Sauriers um ein paar Millionen Jahre zu früh oder zu spät datiert. Eine Lappalie in der saumlosen Perspektive der Ewigkeit, und doch hatte sie eine doppelte Kettenreaktion zur Folge.

Die so schüchterne Bemerkung in dem unbedeutenden Blatt war die Schneeflocke, die, sich abwärts schiebend, zum Umfang eines Tischtennisballs, Tennisballs, Fußballs, Strandballs anschwoll, ja, zu dem einer Kugel des Atomiums. Das Gegenteil geschah mit Nico: Als dieser erst einmal ins Rutschen kam und abwärts rasselte, immer tiefer, immer mehr Substanz verlierend, blieb von seiner Bedeutung schließlich nichts mehr übrig als Grus. Von einer Autorität auf eine Nullität reduziert.

Ich hatte Mitleid mit ihm, for old times sake, aber was konnte ich tun? Ich konnte ihm schwerlich einen aufmunternden Gruß schreiben, weil das scheinheilig gewesen wäre: Man zieht nicht erst jemandes Frau aus, um sich an dem zu berauschen, was ihre Nacktheit verspricht, und klopft ihm anschließend ermutigend auf die Schulter, um ihm in seinem Elend beizustehen. »Kopf hoch, mein Bester!«

Nicht lange danach erschien, schon etwas mehr zur Sache, in einem tonangebenderen Blatt und aus der Feder eines Dr. multiplex, der mindestens so hoch thronte wie Nico selber, eine Kritik – immer noch einwandfrei in der Formulierung (»Der geschätzte Kollege Sibelijn vertrat unseres Erachtens jedoch zu Unrecht die Auffassung ...«), doch am Tenor des Ganzen war zu spüren, daß von Beiläufigkeit nicht mehr die Rede sein konnte, aus dem höflich-kritischen Ton war ein gestrenger geworden.

Es folgte eine Polemik, die von außerhalb der Grenzen aufs eigene Land übergriff.

Beschuldigungen. Vorwürfe.

Nico – durch seine Kurzsichtigkeit wird er es nicht bemerkt haben – besaß viele Feinde, die gierig, lüstern, gefräßig und massenhaft wie die Termiten die Gelegenheit ergriffen, an seinem Prestige und seinen Verdiensten zu nagen. Von heute auf morgen war der international renommierte Historiker, Archäologe, Paläontologe

und so weiter, ein Scharlatan und Betrüger, ein Veruntreuer wissenschaftlicher Werte, ein fossilisiertes Exkrement, das sich selbst mal unter die Lupe nehmen sollte.
Mit fair geführter Auseinandersetzung hatte es kaum mehr etwas zu tun: Nico wurde persönlich mit Hohn überschüttet, natürlich hauptsächlich vom niederen Gesindel in seiner Umgebung, blassen, lichtscheuen, unter den Gartenplatten hausenden Kreaturen, die Groll, Eifersucht und anderen Frust hegen. Verkrachte Studenten, arbeitslose Akademiker, die glaubten, Nico habe ihnen Steine in den Weg ihrer Karriere gelegt, grollende Kollegen, die schon seit Jahren nach dem böse anzuspitzenden Stein Ausschau hielten, den sie ihm mit der Schmähschleuder ins Gesicht schleudern könnten.
Die wenigen loyalen Freunde, die Nico zu Hilfe kamen, wurden von der Antifraktion genauso am Schlafittchen gepackt wie Nico und sprangen sofort ab, als sie merkten, daß es schon längst nicht mehr um fair diskutierte wissenschaftliche Fragen ging, sondern um absichtliche Schädigung von Personen.
Nico, hieß es, sei selten an der Universität und lasse seine Professoren- und anderweitigen Pflichten von Assistenten und Sekretärinnen wahrnehmen, veruntreue Staatsgelder, mißbrauche seine Macht zugunsten der einen, zuungunsten der anderen, nehme Schmiergelder, kostbare Geschenke an, mache angebliche Dienstreisen. Nichts von alledem stimmte, ebensowenig wie die Andeutungen, Unterstellungen, feigen Bezichtigungen, Nico habe sich des Plagiats und anderer Fälschungen schuldig gemacht.
Man hat versucht, mich in diese Verleumdungen hineinzuziehen, ich muß es in diesem Bericht erwähnen:

Eines Tages, im Epizentrum der Umtriebe um Nico, die drei, vier Monate andauerten – was hatte er nur getan, daß er die Zielscheibe von soviel Haß wurde? –, kam ein Anruf.
Von einem Mann, dessen Namen ich nicht verstand, auch nicht, nachdem er ihn auf meine Bitte wiederholte. Ein Name mit französischem Klang, des Mannes Ausdrucksweise und Sprachfärbung ließen auf gallische Einflüsse schließen. Ein Niederländisch sprechender, französischsprachiger Belgier, wie sich herausstellte, der behauptete, Journalist zu sein – bei welcher Zeitung, welchem

Wochenblatt oder sonstigem Periodikum, verstand ich ebensowenig, vielleicht erwähnte er es auch nicht, oder ich habe es vergessen.
Es handle sich um eine vor langer Zeit von Nico gemachte archäologische Entdeckung im Höhlen- oder Stollenkomplex unter einer Ortschaft in den Ardennen. Ob ich mich daran erinnere?
Ich reagierte erstaunt: »Nein, wieso sollte ich?«
»Sie waren doch dabei?«
»Wo?«
Jetzt sprach der Mann den Namen des Örtchens aus, wo Nico seinen weltberühmten Fund gemacht hatte: Creteur. »Sie haben Monsieur Sibelijn doch auf seiner Expedition auf dem Terrain dieser Gemeinde begleitet?«
»Ich muß Sie enttäuschen«, sagte ich zuvorkommend. »Ich war nicht dabei, als Herr Sibelijn seine Entdeckung machte.«
Reaktion: »So, so, so.« Nach Gemurmel mit jemandem im Hintergrund: »Ich habe hier ein Foto auf meinem Schreibtisch liegen. Darauf sind Sibelijn und Sie vor dem Rathaus auf dem Dorfplatz von Creteur zu sehen. Grubenarbeiterhelme auf dem Kopf, Rucksäcke und anderes Expeditionsmaterial an den Füßen und Fahrrädern.«
Diesen Schnappschuß konnte ich mir nach einiger Anstrengung ins Gedächtnis zurückrufen, obwohl ich ihn, glaube ich, nur ein einziges Mal gesehen hatte. Mit einem Selbstauslöser gemacht. Die beiden Freunde vor Beginn des Abenteuers. »Wir steigen in die Tiefe hinab, du und ich. Verdammt, das tun wir.«
Tags darauf lag ich in einem heruntergekommenen Hospital, wo alle Französisch sprachen, das heißt jeder in einem eigenen Dialekt oder einer eigenen Variante dieser Sprache, die ich nur mangelhaft beherrsche. Dort lag ich etwa zwei Monate lang, vielleicht auch länger, in einem Zustand der Desorientierung und Entfremdung, der mich seitdem nie mehr ganz verlassen hat. An dieser Krankenstätte mit ihren abblätternden, nach säuerlichem Schimmel riechenden Wänden und Decken, wo man mit meinem Leiden nichts anzufangen wußte, ist auch die Angst in mich gekrochen und hat sich endgültig in mir eingenistet. Man hielt mich wochenlang unter Narkose, und ich bekam Wahnvorstellungen, so realistisch, daß ich seitdem davon überzeugt bin, daß es neben

dem normalen Bewußtsein noch ein zweites gibt: nicht ein Unter-, sondern ein Nebenbewußtsein, das sich manifestiert, wenn das eigentliche künstlich ausgeschaltet ist.

Mit »Träumen«, so glaube ich, hatte es nichts zu tun, daß sich um mein Krankenhausbett geschuppte Kreaturen bewegten, fischhäutige Wesen oder solche, deren Körper mit gelatineähnlichen Bläschen bedeckt waren, von denen manchmal einige aufplatzten und eine sämige Nässe freigaben. Sie zeigten sich mir nackt, davon war ich fest überzeugt, und dennoch konnte ich ihr Geschlecht nicht erkennen. Sowohl ihre Vorder- wie ihre Rückseite waren so flach wie ein Eisblock, ohne die Spur einer Wölbung, eines Fortsatzes, einer Kuhle, einer Falte, eines Spalts oder eines Haarbüschels. Bei bestimmtem Lichteinfall wurde ihr Rumpf durchsichtig, ja, er konnte sogar unsichtbar werden, dann schwebten Arme, Beine und haarlose Köpfe im Raum, die irgendwo allerdings an einem gasförmigen Vakuumpfropfen oder ähnlichem befestigt waren. Häufig erkannte ich mir vertraute Personen, und ich sah und hörte sie ebenso deutlich und realistisch, wie ich jetzt die mich umgebenden Möbel und Gegenstände sehe und aus dem Nebenzimmer das *Wohltemperierte Klavier* aus einer elektronischen Spieldose herüberklingen höre.

Meinen Erzeuger zum Beispiel. An meiner Lagerstätte saß er und steckte sich Trauben und Mandarinenscheiben in den Mund, die leergesaugten Häutchen und die Kerne spie er zwischen seine Füße und kickte sie in willkürliche Richtungen. Liebe, schwadronierte er, das sind nur Hormone, das ist nur Geschnaufe, das ist nur Feuchtigkeit. Ich habe mein Leben lang nur so gemacht – kurze, schnelle Zug- und Stoßbewegungen mit der Faust – außer ein Mal, und das Resultat bist du.

Auch mein Professor Möser, gemeinhin 4 x J genannt. Trotz erdrückenden Arbeitspensums kam er, sokratisch durch das Zimmer tänzelnd, um mit mir den Plan zu meiner Doktorarbeit durchzusprechen, obwohl ich eine solche Arbeit überhaupt nicht in Erwägung gezogen, geschweige denn ein Thema gefunden hatte. Der verehrte Meister forderte mich auf, ihn zu duzen: »Wann traust du dich endlich, Joop zu mir zu sagen, Elmar?«

Regelmäßig tauchte Nico auf, mit oder ohne Daphne, deren Frisur jedesmal, wenn sie den Helm absetzte, neu hergerichtet und anders zurechtgemacht aussah. Meistens behielt sie den Helm jedoch auf. Er funkelte im grellen Lampenlicht, das ihn von allen Seiten anstrahlte. Gegen diesen in den Augen brennenden Sternenschauer wehrte ich mich, indem ich mir die schuppigen Hände ans schuppige Gesicht drückte.

Zu meiner Überraschung und Verlegenheit erschien plötzlich das Mädchen von der medizinischen Fakultät, mit dem ich einmal in einer Buchhandlung ins Gespräch gekommen war. Damals unterhielten wir uns über Dichtung. Über die Zeilen: »Fremd bin ich eingezogen, fremd zieh' ich wieder aus.« Sie war hübscher, fand ich, ruhiger, gewinnender als Daphne, deren Anwesenheit meine Gedanken versengte. Nicht den Mut gehabt, ihre nähere Bekanntschaft zu machen, auch wenn ich sie manchmal in der Mensa oder auf der gegenüberliegenden Seite der Gracht auf einem Schrottfahrrad sah. Auf Umwegen hatte ich ihren Namen erfahren: Paula Doorenbos. Würdevoll am Fußende meines Bettes stehend, studierte sie den Status meiner geheimnisvollen Krankheit, beobachtete die Bewegung der Linien, Kurven, Striche, übrigen Signale auf den durch Schläuche und Schnüre mit mir verbundenen Monitoren, sah schließlich mich an. Nicht mich als Person, sondern meine Erkrankung – die teils vertrockneten, teils klebrigen Krusten und Pilze, die mich über und über bedeckten, an denen ich mich jedoch nicht kratzen konnte, weil meine Hände am Bett festgeschnallt waren. »Na, wenn das man besser wird. Wenn das man nicht auf dein Gehirn übergreift. Wenn das man nicht ansteckend ist ...« Während sie das sagte, löste sie sich vor meinen Augen auf. Sie wurde zu Rauch, verflüchtigte sich, glitt durchs offene Fenster hinaus, wo sie eins wurde mit der Sommerhitze.

In dieser Verfassung befand ich mich also, zwischen zwei Morphiumspritzen, als Nico mir das Foto zeigte. »Wer hat dieses Foto eigentlich gemacht?« fragte Daphne. Nico war zu aufgeregt, um zu antworten, ich zu krank. Ein vom Fotoapparat selbst gemachtes Foto, ein sozusagen sich selbst gemacht habendes Foto, dachte ich, bei dieser Vorstellung schweifte ich im Kopf noch weiter ab. Wie ich nach Luft schnappte, um meine Atemnot zu lindern, so sehnte ich mich nach klaren Gedanken, die wie Scheinwerfer den Smog aus meinem Hirn vertreiben würden. Solche Gedanken blieben leider aus, wie auch weiterhin nicht genug Luft in meine

Lungen kam. Schweiß rann mir aus den Augen, wurde von einem busenlosen, schlitzlosen alienartigen Geschöpf weggewischt. Ich konnte mich nicht aufrichten, mich kaum rühren, so daß das Foto direkt über mein Gesicht gehalten werden mußte. Es war eine Kopie, grobkörnig zu seitengroßem Format vergrößert in der kaum je von jemandem gelesenen Zeitschrift unserer Universität:
Nico auf der einen, ich auf der anderen Seite unserer aneinandergelehnten, zu schwer bepackten Fahrräder. Nico, kurze Hose, Helm, Hand mit Zigarette am Mund, sieht mich an. Ich, ebenfalls knochige nackte Knie, ebenfalls Helm, grinse folgsam in die Linse, ich finde dieses Fixieren protzig. Nach all den Jahren weiß ich noch, daß in dem Augenblick, als – *klick!* – die Verewigung stattfand, Nico zu mir sagte: »Cheer up, comrade!«
Das gleiche würde ich jetzt gern zu ihm sagen.
Neben dem Foto begann ein Interview mit Nico, geführt von einem Studenten der Geschichte jüngeren Semesters mit schriftstellerischen Ambitionen, der seinen Namen zu G. V. abkürzte. Du weißt schon, der mit der Nase wie ein Enterhaken und der ewigen Baskenmütze auf dem Kopf, komm, wie heißt der Kerl, Möser liebt ihn heiß und innig. Nico meinte Valkman, mir damals unbekannt, obwohl ich seinen Namen schon mal gedruckt gesehen hatte, das G stand für Guillaume. In jenen Tagen erwartete man das Heil von der Rive Gauche in Paris.
Mit angezogenen Knien auf der Fensterbank in der flammenden Sonne sitzend – die Hitze hing flimmernd im Fensterrahmen –, las Nico mir, heiser durch mühsam bezwungene Exaltiertheit, den Text vor; sein Kopf mit der sich ständig lösenden Haarlocke war von Zigarettendämpfen umnebelt. Ein paar Mal schnappte ich meinen Namen auf, wobei ich mir sogar noch überlegte, ob der Verfasser des Artikels ihn wohl korrekt buchstabiert hatte, mit Doppel-f also, aber ansonsten verstand ich kein Wort, und Nicos Rezitation wirkte auf mich wie ein langsamer Strudel, der mich unablässig unter Wasser zog.
All das schob sich mir jetzt wie ein fleckiger, zittriger Film durch den Kopf, während der Journalist aus unbekannter Ferne auf mich einredete. Statt höflich, hätte ich mißtrauisch sein sollen, ich hätte das Telefongespräch dezidiert beenden sollen, sobald mir zu schwanen begann, worauf der Mann hinauswollte.

Ich sei also nicht dabeigewesen, fuhr er fort, als Nico Sibelijn im Untergrund des Ardennendorfs jenen vieldiskutierten Stein mit vorzeitlichen Einkerbungen angeblicher Schrift- oder Gott weiß was für Zeichen, angeblich minoisch, angeblich phönizisch, fand?
Das bestätigte ich.
Wo ich denn zum Zeitpunkt der faszinierenden Entdeckung gewesen sei?
Ich antwortete: »Im Zustand der Narkose, ja des Komas, geistig so gut wie nicht von dieser Welt, wenn Sie so wollen; in irdischer Form lag ich in einem kleinen Krankenhaus in der Nähe von Creteur.«
»Wo genau?«
»Das weiß ich nicht mehr, Monsieur, vielleicht habe ich das sogar nie gewußt, es ist sehr lange her, und es gibt Sachen, die sind es nicht wert, daß man sie behält.«
In dem Moment hörte ich die Person im Hintergrund sagen: »Frag ihn, wie er in dieses Krankenhaus gekommen ist.«
Worauf ich: »Ist es gestattet zu fragen, was Sie eigentlich von mir wissen wollen, und warum Sie es wissen wollen?«
Bei Bedarf werde ich einmal in einem anderen Zusammenhang darlegen, durch welchen Sachverhalt die so sorglos begonnene Expedition für mich ein so abruptes Ende nahm, infolgedessen ich in diese Anstalt für Grubenarbeiter mit Lungenerkrankungen eingeliefert wurde – in diesem Bericht kann es unberücksichtigt bleiben.
Allmählich drängte sich mir der Gedanke auf, daß man versuchte, mich in eine unsaubere Affäre hineinzuziehen. Indem man mir Aussagen entlockte, mit denen Nico verunglimpft werden könnte. Sei es etwa so gewesen, daß ich durch vorsätzliches Zutun des Herrn Sibelijn plötzlich so krank geworden sei, daß ich deswegen länger hospitalisiert werden mußte? Das fragte der Belgier nach neuerlicher Beratschlagung mit dem Hintergrund. Könnte Nico mir etwas zu essen gegeben oder gegen meinen Willen verabreicht haben, das eine ernsthafte Lebensmittelvergiftung mit allerlei Nebenschäden zur Folge hatte? Hatten wir Pillen dabeigehabt, Hasch, Koks? Alles nur Vermutungen, sagte er devot. Ich bräuchte nur, sprach er in belehrendem Ton, an die kürzlich aus dem Verkehr gezogenen Ecstasy-Pillen zu denken, die, wie sich

zeigte, Strychnin beziehungsweise Rattengift enthielten. Ob ich wisse, daß die Nikotinmenge einer halben Zigarettenschachtel, in flüssiger Form verabreicht, einen Menschen töten könne? »Vielleicht hat er Sie zum Stolpern gebracht, und Sie sind von einem Felsen gefallen?«

So verdutzt, daß es mir den Hals zuschnürte. Was sollte das Ganze, was hatte es zu bedeuten? Woran ich mich erinnerte, war, daß meine Erkrankung möglicherweise das Werk einer multiresistenten Bakterie war, die Infektionen des Darms und anderer innerer Organe, Ekzeme und ähnliche Hautausschläge, ja selbst periodische psychische Kurzschlüsse verursachen kann. Wenn sich solche Bakterien in den Dosenmahlzeiten befunden hätten, die Nico und ich uns auf unserem Lagerfeuer zubereiteten, wäre Nico selbstverständlich auch davon befallen worden. Das Flüßchen, in dem ich an jenem Morgen herumgeplanscht war, konnte von Zyanid verseucht gewesen sein. In dem Fall müßte auch unser mit demselben Wasser gebrauter Kaffee giftig gewesen sein, Nico aber hatte keinerlei Beschwerden gehabt. Mein ganzes weiteres Leben habe ich darüber nachgedacht, an eventuellen Zusammenhängen mit Hannekes Anomalie herumknobelnd, ohne Nico je mit der Ursache meiner Erkrankung in Verbindung zu bringen. Durch die Absurdität der Verdächtigungen und Unterstellungen, die mir der Belgier einzureden versuchte, breiteten sich graue Flecken in meinem Hirn aus.

Ob es möglich sei, daß Monsieur Sibelijn absichtlich dafür gesorgt habe, daß es bei seiner kuriosen Entdeckung zwischen den Steinkohleschichten keinen Zeugen gab, so daß es denkbar sei, daß der nach ihm benannte Stein, »Lapis sibelini, haha!«, gar nicht dort herkam, beziehungsweise bei seiner Zutageförderung noch gar keine Meißelung oder Gravierung erkennen ließ?

Durch Atemnot zu keinerlei Reaktion in der Lage. Ich sollte, dachte ich, mir die Nadel der Plastikbrosche ins Fleisch stechen, die aus irgendeinem unerfindlichen Grund in der Nähe des Telefons lag. Ein aufgerichteter Bär mit einem Reifen. Den ich das ganze Gespräch über ununterbrochen angestarrt hatte, ohne es zu merken. Wenn ich mir die Nadel in den Finger stach und nichts fühlte, dann geschah das, was in diesem Moment geschah, nicht, ich hörte nicht, was ich hörte, war nicht ich, sondern ein Bär mit einem Reifen auf einem Stückchen Plastik mit einer etwas verbogenen Nadel.

»Haben Sie diesen Stein gelegentlich mit eigenen Augen gesehen?« fragte der Journalist.

Den Stein selber nicht, dafür aber scharfe Fotos und Detailaufnahmen. Natürlich mit eigenen Augen, wie könnte ich mit den Augen eines anderen sehen? Diese Antwort erteilte ich im übrigen nicht mehr. Ich sagte: »Guten Tag, Monsieur«, dafür hatte ich gerade noch genug Puste, und trennte die Verbindung.

»Der Sibelijn-Stein«, wie das Ding seitdem tatsächlich offiziell heißt, von Nico auf seiner zweiten oder dritten Expedition während meiner Narkose entdeckt, wird in einem wissenschaftlichen Kabinett in irgendeiner südbelgischen Gemeinde verwahrt. Nachdem Nico ihn in einer seiner Fahrradtaschen in die Niederlande mitgenommen hatte, wo Gelehrte aus der ganzen Welt das Artefakt auf alle mögliche Weise untersuchten und es für außergewöhnlich sensationell befanden, verlangte die belgische Regierung die geraubte Kostbarkeit zurück. Durch eine Thermo-Lumineszenz-Analyse hatte man festzustellen gemeint, daß der Stein aus neolithischer Zeit stammte, woraufhin sich eine weitere Schlußfolgerung aufdrängte, nämlich, daß diese prähistorische Epoche in Westeuropa erst um das Jahr 2000 vor Christus begonnen habe, ergo viel später, als bis zum Zeitpunkt von Nicos Entdeckung gemeinhin angenommen worden war.

Auf einem bald darauf abgehaltenen Kolloquium sprach der Historiker J. J. J. J. Möser beherzigenswerte Worte: »Tiefenforschung, meine Damen und Herren! Was wir suchen, in der Tiefe muß es zu finden sein!« Daß er dabei die legendäre Fingerbewegung machte, in einem oberhalb seines Kopfes beginnenden zu seinem Hosenschlitz hinabkurvenden Blitz, war in der Wochenschau zu sehen.

Ebenso wie der Stein.

Den sah ich demnach zum ersten Mal im Film.

Nico, strahlend, trug ihn wie ein Kind im Arm und zeigte auf die mehrere Dutzend Zeichen: Gitter, Schlängellinien, Dreiecke, Kreuze, Kämme, Nägel, Stäbe, Punkte.

Dazwischen die Swastika: Wie Sie wissen, ein schon Millennien vor unserem Kalender gängiges religiöses Glückssymbol, bevor

Hitler es in die Klauen bekam und es zum Emblem seiner Terrorbande machte. Wer dies wissentlich negiert, wie die Vielschreiber des Blättchens *Skick*, setzt sich dem Verdacht der Böswilligkeit aus.
Zwischen all den wirren Zeichen auch ein Kreis mit einer Gabel darin, ein Dreizack an einem langen Stiel – die Zacken zeigen nach oben und sehen aus wie die drei gestreckten Finger einer Hand. Wenn man will, kann man darin eine stilisierte Lilienblüte an einem geraden Stengel sehen. Oder einen Fluß, der in ein dreiarmiges Delta mündet, beziehungsweise aus dem Zusammenfließen dreier Quellen entsteht. Im *Skick* stand dieses Logogramm, oder was es sein mag, nicht größer als der Kopf einer Reißzwecke, stark vergrößert abgedruckt: falschherum, die Ausläufer der Verzweigung nach unten. So abgebildet, war es das auf der ganzen Welt bekannte Symbol der friedfertig revoltierenden Jugend der frühen siebziger Jahre dieses Jahrhunderts.
Ich sehe mich noch mit so einem Ding aus veredeltem Blech an einer Kette um den Hals herumlaufen. Haare bis auf die Schultern, buntgeblümte Jacke. »Flower power« – wie glaubte ich daran! Lieber langhaarig als kurzsichtig, und *We Shall Overcome*. Ich erröte, wenn ich jetzt als fast Fünfzigjähriger daran zurückdenke. Wann in der Zeit und wodurch haben sich die Dinge anders entwickelt?

Nicht lange nach dem Telefongespräch publizierte *Skick*, ein Periodikum, von dem ich bis dato noch nie gehört hatte, einen infamen Artikel.
Fassungslos stellte ich fest, daß seine verlogene Tendenz unbesehen von manchen überregionalen Tageszeitungen und den Nachrichtendiensten anderer Medien übernommen wurde.
Im Fernsehen sah ich ein Forum von Wissenschaftlern – Nico selbst war zwar eingeladen, erschien aber »wegen anderweitiger Verpflichtungen« nicht, was ich, wenn Sie mich fragen, für nicht sehr vernünftig hielt –, wobei das *Skick*-Heft offen auf dem Tisch lag und schamlos als zuverlässige wissenschaftliche Quelle diente.
Von Daphne erfuhr ich, sie schrieb es mir, daß ihr Ehemann seit Tagen schwer deprimiert im Bett lag, Vorhänge und Rolläden Tag und Nacht geschlossen, kaum noch dazu zu bewegen, auch nur

eine Stunde aufzustehen. Und er rauche wieder, eine Stange in drei Tagen, er bedaure nur, daß es die Marke aus seinen jungen Jahren nicht mehr gebe. Er, die Bettwäsche, das ganze Schlafzimmer stinke nach Tabakqualm, das schlüge ihr, der Sängerin, auf die Stimmbänder, sie lege sich daher lieber ins Gästezimmer. Worauf er zu ihrer allergrößten Besorgnis und Verwirrung gesagt habe: »Ja, tu das nur, du Schlampe.«

So kam das Skandalblättchen in mein Leben. Ich fragte meinen Zeitungsmann danach, der mich befremdet anschaute. »Dort, Mijnheer, schließlich ...« Sein gestreckter Arm zeigte auf einen hohen Stapel. Als hätte ich ihn gefragt, wo es zum Supermarkt gehe, während ich in unserem Dorf doch nach all den Jahren jeden Strauch und Stolperstein träumen konnte.

Nico Sibelijn war angeschossenes Wild, und es schien erlaubt, immer groberes Geschütz gegen ihn aufzufahren. Ich hätte ihn eben doch anrufen oder ihm sonstwie ein Zeichen der Unterstützung und Ermutigung geben sollen. Daß ich das versäumt habe, ist feige. Wie sich bei genauerer Untersuchung herausgestellt habe, so der Stümperartikel »unseres Mitarbeiters vor Ort« – das war natürlich Willem Valkman in dem Ardennenkaff –, sei Sibelijns Stein eine Fälschung. Punkt. Worauf dieses Gutachten beruhte, wo es stattgefunden, wer es abgegeben hatte, wurde dem Leser vorenthalten. Er erfuhr nur, daß alle früheren Forscher, welche heute allesamt den Geist aufgegeben hätten, unter ihnen die exzentrische Autorität J. J. J. J. Möser, ausnahmslos zu den Kreisen von Nicos wohlgemerkt wiederum untereinander befreundeten Freunden und Beschützern gehört hätten. Ein korrupter Haufen Opportunisten, die sich gegenseitig die Bälle zuspielten, in hohem Maß profitierten von Macht und Vorrechten und nur auf eins ausgewesen seien: ihren Ruhm, ihren Status, ihre akademische Macht zu mehren. Auch diese Behauptung wurde in keiner Weise begründet. »Unser Mitarbeiter« beschloß seinen dünnen, über vier aufdringlich illustrierten Seiten ausgewalzten Text mit der Schlußfolgerung, daß, wenn schon der Stein, beziehungsweise seine Datierung, Augenwischerei sei, dann müsse ja wohl auch die Herkunft der Gravierungen auf Betrug beruhen. Diese Zeichen habe Professor Doktor Sibelijn denn auch eigenhändig hineingeritzt, selbstverständlich nicht mit einem Nagel aus dem zwanzigsten Jahrhundert, sondern fintenreich, wie er sei, mit einem authentischen Gegenstand aus der Prähistorie, zum Beispiel einer aus einem Tierknochen gefertigten Nadel, einem Stift oder Pfriem, wie sie unsere Vorfahren, die Höhlenbewohner, tatsächlich benutzten. Punkt. Wie die jüngste Untersuchung gezeigt habe, sei der Stein auf jeden Fall aus der nachchristlichen Zeit, und wie schlau der Gelehrte auch vorgegangen sein mochte, dieses Hitlerkreuz, wie auch das Friedenszeichen aus der Hippiezeit seien Anachronismen, die den Betrug nur noch offensichtlicher machten. Und wie merkwürdig, um nicht zu sagen bezeichnend, sei es schließlich, daß der Herr Sibelijn seinen Fund ganz allein gemacht habe, daß kein Zeuge dabeigewesen sei, wo er doch in Begleitung eines Studienfreunds, J. Vanhoff, zu dieser Expedition aufgebrochen sei. Wo der denn auf einmal geblieben sei? Wir kommen noch darauf zurück.

Gott sei Dank falsch geschrieben und in dieser Fassung auch in Artikel und Kommentare der überregionalen Presse übernommen.

Da man schon dabei war, Nico in die Pfanne zu hauen, stellte die von *Skick* beschaffte Diffamierung nur ein weiteres, scharf geschliffenes Hackebeilchen dar.

Groß aufgemachter Artikel auf dem Titelblatt des schicksten aller Feuilletons: Sibelijn müsse seiner akademischen Ämter enthoben werden, ebenso seines Amtes als Konservator, er habe den ihm verliehenen Heinrich-Schliemann-Preis zurückzugeben, ebenso all seine Orden und Auszeichnungen.

Ich nahm es im Aufenthaltsraum von Effata zur Kenntnis, erstaunt und irritiert durch den gehässigen, rachsüchtigen Ton des Verfassers, der sich nicht einmal die Mühe gemacht hatte, auch nur das geringste all der vielen Delikte, die Nico angelastet wurden, zu überprüfen. Dazu ein Foto, das ein Viertel der Seite füllte: Nicos runder Kopf fast in Lebensgröße, bedeckt mit dem ein wenig schief sitzenden Professorenbarett, die Unterseite der Troddel ruhte teils auf dem Bügel seiner Brille, teils in seinem Ohr; mit wachen Augen schaute er direkt in die Linse, mir also in die Augen, in seinen Brillengläsern sah man eine vage Spiegelung.

Minutenlang habe ich ihn angestarrt, mit Mitleid und Entrüstung über das ihm angetane Unrecht, wenn auch mit Nebengedanken an seine Frau, die Vagina seiner Frau, ich schreibe es auf, wie es

eben ist, die Geheimnisse seiner Frau. Wenn du wüßtest, dachte ich, obwohl ich nunmehr mit der Möglichkeit rechne, daß er längst alles wußte und daß das die eigentliche Ursache seines Zusammenbruchs war. Unversehens schlug mir ein mongoloider Junge die Zeitung aus der Hand, dabei wurde Nicos Kopf in zwei Teile gerissen.
Ich hätte einen Leserbrief schreiben können, doch ich habe es unterlassen – was mich davon abhielt, war die lähmende Gegenwart seiner Ehefrau in meinen Gedanken und Drüsen, nicht am Rand meines Daseins, sondern in seinem Kern, sie hatte mich hypnotisiert und beherrschte mich weiterhin.
Ferner unternahm ich nichts, da ich in meinem eigenen Leben Sorgen genug hatte.

Ich mußte eine neue Bleibe für meine Tochter finden, was allerdings weniger reibungslos vonstatten ging, als die Leiterin von Effata suggeriert hatte. Da ich mich mit dieser Dame überworfen hatte, schlug ich ihre Mitwirkung aus, ich glaubte, auf ihre Sachkenntnis und ihren Einfluß verzichten zu können – weiser wäre es gewesen, wenn ich mich in dieser Hinsicht weniger störrisch verhalten hätte.
Zwar besuchte ich Hanneke weiterhin gewohnheitsgemäß jeden Sonntag, doch ich verbrachte nur noch selten all die Stunden in der Anstalt. Ich nahm das Kind im Auto mit und dachte mir Attraktionen aus – Pfannkuchen essen, zum Kinderbauernhof oder zum Zoo –, froh, wenn sie lachte. Kinderfilme in einem dunklen Kinosaal verwirrten sie und brachten sie zum Weinen. Schon bald unterblieben ihre schmerzlichen Fragen nach dem Hund, aber jedesmal, wenn ihr ein Vierfüßer über den Weg lief, küßte sie ihn, versuchte, auf ihn zu klettern, und nannte ihn Nonja.
Froh, wenn sie lachte, denn ihre gewinnende kindliche Fröhlichkeit schien sie verloren zu haben – für immer, fürchtete ich; ich sah bei jedem Besuch mehr, wie sie sich in einen schwermütigen, untröstlichen Teenager verwandelte. Mit geschwollenem Gesicht, schweren Brüsten, prallem Bauch, prallem Hintern bewegte sie sich auf plumpen Beinen trampelnd und schlurfend fort, vorgebeugt, schwankend, vierzehn Jahre alt. Das noch naive Mädchengesicht verzerrt, als hätte sich ihm schon der Kummer eines gan-

zen Lebens eingegraben, und noch jämmerlicher war sie anzusehen, wenn sie sich mit Rouge, Lippenstift, Eyeliner bearbeitet hatte.
So aufgedonnert, in einem Fummel, der sich stramm wie eine Wursthaut um ihre Ausbuchtungen spannte, um den Hals eine selbst aufgefädelte Kette aus klickergroßen, knallroten Kullern, verschwand sie eines Nachmittags auf einer kleinen Kirmes, ehe ich es verhindern konnte, in der Bude mit dem gläsernen Irrgarten. Sie winkte mir noch zu.
Hinter der durchsichtigen Fassade sah ich sie zwischen den kreuz und quer aufgestellten Glaswänden umherirren, zwischen denen sie ihren Weg finden mußte und natürlich nicht fand. Ich stand nur da und schluckte und hielt die Luft an. Den Gedanken, mich ebenfalls in den verräterischen Irrort zu begeben, verwarf ich, da meine Tochter und ich uns dort garantiert verfehlt hätten; es schien mir sinnvoller, ihr von außen Anweisungen zu geben. Doch die kapierte sie nicht. Dann und wann verschwamm ihr Bild, sie verschwand hinter den gläsernen Stellwänden, so daß ich sie ganz aus den Augen verlor. Wahrscheinlich ging es ihr genauso mit mir. Sah sie mich nicht mehr, hörte ich ihr panisches Geschrei, das das Gedudel und die Hip-Hop-Musik der Attraktionen um uns übertönte. Dann tauchte sie wieder auf, mit der Schleife im strubbelig zerzausten Haar, dem wie mit Mennige bestrichenen Mund erstarrt im Clownsgesicht, mit den Armen rudernd, stolpernd. Meine Tochter so zu sehen, ohne ihr helfen zu können, machte mir klar, daß ich sie eigentlich immer so sah und gesehen hatte: hilflos, in einer anderen Dimension. Ich, verknäult in Angst, von der Daphne behauptete, es gäbe sie nicht, weil man Angst nicht anfassen kann; Hanneke, verknäult in Wahnsinn, der sich genausowenig in die Hand nehmen läßt.
Ich sah sie drinnen im Glashaus auf mich zurennen, schon wieder heldenhaft lachend. Zweimal, dreimal, noch einmal und noch einmal prallte sie gegen die Scheiben, die ihr den Weg versperrten. Sie verletzte sich, immer wieder woanders, Knie, Schneidezähne, und es kam ihr nicht in den Sinn, zumindest ihr Tempo zu zügeln. Schließlich plumpste sie, als würde sie vom Glas zurückgeworfen, mit einem so dröhnenden Schlag rücklings auf den Hintern, daß die Platten erzitterten.

Sie saß da und brüllte, Zähne rot, da war ich schon in die Glaswelt eingedrungen und versuchte, zittrig vor Übelkeit, nach Durchgängen tastend, mich zu ihr durchzufinden, und auch ich stieß mich immer wieder an meinem plötzlich hervorspringenden Spiegelbild, Schattenbild. Es stank nach undefinierbarer Fäulnis - oder roch ich mich selbst? »Hanneke, Bärchen, Papa ist gleich da!« Als hätte ich es in einen Brunnen gerufen: Aus allen Richtungen schallten die Töne zu mir zurück, zugleich stürmte das Echo von Hannekes Gekreisch durch die gläsernen Gänge und Räume. Draußen vor dem Labyrinth hatte sich eine Menschenmenge versammelt, die mir und dem Kind Anweisungen geben wollte. Daß Hanneke auch nur das Geringste verstehen würde, war ausgeschlossen, und ich selbst nahm nur Zuckerwatte wahr, Pommestüten, Liebesäpfel und dahinter das Flipper-Geblinke, Gedrehe, Gewirbel, Gestoße der Kirmes.
Zwischen den Spiegelscheiben hindurch näherte sich ein alter Mann, weißes Haar, weißer Seemannsbart. Hanneke, auf die er freundlich einredete, an seiner Seite, den Arm um sie.
»Folgen Sie mir nur, Mijnheer. Ich finde mich hier auch im Dunkeln zurecht. Ich wohne hier.«
Ohne zu zögern durchschritt er die komplizierte Strecke, zwanzig Schritte höchstens, und wir standen draußen, an der Rückseite des Schreckensgebäudes. Dort zog er meine Tochter noch fester an sich, streichelte mit priesterlicher Gebärde ihren Kopf mit der welken Haarschleife. »Hast dich ein bissel vom Schreck erholt, Mädelchen?« Über sie hinweg zu mir: »So ein Kind verläuft sich auch außerhalb eines Irrgartens leicht.«
Ich streckte ihm die Hand hin, er jedoch machte keinerlei Anstalten, sie zu ergreifen. »Herzlichen Dank«, sagte ich. »Was bin ich Ihnen schuldig?«
»Zwei Personen. Fünf Gulden, Mijnheer. Zum Glück ist nichts kaputtgegangen oder beschädigt worden.«
Als ich ihm die Münzen hinreichte, bemerkte ich, daß er den Ausdruck »im Dunkeln« mit Humor und Selbstironie benutzt hatte. Noch etwas nachschluchzend, hielt Hanneke seinen Arm umklammert und fummelte an etwas herum, das der Mann an der Innenseite seines Handgelenks trug. Das Ding hatte einen Deckel. Er ließ ihn mit einer Sprungfeder hochklappen. Bevor er mir seine

schwielige, rissige Hand hinhielt, um das Geld in Empfang zu nehmen, tastete er die Brailleuhr mit den Fingerspitzen ab.
»So spät schon wieder. Die Zeit verrinnt«, sagte er und sah mir mit seinen weißen, lichtlosen Augen ins Gesicht.

Meine Anonymität wurde aufgehoben, als in einem folgenden *Skick*-Heft, zwei Wochen später, mein Nachname richtig buchstabiert, mein Vorname ausgeschrieben und das Ganze mit Fotos illustriert worden war.
Auf einem, dem jüngsten, stehe ich in meinem dunklen Anzug am Strand, wie ein Leichenbitter, der sich zwischen nackte Lebende verirrt hat, das Firmament hängt voll Drachen. Leider bin ich gut darauf zu erkennen, das hatte der Zeitungsverkäufer schon bemerkt, ehe ich selber wußte, daß ich in dem Blatt stand.
»Haben Sie sich im *Skick* gesehen, Mijnheer van Hoff?« krähte er begeistert, da lag meine Hand noch auf der Klinke seiner Ladentür. Hätte ich doch sofort kehrtgemacht!
Das blätternde Publikum, darunter einige junge Leute, die ich in der Klasse gehabt hatte, wandte das Gesicht dem Ladeninhaber zu, der das Periodikum über seinem vulgären Kopf hochhielt, aufgeschlagen bei der Strandszene. Ich erschrak dermaßen, daß mir war, als zerbröckele mein Gehirn.
»Sie waren ein beliebter Lehrer, steht hier, Sie konnten spannend erzählen.« Mit Megaphonstimme.
»Ja!« Ein schwarzes Mädchen vom Willem-de-Zwijger-Gymnasium, das Haar in Dutzende dünne Zöpfchen geflochten, erinnerte sich daran, bestätigte es. Nettes Kind, kein großes Licht, mittlere Reihe, dritte Bank links.
»Sie halten aber die Augen gut offen zwischen all dem Topless, kann man schon sagen, ja, ja«, schmetterte der Drucksachenverkäufer, der mich meinte, das war unmißverständlich, obwohl es die Frage war, ob ich überhaupt noch anwesend war – oder mich in trüben Nebel verwandelt hatte.
»Gar nicht gewußt, daß Sie ein B. D. sind«, sagte jemand – Mann, Frau, unbekannt –, der mit dieser Abkürzung, wie sich herausstellte, »bekannter Daalbergener« meinte. Zu meinem Entsetzen: Seit meinen Lehrerjahren möchte ich mit so wenig Menschen wie möglich zu tun haben, und am liebsten wäre ich aus Cellophan.

Im selben Moment, da ich mich mit dem Rücken zur Brandung unter den fliegenden Drachen stehen sah, Leuchtturm in der Ferne, erkannte ich auch die beiden anderen Fotos, die bedeutungsvoll nebeneinander plaziert waren. Eigentlich erkannte ich nicht so sehr die Fotos als vielmehr mich selbst zum Zeitpunkt der Aufnahme.

Zweimal Nico und ich.

Links das Schwarzweißfoto mit dem Selbstauslöser, die jugendlichen Entdeckungsreisenden zu beiden Seiten ihrer stählernen Rosse auf dem Rathausplatz von Creteur. Die »stählernen Rosse« zitiere ich aus der Unterschrift. An der Fassade des kleinen Rathauses wurde später eine Gedenktafel für Nico angebracht, aus Dankbarkeit dafür, daß er den Ort weltberühmt gemacht hatte. Auch das entnehme ich dem Text des *Skick*-Skribenten Valkman, in dem ebenfalls zu lesen ist, daß »diese Huldigung für einen Betrüger« nach Ansicht unseres Korrespondenten ein Skandal ersten Ranges sei: Schon längst hätte sie wieder entfernt werden müssen!

Rechts, in Farbe: ich im Gespräch mit Professor Sibelijn. Er in seinem roten Talar, Barett auf dem sich zu mir neigenden Kopf, die Troddel wie ein multifüßiges Insekt zwischen unseren Gesichtern, die Brille rutscht ihm gerade von der Nasenböschung, er steht mir mit argumentierendem Zeigefinger gegenüber. Ich, Becher Schnaps an der Unterlippe, trage denselben dezenten Anzug wie auf dem Strandfoto. Wir lächeln uns an. Im Hintergrund eine Vitrine mit archäologischen Gegenständen. Der Empfang nach Nicos Antrittsrede. Ich erinnere mich nicht, daß dort ein Fotograf herumgelaufen wäre, plötzlich fällt mir aber ein, daß irgendein Schicksalsgott den Namen Valkman aussprach. Die Unterschrift lautet: »Dreiundzwanzig Jahre später immer noch die besten Freunde«, dahinter ein suggestives Fragezeichen.

Als ich das Geschreibsel gelesen hatte, zitterten meine Hände dermaßen, daß die Spielkarten, nach denen ich zu einer Partie Patience griff, mir wie durch einen Windstoß aus den Fingern geblasen wurden. Schippen, Schellen, Herzen, Kreuze sausten durch das Zimmer.

Nico, so der Tenor dieser zweiten Folge des Schmähfortsetzungsromans, sei vor lauter Ehrsucht nicht davor zurückgeschreckt,

»seinen naiven Reisegefährten« (das war ich) »auszuschalten«, weil er keinen Zeugen bei seinen Fälschungspraktiken gebrauchen konnte. Wie kam Jelmer van Hoff so plötzlich und so lange in das Krankenhaus eines Nachbarorts des idyllischen Städtchens Creteur, einer der Perlen in der Krone der romantischen Ardennenlandschaft? Nicht, daß der Journalist darauf eine Antwort gehabt hätte – die Frage war schon Unterstellung genug: Dafür muß, wie auch immer, Sibelijn verantwortlich gewesen sein. Punkt. Ob Jelmer van Hoff denn nicht auch ein Recht auf etwas Ehre und Anerkennung habe, wenn man berücksichtige, daß er »mit an der Basis« von Doktor Sibelijns so außergewöhnlich glatt verlaufener Karriere gestanden habe? Wäre van Hoff damals nicht unter nie geklärten Umständen im Krankenhaus gelandet, wie anders hätte dann für beide Studiosi die Zukunft ausgesehen?
Wahrlich eine Mösersche Frage. Wenn dies oder das sich so statt so vollzogen hätte, welchen Lauf hätte die Weltgeschichte dann genommen? Mit anderen Worten: Ist eine Korrelation denkbar zwischen der geheimnisvollen Erkrankung, die ich mir in der offenen Kloake eines Ardenner Kaffs zuzog, und den Ereignissen etwa ein Vierteljahrhundert später, die ich jetzt niederschreibe? Keine Ahnung – ich bin allerdings nie ein überzeugter Möseraner gewesen.
Mit Nicos Entdeckung habe ich nichts zu schaffen, Ehre gebührt mir nicht, das wäre ja noch schöner, und außerdem ist mein Charakter völlig anders zugeschnitten als der des beklagenswerten Nico. Ich ziehe ein Leben im kleinen vor, in Stille und Anonymität, ohne Antezedenzien, die mir Asthma und Angstanfälle bereiten. Genau so ein Leben also, wie *Skick* es darstellt, auch wenn das morbide Mitgefühl in der Formulierung mich empört und stört.
»Während Sibelijns Stern mit unerhörter Geschwindigkeit stieg und ein blendendes Licht verbreitete« – schon beim Abschreiben solcher Prosa gefriert mir das Blut in der Hand –, »lebte van Hoff vergessen und bescheiden in seinem Schatten.« Geschichtslehrer an einer Gesamtschule, wo seine Schüler ihn auf Händen trugen, weil er die Begabung hatte, ihnen den oft wenig inspirierenden Lehrstoff lebendig und begeisternd zu vermitteln. Seit seiner Frühpensionierung lebt er (verheiratet, eine Tochter im Pensionat) zurückgezogen in einer Villa am Wasser in Küstennähe und

arbeitet an seiner Dissertation, mit der er bei Sibelijn zu promovieren hofft. Van Hoff ist trotz allem immer ein treuer Freund des ins Gerede gekommenen Professors und seiner ebenfalls weltberühmten Ehefrau, der Sängerin Daphne Uitwyck, geblieben.
Dazu das Foto: Auf Strandspaziergängen zieht der ehemalige Geschichtslehrer Bilanz aus seiner langen Freundschaft mit einem, der sich als Betrüger herausgestellt hat.
Valkman, per Adresse der *Skick*-Redaktion, einen Brief schreiben, um ihm die Wahrheit über bestimmte Dinge mitzuteilen? Ich riet mir sofort wieder davon ab, der Stänker sollte sich nicht daran ergötzen, daß ich seine lächerlichen Geschichtchen im Stil eines Pennälers überhaupt zur Kenntnis nahm.
Im übrigen: Was ist Wahrheit, »die« Wahrheit? Und würde sie irgend etwas ändern?
Auch ich könnte meinerseits diesen Bericht nach Belieben mit Vorstellungen, Verdächtigungen, Erfindungen, Lügen spicken, so als hätte Nico mich wirklich betrogen und benachteiligt, als wäre es ihm tatsächlich anzulasten, daß ich damals krank war, als er den Stein ans Licht hob, und daß ich danach gesundheitlich nie mehr richtig, hundertprozentig, ins Lot gekommen bin. Und ich könnte es so darstellen, daß niemand an der Wahrheit zweifeln würde, nur daß es natürlich »die« Wahrheit nicht wäre, sogar wenn meine Ausführungen kontrollierbare, authentische Fakten enthielten – ganz den Lehrsätzen bezüglich des Lügens gemäß, die Sibelijns bessere Hälfte mich gelehrt hat.

»Was liest du denn jetzt für einen Schund?« Paula.
»Eines der Magazine, die du in deinem Wartezimmer rumliegen hast.« Ich, ziemlich zufrieden mit meiner Schlagfertigkeit.
Das Ding lag auf dem Eßtisch, geöffnet bei dem Beitrag mit dem Titel: »Wo blieb Sibelijns Reisegefährte?« Untertitel: »Zeugen gab es nicht.«
»Was ist das jetzt wieder?« Unverschnittenes Grausen in diesen Worten. Noch im Mantel, stehend, überflog sie den Text, starrte auf die Fotos. »Ziehen sie dich jetzt in den Ärger um Nico Sibelijn mit rein? Wieso? Was soll dieses Gewäsch?«
Ich verschwieg, daß das bereits der zweite Lästerbeitrag in dem Blatt war.

Konversation zwischen mir und meiner Ehefrau fand, wie Sie wissen, nur noch selten statt, ihre Verachtung für mich vertuschte sie nicht mehr, und wenn sie zuweilen zu Hause war, schwieg sie. Ich auch. Wir verschwiegen uns vieles, was bestimmt bequem war. Auch von Daphne gelernt.

Daß die Zeitschrift noch auf dem Eßtisch lag, daran war meine Zerstreutheit schuld, meine Verwirrung, meine panische Unruhe, ich hatte sie einfach nicht weglegen können, sondern war unbesonnen, ziellos mit ihr herumgelaufen. Jetzt, da Paula sich mit gerümpfter Nase darüberbeugte, war es, als hätte sie mich bei etwas Beschämendem ertappt.

»So weit hast du es gebracht«, stellte sie klinisch fest, »du stehst in einem Klatschblatt.« Mit metallischer Stimme, wie die der Robotertypen aus der Science-fiction-Serie, die sie sich in letzter Zeit ansah. »Was ist das eigentlich für ein Foto? Wer hat es gemacht? Wann warst du am Strand?«

»An einem Sonntagnachmittag. Mit unserer Tochter.« Wenn du lügst, denk nicht zu lange nach und laß es spontan und natürlich klingen.

»Und wo ist sie?«

»Beim Eiswagen.«

»Hast du immer diesen Pieter-van-Vollenhoven-Anzug an, wenn du an den Strand gehst?«

»Immer«, sagte ich albern.

»Und wer hat das Foto gemacht?«

»Weiß ich nicht. Steht das nicht drunter? Ein Fotograf dieses edlen Periodikums, nehme ich an?«

»Warum sollte der dich fotografieren?«

»Um seine Geschichte zu illustrieren, denke ich.«

»Hast du ihnen dieses Lügenmärchen aufgetischt? Schön für deinen Freund Sibelijn. Er ist dir bestimmt sehr dankbar.«

»Nein, natürlich habe ich ihnen das nicht erzählt.« Mit erhobener Stimme. Immer falsch.

»Du zitterst wie ein Junkie.«

Mit ruckartigen Bewegungen zog sie sich den Mantel aus. In der schicken Hose, die ich noch nie an ihr gesehen hatte, zeichnete sich ihr Hintern so wehrlos ab, daß ich ganz gerührt war, wie unausstehlich ich sie auch fand. Mein Blick ruhte mit einer gewissen

Nostalgie darauf, und als sie sich plötzlich zu mir umdrehte und gerade noch sah, was ich betrachtet hatte, begann sie sich die Pobacken abzuklopfen, als hätte sie im Staub gesessen. Ich hatte sie offensichtlich beschmutzt, sie gab mir zu verstehen, daß ich sie jetzt nicht einmal mehr mit dem Blick berühren dürfe. Dann, an mir vorbeiblickend, schnauzte sie:
»Du lügst. Ich spüre, ich weiß, daß du lügst. In diesem Aufzug bist du nie mit dem Kind unterwegs. Du wirst nicht einfach so, als völlig Unbekannter, vom Fotografen eines Friseurblättchens fotografiert. Dafür muß es einen Grund geben, und ich will auf der Stelle tot umfallen, wenn ich diesen Grund nicht längst weiß. Ihr Name ist in diesem Drecksartikel zu lesen.«
Verließ mit resolutem Schritt den gemeinschaftlichen Raum. Zog sich in ihr Zimmer zurück. Was mir auffiel, war, daß sie die Tür abschloß mit einem Schlüssel, daß sie demnach den Gebrauch von Schlüsseln wieder eingeführt hatte. Sofort nachdem sie die Tür geschlossen hatte, erklang ein kurzes Gepolter in ihrer Enklave. Etwas fiel von der Wand, kollidierte krachend mit einem Gegenstand, der mitsamt dem Schuldigen klirrend in Scherben ging. Die Ehefrau stieß einen Schrei aus, dann trat eine rauschende Stille ein, akzentuiert vom Knabbern der Wellen an der Schiffshaut.
Zittern tat ich sowieso schon. Ehe ade, dachte ich. Ob unsere Beziehung auch in die Brüche gegangen wäre, wenn Daphne mein Hirn nicht vergiftet hätte?
Was hatte meine Ehemalige mir eigentlich mehr vorzuwerfen als ich ihr? Was nahm sie mir übel, das aus ihrer Sicht offenbar schlimmer war als die eigenen verschwiegenen Unternehmungen? Ich war mir sicher, daß A. Weldon sie entweder durch die Brille oder durch die Linsen in Augenschein nehmen durfte, ohne daß sie darauf reagierte, als hätte sie Feuer gefangen und müßte mit der flachen Hand die schwelenden Stellen löschen.
»Wir müssen etwas besprechen«, sagte ich, nachdem sie wieder aufgetaucht war.
Sie: »Ich wüßte nicht, was.«
Sie stellte den Fernseher an, setzte sich mit dem Rücken zu mir und zappte.

Ein wie aus Schlagsahne erbauter Ballsaal, wirbelnde Paare in Biedermeierkostümen, das Gehopse fand ohne Musik statt. Sie pflegt von Bild zu Bild zu springen und erst, wenn sie ihre Wahl getroffen hat, den Ton anzustellen. Ein Sprecher. Eine Landschaft. Eine Verfolgung mit Helikoptern. Wieder der Sprecher. Reklame für ein Feriendorf.
Durch das Szenenflackern hindurch entrang sie sich die bissige Bemerkung: »Worum geht's? Ich höre.«
Zurück zum Tanzlokal. Aus dem Nichts gellte ein Karamellwalzer, dessen Lautstärke Paula dermaßen anschwellen ließ, daß nur ein schreiender Dialog möglich war – eine psychische Folter, die ich aus der Zeit kannte, als das schulpflichtige Gesindel mich auf Händen trug.
»Es geht um Hanneke!«
Mit solchem Stimmaufwand, daß es mir rot, schwarz, rot vor den Augen wurde. Atemnot.
Hannekes Mutter reagierte mit einem kurzen Achselzucken, wobei sie auf ihr Ohr zeigte. Pantomimisch ausgedrückt: Ich verstehe dich nicht.
»Hanneke!«
Rote, schwarze, rote Abdrücke von Händen auf einer weißen Wand.
Zwischen ihr und dem Fernsehbild, ihr und der Schallquelle begann ich auf- und abzugehen. Wie früher in der Klasse, vor der Tafel mit den Jahreszahlen, Iwan der Schreckliche, 1530 bis 1584. Statt nochmals die Stimme zu erheben, zog ich den Stecker des Fernsehers heraus.
Ohne Überlegung. Eine spontane Eingebung, weil ich zufällig den sich mit der Steckdose paarenden Stecker sah.
Es gibt im Haus Hunderte Sachen, auf denen der Blick ruht, ohne daß man sie bewußt wahrnimmt. Das gilt nicht nur für Gegenstände – in unser aller Leben passiert alles mögliche, von dem wir wissen, ohne uns darüber im klaren zu sein.
Als hätte ich mit dem Herausziehen des Steckers zugleich auch unserem gemeinsamen Leben den Strom abgeschnitten.
»Was machst du, hast du sie noch alle?« Jetzt kreischte sie. Weil kein Ton mehr da war, der überschrien werden mußte, klang es um so erschreckender. Etwas riß entzwei. So kannte ich sie nicht.

Mir kam sogar der Gedanke, daß ich sie nie gekannt hatte, nicht wußte, wer sie war.
»Wir müssen etwas besprechen«, sagte ich nochmals, angespannt ruhig. »Vielleicht könntest du einen Moment zuhören.«
Sie bestand darauf, daß ich den Stecker wieder einstöpselte. Als ich es getan hatte, war sie so zuvorkommend, die Musik abzuwürgen, doch das Bild blieb. Sie starrte weiter auf den Ballsaal.
Daß Hanneke weg müsse aus Effata, weil sie nun zu alt sei. Daß wir uns nach einer neuen Bleibe für sie umsehen müßten, daß es aber schwieriger sei, eine zu finden, als ich gedacht hätte.
»Weiß diese Person denn nichts? Sie braucht doch nur eine Viertelstunde herumzutelefonieren, und das Kind hat ein neues Heim.«
Sie meinte die Oberin. Ich antwortete: »Die Dame und ich sind brouilliert und reden nicht mehr miteinander.«
»Mmm?« Mit Mühe riß sie sich von den Reifröcken los. »Wie unangenehm für dich.«
»Ich dachte, vielleicht wißt ihr was.«
»Wer, Arie und ich? Ich nicht. Arie vielleicht. Ich werde mal fragen.«
»Es hat ziemliche Eile.«
»Ich sage doch, ich werde ihn fragen.«
Mit bebenden Fächern kühlten die Damen sich die Dekolletés, die Herren rückten sich die Schwalbenschwänze und angeklebten Backenbärte zurecht. Dann wurde rhythmisch weitergehüpft, Paula mischte leise die Klänge wieder unter. An ihren Lippen und ihrer Zunge sah ich, daß sie innerlich mitsang, mit kleinen Kopfbewegungen folgte sie dem Dreivierteltakt, einem Walzer von Joseph Lanner, im Zweivierteltakt, einer Polka von Saverio Mercadante.
»Was ich dich fragen wollte«, sagte ich demütig.
»Gibt's denn noch was?«
»Wir müssen etwas besprechen.«
»Fang schon an mit dem Besprechen. Geht es kurz?«
Wieder riß etwas, beziehungsweise das, was schon zu reißen begonnen hatte, riß weiter. Ein Riß entstand, der sich zu einer Spalte erweiterte, und die Spalte wurde zu einem Abgrund, so tief, so breit, daß es weder einen Boden noch eine andere Seite gab.

»Ich hatte vor, Hanneke hierher nach Hause zu holen, solange wir keine neue Unterkunft für sie gefunden haben«, sagte ich.
Paula erstarrte. Als sei der Bohrer des Zahnarzts durch die Betäubung gedrungen und habe den Nerv getroffen. Mit offenem Mund, geweiteten Augen, verzerrtem, gepeinigtem Gesicht wandte sie sich vom Ballsaal ab und mir zu.
Da merkte ich, daß ich in der Tat nicht wußte, wer sie war. Diese Frau kannte ich nicht, wie ich mein Gedächtnis auch peinigte, doch mein Gedächtnis war auf einmal wie ein aufgerissener Platz. Was ich mir eigentlich dächte? Ob ich völlig wahnsinnig geworden sei? Was ich mir in meinen beknackten Kopf gesetzt hätte? Ob ich etwa Scheiße im Hirn hätte? »Das Kind kommt mir nicht ins Haus. Ausgeschlossen. Unter keiner Bedingung.«
Ich, sehr demütig: »Aber ...«
»Und ich will nicht mal darüber reden. Es ist dein Samen, sieh zu, wo du bleibst, ich will nicht, daß er mir mein Leben bis zum Schluß bestimmt, verbittert, versaut, er hat mir genug Kummer gemacht, das habe ich hinter mir. Das Kind gehört in eine Anstalt, nicht hierher nach Hause. Und wenn du eine neue Anstalt für sie gefunden hast, haben sie vielleicht noch ein Zimmerchen frei, wo du selbst einziehen kannst.«
»Aber ...«
»Halt den Mund. Halte um Gottes willen den Mund!« Schreiend mit brechender Stimme. »Ich will nicht hören, was du sagst, ich habe es nicht gehört.« Furchen traten in ihr leimblaß gewordenes Gesicht. Um das Maß meines Entsetzens voll zu machen, sah ich, daß sie weinte, während ich aufrichtig davon überzeugt war, das nie zuvor gesehen zu haben. Die Handballen wie Kissen gegen die Ohrmuscheln gepreßt, in der einen Hand noch die Fernbedienung. Ich hörte sie schluchzen und pfeifend atmen, während ihr verkrampfter Daumen die Melodie des Operettentanzes zu voller Lautstärke steigerte.

Und dann?
In dieser Phase gab es eigentlich kein dann und dann und dann mehr, keine Tatsachen und Ereignisse in chronologischer Reihenfolge – alles geschah gleichzeitig.
Irgendwann zwischendurch das Telefon. Ich wollte abnehmen,

aber da lag der Hörer bereits neben dem Apparat, und trotzdem füllte das Klingeln die Stille und bohrte sich in meinen Kopf. So glaube ich mich jedenfalls zu erinnern.
Ich solle ihr lieber keine Briefe mehr schreiben, sagte sie. Aufgeregt. Ängstlich. Wie üblich.
»Die schreibe ich dir doch gar nicht mehr!« Ich, entgeistert, verwundert, argwöhnisch – auch in der üblichen Weise.
Sie: »Dann ist es gut, Gott sei Dank.«
»Was ist denn jetzt wieder, Daphne?«
Sie: »Nico hat deine Briefe gefunden.«
»Oh? Hat er dein Schränkchen im Konservatorium aufgebrochen? Da hattest du sie doch versteckt, sagtest du, hinter dem Douwe-Egberts-Kaffee?«
Sie: »Nicht die. Die anderen, die du mir nach Eggelte geschrieben hast. Acht Stück.«
»Wo lagen sie denn?«
Weiße Angstpferde. Galoppierten durch mich hindurch. Wirbelten mit ihren Hufen Wolken von mehlartigem Staub auf, die sich wie Daunendecken über mein Hirn legten.
Sie: »In Arnes Zimmer.«
In dem großen, verdunkelten Haus herumpolternd, hatte sich Nico in das Zimmer des Söhnchens verirrt. Der Sohn war in der Schule, auch Daphne war nicht da. Zwischen den Lakenfalten im Bett des Jungen stieß er auf eine Zeitschrift mit Fotos sexueller Umschlingungen, und als er sie in die Hand nahm, fielen die Briefe heraus.
Auch ein Ort, wo man solche Schreiben aufbewahrt, dachte ich, doch ich behielt es für mich.
Wann ihr Ehemann diese Entdeckung gemacht hatte, wußte Daphne nicht. Vor Tagen. Plötzlich habe er angefangen, sie zu beschimpfen, billige Stinkhure, und so zu tun, als ekle sie ihn an. Im Bett dürfe sie sich nicht mehr an ihn kuscheln, wenn sie ihm, bevor sie das Haus verlasse, einen Kuß auf die Wange geben wolle, ein jahrelanges Ritual, Jahre lang, wehre er sie ab, als werde er mit einem Brandeisen bedroht. Nun ja, er habe so seine Stimmungen und Launen, sagte sie beschönigend, und manchmal kann er so jähzornig sein, daß einem angst und bange wird und man besser nicht in seine Nähe kommt.

Ich nickte, ich erinnerte mich von früher daran. Dann entblößte er nämlich die Zähne, sein Gesicht verfärbte sich erst purpurn, dann weiß, er konnte kein Wort mehr richtig artikulieren und stieß unkontrollierbares Gestotter aus, mit den Füßen aufstampfend, mit den Fäusten fuchtelnd. Das dauerte meist einige Minuten, wonach er von einer Sekunde zur anderen mindestens ebenso beängstigend ruhig wurde und sowohl seinen Ausbruch als auch den Anlaß vergessen hatte. Die dann eintretende Stille war wie die nach der Explosion einer Landmine.
Doch diese mit Verachtung und Ablehnung getränkte Kälte, sagte Daphne, sei die eines anderen Nico. Und was sie am meisten beunruhige, sei, daß es so lange anhalte. Nico transportiere sein zähes Unbehagen von einem Tag zum nächsten, ohne sie eines Wortes zu würdigen. »Depressiv ist er schon seit Wochen, seit Monaten, wegen all der Gehässigkeiten, die ihm zugefügt wurden und noch zugefügt werden, aber dies ist etwas anderes«, sagte Daphne, dies sei etwas Persönliches, Nico nehme ihr etwas übel.
»Nicht so verwunderlich, oder?«
Sie: »Wieso, nicht so verwunderlich?«
Sofort bedauerte ich meine Bemerkung und schwieg wieder.
Am Horizont, wo das Weidegebiet aufhörte, tauchte die Silhouette eines Personenwagens auf. Er kam zum Stillstand und entließ zwei Silhouettenmännchen, die sich mit Guckkastenapparatur auf Stativen zu schaffen machten. Landvermesser? Die Entfernung war zu groß, um die Art ihrer Arbeiten festzustellen. Im übrigen erregten sie meine Aufmerksamkeit nur flüchtig.
Nico, was ist denn los, in Gottes Namen, was ist denn, sag doch, was ist, habe sie, Daphne, an jenem Morgen gerufen. Irgend etwas bedrückt dich doch, du mußt es mir sagen.
Dies fand im ersten Stock des ehelichen Hauses statt, als sie in ihrem Nachthemd aus dem Gästezimmer kam, wo sie geschlafen hatte, und sie Nico aus dem Bad schlurfen sah, vornübergebeugt wie bei seiner Spatenforschung, auch wenn er seine Brille nicht auf der Nase hatte. Sie ignorierend schob er sich auf dem Kokosläufer an ihr vorbei, nur mit einem T-Shirt und Slippern bekleidet, die in Strähnen herunterhängenden Haare warf er nicht wie sonst mit einer Kopfbewegung zurück.
All diese Details bekam ich von Daphne gratis dazu.

Trotz ihrer Angst und Besorgnis habe sie Mitleid empfunden. Sein nicht mehr so fester, plattgesessener, weißer Allerwertester - der Hintern eines alten, unglücklichen Schweinchens auf dem Weg in die Fleischfabrik. An seinem Po konnte ich sehen, wie mutlos er ist, sagte Daphne.

Ich ließ sie nicht noch weiter abschweifen. »Und dann?«

Statt in seine verdunkelte Schlafhöhle ging er zu seinem Arbeitszimmer. Öffnete die Tür. Sah sich nach ihr um und bedeutete ihr, daß sie sein Heiligtum betreten solle.

Auch im Studierzimmer mit den Bücherwänden und unter Papieren begrabenen Tischen waren die Vorhänge zugezogen. Auch hier war das Halbdunkel gesättigt von Tabaksdunst. Hustend riß sie die Vorhänge auf - Licht! - und stieß die Türen zu dem kleinen Balkon an der Straßenseite auf - Luft! Als sie sich wieder umdrehte, zuckte sie zusammen, nicht nur wegen der Kühle, die von draußen durch ihr leichtes Nachtgewand drang - sie sah die Briefe. Ihr Ehemann zeigte darauf.

Die standen aufgereiht am Telefon, demselben, von dem aus sie mich jetzt anrufe, denn von hier aus könne sie links und rechts die Straße überblicken. Neuerdings führe sie, wenn Nico nicht zu Hause sei, ihre geheimen Telefongespräche in seinem Arbeitszimmer, um dabei die Straße im Auge behalten zu können und ihn abzupassen. So vermeide sie, daß er sie noch einmal unten im Gang beim Telefonieren ertappe, sobald er die Haustür öffne. Er ist jetzt kurz weg, Zigaretten holen, um die Ecke.

»Nicht abschweifen«, sagte ich. »Weiter!«

Sie wußte sofort, daß es meine Briefe waren, die sie nicht empfangen hatte. Meine Handschrift, Schullehrerhandschrift, sagte sie, auf dem vordersten Umschlag.

Was haben die da zu suchen, habe sie kaltblütig, ohne eine Miene zu verziehen, gefragt. Warum hast du sie nicht unten auf der Truhe liegenlassen, wie sonst?

Nico stand vor einem vom Boden bis zur Decke reichenden, riesigen Papierschirm, der mit Reihen von Reißzwecken an den Bücherschränken befestigt war. Darauf die Abbildung eines Dinosaurierskeletts, wie von einem Bauingenieur gezeichnet - bei jedem Teil des Ungetüms, bis hin zum Zehennagel, Nasenloch, jedem einzelnen Schwanzwirbel, waren die Maße angegeben,

Maßstab eins zu soundsoviel. Von diesem hoch über ihn aufragenden Knochengerüst stach er ziemlich unscheinbar ab. Zum ersten Mal seit Wochen vielleicht, da sie ihn bei Tageslicht sah, in das er unbehaglich blinzelte, dachte sie, wieder mit einem Anflug von Mitleid: Er hat abgenommen. Sie dachte: Er sieht aus, als käme er gerade aus einem Bombenhagel. Sie dachte: Was er wohl weiß?

Warum diese Briefe nicht an ihrem normalen Platz auf dich warten, das mußt du deinen Sohn fragen, habe er geantwortet.

Worauf sie ihn fragte, ob Arne nicht auch sein Sohn sei.

Dieses Unaufrichtige, dieses Verstohlene, dieses Klammheimliche hat er von dir, argumentierte Nico, insofern ist er dein Sohn. Auch Nico benutzte also die Wörter, die ihr so zuwider waren. Als ich sie einmal auf sie anwandte, geriet sie in helle Wut. Sie bestand darauf, daß ein Teil ihres Lebens strikt privat und abgeriegelt bleibe, über diesen privaten Teil wünsche sie niemandem Verantwortung abzulegen, auch ihrem Ehemann nicht, denn der komme nicht zu kurz, wie sie zu sagen pflegte, und sie sehe nicht ein, warum eine solche Lebensweise wie selbstverständlich mit Unaufrichtigkeit, Verstohlenheit und Klammheimlichkeit assoziiert werden müsse. Sie sei eine selbständig handelnde und denkende Frau, und wir lebten nicht mehr im Mittelalter.

Darf ich wissen, wovon du sprichst? Ruhig, seelenruhig, die Ruhe selbst sei sie gewesen, berichtete sie mir mit etwas raschelnder Stimme.

Nico sah kurzsichtig blinzelnd auf seinen Zeigefinger, den er in einer Reflexbewegung über den Nasenrücken zwischen die Augen hochgeschoben hatte, um erst dann festzustellen, daß er gar keine Brille trug.

Arne hat diese Briefe an sich genommen und gesammelt, warum, weiß ich auch nicht, murmelte er. Ich fand sie zufällig in seinem Bett.

In seinem Bett?

In seinem Bett. Er bewahrte sie da auf. Schlurfend begab er sich zu dem Tisch mit dem Telefon, legte ein paar Bücherstapel auf andere Bücherstapel, bis die verkleinerte Replik des Steins von Creteur sichtbar wurde. Dieser deckte, wie die Steinplatte auf einem Kindergrab, das Pornoheft ab, das er mit einem Schnips seines

Nagels, als wollte er sich die Hand nicht daran schmutzig machen, über die Tischplatte zu ihr beförderte.
Schockiert, sie? Aber nein. Nur sei ihr aufgefallen, daß die Fotos ausschließlich Jungenskörper zeigten, mit so stattlichen Fortpflanzungsorganen versehen, daß der Anblick ihr kurz Schluckbeschwerden machte. Im Halbdunkel auf der anderen Seite des Tisches sah sie aus dem Augenwinkel Nicos Geschlecht - ein Bündel faltiger, verschrumpelter, bleicher Radieschen unter dem Saum seines T-Shirts. Beim Anblick der Fotos fing sie unsicher zu kichern an, doch was gab es zu kichern?
Einer der Briefumschläge war geöffnet worden. Wahrscheinlich von Arne, der Art und Weise nach zu urteilen - er war mit dem Finger aufgerissen, während Nico für das Öffnen seiner Post ein elfenbeinernes Messer benutzte, das aus einem mitten in der afrikanischen Wüste ausgebuddelten Ruderfahrzeug stammte.
»Jajaja, das glaube ich ja alles. Und dann?«
Sie: »Also nehme ich an, daß dieser Brief auch gelesen wurde. Von Arne, vielleicht auch von Nico.«
Diese Flasche ist ziemlich verrückt nach dir, habe Nico jedenfalls bemerkt.
Es ging um einen willkürlichen Brief aus der Serie. Den fünften, den sechsten? Nach einem wütenden, einem entrüsteten, einem mißtrauischen, einem eifersüchtigen Brief hatte ich ihr auch einen melancholischen geschickt, der vielleicht allzu süß-seimig-sentimental ausgefallen war - den brachte sie mir in Erinnerung, indem sie einige Sätze daraus zitierte.
Ein begnadeter Schriftsteller ist an mir nicht verlorengegangen, und ich hoffe, daß die Kommission die betreffenden Episteln nicht in ihren Dossiers liegen hat. Seiner Gefühlsregungen kann man sich unmöglich schämen, wohl aber bisweilen der Art und Weise, wie man sie zum Ausdruck bringt. Daß ich ihr Briefe geschrieben habe, gehört zu den entschieden nachweisbaren Dingen, die zwischen mir und Frau Sibelijn vorgefallen sind. Darüber wußte Herr Sibelijn Bescheid, und wenn er nicht von Anfang an, seinerseits unaufrichtig und klammheimlich, all meine Briefe an seine Ehefrau gelesen hat, ich habe diese Möglichkeit nie ausgeschlossen, dann hat er nach aller Wahrscheinlichkeit zumindest diesen einen gelesen. Einsamkeit, Wehmut, Sehnsucht, die Themen Tausender

Gedichte in allen bekannten und unbekannten, lebenden wie toten Sprachen – in meinem Brief jedoch hatte ich sie aus mangelnder Wortgewalt in Rührseligkeit ertränkt:
»O Daphne! Du bist das einzige Licht, das mich aus der fernsten Finsternis über den Ozeanen meiner Verlassenheit noch anstrahlt.«
In dem Stil. Sei's drum. Was nützt der Niete Unbehagen ob der Tatsache, daß sie nicht trällert wie Petrarca? In dem Brief standen auch verliebte Schilderungen ihres Körpers: »Das weiße Marzipan deines Liebeshügels, die mit keinem Härchen bewachsenen Talränder, zwischen denen der Strom rosafarbenen Champagners schäumt.« Anspielungen auf »die verschwommenen Rätselzeichnungen« an der Innenseite ihrer Schenkel und auf die kleine Warze über ihrem Hintern. Ärgerlich war es schon, daß Nico dieses Gestammel gelesen hatte. Die Vorstellung verfolgt mich bis in meine Träume.
»Ich finde diesen Eingriff in meine Intimsphäre sehr übel. Zum Glück hat er nur einen Brief gelesen.«
Sie: »Unsere Intimsphäre, klar? Ich weiß nicht, ob Nico diesen Brief wirklich gelesen hat. Ich habe nur gesagt, daß ein Brief geöffnet worden ist. Wahrscheinlich von Arne. Der kriegt nachher ganz schön was zu hören von mir.«
»Natürlich hat Nico ihn gelesen. Warum sollte er sonst so hochgehen?«
Sie: »Weil er momentan Anlässe und Gründe genug hat, wegen allem und jedem hochzugehen. Er fühlt sich im Stich gelassen, betrogen, verraten, verkannt, verfolgt, er müßte mal in die Badewanne, er hat einen Bart von drei Tagen.«
»Jajaja. Und dann?«
Was will dieser geschuppte van Hoff bloß von dir? Was treibt ihr zwei denn so, habe Nico gefragt, ärgerlich, mißtrauisch, nervös, vor allem beunruhigt. Einstürzende Häuser, Sicherheiten sind genauso zerbrechlich wie Streichhölzer.
»Meschuggene wird er wohl gesagt haben.«
Sie: »Er sagte geschuppte. Tut mir leid.«
Wieder der Finger über den Nasenrücken nach oben, als würde er sich an die Stirn tippen. Ich sah den armen Kerl vor mir. Ohne Brille hat er wohl, dachte ich, noch nackter, verletzlicher und

radieschenhafter ausgesehen. Im Nebel umhertastend, in dem er nun auch seine Ehefrau nicht mehr scharf vor sich sah.
Ihre Antwort sei gewesen: »Wir schreiben uns Briefe, das weißt du jetzt doch schon seit einem oder anderthalb, zwei Jahren?«
Warum schreibt ihr euch Briefe, und worüber denn?
Einfach Briefe.
Aha, ach so! Dieser mickrige Trauerkloß ist schon geil auf dich seit der ersten Sekunde, als er dich sah. Briefe, die er dir mit dem Schwanz schreibt statt mit der Feder, was? Und was schreibst du ihm so zurück?
Du brauchst dich nicht so vulgär auszudrücken, habe sie ihm darauf geantwortet, mit einer so überaus gezierten Intonation, daß ich gegen meinen Willen, trotz meiner eigenen Beunruhigung, lachen mußte, als sie es reproduzierte. In Artikeln über sie liest man des öfteren, sie sei außer einer exzellenten Sängerin auch eine eminente Schauspielerin.
Und Spaziergänge am Strand machst du mit ihm!
Er fing jetzt an, wütend durch den Raum zu tigern, auf der Suche nach etwas, in seiner Kurzsichtigkeit stieß er gegen Möbel, und wenn sie ihn nicht zurückgehalten hätte, wäre er ohne daran zu denken, daß er unten nackt war, auf den Balkon hinausgetreten.
Und mit wem hast du so viel zu besprechen, wenn du in Telefonzellen telefonierst, fragte er. Der Soundso (er nannte den Namen eines in der Nähe wohnenden Bekannten) sieht dich regelmäßig vor dem Bahnhof in einer der Zellen lehnen.
Dadurch, daß er so ungestüm mit den Armen schlenkerte, stieß seine Faust durch die Bauzeichnung des Dinomonstrums und verursachte einen bizarren Riß. Das Modell eines in Patagonien gefundenen Pflanzenfressers, fünfzig Meter lang, hundert Tonnen schwer, kleiner Kopf, langer Hals, ein einzelner Halswirbel ein Meter zwanzig hoch. Diese Eigentümlichkeiten zählte Daphne mir auf wie ein Autodealer, der die Qualitäten eines Wundermobils deklamiert.
»Jajaja. Mich hast du ein einziges Mal aus einer Telefonzelle angerufen, glaube ich.«
Sie: »Öfter bestimmt. Und außerdem gibt es noch mehr Leute, die ich anrufen möchte, ohne daß Nico oder Arne ...«
»... dich erwischen.«

Sie: »... absichtlich oder unabsichtlich mithören.«
»So eine Telefonzelle ist ein geheimes Zimmer, in das jeder reinschauen kann.«
Ich habe keinen Spaziergang am Strand mit Jelmer gemacht, habe sie geantwortet. Das hatten wir zwar vor, aber dann hat es geregnet. Worüber machst du dir bloß solche Sorgen? Jelmer und ich sind Freunde, in aller Unschuld.
Wenn ich Nico Sibelijn wäre, hätte ich auf diese Worte ähnlich reagiert wie er: Schnaufend, mit verdrehten Augen, wie ein Bison auf primitiven Zeichnungen in vorhistorischen Höhlen, von Jägerpfeilen gespickt, stapfte er durchs Zimmer und rief: Du lügst. Du bescheißt mich! Ich habe das Gefühl, daß du mich schon immer beschissen hast!
»Da hört sich doch alles auf!« sagte Daphne klagend zu mir.
Ich schwieg. Der Nieselregen, der kurz zuvor eingesetzt hatte, ging in einen heftigen Platzregen über, bei starkem Wind. Tulpenstieldicke Strahlen jagten horizontal vorbei, trommelten aufs Dach, prasselten gegen das große Fenster. Noch bevor der Wolkenbruch niederging, sah ich in der Ferne, wie einer der beiden Silhouettenmenschen die Verfolgung zweier ihm aus den Händen gewehter Regenschirme aufnahm. Unter dem einen hatte er selbst Schutz gesucht, mit dem anderen die zweifellos kostbare Apparatur geschützt. Auch sein Gefährte kämpfte mit einem Schirm, der Wind stülpte das Ding um und riß einen Stoffetzen ab, der sich wie eine fliegende Qualle einen Weg durch die Regenwogen suchte. Die Stative kippten um. Miniszene aus einem spaßigen Animationsfilm. Ausgeschnittene Figürchen, von einem Platzregen weggespült, schwimmend versuchen sie noch, ihre Geräte vor dem Wasser in Sicherheit zu bringen, in ihrem kleinen Auto treiben sie dahin. Die bazookaartigen Apparate, das kapiere ich erst jetzt, können Teleobjektive gewesen sein, auf mein ländliches Domizil gerichtet, von dem ein Bild im *Skick* veröffentlicht wurde. Ich betrachte dieses Foto meiner ehemaligen Arche noch gelegentlich und brauche mich dann nicht anzustrengen, um vor Heimweh nasse Augen zu bekommen, im Gegenteil, es kostet mich Selbstbeherrschung, nicht in Tränen auszubrechen.
Sie: »Bist du noch da?«

»Sicher. Ich denke, also bin ich noch da.«
Sie: »Du sagst nichts mehr.«
»Ich denke über Nicos Feststellung nach, daß du ihn bescheißt, und über deine Entrüstung darüber. Es ist doch einfach wahr, daß du ihn hintergehst, solange du ihn kennst, oder etwa nicht?«
Als würde ihr Speichel auf einmal kochen, als würde brennende Flüssigkeit in ihre Speiseröhre gegossen. »Also wirklich!« Bei diesem Ausruf verschluckte sie sich so gründlich, daß ein Hustenanfall folgte. Wie ich das sagen könne. Was ich eigentlich genau meine. Ob ich mich jetzt nicht ein bißchen allzu sehr in ihre Angelegenheiten einmische, mit welchem Recht ich das tue, ob ich ihre Lebenseinstellung, ihre Beweggründe, ihre eheliche Beziehung zu Nico dafür genügend kennte? Und abschließend: »Ich möchte nicht, daß du deine Nase in meine Privatangelegenheiten steckst.«
»Aber ...«
Sie: »Kümmre dich lieber um deine eigene Ehe. Und halte dich aus meiner raus, ja.«
»Aber ... aber ...«
»Meine Ehe regle ich schon selbst. Es ist nicht nötig, daß man in der Ehe alles voneinander weiß. Einander nicht alles erzählen ist nicht dasselbe wie einander bescheißen. Mein Nico kommt nicht zu kurz, ich werde ihn nie im Stich lassen, ich werde meine Ehe mit ihm wie eine Löwin verteidigen. Hallo? Bist du noch da?«
Virus in meinem Großhirncomputer. Das Firmament war kariert wie die Seite eines Rechenhefts. Aus ihm fielen Balken, Vierecke, Zikkurate, Dreiecke herunter, doch noch bevor sie unten ankamen, lösten sie sich auf und verflüssigten sich.
Ich legte den Hörer auf die Fensterbank und ging in mein Zimmer. Plötzlich hatte ich die Blechbüchse in den Händen, in der irgendwann einmal eine zwölf Jahre alte Flasche Whisky gesteckt hatte – ein Abschiedsgeschenk meiner Kollegen. Die Flasche hatte Dr. psych. A. Weldon geleert, aber daß die Büchse sich allmählich doch wieder gefüllt hat, ist auch seine Schuld. Ich bewahrte die Tabletten darin auf, die er mir jahraus, jahrein verschrieb und die ich mir immer brav geholt habe, weil unser Dorf so klein ist und der Apotheker im selben Bowlingclub spielt wie Weldon. Warum ich sie eigentlich nie einfach ins Wasser warf, sondern in dieser

Büchse sammelte, ist eine berechtigte Frage, auf die ich allerdings keine Antwort habe.
Mit der Flasche wäre die Büchse leichter gewesen. Nachdem ich sie geöffnet hatte, bohrte sich mir der inzwischen vertraute Geruch in die Nasenlöcher, muffig und bitter wie Friedhofserde. Ich wühlte in Kilos aus chemischem Mist, Heilmittel genannt, genauer, Benzodiazepine, Hunderte, Hunderte Tabletten, lose oder noch in der Durchdrückverpackung. Und warum ich es tat, weiß ich genausowenig, aber aus einem Impuls heraus umschloß ich fünfzehn, zwanzig oder noch mehr mit der Faust und ließ sie mir wie Tropfen in den Mund fallen. Ich begann zu kauen wie auf bröseligem, altem Brot und zwang mich, das Zeug hinunterzuschlucken, was zweifelhafte Magengeräusche hervorrief. Dies alles, während ich, Hand an den Mund gedrückt, mit hallenden Schritten auf und ab ging, das Gesicht durch den scheußlichen Geschmack grausig verzerrt.
Daphne hatte ihren Monolog unbeirrt fortgesetzt. Im Vorbeigehen hörte ich sie immer noch reden. Ob sie nun in ein Ohr sprach oder zum Holz der Fensterbank, auf der die weiße Farbe hier und da abgeplatzt war und abblätterte, tat offenbar nichts zur Sache. »Hallo? Bist du noch da?« Ob ich oder wer auch immer darauf antwortete oder nicht, plötzlich hatte ich den Eindruck, daß das vollkommen unwichtig war, plötzlich den Eindruck, daß sie an erster Stelle sich selbst fragte, wie jemand, der aus einem Schlaf mit verworrenen Träumen aufschreckt.
»Und dann?« erkundigte ich mich von Zeit zu Zeit lustlos.
Ihre Geschichte war an dem Punkt angelangt, da sie ihren unruhig herumstapfenden Ehemann gefragt hatte: Was suchst du nur?
Zigaretten, antwortete er, in diesem ganzen Elendshaus keine einzige Zigarette mehr zu finden.
Ob sie ihm welche holen solle?
Nein, nicht nötig, das tue er selbst.
Ich tue es gern für dich, wenn ich danach nur nicht in dem ekligen Rauch zu sitzen brauche.
Ich habe jetzt eine Weile kein Bedürfnis nach deinen Liebesbeweisen, die kannst du besser für … Diesen Satz habe Nico mit einer wegwerfenden Bewegung in Richtung Briefe abgebrochen.

Ihr Bericht dauerte so lang, daß ich dabei an Bamigoreng denken mußte, während genau das Bild sich mir besser nicht aufgedrängt hätte. Überquellende Schalen, Schüsseln, Teller mit farblosen, feuchten Teigfäden.

»Er ist jetzt rausgegangen, Zigaretten holen. Daher kann ich dich ungestört anrufen, einen Fuß auf dem Balkon, einen Fuß drinnen, ich fröstele in meinem Hemd. Was sagst du nun zu all dem?«

Zum Schluß hörte ich gerade noch: »Wie bitte, ich habe nicht verstanden, was du sagst.«

Ich sagte auch nichts. Dafür hatte ich einen Schluckauf bekommen und mußte gleichzeitig rülpsen. Das Gefühl, als würde ein elektrischer Mixer durch meinen Magen wirbeln, Bamigoreng zu Brei vermatschen, dazu ein Gefühl in meinen Gedärmen, als würden sie anschwellen, als würde von innen her Luft, nein Wasser, in sie gepumpt. Als schlüge mir jemand mit einem Stück Holz auf den Kopf, so heftig war der Kraftstrom, der mein Hirn durchzuckte, etwas explodierte mit einer Stichflamme. Dann ein zweiter Hieb in die Kniekehlen, so daß ich umknickte und zu Boden ging. Daß es wie aus Eimern goß, daß der Regen auf das Schiff prasselte, als wäre es eine Bongotrommel, daß alles wackelte, das drang noch zu mir durch. Aber welche historischen Tatsachen und Ereignisse an den Jahreszahlen stattgefunden hatten, die jetzt durch meinen Kopf zu rasen begannen – darunter Jahreszahlen aus meiner Lebensgeschichte –, wußte ich nicht mehr. All die Zahlen verklumpten sich zu Rechenaufgaben, die ich auf Befehl sofort zu lösen hatte.

Noch während ich in die Hocke ging, noch bevor ich auf den Knien landete und aus dieser Haltung nach vorne umkippte, schoß der Pfropfen aus mir, und ich lief aus, innerhalb einer Sekunde. Im Nu war meine Hose durchweicht und klebte an meiner Haut. Aus meinem Mund schäumte eine weiße Substanz, eine Traube von Blasen, die sich wie der gestrickte Bart von König Darius an mein Kinn heftete, bevor sie sich in Schleim auflöste, der in Fäden auf meine Hände fiel. Diese Nebenwirkungen seiner Wunderpillen hatte ich Dr. psych. A. Weldon nie erwähnen hören. Hatte ich mich, nicht länger als eine Minute, auf Händen und Knien gehalten – jetzt sank ich mit gestreckten Vorder- und Hinterpfoten langsam auf den Bauch und verschwand. Daphnes Bakelitstimme pendelte noch eine Weile neben meinem Kopf hin und her, ganz nahe an meinem Ohr, der Hörer an der elastischen Schnur berührte gerade nicht den Boden.

Was sie sagte, verstand ich nicht mehr, brauchte ich nicht zu verstehen, wollte ich nicht mehr verstehen.

Braune Träume.

Wie meinst du das?

Daß meine Schlafgedanken von Scheiße beherrscht werden. Dr. psych. A. Weldon, der nur ein einziges Auge besaß, das sich andauernd in seinem Gesicht verschob, schlug folgende wissenschaftliche Deutung vor: Offensichtlich steckst du in Schwierigkeiten, »in der Scheiße« sozusagen, also träumst du auch davon, so einfach ist das, aber gib doch mal ein Beispiel, lieber Freund! Er legte sein Auge auf die gläserne Tischplatte vor sich und ließ es zwischen seinen Händen hin und her rollen.

Ein Beispiel: Ich sitze auf dem Klo, und obwohl ich dringend muß, kommt das Gold nicht. Mit aufgesperrter Kloake und vom Pressen dröhnendem Kopf bin ich in einer erschöpfenden Konzentration begriffen, als plötzlich die Tür aufgerissen wird, es gibt weder Schloß noch Haken daran. Jemand grinst mich verächtlich an, nicht immer ist es Nico Sibelijn, der in den letzten Monaten so oft in der Zeitung steht, manchmal ist es der Postbote Coolenbrander oder jemand anderes oder ein menschenähnliches Geschöpf und sieht auf mich herab. Was ich, purpurrot vom vergeblichen Drücken, bei diesem Einbruch in meine Intimsphäre noch am allerbeschämendsten finde, am demütigendsten, am schlimmsten von allem, ist, daß die Erscheinung im Türrahmen sieht, daß ich Mädchenkniestrümpfe anhabe, weiße mit hineingewebten Tränen in anders getöntem Weiß, oder daß ich einen zu einem Napoleonzweispitz gefalteten Zeitungsartikel auf dem Kopf trage. Im selben Augenblick geht die Ladung los wie ein Bombenangriff. Zwischen meinen Schenkeln, meine Hoden kitzelnd, steigt ein Typhon von Fliegen und anderen Insekten aus dem Sitzkasten auf. Wie Hunderte Partikel Scheiße verteilen sie sich, bevor sie sich an alles heften. Obwohl ich ahne, daß ich träume, weiß ich zugleich, daß ich nicht träume, denn ich höre, wie der Wecker *klick, klick, klick,* Fotos von mir macht.

Als ich auf meinem Floß an Land gespült wurde, in der Dämmerung gegen Abend, war es zwei, zweieinhalb Tage später, die Fußmatte an der Haustür war begraben unter Zeitungen, Zeitschriften, Drucksachen.
Einen Augenblick kam es mir so vor, als rede Daphne immer noch. Aus dem an seiner Spiralschnur baumelnden, sich in Halbkreisen langsam linksherum, rechtsherum drehenden Telefonhörer glaubte ich, ihre plappernde Stimme zu hören, keine fünf Zentimeter von mir entfernt, doch das beruhte auf Einbildung: Ihre Stimme mußte wohl in meinem bewußtlosen Zustand ein Eigenleben geführt haben, mal verständlich, mal unverständlich, mal nah, mal weit weg. Sowohl ihre Stimme als auch das, was sie sagte, erfüllten mich mit Ekel, die ganze Person ekelte mich an, ganz zu schweigen von dem Strudel der Ereignisse, in den sie mich hineingerissen hatte, in den ich mich von ihr hatte hineinreißen lassen und der mich vor Angst blind machte.
Angst ist ein Phantom, vergleichbar mit einer schleichenden Krankheit. Gerade weil man sie nicht mit Händen greifen kann, um Daphnes Argumentation zu übernehmen, gerade weil das Phantom keinen Schatten wirft, ist es um so beklemmender, bedrohlicher, verräterischer, mörderischer. Mit stetig wachsender Kraft hat es von mir Besitz ergriffen, nachdem die Frau mit der Sirenenstimme nach der Antrittsrede ihres Ehemanns wieder in mein Leben getreten war. In einem hohen Raum voller Silhouetten und Schatten riesiger Skelette aus unvorstellbar weit zurückliegenden Jahrtausenden, einer Zeit, die man noch nicht mit Jahreszahlen und Kalendern, sondern mit Erzen, Vulkaniten, Gesteinen andeutet: Eis, Karbon, Eisen, Bronze. Da sprang das Phantom mich an, um mich nie mehr loszulassen, weiß wie der Tod, gekleidet in flammendes Zinnober, wie Blut, es drang durch all meine Schädelöffnungen in mich hinein.
Doch was rede ich von Angst? Von all dem Eigenartigen, das mit meiner Rückkehr ins Bewußtsein einherging, war das Eigenartigste, daß ich mich selbst anfangs kaum wiedererkannte. Als wäre ich mir selbst entfremdet - zwar war ich noch »ich«, aber so völlig verwandelt, daß ich das Gefühl hatte, ich müßte meine Bekanntschaft neu machen.
Die Veränderung bestand darin, daß mir Grübelei, Sorgen, Angst,

Übelkeit und Atemnot, die physischen Äquivalente der Angst, nichts mehr anhaben konnten. Seit Ewigkeiten hatte ich mich nicht mehr so seelenruhig wie bei diesem Erwachen gefühlt, so wolkenlos klar. Qualen, Sorgen, Unruhe – unbekannte Größen. Die Benzos von Dr. psych. A. Weldon hatten die gleiche Wirkung wie das Radierzeug in Daphnes frühesten Briefen, sie legten eine Art Stuckbinde über die grimmigsten Ängste, machten sie unsichtbar. Für eine Weile. Wie ich inzwischen aus Erfahrung weiß, sollte der Tarnkalk bald Sprünge bekommen und abbröckeln und die Angst wieder freilegen wie Fresken an den Wänden der Hölle. Dann muß, für die Seelenruhe, eine neue Portion nachgeschoben werden – so wird man innerhalb von wenigen Tagen von dieser Droge abhängig. Und jedesmal, egal wie niedrig ich die Dosis hielt, hatte das immer die gleiche Nebenwirkung: akuten Durchfall. Als verließe meine Angst mich auf diesem Weg, ganz in Übereinstimmung mit der Redensart, daß man vor ihr in die Hosen macht.
Was mir ja, wie berichtet, einmal tatsächlich passierte. Als ich aus der Bewußtlosigkeit erwachte, hatte ich das Gefühl, vom Nabel abwärts in Pappmaché zu stecken.
Paula war offensichtlich noch nicht nach Hause gekommen. So konnte ich die Spuren meines Schwächeanfalls rechtzeitig beseitigen. Was andere nicht merken, ist nicht geschehen. Eins von Daphnes Axiomen. Ich weichte mich ein, schabte, bohnerte mich sauber und zog frische Kleider an. Ließ die Waschmaschine laufen. Ordnete die Post. Zeitungen auf den Dreifuß neben dem Sofa. Hörer gemäß den Instruktionen korrekt an seinen Platz. Vor dem geöffneten Kühlschrank stehend, schlang ich so viel Essen in mich hinein, bis mein Magen aufhörte zu knurren. Diese Gelassenheit kannte ich nicht an mir, diese Ruhe, die bis in alle Fasern und verborgensten Gehirnwindungen von mir Besitz ergriffen hatte.
Eine sonderbare Unternehmungslust packte mich: Ich begann meinen Schreibtisch aufzuräumen, weg mit diesen Patiencekarten, ich mußte mal Ernst machen mit meiner Dissertation. Plötzlich schreckliche Lust, Klavier zu spielen, was ich nur noch ab und zu in Effata getan hatte, wenn ich das von den Kindern gebrüllte »Hänschen klein« und »Alle meine Entchen« begleitete. Klavierspielen wie früher – plötzlich hatte ich Sehnsucht danach. Die

Notenhefte lagen, durch jahrelange Feuchtigkeit zu einem kompakten Papierwürfel zusammengekittet, in einem immer morscher werdenden Schränkchen unten im Schiff; das machte mein Heimweh noch herzzerreißender. Nach Hannekes Geburt war für meinen Flügel kein Platz mehr gewesen, abgesehen von der Frage, ob unser schwimmendes Haus das Gewicht auf die Dauer ausgehalten hätte. In späteren Jahren, Hanneke in Effata, kam das Thema »Klimperkasten«, Paulas Ausdruck, nie mehr zur Sprache.
Wo kamen dieses Heimweh und diese Sehnsucht, die zugleich einen ganzen Schwung von Erinnerungen und Assoziationen mit sich brachten, auf einmal her? Ich begriff, daß es um etwas anderes als um das Klavierspiel ging, daß es um die heile, liebevolle Atmosphäre ging, in die die nunmehr verlorenen, verschwundenen, für immer nutzlos gewordenen Dinge einst eingetaucht waren. Klavier spielen wie früher: Bei dem Gedanken war ich wieder in den Hochtagen unserer Verliebtheit. Paula und ich.
Der Sommer, als ihre Eltern sechs Wochen in einem fernen Land Urlaub machten und wir ihre romantische Jugendstilvilla mit dem großen, lauschigen Garten einfach in Besitz genommen hatten. Nicht daß ich dort ausschließlich Klavier gespielt hätte, aber diese Zeit überschäumenden Glücks, von der wir glaubten, sie würde nie enden, haben wir noch lange danach »den Scarlatti-Sommer« genannt.
Bohrendes Heimweh. Nach Paula, wie sie früher war. Bis zu Hannekes Geburt. Wie es einst, irgendwann, früher war zwischen ihr und mir. Daran dachte ich mit Melancholie und Bedauern, auf einmal auch mit dem Verlangen, sogar mit der Absicht, alles daranzusetzen, etwas von dem Vergangenen zurückzuerobern. Manchmal schöpft man Trost aus naiven Illusionen.
Bei der Post ein Schreiben des Direktors einer psychiatrischen Anstalt in Asch, einer Ortschaft, deren Namen mir zwar bekannt vorkam, die ich aber auf der Landkarte nicht eins, zwei, drei hätte finden können. »Bezug nehmend auf Ihre telefonische Bitte um Prospekte ...« Beigelegt war ein Faltblatt über ein in einem waldreichen Gebiet gelegenes Heim mit Namen Nieuwenhagen. Eine Reihe von Einzelpavillons um ein altes, stattliches Gebäude, im Spätherbst fotografiert: der Efeu kahlgeweht, die Fassaden bis zum Dachgesims mit schwarzen Strünken, Ästen, Zweigen be-

deckt, die sich wie Runzeln und Adern auf einem betagten Gesicht abzeichnen. Eine detaillierte Karte mit Anfahrtsskizzen aus allen Himmelsrichtungen klärte mich darüber auf, daß Asch ein Vorort von Sterdrecht ist, am selben Fluß gelegen – und schon sah ich mich wieder dort im Regen herumirren, mit verschmierter Windschutzscheibe, unterwegs zu Nicos Feierlichkeit, völlig vom Weg abgekommen. Ich erinnerte mich an das vom Regen triefende Schild am Ortsrand – »Willkommen in Asch« – wie auch an die auffällig zahlreichen Wegweiser zu irgendeiner Anstalt. In jeder Kurve, wie mir jetzt wieder einfiel, der Name »Nieuwenhagen«, schwarze Buchstaben auf einem länglichen weißen Brett, das in eine weiße Hand mit gestrecktem Zeigefinger überging – wie die im Kittel steckende Hand eines Arztes. Möglicherweise bin ich an jenem Mittag an der Anstalt vorbeigekommen. Wenn, dann habe ich zweifellos an meine Tochter gedacht, wie erfüllt ich in dem Augenblick auch von Daphne war, die ich zum ersten Mal seit Jahren wiedersehen würde. Würde sie noch wissen, wer ich war, würde ich sie wiedererkennen? Am Dorfausgang stand »Gute Reise. Auf Wiedersehen in Asch«.
Daphne. In dem Augenblick, da sie sich mir wieder aufdrängte, schienen die Tabletten ihre Wirkung zu verlieren, und mein altes Ich meldete sich zurück, nervös wie eh und je. Als telefonierte ich immer noch mit ihr, hörte ich sie sagen, glaubte ich, sie sagen zu hören, erinnerte ich mich, daß ich sie auf ihrem Beobachtungsposten auf dem Balkon von Nicos Arbeitszimmer hatte sagen hören:
»Ich muß jetzt aufhängen. Ich sehe ihn um die Ecke kommen.« Nach einer kurzen Stille: »Er steuert auf unser Haus zu, er bleibt am Anfang der Straße auf der Bodenschwelle stehen, mit zwei Zigarettenstangen unterm Arm. Er wartet auf irgendwas.« Live von unserer Berichterstatterin vor Ort.
Nico hatte Arne auf sich zukommen sehen. Rücklings auf der Lenkstange seines Fahrrads sitzend, war der Junge aufgetaucht und beinahe in seinen Vater hineingefahren. Daphne hatte noch gesehen, wie Nico den freien Arm hob, wie um dem eilig abgestiegenen Arne eine zu knallen, doch zum Glück hatte er sich gerade noch beherrscht. Nebeneinander, in heftigem Gespräch, gingen Vater und Sohn auf das Haus zu, auf halber Strecke, von Daphne

aus gesehen, verschwanden sie hinter dem Grün der Baumwipfel. Das letzte, das sie noch meldete, bevor mir der Hörer aus der Hand glitt und ich zu Boden sank, war, glaube ich, daß Nico auf der gegenüberliegenden Straßenseite von der Paketzustellerin aufgehalten wurde. Aus ihrem Wägelchen zog sie ein flaches, viereckiges Paket von einem halben Meter hervor, Arne nahm es ihr ab. »Jetzt häng ich dich aber wirklich auf, ich sterbe vor Nervosität.«
Genau an diesem Punkt war ich mit meiner Rekonstruktion angelangt, als ich Paulas Schritte auf dem Laufsteg hörte. Kein Zweifel, mein altes Ich war sofort wieder da: Die bleierne Beklemmung, die mich befiel, bestätigte es mir zu allem Überfluß. Hatte ich alles sorgfältig aufgeräumt, an seinen Platz gestellt, saubergemacht, so daß sie keinen Anlaß hatte, sich über was auch immer zu ärgern, und ich mich nicht schäbig, schuldig, erwischt zu fühlen brauchte? Haustür auf. »Halloho!« Haustür zu. Autoschlüssel an den Nagel. Die Tasche mit einem Plumps auf den Fußboden. Mantel aus, Mantel an die Garderobe. Die Schuhe mit den schweren Absätzen, ihr resoluter Schritt ließ den Schiffsbauch hämmernd widerhallen. Ich rief etwas zurück und fühlte, wie ich erstarrte, wie immer, wenn sie nach Hause kam. Als es den Hund noch gab, konnte ich aus dem Klang ihrer Stimme und den Worten, mit denen sie ihn begrüßte, auf ihre Laune schließen. Auf dem Weg in ihr Zimmer hörte ich, wie sie in der Küchenecke den Kühlschrank öffnete. Flasche. Kramen in der Besteckschublade. Kronenkorkenhebel. Aufprall des Verschlusses auf der Anrichte. Nach diesen einleitenden kleinen Störungen der ansonsten beharrlichen Stille, minutenlang, der ich mit angehaltenem Atem lauschte, den Blick starr auf den Horizont gerichtet, bekam ich zu hören: »Du hast nicht eingekauft. Es ist nichts zu essen da.« Barometer: windig, Sturm nicht ausgeschlossen.
Ich zeigte mich in der Türöffnung meines Zimmers. Aus dem Bauch heraus atmen, konzentriert schlucken, Hände auf den Rücken, um das Zittern zu verbergen.
Sie trug ihre Lederhose, deren ursprüngliche Gallenfarbe nur noch in den Falten, etwa in den Kniekehlen, glänzte, und der Stoff spannte nicht mehr so stark um das Gesäß und die Beine. Sie stand mit durchgedrücktem Kreuz und zurückgeworfenem Kopf da und leerte die Flasche auf einen Zug, dann wandte sie sich zu

mir um. Zwar sah sie mich, schien mich aber für eine Fata Morgana zu halten.

»Eigentlich wollte ich dir vorschlagen, irgendwo zusammen was essen zu gehen«, hörte ich mich sagen.

Eine Art Schauder durchfuhr sie. »Meinst du mit ›zusammen‹ dich und mich?«

»Griechisch, italienisch, indisch, thailändisch. Was du willst. Auch damit wir mal wieder ein bißchen miteinander reden ...«

»Reden?« unterbrach sie mein Gestammel. »Worüber um Himmels willen? Rede lieber mit jemand anders. Mit dieser Mohnvedette zum Beispiel.«

Auf was, geschweige denn auf wen sie damit anspielte, verstand ich in dem Augenblick noch nicht. Das Wort »Mohn« war mir zwar bekannt, vor allem aus altmodisch gewordener Dichtung, wie ich glaubte, zu meinem aktiven Wortschatz sollte es aber erst gehören, nachdem ich die dritte Folge des *Skick*-Fortsetzungsromans gelesen hatte.

Diese Folge hatte Paula bereits gesehen, wie sich herausstellte.

Ich habe Ihnen bereits von meiner verschwommenen Wahrnehmung der Chronologie meiner Gemütszustände berichtet. Fanden diese nicht gleichzeitig statt, so natürlich wohl in Zeiten, in denen ich mich, meiner selbst unbewußt, in sonderbaren Narkosen, in parallelen Bewußtseinslagen befand. Wenn ich aus ihnen zurückkehrte, wurde es mir schwer, Tatsache und Wahn auseinanderzuhalten; noch verwirrender wurde es, wenn ich dann auch noch mit Verwicklungen konfrontiert wurde, die sich in der Wirklichkeit zugetragen hatten, über die ich jedoch unmöglich Bescheid wissen konnte.

»Mit wem?« fragte ich aufrichtig harmlos.

»Geh und zieh Geld aus der Wand«, sagte sie. »Ich muß in einer Stunde was gegessen haben, danach habe ich eine Besprechung.«

»Ich weiß nicht, was du meinst.«

»Du hörst doch, was ich sage?«

»Mit *wem* soll ich reden?«

Sie produzierte ihr sarkastisches, verächtliches Schnaufgeräusch, verschwand auf den Soldatenhacken in ihre Privatabteilung. Durch die geschlossene Tür schrie sie: »Mit diesem Operngespenst, mit dem du nächtelang auf Hotelbetten Champagner schlürfst.« Bums und noch mal bums, sie warf ihre Schuhe von sich. Hörbare Ausrufungszeichen hinter mein Heimweh nach den Perlenklängen von Scarlatti.

Es war klar, daß Dinge ans Licht gekommen waren, während ich mich im Dunkel des Nichtwissens aufhielt. Ich registrierte, daß ich dringend eine neue Portion Tabletten brauchte, mit der ich meine Unruhe buchstäblich runterschlucken, mich selbst bis zur Betäubung beruhigen konnte, wie andere das mit Alkohol oder Mohn machen.

»Ich habe der Person ihre japanische Schale zurückgeschickt«, rief sie gleich hinterher. »Mit einem Zettel. Daß sie mir keine Geschenke zu machen braucht, um die halbseidnen Streiche, die ihr mir hinter meinem Rücken spielt, mit Scheinheiligkeit zu parfümieren.«

Das mußte, schloß ich messerscharf, das flache Paket gewesen sein, das die Briefträgerin bei sich hatte, als Nico und Sohn ihr begegneten. Unfeministisch an »Frau D. Sibelijn« adressiert. Die Schale war in eine viereckige Holzkiste verpackt, in der sich vorher irgendwelche zerbrechliche medizinische Gerätschaft befunden hatte, wie Daphne mir bald darauf aus einer Telefonzelle berichtete. Nichtsahnend habe sie das Paket in Nicos und Arnes Beisein geöffnet, froh, daß die Spannung im Haus dadurch einen Augenblick nachlassen würde. Sie habe Paulas giftige Nachricht, in krakeliger Ärztehandschrift auf einem Rezept, bereits gelesen und in ihr Negligé weggezaubert - ihr Gesicht sei dabei noch bleicher geworden, als es von Natur aus schon war -, während die Schale noch in der Holzwolle lag.

»Wer schickt dir denn so was?«

»Paula.«

»Wer ist Paula?«

»Paula von Jelmer.«

Sie habe die Stimme beim Beantworten von Nicos Fragen kunstgerecht unter Kontrolle gehabt.

»Sie schreibt, daß sie mir diesen Wandteller als verspätetes Geburtstagsgeschenk schickt. Nett von ihr, nicht?«

Sie konnte lügen, wie sie sang, sie hätte eine Meisterklasse darin unterrichten können.

Sohn Sibelijn hob die Schale aus der Verpackung und drehte sie

vor seinen Augen hin und her, um die darauf dargestellten Szenen zu betrachten: Die Bogenbrücken über den Wasserläufen mit den Goldkarpfen, die Mädchen im Kimono mit ihren nadeldurchstochenen Frisuren und ihren Fächern, die zarten Blütenbäume vor dem Hintergrund schneebedeckter Gipfel. Wie andächtig hatte ich selbst dieses Stück Geschirr studiert, als sei es ein Buch mit Miniaturen! Der Atem der Geliebten hatte es gestreichelt, die Geliebte hatte ihre Fingerabdrücke darauf hinterlassen, die Geliebte hatte ihren Blick über dieselbe Schönheit schweifen lassen. Während der Junge die Vorderseite des Porzellans betrachtete – er hielt die Schale senkrecht, wie ein Steuerruder zwischen die Hände geklemmt –, sagte Nico, der die Rückseite betrachtete: »Komisch. Das Ding ist in unserer Straße gekauft worden, in dem japanischen Laden um die Ecke.«
Sein Forscherauge hatte auf der Unterseite der Schale das Logo der Importfirma von japanischen Gebrauchsartikeln, Nippes, Schmuck erkannt, neben dem die Sterdrechter Adresse mitsamt Telefon- und Faxnummern eingebrannt war. Wenn die Bäume in der Straße keine Blätter trugen und er sich über die Balkonbrüstung seines Arbeitszimmers beugte, konnte er die Leuchtreklame vor dem Laden sehen: dasselbe Logo, ein japanisches Schriftzeichen, das offenbar für den Namen Soneiko stand.
Daphne, Meisterklasse, parierte sofort mit der Bemerkung, so eine Firma habe natürlich Filialen im ganzen Land, sie begreife sonst nicht, wüßte nicht, wie ...
Paula trat wieder aus ihrem Zimmer, in Schuhen ohne Geräusch produzierende Sohlen und Hacken, und mit einer an drei Stellen von Kämmen hochgehaltenen Frisur.
»Ich weiß von keinen Streichen hinter deinem Rücken«, sagte ich in ängstlichem Ton. Unbestimmte Angst war begründeter Furcht gewichen, ich begann zu ahnen, daß etwas geschehen würde oder schon im Begriff war zu geschehen, das mich wie ein herabsausender Gesteinsbrocken aus dem Weltall treffen und zerschmettern würde.
»Ach«, sagte die Ehefrau, auf deren Lippen und Nägeln der gleiche Elfenbeinglanz schimmerte wie auf den Kämmen. »Nun, ich aber sehr wohl.« Diese Kämme sahen aus, als hätten sie sich in ihren Schädel verbissen.

Angst vor ihr. Vor dem, worauf sie sich bezog und wonach sie mich raten ließ, obwohl mir allmählich im Weiß meines Kopfes eine verschwommene Vorstellung davon dämmerte.
Ich, untertänigst: »Darf ich wissen, was los ist?«
»Das erfährst du früh genug.« Sie rannte das Dreibein über den Haufen, obwohl es ordentlich an seinem Platz stand. Die Zeitungen und Zeitschriften verteilten sich über den Fußboden und bildeten einen Läufer voll wirbelnder Worte, über die sie zur Tür eilte.
»Gehst du weg?« Ich fragte es die Knitterfalten in ihren Kniekehlen. »Soll ich dir nicht erst schnell was zu essen organisieren?«
Sie antwortete mit einer ihrer Floskeln: »Mach, was du willst.« Im selben Schnauzton fügte sie hinzu, sie würde schon selbst sehen, daß sie was in den Magen kriege. »Dich brauche ich im Grunde in keiner Weise mehr.«
Am Ende des Läufers, schon im Mantel, wandte sie sich noch nach mir um und sah mir eine Sekunde lang in die Augen. »Zu besprechen gibt es, was mich betrifft, nichts mehr«, sagte sie, »und was dich betrifft, interessiert es mich nicht. Aber ich habe noch ein paar Mitteilungen.«
Die Tasche schon in der Hand, links, rechts: den Schlüsselring schon am Daumen. Mit kleinen, schnellen Bewegungen ließ sie die Schlüssel in ihrem Handteller klirren.
»Anläßlich oder, besser gesagt, aufgrund von allem, was vorgefallen ist, habe ich beschlossen, daß wir uns trennen müssen.«
Als würde sie ihre Mitteilung jemandem diktieren, der sie im Innern meines Kopfes mit schwarzer Kreide auf eine weiße Schultafel schrieb: »Ich ziehe über meine Praxis, und du mußt schauen, daß du eine andere Bleibe findest. Ich habe mir einen Makler genommen, um das Boot zu verkaufen.«
Drehte sich um. Tür auf und mit einem Ausrufungszeichen wieder hinter sich zu. Mit hallenden Trippelschritten vom Laufsteg herunter.
Stille.
Hinter dem Schiff das Starten, Losfahren des Autos.
Wir werden einander hundert neue Namen geben und sie einander wieder abnehmen, dachte ich.
»Von allem, was vorgefallen ist«? Keine Ahnung, was sie damit meinte. Sonst war mir alles deutlich: Paula traf Entscheidungen

und pflegte mir diese wie Dekrete mitzuteilen. In ihren Entscheidungsprozeß wurde ich nicht einbezogen, was ich von ihren Beschlüssen hielt, war für sie irrelevant. So war es immer gewesen, wahrscheinlich hätte es mich sogar beunruhigt, wenn sie mich nach meiner Meinung gefragt oder sich nach meinen Überlegungen erkundigt hätte. Trotzdem ließ sie mich wie betäubt zurück, anfangs in einer gähnenden Leere, die sich jedoch in Windeseile mit Panik füllte.

Daß sie die Etagen über ihrer mit Dr. psych. A. Weldon geteilten Praxis bezog, bedeutete, daß sie mit ihm zusammenzog: Diese Räume dienten ihm schon viele Jahre lang als Wohnung. Daß Paula, wenn sie nach dem Nachtdienst nicht nach Hause kam, ein Gästezimmer in Weldons Appartements benutzte – was macht es jetzt noch aus, ob ich das je geglaubt habe, geschweige denn, ob ich es glaubte oder nicht, sie hatte eigentlich sehr oft Nachtdienst, nicht selten viele Nächte hintereinander. Dr. psych. A. Weldon lebte seit seiner dritten Scheidung allein zwischen seinen Teleskopen, mit denen er den nächtlichen Himmelsbogen auf der Suche nach fliegenden Untertassen befingerte, außer, nehme ich mal an, in den Nächten, da ihm Paula zur Verfügung stand.

Die Eröffnung meiner Ehefrau – inzwischen ehemaligen, denn wir wurden unmittelbar darauf geschieden –, daß sie an die Adresse Hinter den Büschen 9 umziehen würde, überrumpelte mich nicht im geringsten und ließ mich ehrlich gesagt eiskalt. Die Mitteilung hätte mich sogar erleichtert, wenn sie nicht mit der anderen verflochten gewesen wäre: Das Boot verkaufen! Sie mußte ihren Entschluß gefaßt haben, nachdem sie intensiv darüber nachgedacht hatte, wie sie mich wirklich zuinnerst treffen könnte.

Es war ihr Schiff: Geschenk ihrer vermögenden Eltern, unter der Bedingung, daß sie mich nicht in Gütergemeinschaft heiratete – von der anfänglichen Bedingung, sie dürfe mich überhaupt nicht heiraten, waren sie abgerückt; ich war den Herrschaften nicht gut genug für ihre Prinzessin.

Selbst Paulas Schiff zu kaufen lag außerhalb der zu erwägenden Möglichkeiten, auch an Miete war bei meiner bescheidenen Rente nicht zu denken, sie würde einen horrenden Preis verlangen, da sie nun einmal beschlossen hatte, mich möglichst schwer zu strafen.

Wofür eigentlich?
Wie sich später noch herausstellte, datierte ihre Liebesbeziehung zu Dr. psych. A. Weldon schon von kurz nach Hannekes Aufnahme in Effata, dauerte also schon etwa zehn Jahre und war der Grund für das Scheitern seiner dritten Ehe.
Was nahm sie mir übel?
Daß ich ihr nie etwas übelgenommen habe?
Warum hat sie sich nicht früher von mir getrennt?
Auch darauf bekam ich später noch eine Antwort. Von Dr. psych. A. Weldon persönlich, bei meinem letzten Besuch in seinem Sprechzimmer, und nachdem er mir sein letztes Rezept für einen Eimer Tabletten ausgeschrieben hatte.
Er und Paula, sagte er, seinen Kinnpinsel wie ein Meerschweinchen streichelnd, hätten mich all die Zeit über geschont, weil: schon genug Kummer wegen Hanneke, weil: Stelle verloren, weil: mein körperliches und vor allem psychisches Grübeln. Er und Paula, sagte er, hätten mir das nicht auch noch antun wollen. »Ich und Paula, wir fanden, finden immer noch, tja, vor allem Paula, aber ich doch auch, daß du eigentlich ein armes Schwein bist, mir fällt kein besseres Wort ein. Nach deinem Umzug das hier aber bitte weiter einnehmen, ja?«
Er schob mir das Rezept hin. Ich sah seine Kontaktlinsen in einem Sonnenstrahl aufglühen und sofort wieder erlöschen.
Wenn du wüßtest, was ich von dir halte, dachte ich. »Und jetzt bin ich auf einmal kein armes Schwein mehr?« Ich erkundigte mich lediglich.
»Du hast Paula sehr verärgert mit deinem Getue mit dieser Madame, der berühmten Sängerin.«
»Welches Getue?«
»Komm, komm, Jelmer.«
»Ich weiß von keinem Getue im Vergleich zu eurem. Aber da du offenbar alles darüber weißt, darfst du mich aufklären.«
»Tu nicht so einfältig. Paula ist böse, und du weißt, wie sie dann ist.«
»Worüber ist sie denn böse?«
Ende Gespräch. Er zuckte die Achseln, und ich sah, daß er im gleichen Augenblick dachte, daß er das nicht hätte tun sollen.
Du weißt es also auch nicht, schloß ich daraus. Du weißt über-

haupt nichts und glaubst der Einfachheit halber lieber das, was du in einem für das dumme Vieh gemachten Sensationsblatt liest.
Mitleid als Grund dafür, daß man seinem Ehepartner verschweigt, daß man ihn schon seit Jahren bescheißt, ist von allen denkbaren Gründen wohl der beschissenste.
Darüber dachte ich auf dem Heimweg nach – das Hausboot war damals schon nicht mehr mein Zuhause –, nachdem ich seine ausgestreckte Hand ignoriert und nicht zugelassen hatte, daß er mir mit dieser Hand auf die Schulter klopfte.
Noch am selben Tag sollte ich Daphne diesen Aphorismus in einem unserer letzten Telefonate erzählen. Sollte ihn während einer kleinen Schnaufpause in einem von Daphnes letzten auf mich losgelassenen Monologen vorbringen – so formuliert ist es wahrheitsgetreuer.
Bei dieser Gelegenheit redete sie fast anderthalb Stunden lang vom Direktionszimmer des Konservatoriums aus auf mich ein. Was sehr unruhig war, denn mal kam die iranische Putzfrau herein, mal der Portier, dann ein Flötenschüler, schließlich der Direktor, der sagte, er wolle jetzt endlich selbst mal wieder in seinem Büro an seinem Schreibtisch sitzen. Auf diese Weise ständig unterbrochen, wiederholte sie das mir inzwischen wohlbekannte Kolleg über ihre private Auffassung und Deutung der Ehe.
»Wie kommst du darauf«, herrschte sie mich an. »Ich habe Nico nie beschissen. Ich habe ihn aus meinem Privatkram rausgehalten, nicht weil ich finde, daß er ein armes Schwein ist, denn das ist Nico nun wirklich nicht, sondern weil ich ihn nicht unnötig beunruhigen und verletzen wollte ...«
»Weil er dann ein armes Schwein wäre«, sagte ich.
»Wie kommst du bloß darauf. Paula, ja, die hat dich beschissen, denn sie fand dich so bedauernswert, daß sie dich offenbar mehr und mehr verachtete und deshalb überhaupt keine Rücksicht mehr auf dich nahm, du existiertest sozusagen nicht mehr für sie, du tatest für sie nichts mehr zur Sache, sie hat dich immer mehr vernachlässigt. Momentchen, ich habe hier noch ein Viertelstündchen zu tun, können Sie nicht schon mal draußen anfangen?« Das sagte sie zu dem Fensterputzer.
»Es ist hier wirklich wie in einer Kneipe.« Sie nahm den Faden wieder auf: »Paulas Untreue, um nicht zu sagen Verrat, bestand in er-

ster Linie in ihrer Geringschätzung deiner Person, in der Art und Weise, wie sie dich emotional und auch sonst deinem Schicksal überlassen hat. Wie nimmt es eure Tochter denn auf? Das Mädel bekommt natürlich auch ganz schön was ab. Sei auf jeden Fall ganz besonders lieb zu ihr. Nimmt Paula sie mit oder bleibt sie bei dir? Paula hat dir nie etwas von ihrem Geschnäbel mit diesem Arie erzählt, weil sie dir überhaupt nie mehr was erzählte, ich glaube, letztlich war sie mit eurem Hund intimer als mit dir. Hast du schon einen neuen Hund? Neben uns haben sie einen Wurf Hunde, so was Goldiges, soll ich mal fragen ...«

»Daphne ...« Ich hatte eigentlich schon vor, den Hörer wieder auf die Fensterbank zu legen. Warum tat ich es nicht?

»Ich habe Nico durch meine Beziehung mit Johann und noch ein paar Abenteuer nebenher, etwa mit dir, Liebling, nie benachteiligt. Ihn nie abgewiesen, im Bett oder so, ihn nie verachtet, ihn nie im Stich gelassen. Ich habe ihm nie das Gefühl gegeben, mir nichts aus ihm zu machen, habe ihn nie verraten, nie vernachlässigt.«

»Ja«, seufzte ich, nicht mehr wirklich interessiert - doch wenn sie mir vorgeschlagen hätte, mit ihr ans Ende der Welt zu reisen, hätte ich immer noch sofort ja gesagt. Schon allein deshalb, weil sie mich, vielleicht nicht einmal bewußt, vielleicht nicht einmal mit Absicht, Liebling genannt hatte. So ein Wort - Engel hat sie auch manchmal gesagt - rührte sie genauso gedankenlos in ihre Argumentationen wie Süßstoff in den Tee.

Sie redete weiter: »Ich habe nun einmal nicht genug an einer exklusiven Liebe, ich brauche zwei oder drei. Benachteilige ich Nico damit? Das sehe ich nicht so, ich wüßte nicht, wieso ...«

Ich entfernte den Hörer von meinem Ohr, erschlagen von ihren Sophismen, ihrer Scheinheiligkeit, ihrem Opportunismus, Egoismus, ihrer müde.

Atemnot. Anderes Symptom: Das Ekzem drang wieder durch meine Haut und hatte bereits die weichen Stellen meines Körpers mit Schuppen und Schorf bedeckt. Noch ein Symptom: übermäßige Schweißabsonderung, weshalb ich mehrmals am Tag die Unterwäsche wechseln mußte, und ein unerträglicher Juckreiz durch die Hautausschläge.

Der Telefonhörer lag wie eine kleine Brücke auf meiner Schulter, die Muschel am Schulterblatt. Daphnes Stimme war noch zu hören, und wenn ich mich angestrengt hätte, hätte ich sie verstehen können, doch ich strengte mich nicht mehr an, ich wußte, was sie sagte, zu häufig hatte ich mich von ihr mürbe walken lassen.

Auf der frisch gemähten Fläche vor dem Fenster mußten hier und dort von den Messern des Mähdreschers in Stücke gehackte tote Tiere liegen. Hasen, Maulwürfe, Vögel. Über dieser Stelle kreisten wirbelnd Möwen, die einander wie Kampfflugzeuge attackierten. Ihr manchmal mit dem Wind zu mir herübertreibendes Geschrei vermischte sich mit Daphnes Ergüssen, und plötzlich sah ich sie dort nackt stehen, wie eine Säule zwischen Wiese und Weltall, ihr Kopf in den Wolken. Die Arme geöffnet, zu einer Umarmung einladend, wie eine Orante, hundertmal größer als die Freiheitsstatue. Wenn sie Brüste besessen hätte, hätten sie den Umfang der Kuppel der Aya Sophia gehabt. Einen Nabel: von der Weite und Tiefe eines Binnenmeers. Venushügel, Vagina: ein Fjordengebiet. Doch all dies war abwesend, sie war platt und ohne Ritze, ohne Kuhlen, ohne Schampelz, eine asphaltbleiche Säule, gestützt von zwei kleineren Säulen, um die und zwischen denen sich die weißen, grauen, braunen Möwen mit aggressiven Flügelschlägen balgten. Hätte sie mich in diese Arme geschlossen, ich wäre wie eine Ameise zerdrückt worden. Woher wußte ich, daß diese gigantische Gestalt, an deren Äußerem es nichts Menschliches gab, Daphne war? Ich wußte es nicht, und trotzdem war mir klar, daß dieser Koloß in der Landschaft sie war, nicht ein steinernes Abbild, nicht eine Luftspiegelung, nicht ein Wahn – nein, sie war es. Die Luft war voll Opiumdampf, voller Sopranklänge, hoch oben am Firmament sah ich das Wehen ihres weißen Haars. Wenn ich hinausgegangen wäre, hätte ich sie berühren können, obwohl ich nicht einmal über ihren kleinen Zeh hätte hinwegsehen können – was man berühren kann, das existiert.

Ihre Stimme:

Inzwischen redete sie über Johann Fahrenfurth, den sie als ihre große, einzige, wahre Liebe bezeichnete. Obwohl sie loyal bei ihrem Ehemann bleiben und ihn niemals verlassen oder ihm sonstwie Kummer bereiten werde, sei der alte Gesangsfrosch, »ihr Johann«, der Gebieter ihres Herzens. Auch er bleibe brav mit sei-

ner Grete verheiratet, auch wenn die beiden schon seit mehr als einem Jahrzehnt keinen Intimverkehr mehr hätten, weil es Grete störe, daß er immer nach anderen Frauen rieche.
Zu den vielen Abschweifungen, die sie unablässig einflocht, von re nach si und vice versa, vom hohen C über das A zum tiefen C oder umgekehrt, gehörte auch folgende:
Wenn sie selbst aus einem fremden Bett in die eheliche Lagerstätte zurückkrieche, sorge sie immer dafür, daß sie sich vorher sorgfältig abgeseift, die Zähne geputzt, das Haar gewaschen habe, so daß sie sich wie ein frisches, duftendes Brötchen von Nico beschnüffeln und verschmausen lassen könne. Außer um Galanterie gehe es auch darum, keinen Argwohn zu wecken. In ihren Konservatoriumsjahren, als sie abwechselnd Johann und Nico unter ihrem Spinett willkommen hieß, hatten die unterschiedlichen Mädchendüfte in Johanns Kleidern und an seiner Haut sich schließlich auch der Matratze mitgeteilt, doch der dankbare, gutmütige Nico hatte dieses Gemisch aus Düften als das immer wieder überraschende, hinreißende Aroma seiner Herzensdame eingeatmet, die – fügte ich selbst in Gedanken hinzu – so witzige wissenschaftliche Experimente mit Kondomen anstellte.
»Warum findest du eigentlich, daß ich solche intimen Details jetzt noch wissen muß?« fragte ich.
Darauf gab sie mir keine direkte Antwort. In den kommenden Tagen und Wochen sollte sie mir noch viel vertraulichere Dinge mitteilen.
»Es hat damit zu tun, warum ich so lebe, wie ich lebe«, sagte sie.
Ich solle bloß nicht denken, daß sie ihrerseits Wert darauf lege, außer den Düften auch die Knutschflecken, die Lippenstift- und sonstigen Spuren der außerehelichen Damen auf dem Körper, dem Pulli, der Unterwäsche ihres Gebieters anzutreffen. Es mache sie wütend, eifer- und rachesüchtig. Unter den Azubisängerinnen und -schauspielerinnen, die den Musikpädagogen in ihrer Bettstatt empfingen, um sich von ihm Nachhilfeunterricht im Falsettsingen geben zu lassen, befänden sich Freundinnen und Bekannte, die ausgerechnet zu ihr kämen, erst um zu gurren, dann um sich über Johanns Verrichtungen, Leistungen, über sein nachlassendes Interesse auszuweinen. Obwohl diese Geschichten sie

natürlich in Wallung brachten, hörte sie sie sich eiskalt an, zum Schweigen verurteilt, um nicht ihr Geheimnis zu verraten. Als Akkompagnement zu alldem das feine Klirren der silbernen Noten an den Armreifen, die jedes Mädchen vom Casanova geschenkt bekam. Ihre große Liebe, sagte Daphne so gerührt wie verbittert, sei ein herumwühlendes, dreckiges, geiles Schwein, unermüdlich auf der Suche nach Trüffeln. Den Rücken hatte sie ihm aufgekratzt, dafür hatte sie sich die Nägel extra spitz gefeilt, und der Abdruck ihrer Zähne war in seine Haut gestanzt. Aus Haß, aus Wollust, aus Rache, aus Verzweiflung, aus einer Mischung von alldem. Das Arschloch, der Schuft, und zugleich könne sie nicht ohne ihn.

Um den treulosen Gesangslehrer auf die Palme zu bringen und für seinen nicht zu stillenden Mädchendurst zu bestrafen, sei auch sie eine Zeitlang auf Männerfang gegangen, sagte sie. Und so, wie Johann ihr ungeniert freimütig von seinen Fängen und Eroberungen berichtete und detailliert schilderte, wie es im Bett, auf dem Teppich vor dem Kamin, auf dem Küchentisch, auf dem Rücksitz des Deux-Chevaux zugegangen war, in welchen Ständen und Stellungen, wovor sie sich besonders ekelte und wofür sie ihm manchmal eine runterhaute, so fing sie ihrerseits an, ihn über ihre erotischen Eskapaden ausführlich ins Bild zu setzen. Oft saugte sie sich ein Abenteuer aus den Fingern, manchmal sei das Bumsen so langweilig gewesen, daß sie, um ihre Geschichte etwas zu würzen, zur Ausschmückung die Romane von Jan Cremer oder Henry Miller zu Rate zog.

Das tischte sie mir unter schallendem Gelächter auf.

Sie hatte Johann zwar damit verunsichert und verletzt, doch sein Verhaltensmuster änderte sich kaum. Du gehörst mir, sagte er, exklusiv, ganz allein mir. Mit seinem warmen Bariton, durch den sie, wenn sie ihn nur hörte, völlig zerfloß, und mit Gesten, als dirigiere er sich selbst. Es war in den Sturmtagen des Feminismus, dozierte sie. Mein Bauch gehört mir und andere Hohlräume auch. Was du dir mir gegenüber herausnimmst, sagte ich zu ihm, nehme ich mir dir gegenüber auch heraus. Du Freundinnen in Hülle und Fülle, ich ebenso viele Freunde: am Graanmarkt drei, in der Voorstraat fünf, an der Oude Vest sieben. Sie sang es, wie es Mozarts Don Giovanni singt, und wieder lachte sie schallend, mir aber trieb sie

einen Dorn ins Herz, denn ich wohnte damals auch an der Oude Vest, im Haus mit den sechzehn Klingelknöpfen. Vielleicht ist sie mehrmals in diesem Gebäude gewesen, um einen dieser Freunde zu besuchen, wer weiß, vielleicht mehrere – und ich habe sie immer auf der Treppe oder in dem langen Flur mit den Mao-, Che-Guevara- und All-you-need-is-love-Postern verpaßt.
Schließlich habe sie, sagte sie abschließend, Nico geheiratet, um ihm die Freude zu machen und zugleich um Johann so schwer wie möglich zu strafen.
»Den Rest kennst du«, sagte sie. »Den Rest habe ich dir schon mal erklärt.«
»Und nach deiner Hochzeit ging es einfach so weiter«, faßte ich lustlos zusammen. »Insofern du mir wirklich etwas erklärt hast, habe ich verstanden, daß es dir völlig schnuppe war, ob du mit Nico oder irgendeinem anderen Mann verheiratet warst. Du hättest sozusagen auch mich heiraten können, um vor dem Rest der Welt geheimzuhalten, daß der Herr Fahrenfurth dein echter Mann war und du seine Obergeisha und Haupthuri warst, so daß ihr eure Beziehung einfach fortsetzen konntet, bis auf den heutigen Tag.«
»Dich?« Es war ganz kurz still. Darauf folgte: »Wäre möglich gewesen, durchaus. Warum nicht?«
Mein Mund wurde trocken. Mit dieser Bemerkung sorgte sie dafür, daß ich weiter in sie verliebt blieb, meiner Furcht vor ihr, meinem Widerwillen gegen sie zum Trotz. Die menschliche Psyche ist ohne Logik. Wahrscheinlich habe ich das aus einem der grundlegenden Werke des Herrn Weldon behalten.
»Gottlob ist das nicht geschehen.« Ob ich das wirklich antwortete, weiß ich nicht mehr. Sicher ist, daß ich seufzend bemerkte: »Poor old Nico, du hast ein armes Schwein aus ihm gemacht«, worüber sie sich wiederum ärgerte. »Und wozu in dieser ganzen Geschichte hattest du mich eigentlich nötig?« fragte ich. »Diente ich auch als Schachfigur in eurer geheimen Affäre, der Bauer, der mit einer Finte die Aufmerksamkeit ablenkt?«
»Was willst du damit sagen?« fragte sie spitz.
»Nico war doch anfänglich auch nur dazu da, um die Aufmerksamkeit von dir und deinem Liebhaber abzulenken? Du hattest doch nur eine sogenannte Beziehung zu Nico, um vor der Welt zu

vertuschen, daß du in Wirklichkeit ein Verhältnis mit diesem älteren, verheirateten Stimmkünstler hattest? Drohte dieses Verhältnis ans Licht zu kommen, hattest du Angst, Nico könnte nach all den Jahren doch noch Wind davon bekommen, hattest du mich auf einmal nötig, um ihn auf andere Gedanken zu bringen? Um ihn glauben zu machen, daß dieser trottelige Jelmer van Hoff es sich in den Kopf gesetzt habe, sich in dich zu verlieben, wofür du schließlich nichts konntest, nicht wahr? Es ist dir bestimmt gelungen, ihn mit subtilen Lügen von deiner geheimen Zimmertür fernzuhalten? Da hast du dich sicher über die dritte Folge des Fortsetzungsromans in dem Revolverblatt gefreut!«

Sie erwiderte nichts, auf meinen monologischen Fragenkatalog reagierte sie nicht, als hätte ich nichts gesagt, als hätte ich, wie früher vor der Klasse, gegen eine Wand geredet.

In die Stille, mit der sie sich revanchierte, mischten sich entfernte Küchengeräusche: in ein Spülbecken prasselndes Wasser, das Klappern von Besteck und Geschirr.

Dann kam ihre Stimme doch noch zurück – in einem völlig anderen Tonfall. Gemessen, sachlich sprach sie in den Hörer:

»Ich überlege es mir gerne, Mevrouw, aber dafür muß ich mir erst meinen Terminkalender anschauen, und den habe ich im Moment nicht zur Hand. Verbleiben wir so, daß ich Sie spätestens morgen zurückrufe, um Ihnen Bescheid zu geben, ob und was. Keine Ursache. Auf Wiederhören.«

Verbindung getrennt.

Daraus schloß ich, daß sie unten, in dem hallenden Gang zwischen Haustür und Küche telefoniert und nicht rechtzeitig bemerkt hatte, daß ihr Mann durch eine andere Tür in die Küche gekommen war, um sich, offenbar aus seiner Indolenz erwacht, ans Spülen zu machen.

Es wurde höchste Zeit, daß das Mobiltelefon erfunden wurde, denn wo konnte sie noch ungestört telefonieren, ohne Bespitzelungsrisiko und Abhörgefahr?

Das Erledigen des Abwaschs gehörte tatsächlich zu den häuslichen Pflichten des Professors, wie ich aus einem ihrer Briefe oder früheren Anrufe wußte, die von solchen Abschweifungen strotzten.

Da, wo er jetzt ist, beschäftigt man ihn vielleicht in der Spülabtei-

lung, wo er jeden Tag ein paar hundert Blechteller durch die heiße Lauge ziehen darf, denn für das Erforschen der Dinosaurier ist man in solchen Anstalten natürlich nicht ausgerüstet.
Nico, mein Bester, du dauerst mich.

In einem zwischenzeitlichen Schreiben teilt mir die Kommission mit, daß mein Bericht »zahlreiche Ereignisse und Hintergründe des ihr anvertrauten Falls N. G. W. Sibelijn genügend beleuchtet«, die Kommission befindet, mein Exposé sei »hin und wieder schwungvoll geschrieben«, sie drängt jedoch auf »mehr Übersichtlichkeit, zu der insbesondere eine genauere Chronologie der Fakten beträchtlich beitrüge«.
Ich habe Ihnen, gnädige Frau, sehr geehrte Herren, bereits auseinandergesetzt, warum mir die Vorstellung von der Chronologie eine Zeitlang abhanden gekommen war. Es muß ihnen vorgekommen sein, als ob ich einfach drauflos geschrieben hätte. Dieser Schein ist wohl dadurch entstanden, daß mir die Dinge, die Reihenfolge, die Zusammenhänge selber nicht deutlich waren. Ich war, wie ich bereits mitteilte, eine Zeitlang aus der Welt und nicht bei mir selbst.
Mittlerweile sitze ich zwischen Umzugskartons, der Hausrat ist verteilt, der Bücherschrank hat so viele Lücken wie ein morsches Gebiß.
Ich habe viel weggeworfen, auch Sachen, von denen ich es bereits bereute, als die Müllmänner die grauen Plastiksäcke in ihr Auto warfen: alle Fotoalben aus meinem Leben mit Paula, unserem Leben auf dem Hausboot, Fotos von uns in Marokko, Neapel, New York, Paris, von ihrem Abschlußfest, dem ersten Auto. Nach Hannekes Geburt haben wir nie mehr ein Foto eingeklebt. Nicht mehr eingeklebte Fotos: Symptom erschlaffender Ehen. Ob die Sibelijns ihre Fotos noch in Alben kleben?
Ein Historiker, der Dokumente, die seine Lebensgeschichte betreffen, in einem Müllsack aufs Trottoir stellt?
Ach was, Historiker.
Auch das gesamte Material für die einmal geplante Doktorarbeit ist im Müllauto gelandet – das habe ich nicht bereut. Was ich mit den Briefen von Frau Uitwyck getan habe, ist bereits berichtet – auch das habe ich nicht bereut. Wohl die Tatsache, daß ich sie alle

noch einmal las, in einer Gemütsverfassung, die zwischen Wut und Rührung, zwischen Haß und unverminderter Verliebtheit schwankte: Emotionen, die bewiesen, daß sie mich immer noch nicht gleichgültig ließ.
Liebesbriefe im üblichen Sinn des Wortes hat sie mir nie geschrieben, und dennoch waren ihre Nachrichten oft so innig, daß sie meinen Illusionen immer wieder Nahrung gaben. Als tue sie es nur zu dem Zweck, als sei es ihre Absicht, sich meine verliebte Sehnsucht noch lange zu sichern.

Und jetzt zu uns, mein lieber Freund und Kupferstecher, hatte Nico zu seinem Sohn gesagt und ihm dabei die japanische Schale abgenommen. Setz dich hin und erzähl mir noch mal, jetzt, wo Mama dabei ist, was du mir auf der Straße erzählt hast. Warum du diese Briefe abgefangen und in deinem Zimmer versteckt hast. Was hattest du mit ihnen vor?
Mitten auf dem naturfarben gebeizten Eßtisch lag der Wandteller wie ein buntes Blumenbeet zwischen Nico und Arne. Daphne erzählte es mir oder schrieb es mir, das weiß ich nicht mehr, wie sie es zu tun pflegte: sehr ausführlich. Nicos Kopf verschwamm schon bald im Tabaksqualm, jede neue Zigarette zündete er sich mit der vorigen an, die er bis zu den Fingernägeln aufsaugte, Asche und Kippen streute er zwischen die Bogenbrücken, Kirschzweige, Kimonomädchen.
Arne hatte die Hände zu Fäusten verkrampft und die Lippen fest zusammengepreßt. Unablässig warf er eine ihm widerspenstig über die Augen fallende Locke mit einer ruckartigen Kopfbewegung zurück. Da sein Vater ebenfalls ständig das gleiche tat, sah es, so Daphne, wie das Imponiergehabe zweier Haubenvögel vor der Paarung aus.
Diesen Kampf gewann Nico schon allein deshalb, weil der Junge zu weinen anfing. Unter viel Rotzvergießen brachte er hervor: »Ich will nicht, daß ihr euch scheiden laßt.« Kaum waren diese Worte verklungen, trat in dem sonnigen Wohnzimmer eine gespannte Stille ein, in der nur die Katze zu hören war, die offenbar im Flügel hockte und mit den Nägeln ein Pizzikato zu Gehör brachte. Nico wühlte in seinen Hosentaschen und warf Arne über die Nipponschale hinweg ein Päckchen flaumiger Papiertaschentücher zu,

doch da hatte Daphne das Gesicht des Jungen schon an ihr Nachtkleid gedrückt.
»Scheiden lassen?« echote Nico.
Daphne sagte: »Aber, aber, du Dummerle, wir lassen uns doch nicht scheiden!«
»Wir lassen uns nicht scheiden«, sang das Ehepaar, der Sopran im Duett mit dem Raucherbaß.
Arne hatte die Briefe verschwinden lassen, weil er sich Sorgen machte, lautete seine von Schluchzern unterbrochene Erklärung. Er wollte nicht, daß Mama sich in einen anderen Herrn verliebte, der ihr solche Briefe schrieb und mit dem er sie manchmal telefonieren hörte. Einen Brief hatte er geöffnet und zu lesen versucht, doch er hatte aus der Handschrift nicht recht schlau werden können, die er, Kind des Computer- und E-Mail-Zeitalters, altmodisch fand, er hatte auch wenig von den in ihnen enthaltenen Mitteilungen verstanden: ebenfalls zu altmodisch, zu geschraubt, zu schwierig.
Die Mitteilungen in dem Pornoheft, in dem er meine leidenschaftlichen Ukasse versteckt hatte, waren verständlicher gewesen.
»Mama muß bei uns bleiben.« Daß Mama beruflich sowieso oft und für längere Zeit nicht da war, fand er schon schlimm genug. Er fühle sich so ... er fühle sich so ... einsam. Dieses Wort schrie er heraus, um sich gleich darauf mit einem Stück von Daphnes Schlafgewand den Mund zu stopfen; er zog sie an sich, sein Gesicht im Stoff vergraben, den er mit seinen Tränen, seinem Nasenschleim und seiner Spucke tränkte.
»Benimm dich nicht so kindisch«, sagte Nico. »Was war das für ein Telefongespräch, das du oben auf der Treppe abgehört hast? Wiederhol das mal, jetzt, wo Mama dabei ist!«
Daphne in ihrem Bericht an mich: »Ich dachte, mein Herz bleibt stehen, ein Riß geht mitten durch, ich dachte, es bricht, erst entzwei, dann in tausend Stücke.« Sie fuhr ihrem Sohn mit der Hand so heftig über den Kopf, daß ihm das Haar zu Berge stand. Und dann wußte sie, was sie zu tun hatte: Sie beugte sich über ihn und umschlang ihn mit ganzer Kraft. Eine ihrer Opernposen. Ich sah die Szene vor mir, stellte mir Musik von Pietro Mascagni dabei vor.
»Komm, sei doch nicht albern! Fahr dir mal mit einem Waschlappen durchs Gesicht und mach dich ein bißchen frisch, du bist ja

ganz heiß.« Das erhitzte, nasse Gesicht des Jungen streichelnd, gelang es ihr, seine Lippen zwischen ihrem Daumen und Zeigefinger kurz fest zusammenzupressen, als würde sie sie mit einer Zange versiegeln. Sie begleitete ihre Worte und Gesten mit einem teilweise simulierten, melodischen Husten, wobei sie sich mit der anderen Hand den Zigarettenrauch aus dem Gesicht wedelte. Der Junge mußte aufstehen und wurde in der Armfestung seiner Mutter aus dem Zimmer geführt. »Trink was. Nimm dir eine Cola aus dem Kühlschrank.« Zu mir sagte sie: »Das war, was man einen ›narrow escape‹ nennt.«

»Und Nico?« fragte ich.

Der nahm die Brille ab und hielt sie gegen das Licht. Hauchte auf die Gläser. Begann, sie mit halb zugekniffenen Augen mit seinem T-Shirt zu putzen. »Ich begreife es nicht«, sagte er, Brille wieder auf, Zeigefinger zwischen den Augen. Man konnte das Raspelgeräusch seiner Barthaare hören, wenn er sich mit der Hand übers Kinn strich. Als säße da ein fremder Mann am Tisch, sagte Daphne. Er roch auch anders, ungewaschen, wie er war. Du gehörst in die Badewanne, rasiert und in saubere Kleider gesteckt, aber das habe sie nicht laut zu sagen gewagt, da hätte sie genausogut freiwillig auf eine Landmine treten können, sagte sie.

Mit angehaltenem Atem begann sie Gegenstände auf dem Büfett zu verschieben. Das von Arne naßgeweinte Teil ihres Bettgewands klebte an ihrer Haut, als befände sich dort eine kalte, flüssige Hand. Sie sorgte dafür, daß sie ihrem Mann den Rücken zukehrte, so wie sie damals in dem Operntempel in Wien, als sie mitten in der Vorstellung auf der Bühne von ihrem monatlichen Unwohlsein befallen wurde, mit dem Rücken zum Publikum weitergesungen hatte.

Nico: »Er hat dich von einem Mann sprechen hören, den du schon kanntest, bevor du mich kanntest. Daß du mit diesem Mann eine Beziehung hattest, und daß das aus irgendeinem Grund geheim bleiben mußte. Davon hast du mir nie etwas erzählt«, sagte er weltfremd. »Wer war dieser Mann, kenne ich ihn? Und daß du mit mir angebändelt hättest, um die Aufmerksamkeit von deinem Verhältnis mit diesem Mann abzulenken, und daß du einfach mit ihm weitergemacht hättest, mit ihm und mit mir, sogar noch nach unserer Hochzeit, noch während unserer Ehe. Ich kann mir schwer

vorstellen, daß ich nie etwas davon gemerkt hätte. Aber warum sollte ich ausschließen, daß es stimmt? Als ob auf einmal Türen vor mir aufgehen und Aussichten freigegeben werden, als ob sich auf einmal die Nebel lichten.«
»Tu nicht so pathetisch, das ist ja lächerlich«, habe sie geantwortet. »Du beleidigst mich mit solchen Bemerkungen und Verdächtigungen. Und mit deinem Mißtrauen. Dazu habe ich dir nie einen Grund oder Anlaß gegeben.«
Nico: »Ich gebe nur wieder, was dein Sohn gehört hat.«
»Du gibst nur wieder, was er dir erzählt hat, ist das nicht etwas anderes?« Noch immer hatte sie sich nicht nach ihm umgesehen, sie hielt einen kristallenen Dodekaeder in der Hand – ein Schmuckstück, ein Souvenir aus Venedig – und umschloß es so fest, daß ihre Finger schmerzten.
Nico: »Warum sollte er lügen, warum sollte er mir ein Lügenmärchen auftischen, wo er doch weiß, daß dadurch alles durcheinandergerät und ein unvorstellbares Chaos in unserem Haushalt ausbricht, wovor er gerade solche Angst hat?«
»Das weiß ich nicht.«
»Der Junge wird es doch nicht erfunden haben? Warum sollte er?« Sie hörte, daß er mitsamt dem Stuhl vom Tisch wegrückte, aufstand, die Tür öffnete. »Arne!« Als auf diesen Ruf keine Reaktion erfolgte, lief er über den Flur bis zur Treppe. »Arne, komm her, verdammt noch mal!«
Der Junge war mit dem Fahrrad abgehauen. Gott sei Dank, sagte Daphne zu mir. Sie würde ihn schon abfangen, wenn er nach Hause käme, und ihm unmißverständliche Anweisungen geben.
Nico, wieder an seinem Platz am Tisch, zornig: »Du wirst mir doch jetzt nicht erzählen, daß deine heimliche Liebe Jelmer van Hoff ist?«
»Ich werde dir überhaupt nichts erzählen.« In dem Maße, wie ihr Mann sich aufregte, fand sie ihre Ruhe wieder. Sie legte den zwölfflächigen Gegenstand hin, der sich in den Sonnenstrahlen in eine Vielzahl Diamanten zu verwandeln schien, und entspannte die Hand. Nie in Panik geraten. Sie hörte, wie er sich mit Streichhölzern zu schaffen machte. Sie hörte ein Zischen, gleich darauf das leise Prasseln der Hölzer auf der Tischplatte. »Aber wenn es um einen Mann geht«, fuhr sie fort, »der schon in meinem Leben war,

bevor ich dich kennenlernte, dann kann das unmöglich Jelmer van Hoff sein. Den habe ich in deiner Studentenbude kennengelernt, ein paar Tage vor eurer Expedition in die Ardennen.«

»Wer sagt mir, daß das stimmt?«

»Ich.«

»Was garantiert mir denn noch, daß ich dir vertrauen kann? Wenn es nicht van Hoff ist, wer ist es dann? Kenne ich ihn?« fragte er nochmals. »Mit welchem Mann bist du umgegangen, bevor du mich kanntest?«

Daphne zuckte mit den Schultern. »Mit meinem Vater, dem Pfarrer von der Rosenkranzparochie, mehreren Lehrern am Gymnasium und am Konservatorium. Mit allen bin ich ins Bett gegangen, außer mit meinem Vater, und insofern sie nicht gestorben sind, gehe ich immer noch mit ihnen ins Bett. Zufrieden?«

»Very funny«, stöhnte er.

»Was nimmst du dir so eine verrückte Geschichte so zu Herzen! Der Junge wird es geträumt haben. Meinst du im Ernst, ich würde solche vertraulichen Mitteilungen hier im Flur am Telefon machen, wo mich jeder hören kann? Glaubst du wirklich, ich würde offen mit Jelmer van Hoff korrespondieren und ihn seine Briefe hierherschicken lassen, wenn er und ich wirklich …«

»Die ganze Welt mag von mir aus denken, daß ich verrückt bin, aber ich bin es nicht«, sagte Nico. »Und wie absurd diese Geschichte auch klingt, ich glaube sie. Mir fehlen nur noch ein paar Fakten. But this is for sure …« Statt seinen Satz zu beenden, versank er in tiefes Nachdenken, vielleicht über die Frage, was damals mit dem zweiten Kondom passiert sein mochte.

Als sie sich zu ihm umdrehte, sah sie, daß sein Kopf und seine Hände zitterten, als hätte er in den paar Minuten Parkinson bekommen. Es fiel ihr auf, wie alt er geworden war. Wieder kam das Mitleid in ihr hoch, und doch wagte sie nicht, zu ihm hinzugehen, um ihn streichelnd zu massieren, den Nacken, die Schultern – als ob sie gewußt hat, daß sich ganz entschieden etwas verändert hatte, etwas definitiv zerstört war. Daß sie zu waghalsig gewesen und zu weit gegangen war.

Aus dem Augenwinkel sieht Emma Bovary den Topf mit Arsen, in der Ferne taucht schon die Rauchfahne des Zuges auf, den Anna Karenina nicht verpassen wird. Für den Fall, daß alles völlig außer

Kontrolle gerät, hatte Daphne irgendwann einmal zu mir gesagt, diese Tabletten, von denen du einen ganzen Schrank voll besitzt, sind die tödlich? Bestimmt, mutmaßte sie, wenn man davon ein paar Eßlöffel runterschluckt und das Ganze in einem bis anderthalb Liter Hochprozentigem pro Person auflöst. Ich war noch so naiv zu fragen: Wieso pro Person? Du ein paar Eßlöffel und einen Liter Wodka, und ich auch, sagte sie entschieden. Der Liebste von einer ihrer Schwestern, der Töpferin, habe ein Ferienhaus in der Veluwe, sie bräuchte ihn nur um den Schlüssel zu bitten, sie könne da immer rein. Wenn wir da nun zusammen hingingen, du und ich, zwitscherte sie. Wir machen es uns gemütlich, zünden den Kamin an, legen die Musik auf, die wir lieben, du hast alle meine Briefe bei dir, ich alle deine, daraus lesen wir uns abwechselnd die schönsten, die uns liebsten Stellen vor, und abwechselnd werfen wir einen Brief ins Feuer, wir schlucken die Tabletten mit ein paar Leckerbissen, wir trinken, bis die Flaschen leer sind, und so schweben wir hinüber.
Ich bekenne, daß ich viel für den gemütlichen Teil dieses Plans übrighatte, aber ganz und gar nichts für den beabsichtigten Ausgang. Oper, dachte ich. Etwas für eine auf die Tränendrüsen drückende Fernsehserie, in der die totgeglaubte Heldin sechzig Folgen später auf einmal wieder gesund und munter mit der Erklärung auftaucht, sie habe an jenem Abend gar keine Benzos und keinen Alkohol zu sich genommen, sondern weiße Dragées und Mineralwasser ohne Sprudel, weil ... Auf die Idee muß man erst mal kommen. Ich hatte ihr schon einmal gesagt, daß ich von Selbstmord nichts halte: Ich habe eine Aufgabe, ich kann meine Tochter nicht im Stich lassen. Ich bin kein Fatalist, wer weiß, vielleicht tritt in meinem zerbröckelten Dasein doch noch einmal eine Wende ein. Man braucht den Tod nicht einzuladen, er kommt von selbst. Daphne dagegen schien mit dem Gedanken zu liebäugeln. Doch was an ihr ist authentisch, was meint sie wirklich, womit ist es ihr ernst? Sie erzählte mir, sie sei einmal nach einem Ehekrach mitten in der Nacht auf die Straße gelaufen und habe auf einer Sterdrechter Brücke aus der Römerzeit gestanden und überlegt, ob sie ins Wasser springen solle, in ihrem langen, geblümten, wuchtigen Mantel, in dem Sie sie sicher auf Fotos und im Fernsehen schon mal gesehen haben. Nach dem Konsum meines gesam-

ten, mit massenhaft Schnaps heruntergespülten Tablettenvorrats für immer einnicken. Ich erinnerte mich, diesen Vorschlag schon einmal von ihr gehört zu haben. Zusammen ins Meer hinauslaufen, einem nassen Grab entgegen. In einem Notizheft finde ich darüber ein paar Aufzeichnungen: »Immer geradeaus, über die Brandung hinaus, und dann Schritt für Schritt hinab.« Bei der Gelegenheit nannte sie mich Engel, ja ihren Schutzengel. Warum sie wohl ausgerechnet mich dazu ausersehen hatte? Ob sie es auch demjenigen vorgeschlagen hat, der ihre wahre geheime Liebe war, und was er wohl darauf geantwortet hat? »Laß uns gleich unsere Kalender zücken und einen Termin abmachen, mein Herzblatt?« Der einzige, der ungeschoren und mit heiler Haut aus diesem ganzen Drama hervorging, ist Johann Fahrenfurth, der Nico als mögliche, auch nur vorstellbare Ursache von all dem Elend niemals in den Sinn gekommen ist.

Mit zitternden Fingern schob er Streichholz nach Streichholz zu sich hin, berichtete Daphne. Er sah aus wie ein pausbäckiger Junge, dem der Milchbart einen Schatten auf die Wangen wirft und der die Unterlippe zwischen die Zähne klemmt, ein verbissenes, grimmiges, argwöhnisches altes Kind. Er legte die Hölzchen eins nach dem anderen mit äußerster Sorgfalt in eine bestimmte Anordnung, Viereck an Viereck, auf jedes Viereck einen Zirkumflex: Häuschen, Sträßchen. Wenn das letzte Streichholz eingefügt war, fuhr er mit der Hand über den Bauplan, als zerstöre ein Wirbelwind das behagliche Wohnviertel. Fegte das Baumaterial wieder zusammen. Fing wieder von vorne an. Und als er einmal plötzlich von seiner Beschäftigung zu seiner Ehefrau aufsah, war es, als erkenne er sie nicht. Obwohl seine Brille ihm hoch oben auf der Nase saß und ihm keine Locke vor den Augen hing, runzelte er die Stirn, als blicke er in die Ferne, wo sich, wie beim Optiker, ein Text befand, den er angestrengt zu lesen versuchte.

Die Sonne schien durch die nasse Stelle in ihrem Nachthemd, da, wo es an ihrer Scham klebte. Diese Stelle fixierte er.

»By the way, erklär mir mal, woher dieser van Hoff weiß, daß du da kein Haar hast und daß oben an der Innenseite deiner Schenkel Spuren von Narben sichtbar sind!«

Also hatte Nico meinen Brief doch gelesen. Natürlich hatte er. Wer hätte es an seiner Stelle nicht getan?

»Das werde ich ihm wohl irgendwann mal erzählt haben«, antwortete sie ohne Zögern.
»Warum?«
Gut, daß die Sonne sich nicht auch durch ihre Kopfhaut und ihren Schädel bohrte und ihre geheimen Gedanken in grelles Licht tauchte.
»Ja, Herrgott noch mal, warum?«
Sie hatte sich hingesetzt, wobei sie den Zettel mit Paulas Verwünschungen an ihrer Brust rascheln hörte, den durchweichten Stoff klamm an ihrem Locus delicti spürte, der nun außerhalb von Nicos Blickfeld lag.
»Weil es zufällig mal zur Sprache kam, denke ich.«
»Was kam zur Sprache?« fragte ich, Daphne unterbrechend.
»Genau das fragte Nico auch«, fuhr sie fort. »Brandwunden«, habe sie ihm geantwortet, »wir redeten zufällig über Brandwunden.«
»Und wurde bei der Gelegenheit auch das Thema Rückenwarzen behandelt?«
Nico, Wissenschaftler von Weltruf, liebte gründliche Vertiefung. Wenn er sarkastisch wurde, mußte sie doppelt auf der Hut sein – ein Stadium weiter, und er konnte mit der Explosionskraft seiner gesammelten Streichholzköpfe in die Luft gehen.
»Wieso Rückenwarzen, wieso Brandwunden?« unterbrach ich sie noch mal.
»In deinem Brief schreibst du doch auch was Poetisches über mein Wärzchen?« Da ich nicht gleich reagierte, verdeutlichte sie topographisch: »Auf meinem Rücken, genau über dem Strich zwischen den Pobacken.«
Ich sah die Knospe vor mir. In Großaufnahme, wie ein mit der Lupe betrachtetes Detail eines Gemäldes. Eine rosa Bake vor der Bucht zwischen den beiden lieblichen Hügeln, oder so ähnlich, glaube ich, hatte ich es beschrieben.
»An der Stelle waren ursprünglich drei Wärzchen«, erklärte Daphne umständlich.
»Ach«, sagte ich.
»Eins davon befand sich genau unter dem Gummiband meiner Unterhose. Das war irritierend und manchmal auch schmerzhaft. Ich bin zum Arzt und der hat sie weggestrahlt oder weggeätzt oder ausgelöffelt, jedenfalls war ich sie los. Ich erleichtert. Aber weißt

du, was so verrückt war? Eins kam zurück, das Exemplar, das noch da ist, genau über dem Gummiband, daher störte es mich nicht. Und doch wollte ich es aus ästhetischen Gründen wegmachen lassen, ich konnte nie einen Bikini anziehen. Habe ich dir das nie erzählt?«

»Nein.«

»Aber Johann wollte, daß ich es behalte. Er zupft manchmal mit dem Finger daran, schripp, schripp, schrapp. Sein Wärzelein, sagt er ...«

Ich entfernte den schwitzigen Hörer von meinem Ohr, wischte ihn an meinem Hemd ab. Was sollte ich noch mit ihren Bekenntnissen, bei denen ich keine Rührung mehr empfand? Wenn sie überdies auch noch, fast absichtlich grausam, den schrägen Vogelfänger mit einbezog, war es, als würden mir Stachel ins Herz gebohrt: Ärger, Eifersucht, Ekel. Schripp, schripp, schrapp – wozu mußte ich auch das noch wissen?

Was auf jeden Fall zwischen ihr und mir vorgefallen ist: Ich habe mich von ihr der masochistischen Tortur der vergeblichen, aussichtslosen Verliebtheit unterwerfen lassen.

Als ich mir Minuten später den Hörapparat doch wieder ans Ohr drückte, war sie schon bei der nächsten Geschichte, jetzt über die Vorderseite ihres Körpers, das Heiligtum in der Unterstadt.

Aus der Kindheit der berühmten Sängerin. Ihr zukünftiger Biograph kann seinen Vorteil daraus ziehen und sie vielleicht gleich mit einer psychoanalytischen Kruste überbacken.

Zu Hause waren sie ausschließlich Mädchen, sechs oder sieben, die genaue Anzahl haben Sie bei mir noch gut, und Daphne ist die Zweitjüngste. Einfache Behausung, Papa Uitwyck, immer Kreideflecken auf den Kleidern, hatte es nicht dick. All diese Schwestern – ich bin keiner einzigen von ihnen je begegnet – kannte ich aus Daphnes vielen detaillierten Geschichten und von Kinderfotos, die sie ihren Briefen dann und wann beilegte und die ich ihr mit meinem nächsten Antwortbrief wieder zurückschicken mußte. »Die Töpferin«, »die Physiotherapeutin«, »die Rechtsanwältin« (dieselbe, die jetzt Nicos Anwältin ist), »die Harfenistin« und so weiter. Als sie alle noch zu Hause wohnten, Daphne war fünf, sechs Jahre alt, saß die ganze Familie einmal gemütlich beisammen in der Küche, einem viel zu engen Raum für all diese quirligen Geschöpfe. Auf dem tüchtig eingeheizten Ofen kochte die Suppe, es roch nach Fleischbrühe und frisch geschnittenem Gemüse, die Fenster waren beschlagen, draußen war es unfreundlich, die Kinder sangen vergnügt Lieder.

Eine friedliche Szenerie. Noch ahnt niemand, daß sie vom unbarmherzigen Schicksal zerstört werden wird. Da ist es schon, ohne anzuklopfen tritt es ein:

Plötzlich gab es Streit, die Mädchen fauchten sich an wie die Katzen, kratzten sich, schlugen aufeinander ein, zogen sich an den Zöpfen. Die Älteste, heute die Physiotherapeutin, sprang auf, um über die Töpferin herzufallen. Auch diese war sofort auf den Beinen und erwehrte sich der Schwester mit dem Stuhl, auf dem sie gerade noch, die kleine Daphne auf dem Schoß, gesessen hatte. Den Eltern gelang es nicht, den Streit zu schlichten, bevor das Verhängnis in all seiner Unwiderruflichkeit über sie hereinbrach.

Daphne hatte sich ängstlich unter den Tisch gleiten lassen und war auf allen vieren in die Ecke zum summenden Ofen gekrochen. Dort drückte sie sich mit dem Rücken an die Wand, kaute an den Fingern und sah das, was auf sie zukam, eher und schärfer, als sie es fühlte. Auch wenn sich alles im selben Bruchteil einer Sekunde vollzog, so schien doch zwischen Sehen und Fühlen eine Ewigkeit zu liegen.

Die Töpferin holte mit dem Küchenstuhl aus, doch statt der Physiotherapeutin, die sich gerade noch rechtzeitig bückte, traf sie den Suppentopf. Der kippte, und das sah ich, sagte Daphne, wie in Zeitlupe. Er kippte in ihre Richtung, sie versuchte noch wegzuhechten, doch da hatte sich der siedende Inhalt bereits über sie ergossen. Über das Gebiet zwischen Nabel und Knien. Als würde ein glühender, flüssiger Rammpfahl in sie getrieben: ein so höllischer Schmerz, daß sie nicht einmal habe schreien können. Mit rollenden Augen lag sie zuckend am Boden, das Kleidchen klebte wie eine nasse, schwelende Membran auf ihrer Haut, voll Rindfleischbrocken, gehackten Zwiebeln, Petersilie. Schade eigentlich um die herrliche Suppe, fügte sie mit einem etwas schrillen Lachen hinzu.

Sie habe Monate im Krankenhaus verbracht. Die Narben an den Innenseiten ihrer Schenkel seien allmählich fast ganz verschwunden, bis auf die paar undeutlichen Spuren. »Johann sagt immer …«

»Das will ich nicht wissen, Daphne. Erspar es mir«, sagte ich.

Und als sie in die Pubertät gekommen sei, da habe dort unten nichts sprießen wollen, weil die Suppe wohl alle nötigen Regenerationsstoffe mit Stumpf und Stiel ausgerottet hatte. »Hab ich dir diese Geschichte nie erzählt?«

»Nein, auch das hast du mir nie erzählt«, sagte ich matt, todmüde, betäubt, erschlagen.

In der bewußten *Skick*-Nummer, Daphne auf der Titelseite in ihrem Kostüm aus der *Entführung aus dem Serail*, stand die bis dahin schauerlichste Folge der Skandalgeschichten über Professor Nico (»Flintstone«) Sibelijn, seine Gattin und mich. Spätere Folgen hatten es zwar auch in sich, doch in der Zwischenzeit war ich gegen die auf mich herabregnenden Diffamierungen, überhaupt gegen den ganzen Rummel immun geworden. Ich zuckte schließlich darüber nur noch die Schultern. Man gewöhnt sich an alles, und alles geht vorbei. Ich bin durch die Ereignisse sogar ein paar Wochen eine nationale Berühmtheit oder zumindest in aller Munde gewesen, was mich mit Paranoia, Klaustrophobie, Straßenangst, Schuldbewußtsein infizierte; am liebsten hätte ich damals in Narkose gelegen oder im Dunkeln gelebt. Da, wo ich jetzt wohne, kennt mich Gott sei Dank niemand, abgesehen vom Küster der ökumenischen Kirche, wo ich einmal die Woche, Dienstag nachmittags, gegen ein kleines Entgelt Orgel spielen darf.

Als rieche die betreffende Ausgabe des Sensationsblatts nach Daphne, als stiegen kleine Wellen ihres Mohnparfums daraus auf. Das Heft liegt jetzt aufgeschlagen vor mir, es wäre besser, ich würde es zuschlagen, wegschließen, wegschmeißen, ich sollte es endgültig aus meinem Leben entfernen. Vielleicht komme ich nach Abschluß dieses Berichts dazu.

Das Zittern wollte nicht aufhören, als ich mir den Beitrag in dem mir im Zeitungsladen in die Hände gedrückten Heft zu Hause genauer ansah. Eine ausführliche Fotoreportage, begleitet von wenig Text, der dafür desto infamer war.

Unser Schiff im überfluteten, stillen Polder, ein Haufen schwimmender Möwen im Vordergrund. »Das ländlich gelegene Hausboot« (Unterschrift) schaukelt zwischen vom Wind geplättetem, zerdrücktem Schilf unter zusammengeballten Ruysdael-Wolken. Zwei Reiher auf dem Dach.

Verborgenes Liebesnest. Hier wohnt der geheime Dreieckspartner der Diva, und hier wurde ihr zweiundvierzigster Geburtstag nach einer wilden nächtlichen Fete im luxuriösen Strandhotel Memphis in Eggelte mit einem Tête-à-tête abgeschlossen.

Daphne in ihrer »entzückenden Kreation«, schwarze Brille vorm Gesicht, in einem zittrig erleuchteten Raum voller Leiber, der Blitz der Kamera sprüht Funken in die grünen Augen einer ägyptischen Sphinx. Auch wenn ich absolut sicher war, daß sie in dem Moment eine Warenhaustüte in der Hand hielt, auf dem Foto wird diese Hand von einer anderen Hand umklammert. Angeblich die meine: Man hat mich von einem anderen Foto, auf dem ich den Sonntagsanzug trage, den ich erst am nächsten Tag anhatte, sachverständig an die Seite der Sängerin montiert.

Ausgelassener Ball für Dutzende von prominenten Gästen in der Champagnerbar des Kasino-Hotels am Meer. Das verliebte Paar tanzt den Cha-Cha-Cha.

In der Empfangshalle des Hotels: Daphne, der Zimmerschlüssel baumelt an ihrem ausgestreckten Zeigefinger, mit dem sie auf den Aufzugsknopf drückt. Schräg von vorn aufgenommen: Sie zwinkert »schelmisch«, ihre Lippen sind »schelmisch« gespitzt.

Daphne und ich auf dem dunklen Balkon im ersten Stock des Hotels. Hinter uns fällt der Lichtschein aus den geöffneten Türen nach draußen. Die Geliebte und ich wären nicht zu erkennen gewesen, wenn das Foto nicht in der Sekunde gemacht worden wäre, da das Strahlenbündel des Leuchtturms über unsere Gesichter strich. Die Sängerin drückt den Handrücken an die Stirn und »bekundet in dieser theatralischen Pose ihre Liebe mit einer exklusiv für mich gesungenen Arie«.

Daphne in der Türöffnung von Zimmer 47, hinter ihr der verschwommene Farbfleck von Johanns Blumenstrauß. Vor ihr, im Gang, der schwarz-gelbe Livreediener, der Scheitel in seinem pomadisierten Haar ist wie mit einem Beil gezogen. Das silberne Tablett, die Kristallgläser, die Rose, der Champagner im monogrammierten Eiskübel.

Wer die Reportage und die Bildunterschriften las, hätte meinen

können, der Junge hätte die Flaschen Schaumgetränk der von der Primadonna bevorzugten Marke im Staffellauf herangetragen. Und warum hätte man es nicht glauben sollen?
Alle taten es unbesehen, auch Paula und ihr heutiger Lebensgefährte, die den böswilligen Artikel schon gelesen hatten, bevor ich ihn zu Gesicht bekam, wie sich zeigte, als es mir endlich gelang, alle Puzzleteile zu einem stimmigen Bild zusammenzusetzen.
Auch Nico glaubte es ohne weiteres, um so mehr, als es zu den abgefangenen Briefen paßte, von denen niemand weiß, wann sie ihm in die Hände gefallen waren: kurz bevor oder kurz nachdem er von dem berüchtigten Artikel erfuhr. Was mir einmal mehr bestätigte, daß der Historiker N. G. W. Sibelijn zwar ein geschärftes Auge für die Rekonstruktion uralter Verschwommenheiten hatte, aber blind war für alles, was sich direkt vor seiner Nase abspielte.
Ich gebe zu, daß sogar ich, jetzt, da ich geraume Zeit später den Text zum x-ten Mal lese und die Fotos von neuem betrachte, dazu neige, dem eigenen Gedächtnis zu mißtrauen, zweifle, ob sich die Ereignisse, wie ich sie hier berichte, wirklich so und nicht anders zugetragen haben. Das Gedächtnis zersetzt die Erinnerungen, als enthalte es eine ätzende Säure, gespeist, wie es ist, aus zahllosen späteren Überlegungen, Interpretationen, Emotionen.
Alle glaubten es, weil es dem *Skick*-Berichterstatter so professionell gelungen war, eine Reihe Unwahrheiten in mehr oder weniger glaubhafte Wahrheit umzulügen – also genau nach jenen Prinzipien, die Daphne ihr Leben lang vertreten hat. So glaubhaft, daß Daphne und ich unabhängig voneinander als Lügner beschimpft wurden, als wir unseren Intimi beteuerten, die Darstellung im *Skick* stamme von einem Lügner und alle darin zitierten Zeugenaussagen seien frei erfunden.
Paula: »Mach doch, was du willst, du Schwachkopf. Erzähl das dem Spiegel an der Wand, aber nicht mir.«
Auch Paula konnte auf Briefe verweisen, die mir Postbote Coolenbrander so getreulich zugestellt hatte, wie der Beamte ihr selbst erklärt hatte, und ansonsten erinnere sie sich noch sehr gut an den im *Skick* beschriebenen Abend:
»Irgendwann habt ihr hier am Tisch Händchen gehalten, du und diese Person, vor meinen Augen, du kannst Arie fragen, er hat es auch gesehen.«

Alles ist wahr, alles kann wahr sein, und doch ist die Wahrheit das Ergebnis eines Würfelspiels. So gesehen, bräuchte nie jemand zu lügen.
Paula: »Bist du etwa nicht mit dieser Kastrationsschraube allein in ihrem Hotelzimmer gewesen? Na also, willst du mir weismachen, daß ihr euch devot hingekniet und euch bei den vom Papst gesegneten Champagnerflaschen Psalmen vorgelesen habt?«
Alles, was mir an Kommentar dazu einfiel, schluckte ich runter. Wie leicht hätte ich fragen können: »Ist Aries Kontaktlinse damals noch aufgetaucht?«
Wo ich den lahmärschigen Elendsmut herhätte, ihr vorzulügen, alles in dem Blatt sei gelogen, schrie meine damalige Ehefrau und stampfte dabei mit dem Fuß auf. »Lügen Fotos? Und hast du Madame la Cantatrice nach dieser fröhlichen Hotelnacht etwa nicht mit hierhergebracht, auf unser Schiff, in unser intimes Leben, um mit ihr weiterzuturteln, während ich mit Arie auf dem Kongreß über Aids in Entwicklungsländern war?«
Ich schüttelte den Kopf. Hätte sie fragen können: »Hatte Arie dabei seine fröhliche Unterhose mit den Geldscheinen an?«
»Am Morgen ihres zweiundvierzigsten Geburtstags, in aller Frühe in der noch metallgrauen Dämmerung ...«
So stand es im *Skick*. Nach der Champagnernacht in der Brautsuite, so unser Berichterstatter, waren die Sängerin und ich vom Hotel weggefahren, um das Wochenende ungestört, schaukelnd auf dem friedlichen Flüßchen fortzusetzen.
Foto: Ich von hinten in meinem dunklen Anzug, stehe beim Empfang des Hotels, die Hand am Klingelknopf. Hinter der Rezeption, mit mir im Gespräch, lächelnde Heuchlervisage, mein ehemaliger Schüler in schief zugeknöpftem Bienenfrack. Ich stehe da, um mich »auszubuchen«, während sich Ihre Berühmtheit, die Arme voller Blumensträuße, zum vorgefahrenen Auto begeben hat, in das vom Hotelpersonal bereits ihre mit Opernkostümen, Abendkleidern, Boas, Sonnenbrillen und Juwelen gefüllten Koffer verstaut worden sind ...
Foto: Daphne steigt ins Auto mit dem Äskulapstab ein, wo ich schon am Steuer sitze, nachdem ich mich offenbar in fliegender Eile umgezogen habe: Plötzlich trage ich Kleider, die auf keinem der anderen Bilder vorkommen. Keine Blumen zu sehen –

Daphne, in derselben entzückenden Aufmachung wie beim Cha-Cha-Cha, hebt eine Plastiktüte in den Wagen. An ihrem gebogenen Bein, mit dem sie einsteigen wird, ist noch deutlich der Rand des schwarzen Nylonstrumpfs zu erkennen.

In dem Augenblick kam mit dem Bein zugleich ihr schweres Parfum ins Auto herein.

»Wieso, nicht wahr?« rief Paula aus. Als wolle sie das Papier durchlöchern, stieß sie einige Male kräftig mit dem Finger auf das Foto, auf dem ihr Auto zu sehen war, weiße Abgase zwischen den Hinterrädern. »Ist das mein Auto oder nicht? Und ist das die Uitwyck oder etwa Aschenputtel, die in einen in eine Kutsche verzauberten Kürbis steigt?«

»Ja, das ist dein Auto«, sagte ich, »und ja, das ist Daphne Uitwyck, aber du siehst doch auch, daß der Text nicht zu den Fotos paßt. Sie täuschen Situationen vor, die so gar nicht stattgefunden haben.«

»Ach wirklich?« Verstehe sie nicht. Müsse ich ihr mal erklären.

»Liegt dieses Hausboot auf einem friedlichen Flüßchen? Nein, in einem stinkenden Jauchegraben. Um nur ein Beispiel zu geben«, legte ich dar. »Und dieses Foto ist nicht morgens aufgenommen, sondern mittags und, um genau zu sein, einen Tag eher. Und das sogenannte Morgengrauen war in Wirklichkeit das graue, aus dem Meer herandonnernde Unwetter, in das wir eine Viertelstunde später gerieten. An der Form der Plastiktüte kann man sehen, daß sich die runde Schale darin befindet, die du an dem Nachmittag von ihr geschenkt bekommen hast. Diese schwarzen Strümpfe hat sie hier noch im Bad zum Trocknen aufgehängt. Als ich sie nach dem Essen ins Hotel zurückbrachte, trug ich nicht diesen Anzug, in dem du mich angeblich mit ihr tanzen siehst. Wir haben überhaupt nicht getanzt. Wie du weißt, kann ich gar nicht tanzen.«

Sie schnaubte mißbilligend. Nach unserer Studienzeit hatte sie mir das immer wieder vorgehalten. Aber vielleicht bedeutete das Schnauben auch, daß sie widerwillig zugeben mußte, daß ich wohl recht hatte. Aber sie hätte lieber auf der Stelle eine Glatze gekriegt, als das auszusprechen.

»Und statt dessen habt ihr euch eben in Zimmer 47 ins Bett gehauen«, mutmaßte sie dornig.

»Nein«, sagte ich. Zugleich dachte ich: Wenn das doch wenigstens der Fall gewesen wäre.

»Und der ganze Champagner?«
»Der ganze Champagner!« Ich, pathetisch. »In meiner Gegenwart hat es sage und schreibe eine Flasche Champagner gegeben. Die Flasche, die du auf dem Foto siehst. Von einem Bewunderer, wie es heißt. Nicht schwer zu raten, wer das gewesen ist.«
»Wer denn?«
»Unser Starreporter vor Ort natürlich. Wenn du es genau wissen willst, ich habe ein paar Schluck davon getrunken, länger als eine halbe Stunde bin ich nicht bei ihr geblieben.«
»Das reicht doch.«
Darauf ging ich nicht mehr ein.
»Und doch kannst du nicht leugnen, daß du mit ihr im Hotelzimmer gewesen bist.« Wieder dieser rammende Finger. Sie hatte sich nun einmal vorgenommen, böse und entrüstet zu sein, auch wenn es keinen Grund dazu gab, und spielte die Rolle mit Hingabe weiter. Warum, war mir schleierhaft. War sie wirklich nicht intelligenter, als sie jetzt tat?
»Das leugne ich doch gar nicht«, sagte ich matt. »Ich habe sie galant in ihr Zimmer geleitet, wie es sich für einen Herrn gehört.«
»Noch auf einen Sprung mit rein, ein letztes Gläschen?« Boshaft servierte sie dieses uralte Klischee, auch zu meiner Zeit hoffnungsvoll an der Haustür geflüstert.
Ich dachte plötzlich an Gonneke, inniglich, wobei so etwas wie eine Flamme durch mein Herz zuckte.
Und ich dachte: Prima die Tabletten, welche Gelassenheit! Ich muß mich nur nach dem Einnehmen mindestens zwanzig Minuten absolut still verhalten. Nicht auf und ab gehen oder umherschlendern, nicht mich ruckartig anders hinsetzen, keine heftigen Bewegungen machen, damit die Innereien nicht durcheinandergeraten und ich nach einleitenden Winden zum Klo sprinten muß.
Paula, sie konnte nicht lockerlassen, konnte nicht aufhören zu bohren: »Aber wann warst du nun in dem Sonntagsanzug dort?«
Erst schlucken. Dann hörte ich mich sagen: »Am nächsten Tag.«
»Und was hattest du da am nächsten Tag noch zu tun?«
»Ich wollte ihr ein Geburtstagsgeschenk bringen. Ich erfuhr ja erst nachts, daß sie Geburtstag hatte. Ich wollte ihr eine kleine Freude machen. Aber da war sie schon weg.«

»Und das soll ich dir glauben? Daß du nicht doch noch mit ihr ...? Und da ist dann auch dieses Foto am Strand gemacht worden?«
Das bezog sich auf ein Porträt von mir in einem vorigen *Skick*-Heft.
»Mag sein«, sagte ich, »das weiß ich nicht. Ich habe eigentlich sowieso keine Ahnung, wann die Fotos von mir gemacht wurden. Glaub, was du willst. Was soll das alles jetzt noch?«
Paula: »Du hast gesagt, du warst mit dem Kind am Strand. Sehr merkwürdig fand ich das schon damals. Jetzt stellt sich plötzlich raus, daß du dort an einem ganz anderen Tag warst, nicht an einem Sonntag. Siehst du jetzt, daß du lügst?«
Gonneke. Heftiges körperliches Verlangen. In meinen Notizen fand ich zufällig noch einen Versuch eines erotischen Gedichts von meiner Hand. Darin kamen mit Eiern geschmückte Kakteen vor.
Bei »Kind« stieß die Mutter den Finger mit voller Wucht in das ebenfalls in dem Blatt reproduzierte Foto von Hanneke. Obwohl ziemlich undeutlich, als sei es durch Maschendraht oder etwas Zaunähnliches aufgenommen, dessen Flechtwerk das Bild in Rauten unterteilte, ist auf dem Foto unsere Tochter, mit Schleife und Ohrringen herausgeputzt, in ihrem Sonntagsstaat zu erkennen. In den Händen hält sie einen Gegenstand, mit dem sie sich andächtig beschäftigt: das Gesichtchen in Falten gelegt, Zunge auf dem Kinn. »Hanneke van Hoff, unschuldig und in Unkenntnis der sie umgebenden Geheimnisse.«
»Warum muß das Kind mit hineingezogen werden?«
»Paula, das weiß ich nicht.«
»Was hat das Kind mit euren Extravaganzen zu tun? Warum mußte das Kind in so ein Groschenblatt?«
Mir wurde klar, daß sie ihr Kind schon sehr lange nicht mehr gesehen hatte, auch nicht auf Fotos, die ich ihr gelegentlich hingehalten hatte. Daß seine Existenz in ihr begraben sein mußte wie eine Ruine unter meterhohem Schlick am Meeresgrund. Wahrscheinlich hatte sie in dem aufgeblähten Teeniekörper nicht einmal etwas Bekanntes, geschweige denn etwas Eigenes erkannt und erst aus der Unterschrift geschlossen, daß es sich um ihre Tochter handelte.
Sie warf die Zeitschrift wütend in meine Richtung – und hätte mei-

nen Kopf getroffen, wenn ich mich nicht geduckt hätte. Durch diese zu plötzliche Bewegung entfuhr mir sumpfige Brühe. In die Unterhose.

»Wie lange geht das Theater zwischen dir und dieser Haremshure schon?«

Und zwischen dir und Mickey Maus? gab ich zurück, allerdings nur in Gedanken. Wenn du das Bett mit deinem Kollegen teilst, macht er dann den Zopf an seinem Hinterkopf auf oder läßt er das Lederbändchen dran? Wenn er die Missionarsstellung einnimmt oder die von dir so bevorzugte Hundeposition, wird der Serviettenring ihn nicht stören, aber wenn er auf dem Rücken liegt, mit dem Kopf auf dem harten Ding?

Die Fragen habe ich ihr nicht gestellt. Ich strebe danach, unter allen Umständen die Form zu wahren, obwohl mir das in meinem Leben wenig genutzt hat. Ginge es mir wirklich besser, wenn ich mich etwas arroganter verhalten, einen Lebensstil geführt hätte, zu dem mir Frau Sibelijn mehrmals geraten hat – selbstbewußter, offensiver, weniger skrupulös? Ich kann solche Typen nicht ausstehen, ich will ihnen nicht gleichen, geschweige denn sie nachahmen. Paula habe ich aus Respekt vor dem, was wir einmal füreinander bedeuteten, nie vorsätzlich verletzt.

Ich brauchte ihr solche Fragen auch nicht zu stellen: Sie wußte selbst genau, daß nicht ich sie, sondern sie mich betrog. Ich konnte mir ihre grundlosen Bezichtigungen, ihre unbegreifliche Entrüstung nur so erklären, daß sie den eigenen Gewissenswurm an mir nagen lassen, mir die Last ihres scheinheiligen Verrats aufbürden wollte, während sie längst beschlossen hatte, Daphne zur Ursache von allem, an erste Stelle unserer gescheiterten Ehe zu machen.

Und schaut er, wenn er kommt, auf seine Countdown-Uhr?

Das Heft landete geöffnet, mit den Seiten nach unten, auf dem Boden. Daphne in halb durchscheinenden Sultanskleidern auf dem Cover, Arme ausgebreitet wie zu einer Akkolade, die Lippen vorgestülpt, als würde sie einen Rauchkringel ausblasen, im Hintergrund ein bedeutungsschwerer Wald von Minaretten mit zwiebelförmigen Kuppeln. Du Quälgeist mit deiner Suppenrinne! Dieses Foto können sie ohne weiteres für eine Anzeigenkampagne für Kondome verwenden. Und doch – als ich das Blatt aufhob, äußerst behutsam, um nicht von neuem von der Heimtücke der Tabletten überrumpelt zu werden, spürte ich Zärtlichkeit in den Fingerspitzen.

»Und dieser Nico Sibelijn«, sagte Paula, »ist der total meschugge, oder was?«

Diese Frage verstand ich voll und ganz. Meiner Meinung nach muß sie sich jeder, der diesen appetitlichen Artikel zu sich genommen hat, unabhängig von seinem intellektuellen Niveau, gestellt haben – aber vielleicht ist auch das naiv von mir.

Während ich das zerknautschte Blatt glattzustreichen versuchte, um es so gut wegzuräumen, daß ich es hoffentlich nie mehr finden würde, flitzte Nicos Foto unter meinen Augen vorbei. Die Hand an den offenbar verregneten Hut gehoben, den er gerade abzunehmen im Begriff ist oder gerade auf seinen Kubuskopf mit bespritzter Brille gesetzt hat. Sieh zu, daß du wie auch immer durchhältst, son of a gun, wünschte ich ihm.

Ich kann mir sehr gut und zugleich absolut nicht vorstellen, daß ich an seiner Stelle das gleiche getan hätte, was er in seiner blinden Wut getan hat – er: bis aufs Blut gereizt, er: der Beklagenswerteste von allen Beteiligten. Der ganze *Skick*-Fortsetzungsroman in seinen fünf oder sechs Folgen (ich besitze sie nicht alle) bestand aus einer einzigen hartnäckigen, niederträchtigen Hetze gegen Nico, deren Grund ich nicht kenne noch ihre Ursache, noch die dahintersteckende Absicht. Besäße ich nur einen Bruchteil seines cholerischen Charakters, so daß ich bei passender Gelegenheit auch einmal vor Rage über die Ufer treten könnte, würde ich gern dafür meine unerschütterliche Gelassenheit mit ihm teilen. Warum hat er sich die Diffamierungen so zu Herzen genommen, daß er jegliche Besinnung verlor, als hätte er die Lügen wider besseres Wissen doch für wahr gehalten, und das, was an Niederträchtigkeit über ihn, seine Ehefrau, mich an die Öffentlichkeit gebracht wurde, allmählich geglaubt?

Der Tenor dieser dritten Folge war, daß der sehr gelehrte Sibelijn nicht nur über die außerehelichen krummen Touren seiner Ehegemahlin mit mir Bescheid wußte, sondern daß er dieses Verhältnis sogar sanktionierte. Das hing wiederum mit der Entdeckung seines anschließend verfälschten Rätselsteins in einem ehemaligen Stollen in Südbelgien vor zwanzig, fünfundzwanzig Kalen-

dern zusammen. Kein einziger Zeuge sei damals dabeigewesen, denn Sibelijn habe dafür gesorgt, daß sein Freund und Reisegefährte Jelmer van Hoff (Foto) sage und schreibe ein halbes Jahr mit einem Hautleiden, das nie ganz ausgeheilt ist, das ihn periodisch heimsucht und zum Gespött seiner Schüler machte, im Krankenhaus landete. Sozusagen als Genugtuung beziehungsweise als Schweigeprämie - van Hoff könnte ja Sibelijns wissenschaftliche Praktiken jederzeit aufdecken, mit denen sich dieser internationalen Ruhm erworben hatte, während ihm selbst nie Anerkennung zuteil wurde und er sich in sein bescheidenes Schicksal fügen mußte, das ihn in seinem Leben mehrmals schmerzhaft getroffen hat - dulde der Professor, daß sein Freund mit seiner Frau verkehre. Liebeswochenenden in abgelegenen Hotels, Urlaub im Palmenschatten exotischer Inseln. Van Hoff selbst sei auch verheiratet, mit einer Ärztin, sei Vater einer Tochter et cetera.
Das war jedenfalls der Tenor. Meine Abneigung gegen genaues Zitieren, wortwörtliche Wiedergabe des Widerlichen kann ich anscheinend nicht überwinden.
Das Blatt wegen übler Nachrede verklagen: Darauf wollte ich keine Energie verschwenden; der Zeitung entnahm ich, meine ich mich zu erinnern, daß Sibelijns Anwältin diese Absicht wohl hatte. Nach dem allerletzten Vorfall habe ich von sibelinischer Seite nichts mehr vernommen, zwischen mir und Daphne Uitwyck hat kein Kontakt mehr stattgefunden - ich bin umgezogen, habe keine Adressenänderung verschickt, meine neue Telefonnummer steht erst in der nächsten Ausgabe des Telefonbuchs.
Paula, auf und ab auf ihren Blockabsätzen: »Warum habe ich all die Jahre nichts davon gewußt? Antworte, statt so blöd die Achseln zu zucken. Wo bist du eigentlich sonntags immer hingegangen? Wo hast du dich herumgetrieben, wenn ich Dienst hatte?«
Statt ihr zu antworten, sah ich sie an, schweigend, sah ihr ins Gesicht, das Gesicht mit den hohen Backenknochen, sah ihr in die Augen. Wo nahm sie nur diese mürrische Scheinheiligkeit her, mit der sie mich zurechtwies, mir vorwarf, was ich ihr mit mehr Recht hätte vorwerfen können, auch wenn ich es nie getan habe? Dieses Anstarren, wenn es sein mußte, minutenlang, ohne ein Wort zu sagen, hatte ich mir in meinen Lehrerjahren angeeignet. Ich setzte es sozusagen als stählernen Wurfstern ein, den ich ei-

nem obstinaten Flegel an den Kopf warf. Die Kunst besteht darin, dabei nicht zu blinzeln. Sogar Frau Grosfeld van Suzante lenkte ein, wenn ich sie so anschaute, wobei sie sich unsicher an die Frisur griff.

Paula wandte zwar die Augen als erste ab, war aber nicht beeindruckt. »Was für ein Geschenk hast du denn am nächsten Tag für sie gekauft?«

Eine Frage wie eine Handgranate, als letzter Überraschungsangriff.

Wo ich es so schnell herholte, weiß ich nicht, aber ich sagte: »Einen kristallenen Dodekaeder.«

Einen was? Und wo ich den gekauft hätte? Wann genau? Mit dem Taxi auf dem Weg zum Hotel? Und dann? Am Tag drauf per Post verschickt? Das fände sie eine Leistung, höhnte sie, der Tag drauf sei nämlich ein Samstag gewesen, und da sei die Post zu ...

Wer lügt, verwandelt sein Leben in Fiktion. Das Gefühl, als sei ich durch alle Lügen, die mich umgaben und zu denen ich aus Not neue hinzugefügt hatte, in einen parallelen Bewußtseinsbereich verpflanzt worden. Wenn es reale Wirklichkeit nicht gibt, und das gleiche gilt für die Wahrheit, dann gab es mich auch nicht. Konnte es sein, daß ich mich erfunden hatte?

Als sie die Augen wieder auf mich richtete – das letzte Mal, daß sie mich angeschaut hat –, sah ich in ihnen einen Ausdruck, daß es mich heiß und kalt überlief und der mich immer noch zur Salzsäule erstarren läßt, wenn ich an ihn zurückdenke. Alle Geringschätzung, die sie offenbar schon seit Jahren für mich hegte und in ihren Drüsen und Organen, ihrem Herzen, ihrem Hirn gespeichert hatte, alle Vorwürfe, aller Groll: Ihre Augen waren trübe wie Schlamm und hatten zugleich etwas Flammendes. Sie haßte mich. So lange schon, daß sie sich vielleicht nicht einmal daran erinnern konnte, wann es angefangen hatte, und so intensiv, daß es sich in ihr wie eine Moräne abgelagert hatte. Es war, als habe sie mit wachsender Ungeduld auf einen Anlaß gewartet, es mich wissen zu lassen.

Sie tat es, indem sie tonlos, mit einer ungeduldigen Handbewegung in Richtung der herumstehenden Umzugskartons sagte: »Wann gehst du eigentlich?«

Ich dachte: ... *fremd zieh' ich wieder aus.*

Wohnte ich damals auf dem Wasser, heute wohne ich in der Luft – in einer Dreizimmerwohnung mit Küche und Bad, siebter Stock, über mir noch zwei Etagen. Damals umgeben von Wiesen, soweit das Auge reichte, heute von Wohnkästen aus Glas und Beton. Aus allen Fenstern geht der Blick auf genau die gleichen Gebäude wie das, in dem ich selbst einige Quadratmeter bezog. Diese Fassadenmassen sind gut fünfzig Meter von meiner Aussichtsposition entfernt und meine direkten Nachbarn nur durch eine Wand, einen Fußboden, eine Decke von mir getrennt. Damals absolute, nur durch Geräusche aus der Natur akzentuierte Stille, heute ständiges Lärmen von Menschen, alle in identischen Räumen wie Eier in einem Eiergestell. Über, unter, neben mir gehen, stehen, sitzen, liegen, bewegen sich Personen in gleichen Zimmern, Küchen, Duschen und WCs, reden, schreien, husten, poltern, ächzen und plätschern, so wie ich. Zwischen dem frühen Abend und Mitternacht flimmert hinter Hunderten von Store-Fenstern der blaue Dunst der Fernseher, außer hinter meinem – ich habe zwar bei meiner Verpflanzung den Guckkasten zurückgelassen, aber aus den Appartements um mich dringen die vertrauten Erkennungsmelodien und Stimmen doch zu mir herein, die ich mir damals, wenn Paula gebannt vor der Glotze saß, genauso anhören mußte wie jetzt, die gleichen Serien und Spiele, das gleiche Plärren, der Beifall, die Lachsalven. So denke ich weiter an sie, das heißt, ich assoziiere Fernsehgeräusche weiterhin mit Paula. Meine Wehmuts- und Heimwehanfälle, das erstickende Bewußtsein eines großen Verlusts, das mich manchmal befällt, als hätte ich einen Todesfall zu beklagen, gelten nicht Paula, von der ich mich mit Erleichterung habe scheiden lassen, sondern dem, was ich durch diese Scheidung habe preisgeben müssen: im Materiellen das Hausboot, im Immateriellen die Landschaft, in der ich wie Gras Wurzeln geschlagen hatte, die Weite, die Einsamkeit, die Stille – die ideale Umgebung für einen in sich gekehrten Pillenneurotiker wie mich, der sich schon davor fürchtet, im Aufzug den Gruß eines anderen Mieters erwidern zu müssen. Ich spreche mir keinen Trost zu, im Gegenteil, in einer solchen Anwandlung von Heimweh quäle ich mich noch mehr, indem ich das Boulevardblatt *Skick* hervorkrame und dieses eine Foto betrachte, nur dieses eine Foto von dem Schiff zwischen den Schilfrohren mit ihren

weißen Rispen, dem Schiff auf dem gestiegenen Wasserspiegel, dem noch im vorigen Sommer eigenhändig gestrichenen Schwimmpalast, im selben Grün wie die Seerosenblätter ringsum. Auf dem Dachrand über der Eingangstür sitzen zwei Reiher, die sich ansehen, als seien sie in ein Gespräch vertieft. Man könnte in ihnen die Verkünder des Schicksals sehen, die Boten der Schicksalsgötter: Im großen Fenster spiegelt sich der Himmel, dunkel vom heraufziehenden Unwetter. Problemlos kann ich mir vorstellen, daß ich wieder an diesem Fenster stehe, zurückgekehrt in das Hausboot, in dem ich fünfzehn Jahre gelebt und mich verändert habe. Jedes Detail ist noch auf meiner Netzhaut, jeder Geruch noch in meiner Nase, jedes Geräusch der Stille noch in meinen Ohren, bis hin zu dem aristophanischen Festgeschrei der Frösche zu Beginn des Sommers. Doch ich fühle mich wie ein Dieb: Die Gerüche, Geräusche, Bilder gehören zum Inventar, ich habe kein Recht mehr auf sie, ich habe sie gestohlen und müßte sie den neuen Besitzern zurückbringen.
Meine Hände zittern, jetzt, da ich dies in Worte fasse, die Zeitschrift geöffnet auf meinen Papieren, und mein Kopf ist wie ein sich drehender Kessel in einer Jahrmarktsbude, in dem Zuckerwatte gemacht wird – man wirft die Zuckerkörner hinein, die sich in klebriges Gespinst verwandeln, das sich zu einem fusseligen Bausch um das Holzstäbchen wickelt. Ich fürchte, mein Bericht an die Kommission ähnelt so einem Knäuel: Gedankenfäden in der Form eines wirren Strangs aus langen Sätzen, mit einem Stift geschrieben, der zwischen meinen Fingern nicht fest ist, sondern eine weiche, knorpelige, knetbare Substanz. Vor dem Fenster hängt eine Jalousie – nicht daß die Sonne scheint, der Mond übrigens auch nicht, es ist etwa fünf Uhr an einem Morgen Ende August, aber ich will den Wohnblockkasten auf der anderen Seite nicht sehen, und ich will nicht, daß jemand mich sieht, die Läden sind immer geschlossen. In dem etwas fahlen einfallenden Licht kommt es mir vor, als würden die Wörter verrosten, während sie auf dem Papier entstehen, als schriebe ich nicht mit schwarzer, sondern mit roter Tinte. Ich zittere dermaßen, daß ich alles vom Tisch entfernt habe, das mitzittern und dabei Geräusche verursachen könnte. Noch ein, zwei Stunden, und die Stille ist dahin, wenn sich überall um mich die Schlafenden rühren, die Spül-

kästen röcheln, die Frühprogramme ihren Anfang nehmen und das Plappern, Traben, Poltern wieder für drei Viertel des Tages zu hören sein wird. Wenn auch die kurze Nachtstille in diesem Mietshaus in keiner Weise der gleichbleibenden völligen Stille aus meinem vorigen Lebensabschnitt auf dem Wasser zwischen den Weiden gleichkommt, so läßt sich in ihr doch arbeiten. Ich werde diesen Bericht nun bald abgeschlossen haben. Ich muß das zeitraubende Anstarren dieses einen Fotos bleiben lassen, dem ich mich andauernd wie ein Heimwehsüchtiger hingebe. Ich muß dieses Heft und alle anderen wegwerfen, wie ich diese ganze Geschichte endlich von mir abschrubben muß. Wir werden sehen, ich werde weitersehen. Vielleicht kann ich doch noch mal über eine Doktorarbeit nachdenken, obwohl Nico - ich brauche nur eine Seite zurückzublättern, und ich sehe ihn vor mir - als Doktorvater nicht mehr in Frage kommt. Nico ist nicht mehr Professor, es hat ganz den Anschein, als sei er ohne Aussicht auf Rehabilitierung völlig aus der Gesellschaft ausradiert. Wie in der Zeitung zu lesen stand, wurde die Gedenktafel mit seinem Namen in Creteur vom Rathaus abmontiert.

Am selben Tag, als ich das las, stieß ich in einem Antiquariatskatalog auf den Titel eines französischsprachigen Buchs über Erdschichten im Jura, der mich an irgend etwas erinnerte. An Nico, fiel mir ein, der mich unzählige Male gedrängt hatte, noch in unserer Studienzeit, später in einem Brief aus Florenz, ob ich ihm endlich das Buch zurückgeben könnte, das ich mir einmal von ihm geliehen hatte. An dem Abend, als ich Daphne zum ersten Mal sah. Das bewußte Buch hatte ich aus Zerstreutheit irgendwo vergessen, und Monate später, nach meinem Krankenhausaufenthalt, wußte ich nicht mehr wo, in welchem Haus, auf welcher Seite des Parks. Als ich ein neues Exemplar für Nico kaufen wollte, war es vergriffen, und auch diesmal, so viele Jahre danach, bekam ich von dem Antiquar, den ich sofort anrief, zu hören, ich sei eine Viertelstunde zu spät, er habe es gerade verkauft. Was hätte ich getan, wenn ich das Buch erstanden hätte? Es Nico geschickt, dorthin, wo er sich jetzt aufhält, nach meiner letzten Begegnung mit Daphne (und ihm), wie um einen Kreis zu schließen?

Aus dem Schlafzimmer nebenan höre ich das Atmen meiner Tochter, die ich zu mir genommen habe. Sie schläft unruhig, wälzt sich ständig herum, manchmal brabbelt sie etwas. Tagsüber ist sie auf dem von einem freundlichen, schon etwas älteren Ehepaar geführten Kinderbauernhof neben dem Appartementblock beschäftigt. Sie darf die Hühner und Gänse füttern, die Kaninchenställe sauberhalten, für frisches Wasser sorgen. Sie lacht den ganzen Tag. Sie spielt mit einem vierjährigen Jungen, der ein paar Türen weiter wohnt, ansonsten hält sie sich von anderen Kindern fern. Die Hausverwaltung will nicht, daß sie allein den Aufzug benutzt. Ich höre, wie sie auf dem Weg zum Klo und wieder zurück schlaftrunken durch unser Wohnzimmer poltert.

»Papa?«

»Ich bin hier.« Sie kann mich sehen, die Schreibtischlampe wirft eine Lichtpiste auf meine Papiere, die Tür zu meinem Arbeitsschlafzimmer steht offen.

Schwer an mir hängend in ihrem viel zu warmen Schlafanzug, in dem sie sich verschwitzt anfühlt, hält sie den Kopf schief und imitiert mit erhobenem Finger: »Ie ... pie ... pie ...«

»Ja, die Vögelchen singen schon.« Noch ein paar Viertelstunden, und das Zwitschern wird unter fettigen Daunendecken aus Lärm erstickt. Diese bittere Anwandlung schlucke ich hinunter, ich verbiete mir den Gedanken an das verriegelte Paradies, wo das Vogeltrillern vom Morgengrauen bis zur Abenddämmerung über das Wasser und die Wiesen erklang. Nach einem letzten Blick auf das Foto der Arche, nicht mehr gerührt, sondern eher kratzbürstig, schlage ich *Skick* zu und haue mit der Faust drauf. Abgestempelt. Erledigt.

»Bumm!« Hanneke beugt sich über die Titelseite, über Daphne, von meinem Schlag in den Magen schwer getroffen. Als hätte sie ihn selbst eingesteckt, preßt sie die Hand an den Unterleib und krümmt sich zusammen, das Gesicht vor Schmerz verzogen, den Mund gespitzt wie die Diva mit der wedelnden Feder auf dem Kopf. »Oooooh!« ruft sie. Dann schaut sie mich – »waawawa!« – lachend an, und ich lege den Arm um sie.

Als sie wieder aus dem Zimmer geht, höre ich das leise Knirschen unter ihren Fußsohlen; sie hinterläßt Zuckerspuren auf dem Linoleum. Vor dem Schlafengehen hat sie wohl ihr Zuckerbuch noch gehätschelt, das Album ist von ihrem Bett gerutscht, und es sind wieder Zuckertütchen gerissen.

Der Game Boy ist vergessen, seit ich die Batterien nicht mehr erneuert habe. Ich habe ihn hinter Büchern versteckt und vermisse die elektronisch verformte Dudelmelodie aus dem *Wohltemperierten Klavier* keineswegs. Ich traue mich wieder, Satie zu hören.
Die vermaledeite Zeitschrift. Ich reiße sie mittendurch, die beiden Hälften noch einmal, die Viertel, die Achtel, die Sechzehntel und jedes einzelne Teil noch einmal. Ich ziehe den Papierkorb an den Tisch heran und schiebe all die bunten Fetzen hinein.
Mit im Nacken verschränkten Händen starre ich an die Decke. Auf der anderen Seite verschiebt jemand ein Möbelstück. Auch ohne Zutun der Tabletten kehrt Ruhe in mich ein, so wohltuend, wie ich es seit Monaten nicht mehr erlebt habe.
Wir werden sehen. Ich werde weitersehen.

»Ist das wirklich eure Tochter?« Daphne, am Telefon.
»Das ist Hanneke, ja.«
Sie frage ja nur, reagierte sie hastig. In dem Blatt stehe so viel Unsinn, daß das Foto von Hanneke genausogut ... »Warum hast du mir das nie erzählt?«
»Geheime Zimmer«, sagte ich.
Natürlich habe auch Nico *Skick* zu Gesicht bekommen. Arne habe es aus dem Zeitschriftenladen mitgebracht, wo er seine Mutter neben den Homoblättern habe liegen sehen. Daphne war von ihrem Ehemann in ein ähnliches Kreuzverhör genommen worden wie ich von Paula, doch ihre Wiedergabe, nervös, halb weinend, in hochgradiger Verwirrung, muß ich Ihnen vorenthalten. Was sie Nico vorgelogen hatte, mußte sie ja mir gegenüber nochmals umlügen.
Jetzt hast du also doch einen Strandspaziergang mit van Hoff gemacht? habe Nico ausgerufen. Erst hast du gesagt, es hätte geregnet und von einem Strandspaziergang sei keine Rede gewesen. Was habt ihr denn nun wirklich gemacht?
»Egal, was ich sagte, er glaubte mir nicht«, schluchzte sie entrüstet.
»Lügen ist eben eine Kunst«, belehrte ich sie.
»Sei verdammt noch mal nicht gemein.«
Nico war davon überzeugt, daß seine Ehefrau und ich nach einer unkeuschen Nacht im Hotelbett beziehungsweise in der mit

Schaumwein vollgegossenen Badewanne, an einen anderen Ort gereist waren, nicht so nah bei Daalbergen, nicht so dicht neben Paula, wo das Risiko bestand, daß unser Seitensprung entdeckt und vermasselt würde.
»Nein, das hat alles leider nicht stattgefunden.« Ich seufzte. »Paula dachte auch, du und ich, wir ... Paula und ihr Sickbock haben die Geschichten auch ohne weiteres geglaubt und nach Gutdünken interpretiert.«
»Aber Paula weiß doch, daß es nicht stimmen kann, sie war doch den ganzen Abend zu Hause? Also weiß sie, daß du, als du nach Hause kamst, höchstens eine knappe Stunde bei mir gewesen sein kannst.«
»Schon gut«, sagte ich, »es spielt doch alles keine Rolle mehr.«
»Aber es ist doch schrecklich, wenn einem der eigene Mann nicht mehr glaubt. Auf alles, was ich sagte, sagte er: Fuck off!«
»Ja, schrecklich«, gab ich zu.
»Was hast du nur auf einmal?« Weinerlich. »Du bist auf einmal so ... so ...«
»Ich begreife die Dinge schon lange nicht mehr, Daphne, und ich habe auch nicht mehr das Bedürfnis, sie zu begreifen. Ich habe dein ganzes Getue zutiefst satt.«
»Was begreifst du denn nicht?«
Mürbe wie ein von Seewasser, Algen, Pocken stetig angenagtes Stück Holz, ich: »Warum hast du dich auf diesen Strandspaziergang versteift, warum ihm nicht gesagt, was an dem Vormittag wirklich los war: daß du mich gar nicht mehr getroffen hast, daß du aus dem Hotel gerannt bist wegen Valkman, daß du ...«
»Dann hätte er mich gefragt, wo ich statt dessen hingegangen bin.«
»Wo bist du denn hin?« Das fragte ich nicht zum ersten Mal, und ich war auch nicht mehr so naiv wie damals, als ich es tatsächlich zum ersten Mal fragte. »Warum soll Nico glauben, daß du mit mir zusammen warst, während du in Wirklichkeit ...«
»Ich habe in den letzten Wochen entsetzlich abgenommen«, fiel sie mir ins Wort, plötzlich eine Oktave höher. »Wenn du einen starken Scheinwerfer auf mich richtest, bin ich wahrscheinlich durchsichtig, und bei zweien unsichtbar.«
Kurz war mir, als erinnerte ich mich an eine Vorstellung oder eine Vision von einer transparenten Daphne. Das geschah strobo-

skopisch: Dutzende Bilder, Traumfetzen, Assoziationen innerhalb einer Sekunde.
»Wenn ich den Nabel nach innen drücke, spüre ich meine Wirbelsäule.«
»Wo bist du denn hin?« Mit ihren Ablenkungstaktiken war ich inzwischen vertraut.
Von fistelnden, flüsternden Echos begleitet, artikulierte sie: »Geheime Zimmer.« Als würde mit diesen Worten ein Schlüssel zweimal im Schloß herumgedreht. Verschlossen, verriegelt. Wer sich zu nähern wagt, wird mit Wahnsinn bestraft.
Daß sie auch mich inzwischen in ihre verschwiegenen Kabinette eingeschlossen hatte, daß auch ich zu ihrem ängstlich abgeschirmten, verborgenen Leben gehörte, spielte für sie anscheinend keine Rolle, und mir verschaffte es keine Privilegien. Was bildete ich mir ein? Auch ich befand mich in ihrem Lügenlabyrinth, einer ausgedehnten Mysterienstadt, von der nur sie den Plan, selbstverständlich nicht auf Papier, sondern im Kopf hatte. Obgleich sie mich – zu welchem Zweck auch immer – in einer ihrer Geheimkammern in Reserve hielt, so gab mir das noch lange nicht das Recht, meine Nase in andere abgeriegelte Räume, Höhlen, Spelunken, Schränke, Schubladen, Dosen zu stecken.
Sollte Nico nie mit dem Gedanken gespielt haben, mich mal anzurufen, um meine Version der Vorfälle zu erfahren oder sich zu erkundigen, ob überhaupt etwas vorgefallen war? Befürchtete er, wenn er es täte, eine Lawine schimmelnder, vermodernder Überraschungen würde sich die Treppe herabwälzen, da er zwar die Lebensauffassungen seiner Gefährtin kannte, nicht aber, oder doch nur diffus ahnte, wie sie dieselben in die Praxis umsetzte? Er gehörte nach Daphnes Meinung zu dem Menschenschlag, der die Dinge gerne läßt, wie sie sind, die Dinge lieber nicht verrückt, da er Wert auf Sicherheit und Ruhe legte. Daphne sorgte dafür, daß letztere unangetastet blieben, vorausgesetzt, er versuchte nicht, ihr auf die Schliche zu kommen.
Aber die Dinge waren doch schon lange nicht mehr, was sie zu sein schienen? Die Dinge waren doch schon gefährlich ins Rutschen geraten, so daß es nichts mehr gab, dessen er sich sicher sein konnte, und er ihr wohl oder übel mißtrauen mußte?
Überlaß das ruhig mir, sagte Daphne, und Nico wußte selbst nur

allzu gut, daß er klug daran tat, sich glücklich zu schätzen mit dem, was er hatte.

Dabei ließ sie die ernsthaften Drohungen, die er noch ausgestoßen hatte, unberücksichtigt:

»This is for sure, du und dieser van Hoff, I watch you both. Zwar sehe ich auch, daß die Berichterstattung in diesem Käseblatt nicht gerade von einer integren wissenschaftlichen Einstellung zeugt, aber an deinen Winkelzügen und faulen Ausreden ist auch nicht viel dran. Du und dieser Schuppenkopf, egal was zwischen euch ist, ich weiß es nicht, ich denke mir das Meine dabei, es paßt mir nicht, es muß aus sein.«

»Geheime Zimmer« also. Da sie mich mit dieser Antwort ausgeschlossen hatte, wimmelte auch ich sie damit ab, als sie mich nach Hanneke fragte.

»Wieso? Schämst du dich für dein Kind?«

Das verneinte ich. Fügte hinzu, daß Hanneke mir das Liebste im Leben sei. Erzählte ihr von Hannekes aufsehenerregendem Geschick im Umgang mit dem von ihr, Daphne, geschenkten Game Boy. Paula hat sich von Hanneke abgewendet, fuhr ich fort, und verdrängt, daß sie so ein Kind überhaupt zur Welt gebracht hat, es gibt nur wenige Leute, die von ihr wissen. Jetzt, wo es in diesem Blatt gestanden hat, ist das für Paula, als wäre eine Tür, die sie hinter Zement, Wandteppichen, Hängepflanzen hatte verschwinden lassen, mit Gewalt aufgerissen worden. Hinter dieser Tür lag ein höchst selten, genaugenommen nie, von ihr betretenes Souterrain, in dem ein Kaspar Hauser eingesperrt war. Die Tatsache, daß das alles ans Licht gezerrt wurde, war für Paula ein Scheidungsgrund. Ich bin mir fast sicher, daß sie mich dafür verantwortlich macht, daß Hanneke so ist, wie sie ist.

Was ich nicht von der Sängerin gewöhnt war: Sie schwieg, während ich ihr Obiges enthüllte, es blieb sogar noch geraume Zeit danach still, so daß ich sie im Verdacht hatte, den Hörer weggelegt zu haben, um schnell etwas zu erledigen. Diese Methode, deren ich mich selbst ja auch des öfteren bedient hatte, wenn sie mir ihre Monologe und Referate hielt, hätte ich durchaus verstanden. Doch da hörte ich ihre melodische Stimme: »Wie entsetzlich. Wie ekelhaft entsetzlich, Jelmertje.«

Darauf reagierte ich nicht, aber das »tje« tröstete mich ein wenig.

Als befände ich mich in einem Kühlraum, in dem ein Kerzenstummel brennt – und ich könnte mir an seiner winzigen Flamme im flackernden Licht die Fingerspitzen wärmen.
Sie fragte: »Wo ziehst du denn hin, wenn Paula das Schiff verkauft?«
Daß ich noch keine Ahnung hätte, antwortete ich. Daß es davon abhänge, wo ich eine neue Bleibe für Hanneke fände. In ihrer Nähe suche ich mir dann eine Wohnung, eine Pension, irgendwas, von wo aus ich meine Tochter leicht mit öffentlichen Verkehrsmitteln besuchen kann. In ein paar Tagen, sagte ich, habe ich eine Verabredung mit dem Direktor einer Anstalt für geistig Behinderte in Asch.
Im nachhinein muß ich an das Klopfsignal der Bühnenmeister früherer Zeiten denken, die, kurz bevor der Vorhang aufging, mit dem Stock auf den Boden klopften, um so Schauspieler wie Publikum darauf aufmerksam zu machen, daß es gleich los- oder weitergehe. Ein einzelnes Klopfzeichen, einen Atemzug später drei langsame Klopfzeichen hintereinander. Dann rauschten in dem abklingenden Stimmengewirr die Vorhänge auseinander.
Im nachhinein: Hier begann der letzte Akt.
Asch? Anstalt Nieuwenhagen? Die kenne sie, sagte Daphne. Von Sterdrecht aus sei es zwanzig Minuten mit dem Bus nach Asch, alle halbe Stunde vom Bahnhof, und die Haltestelle sei direkt vor dem Eingangstor. Mit den Patienten von Nieuwenhagen hatte sie eine Operette einstudiert, beim Abschied des vorigen Direktors, der hieß Klaassen, schon wieder Jahre her. Und als im Hauptgebäude ein Glasfenster enthüllt werden sollte, hatte man sie gebeten, ein Lied zu singen. Auf dem Fenster war Christus dargestellt, sitzend, umringt von lauter solchen … Geschöpfen. Eines brachte ihm ein Spielzeug, das andere einen Strauß Feldblumen, ein Stück Kuchen oder …
»Daphne …«, rief ich beschwörend, um ihren Redeschwall zu bremsen.
Dann nannte sie mich noch einmal Jelmertje, als sie sich trillernd wie ein Kanarienvogel ausmalte, wie nett es wäre, wenn Hanneke in Nieuwenhagen unterkommen könnte und Sterdrecht dann selbstverständlich mein Wohnsitz würde. »Dann können wir uns ein wenig öfter sehen.« Sie werde heute noch bei ein paar Häuser-

maklern vorbeischauen. Ob ich an Kaufen oder an Mieten dächte? Fände Hanneke es nett, wenn sie, Daphne, sie hin und wieder in Nieuwenhagen besuchte? Sie komme gut mit solchen Menschen zurecht, so sanftmütig, immer freundlich, immer fröhlich …
Mir wurde schummrig. Als würde mein Gehirn sich verflüssigen und anschließend in gasförmigen Zustand übergehen. Das Gefühl, zu einem kleinen, runden Gegenstand zu verschrumpeln und an einem Gummiband an ihrem Finger zu hängen.
»Wann hast du diese Verabredung?«
Die hatte ich am nächsten Mittwoch um elf Uhr.
»Das schaffst du nie mit dem Zug an einem Tag. Es dauert ewig, sicher dreimal umsteigen und dann noch mit dem Bus. Du kannst besser am Dienstagabend herkommen.«
»Das hatte ich auch vor«, sagte ich matt. »Ich habe ein Hotelzimmer reserviert.«
»In Sterdrecht?«
»Gegenüber dem Bahnhof. Ich habe da schon mal übernachtet.«
»Und das hast du mir nicht erzählt?« rief sie aus. »Ambassador. Drei Minuten zu Fuß von mir.«
»Daphne …«
Die Gehirngase, so kam mir vor, hatten sich in meine Darmröhren gewälzt und begannen, mir in einer Serie zischender oder leise knurrender Stöße zu entfahren. Darauf mußte ich mich jetzt konzentrieren, wollte ich verhindern, daß die Schleuse außer dem warmen Luftstrom, den ich zwischen meinen Schenkeln und an meinen Hoden spürte, unversehens auch Schlammiges durchließ. Ambassador, in der Tat. Und in der Tat hätte ich nicht vorgehabt, es ihr zu sagen, teilte ich ihr mit. Ich wünschte, sie los zu sein und sie gründlich zu vergessen. Ich sei genug kompromittiert, sagte ich, und genug von ihr geblendet und enttäuscht worden. Mein Leben sehe aus wie ein Auto nach einer Massenkarambolage, doch ich müsse weiter, ich wolle nicht, wie Nico, mit den Rädern nach oben am Straßenrand liegenbleiben, sagte ich, alles mit gepreßter Stimme und leisem Gestöhn, so anstrengend war es, meine kreisförmige Öffnung unter Kontrolle zu halten.
»Wenn du schon hier bist, können wir uns doch kurz unterhalten und …« Sie probierte ihr Heultimbre aus.
»Direkt vor Nicos Nase? Ein paar hundert Meter von eurem Haus

entfernt? In einem Viertel, wo jeder dich und deine Familie kennt, abgesehen mal von der Tatsache, daß du weltberühmt bist und dich sowieso alle immer sofort erkennen, mit und ohne Divabrille?« Nicht solche langen Sätze am Stück herauspressen. Mit kleinen, abgemessenen Atemstößen sprechen. Ich fuhr fort: »Das haben wir beide schon mal gemacht, in einem Hotel, weißt du noch, und die Folgen haben wir jetzt auszubaden.«
»Du brauchst dir absolut keine Sorgen zu machen.«
»Absolut keine Sorgen zu machen? Dein Ehemann sitzt gebrochen zu Hause und spielt wie ein Schwachsinniger mit Streichhölzern. Meine Ehefrau hat mir die Ehe gekündigt und mich rausgeworfen. Kübel voll Verleumdungen hat man über uns ausgekippt, bei jedem Schritt, den ich mache, fühle ich Teleobjekte auf mich gerichtet, seit dieses Blatt mir meine Anonymität genommen hat, ist mir, als würde ich die ganze Zeit nackt in einem Schaufenster stehen.«
Zu meiner Bestürzung stellte ich fest, daß das, was ich erst für unterdrücktes Schluchzen gehalten hatte, Kichern war, hohe, erotische Kehllaute, wie sie zu einer frivolen Frauenarie von Rossini gepaßt hätten.
»Was gibt es da zu lachen?«
»Du weißt es so anschaulich in Worte zu fassen.« Dann: »Wenn du nun Dienstag etwas früher kommst, so gegen drei? Ich lade dich zum Essen ein. Irgendwo. Keine Sorge, kannst mir ruhig glauben. Abends habe ich einen Auftritt. Am nächsten Tag fliege ich am späten Nachmittag nach Siena, dort wird nach über vier Jahrhunderten die allererste Oper der Musikgeschichte aufgeführt, von Jacopo Peri aus dem Jahr 1594. Schon mal von gehört? Ich auch kaum, bis ich die Titelrolle angeboten bekam. Toll, nicht? In dieser Oper singe ich mich selbst.«
Dann brach sie unvermittelt ab. Schauspielernd, als ob sie nicht mit mir, sondern mit einer völlig anderen Person redete, sagte sie: »Dann rufe ich dich um die Zeit noch mal an. Ja, mach ich. Du auch. Mach's gut. Tschü-üs. Tschau« – und legte auf.
Hatte der Professor unerwartet irgendeine häusliche Arbeit in ihrer Nähe in Angriff genommen? Mußte der Sohn des Hauses ausgerechnet jetzt dringend aufs Klo?
Mit dem Klang eines Bassetthorns entfuhr mir ein langgezogener,

scharfer Wind. Mit solcher Schubkraft, daß ich hochschnellte und mich eilte, den Folgen zuvorzukommen.

Das junge Mädchen an der Rezeption des Ambassador klimperte auf die Computertasten und las fragend vom Schirm ab: »Herr Vanoff mit Doppel-f, Erwin, Daalbergen? Reservierung für eine Nacht?«
Ich nickte und beließ es dabei. Die Untersuchungsbehörden haben festgestellt, daß ich meinen Namen auf dem Anmeldeschein korrekt eingetragen hatte.
Es war zehn vor sechs (17.50 Uhr), als ich Zimmer 12 im ersten Stock an der Vorderseite des Hotels betrat. Daß sich mir das einprägte, kam daher, daß sich die Bahnhofsuhr auf der gegenüberliegenden Seite des Platzes von mir aus gesehen genau in der Mitte des einen Fensterrahmens befand. Noch bevor ich die Einrichtung des Zimmers begutachtet hatte, fiel mir die vollkommen symmetrisch gefaßte Uhr auf, ich war ein paar Sekunden lang geblendet. Statt der Zahlen zeigte das Zifferblatt golden funkelnde Sterne; von der letzten Sonnenglut berührt, schienen sie zu brennen und einen Feuerreifen zu bilden. Als ich kurz darauf aus dem anderen Fenster sah, stellte ich fest, daß der kleine Uhrzeiger fehlte, der große war inzwischen über den zweithöchsten Stern hinausgerückt.
Daß es gegen sechs sein mußte, schloß ich aus der Tatsache, daß mein Zug kurz vor halb sechs angekommen war. In dem Laden gegenüber dem Bahnhof, wo ich Nico Sibelijn hätte begegnen können, wenn er sich dort gerade mit Zigaretten eingedeckt hätte, kaufte ich mir die Lokalzeitung. Von dort waren es ein paar Schritte zum Hotel, wo die Formalitäten weniger als eine Viertelstunde in Anspruch genommen hatten.
Vor dem Bahnhof: ein Block von vier aneinandergestellten Telefonhäuschen. Die magere, blasse Frau, Flachshaar bis auf die Schulterblätter, die in einer der Zellen stand, war nicht Daphne, die ja wußte, daß ich in diesem Hotel übernachten würde – fast neben ihr, wie sie so suggestiv bemerkt hatte. Sie hatte mich nicht mehr angerufen.
»Ist das Ihr ganzes Gepäck?« Das Mädchen an der Rezeption.
Sauberes Hemd, Unterhose, Zahnbürste, Rasierapparat, die Mappe

mit den Hanneke betreffenden Papieren, die ich am nächsten Tag in der Anstalt vorlegen würde. Den dünnen Roman einer selbst mir bekannten Fernsehpersönlichkeit, den ich im Zug angefangen hatte zu lesen, hatte ich nach zwei Kapiteln zähneknirschend auf das Klapptischchen in meinem Abteil geworfen und dort liegenlassen. All das paßte leicht in meine alte lederne Schultasche, die inzwischen so abgenutzt war, daß die verrosteten Schnappschlösser nicht mehr zugingen. Da ich die Tasche aus dem Grund nicht mehr am Griff herumtragen konnte, klemmte ich sie mir unter den Arm. Im Foyer des Hotels drückte ich sie so fest an mich, daß das Mädchen wohl auf den Gedanken kam, es wären Juwelen darin.

»Möchten Sie unseren Hotelsafe benutzen?«

Ich warf die Tasche aufs Bett. Noch bevor sie dort landete, ging die Verschlußklappe auf, der Inhalt quoll heraus und mit ihm das Jo-Jo, das monatelang darin gelegen hatte.

Wenn ich nicht sowieso schon dauernd an Daphne gedacht hätte, seit ich in Sterdrecht ausgestiegen war, hätte sich mir der Gedanke an sie jetzt aufgedrängt. Das Ding machte mich plötzlich nervös, ich drückte es tief in die Tasche zurück. Tabletten dabei? In der Seitentasche meines Jacketts, ebenso wie die zusammengefaltete Zeitung.

Ich trug denselben Anzug, den ich in dieser Stadt, in diesem Hotel, an dem Tag vor drei Jahreszahlen getragen hatte, als ich meinen alten Freund Nico und seine Ehefrau erstmals nach vielen Kalendern wiedersah. Dem Tag, an dem das Jo-Jo auf mich zurollte und im Dunkeln an meinem Fuß zum Stillstand kam.

Eine Stunde später ging ich, auf der Suche nach einem Eßlokal, in der mit kahlen Bäumen gesäumten Straße an dem Haus vorbei, in dem das Ehepaar wohnte. Wie oft hatte ich den Straßennamen und die Hausnummer auf einen Umschlag geschrieben? Hundert, hundertfünfzig Mal. Etwas von mir hatte in diesem Haus einen Platz bekommen.

Eine weißliche, rund aufgespannte Häkelarbeit hinter dem Fenster über der Eingangstür. Dahinter der lange Flur mit dem Echo. Links die zwei hohen Wohnzimmerfenster, beide hinter heruntergelassenen Rolläden. Das Zimmer mit dem Flügel – als ob ich plötzlich Paulas Stimme hörte: »Bad vibrations.« Im ersten Stockwerk der kleine Balkon mit dem bauchigen, schmiedeeisernen

Geländer, der der Sängerin in Nicos Abwesenheit als Ausguck diente, so daß sie, wenn ihr Mann bei der Bodenwelle am Anfang der Straße auftauchte, rechtzeitig ihre Telefonate mit mir oder anderen abbrechen konnte. Die Flügeltür zu Nicos Arbeitszimmer mit Tausenden von Büchern stand einen Spaltbreit offen, der Zipfel eines der zugezogenen Vorhänge wehte nach draußen. Hinter dem hin und her flatternden Stoff trat ein dicker, orangefarbener Kater hervor, schnüffelte kurz und schritt mit erhobenem Schwanz in den verdunkelten Raum zurück. Jetzt hätte ich das Jo-Jo durch den Briefkastenschlitz schieben können, dachte ich, als ich schon am Haus vorbei war.

Ich hatte es mit einem Blick von der Schwelle bis zur Dachrinne in mich aufgenommen, mit dem Gefühl, etwas Verbotenes und zudem Gefährliches zu tun. Als wäre es ein zu großes Risiko, dort zu gehen, und als würde jeder, der mich sah, denken: Da ist ja der Mann aus *Skick* unterwegs zu oder gerade auf dem Rückweg von einem ehebrecherischen Treffen mit der Vokalistin. Ich ging auf die andere Straßenseite und unterdrückte den Wunsch, mich rennend von Baum zu Baum fortzubewegen und mich jedesmal hinter einem Stamm zu verstecken. Was hatte ich hier verloren? Warum mußte ich unbedingt durch diese Straße gehen, nur um diese eine Fassade zu sehen, mit der gleichen Angst und Spannung, wie ich sie vor langer Zeit als verliebter Junge empfunden hatte, als ich eilig am Haus der Angebeteten vorbeiradelte, von der ich nie erfahren habe, wie sie hieß? Der gleiche heiße Wunsch wie damals, sie möge zufällig am Fenster stehen, die gleiche Furcht, sie würde dann den Kopf demonstrativ abwenden, die gleiche Hoffnung, die gleiche Verlegenheit. Die Sehnsucht und zugleich das quälende Wissen um die Vergeblichkeit.

Ich kehrte wieder in mich selbst zurück, als ich merkte, daß ich vor einem Geschäft stehengeblieben war: lackierte Dosen, Tafelgeschirr, Eßstäbchen aus Elfenbein, Zierkämme, Kleidungsstücke, Masken, Notizblöcke aus Reispapier. Mit roten Buchstaben, um ein japanisches Schriftzeichen herum angeordnet, stand auf der Schaufensterscheibe ›Soneiko‹. Auf einer Seidendraperie war eine runde Schale ausgestellt, die ich sofort wiedererkannte. Es gab noch mehr Geschirr mit den gleichen Blüten-, Bogenbrücken- und Kimonomädchenmotiven. Wie ich das alles so beieinander sah,

fand ich es auf einmal wertlosen Kitsch, und wieder hörte ich Paulas Stimme, diesmal ohne zu verstehen, was sie sagte.
Und wenn ich nun Daphne auf der Straße begegnet wäre, sie in ihrem Blumenmantel auf mich zugekommen wäre, den Mohairschal um den Hals, um ihre Stimme vor dem doch ein wenig wechselhaften Wetter zu schützen? Wäre sie erschrocken und hätte scheu um sich geblickt mit ihren aufmerksamen Ozeanaugen, die natürlich nicht sichtbar gewesen wären hinter den schwarzen Gläsern auf ihrer Nase? Hätte sie etwas gesagt? Gelächelt? So getan, als würde sie mich nicht kennen oder in der anbrechenden Dämmerung nicht erkennen? Wäre sie geflüchtet, in eine Seitenstraße eingebogen?
Was hätte ich in dem Fall getan, gedacht, gefühlt?
Von Betrachtungen wie diesen hat die Kommission nichts. Und doch, ich war ihr so nah, daß ich mir einbildete, sie müsse es hinter ihren geschlossenen Rolläden spüren. Sie sitzt an ihrem Flügel und plötzlich erstarren ihre Hände, sie fixiert etwas, das sie nicht bewußt wahrnimmt, verträumt hebt sie den Kopf auf dem zarten Hals. *Ihr holden Schwäne, und trunken von Küssen …*
Am Ufer, in der Nähe der Stelle, wo ich das Auto das vorige Mal mit einer Kralle angetroffen hatte, betrat ich ein Restaurant, in dem es so stecknadelstill war, daß man sich selbst atmen und schlucken hörte.
Ich war der einzige Gast und bekam einen Fensterplatz an einem runden Tisch, der für mindestens zwanzig Leute gedeckt war. Am Rand dieser blütenweißen Fläche, in einem Kreis von zu Hexenhüten gefalteten Servietten, hatte ich Ausblick auf den Stadtteil jenseits des Flusses. Türme und Kuppeln in nach oben gerichtetem Scheinwerferlicht, das mit breiten, säulenartigen Strahlenbündeln auch den Himmel glutrot färbte. Als sei die Stadt selbst ein Stern, der sich mit tausendfachem Glitzern im Wasser spiegelt.
Ein noch jugendlicher Ober, bis zu den Schuhen in Weiß gekleidet, versorgte mich wortlos mit Essen, das mir jedoch nicht munden wollte; trotz des daraus aufsteigenden Dampfes kam es mir kalt vor. Um dem Mann die Gelegenheit zu bieten, die Rechauds, die Teller, die Schüsseln vor mir aufzustellen, was ohne das geringste Klirren oder Klappern vonstatten ging, mußte ich die Zei-

tung entfernen, die ich auf dem Tisch ausgebreitet und über die ich mich in angespannter Konzentration, mit zugeschnürter Kehle gebeugt hatte. Das Zusammenfalten der Papierbögen klang wie das Knistern, Brechen, Zermahlen von dürren Blättern. Das faltenfreie Gesicht des Obers verzog sich zu einer gequälten Grimasse, so daß ich ihn nur zögernd und nach kräftiger Selbstüberwindung zu fragen wagte: »Können Sie mir sagen, wie ich zur Caroluskirche komme?«

Mit einem Kopfnicken bedeutete er mir, daß dies der Fall sei, entschwand aber ohne Erklärung, während ich mir Mühe gab, eine Kartoffel zu zerteilen, ohne mit dem Messer an den Teller zu kommen und noch mehr Risse in der Stille zu verursachen.

Ich hatte die Zeitung so gefaltet, daß ich den Artikel auf Seite 3 mit den Stadtnachrichten zu Ende lesen konnte, er lag neben meinem Teller. Dann las ich ihn noch einmal, wobei mein Blick ständig zu dem Foto daneben glitt: ein zaundürrer alter Mann, oben kahl, an den Seiten kunstvoll herabhängendes Gewächs, die Schädel- und Gesichtshaut fleckig wie verregneter und wieder getrockneter Karton. Die Iris in den weit geöffneten Augen waren nach links gerichtet, dorthin, wo er sich mit aufmerksamem Lächeln die Stimmgabel an den Gehörgang hielt. Unser Mitbürger Johan (mit einem n) Fahrenfurth.

Anläßlich seines fünfundsechzigsten Geburtstags, seines vierzigjährigen Jubiläums als Dozent am städtischen Konservatorium sowie seines Abschieds von diesem Institut wegen Pensionierung in einigen Monaten findet am heutigen Abend ihm zu Ehren in der Caroluskirche eine Aufführung der *Schöpfung* von Haydn statt. Das verstärkte Konservatoriumsorchester und der verstärkte Konservatoriumschor unter Leitung des Gastdirigenten Markus Vantuyl. Die Solistenrollen werden von vier ehemaligen Fahrenfurth-Schülern, alle inzwischen international berühmt, übernommen: drei Männer und eine Frau. Die Frau war Daphne Uitwyck, Sopran. Daphne Uitwyck, Sopran. Daphne Uitwyck. Daphne … Beginn: 20.00 Uhr.

Ich hätte Dr. psych. A. Weldons Armbanduhr brauchen können, die außer der Zeit auch die Viertelstunden, Minuten, Sekunden bis zur Stunde 2000 anzeigte. In dem Raum, in dem ich mich befand, war es ebenso zeitlos wie still – keine Uhr an den nackten

Wänden, auf denen der ruhelose Widerschein des Wassers plätscherte.
Je andächtiger ich aß, ohne etwas zu schmecken, desto stärker wurde ich von der inneren Hast getrieben, die mich schon vor einer Weile ergriffen hatte. Verspürte die Neigung aufzuspringen und loszurennen, ohne zu wissen wohin. Das Gefühl, daß ich mich beeilen mußte. Ich wurde gerufen, wenngleich ich nicht ausmachen konnte, woher.
Ich erinnerte mich daran, daß sie von einem Auftritt gesprochen hatte, Daphne, doch Details hatte sie mir nicht gegeben, oder ich hatte sie vergessen. Ich hatte zu viel am Hals, um auch noch Nebensächliches zu behalten.
Daphne war Nebensache.
Unmittelbar nach diesem Gedanken befiel mich Angst. Herzklopfen. Heftiges Zittern. Ich versteckte mein plötzlich vor Jucken brennendes Gesicht in der Serviette, die sofort schweißnaß war. Gefühl des Gehetztseins. Daß ich vorwärtsmachen mußte. Aber womit, wohin? Schöpfung. Daphne Uitwyck, Sopran. Um meinen Hals legte sich eine Würgeschlinge.
Tablette einnehmen, um mich zu beruhigen und die Haltung wiederzugewinnen? Nein, das Risiko der vorhersehbaren, schwer in den Griff zu bekommenden Nebenwirkung war zu groß.
Die weiße Obergestalt zeigte mir die Caroluskirche. Dort. Anderes Ufer. Über die Brücke. Links. Er beschränkte sich aufs Zeigen, hielt den Mund dabei geschlossen, als gehörte er einem schweigenden Orden an oder als figurierten er und ich in einem Stummfilm. Ob er wisse, wie spät es sei? Bevor ich das fragte, mußte ich mich erst räuspern, mein Geschnaufe regulieren. Ich traute mich kaum noch, laut zu sprechen – ich pulverisierte seine Stille, wie es die Trompeten mit den Mauern von Jericho getan hatten. Nein, wisse er nicht. Er zog den Ärmel seiner Jacke ein Stück hoch und zeigte sein uhrloses Handgelenk, so blütenweiß wie seine Kleider und das Tischtuch. Ein zungen- oder stimmbandmäßig behinderter Ober?
Es gibt eine Stille, in der kein Laut erklingt, und eine, in der kein Laut erklingen darf. Ich verließ das Restaurant mit sausenden Ohren, ich war von einer Kombination beider Arten eingeschlossen gewesen. An der frischen Luft konnte ich wieder regelmäßig

atmen, ein durch die Nase, aus durch den Mund. Das Zittern verschwand, weil ich, plötzlich ein Ziel vor Augen, einen Gang zugelegt hatte: auf zur Schöpfung. Das Pflaster der hier von den Römern etwa zu Beginn unserer Zeitrechnung errichteten, aus sieben Bögen bestehenden Brücke hallte von meinen Schritten wider. Auf beiden Seiten, tief unter mir, das Rauschen der Strömung, das dort, wo das Wasser an die Pfeiler schlug und sie umdrängte, wie das Wummern auf Schlaginstrumenten klang. Von rechts, dort, wo das Wasser herkam, wehte ein ziemlich kalter Wind, der mein Gesicht erfrischte, mein Gehirn belebte.
Am anderen Flußufer hielt ich mich links und kam in ein Wirrwarr von Gassen, in eine Atmosphäre, wie ich sie von der alten Bildtafel her kannte, die der Lehrer immer an die Wand hängte, wenn er uns vom Leben in einer mittelalterlichen Stadt erzählte. Der Ursprung meines Interesses an dem Fach, in dem ich später bei J. J. J. J. Möser meinen Abschluß machte.
Obwohl ich auf der Brücke noch in eine strahlend erleuchtete Stadt unterwegs gewesen war, herrschte hier Finsternis. Ab und zu eine sparsam eingestellte Straßenlaterne, hier und dort ein aus den Häusern auf den gepflasterten Bürgersteig fallender Lichtschein. Doch als ich den Kai erreichte, den der Kellner mir gezeigt hatte, blieb mein Schatten in den alten Sträßchen zurück: ein festlich beleuchteter Boulevard am Fluß, wo mich so viel Licht umfloß, ja, übergoß, daß ich das Gefühl hatte, darin zu verschwinden. Die überzuckerte Fassade der Barockkirche flimmerte in den Scheinwerferkegeln, die sie von allen Seiten anstrahlten, ohne daß man ihre Herkunft entdecken konnte. Zu dieser Glut kam noch die überwältigende Musik, die mit der Kraft und der Süße von Liebesumarmungen durch das Gemäuer nach außen strömte.
Das Portal war zu meiner Überraschung nicht abgeschlossen. Als ich die Eingangshalle betrat und die Tür wieder vorsichtig hinter mir zuzog, kam ein gedrungener, uniformierter Mann auf mich zu, über dem Bauch eine von der linken Schulter auf die rechte Hüfte reichende Schärpe, auf dem Kopf einen gefiederten Zweispitz, weit überragt von einer zackigen Hellebarde in seiner behandschuhten Hand. Dies war der Augenblick, da Gott, mit einer vollen, warmen Baßstimme ausgerüstet, weiter vorne in dem hohen Raum sprach, er wünsche die Anwesenheit lebender *Ge-*

schöpfe auf Erden, *Vieh und kriechendes Gewürm*. Der Kirchendiener bedeutete mir, er könne natürlich nicht dulden, daß ich die Aufführung störe, indem ich mich tappend auf die Suche nach meinem Sitzplatz mache – er ging wohl davon aus, daß ich eine Einladung hatte.

Wenn er nichts dagegen hätte, gestikulierte ich demütig, bliebe ich hier hinten beim Taufbecken stehen?

Dies gestattete er mit gutwilligem Kopfnicken und entfernte sich bereits auf Baumwollsohlen, als er sich noch einmal umwandte, wobei sich die Federn auf seinem Kopf ungeordnet bewegten. Er hob den bekleideten Zeigefinger. Winkte mir, ihm zu folgen, aber leise, leise! – Finger an dem gespitzten Mund. Zeigte auf eine Treppe, die spiralig nach oben führte. Die solle ich hinaufsteigen, begriff ich. Da sein Geflüster von Rezitativen übertönt wurde, stieß er die Spitze seiner Waffe zur verschnörkelt bemalten Kuppeldecke: Dort oben, bedeutete das, würde ich bestimmt noch einen Platz finden. Er verbeugte sich und brachte die Hand salutierend an den Vordersteven seines Huts.

Ich hörte meine Schritte nicht, ich stieg nicht auf Holzstufen hinauf, sondern auf Klängen und Harmonien, Jubel, schallendem Gelächter. Das Paradies war vollendete Tatsache, so vernahm ich von dem glutvoll weitersingenden Baß, und der Garten war schon bevölkert mit Geschöpfen jeder Art, in vollem Wuchs und ohne Zahl, dem Löwen, dem Tiger, *dem schnellen Hirsch, dem edlen Roß*, dem friedfertigen Lamm. Bei jeder Biegung der Treppe brannte eine Glühbirne, und als ich oben anlangte, genau in dem Moment, da *in Schwarm und Wirbel das Heer der Insekten* sich wie Staub über die Erde zu verbreiten begann, ging auch dort das Licht an.

Ich befand mich auf einem Balkon voll gestapelter Rattanbetstühle, von denen ich mir einen nahm – an der Rückwand des Raums stand die Reihe der Orgelpfeifen. Ich setzte mich in ein Eck an der Brüstung, von mir aus konnten sie das Licht hier oben jetzt ausmachen.

Die Tiefe unter mir war bis auf den letzten Platz mit reglosen Leibern gefüllt, nur beim gemeinsamen Umschlagen einer Seite des Textbuchs ging ein weißes Wogen durch den Raum. In der Ferne, vorn in der Kirche: das Orchester, der Chor, der Dirigent, die Solisten. Zwei Bässe, ein Tenor, der Sopran. Natürlich hatte ich, noch bevor ich saß, noch bevor ich mir einen Stuhl genommen hatte, Daphne Uitwyck gesucht, sie aber nicht sofort entdeckt, so daß mir vor Enttäuschung schwer ums Herz wurde. Doch nach einigem Spähen erkannte ich sie. Wie alle Mitwirkenden war sie in Schwarz, in schulterfreiem Kleid, das Haar in einer helmartigen Kleopatra-Komposition, für die sie Stunden beim Friseur verbracht haben mußte. Wie sie da still und fromm auf ihre Hände im Schoß starrte, glich sie einer Puppe, dem aus Lehm modellierten Körper der noch nicht von Gottes Atem beseelten Eva. Über dem auf dem ehemaligen Hochchor aufgestellten Musikensemble hing ein dreieckiges Schild an langen Eisenkabeln vom Gewölbe herab, voller Blumenkohlwölkchen, fliegender, nackter Knaben, Regenbogen, Sterne. Auf dem Schild das Auge des großen Kyklopen, das jeden sieht. Auch mir direkt ins Gesicht, es schwebte auf gleicher Höhe mit meinem Sitzplatz und erinnerte mich an etwas aus lang verflossener Vergangenheit, vor dem mir gegraut hatte.

An Daphnes einer Seite setzte sich gerade wieder der Baß, der mindestens eine Vierstelstunde das Wort gehabt hatte. An ihrer anderen Seite stand der Tenor auf, um zu verkünden, daß Gott sein Meisterwerk kröne, indem er noch ein weiteres Kreaturenpaar in seinem Hortus losließ, Menschen genannt, *Mann und Weib*, geschaffen *nach seinem Ebenbilde*.

Der Historiker in mir ist geneigt zu sagen: Hätte er es doch nicht getan! Land, Wasser, Licht, Luft, Pflanzen, Tiere, dabei hätte er es belassen sollen. Wenn er sich wirklich unbedingt an seinem Ebenbild erfreuen wollte, hätte er in seiner Allgewalt doch auch einen Spiegel erschaffen können, in dem er sich betrachten konnte, sooft er nur wollte, zur Not auch mit einem Auge.

In der Arie, die derselbe Sänger anschließend ertönen ließ, wurde das Weib bereits *Gattin* genannt: *hold und anmutsvoll* schmiegt sie sich an die Brust des männlichen Exemplars und lächelt ihm zu in frühlingshafter Unschuld, von Liebe, Glück und Wonne erfüllt.

Und so – der Baß ließ sich wieder hören – war auch der sechste Schöpfungstag um, die erste katastrophale Ehe in der Geschichte der Menschheit geschlossen. Gott sah, was er angerichtet hatte, und war sehr zufrieden.

Dann brach sechzigkehlig ein Loblied los.
Daphne und die beiden Solisten zu ihrer Seite erhoben sich, die Herren mit einer Partitur vor der gestärkten Brustfront, Daphne konnte Texte und Noten auswendig.
Zum ersten Mal war ich bei einer Aufführung von Frau Uitwyck zugegen, zum ersten Mal sah ich sie beim Singen leibhaftig vor mir. Da stand sie, etwa dreißig Meter von mir entfernt, so mager, daß es schien, als umhülle die ihr auf die Füße reichende Robe ein Gespenst, der Wind hätte ungehindert durch sie hindurchblasen können. Wenn das Kleid nicht wäre, würde man sie nicht sehen, dachte ich. Bei lebendigem Leibe sah sie aus wie der Tod, die straff über den Schädel gespannte Haut war so weiß wie ihre Zähne, wie das Weiß ihrer Augen, das Weiß ihres Haars. Als wäre sie stehend im Kreis der in hohen Leuchtern flackernden Kerzen aufgebahrt. Daphne Uitwyck, Sopran. So oft mit ihr gesprochen, so viele Briefe von ihr bekommen, sie war mir so vertraut - und doch hatte ich den Eindruck, daß die Gestalt dort in der Ferne, in der Tiefe, ein anderer Mensch war. Natürlich war sie Daphne, und natürlich war die aufsprühende Brillantstimme ihre, aber gleichzeitig kam sie mir völlig unwirklich vor. Ich sah sie wie durch ein beschlagenes Fenster, hinter dem sie zu einem Schemen verschwamm. Gemeinsam mit dem Tenor sang sie: *»Zu dir, o Herr, blickt alles auf!«*, wobei sie tatsächlich den Kopf hob, den Blick gen Himmel richtete. Trotz meiner verklebten Augen glaubte ich festzustellen, daß sie mich sah, wie ich mich mit den Ellenbogen auf die Brüstung stützte. Gottes Auge, glaubte ich, fixierte mich weniger intensiv als ihre aufmerksamen Guckjuwelen. Obwohl ich die Augen zukneifen mußte, entging mir doch nicht, daß sie kaum merklich zusammenzuckte - nicht, daß das Einfluß auf ihren Gesang gehabt hätte, sie schmetterte unbeirrbar weiter. Erschrak sie? Vor Überraschung und Freude? Das hätte ich gern geglaubt, doch ich schloß es aus. Ich gehörte hier natürlich nicht her und brachte sie in Verlegenheit. Was hatte mich hergeführt? Ich zog mich von der Brüstung zurück, setzte mich so hin, daß sie mich nicht mehr sehen und sogar glauben konnte, ich hätte die Kirche wieder verlassen.
Durch die offene Schnitzarbeit der Brüstung konnte ich sie trotzdem - als belauerte ich sie hinterhältig - weiter beobachten. Sie

verflocht ihre Stimme zu einem Terzett mit den Männerstimmen, dabei hielt sie die Lilienhände vor den Körper, die Fingerspitzen der linken Hand spielten mit einem silbernen Zierat an ihrem rechten Handgelenk, der einzige Schmuck, den sie trug, manchmal funkelte er im Licht.

Alleluja! sang der Chor. Damit war der Schöpfungsteil, der zweite Teil des Oratoriums, vorbei. Erschöpft, aber zufrieden legte sich Gott jetzt zu einem Nickerchen hin, aus dem er nie mehr erwacht ist, bedenkt man das stinkende Chaos, in das er seine Wunderwerke nach all den Tausenden Millennien wieder hat zurücksinken lassen, nachdem er sie am Anfang der Zeiten so genial aus dem Urschleim gezogen hatte.

Eine starre Stille senkte sich auf den Raum herab, zerbröckelte aber schon nach wenigen Sekunden. Blasphemisches Hüsteln und Stimmengewirr erhob sich, die Zuhörer im Kirchenschiff schüttelten ihre Unbeweglichkeit von sich ab, reckten die Hälse oder standen auf, um nichts von dem zu verpassen, was sich vorne abspielte.

Dort hatte sich der Dirigent, den Schwenkstock wie ein Fieberthermometer unter die Achsel geklemmt, halb von den Musikern und Sängern abgewandt und blickte strahlend auf die vorderste Reihe, wo der Ehrengast thronte, Dr. h.c. Johann Fahrenfurth, flankiert von seiner in ein gewürfeltes Gewand gezwängten Gattin und, wie ich annehme, seinen Kindern. Daphne verließ ihren Platz auf dem Podium, stieg mit bis auf die schwarzen Nylon-Waden geschürztem Galakleid die paar Stufen hinab und schritt mystisch lächelnd auf ihren Meister zu. Dieser legte seine zitternde Hand in die seiner auserwählten, ehemaligen Schülerin und ließ sich von ihr und mit Gretes Assistenz hochziehen, -schieben, -heben, -winden, bis er auf seinen schwankenden Spinnenbeinen stand, auf der einen Seite von einer Metallkrücke, auf der anderen von einem Stock mit Gummikappe gegen das Umkippen geschützt. Gleichzeitig hatten sich alle von ihren Sitzplätzen erhoben, auch ich, hinter einem Pfeiler versteckt. Und unter der anschwellenden Ovation, die minutenlang mit dem Getöse eines Platzregens anhielt, vom Blitzen der Kameras begleitet, begab sich die alte Koryphäe humpelnd und schlurfend zum Dirigentenpult: Ihm gebührte die Ehre, den Schlußteil des Opus durch seine Leitung zu beseelen, obwohl mir das eine nicht geringe physische Anstrengung zu erfordern schien. Auf dem Podest hatte man einen Stuhl für ihn bereitgestellt, zu dem hinauf Daphne ihn - Magerkeit unterstützt Magerkeit - Stufe um Stufe begleitete. Als er endlich saß, Krücke und Stock zu seinen Füßen, überreichte Markus Vantuyl ihm mit einer respektvollen Verbeugung den Stab, den der Maestro zwar entgegennahm, aber sofort vor sich auf das Pult legte, auf dem er mit derselben Handbewegung die Partitur zuschlug - noch mehr, noch stürmischerer Beifall.

In dem Moment sah ich Nico, zwei Reihen hinter den Fahrenfurths auf einem Eckplatz am Mittelgang. Auch er klatschte, wobei er sich kurz umschaute, mit Brillengläsern, die durch die Spiegelung wie Scheinwerfer wirkten. Ungesunde Farbe im aufgedunsenen Gesicht, aus dem wenigstens die Bartstoppeln entfernt worden waren. Ergraute er oder lichtete sich sein Haar so stark, daß die Schädeldecke durchzuschimmern begann? In tadellosem Anzug. Wie Arne mit seinem Milchgesicht, der neben ihm stand und albernd etwas zu einem gleichaltrigen Burschen sagte, der dazu nickte und lachte und ihm liebkosend eine imaginäre Fussel vom Hemd strich. Wenn du dein Jo-Jo zurückhaben willst, Junge, es liegt in meinem Hotelzimmer.

Fahrenfurth dirigierte mit einer Hand. Die andere hatte er fest im Pult verankert, damit seine magere Gestalt nicht von der Gewalt der Klänge, die er entfesselte, umgeblasen würde. Mit geradem Rücken, ruhigen Gebärden malte er die Musik, manchmal nahm er den Kopf zu Hilfe, um deutlich zu machen, was ihm vorschwebte, dann hüpften seine Strähnen hin und her. An der schwebenden Hand waren es die einzelnen, seltsam gelenkig gebliebenen, knochigen Finger, die die Farben heraufbeschworen, die Akzente setzten, die Töne zum Brausen, Tanzen, Duften brachten.

Im irdischen Paradies war es Morgen, es roch nach Rosen, zartes Gefiedel weckte die Schläfer. Ein Stich von Fahrenfurths Zeigefinger in die Leere ließ Hörnerschall erklingen, durch einen Wink seines kleinen Fingers verstummte er wieder - er selbst war nun Gott und Schöpfer. Empfing man in der Renaissance so die Fürsten, in dieser musikalischen Szene kündigte es die Kunft des ersten Menschenpaares an: Da näherte es sich schon Hand in Hand, überglücklich. Fahrenfurths Finger streichelten, griffen zu, rupften, zupften. Seinen Gesichtsausdruck konnte ich nicht erkennen, dafür aber den von Daphne, die die Eva an der Seite eines anderen Basses als dem im vorigen Teil darstellte – dieser sang die Rolle des Adam. Vor Anbetung zerfließend, blickte sie zu ihrem Johann auf und, was ich sie vorher nicht hatte tun sehen: sie machte kleine Gebärden, um das, was sie sang, zu untermalen – das *sanfte Rauschen* der Quellen, das Neigen der Baumwipfel, den *Wohlgeruch der Blumen*. Das funkelnde Armband mit den Musiknoten erinnerte mich an unseren eigenen Geheimkode: la do do, do la do, do do la ... Vielleicht trugen ja manche Mädchen im Chor auch so ein Kleinod, der taktschwingende Gott kaufte sie en gros ein, teilte sie en gros aus.

Ooo! sang sie, o du, für den ich geschaffen wurde, *mein Schirm, mein Schild, mein All*, dein Wille ist mir Gesetz, so hat der Herr es befohlen, und dir gehorchen *bringt mir Freude, Glück und Ruhm*. Dieses Liebeslied kam mit so rührender Innigkeit aus ihrer feministischen, unabhängigen, emanzipierten Kehle, daß mich ein Schauder überlief, das langgezogene, viele Töne umfassende »Freude« flatterte und bog sich wie ein Festwimpel über den Köpfen. Liebessehnen, Hingabe, Lüsternheit. Auch wenn sie Adams *Gefährtin* war und ihn *teurer Gatte* nannte, mir war deutlich, daß sie ihre Arie für jemand anderen sang. *Dir gewidmet ist mein Leben, deine Liebe sei mein Lohn*. Der invalide Dirigent, der sie singen gelehrt hatte, begleitete sie mit segnender, salbender Hand und nickte ihr mit seinem Schildkrötenkopf zu. Die kleinen Gesten, mit denen sie andeutete, wen sie lächelnd mit *du, dir, deine* ansang, konnten sich auf ihn beziehen, ihn, den sie trotz seines baufälligen Körpers den Gebieter ihres Herzens nannte; sie konnten sich aber auch auf ihren legitimen Ehemann beziehen, der ununterbrochen auf seinem Stuhl hin und her rutschte, scheu wie ein Paranoiker um sich spähte, von seiner Haarlocke geplagt, seiner Brille. Jeder andere hätte längst etwas an dieser Brille geändert, jeder andere hätte längst seinen Friseur gebeten, die widerspenstige Strähne abzuschneiden oder einen anderen Haarschnitt zu machen.

Wenn er sich umschaute, konnte er mich bestimmt nicht sehen. Ich hatte mich wieder hinter die Palisaden der Empore gekauert, von wo ich, selber unsichtbar, das Panorama weiterhin betrachten konnte: in seinem Mittelpunkt Daphne.

Mich meinte sie natürlich nicht mit ihren Liebesevokationen, ihrer Freude über ihren Paradiesvogel, an dessen Seite sie alles doppelt genoß, was sie in einem langen Duett mit ihm besang: den tauenden Morgen, die Kühle des Abends, der Früchte Saft, der Blumen süßen Duft.

Und doch, da bin ich mir sicher, zeigte sie auch einmal in die Ferne, nach oben: zu mir hin, der ich mich mit trüben Augen, betäubt von der Musik, aufs neue in sie verliebt hatte, so leidenschaftlich, daß sich mir der Gedanke an den Tod aufdrängte. Je länger ich sie fixierte, desto schwärzer wurde der Raum um sie, bis ich nur noch das Weiß ihres Kopfes und ihrer Hände sah. Sie zeigte auf mich, sie winkte mir. In ihrem Gesicht das weit geöffnete Loch ihres Mundes: eine Tropfsteinhöhle, aus der ihre jauchzende Stimme stieg, die mich rief und lockte und der ich jederzeit gefolgt wäre, schwindelig, hypnotisiert, narkotisiert, bereit, mich von ihr verschlingen zu lassen. Kerzenflammen schwebten auf sie zu, umfaßten ihre ganze Gestalt wie in einer Aureole.

Irgendeinem Erzengel seine Stimme leihend, verkündete der Tenor dem glücklichen Paar ewiges Glück, wenn *falscher Wahn euch nicht verführt, noch mehr zu wünschen, als ihr habt, und mehr zu wissen, als ihr sollt.*

Noch während diese Ermahnung aus seinem Zwerchfell aufstieg, sah ich die Daphne umrahmenden Lichtzungen zu flackernden Fackeln auflodern. In der gasartigen, wüstenweißen Glut stand sie einen Augenblick mit brennendem Gewand, brennendem Haar da, wie eine Flammensäule, bevor das Licht sie verschlang, sie sich in Licht auflöste.

Amen, schallten alle Stimmen, als ich die Treppe schon halb hinabgestiegen war. Nochmals Amen. Dann einige Sekunden ehrfürchtiger Stille. Dann ein Durcheinander von frenetischem Applaus und Bravorufen, die noch auf der Straße zu hören waren, wo sie sich mit dem Rauschen des Flusses vermischten und so vom Wasser in andere Himmelsgegenden ad maiorem gloriam Fahrenfurthii getragen wurden. Ich stellte mir vor, wie die Lieblingsschülerin dem gefeierten Invaliden half aufzustehen, wie sie ihn in die Stützen hievte und ihm dabei assistierte, sich dankend vor dem Auditorium zu verbeugen, ohne vom Podium zu kippen.

... und gerade hatte ich sie in der Hand. Da war sie endlich, die schwarze Dame, Kreuzdame.
Auf der gläsernen Tischplatte vor mir die Sequenzen der Spielkarten, Rot auf Schwarz, Schwarz auf Rot – vom Ergebnis dieses Finales hing mein Leben ab, und es sah ziemlich brenzlig aus, das Spiel drohte festzufahren. Wenn sich jetzt nicht unverzüglich die allerletzte Möglichkeit ergab, die Situation zu retten, war es aus mit mir – um mein Bett, auf dem ich festgebunden lag, damit ich mich nicht kratzen konnte, standen die Ärzte schon mit gezückten Spritzen bereit. Es mußte die Kreuzdame sein, denn ihre Farb- und Geschlechtsgenossin, die Pikdame, lag bereits in Sandwichposition zwischen Herzkönig und Karobube. Wo blieb sie nur? Meine Zeit war fast abgelaufen. Es hätte keine halbe Sekunde länger dauern dürfen, da tauchte sie doch noch auf: Porträt einer jungen Frau von Petrus Christus, bleich wie eine Kerze, wachsame Augen, das Kreuzsymbol in den Ecken war aus Musiknoten geflochten. Das immer lauter werdende Ticken der Uhr tropfte wie Marmorklicker auf die Tischplatte. Mit jedem Ticken entstand eine neue Schadstelle, kleine netzförmige Risse, bis das Glas völlig geädert war und mir vorkam wie der Plan einer galaktischen Unterwasserstadt, von einem Sturm heimgesucht. Rote, schwarze Wolkenschwärme jagten durch die Leuchtturmstrahlen, das *Klick*-Getick ging in einen dumpfen Laut über wie ein immer gleicher, von Domenico Scarlatti oder Erik Satie auf dem Klavier angeschlagener Ton.
Ich tauchte aus einem Abgrund auf, federte hoch, schaute im Zimmer herum; ich hatte das Licht über dem Bett angelassen. Hotelzimmer. Telefongeklingel. Hanneke ist etwas passiert, die Oberin hat eine Hiobsbotschaft für mich. Vor meiner Abreise hatte ich in Effata die Telefonnummer des Ambassadors hinterlassen, für den Fall, daß, man kann ja nie wissen. Wo stand das Telefon? Auf der anderen Seite, auf einem Tischchen zwischen zwei Fenstern, deren Vorhänge ich nicht zugezogen hatte. Wie lange es wohl schon

klingelte? Sofort von Juckreiz gequält, wußte ich nicht, wo ich die Fingernägel zuerst ansetzen sollte, und schwankte mit vor Angst weißem Hirn auf den Apparat zu.

»Hallo?«

Eine Stimme im Sterdrechter Dialekt: »Ich verbinde.«

Stuhl näher heranziehen. Hinsetzen. Den Hörer fest am Ohr, weil ich das Zittern meiner Hand nicht unterdrücken konnte. Meine Tochter würde sich doch nicht wieder etwas angetan haben?

»Jelmertje?«

»Hallo Daphne«, sagte ich. Zu mir sprach Eva, direkt aus dem Garten Eden zu mir durchgestellt.

Sofort fiel mir ein, daß ich nackt war, ich sah mich im Spiegel an der Innenseite der Schranktür, die ohne ersichtlichen Grund langsam aufschwang. Meine Haltung war drollig, weil ich mich mit der freien Hand vergeblich zwischen den Rudimenten meiner Engelsflügel abquälte. Der Schaumbad- und Shampoogeruch, der mir noch angehaftet hatte, als ich ins Bett kroch, roch jetzt, vermischt mit dem Schweiß, der mir ausbrach, abgestanden und schal. Ich stellte mir vor, Daphne würde mich sehen und riechen, wie ich selbst meinen Ekzemkörper sah, wie mir sein Welken in die Nasenlöcher drang. Verlegenheit. Ob ich wohl in meinen Lehrerjahren einen Spitznamen hatte, mit dem die aufmerksame Jugend mich meinem Äußeren gemäß charakterisierte?

Daphne stand nicht in einer der hell erleuchteten Telefonzellen auf der anderen Seite des Platzes, wie ich, wenn ich den Hals reckte, gerade noch unten in der Tiefe sehen konnte. Links von den Zellen das ebenfalls erleuchtete Schutzdach der Bushaltestellen – dort mußte ich in den Bus nach Asch einsteigen, Abfahrtszeiten Viertel vor und Viertel nach. Ich wußte in diesem Augenblick schon, daß ich, sollte es mir gelingen, Hanneke in Nieuwenhagen unterzubringen, auf keinen Fall nach Sterdrecht ziehen würde, in so große Nähe der Sängerin, in so große Nähe des Feuers, dessen Widerschein schon so viel Hitze ausstrahlte, daß aller Sauerstoff um mich vollständig verzehrt wurde. Daß ich gar nicht in den Bus einsteigen, daher auch nicht zum verabredeten Zeitpunkt in einem Sprechzimmer in Nieuwenhagen sitzen, ja daß ich diese Anstalt überhaupt nie besuchen würde, wußte ich da natürlich noch nicht. Daß die Schicksalsgötter alle Pläne umwerfen würden, daß

alles sich um neunzig Grad drehen würde, wußte ich da noch nicht, auch wenn ich jetzt, hinterher, schreibe, daß ich es mir im Laufe dieses letzten telefonischen Kontakts mit der heimlichen Geliebten hätte vorstellen können.
Tue ihr leid, daß sie mich jetzt noch anrufe. Ob ich schon geschlafen hätte? Tue ihr doppelt leid, sie würde mir später einen Kuß geben, um es wiedergutzumachen, sagte sie. Sie habe nicht früher anrufen können, wie versprochen, denn es sei ihr entfallen, daß sie nachmittags für die Aufführung am Abend proben mußte. In der Kirche, wo das alles stattfand, sei kein Telefon gewesen, sagte sie, und die Probe verlassen, um irgendwo draußen ein Telefon zu suchen, das sei nicht gegangen, das verstünde ich doch hoffentlich? Und danach noch sowahnsinnigvielzutun, ins Taxi, aus dem Taxi, dies regeln, das organisieren, zum Friseur, zur Schneiderin. Sie habe sich sehr viel aufgeladen, die Aufführung sei ihre Idee gewesen.
»Du brauchst dich mir gegenüber nicht zu rechtfertigen«, sagte ich mit brüchiger Schlafstimme. »Du hättest mich hier sowieso nicht vor sechs Uhr angetroffen.«
Ach, na dann, redete sie weiter, als hätte sie nicht gehört, was ich sagte. Hast du dich nicht gelangweilt? Aus dem Echo schloß ich, daß sie sich zu Hause im Flur befand. Wenn sie mit dem Gesicht zur Eingangstür stand, sah sie die Häkelarbeit, die sie jedoch bestimmt nicht wahrnahm.
Nach der Aufführung hatte es ein Diner gegeben, sehr nett, sehr festlich, eine Menge Reden, musikalische Darbietungen, Lieder und so. Auch da habe sie nicht weggekonnt, und es wurde später und später. Schließlich wieder in ein Taxi. Nach Hause. Ein türkischer Fahrer, der sich in der Stadt noch nicht auskannte, sich dauernd verfuhr. Nico betrunken, also hatte sie ihn erst ins Bett verfrachten müssen, bevor sie endlich ans Telefonieren habe denken können. Im Hotel konnte der Nachtportier deinen Namen nicht finden.
»Hast du das schwarze Kleid noch an?« fragte ich.
Obwohl sie erst noch fröhlich weiterschnatterte, stockte sie plötzlich mitten im Satz. Verwundert, erschrocken: Was hast du gesagt? Woher weißt du …
Im Schubfach des Telefontischchens war ich auf einen Kleiderbü-

gel gestoßen, mit dem ich meinen Rücken sowohl von oben wie von unten genüßlich bearbeiten konnte.

»Ich bin auch in der Caroluskirche gewesen«, sagte ich. »Die Schöpfung. Erst Vantuyl am Ruder, dann Fahrenfurth.« Die große Liebe deines Lebens wird sichtlich nur noch durch Klebeband, Gummis, ein paar Heftklammern und anderthalb Sicherheitsnadeln zusammengehalten, hätte ich gern hinzugefügt, tat es aber nicht.

Woher wußtest du von der Aufführung? Ich hörte, daß sie plötzlich sehr beunruhigt war.

»Aus dem *Sterdrechtse Koerier*, oder wie die Zeitung heißt. Leider konnte ich nicht rechtzeitig dasein, so daß ich nicht das ganze Oratorium, sondern nur die zweite Hälfte gehört habe.«

Wie fandst du es? Die Künstlerin in ihr wolle das unbedingt wissen.

»Wunderschön«, sagte ich. »Ich war gerührt. Wie du ›Freude‹ gesungen hast. Tränen in den Augen bei dem Liebesduett zwischen dir und Adam. Es war ...«

Aber wo hast du denn gesessen? Der Rest meines Berichts interessierte sie nicht, sie klang gehetzt und ängstlich.

»Ich glaubte, du hättest mich gesehen. Hinten in der Kirche. Oben. Auf der Empore, vor der Orgel.«

Es blieb einen Augenblick still. Ein paar hundert Meter von hier, dachte ich, nimmt sie den Hörer in die andere Hand, legt ihn sich ans andere Ohr. Ich nicht, sie aber vielleicht wohl, hörte das Armband dabei klirren. Si und re. La und do. Sie habe mich nicht gesehen, sagte sie mit gedämpfter Stimme. Plötzlich sei auf der Empore das Licht angegangen, das sei ihr in der Tat aufgefallen, daran erinnere sie sich jetzt wieder, da sie darüber nachdenke, doch sie sei zu konzentriert gewesen, um länger als eine Sekunde darauf zu achten oder sich Gedanken darüber zu machen.

Den Kleiderbügel hatte ich nicht mehr nötig, an die übrigen jukkenden Stellen kam ich mit den Nägeln ran. Die Schuppen und Hautfetzen, die unter ihnen hängenblieben, streifte ich an der Telefonschnur ab. Die Schranktür war noch weiter aufgegangen, ich war aus dem Spiegel verschwunden, statt meiner hageren Gestalt wurde die einbeinige Bahnhofsuhr sichtbar, ein Sternenkreis, zwölf Lichtnoppen im etwas bewölkten Dunkel. Dann schwenkte die Tür wieder langsam zurück, die Himmelskörper verschwanden, ich kam wieder ins Bild.

Daphne sagte: Nico wird dich doch nicht etwa gesehen haben? »Ich habe ihn jedenfalls gesehen«, entgegnete ich. »Ob er mich gesehen hat – keine Ahnung. Ich fand es nicht besonders angenehm, in so einer hellen Loge zu sitzen, aber ich habe mich, meine ich, doch so gut wie möglich versteckt. Wieso?«

Sie habe es so merkwürdig gefunden, sagte Daphne, daß Nico, je betrunkener und lauter er wurde, in seine übellaunigen, unzusammenhängenden Reden immer öfter das Wort »Hopf!« einstreute. Ein Wort, das er schließlich unaufhörlich und so, als drehe sich ihm dabei der Magen um, rülpsend ausstieß. »Hopf!« Mit aufgeblasenen Backen, den letzten Buchstaben lange anhaltend, wie jemand, der wutentbrannt eine Fussel wegbläst. Mit diesem ausgestoßenen »pff« zugleich kam eine Säule Zigarettenrauch zwischen seinen Lippen hervor, was ihm das Aussehen eines schwelenden Drachens verlieh. Niemand verstand, was er meinte. »Geilmeier Hopf!« Erst bewirkte es allgemeine Heiterkeit, und von allen Seiten des großen runden Tisches erklang in verschiedener Lautstärke und Tonhöhe »Hopf!« – dann wurde Nicos alkoholisches Tief, das mit dem Umwerfen von Weingläsern und -flaschen einherging, gutmütig ignoriert, und man sorgte verständnisvoll dafür, daß er nicht mit dem Gesicht in seine *Wolfgang-Amadeus-Äpfel* oder seine *Eisbombe Leoncavallo* fiel.

Nach der Aufführung, flocht Daphne ein, war der Bürgermeister von Sterdrecht nach vorn gekommen, um Fahrenfurth in einer humorvoll gemeinten Rede mitzuteilen, es habe Ihrer Majestät behagt, ihn mit einem Verdienstkreuz zu dekorieren, und auch die Gemeinde Sterdrecht betrachte es als ihre angenehme Pflicht, den Gesangspädagogen mit der Ehrenbürgerschaft der Stadt auszuzeichnen; dabei wurde dem alten Krückstock eine Münze überreicht, die seinen Tatterhänden entglitt und wie ein goldenes Rädchen zwischen die Füße der Musiker rollte.

»Da war ich schon weg«, sagte ich. »Beim Applaus habe ich mich aus dem Staub gemacht.«

Es kann sein, daß Nicos Übellaunigkeit, die sich den Rest des Abends zusehends steigern sollte, da ihren Anfang nahm, schließlich war er erst kürzlich all seiner Medaillen, Gedenktafeln und sonstigen Ehrengaben beraubt worden.

Mir kommt auf einmal der bange Gedanke, sagte Daphne mit entsprechendem Stimmchen, daß er die ganze Zeit über dich meinte – daß er »Hopf« ausstieß statt »Hoff« und deinen Vornamen zu »Geilmeier« verballhornte. Daß du in der Form von Alkoholgas durch sein Gehirn spuktest. Zumal, wenn er dich in der Kirche gesehen hat, obwohl er nichts davon sagte, als er noch nicht völlig benebelt war. Wahrscheinlich glaubt er immer noch, du und ich, wir hätten ... und wenn er in so einem Zustand ist, packt ihn ein wahnsinniger Haß, aus einer selbstzerstörerischen Eifersucht heraus. Irgendwann hatte er eine zu einer hohen Spitze gefaltete Serviette auf dem Kopf und rief wieder einmal »Hopf!«, dabei hielt er ein Tranchiermesser in der Faust und fuhrwerkte damit in der Luft herum, bis er es durch den Damast in die Tischplatte rammte. Es klang wie ein Schlag auf einen Hackklotz, Geschirr klirrte, alle erstarrten. Johann, der zwischen Grete und mir ihm gegenübersaß, die Majestätsbrosche noch am Jackett, verschluckte sich und bekam einen Hustenanfall, an dem er beinahe erstickt wäre. Zu Nicos Linken saßen Arne und sein Freund Sander – Arne begann zu weinen, und Sander wußte sich keinen Rat. Rechts von Nico ergoß sich ein Glas Wein über Markus Vantuyl, worauf auch er erschrocken »Hopf!« rief.
Die Sängerin redete immer weiter, doch wie malerisch sie auch alles beschrieb, ich hörte, wie beklommen ihr zumute war. Splitter im Hals. Sie wollte sich nichts anmerken lassen.
Wie spät mag es sein, wie lange mochte ich geschlafen haben?
Ich unterbrach sie. »Warum rufst du mich eigentlich an, Daphne?«
Um zu fragen, ob wir uns morgen, eigentlich nachher schon, nicht doch noch treffen können.
»Warum?«
Sie sagte: Ich möchte dir etwas erzählen, möchte dich etwas fragen.
Der Glanz der Uhrensterne wurde vom Spiegel ins Zimmer geschleudert. Über den Vorhang sprühender Sternenstaub, der auch mich eine Sekunde erfaßte, bevor die Schranktür sich mit leise quietschenden Scharnieren vom Fenster wegdrehte und ich mich wieder selbst erblickte, Hand am Geschlecht.
»Geht das nicht jetzt?« fragte ich.
Ich kann hier jetzt unmöglich weg, sagte sie. Nico liegt zwar be-

wußtlos wie ein Zementblock im Bett, aber was, wenn er doch aufwacht, durchs Haus irrt, sie sucht?
»Ich meine, jetzt hier am Telefon?« Ich rutschte hin und her, um es einem plötzlich eiligen Furz leicht zu machen.
Nein. Lieber nicht. Sie müsse mich dabei anschauen können, behauptete sie.
»Ist denn dazu noch Gelegenheit? Ich habe die Verabredung in Nieuwenhagen, du mußt mittags mit dem Flugzeug nach Italien. Das einzige, was ich mir vorstellen kann, ist, daß du nachher hierherkommst und mit mir frühstückst ...«
Darüber mußte ich selbst lachen. Ein Hotelfrühstück mit Daphne – unsere vorige Verabredung hatte ich noch nicht vergessen.
Zu riskant, sagte sie.
»Ist es wirklich so wichtig, Daphne? Geht es nicht brieflich? Und«, fügte ich hinzu, »ich habe wenig Lust dazu. Ich bin alles andere als neugierig auf das, was du mir zu sagen oder mich zu fragen hast.« Meinte ich das?
Wieder entfuhr mir ein warmer Windstoß. Hatte ich vor dem Einschlafen eine Tablette genommen? Jetzt verflog selbst der Geist des Badearomas, der mich noch flüchtig umschwebt hatte.
Wieder war es, als höre sie nicht, was ich sagte. Nachher, um acht Uhr, redete sie weiter, habe ich eine Dozentensitzung im Konservatorium. Das Konservatorium ist im Universitätsviertel gleich hinter der Aula, du weißt schon.
»Was weiß ich schon?« Ich schnaufte etwas, denn ich hatte die Arbeit mit dem Kleiderbügel wieder aufgenommen, was mir sowohl Trost wie Genuß verschaffte. Ich vermied es, dabei auf den hin und her schwenkenden Spiegel zu schielen.
Die Aula, in der ich schon mal gewesen sei, verdeutlichte sie. Als Nico Professor wurde.
»Oh.«
Aus dieser Sitzung könne sie sich wegstehlen. In dem Gebäude ist eine Kantine. Da sitzt so früh am Morgen fast nie jemand. Früher trafen Johann und ich uns da oft, bevor die Kurse und Vorlesungen anfingen, und dann ...
»Ich geh wieder ins Bett, Daphne. Ich habe kein Interesse, ich verspüre nicht das geringste Bedürfnis ...« Meinte ich das?
Wartewartewarte, nicht auflegen, Liebling.

Als hörte ich sie, als sähe ich sie singen, wie vor wenigen Stunden. Einen Augenblick lang blitzte die Vision wieder in mir auf, in der sie mir im heranstürmenden weißen Feuer erschienen war. Wieder sah ich sie nackt, meine Augen hefteten sich an ihre Vagina, die sich öffnete und mich anlachte. Ich drückte den Hörer, den ich schon hatte zurücklegen wollen, wieder ans Ohr. Hätte ich es doch mit Wachs zugestopft. Verliebt in ein Gorgonenweib. Ich wollte dies nicht erleben und hätte fliehen sollen, doch ich wurde in einer Saugglocke herumgewirbelt und in die Tiefe gezogen. Wollen oder nicht wollen? Ich hatte nichts zu wollen, mir war, als würde ich wie im Krankenhaus mit Morphium vollgepumpt und die Macht über mein Bewußtsein würde mir genommen.
Wenn du nun, hörte ich sie sagen, um Viertel vor acht, halb neun in der Kantine des Aulagebäudes sein könntest. Dann haben wir eine Stunde, ein paar Stunden. Ich muß dir etwas erzählen. Ich bin ...
Ich vermute, daß ich nie erfahren werde, wie der Rest dieses Satzes gelautet hätte. Was war sie? Ihr Atem stockte, dann hörte ich das Echo ihrer vor Schreck schreienden Stimme, während sie den Hörer an die Brust preßte: Arne, verdammt und zugenäht! Wann verlernst du endlich, wie ein verirrtes Gespenst durch das Haus zu geistern? Ich erschrecke mich zu Tode, wenn du so plötzlich hinter mir auftauchst. Kannst du dich nicht räuspern oder so, laß notfalls etwas fallen, so daß ich weiß, daß du im Anzug bist.
In einiger Entfernung wurde eine Tür geöffnet, eine Tür geschlossen.
Arne wieder, fuhr sie flüsternd fort. Rede du jetzt mal, egal was, ich schwätze schon mit.
»Ich habe dieses Hörspiel schon einmal gehört, kommt mir vor. Was hätte ich dir noch zu sagen, Daphne?«
Ohne Stimme, scharf artikulierend, sie: Kommst du?
»Wie spät ist es eigentlich?« gähnte ich. »Ich habe das Gefühl, als würde ich schlafen und wäre zugleich hellwach, würde aber in hellwachem Zustand vor Müdigkeit umfallen. Kein Gefühl mehr für Zeit, Raum, Rhythmus, Wirklichkeit.«
Darauf konnte sie nicht antworten. Ruf doch die Rezeption an, schlug sie vor, und sag, daß du früh geweckt werden willst. Wieder schreiend, das Sprachrohr vom Mund weghaltend, und in die-

sem Schreien war etwas Ordinäres, das mich verletzte: Arne, weißt du, wie spät es ist? Dann wieder mit ihrer normalen Vanillestimme zu mir: Kannst du von dir aus die Bahnhofsuhr nicht sehen?

Nach meinem Kommentar dazu: Meiner Meinung nach irrst du dich. Nicht der kleine, sondern der große Zeiger ist weg. Der ist vorige Woche abgebrochen, als wieder so ein apokalyptischer Sturm wütete, der Leute hochhob und durch die Straßen wirbelte. Ein etwa drei Meter langer Eisenstab. Schlug dröhnend unten auf. Bohrte sich mit der Spitze in den Bürgersteig, wo er aufrecht stehenblieb, wie ein Totempfahl.

Ohne Ankündigung, ohne Gruß beendete ich das Gespräch. In der wieder eingetretenen Hotelzimmerstille hallte ihre Stimme noch nach, Satzfetzen, Liedfragmente. Ich ließ das Bad zum zweiten Mal einlaufen, das Wasser mit »Wohlgeruch« aus einer Menge von Mustern vermischend, die auf dem Rand der Wanne lagen. Mir war das Bewußtsein, wo ich mich befand und was ich hier tat, völlig abhanden gekommen, verloren irrte ich durch das fremde Dekor. Vom Bett zum Stuhl. Vom Stuhl zum Eisschrank mit dem Glockenspiel fingergroßer Fläschchen mit Getränken alkoholischer Natur, geeignet für ein fröhliches Heinzelmännchenfest. Zum Fenster. Zur Reproduktion eines Ballettmädchens von Renoir an der Wand gegenüber. Zurück zum anderen Fenster, von wo ich auf die Bahnhofsuhr schaute, als sei sie ein algebraisches Enigma.

Ich war, glaube ich, im Lehrerzimmer, wo mich der Hausmeister mit seiner Hellebarde gleich abholen würde, um mir durch die gedrängt volle Aula mit den Säulen und den bunten Glasfenstern vorauszugehen. Dort mußte ich – das dreieckige Schild mit dem prüfenden Auge direkt über meiner Fontanelle – meine Rede in Gegenwart von Prominenten und Pressefotografen singen.

Ich schlenderte weiter zum Spiegel. Besah mich von oben bis unten, Vorder- wie Rückseite. Analysierte: das hier wird nie mehr. Indem ich den Spiegel wegdrehte, die Tür zuschloß, war es, als würde ich mich selbst in den Hotelschrank einschließen, im Dunkel dieses hohlen Möbels existierte ich nicht.

Ich ließ mich in das wohlriechende Wasser sinken. Ob ich in den nächsten Stunden noch geschlafen habe, erinnere ich mich nicht.

Wenn ich mit den Ohren unter Wasser kam, hörte ich Chorgesang, Fugen, Doppelfugen, durch die sich Daphnes hohe Solos wie Klangranken flochten.

Verehrte Kommission, was anschließend genau, konkret, faktisch vorgefallen ist, hat bis zum Überdruß in den Zeitungen und Skandalblättern gestanden, Sie verfügen ja über sämtliche Belege und Ausschnitte. Auch meine Zeugenaussage, die ich der Computerschreibkraft im Polizeirevier von Sterdrecht diktierte, befindet sich unter den Ihnen derzeit vorliegenden Unterlagen.
Daß ich diese Aussage machen mußte, zu dem Zweck per Polizeiwagen ins Revier gebracht, wo man mich stundenlang in einem abgeschlossenen Zimmer hat warten lassen, ohne auch nur die Möglichkeit, zu telefonieren, ist der Grund dafür, daß ich die Verabredung mit dem Leiter der Anstalt Nieuwenhagen nicht einhalten konnte. Übrigens habe ich inzwischen beschlossen, meiner Tochter bis auf weiteres ein Leben in solchen Heimen zu ersparen.
Eine der ersten Fragen, die der Beamte mir stellte, galt dem Grund meines Aufenthalts in Sterdrecht.
Was dürfe er zur Erklärung der Tatsache tippen, daß mein Name im Gästebuch des Hotels Ambassador in gefälschter Form stehe?
Was taten Sie zum Zeitpunkt der Tat am Tatort?
Als wäre ich Tatverdächtiger statt Zeuge, ja als wäre ich mitschuldig an den Ereignissen.
Während des Verhörs bekam ich zwar mehrere Tassen aus Eisenspänen gebrauten Kaffee und ein lehmiges Käsebrötchen angeboten, mir war aber nicht gestattet, meine Medikamente einzunehmen, so daß ich dem Beamten zitternd, schwitzend, kurzatmig gegenübersaß, psychisch umgepflügt durch die Ereignisse, bei denen ich zu einem früheren Zeitpunkt dieses Tages unfreiwillig zugegen gewesen war. In Krimiserien ist – dem Gesetz des Klischees folgend – derjenige, der sich beim Verhör ständig mit zitternden Fingern die Schweißkegel von den Augenbrauen wischt und dabei dermaßen stottert, daß ihm die Luft wegbleibt, selbstverständlich der in die Enge getriebene Schurke. So fühlte ich mich.
Sie haben mich um diese Niederschrift gebeten, zur Ergänzung des damals gemachten, wenig erhellenden Polizeiberichts, den zu unterzeichnen ich mich überdies weigerte.

Frau Sibelijn war nicht in der Universitätskantine, als ich diese zu dem von ihr vorgeschlagenen Zeitpunkt betrat. Ich hatte mich mit dem Taxi hinbegeben, ohne gefrühstückt zu haben – dazu würde sich ja Gelegenheit bieten. Auf der Hotelrechnung war mein Nachname als Vanthop buchstabiert, und mein Vorname lautete Lester. Ich beließ es dabei, denn was tut so etwas Unwichtiges wie ein Name zur Sache?
Die Kantine war jedoch nicht geöffnet. Man hatte das Mobiliar in der Mitte aufeinandergestapelt und mit Tüchern zugedeckt, so daß es aussah, als würde dort eine surrealistische Skulptur ihrer Enthüllung harren. Auch die Theke verschwand unter Stoffen, wurde aber trotzdem als Tisch benutzt: Auf Barhockern saßen Handwerker in weißen Overalls, die ihre Tupperware-Brotbüchsen, Thermoskannen und Becher auf den Knitterfalten ausgebreitet hatten. Ebenso wie die schmuddeligen Tücher, die über dem Inventar und über Teilen des Fußbodens lagen, war ihr Arbeitszeug mit Klecksen und Strichen getrockneter weißer Farbe besprenkelt. Brettergerüste an den Wänden, überall Farbeimer, Pinsel, sonstiges Malerzeug, die Luft von Terpentingestank gesättigt, der betäubend auf mich wirkte.
Weiß. Alles wurde weiß gestrichen. Das bescheiden hereintröpfelnde Sonnenlicht gab dem Ganzen noch einen porzellanhaften Anstrich von Reinheit. Gedanke: Wenn sich Daphne mit ihrer wächsernen Haut und ihrem schneeigen Haar hier befindet, ist sie unsichtbar, verschluckt von all dem Korrekturweiß.
Die Büchertasche mit einem Arm an die Brust pressend, blieb ich in der Tür stehen. »Guten Morgen«, sagte ich laut und deutlich. Niemand, der hören konnte, daß ich erst meine Verlegenheit und Unsicherheit hatte überwinden müssen. Mein Gruß blieb in der Leere hängen. Die Männer wandten mir ihre Gesichter zu, betrachteten mich schweigend, kauend, verharrten in ihrer Gruppenzugeknöpftheit. Einer der Weißelnden drückte auf die Taste eines Gettoblasters, sofort setzte explodierender Untergangslärm ein, der erst aufhören sollte, nachdem die Schicksalsgötter vollzogen, was sie ausgeheckt hatten.
Wieder hatte ich mich von Daphnes Lockgesang verführen lassen – mit welcher Hoffnung, Erwartung, Illusion? –, und wieder war sie nicht erschienen. Darüber war ich eher erleichtert als entrü-

stet. Ich verwünschte sie und verachtete mich wegen meiner träumerischen Naivität, drehte mich um und begab mich in Richtung Ausgang, mit jedem Schritt, der von den Wänden und Decken der langen, hohen Gänge widerhallte, näher zu mir zurück, weg aus parallelen Welten und Bewußtseinslagen.
Doch wie beim letzten Mal, als ich in diesem Gebäude war, verirrte ich mich. Ich kam in einen Flügel, in dem mir Zimmerleute, Maurer, Glaser, Klempner mit ihren Gerüsten, Leitern, Schlagbohrern, mit denen sie Schluchten in die Fußböden, Löcher in die Mauern stemmten, den Durchgang versperrten. Ständig fragte ich nach dem Weg durch dieses Labyrinth der Umleitungen, und obwohl ich es aus Leibeskräften schreiend tat, konnte ich mich nicht verständlich machen. Männer in weißen Arbeitskitteln, Helm über dem Schädel, zeigten nur achselzuckend auf ihre Ohren zum Zeichen, daß mein Rufen sie nicht erreichte, oder deuteten achtlos auf eine Seitenschneise, an deren Ende mich wieder neue Hindernisse erwarteten. Dies alles übertönt vom Gedröhn der Radioungetüme, ich fragte mich, welchen Sinn das in diesem melierten Höllenlärm überhaupt hatte.
Plötzlich befand ich mich in einem kathedralenartigen, mit einer Glaskuppel überwölbten Museumssaal, in dem das zögernde Sonnenlicht nicht bis zum Fußboden gelangte, weil ein wehendes Polster aus mehlartigem Staub über ihm schwebte.
Die Prähistorie.
Um mich die riesenhaften Skelette von vor Milliarden Jahren ausgestorbenen Jurassic-Viechern. Turmkonstruktionen von Knochen und Wirbeln, die ich allerdings nur ahnen konnte: die Gestalten schlummerten unter Deckflügeln von Bettüchern und Zeltplanen – Staub wirbelte zu ihnen empor und bedeckte sie.
Hier war ich schon einmal gewesen.
Dies wurde mir klar, als ich Daphne bemerkte: Da stand sie, mit dem Rücken zu mir. Weiße Jeans, Pulli, zwischen diesen Kleidungsstücken ein Streifen nackter Haut. Mit zurückgelegtem Kopf, so daß das Haar sich ein wenig im Nacken wellte, blickte sie in ein zehn Meter breites, sieben Meter hohes Aquarium (diese Maße schreibe ich aus dem Zeitungsbericht des betreffenden Abends ab). Nie zuvor gesehene, vorkalendarische Wasserungetüme, Seedrachen, schwimmende Panzerfahrzeuge, manche

leuchtend, manche unsichtbar, weil sie die Farbe des Wassers hatten oder aus Wasser bestanden. Zurückgezüchtete Urfische, obwohl man einige von ihnen auch Urvögel oder Urkatzen hätte nennen können, mit ihren Flügeln und buschigen Schwänzen ausgestattet, oder mit Vorder- und Hinterpfoten, mit Schlappohren an den grimmigen Köpfen. Diese Schwimmfauna vegetierte zwischen silbrigen Pflanzen in silbrigem Licht.
Auch ich sah wie gebannt auf dieses Wassergewimmel, fast rennend auf die Geliebte zustiefelnd, die sich nach mir auf die Suche gemacht haben mußte wie ich nach ihr. Sobald ich sie erblickte, war ich vor Freude wie elektrisiert, ich war geradezu die personifizierte Freude. Trotz allem, all dem Vorhergehenden, all dem Traurigen, all dem Lug und Trug, all der Fäulnis, fühlte ich mich ekstatisch, begeistert, meine Augen brannten, über alles Gedröhn hinaus meinte ich, eine Sopranstimme *Freude!* jubeln zu hören. Sie war gekommen, um mir zu sagen, daß sie beschlossen hatte, sie und ich würden, um mich zu fragen, ob wir nicht zusammen ... Es hat keinen Sinn mehr, dies weiter auszuführen.
Was ich in Wirklichkeit hörte, war, daß etwas haarscharf an meinem Ohr vorbeiflitzte. Ein hoher, kurzer Summton wie von einer sich supersonisch durch den Raum bohrenden Stahlmücke. Im selben Sekundenbruchteil knickte das hochhalsige, langgeschwänzte Knochentier, an dem ich gerade vorbeikam, ein und brach unter den wehenden Tüchern seitwärts kippend zusammen – zum Glück nicht in meine Richtung. An ein Stück Brustkorb, so groß wie ein Ruderboot, erinnere ich mich noch, das als erstes aus den Stofflappen auftauchte, als das Ungetüm in einem Hiroshima aus Staub zu Boden ging.
Wohl mit enormem Getöse, aber das wurde von dem übrigen Lärm übertönt.
Ich fuhr entsetzt zurück, erstarrte: Auf der anderen Seite des Knochenchaos, mitten im Saal, stand Nico Sibelijn mit weit von sich gestreckten Armen, mit der linken Hand die rechte stützend, in der er die Schußwaffe hielt. Einen Revolver, keine Pistole, wie er mir einmal auseinandergesetzt hatte. Immer praktisch, so'n Ding, wenn man im Urwald ... Welche Korrelation besteht, würde J. J. J. J. Möser fragen, zwischen der Einquartierung deutscher Offiziere bei den Bürgern in dem besetzten Gebiet während des

Zweiten Weltkriegs und der Aufgabe, Teller in der Strafanstalt abzuwaschen, in die man wegen Mordversuchs und dem Zufügen einer schweren Verletzung gesteckt wurde? Sich in die Unterlippe beißend, das Gesicht von einer in Purpur übergehenden Leichenfarbe, stand er da, breitbeinig, in zitternden Hosenbeinen. Ich sah den Lauf des Revolvers, aus dem der erste Schuß für mich bestimmt gewesen sein mußte, zu seiner Ehefrau schwenken. Wahnsinnig geworden durch die Nachricht, die der Herr Sohn ihm verpetzt haben mußte. Ein Glück noch, daß ihm die Brille auf die Nasenlöcher rutschte und auch die Haarlocke ihn daran hinderte, über Kimme und Korn zu zielen. Man hätte wie im Slapstick über Nicos Stümperei lachen können, wie er da mit spastischen Bewegungen Locke und Brille zugleich an ihren Platz zurückzuzwingen versuchte.

Natürlich lachte ich nicht. Auch wenn ich alles scharf wahrnahm und die Schwere, den Ernst, das Bedrohliche der Situation erfaßte, in der der Tod mir um die Ohren flog, staunte ich doch über meine luzide Ruhe und Entschlußkraft. Die abscheuliche Angst sollte erst später kommen und mich dann wochenlang nicht mehr loslassen – auch übertriebene Mengen Benzos konnten ihr nichts anhaben.

Ich hatte meine Tasche fallen lassen und stolperte über sie, als ich in Bewegung kam, auf Daphne zustürmte, ihren Namen brüllend, ohne meine Stimme zu hören. Ich hätte mich vor sie geworfen, glaube ich, oder mich mit meinem ganzen Gewicht gegen sie fallen lassen, um sie zu Boden zu reißen, wo wir uns vielleicht rollend, kriechend, wie auch immer, aus der Schußlinie hätten retten können.

Noch bevor ich sie erreichte, hatte Nico schon zum zweiten und zum dritten Mal gefeuert.

Beim zweiten Mal, ohne Daphne zu treffen – die Kugel schlug ungefähr einen Meter über ihrem Kopf ein faustgroßes Loch in die Wand des Aquariums, aus dem sich das silbrige Wasser wie aus der Spritzdüse eines Feuerwehrschlauches drückte und auf die Sängerin herabrauschte. Das Loch sollte innerhalb der nächsten Sekunden und Minuten den Durchmesser eines Bullauges, eines Kanalisationsrohrs annehmen, bevor Hunderte Sprünge in der ganzen Glasfläche entstanden.

Die dritte Kugel traf Daphne. Sie sprang aus dem Wasserfall zur Seite, drehte sich gleichzeitig um und gehorchte noch dem sinnlosen Impuls, die Arme schützend vors Gesicht zu heben, Handflächen nach außen, als könnte sie so das Projektil auffangen.
Der Nabel in der weißen Bauchhaut zwischen Hosenbund und Pulli. Einige Zentimeter direkt darunter, wo der Jeansstoff aufplatzte und das Blut herausspritzte, drang die Kugel in den Körper ein.
Wahrscheinlich schrie sie, ihr Mund war vor Schmerz verzogen, als würde sie Oh-Klänge ausstoßen, bevor sie vornüberschlug und dabei doch auf dem Rücken landete, der Länge nach unter mir, der ich ein Zehntel welcher Zeitspanne auch immer zu spät kam, um sie zu retten.
Um uns das nach Fisch riechende, wogend dahinströmende Wasser, mit dem sich ihr Blut mischte, um sich fast sofort spurlos darin aufzulösen.
Die weit geöffneten, türkisfarbenen Augen waren auf die Decke gerichtet.
Sie ächzte und redete wirr, was zu mir durchdrang, weil mein Ohr direkt an ihrem Mund und Hals war – der Lärm um uns raste unvermindert weiter.
Schüsse? Nicht gehört. Auch den vierten habe ich in dem ganzen Imbroglio nicht gehört. Die vierte Kugel prallte eine Fingerlänge von mir entfernt am Fußboden ab und ließ das Wasser kurz aufspritzen, ich spürte die heftigen Tropfen im Gesicht.
Mehr Kugeln waren nicht in der Waffe. Fragen Sie mich nicht, woher ich das wußte, aber ich wußte es.
Ich begrub mein Gesicht in Daphnes Hals, mein Kopf so schwer, daß ich im selben Augenblick in dem sterbenden Duft ihres berühmten Parfums hätte einschlafen können. Doch ich mußte hoch, *nichts wie weg* von dort, bevor die Glaswand völlig zusammenbrach und wir, begraben unter den zappelnd um sich schlagenden Leibern dieser Alptraumgeschöpfe aus den Vorportalen der Geschichte, im Styx untergingen.
Daphne an mich gedrückt in den Armen, bahnte ich mir durch das Wasser, in dem schon einigen kleineren Fischen die Luft ausging, über Glasscherben einen Weg zur Tür am Horizont des Saals. Dort waren Männer in weißen Overalls erschienen, einige hielten Pin-

sel in den Händen, von denen noch die weiße Farbe tropfte, die alles wieder rein machen sollte. Sie überwältigten Nico, der sich ohne nennenswerten Widerstand den Revolver abnehmen ließ. Wohin sie den Gebeugten, Brille auf dem Kinn, in Erwartung der Polizei gebracht haben, erfuhr ich nicht.

Meine Tasche war schon ertrunken, die Papiere für meine Tochter schwammen inselhaft auf den Wellen, die mit Tinte ausgefüllten Stellen waren verblaßt.

Daphnes Atem ging pfeifend, sie verlor viel Blut, das ich warm in meine schon durchweichten Hosenbeine sickern fühlte. Außer mit Wasser und Blut war meine Hose auch noch mit jener anderen Unpäßlichkeit verschmutzt, durch die der Darminhalt meinen Körper in flüssigem Zustand verläßt, wenn ich die Schleusen nicht fest zuklemme. Es passierte, als ich auf die Geliebte zurannte, mich gegen sie warf, auf sie fiel.

Als ich das Ende des Saals erreicht hatte, man mir Daphne abgenommen und sie auf einer Trage weggerollt hatte, stieß etwas an meinen Knöchel. Um mein Bein hatte sich eine Schnur gewickelt, an der das Jo-Jo mitschwamm.

Ich wagte nicht, mich noch einmal nach der Verheerung umzuschauen. In dem Gebäude war alle Apparatur stillgelegt worden, Dutzende von Stimmen lärmten durcheinander, Handwerker drangen in den Museumssaal ein, wo ich den Staub zu einem wirbelnden Nebel aus Myriaden weißer Pünktchen hatte aufstieben sehen.

Dies, gnädige Frau, meine Herren, ist, was sich zugetragen hat.

In einem Dienstraum konnte ich mich waschen und bekam von jemandem einen weißen, mehrere Nummern zu großen Overall. Meine dreckigen, durchnäßten Kleider, meine Tasche, das Jo-Jo, die Papiere wurden von Polizeibeamten mit Plastikhandschuhen in Abfallsäcken deponiert.

»Sind Sie verletzt?« fragte die junge Frau, die zur Polizei gehörte.

Ich war unverletzt.

Jedenfalls körperlich.

Zutendaal 1995–2000